Una misma sangre

Denene Millner

Una misma sangre

Traducción de Albert Fuentes Sánchez

ESPASA

Título original: *One Blood*

Espasa es un sello editorial de Editorial Planeta, S. A.
Avda. Diagonal, 662-664, 08034 Barcelona (España)
www.espasa.com
www.planetadelibros.com

Primera edición: febrero de 2024
ISBN: 978-84-670-7252-5
Depósito legal: B. 382-2024
Composición: Realización Planeta
Impresión y encuadernación: Rotoprint By Domingo, S.L.
Printed in Spain - Impreso en España

A mi madre biológica, que me quiso lo suficiente
para renunciar a mí.
Y a mi madre, que me encontró y me quiso
con cada fibra de su ser.
Soy la chica con suerte.

La sangre.
La sangre que corre por mis venas, mi cerebro, mi corazón.
La sangre, la mayor pieza del enigma que me constituye. A mí, solo a mí.
No alcanzo a entender tanta sangre.
La misma sangre que corría por mis venas cuando respiré por primera vez. Cuando hice mi primera entrada en escena, cuando causé mi primera impresión en la gente. En este mundo.
No alcanzo a entender tanta sangre.
La misma sangre que es apenas una ondulación, una pequeña ola, una cucharadita en el mar de sangre.
En los litros incontables de la herencia.
En el gran cuerpo del ser, surcado de todas nuestras ondulaciones, olas, cucharadas, siempre pequeñas.
Hasta que los millones de familias distintas se conviertan en una.
No alcanzo a entender tan poca sangre.
Pero mi cucharadita contiene el mundo.
Mi sangre fluye y se remonta a Somalia y a Etiopía, cientos de años atrás.
Mi sangre fluye y se remonta a mis ancestros esclavizados.
Mi sangre fluye a través de todas las cosas, de todas las personas.
Personas que se conectan entre sí y vuelven a conectarse.
La sangre fluye y se mezcla.
Y sabemos que todos somos lo mismo.
Así funciona la sangre hermosa.
La sangre.
La sangre de tantas generaciones que llegó hasta tus venas.
Es dorada.
Toda esa sangre.
Gotea hasta ti.
Esa cucharadita.
En el cuerpo del ser.

«La sangre», Mari Chiles

El libro de Grace

1965-1969

1

La sangre nunca le impresionó demasiado a Grace. La yaya Rubelle la había acostumbrado muy pronto, cuando era pequeñita, mucho antes de permitir a su única nieta, su aprendiza, ocuparse del fogón la primera vez que asistió a un parto, antes incluso de que a Grace le bajasen esas primeras gotas de sangre por la ingle. Allí estaba, su primera regla, formando un reguerón granate que le bajaba por la pantorrilla y el tobillo hasta gotear sobre la tierra espesa y fértil de Virginia, en la que había plantado los pies para recoger las pinzas del tendedero. Grace ladeó la cabeza y la observó asombrada un solo instante, luego enfiló hacia la letrina para hacerse una compresa tal y como la yaya Rubelle le había enseñado a hacer, con pinzas de tender y jirones de sacos de pienso. «Tan natural y asqueroso como un puerco revolcándose en el barro», pensó Grace.

Su mejor amiga, Cheryl, no lo había vivido así. Gritó como una descosida cuando le bajó la primera regla. Nadie —ni su madre, ni su hermana mayor, ni su tía abuela— se había dignado a explicarle lo que era inevitable. Lo guardaban en su fuero interno como si fuese un gran secreto que Cheryl no tenía derecho a conocer. La muy tontaina casi se murió del susto cuando vio el charco rojo en su rincón del pupitre y se dio cuenta de que goteaba de su toto. Tiró el pupitre, bajó de puntillas la escalera desvencijada de la escuela y echó a correr hacia el pastizal de Harley, chillando y berreando como un cerdo degollado, mientras la perseguían las carcajadas de los chicos y los gritos de la señorita Garvey, su maestra.

Grace, en cambio, sí entendía la fuerza de la sangre. La yaya Rubelle se había ocupado de que así fuera, obligándola a mirar la sangre de frente tanto por gusto como por sentido práctico. La yaya sabía, a fin de cuentas, que su nieta recibiría la llamada: una tarde, había tenido una visión tan clara como la luz del día mientras arrancaba las profundas raíces de unos hierbajos venenosos que crecían en la orilla del río, adonde había bajado a buscar comida, a estar tranquila y hacer ofrendas a los espíritus de su madre y de la madre de su madre. En la visión se le habían aparecido las manos de Grace —pequeñas, delicadas, fuertes— girando suavemente, tirando de la cabecita de un bebé que salía de entre las piernas de su madre. Los movimientos, la forma en que los dedos de Grace coqueteaban con los rizos del recién nacido, hicieron que a la yaya se le acelerara el corazón. Pudo sentir la alegría de su nieta como un cosquilleo en las yemas de los dedos, en las palmas de las manos. La yaya se había postrado lentamente de rodillas; palos y guijarros se le clavaron en la gruesa falda que llevaba. Había besado esas palmas y las había apretado —calientes, palpitantes de energía— contra sus mejillas. Allí había amor. Grace continuaría la tradición de las mujeres Adams. Los ancestros de la yaya no mentían. «Enséñale la sangre», le habían susurrado en la brisa, en los rayos de luz que se precipitaban entre las hojas de los árboles. «Enséñale lo que ya sabe.»

La yaya se sacó un trapo del escote, lo empleó para envolver la raíz, las hojas y las bayas del tallo del hierbajo, y, sofocada, apoyó todo su peso en el bastón y se puso de pie con dificultad. Con toda la rapidez que le permitieron sus gruesas piernas, atravesó renqueante la maleza primero, luego la tierra y el césped, dejando atrás el gran peral y la mata de salvia nemorosa, hasta llegar a la casita de madera en la que había tenido su hogar desde que era niña y donde su abuela le había enseñado los secretos del arte de las parteras.

La yaya entró por la puerta trasera y escudriñó la diminuta casa de dos estancias sin pasillo. Su mirada fue de la cama al pequeño escritorio, y de ahí a la mesa de la cocina y los tres taburetes de madera que el señor Aaron le había fabricado sirviéndose de un roble caído a cambio de que ella le diera de comer los domingos durante dos meses. Luego se fijó en la panzuda estufa de leña y en el enorme hervidor de hierro que hacía guardia sobre el fuego, pero su mirada se desplazó enseguida al rincón que había bajo la ventana que tenía abierta para que la brisa le transportara el aroma de la gardenia que había plantado en el lateral de la casa. Allí estaba Grace, despatarrada como una de las muñequitas de trapo que su madre le había cosido las Navidades anteriores, dando unas puntadas a unas prendas de bebé que la yaya le había encargado que confeccionara para una clienta que ya había salido de cuentas y esperaba al niño en cualquier momento.

—Ven aquí, pequeña —le había dicho la yaya mientras dejaba el fardo que había hecho con el trapo en el aparador de la cocina. Lo abrió con mimo y separó las hojas, las raíces y las bayas mientras Grace se ponía de pie—. Tráele a la yaya Ruby su bolsa.

Grace, que por entonces tenía ocho años y todavía se emocionaba por todo, había volado al armario donde la yaya guardaba su bolsa especial. Alguien iba a tener un bebé y la yaya debía ponerse manos a la obra porque —Grace lo sabía bien— a eso se dedicaba su abuela: esperaba a los bebés y, cuando llegaban, alguien llamaba a la yaya y ella agarraba esa bolsa, se calzaba los zapatos de caminar y jugaba con el bebé hasta que la madre estaba lista para hacerlo ella misma. O algo así.

—¿Qué bebé viene hoy, yaya? —había preguntado

emocionada Grace, mientras se esforzaba en colocar con cuidado la pesada bolsa negra sobre la mesa que había junto a su abuela.

—No viene nadie, niña —le había respondido la yaya. La silla sobre la que se dejó caer crujió cuando la abuela se acomodó en su bastidor. Arrancó entonces un trocito de papel de un periódico que había metido en la bolsa y lo utilizó para envolver con mimo unas bayas. Luego lo guardó en un bolsillito que había cosido en la costura de la bolsa de cuero. Había pensado llevarlas a la casa de Belinda aprovechando que tenía que ir a la fábrica de hielo aquel sábado, ya que la joven embarazada iba a salir de cuentas algún día de las dos semanas siguientes y a una mujer con una barriga casi tan protuberante y ancha como alta era le convenía un empujoncito para recordarle que todavía era una mujer merecedora de afecto. Merecedora de caricias. Bonita. Una mancha de esas bayas sobre los labios se lo recordaría a Belinda, a ella y también a su marido, que según había oído la yaya solía salir de juerga por The Quarters, donde bebía, fumaba, bailaba y olvidaba que tenía a su preciosa esposa embarazada esperándole en casa.

»Ven aquí, pequeña —había dicho la yaya indicándole a Grace que se acercara—. Ponte aquí.

Grace se había colado entre las rodillas de la yaya y había pegado la cara a sus dedos.

—Un día de estos, esta bolsa y todo lo que hay dentro será tuyo —le dijo la yaya, mirando los ojos marrones e inquisitivos de Grace. Luego puso el pulgar sobre el único hoyuelo que tenía Grace, una muesca sutil en su mejilla derecha.

—¿Quieres decir como en mi película, yaya? —preguntó esta.

La yaya se separó de la cara de Grace y frunció el ceño. La niña siempre se despertaba junto a su abuela, se colaba por debajo de su brazo y le contaba los sueños que había tenido esa noche —los llamaba «películas» porque imaginaba que así sería ver una película en el cine, algo que todavía no había tenido el placer de experimentar, ya fuera por dinero o por no tener el color de piel exigido— antes de que ambas pusieran los pies en el suelo, se arrodillaran, recitaran sus oraciones matutinas y dispusieran el pan y el agua para sus muertos. La yaya siempre la escuchaba con atención, porque sabía de la fuerza de los sueños y comprendía que en realidad no eran sueños, sino un guiño a lo que les depararía el futuro. Mensajes. A veces avisos. La niña había pensado que la yaya se acordaría de ese sueño que le había contado y que tenía que ver con su bolsa de partera.

—¿De qué sueño que tuviste me hablas, niña?

—Iba a contártelo ahora mismo, yaya —dijo Grace con dulzura—. Estaba jugando con un bebé, pero tenía sangre en la cara. Me asusté.

—¿Cuándo tuviste este sueño, niña?

—Hace un momentito, yaya, mientras estabas en el río.

A la yaya tal vez debería haberle sorprendido la visión de su nieta y la coincidencia de la conexión de ambas con lo que les guardaba el destino, pero había aprendido a no cuestionar lo que se presentaba de forma natural y cierta. Había llegado la hora.

—No hay que tenerle miedo a la sangre, niña —dijo la yaya escuetamente—. La sangre está en tu mamá y en tu papá. También en mí y en mi mamá. Tenerle miedo a la sangre es como tenerse miedo a una misma.

Grace sintió algo en el estómago, aunque distaba mucho de su idea de alegría. Se parecía más bien a cómo imaginaba que caía el hacha sobre el cuello de un gallo recién elegido para terminar en la olla. Quiso explicarle enseguida a la yaya que ya tenía la regla; quería saber qué iba a pasar después. Solo podía confiar en su abuela si quería saber la verdad. Su madre, Bassey, había renunciado hacía mucho tiempo a lo que Rubelle le había enseñado acerca de la menstruación decantándose por lo que la Biblia, el pastor y el resto de los hombres tenían que decir al respecto, de modo que prefería callar cuando se tocaba el tema. Lo máximo que pudo sonsacarle fue que la regla era el destino de las mujeres, la maldición de Eva. Pero a la yaya esa historia de la tentación, la desobediencia y la expiación —ese cuento de manzanas y serpientes que hablaban con lenguas mentirosas— le traía sin cuidado. De lo que estaba segura era de lo mismo que sabían las mujeres que habían engendrado un sinfín de generaciones antes que ella: la menstruación era un regalo. La sangre llevaba los ingredientes de la vida: purificación, intuición, un contrapunto entre los ritmos del cuerpo, la naturaleza y Dios. Que le hablara a su nieta acerca de ello se volvió más urgente cuando las caderas de Grace empezaron a tensar las costuras de su vestido hecho con la tela de algodón de un costal de harina y sus nalgas se volvieron más redondas y generosas.

—Me lo contó mi madre. Me decía: «Cuando te conviertes en una mujer, la luna hace que las olas rompan en la costa en tu honor» —le había explicado la yaya a Grace más de una vez—. Decía que Simbi hace un baile en tu vientre.

La yaya caminaba hacia la cuerda de tender con una sábana recién lavada cuando vio que su nieta salía despacio por la puerta de la letrina, casi doblada por la cintura. De forma instintiva supo por qué Grace parecía dolorida, pero aun así se lo preguntó.

—¿Qué te duele, niña?

La respuesta de Grace hizo que la yaya echara la cabeza hacia atrás y soltara una gran carcajada.

—Ven aquí —dijo tendiéndole los brazos y envolviéndola en su pecho—. ¡Ay, Simbi ha salido a bailar esta noche! Baja al bosque y recoge un poco de sauquillo. Deja que la yaya te prepare algo para aliviar el dolor.

Grace hizo lo que le pedía, pero en cuanto salió de la maleza vio a un hombre blanco que montaba a pelo un caballo, fustigándolo con la vara hasta plantarlo prácticamente frente a las narices de su abuela. No se dignó a bajar; solo se dio un toque en el ala del sombrero y fue al grano.

—Abuela, la necesito en la casa. Parece que Ginny está lista para tener al pequeño.

—Buenos días, señor Brodersen —dijo la yaya sin perder la calma. La brusquedad de aquel hombre no la había alterado en lo más mínimo. En realidad, estaba acostumbrada a lo directos y mandones que eran los blancos cuando querían procurarse sus servicios. De hecho, hasta le parecía un poco divertido. Como si estuviera por debajo de ellos, aunque fueran ellos los que se presentaban en su patio, siempre enfadados, siempre desesperados, confiando en que ella acudiría a mediar en el milagro. Dios mío, si la mayoría de esos hombres lo pasaban igual de mal que la gente de color a la que miraban por encima del hombro: no tenían donde caerse muertos ni una tumba a su nombre en el cementerio. Le pagaban en pollos y promesas, como todo hijo de vecino, aunque con la diferencia de que ellos, los blancos, lo hacían con exigencias en vez de con gratitud. Sin embargo, a la yaya los detalles concretos del trato que le dispensaban no le importaban demasiado. Lo único que le preocupaba era su misión divina: colaborar en la llegada segura de una nueva vida al mundo. El color de la piel no constaba en el contrato de su alma.

—¿Cuánto hace que ha roto aguas? —preguntó la yaya educadamente, protegiéndose del sol con la mano mientras levantaba la vista hacia Brodersen.

—Hace media hora más o menos —dijo él.

—¿Y las contracciones? ¿Cada cuánto las tiene?

—Se ha puesto a berrear desde el principio, pero solo había tenido una antes de que saliera para aquí.

—Bueno, no es su primer parto, así que no hay forma de saber si este que viene se tomará su tiempo o tendrá prisa en conocer el mundo, ¿no cree, señor Brodersen?

—Eso parece, abuela —contestó él, empleando el apodo con el que los blancos llamaban a las parteras negras.

—Bueno, deme un momento para ir a recoger mi bolsa y me pongo en marcha. No creo que tarde más de una hora en llegar a su casa, a menos que el viejo Aaron esté por aquí y quiera llevarme. Mientras tanto, ya sabe lo que tiene que hacer: exactamente lo mismo que la última vez que alumbré a esos niños preciosos suyos. Ponga agua a hervir, prepare botellas y sábanas, y haga que su preciosa esposa esté lo más cómoda posible.

—Sí, señora —dijo Brodersen dándose un toquecito en el ala del sombrero.

Dicho esto, salió en dirección a Piney Tree Mill, un aserradero que era la empresa con más empleados en Rose. Para llegar allí, su caballo tendría que cruzar el río Piney por el único puente que había en la localidad, y luego, para llegar a casa, tendría que rodear el enorme edificio de madera y acero, donde los árboles recién talados se descortezaban, cortaban, trituraban y convertían en pulpa, y los blancos se deslomaban lo mismo que los negros, aunque estos últimos recibían un sesenta por ciento menos de paga cuando salían del trabajo el viernes por la tarde. Los blancos usaban ese dinero de más para vivir en una aldea diminuta detrás del aserradero, donde solo se veía a los negros si trabajaban allí para esas familias blancas que llevaban vidas segregadas, en una comunidad segregada, con ideales segregados; y de todos modos, era imposible ver allí a un negro después de que anocheciera. La única que podía pasearse sin peligro por allí era Rubelle Adams, la abuela cuyas manos habían sido las primeras en tocar prácticamente a todas las generaciones de vecinos blancos de Rose. A Ruby, aquello ni la hacía sentirse orgullosa ni la avergonzaba. Así era la vida.

Y ahora ya no sería la única negra que podía pasearse por Rose de noche, porque su nieta la acompañaría.

—Ven conmigo, pequeña —le dijo la yaya a Grace haciéndole una seña a su nieta, que estaba paralizada junto al tendedero, esperando a que el hombre blanco volviera a ponerse en marcha—. Voy a hacerte un té y hablaremos un poquito. Ha llegado la hora.

Desde el momento en que la yaya tuvo la visión de Grace trayendo bebés al mundo, se aplicó diligentemente a la tarea de enseñar a su nieta los secretos de las mujeres que asistían en el milagro; sus propios secretos. Y en ese día en que los espíritus tuvieron a bien hacer que su nieta fuera capaz de obrar sus propios milagros, la yaya se llevaría a Grace para que pudiera asistir a su primer nacimiento.

Preparó a toda prisa el té y luego sentó a la niña para que pudiera revisar de nuevo todo lo que guardaba en su bolsa de partera; todo lo que debía contener según la Junta de Salud, donde había obtenido su licencia casi veinte años antes, y también todo lo que debía contener según sus visiones, experiencia y el orden natural de las cosas entre esas mujeres cuyas manos eran sagradas y habían sido ungidas. Esto sirve para esto y este papel para lo otro, esta hierba calma a las madres y esa raíz la necesitas para aliviar sus dolores. La yaya había desgranado el contenido de la bolsa tantas veces que Grace ya se sabía de memoria para qué servía cada cosa; nunca se cansaba de mirar todo el instrumental y se puso muy contenta al pensar que nunca más tendría que colarse a hurtadillas cuando su abuela no estaba en casa para echar un vistazo a esos objetos. Con todo, la idea de que finalmente podría presenciar de primera mano cómo los cuerpos y Dios ayudaban a las mamás a despachar los nenes del «lugar sagrado de una mujer» le provocaba una emoción casi incontenible.

Justo en el mismo instante en que la yaya le plantaba en la cara el frasco de yodo, girándolo para que pudiera verlo bien, la madre de Grace —alta, ligera y todo lo elegante que podía ser una chica de campo con poco más que lo que llevaba puesto y lo que cargaba en una pequeña mochila que llevaba a la espalda— entró con paso relajado por la puerta principal de la casa, pensando ensimismada en cómo se las arreglaría para lavar su ropa, plancharse el pelo y salir pitando de vuelta a la casa de Willis Cunningham antes de que el sol enfilara su lento baile hacia el ocaso. Fue la voz de la yaya la que la sacó por las bravas de su ensimismamiento. Afiló la mirada cuando reparó en el frasco que su madre tenía en las manos.

—Mamá, no empieces a incordiar a mi niña —dijo Bassey en un tono que no admitía réplica—. No le hace ninguna falta saber eso.

—¿Y qué sabrás tú de lo que le hace falta a la niña? —le espetó la yaya—. Porque por aquí no se te ve el pelo, así que muy enterada tampoco estarás.

—Escúchame, Rubelle Adams. No es asunto tuyo si me paso más o menos por aquí. Siempre igual, intentando convencer a alguien de que se dedique a corretear por el pueblo, parteando embarazadas por un par de dólares o un pollo, o dos si estás de suerte. Ya te dije que no iba a tirar el resto de mi vida así, yendo y viniendo por estos andurriales, soportando los berrinches de esas pobres mujeres mientras dan a luz criaturas que ni siquiera pueden permitirse. Y te aseguro que no quiero eso para Gracie.

La yaya guardó con cuidado el frasco de yodo en la bolsa. Luego hizo lo propio con las fajas rojas, el periódico, la bolsita de hierbas aromáticas, las bayas y la pila de retales de sábanas de algodón. Finalmente chasqueó los labios.

—¿Y a qué te gustaría que se dedicase? —preguntó, al

tiempo que se incorporaba de la silla desvencijada—. ¿Prefieres verla correteando por el pueblo detrás de un hombre que no la quiera? ¿Y que ese hombre le ponga un ojo a la virulé en señal de gratitud, por habérsela beneficiado?

Bassey se pellizcó instintivamente la mejilla y puso una mueca al sentir el dolor que aquel gesto irreflexivo había despertado en su piel. Willis había estado de uñas la noche anterior. Ella había procurado calmarlo lo mejor que pudo, pero no antes de que él le diera una de sus *lecciones* por pasarse de insolente.

—Pues prefiero que aprenda a hacer las paces con un hombre que sepa cuidar de ella a que vaya corriendo detrás de esas blancas, lavando sus bragas por unos centavos, mientras tú ayudas a las negras a parir bebés que cuando crezcan también lavarán bragas. No es eso lo que deseo para mi hija.

—Tus deseos no son más fuertes que el destino que le guardan los ancestros.

Bassey sabía que era inútil discutir. Aunque había rechazado la profesión que su madre quería transmitirle, un legado que había pasado de madres a hijas en la rama Adams de su árbol genealógico desde antes incluso de que los barcos derramaran la sangre de su familia en las costas de Virginia, no estaba en condiciones de poner reparos a cómo decidiera la yaya criar a Grace. A fin de cuentas, Bassey no formaba parte de aquel mundo. Ya no. Hacía mucho que había reprimido sus propias visiones, y también las que tenía la yaya, en lo más hondo de su ser, donde la oscuridad amordazaba a los espectros y sus profecías. No quería tener nada que ver con ellos. No le veía ningún sentido a escuchar sus susurros, a prestar atención a los mensajes que le transmitían cuando soñaba. Sencillamente, no le servían de nada. Bassey prefería, en su lugar, servirse a sí misma. Creía que era la única responsable de su propio destino y que este descansaba en los brazos de Willis Cunningham, ayudante del pastor en la Iglesia del Nazareno, de cuyo rebaño Bassey era una integrante fiel y diligente, además de primera dama de honor, firmemente convencida de que, si perseveraba, si le obedecía en todo y le demostraba la hondura de su amor, Willis haría bien las cosas, haría lo esperable y necesario, lo que habían dictaminado Jesús, Dios y hasta el propio Espíritu Santo, es decir: convertirla en su esposa. Él le gustaba, qué duda cabe, pero todavía le gustaba más lo que Willis podría hacer para asegurarse de que ella no volviera a tocar nunca más una tabla de lavar, por lo menos no para ocuparse de la colada de esas señoras blancas malencaradas. El respeto que inspiraba, tanto en la Iglesia del Nazareno como en High Plantation, donde trabajaba de capataz y se encargaba de supervisar a un puñado de negros perezosos mientras picaban los tallos de las plantas de tabaco, le granjeaba suficiente dinero y estima como para hacerla a ella acreedora del primer banco de la iglesia el domingo por la mañana, delante incluso de las diaconisas, sus enormes sombreros y sus labios enfurruñados, junto a lady Stewart, la esposa del reverendo Stewart y primera dama del Nazareno, y justo enfrente de Willis, cuya mirada a veces se dejaba llevar por la lascivia y la necesitaba cerca para no perder la concentración cuando estaba en el púlpito.

—Mira, mamá. Hoy no tengo tiempo para hablar de esto —dijo Bassey perdiendo la paciencia. Se volvió en tres direcciones distintas, sin saber qué debía hacer primero—. Tengo que prepararme para la clase de estudio de la Biblia en casa del señor Cunningham y voy a llegar tarde si me dedico a hablar contigo todo el santo día. —Ahora se volvió hacia Grace y suavizó el tono un poquito—. Hija, pon agua a calentar para que pueda asearme.

Una vez más, ahí estaban Bassey y Rubelle, como dos boxeadores enfadados, ansiosos, midiéndose silenciosamente desde sus respectivos rincones; sangre, sudor y mocos, el testimonio de la brutalidad de su furia. Entre madre e hija, lo único que no se había roto eran los huesos.

Así estaban las cosas. Así estarían siempre. Sus espinazos eran tan inflexibles que ninguna de las dos iba a agachar la cabeza. Ambas estaban firmemente ancladas en la persona que eran. Rubelle recibía de su hija el mismo respeto austero que le dispensaba la comunidad a la que servía. Bassey valoraba la pericia de su madre como comadrona y sanadora, aunque para una mujer joven como ella, con ansias de modernidad, pero también de estar arraigada en la Palabra de Dios, aceptar las excentricidades de su madre no era tarea fácil. El hecho de que su madre no quisiera ver ni en pintura la Iglesia del Nazareno, el sitio donde Bassey estaba convencida de que su nueva vida —espiritual y física— había comenzado, la afectaba profundamente. En realidad, Rubelle —esa mujer que traficaba con espíritus africanos, adoraba el correr revuelto de las aguas río abajo y creía que un saco lleno de hojas y raíces sucias podía ser más curativo que la mano de un médico con formación universitaria— le daba vergüenza ajena. La comunidad toleraba su comportamiento porque no había demasiadas alternativas: los hospitales segregados y los médicos rurales blancos curarían antes a una cerda que a un negro, y a fin de cuentas casi todos los habitantes de la parte negra de Rose eran tan pobres que no habrían podido pagarse un tratamiento profesional. Rubelle era todo lo que tenían.

Rubelle sabía que era todo cuanto tenía su hija y le daba rabia que ella se negara a verlo así. Bassey estaba tan cegada por su ambición —tan obsesionada con darle la espalda a su destino— que no podía ver la verdad, y menos todavía la trinidad de peligros que la acechaban y cuya intención era acabar con ella: las ancianas de la Iglesia del Nazareno, que no veían en Bassey más que a una ramera que buscaba atrapar a su amado pastor en la telaraña de maldad y pecado de la familia Adams; los hombres que olían la desesperación de Bassey y disfrutaban revolcándose en ella; y ese Willis, el más tétrico de todos, cubriendo sus mentiras bajo un manto de eternidad con el que luego seducía a Bassey. No le deseaban nada bueno. Rubelle se lo había advertido varias veces, pero era inútil. Bassey era tozuda como ella sola y no había forma de cambiarla.

Madre e hija se habían quedado en silencio mientras Grace se ocupaba del agua. La trataba como si fuera un perfume valiosísimo que tuviera que preparar para la realeza. Tal y como le había enseñado la yaya a hacerlo, Grace cogió una flor de la gardenia y molió sus tiernos pétalos en un puñadito de sal de Epsom. Cuando estuvo satisfecha con el aroma, cogió un pellizco de sal entre sus finos dedos y lo espolvoreó en el fondo de la gran bañera de hierro que tenían colocada en un rincón entre la cocina y la sala de estar. Luego, cuando el agua estuvo bastante caliente, la vertió en la bañera. Tres viajes más a la bañera con agua caliente y unas gardenias como toque final y el baño estuvo listo.

—Mamá, tienes la bañera preparada —dijo Grace orgullosa de sí misma, dando un paso atrás.

Bassey asintió, tiró su esponja al agua y dejó caer el vestido al suelo. Estaba de espaldas a su madre y a su hija, por lo que no vio la sombra de espanto que ensombreció sus ojos. Tenía varios moratones en la espalda y los muslos, una imagen que dolía a todos salvo a ella, porque había estado tan concentrada en prepararse para Willis que no había permitido que el dolor, o su rastro, la detuviera, y por supuesto no iba a entrar ahora en detalles sobre cómo había ocurrido todo, y menos todavía con su madre y su hija. No, aquello les incumbía solamente a Willis y a ella, y punto.

Grace miraba en dirección a su madre, pero sin fijarse en cómo se bañaba. En vez de ello, tenía la vista puesta en la película —en tecnicolor, grotesca— que se desarrollaba ante sus ojos. En ella, Bassey estaba tendida sobre una tabla de madera puesta entre dos sillas, con las manos descansando junto a los costados de su vestido alisado, el de flores amarillas, su favorito. La yaya le ponía unas monedas sobre los párpados cerrados y le pintaba los labios con bayas. Mamá estaba inmóvil, pero no en paz.

Grace no estaba segura de entender lo que estaba viendo en esa película; de hecho, ni siquiera acertaba a comprender por qué, estando descansada y completamente despierta, estaba viendo una película. Pero la yaya sí lo sabía.

Lo sabía porque estaba viendo la misma película.

—Tenemos que ponernos en camino —dijo la yaya rompiendo finalmente el silencio. Se le quebró la voz, pero ni su hija ni su nieta vieron el agua que se agolpaba en sus ojos—. El bebé de la señora Ginny no va a esperarnos.

2

La yaya la había sermoneado mientras caminaban hacia la casa de los Brodersen, así que Grace sabía que debía quedarse en un rincón sin decir esta boca es mía a menos que le indicara lo contrario. Había ido a mirar, aprender, asistir si se terciaba, y ayudar a la señora Ginny con sus cuatro retoños, que estaban sentados en la cocina, calladitos mientras oían los gemidos de su mamá. Los niños sabían que había un bebé en camino, pero los detalles eran impenetrables para ellos, porque toda pregunta por su parte quedaba descartada. Su padre, severo, huraño y no precisamente hablador, preferiría darles un sopapo en la boca, e incluso dárselo en la suya propia, antes que responder a unos mocosos. Y así no les quedaba más remedio que librarse a los desvaríos de su imaginación desbocada, que les proponía conjeturas disparatadas acerca de lo que iba a ocurrir con las ollas de agua hirviendo sobre el fogón, las tijeras que se introducían un momento en los enormes borbotones, los cepillos y los recortes cuadrados de tela de algodón que la abuela —una aparición vestida de blanco de la cabeza a los pies, cubiertos con unas medias y unos zapatos de enfermera blancos— había apilado en una alta torre sobre la pequeña bandeja hacia la que esos niños estiraban el cuello cada vez que la comadrona o el señor Brodersen abrían la puerta chirriante para entrar o salir del dormitorio.

—Tal vez le corten la barriga para que el bebé pueda

salir —susurró la mayor, de siete años, cuando su padre no pudo oírlos.

—Y tal vez le venden la panza con esas sábanas —añadió otra hermana, de cinco años, mientras estrechaba a un nene de tres años que tenía en su regazo, arrimándolo a su pecho.

El labio inferior del que tenía cuatro años se estremeció al pensarlo y empezó a temblar sin freno poco después, al oír que su mamá soltaba un grito gutural, provocado por una nueva contracción.

—No llores —le avisó la mayor, con el labio superior arremangado mientras le susurraba al oído—. Papá vendrá y te arrancará la piel a tiras si no haces lo que nos ha mandado y te quedas quietecito.

El niño se tapó la boca con la mano. Ya había sentido el azote del cinturón de su padre ese mismo día y no quería volver a pasar por el mismo trago. Aun así, la niña de siete años se había planteado seriamente arriesgarse a recibir el castigo, pues había pensado para sus adentros que los azotes bien valían la pena si, a cambio, podía averiguar por qué la obligaban a quedarse sentada en la cocina como una mocosa mientras esa negrita podía estar a sus anchas en la habitación de su madre. Su papá, atareado en ese instante en preparar una cuna con una gran caja de cartón, unos retales y unas sábanas, no reparó en los susurros, los gimoteos y las dudas de sus hijos.

—Tranquila —dijo la yaya al tiempo que ayudaba a la señora Ginny a bajarse de la cama. Había roto aguas unas horas antes y las contracciones eran cada vez más regulares, pero su cuerpo no le pedía todavía que empujara. La responsabilidad de la yaya era cerciorarse de que pudiera abordar el parto con toda la comodidad posible mientras el dolor le atravesaba el abdomen como una navaja, y, así, como había hecho con todas las parturientas que la habían precedido, se acercó a la señora Ginny, le habló y le recordó la dulzura que la esperaba al otro lado de todo aquel tormento—. Le aseguro que vienen días preciosos para usted, su marido y esta ricura de bebé. No se preocupe por el dolor. Con la ayuda de Dios, lo hemos hecho ya cuatro veces y todos sus bebés salieron sanos y fuertes. Y lo mismo será con este, no sufra. Estamos a punto de presenciar otro milagro.

—Sí, señora —fue todo lo que acertó a decir la señora Ginny. Había temor en su mirada.

—Gracie, ponte a hacer la cama —le ordenó la yaya con dulzura—. Hazla exactamente como te he enseñado. Coloca el plástico sobre el colchón, luego la sábana y luego el jergón que preparó la yaya. Está en esa bolsa de ahí, bien limpito. Hazlo ahora mismo, y después prepara las palanganas, una para la señora Ginny, otra para mí, y otra para la ricura de bebé que viene en camino.

—Sí, señora —dijo Gracie. Se aplicó inmediatamente a la tarea y la yaya siguió repartiendo órdenes.

—Escuche, señor Brodersen. Voy a caminar un poco con la señora Ginny mientras mi nietecilla prepara las sábanas. Después, cuando estén listas las palanganas, mi nietecilla y yo iremos a la cocina con sus hijos mientras usted y la señora Ginny pasan un rato tranquilos aquí dentro.

—Ni hablar —dijo él, al tiempo que dejaba el moisés nuevo en una peana junto a la cama de matrimonio.

La señora Ginny volvió a gemir cuando una contracción atenazó su vientre; el dolor fue tan intenso que le llegó a los dedos de los pies. Quedó doblada y se agarró la barriga con una mano mientras, con la otra, apretaba el brazo de la yaya.

—Ay, señor Brodersen. No se ponga tímido conmigo, ¿vale? Usted y su preciosa mujer ya estuvieron solos antes de este bebé y deberían estarlo ahora también, solos los dos, mientras llega al mundo.

—¡He dicho que no! —chilló él. El grave retumbar de su

voz hizo que Grace diera un salto, y ese salto provocó que a Grace se le cayera el jergón de la cuna, y la caída del jergón al suelo hizo que a la yaya se le afilara la lengua y adoptara un tono tan irreflexivo como el de ese hombre blanco.

—¡Recoge ese jergón! —gritó la yaya, pese a que Gracie ya lo tenía de nuevo entre sus brazos, después de agarrarlo con tanta celeridad que solo una puntita había rozado la alfombra recién barrida sobre el entarimado—. Ya sabes lo que nos ha costado esterilizar las fundas del jergón. ¡Déjame verlo! —exigió sosteniendo todavía a la señora Ginny, que cambiaba el peso de un pie a otro mientras trataba de reponerse de las réplicas de la última contracción.

Grace levantó el jergón para que su abuela pudiera examinarlo. Estaba inmaculado.

—Debes ser más cuidadosa, cielo —dijo la yaya, en un tono más bajo y cariñoso—. Todo tiene que estar limpio y esterilizado para que el bebé y la mamá no cojan ninguna infección, ¿entendido?

—Sí, señora —dijo Gracie asintiendo—. Seré más cuidadosa, yaya —añadió mientras colocaba el jergón sobre la cama. La punta que había rozado la alfombra la puso en la parte inferior, donde estarían los pies de la señora Ginny.

La yaya volvió a concentrarse en el irascible marido, pero se abstuvo de intentar convencerlo de hacer lo que debería haberle salido de forma natural, o lo que simplemente tocaba. Su esposa, nerviosa, con las entrañas en llamas, angustiada por la llegada al mundo del bebé, necesitaba que las facetas más dulces de su marido se impusieran a su inflexibilidad. Pero era incapaz; había algo que roía al marido por dentro y el amor no era bálsamo suficiente para las heridas que abrigaba.

No era la primera vez que la yaya veía algo así: maridos sobrepasados que se dejaban vencer por los nervios y apartaban de una patada cualquier cosa que los molestara mientras trataban de averiguar cómo iban a apañárselas para dar de comer a otra boca en casa. A la yaya le daban pena esas madres, pero por los papás no sentía ninguna tristeza. Nunca parecían tener en cuenta lo que vendría después cuando andaban persiguiendo empalmados a sus esposas y se negaban incluso a dejar que los cuerpos de sus mujeres se curasen antes de volver a exigirles sexo. Antes de tomarlo por la fuerza. Y luego llegaba otro bebé, que se añadía al par que ya no podían permitirse, lo cual, de vez en cuando, se convertía en algo más que un simple problema familiar, porque también terminaba afectando a la yaya. Pobre Mary Patterson, esa era su cruz. Su hombre no encontraba trabajo y ambos habían pasado muchas noches de hambre el penúltimo invierno, cuando ella estaba a punto de salir de cuentas. De vez en cuando comían un poco de pan de sémola de maíz, también algunas habas si Mary era capaz de reunir las energías suficientes para hacer un par de coladas a cambio de unas monedas con las que pagar al viejo Bunch Cleary en el centro comercial. Pero, en general, lo que hacían era inclinarse sobre unos pequeños cuencos de gachas con un poco de grasa de tocino para que el sabor fuera medio aceptable, mientras se acurrucaban junto a un horno que no veía en su vientre más que un par de pequeños leños que Joe Patterson había logrado mangar en sus salidas a por comida. Mary estaba tan desnutrida que la yaya, cuando vio que se quedaba embarazada de su primer bebé, se sintió obligada a hacer una ofrenda especial de más junto al río con la que imploró a los ancestros que le ahorrasen al bebé el dolor que iba a sufrir con una muerte que se le antojaba inevitable. Por desgracia, Mary se puso de parto en la noche más fría del año; padre y madre estaban tan débiles a causa del hambre, el agotamiento y los primeros síntomas de hipotermia que, en sus momentos más silenciosos, los únicos signos de vida eran las estelas de vaho caliente que salían de sus bocas para formar unas frágiles nubes en el aire gélido. La yaya, tras adentrarse apenas tres pasos en la casa, se había asustado al ver el estado en el que se encontraba la pareja —la sensación de vacío total que transmitían— e inmediatamente convocó a un vecino para que la llevara de vuelta a casa a por provisiones: una colcha de repuesto, un poco de remolacha en conserva, una bolsa de alubias y un poco de café. También jabón. Ya había cosido una batita de franela para el bebé, pero cogió algunos trozos más de tela, una caja y seis botellines y le hizo una camita caliente, pues sabía que los huesos de la madre no serían consuelo suficiente frente al frío del invierno. Mary Patterson tuvo un parto difícil, uno de los más difíciles que había visto la yaya en todos sus años de partera. Una mujer no puede permitirse ninguna debilidad cuando tiene que empujar a un ser humano para sacarlo de sus entrañas. ¿Mary? Había sido fuerte ese día y, con la gentileza de la yaya, había logrado sobreponerse a todo por su hijo, por su familia. Pero su marido se había quedado sentado tranquilo, como un perfecto inútil. Esperando. Incapaz. Menudo hombre. Obligó a su mujer a levantarse, dolorida, y a hacerle la cena antes incluso de que esta pudiera darle la teta al bebé. «Escucha, Joe. Tendrás que dejar descansar un poco a Mary», le había dicho la yaya cuando se pasó unas semanas después a comprobar cómo se encontraban su paciente y el recién nacido, y vio que el bebé se había hecho pipí y lloraba en el moisés, mientras Mary estaba al fogón, con el vestido harapiento manchado de la leche que manaba de sus pechos, sirviendo unas gachas y un trozo de pan en un cuenco.

—No le pasa nada —dijo Joe agarrando a su mujer de la cintura con un gesto que hizo que la yaya mirase hacia otro lado, avergonzada. No era forma, pensó, de que un hombre se comportara en presencia de otras personas—. Mary, yo y el pequeñajo estaremos la mar de bien. ¿A que sí, cariño?

—Sí, Joe —dijo ella en voz baja, mientras ponía el cuenco sobre las rodillas de su marido y se arreglaba el vestido, que estaba empapado y se le adhería al cuerpo. Corrió entonces hacia el moisés y en un gesto rápido se llevó el bebé rabioso y hambriento al pecho. El niño ya chupaba y sorbía cuando Mary, exhausta y a punto de echarse a llorar también, se dejó caer prácticamente sobre la cama deshecha.

Tres semanas después volvía a estar embarazada. Y al cabo de ocho meses tenía otra boca que alimentar. Joe Patterson todavía le debía cinco dólares a la yaya por el primer parto cuando llamó a su puerta para decirle que Mary había roto aguas y que la necesitaba para alumbrar a su segundo hijo, un hijo que se sumaría a la lista cada vez más larga de personas a las que no podía ni quería alimentar.

Como la yaya pensaba que los bebés eran sagrados, jamás se le habría ocurrido emplear sus artes ancestrales —un regalo transmitido de generación en generación— para sacar a un bebé no deseado del vientre de su madre y dejarlo morir. No quería cargar con ese peso en su alma. Pero viendo a los Patterson, y a demasiadas parejas como ellos, entendía perfectamente que algunas mujeres tomaran esa decisión y que no les resultara nada difícil encontrar a alguien que las ayudara a llevar a cabo la misión, si era eso lo que los padres se habían propuesto. Juzgar a los demás nunca salvaría a un bebé del gancho de la abortista o calmaría los gruñidos de la tripa de un bebé hambriento.

Grace se volvió hacia la ventana del dormitorio que daba al patio trasero y vio como el señor Brodersen, hacha en mano, merodeaba en torno a un pedazo de acacia negra que había estado cortando para hacer leña. Parecía disgustado, lo que dejó confundida a Grace, porque ¿quién podía enfadarse por la llegada de un pequeñín al mundo? Los bebés, para Grace, eran como la limonada que la yaya hacía los domingos: repletos de bondad, hechos con amor.

Un par de veces había cuidado de Evermore, el bebé de Nearest Dandy, y Grace nunca se cansaba de lo bien que olía el pequeño cuando arrimaba la nariz al filo de su mandíbula o de cómo le mordisqueaba la mejilla con las encías cuando le acercaba la cara a la boca. La señora Dandy le había pedido que no lo tuviera en brazos todo el rato mientras cuidaba de él. «Vas a malcriarlo si siempre lo llevas encima, y luego no hay quien aguante a un bebé malcriado —la regañó—. Déjalo en el suelo, aunque tenga un berrinche. Debe aprender a valerse en este mundo sin que lo mimen todo el día.»

—Sí, señora —respondía siempre Grace y, luego, antes de que la señora Dandy tuviera tiempo de salir por la puerta de la casa, el pequeño Evermore volvía a estar en sus brazos. Era como una adicción, y eso que ni siquiera era su bebé. Y ahora no entendía por qué el señor Brodersen se comportaba de forma tan extraña con un hijo suyo.

Un grito de la señora Ginny hizo que volviera a concentrarse en lo que estaba ocurriendo en la habitación. A la parturienta le flaquearon las rodillas y, de no haber estado la yaya allí, sin duda habría caído redonda al suelo.

—Rubelle —dijo la parturienta, sobreponiéndose al peso de su propia respiración—. Ha llegado el momento. Tengo que empujar.

—Aguante un momento, señora Ginny. Sabe que no puede empujar hasta que estemos seguras de que ha llegado la hora. No se preocupe. Yo la cuido.

Grace iba cambiando el peso de un pie a otro mientras la yaya retiraba las sábanas y ayudaba a la señora Ginny a tenderse sobre el jergón con el que habían cubierto la cama. Con esmero y rapidez, fue a buscar la olla de agua caliente a la cocina para vaciarla en la palangana que había colocado a los pies de la cama, sobre una mesita en la que la yaya había dejado todo el instrumental que contenía su bolsa.

—Muy bien, señora Ginny. Ahora, échese y apóyese contra la almohada —le ordenó la yaya—. Voy a ver cuánto falta. Pase lo que pase, no apriete de momento, ¿vale? No queremos que este bebé se atasque y menos todavía que usted se haga daño, ¿entendido? Se acordará de respirar como le dije, ¿no?

La señora Ginny, con el rostro desencajado por el dolor de una contracción que le recorría el bajo vientre, asintió.

—Vale, ahora respire mientras dure la contracción, ¿vale? La ayudará a superar el dolor. Voy a lavarme las manos y entonces empezaremos y nos pondremos a trabajar —dijo la yaya.

Luego se plantó frente a la palangana y, con gran esmero y precisión, se frotó las manos, los dedos, las uñas y los antebrazos con un cepillo. A Grace le pareció que aquello duraba una eternidad. Las cerdas del cepillo le arañaban con tanta fuerza la piel que pensó que iba a arrancársela hasta el hueso. Cuando hubo terminado, puso las manos en alto, cogió una de las toallas blancas esterilizadas que había colocado junto a la palangana y observó el cuarto mientras se secaba. Tijeras, el frasco de yodo, la vaselina, el jabón, las tiras de gasas estériles, la bacinilla, la báscula, la caja y la ropa para el bebé. Quedó satisfecha. Todo estaba en su sitio.

—Muy bien, vamos a levantarle las piernas para ver qué se cuece —dijo la yaya, antes de agacharse y levantar el camisón de la señora Ginny.

Ahí, entre las piernas abiertas, se ofrecía una imagen que Grace jamás había visto en sus trece años de vida, algo que no sabía si debería estar viendo: las partes íntimas de una mujer mayor. El toto de una blanca. Lo más cerca que había estado de ver uno había sido hacía poco, cuando se miró el suyo a escondidas en la letrina. Como en otras ocasiones, aprovechó que la yaya había bajado al río para agarrar un espejito de mano viejo y turbio y correr al patio trasero donde acometió la misión de descubrir cómo eran sus partes íntimas ahora que era «una mujer» porque ya tenía la regla. La primera vez que había echado un vistazo tenía ocho años y la animaba la propia curiosidad: quería ver los pliegues, la carne rosada, eso que la hacía sentir rara cuando se colocaba la almohada entre las piernas al dormirse o cuando se lo frotaba con el dedo índice. Había vuelto a coger el espejo cuando notó que una pelusilla fina y rizada le brotaba entre las ingles. Sabía que también le crecería en las axilas, desde luego, pues ya había visto pruebas de ello en algunas de las chicas mayores de la escuela una tarde en la que los chicos se burlaron de Mabel Tawny porque olía mal. «¡Todo ese pelo hace que los sobacos te huelan como un montón de basura en una hoguera!», había gritado Lewis Melton durante el recreo, con la evidente intención no de informar a Mabel del hedor, sino de ponerla en evidencia delante de un patio lleno de críos con lenguas viperinas y muy escasas reservas de bondad. Mabel había llorado ese día por todas las burlas y Grace, haciendo lo imposible para que Lewis no se fijara en ella, rezó en silencio para que nunca le creciera el vello en las axilas y ni Lewis ni nadie pudiera burlarse de ella. Esa tarde marcó el inicio de su obsesión con el pelo; dónde crecía, por qué crecía donde lo hacía, qué se suponía que debía hacer una cuando ocurría, si todo el mundo tenía o si Mabel, sencillamente, había sido la niña más desafortunada del mundo por tener unos pelos en los sobacos que olían como un montón de basura humeante. Grace, armada con ese espejo turbio, descubriría años después que axilas y cabezas no eran los únicos sitios donde el pelo podía tomar asiento. Un par de años más tarde, descubriría asimismo que su toto tenía más o menos el mismo aspecto de siempre, por más que, como le había asegurado la yaya, se hubiera convertido en una mujer y ya pudiera tener hijos. Esperaba que fuera más grande; redondeado como sus caderas y su trasero, grueso como sus muslos, quizá más pálido, puesto que la piel que era besada por el sol se volvía más oscura, más brillante y era mucho más bonita que las partes que quedaban debajo de sus vestidos hechos con arpillera. Fue una pena descubrir que no había cambiado prácticamente nada desde que había empezado a tener la regla.

Pero aquí estaba el toto de la señora Ginny, de un color completamente distinto al resto de su pálida piel blanca, y con un vello que se parecía mucho más al que le crecía en la cabeza, más lacio que rizado. Y asomando entre los pliegues y dobleces había una mata de pelo rizado y oscuro, con sangre y babas que palpitaban en el reborde del agujero de la señora Ginny.

Grace tuvo un vértigo. Había un bebé ahí dentro.

La voz de la yaya la espabiló.

—Ahora, señora Ginny, notará mis dedos en el reborde. ¿Recuerda cómo la masajeé con los otros niños?

—Sí, señora —dijo la parturienta.

—Muy bien. No se mueva y deje que se lo frote. Así la aliviaré un poco para que no le escueza tanto y el niño salga sin desgarrarla, que es justo lo que no queremos, ¿verdad?

—Sí, señora.

Con una mezcla a partes iguales de asombro e incredulidad, Grace observó como su abuela masajeaba a la paciente, le frotaba las piernas con el dorso de la mano y la animaba a *empujar* cuando las contracciones reverberaban en su vientre. Sabía lo que iba a llegar, desde luego. Era impensable que la yaya le hubiera permitido asistir a un parto sin antes explicarle cómo llegaban los bebés al mundo. Grace ya conocía los detalles. Pero era muy distinto ver a un ser humano —lo que la yaya llamaba «un milagro entre una mamá y su Dios»— asomarse al mundo entre las piernas de una mujer.

—Vale, señora Ginny. El bebé ya casi está aquí —dijo la

yaya mientras colocaba las manos frente al toto de la señora Ginny, que previamente había untado con vaselina. Tenía una mano arriba y la otra abajo, casi como si estuviera a punto de cazar una pelota al vuelo. La señora Ginny emitió un gruñido grave y gutural, y empujó con todas las energías que fue capaz de reunir; tantas que no tardó en expulsar la cabeza, repleta de unos rizos tupidos. La yaya la sostuvo con suavidad con una mano mientras limpiaba con gesto experto los ojos del bebé con un paño estéril y vertía en ellos unas gotas de yodo. Justo en el instante en que depositaba el frasco de yodo en la mesilla auxiliar, la señora Ginny dio un último impulso con el que expulsó todo el cuerpo revoltoso en las manos expectantes de la yaya.

—¡Pero qué preciosidad de criatura! —exclamó por encima del llanto del bebé—. Ha tenido una niña sanísima. Es una ricura. ¡Mira, Gracie!

La yaya tenía razón. Era preciosa, más bonita que los otros hijos de los Brodersen, que estaban profundamente dormidos en las sillas de la cocina.

—Déjeme verla —le exigió la señora Ginny con vehemencia. La yaya dio un salto casi imperceptible.

—Espere un momento, señora Ginny. Deje que se la limpie, la pese y la vista. Estas cosas hay que hacerlas siguiendo un orden.

—Por favor —dijo la señora Ginny, esta vez con más amabilidad.

Presa de un aparente desconcierto, la yaya echó una mirada larga y severa a la señora Ginny, quien por su parte estaba mirando con la misma intensidad a la recién nacida. La yaya siguió la mirada de la madre y fue entonces cuando, según le diría más adelante a Grace, lo vio: la niña, con apenas unos instantes de vida, con solo medio minuto de aire fresco en los pulmones, cargaba el peso del mundo en la punta de sus orejas. Eran marrones. No exactamente del mismo color que las de un aparcero negro, pero sin duda del tono de un propietario de tierras cuya familia hubiera trabajado duro para erradicar todo rastro de la ofensa de un propietario de esclavos generaciones atrás. A la yaya no le hizo falta mucho más para saber lo que estaba viendo, lo que había en juego.

—Por favor —susurró la señora Ginny suplicante.

La yaya se quedó en silencio. Miró con gesto nervioso a Grace, quien era demasiado despierta para no ser consciente de la pesadumbre que se respiraba en el cuarto, pero aún demasiado inexperta para saber que tanto la señora Ginny —la esposa blanca de un hombre blanco con una pequeña granja y seis bocas que alimentar, y el mismo orgullo que cada hombre blanco que le había precedido y le seguiría— como su bebé negro corrían gravísimo peligro.

—Bueno, bueno —dijo la yaya procurando mantener la calma, como si quisiera que Ginny tampoco la perdiera—. Ya sabe que ahora debemos extraerle la placenta, y luego pesar al bebé y hacerle la revisión. —La señora Ginny abrió la boca para hablar, pero la yaya levantó la mano para cortarla—. Todo irá bien. No se preocupe, ¿me oye? Es una niña sana. Y bien bonita. Y todo el mundo sabrá que es una Brodersen, ¿me oye?

La yaya se volvió hacia Grace.

—Cariño, ve a la bolsa de la yaya. Saca los papeles y ponlos sobre la mesa de la cocina. Los rellenaré cuando hayamos terminado aquí.

—Puedo rellenarlos yo, yaya —aseguró Grace, deseosa de demostrar lo estudiosa que era.

—No, niña. La ley dice que me toca a mí cumplimentar la documentación. —Luego, volviéndose hacia la señora Ginny, añadió—: Y también me obliga a decir la verdad en la partida de nacimiento. La verdad, que es lo más importante.

—Sí, señora —dijo la madre asintiendo—. Y ambas sabemos lo que significa la verdad en estos lares, ¿no, abuela?

La yaya afirmó con la cabeza mientras terminaba de lavar a la recién nacida y la envolvía en la faja para el vientre. Luego sujetó la tela a una balanza de gancho y levantó a la pequeña con una mano al tiempo que se inclinaba para ver los números que marcaba el disco. Tres kilos y un cuarto.

—Sí, señora. Lo sabemos —respondió la yaya finalmente, mientras descolgaba el bebé de la balanza y lo envolvía en una manta—. Ahora necesito que haga un último pujo, señora Ginny, para que podamos sacar la placenta y yo pueda echarle un vistazo y asegurarme de que usted y la niña están bien.

La placenta, ensangrentada pero intacta, se deslizó fácilmente entre las piernas de la señora Ginny y cayó sobre el cobertor. La yaya la examinó, buscando desgarrones y cualquier otro defecto que pudiera anunciar complicaciones futuras para su paciente. Todo estaba perfecto. La yaya iba a asegurarse de que así fuera. Tantas otras veces, cuando las orejitas de los bebés delataban las mentiras, Rubelle Adams se aseguraba de que así fuera.

—Grace, niña. —Llamó a su nieta, quien había regresado al cuarto, mientras envolvía la placenta en varias hojas del periódico del fin de semana—. Llévate esto al peral que hay ahí en el patio. Pídele al señor Brodersen la pala más fuerte que tenga y luego sal y haz un agujero bien profundo, ¿oyes? Entierra el paquete y cúbrelo muy bien de tierra. Ya sabes lo que hay que hacer, pequeña. Lo hemos hablado, ¿te acuerdas?

—Sí, señora. Me acuerdo —dijo Grace, mientras recogía el paquete entre los brazos.

Cuando se volvió para salir del cuarto, se dio de bruces con el pecho fuerte y ancho del señor Brodersen. Olía a tierra, sudor y madera de acacia negra. A furia.

—No hará falta enterrar eso bajo el peral —dijo escuetamente, con aspereza.

—Ay, señor Brodersen —respondió la yaya—. Claro

que lo pondremos bajo el peral, como hicimos cuando nacieron los otros niños. Se acuerda, ¿no? Así se ha hecho siempre. Mi mamá, y también mi abuela, decían que la placenta ha de enterrarse bajo el árbol para que los hijos nunca te abandonen.

El señor Brodersen miró a la yaya a los ojos y sostuvo su mirada hasta que ella se sintió tan incómoda que empezó a cambiar el peso de un pie a otro. Sus zapatos de goma chirriaron en el suelo y el sonido atravesó el espeso silencio que se había adueñado del ambiente.

Le bastó dar un solo y largo paso para esquivar a la pequeña Grace y colocarse frente a la yaya. Sin dejar de mirarla a los ojos, se inclinó y le arrebató al bebé de los brazos. Sus largos dedos, fuertes y firmes, apartaron la manta que cubría la cabeza de la niña y solo entonces sus ojos pasaron del rostro de la yaya al de la recién nacida. La miró largamente, con dureza, haciendo desfilar los ojos por sus rizos negros y prietos, su frente, su nariz, sus labios y su cuello. La niña estiró el cuello y sacó la lengua.

El señor Brodersen dio un paso atrás y se volvió hacia su esposa primero, luego hacia la yaya, y finalmente hacia Grace. No había ni asomo de emoción en su voz, pero la orden que salió de sus labios impresionó a Grace hasta la médula.

—Llévate ese paquete y quémalo en la cocina. Ahora mismo.

3

Fueron a buscar a la yaya antes de que pudiera enterrar a su hija. Daba igual que tuviera el corazón roto, o que el cuerpo apaleado de Bassey todavía estuviese tendido en la mesa perforada, con hielo abajo, donde sus huesos se enfriaban de camino a un nuevo estado del ser, o que la yaya y sus compañeras sanadoras estuvieran cantando y zapateando en el suelo para despedir el espíritu de su niña y enviarlo de vuelta al hogar. Los hombres vieron que podían llevar su destrucción más lejos y así lo hicieron.

Entraron como jabalíes, golpeando con sus sucias botas en el suelo de madera que ya resonaba desenfrenadamente bajo los doce pies que se arrastraban y pisaban en una sonora danza de gritos que giraba en torno al cadáver de Bassey. Las voces de los hombres restallaron como el trueno sobre los cánticos agudos y dolientes de las mujeres, pero no lograron penetrar en el trance en el que el canto funerario las había sumido a todas. De ahí que esos desconocidos, cuatro en total, decidieran dejar constancia de su presencia. Uno de ellos, colorado, sudoroso, colérico, se abrió paso entre el corro y agarró brazos y empujó espaldas y muslos, haciendo que las mujeres tropezaran entre sí y cayeran. Otro, todavía más colorado y sudado, derribó sillas para arremeter luego directamente contra las caras de las mujeres.

—¡Qué es esta mierda de salvajes! Basta de esta blasfemia. En nombre de Dios, ¡os ordeno que paréis!

—¡¿Cuál de ellas es?! —gritó el tercero volviendo la cabeza hacia el cuarto hombre, que esperaba en la puerta, antes de abalanzarse, como los demás, sobre las mujeres. Sus cantos se convirtieron en gritos. Como si fuera por diversión, el tercer hombre pasó el brazo por el altar de la yaya, tirando al suelo platos llenos de comida, vasos de agua y de aguardiente casero y jarrones de flores antes de pararse frente a un espejo de cuerpo entero apoyado en la pared de la sala de estar. Era un hombre sureño de tradiciones arraigadas y, por tanto, sabía muy bien que la tela negra que cubría el espejo tenía la función de impedir que el espíritu se demorase, pero era evidente que no le importaban ni el alma de Bassey ni las mujeres que cuidaban de ella; así que arrancó la tela y esbozó una risita satisfecha al verse reflejado en el espejo, un rostro desdentado contraído en una sonrisa asquerosamente alegre. Sin embargo, sus labios recuperaron la severidad cuando reparó en el resto de la imagen del espejo: había una niña, pequeña, negra, estoica, que hacía guardia junto a la mesa del comedor donde yacía el cadáver. Era posible que le costara distinguir a los dos cuerpos, tan arrimada estaba la niña a la muerta, con la mano descansando sobre la mano de la fallecida, que sujetaba unas flores amarillas de botón negro, como las había también en el estampado de su vestido blanco, cubierto con una colcha tejida a mano, blanca y raída, mientras su cabeza reposaba sobre un cojín blanco, rodeada de una aureola de gardenias blancas. Sendos dólares de plata cubrían los ojos de la muchacha muerta, brillantes en contraste con su piel. Aunque durante la trifulca se movió la plataforma en la que reposaba el cadáver, hecha con una mesa y una puerta, haciendo que la colcha se deslizara a un lado y que algunas gardenias se diseminaran, las dos monedas permanecieron en su sitio, encajadas en las profundas cavidades de los ojos amoratados de Bassey. El hombre había visto cadáveres en otras ocasiones y había asistido a varios velatorios en el campo antes de que su familia hubiera acumulado suficiente riqueza para llorar a sus muertos en un moderno tanatorio solo para blancos. Pero esa imagen —la mirada penetrante de la niña, el cadáver importunado, la visión de los dos en el espejo que había descubierto con saña—, esa imagen, lo sabía bien, le perseguiría el resto de su miserable vida.

Grace observaba sin moverse. Lo observaba todo, sabiendo que su madre nunca encontraría la paz.

Era la última situación en la que Bassey habría esperado encontrarse, tirada en el suelo con su bonito vestido levantado hasta la cintura, las piernas abiertas, las bragas a la vista, la cabeza rota, la cavidad ocular reventada, los dientes repartidos como guijarros entre los palos, las raíces y las rocas que habían servido de cómplices involuntarios en su brutal muerte. Pensaba que, finalmente, había logrado arreglar las cosas. La idea era que esa noche clandestina en The Quarters les serviría para hacer las paces después de una mañana desastrosa en la que Willis había terminado sacándose el cinturón de los pantalones para azotar su cuerpo por una transgresión que ni ella misma acertaba a comprender del todo. Hasta la paliza, la mañana había sido tan perfecta como el canto de los gorriones que había anunciado el amanecer, tan hermosa como los cálidos tonos rosados y naranjas que lentamente se habían esparcido por el cielo con el alba. Para Willis, era su hora favorita del día para tener relaciones, y así terminó siéndolo también para ella, pese a que odiaba que él viera los estragos que las horas de sueño dejaban en sus ojos, los cuales, al amanecer y sobre la almohada, siempre parecían hinchados, mientras que su pelo, sudado y estropajoso después del sexo de la noche anterior y un sueño inquieto, siempre se le quedaba más pegado al cráneo de lo que le habría gustado. En esos momentos amables del amanecer, él le decía que era la cosa más bonita que había visto nunca, y ella le tomaba la palabra, porque esa era la manera que él solía tener de tratarla: cuando le ofrecía una silla para que se sentase, o le frotaba la espalda en la bañera mientras la adulaba mirándola a los ojos, con una mirada tan intensa que ella no podía sino esquivar aquel peso apartando los ojos. «Por ti, me cargaría un buey con estas manos, nena. Lo sabes, ¿no? —le había dicho él arrimándose para susurrarle aquellas palabras al oído, como si le estuviera contando un secreto—. No lo haría por nadie más que tú.»

Y ella le había creído. Su fe en esas palabras era tan profunda como las raíces de un roble centenario en un bosque de Virginia. Y se puso tan contenta que se levantó de la cama y bailó desnuda en el pequeño cuarto de él, saltando y riendo tímidamente, exclamando «¡Soy la señora Cunningham!» desde lo más hondo de sus entrañas.

Fue entonces cuando él la pegó. Se levantó por su lado de la cama y, con un movimiento rápido, recogió sus pantalones del suelo, donde la noche antes los había tirado, mientras estaban los dos sumidos en un torbellino de pasión, sacó el cinturón de las trabillas y azotó su piel con el cuero marrón, hebilla incluida.

—¡La única señora Cunningham que hay es mi madre! —gritó él enfurecido, mientras la golpeaba. En Bassey, la sorpresa fue prontamente desplazada por el terror, que se alzó en ella como las ronchas y los cardenales en su espalda, sus nalgas y sus muslos.

—Lo siento, cariño —fue todo cuanto acertó a decir ella, todo cuando acertó a pensar para defenderse de la lluvia de golpes que cortaban el aire antes de caer a plomo sobre su piel desnuda.

—¡¿Cómo te atreves a pasearte desnuda, como una Jezabel, y pronunciar ese nombre sagrado ante Dios?! —chilló él descargando un nuevo golpe.

—Por favor, Willis, ¡ha sido sin querer! —gritó ella encogiéndose de miedo bajo los golpes, cubriéndose la cara y la cabeza con las manos para protegerse.

Ella no pidió explicaciones ni disculpas. Él se las dio con la misma prodigalidad que los golpes: «Satanás se ha apoderado de mí»; «Mi padre le hacía lo mismo a mi madre y no puedo controlarme»; «Lo he hecho porque te amo, Bassey, y tendrás que aprender si quiero hacerte mi esposa». Ella se tragó enteros todos esos despropósitos, los asó y se los comió como el almuerzo de los domingos. Saciaban más que la idea de tener que pasar sola el resto de su vida. De pasar el resto de su vida sin él.

Pero esa misma noche, después de haber hecho las paces con su hombre, haberse limpiado las heridas y haber hecho callar a su madre para salir pitando de vuelta a la casa de él, Bassey, vestida como una estrella que incluso podría dar envidia a la mismísima Lena Horne, se colgó del brazo de Willis cuando entraron en The Quarters para al cabo de un momento darse de bruces con un desplante tan tremendo, de un descaro tan insolente y casi imperdonable, que no había suficientes palabras dulces en el mundo que pudieran ayudarla a engullirlo.

Se suponía que The Quarters era un lugar seguro para Bassey y Willis, y lo era: un sitio al que podían ir los dos a bailar y beber un poco sin tener que soportar las miradas reprobadoras que los domingos por la mañana les llegaban desde los bancos de la Iglesia del Nazareno. El dueño decía que era un local «clandestino», como esos clubes elegantes de jazz que había en Harlem de los que tanto habían oído hablar todos, pero en realidad no era más que una versión un poco más adornada del típico bar con gramola, un tugurio construido con tablones desgastados de madera que se sostenían con clavos herrumbrosos y desiguales. Lo que hacía brillar a The Quarters no era tanto su aspecto sino cómo se sentían sus parroquianos; un trago limpio de cualquier cosa que les sirvieran tras esa robusta puerta de establo —fuera bourbon, ginebra o whisky de maíz— hacía que todos los clientes se sintieran hermanados. Hacía que toda circunstancia y pecado desaparecieran.

Lo que ese ambiente no lograba era que Bassey pudiera reprimir su tendencia a ponerse celosa. Se había alejado solo un momento —el tiempo suficiente para pedir un plato de encurtidos en el otro extremo de la barra donde servían la comida y abrirse paso a base de codazos entre la cerrada multitud que atestaba el bar para volver con el plato que compartía con Willis de pan de maíz con verduras— y allí estaba él, llevando a una cualquiera de la manita a la pista de baile, sonriendo ambos. No fueron sus risas lo que la molestó o la proximidad de sus cuerpos cuando empezaron a bailar despacio, bien sincronizados, a un ritmo que no se correspondía con el acelerado compás de la canción que estaba tocando la banda. Fue la manera que él tenía de mirarla y cómo respondió ella a esa mirada. Ese juego de miradas que tan bien reflejaba el que habían compartido ellos esa mañana, cuando él le prometió que su amor era lo bastante fuerte como para matar por ella.

No hubo tiempo ni espacio entre un instante y otro; Bassey estaba en la barra y, acto seguido, apareció ante su hombre y esa mujer, sin entender cómo se había desplazado de un sitio a otro, sin que le importara saberlo.

—Si sabes lo que te conviene, aparta las manos de mi hombre —dijo Bassey furiosa, tirando a la mujer de los pelos con tanta fuerza que la hizo caer al suelo. Se quedó con un mechón en la mano, por encima del cuerpo caído.

—Mujer, ¡¿qué demonios...?! —empezó a gritar Willis mientras la clientela que abarrotaba la pista de baile comenzaba a dispersarse rápidamente, dejando a solas al hombre, a su mujer y a la amante. Pero no estuvo a tiempo de terminar la pregunta. Bassey no se lo dio. La palma de su mano golpeó los labios de Willis adelantándose al torrente de palabras, y el eco del impacto resonó en unas paredes que apenas hacía un instante habían absorbido el sonido de la trompeta, del saxo, de la guitarra, del piano y de la batería, antes de que el alboroto convenciera a los músicos de la banda de que dejaran de tocar y empezaran a observar lo que estaba ocurriendo ante ellos.

La cólera le hizo perder el mundo de vista, pero solo un momento. Willis la agarró del brazo con la misma saña, fuerza y furia que dominaban sus ojos, y ella volvió a su habitual pequeñez y dulzura.

—Por favor —suplicó ella—. No, no, no. Ha sido sin querer, tesoro. Lo siento. No sé qué me ha pasado.

Se encogió mientras imploraba, preparándose para el golpe. Willis no quería sus palabras. No las necesitaba. La agarró de la garganta y casi la levantó del suelo; tenía los ojos inyectados en sangre, las ventanas de la nariz abiertas como un toro.

—Sal a la puta calle —dijo arrastrando a Bassey del cuello entre el gentío, que se abrió como si Willis fuera Moisés y toda aquella gente las aguas del mar Rojo.

Bassey no iba a salvarse. A nadie se le ocurrió siquiera intentarlo. Sencillamente dejaron que el hombre hiciera lo que iba a hacer y así lo hizo: Willis se llevó a Bassey a los árboles que había justo al lado del claro donde estaba situado The Quarters y, bajo la luna roja, ensangrentó los ojos y los labios de la mujer a la que declaraba amar.

Y cuando consideró que ya había hecho bastante para proclamar su hombría, cuando se convenció de que la lección había sido impartida y aprendida, Willis la levantó del suelo, se plantó delante de ella y, con una mano, empezó a limpiarle la tierra y los palos que se le habían adherido al vestido y el pelo. Como si Bassey fuera una muñeca de trapo que hubiera recogido del suelo para devolvérsela a una niña impertinente que la había tirado.

—¿Por qué no eres capaz de portarte bien conmigo, Bassey? —le preguntó él. Palmadas en el vestido. Tirones—. Sabes que te quiero, ¿no? —Más palmadas, más tirones en el vestido—. ¿No? —preguntó él más enérgico.

—Sí —respondió ella, y la palabra salió con dificultad de entre sus labios hinchados y ensangrentados. No pudo reunir fuerzas para nada más, de modo que asintió como gesto añadido de confirmación.

—No puedes andar por el mundo dándole bofetones a tu hombre en la boca, Bassey. Lo sabes, ¿no? —Más palmadas, más tirones.

Ella asintió.

—Es el momento perfecto para que te arrepientas, nena —dijo él. Palmadas. Tirón.

Empujón.

Bassey volvía a estar en el suelo, pero esta vez de rodillas. Willis le pasó ligeramente el dorso de la mano por la mejilla mientras empleaba la otra para aflojarse con destreza el cinturón.

—Willis, por favor.

—¿Quieres ser mi esposa? ¿Eh? —preguntó mientras se abría la cremallera de los pantalones.

—Por favor...

—¿Por favor? ¿Por favor qué? —dijo él en voz baja, amenazador, mientras se apartaba la ropa interior y sacaba su miembro—. ¿Qué es lo que me suplicas? Dilo.

Las lágrimas ahogaron sus palabras, aunque tenía los labios demasiado hinchados para poder hablar. Pudo soltar un quejido cuando él la agarró del pelo y tiró de su cabeza hacia su entrepierna.

—Vamos, suplícalo, putilla. Te mueres por ser la señora Cunningham. Suplícalo.

Bassey intentó dejarse caer al suelo, volver a hacerse pequeña, y forcejeó para soltarse, aunque solo consiguió enfadarlo más. Sintió el primer golpe, vio llegar el segundo. Y entonces se le apareció el rostro de su hija, de la dulce Gracie, sonriendo y caminando hacia ella, con una flor amarilla de botón negro, recién recogida, en su puñito, y un mar de flores, también amarillas, a su espalda.

Al final se veía el sol.

Grace supo que algo malo le había ocurrido a su madre antes de que el viejo Jussie Mack subiera la escalera que conducía a la puerta de la casa de los Brodersen para darles la noticia, antes de que la yaya pudiera encontrarles el sentido a sus palabras. Grace había visto el cuerpo de Bassey en una película mientras estaba vaciando la bacinilla en la letrina: ahí estaba su madre, tirada en un bosque negro como la boca de un lobo, con su vestido rigurosamente blanco, flores en el pelo y las monedas sobre sus ojos, que brillaban como estrellas en una noche despejada. Grace no entendía del todo qué podía significar aquello, ni tampoco cómo había podido terminar su madre allí. Pero sabía que, aunque pareciera tranquila, su madre no estaba en paz.

La yaya estaba terminando de rellenar la partida de nacimiento para la nueva hija de los Brodersen cuando Jussie Mack aparcó su camioneta frente a la casa. La señora Ginny estaba deletreando el nombre de la recién nacida —«Es *Sandy* con i griega, abuela, y *Annabelle* con dos enes y dos eles»—, cuando el señor Brodersen se reunió con Jussie en el porche. En cuanto oyó que la mosquitera se cerraba de un portazo, la señora Ginny se sentó con dificultad en la cama y aprovechó el momento para desahogarse:

—Escuche, abuela —dijo—. Nadie lo notará, ¿no? Es lo bastante blanca para ser la hija de mi marido. Dígame que sí.

—Es una niñita preciosa —respondió ella susurrando también—. Pero lo único que puedo asegurarle es que el sol saldrá por la mañana y se pondrá por la noche. No puedo decirle más, señora Ginny.

—Pero puede ponerlo en la partida, que mi marido es

el padre y que es blanca —repuso la señora Ginny azorada y al borde del llanto.

—Sí puedo —convino la yaya—. Pero no sería verdad y, si miento en este documento del gobierno, puedo ir a la cárcel, señora Ginny. Lo sabe usted perfectamente.

Sin embargo ambas sabían cuál era la alternativa, qué ocurriría con toda probabilidad si la yaya marcaba la casilla «negro» en la partida de nacimiento. Sería lo mismo que firmar la sentencia de muerte de la niña. La yaya había oído esas historias infinidad de veces y también lo había visto con sus propios ojos: recién nacidos mulatos abandonados en la cuneta de la carretera por los maridos de mujeres infieles, entregados a los elementos o a los animales salvajes, a quienquiera que llegara antes para cobrarse sus vidas, cuando no los dejaban en la puerta de un orfanato para niños de color, donde esos pequeños sin madre tenían la más difícil de las vidas. Una familia de la que la yaya había oído hablar metió a su recién nacido mulato en un saco de arpillera con una piedra y lo tiró al fondo del río Sussex, y cuando el niño apareció en la orilla, los vecinos blancos se encogieron de hombros y siguieron con sus vidas, como si el pequeño hubiera tenido la culpa de existir y de morir. Lo único que podían hacer los negros era llorar esas muertes.

—Abuela, necesito que salga ahora mismo —dijo el señor Brodersen cuando apareció en la puerta. Parecía menos destemplado que antes, cuando se había puesto de uñas con Gracie.

—Sí, señor —respondió enseguida la yaya, escondiendo el bolígrafo a su espalda, como si quisiera ocultar el secreto con su vestido rigurosamente blanco de partera—. Estoy a punto de terminar la partida de nacimiento y esperando a que mi niña vuelva a entrar para ayudarme a preparar el resto de las cosas del bebé, señor Brodersen. Salgo enseguida.

—No, abuela. Ahora. Necesito que salga ahora mismo —insistió el señor Brodersen—. Hay un negro que se llama Jussie en el porche y tiene algo que decirle.

—¿Jussie? —dijo ella—. Ay, señor. Belinda se habrá puesto de parto, seguro. Aunque todavía le faltaban un par de semanas para salir de cuentas.

—No es eso, Rubelle —indicó el señor Brodersen, con más gentileza esta vez.

Nunca antes la había llamado por su nombre de pila. De hecho, ni se le había pasado por la cabeza que pudiera saber cómo se llamaba. La yaya echó un vistazo a la partida de nacimiento y a la señora Ginny antes de volver a mirar al señor Brodersen. Algo iba mal. Algo iba terriblemente, trágicamente, mal. Lo sintió entre los latidos cada vez más acelerados que sacudían su pecho. Dejó la partida de nacimiento y el bolígrafo en la mesa, se recogió la falda y salió corriendo de la habitación, pasó por la cocina, por el porche y bajó los escalones de la casa dejando atrás a Brodersen y Jussie hasta llegar a la parte trasera de la camioneta de este último.

Encontró allí a Grace, con la bacinilla colgando precariamente de los dedos de su mano derecha. Detrás de su nieta vio el cuerpo de Bassey, hecho un ovillo ensangrentado en la plataforma de la camioneta de Jussie.

—Yaya —dijo Grace mirando más allá de su abuela—. Mamá duerme.

Brodersen esperaba junto a la puerta, sin que le importara en lo más mínimo que profanaran el hogar de Rubelle Adams ni cómo esos hombres —agentes de la policía municipal de Rose— trataban a la anciana, sus amigas o el cadáver de la mujer que estaban a punto de enterrar. La vieja había cometido un pecado imperdonable contra él y lo único que quería era que los agentes zanjaran el asunto; no le importaba cómo lo hicieran con tal de que lo resolvieran cuanto antes. Señaló con el dedo, y al final de la línea trazada en el aire se encontraba la yaya, la mujer cuyas manos habían sido las primeras en tocar las cabezas de cada uno de sus hijos, pero también la mujer que se había valido de su posición como comadrona para intentar endosarle un bebé negro para que cuidara de él. Era la peor pesadilla de los blancos, que las generaciones de esa sangre buena, de esa sangre pura, quedaran mancilladas por una gota, solo una, de la sangre de los salvajes. De los impuros. Muchos días antes de aquella jornada particular, las buenas gentes blancas de Rose sabían cómo ocuparse de ese tipo de traición. Los árboles eran testigos de esas historias. No obstante, Brodersen se quiso más tolerante al tratar con Rubelle, habida cuenta de que había sido la comadrona de su familia y que su hija había sido asesinada a palos, de modo que se apiadó de ella y sugirió a los agentes que le ahorraran el trago más amargo de la soga. Pero de todos modos quería que la yaya pagara. Lo necesitaba. Porque justo ahí, en la partida de nacimiento de ese bebé bastardo, la vieja había inscrito la mentira, jurando en tinta y por su potestad como comadrona que el recién nacido era hijo de un hombre blanco. Que esa niña era suya.

Era mentira. Era ilegal. Y aunque ya había echado a su mujer, al bebé negro y todas sus cosas de casa, y las había desterrado de su vida para siempre, no tenía bastante. Necesitaba más. Quería que la abuela que había perpetuado la mentira de su mujer sufriera por aquel pecado atroz.

—Es esa, justo ahí —dijo Brodersen señalando a la yaya, quien, en esos instantes, era la segunda por abajo en el montón de curanderas, sus blancos vestidos manchados de pisadas y lágrimas, debatiéndose unas encima de otras, en la precariedad del momento. Nada bueno aguardaba a los negros cuando un blanco los señalaba con el dedo.

—Por favor, señor Brodersen. No entiendo qué pasa, pero le prometo que podremos resolverlo —dijo la yaya mientras se ponía en pie con dificultad. Intentó alisarse el vestido, pero dos hombres la agarraron de los brazos—. Dígame qué he hecho.

—Lo sabes perfectamente —respondió él, sulfurado, lanzando los dedos en su dirección.

—Señor, yo...

—¡Cállate! —le gritó uno de los hombres. Entonces, volviéndose hacia Brodersen, dijo—: ¿Quién se ha creído que es esta negra para faltarle al respeto? Escuche. Se me ocurre que podemos resolver esto ahora mismo, como lo hacíamos cuando los negros se pasaban de la raya.

La yaya se puso tensa al mismo tiempo que Brodersen levantaba la mano como si quisiera imponer silencio a sus secuaces. Se hizo el silencio en la habitación, con la única excepción de Grace, que estaba echada sobre el cuerpo de su madre, sollozando.

—Por favor, no se lleven a mi yaya. Por favor —dijo la niña chillando sin soltarse del cadáver de Bassey.

—Basta de parloteo. Vamos —dijo Brodersen agarrando a la yaya y llevándosela hacia la puerta. La anciana no tuvo más remedio que doblegarse a la voluntad de esos hombres.

—Cuidad de mi Grace —conminó a sus amigas cuando los hombres la hicieron salir por la puerta.

—Sí —respondieron sus amigas al unísono.

—¡Y cuidad también de mi Bassey! —gritó cuando los hombres la arrastraron hacia el patio de la casa.

—Lo haremos —dijeron ellas de viva voz, después de que la mosquitera se cerrara de un portazo.

4

Grace observaba absorta la hormiga negra, sobre todo las patitas larguiruchas, como hilos. Le fascinaba ver la fuerza con la que el insecto diminuto las batía en el agua; calculó, de hecho, que, si la hormiga hubiera estado sobre terreno seco, habría cruzado fácilmente el montón de tierra que habían echado sobre el cadáver de Bassey y quizá incluso habría llegado a medio camino del zarzal. Habría podido darse un festín de dulces zarzamoras y luego llevar un poco de pulpa a la hormiga reina, si no hubiera cometido el error de trepar al vaso metálico y dar con su estúpido cuerpo en el agua que Grace había dejado como ofrenda a su madre. Seguramente también se habría dado un festín con el pan de maíz que había dejado para su madre, pensó Grace, mirando con furia a la hormiga. Fuera cual fuese la muerte que le aguardaba —ahogada o asándose poco a poco al sol—, se la tenía bien merecida. Así aprendería a no tomar lo que no era suyo.

Ese era el único sentimiento que le inspiraba la hormiga en aquel instante. No era capaz de pensar en nada más. Salvarla quedaba descartado. La yaya le había enseñado a obrar de otra forma, le había dicho que debía cuidar de todos los seres vivos, hacerse responsable de su bienestar, ya que todos ellos cumplían una función primordial en la cadena de la existencia. Los gallos ponen en marcha el día al anunciar la salida del sol y despertar a todo el mundo; las abejas y las arañas dan besos a las flores para que el alimento pueda crecer en las plantas y los mosquitos puedan encontrar otras cosas que morder. Incluso las serpientes merecen vivir. «¡Deja de pegar berridos!», le había gritado una vez a Grace, dando una fuerte palmada con las manos para que le quedara claro, sobresaltando a su nieta cuando esta huía despavorida del huerto. Los guisantes que acababa de recoger salieron disparados en todas direcciones desde el hueco en la falda que les había hecho cuando echó a correr asustada después de ver una serpiente ratonera negra deslizándose entre la guisantera y sus pies descalzos.

—¡Yaya, hay una serpiente enorme ahí! —había dicho Grace, con los ojos desorbitados, señalando con el dedo mientras se alejaba.

—¿Y por qué corres? —le preguntó ella, agitando un hierbajo suelto al que había castigado por intentar casarse con sus caléndulas—. Tendrías que darle las gracias a esa criaturita por pasearse por nuestro jardín, tan bonita y orgullosa. Nos está ayudando.

—Pero, yaya... Esa serpiente es tan larga como mi brazo. Y parece que, en vez de ayudarnos, se está comiendo toda la guisantera.

—Ayuda a la guisantera espantando a los ratones. Los ratones corren, se llevan unas cuantas semillas a otro sitio y alguien tendrá una nueva guisantera cuando le haga falta. O un águila se comerá el ratón y así podrá crecer fuerte, posarse en lo alto de los árboles y tirar una semilla para que crezca un nuevo árbol en el que podrán jugar todos los pájaros y las ardillas. Con las ardillas se hace un guiso muy rico. Y esa guisantera, bueno, la serpiente ayuda a la guisantera y la guisantera nos ayuda a nosotras, para que podamos comer. Y eso hacemos, comer, y entonces puedo ayudar a las mamás a traer a sus hijos al mundo, para que crezcan buenos, como tú. Ayudo a las mamás a plantar flores y a hacer guiso de ardilla —dijo la yaya agachándose para echar un vistazo entre las caléndulas por si había más malas hierbas—. Para que todo el mundo pueda crecer robusto y bonito. Para que todos podamos sonreír y dar las gracias a la mamá Tierra por darnos vida a todos. Un gran círculo. Según yo lo veo, esa serpiente es la vida. Da las gracias a la serpiente. Recoge los guisantes.

Ahora Grace apretó la mejilla, el pecho, la barriga, las caderas y las palmas de las manos contra esa tierra que cubría su círculo. Bassey ya no formaba parte de este mundo, como un ratón que se hubiera escondido bajo tierra huyendo de una serpiente que se deslizaba en torno al púlpito sin que a nadie le importase, grande, negra y descarada al mostrar su presencia. Su audacia. Se habían tragado las mentiras de la serpiente sobre la ramera. Nadie se había molestado en examinar y dar un sentido a sus explicaciones sobre por qué había matado a golpes a una mujer con sus propias manos. Ella representaba la lujuria. Una amenaza. Un peligro para la bondad de sus jardines productivos e inmaculados: así, polvo eres y en polvo te convertirás era el único destino que cabía para ella. Todo lo que merecía. Y lo mismo para la madre chiflada de la ramera, que se dedicaba a preparar pociones y a hablar con los árboles, como si pudieran oírla. Como si pudieran responderle. Un pecado contra el Dios viviente, contra el Todopoderoso, eso era. Su propia maldad la había condenado, eso decían. Daba igual si era la comadrona más prolífica del pueblo, si con ella los bebés habían salido sanos de los vientres de sus madres. Pensaban que podían pasar sin ella. Que podían permitir que el círculo se rompiera.

Tirada sobre la tumba de su madre, con las tripas gruñéndole, tras pasar las últimas cinco semanas buscando trabajo y comida, Grace lo ignoraba todo acerca de los versículos que sus vecinos empleaban para justificar su propia lujuria, sobre esa rabia repleta de sangre que los blancos esgrimían para negarle a la niña el trabajo como limpiadora que había tenido la yaya durante años, aceptado para ganarse unos míseros centavos de más, o que llevaba a los conocidos de su abuela a fingir que la niña no necesitaba que nadie le echara una mano. De hecho, no tenían problema en mostrar su maldad al respecto, como si les diera igual si Grace respiraba el buen aire de Dios o se ahogaba sepultada por su buena tierra. Era tan poco lo que pedía en realidad: uno o dos dólares por limpiar las alfombras, frotar el suelo de madera de una casa, pasar el trapo, quitar las telarañas del techo, para que a las señoras no se les estropearan las manos. Era lo que hacía antes de que se llevaran a la yaya, antes de que la hubiesen privado de su madre. Lo que habría hecho durante el resto de su vida, suponía Grace, ahora que todo se había ido a pique.

—No sé lo que buscas hoy, pero me temo que tendrás que encontrarlo en otra parte —dijo el señor Horowitz, el cabeza de familia de una de las casas para las que había trabajado la yaya, ocupándose de sus coladas y preparando sus comidas, entre otras cosas. A menudo su bondad había incluido a Grace, quien había cuidado de sus niños pequeños las veces que la yaya tenía otro trabajo que hacer y la señora Horowitz tenía que organizar una de sus funciones para señoras o congraciarse con la población femenina de un pueblo que no comprendía ni aceptaba la doctrina religiosa de los Horowitz. Si la toleraban era porque ella tenía la piel blanca y su marido una buena chequera. Sin falta, la señora ponía una moneda de plata en las manos de Grace por limpiar el trasero de sus niños y ocuparse de las cosas que se reclamaban a las madres, aunque no les apeteciera hacerlas—. Ya te lo dije ayer y anteayer. No puedo darte más trabajo aquí.

—Pero, señor Horowitz, le aseguro que no estoy pidiendo limosna. Solo quiero ayudar como hacía cuando venía con mi abuela —dijo Grace suplicante—. Incluso lo haría por un poco de comida. Cualquier cosa. —Por encima del hombro del señor Horowitz vio que la miraba Arlie Stephenson, una amiga de la yaya, mientras se ocupaba con gesto tenso de los fogones e intentaba, sin conseguirlo en absoluto, que la mirada no se le fuera al zaguán, de donde llegaba la voz de la nieta de su amiga suplicando por alimento, algo, cualquier cosa, para salvar la vida. Apenas unas semanas antes de que los Brodersen descargasen el terror sobre la familia de Grace, la señora Arlie se había presentado en el porche de la yaya para hacer una súplica casi idéntica, toqueteando la escoba mientras le insistía una y otra vez en que la habían echado del trabajo porque la señora consideraba que alguna de las piezas de la vajilla de plata no brillaba como es debido. En cuanto la yaya le dio una cucharada de pan de maíz y otra de alubias de lima, lo engulló todo casi sin masticar y siguió caminando por la calle como si tuviera un compromiso urgente al que acudir. La vergüenza da alas. La señora Arlie conocía bien la situación de necesidad en la que se encontraba Grace.

El señor Horowitz vio que Grace miraba a la amiga de su abuela, quien rápidamente volvió a concentrarse en el estofado que estaba cocinando.

—Escucha, niña. Tienes que marcharte de mi porche.

—Pero, señor Horowitz, por favor, escuche un momento lo que...

Antes de que pudiera sacar la frase entera, el señor Horowitz agarró el cuello sucio del vestido de Grace y tiró de ella hacia su cara para que pudiera oírlo bien.

—Sal de una vez de mi porche si no quieres que monte una escena —dijo, mientras miraba a los jardines que había a un lado y otro de su casa. Nadie los espiaba, pero era evidente que bastaba un solo dedo acusador para perturbar el delicado ecosistema que con tanto esfuerzo había creado con su familia para que no aparecieran cruces ardiendo en su jardín ni ladrillos rompiendo sus ventanas. Necesitaba que la nieta de esa mujer a la que iban a sangrar sacara los pies de su porche—. ¡Largo de aquí! —le gritó, recalcándolo con un empujón que tiró a Grace por los escalones de la entrada.

La niña se puso de pie y echó a correr sin volver la vista atrás ni una sola vez. Conocía las consecuencias que podía traer la agresión de uno de los patrones. Su amiga Bobbie había pasado un año entero, hasta que cumplió los dieciséis, en la escuela de formación Barnwell para retrasados mentales por haber plantado cara a la señora de la casa. Solo había pedido que no le hicieran frotar el fogón después de haberse quemado la mano mientras limpiaba la panera y los cubos de la basura con agua caliente. A la señora no le importó en lo más mínimo que le hubiera salido una ampolla en medio de la palma de la mano derecha; era jueves y había que sacar brillo a la cocina con una mezcla de amoniaco y detergente, aunque ese líquido de limpieza quemara las manos de una niña negra.

—¡Bah, no seas tan delicada! —le había gritado mientras Bobbie lloraba.

—¡Pero duele! ¡No voy a hacerlo!

—¿Qué acabas de decirme?

—No pienso hacerlo —había replicado rotundamente.

La señora se había sobresaltado. Frunció el ceño, estupefacta. Un instante después, señaló la puerta y, por el aire que salía entre sus paletas separadas, le soltó: «Largo de aquí». No habían pasado dos horas cuando un furgón policial aparcó raudo en el césped frente a la humilde casa de madera de los padres de Bobbie. Los ocupantes del vehículo sacaron a rastras a la adolescente por la puerta y, sin soltarla, la obligaron a bajar los escalones y la metieron en la parte trasera del vehículo. Aún hoy, los vecinos recuerdan entre susurros los gritos de dolor de la madre.

Así hacían las cosas los blancos. Contaban con las distintas partes de los cuerpos de los negros —las manos para lavar, las espaldas para arar la tierra, las tetas para dar de mamar a sus bebés—, pero no soportaban esos mismos cuerpos negros o las almas que los habitaban: esas almas que, cada mañana, tenían que reunir sus precarios fragmentos para convencer a los cuerpos de someterse una vez más al trabajo, sin que pudieran permitirse un descanso o una queja. Grace sabía que debía marcharse, que no podía seguir depositando su confianza en las manos de unas personas que no mostraban ningún interés por los lamentos de su abuela ni por llenar el estómago vacío de una niña negra.

La decepción que se llevó con las amigas de la yaya fue mucho peor. Al principio, cuando se reunieron para envolver el cadáver de Bassey con tela de arpillera y enterrarlo, algunas mujeres que mantenían un trato cercano con la yaya se obligaron a recordar que una niña de trece años estaba sola en esa casa, sin dinero ni sustento, y de vez en cuando se pasaban a llevarle algo: una lata de alubias, un poco de panceta y de pan de maíz, suero fresco de leche, leña para la cocina. Pero enseguida dejaron de hacerlo porque sus estómagos hambrientos y sus reputaciones empezaron a sufrir las consecuencias de dar la cara por la hija de una muerta y la nieta de una comadrona encarcelada y acusada de mancillar el linaje de un hombre blanco. Y no tardaron en sumarse a los demás: escatimaban la comida y negaban a la familia de Grace como Pedro negó tres veces al Redentor. Para ellas, Grace era un fantasma. Y estaba tan muerta como su madre.

Consumida por la tristeza y el hambre, Grace no oyó los pasos del señor Aaron cuando este salió de su jardín y rodeó la tumba de Bassey. Fue el chasquido de sus rodillas cuando se arrodilló a su lado lo que la hizo sentarse y prestar atención.

—Hola, pequeña —dijo él colocando una mano nudosa sobre su espalda—. ¿Por qué no te levantas? Las hormigas rojas van a comerte viva y ¿qué harás entonces?

Grace se puso de pie lentamente junto a la tumba y se enjugó las lágrimas de los ojos, dejando unos rastros de tierra de Virginia sobre sus mejillas cenicientas. No había visto al señor Aaron desde hacía semanas. No tuvo ni la energía ni el coraje para preguntarle dónde había estado durante ese tiempo. Los ojos y la barriga de Grace tomaron la palabra.

—¿Cuánto hace que no comes? —preguntó el señor Aaron mirando su barriga y arrugando el entrecejo.

Grace no dijo nada.

El señor Aaron echó un vistazo al patio; vio el huerto infestado de malas hierbas, pero sin nada de lo que alimentarse. La leñera no tenía mejor aspecto.

—Acabo de volver de Richmond, aunque no me quedaré mucho por aquí. Me han dado fiesta en la construcción de la línea de ferrocarril, pero tengo que regresar en unos días. ¿Qué necesitas, pequeña?

Grace guardó silencio una vez más.

—Sé que no has ido a ver a tu abuela —dijo—. Sé que la echas de menos.

Las lágrimas y los mocos volvieron a descender por su cara para reunirse sobre sus gruesos y temblorosos labios. No iba a explicarle al señor Aaron que en realidad sí había visto a su abuela, varias veces, en sus películas. Cada noche, casi justo antes de que se le cerraran los ojos del todo, la misma imagen la atormentaba llegándole al alma: ahí estaba la yaya, acurrucada como una bola sobre un suelo de cemento, con el rostro enterrado entre los pliegues de sus brazos. Entonces se oía el ruido de unas botas sobre un suelo de tierra y piedras, y una serie de sonoros golpes, metal contra metal.

Y la cara de la yaya se levantaba de golpe, delirante, demacrada, grotesca: una cara hinchada, un ojo mirando hacia abajo, hacia sus pies, un corte en la frente que revelaba la carne magra bajo la epidermis y la grasa. Su vestido, acartonado por el sudor, la tierra y una variedad de fluidos corporales, estaba manchado de rojo en la zona del regazo.

Y cada vez Grace sentía el miedo de su abuela. Lo notaba como un sabor a bilis al final de la lengua.

Grace no necesitaba ir a la cárcel para ver a su abuela. Pero sí debía ir para cuidar de ella.

—¿Puede llevarme? —preguntó débilmente—. ¿Para verla de verdad?

—Escucha, a una cosita tan buena como tú no se le ha perdido nada en la cárcel. No es lugar para niñas bonitas. Sobre todo para niñas bonitas que tienen parientes entre rejas.

Grace no pudo contenerse más. Empezó a gimotear e hipar, y sus sollozos, impulsados por la brisa, se extendieron sobre el césped y los dientes de león, ascendiendo a los huecos entre las hojas.

—Lo sé, nena. Desahógate. Pero tienes que escucharme. No tenemos mucho tiempo.

Le dijo que se acurrucara en ese espacio. Era una orden amable, aunque innecesaria al fin y al cabo; no había otra forma, en realidad, de meterse en esa caja minúscula bajo tierra, fría, húmeda, polvorienta, con unas paredes que exigían al cuerpo pequeño pero con curvas de Grace que se encogiera contra sus confines.

—Bueno, sé que no estarás nada cómoda ahí dentro, y cuando lo tape con este barril te parecerá que no puedes respirar. Pero el barril tiene unos agujeros en el fondo, está vacío, y no tiene tapa, así que te llegará un poco de aire ahí abajo. Es la única manera de mantenerte a salvo —le aseguró el señor Aaron mientras dejaba caer una pequeña garrafa de agua y un morral con dos manzanas y media barra de pan—. Un montón de gente estuvo metida en esta caja para hacer el viaje al norte y no les pasó nada. A ti tampoco te pasará nada, ¿me oyes?

Por el tono que empleó el señor Aaron, fue como si dudara de la veracidad de sus palabras, pero Grace pudo atisbar algo más en la mirada de aquel hombre, una cierta tenacidad que la reconfortó. Era la misma mirada que le dirigió a la yaya cuando ella se enteró de que habían encontrado el cadáver del viejo Johnny Payne, destrozado y esparcido a lo largo de Piney Road. Los trozos se habían ido desprendiendo de su cuerpo cuando un marido enfadado y su camarilla de amigos azuzaron sus caballos por el centro del barrio negro de Rose, arrastrando el cuerpo del viejo Johnny. Les dio igual que Johnny, que vivía en una choza a cuatro puertas a la izquierda de la casa de la yaya, hubiera estado en la iglesia arreglando el tejado cuando, según el dedo acusador de una esposa infiel, había estado en un sitio mucho más peligroso. «¡Ese es el negro que me ha violado!», había gritado ella. El marido necesitó creer que ese era el negro que había salido corriendo de su casa cuando llegó para comer antes de lo previsto, que ese negro estaba ahí porque violaba a su mujer y no porque esta lo hubiera invitado, y esa era la historia que necesitaba que creyeran los buenos vecinos blancos de Rose, por lo que era imprescindible arrastrar un cadáver negro por las calles. Un mensaje y una advertencia. De esas que no solo desgarran cuerpos, sino familias. Una comunidad. La paz. La yaya y todos los vecinos del barrio negro de Rose sabían que una vez que esa turba hubiera olido sangre negra no pararía hasta haber saciado su sed. Cualquier cuello les iba a valer, y el miedo se apoderaría de las mujeres, de los bebés, de los maridos, de los padres y de cualquier persona que respirase y tuviese dos piernas marrones hasta que esos blancos estuvieran satisfechos. La yaya estaba asustada. «No te preocupes por mí», le había dicho el señor Aaron la noche en que reunieron los trozos del cadáver de Johnny y los enterraron en el prado que había detrás de su querida iglesia. «Ya nos hemos hartado de tantos asesinatos. Estos chalados van a enterarse de que utilizamos nuestras armas para algo más que matar ardillas. Si vienen, se llevarán una sorpresa.»

Y cuando llegaron a caballo esa noche con la intención de profanar la iglesia del viejo Johnny y cualquier otro cuerpo negro que pudieran encontrar a su paso, el señor Aaron y un grupo de hombres adultos y dispuestos a defenderse y morir si hacía falta ya estaban allí, algunos con las pistolas amartilladas, otros cargando con perdigones sus escopetas y cerrándolas. El señor Aaron ocupaba la primera fila, vestido de rojo de la cabeza a los pies, con un machete colgando de las yemas de sus dedos, justo al lado de su fuerte muslo. Como suele recordarse, no se intercambió ni una sola palabra esa noche y, sin embargo, se produjo, igualmente, una conversación. De hombre a hombre.

Había pasado bastante tiempo desde el diálogo de esa noche, pero ahí estaban el señor Aaron y los hombres del barrio negro de Rose, listos para enfrentarse una vez más a los blancos. Esta vez iban a ser Brodersen y sus hombres. La noticia había llegado a oídos del señor Aaron en Richmond, muy lejos del Sur. La sanadora y comadrona que hablaba con los árboles y veneraba las aguas se había negado a agachar la cabeza a pesar de que se habían ensañado con ella para doblegarla, por lo que los blancos iban a hacer algo que sabían perfectamente que le destrozaría el corazón con facilidad, la misma facilidad con la que se le desgarró el cuerpo al viejo Johnny mientras iba rebotando por el camino de tierra: irían a buscar a su Grace.

—Da igual lo que hagas, lo que oigas, lo asustada que estés; no te muevas de aquí hasta que oigas el silbido de mi hermana y luego tu nombre, y este barril se mueva encima de tu cabeza. ¿Me has oído, Gracie? Todo tiene que pasar en este orden.

—Sí, señor —gimoteó Grace, mientras las lágrimas caían por su cara.

—Se llama Anna. Vendrá cuando no haya peligro y te llevará a un sitio donde no puedan encontrarte.

—Pero ¿y la yaya? —dijo Grace, presa del miedo—. No puedo abandonarla. ¡Me necesita!

—Calla. No digas nada —respondió el señor Aaron. Se tumbó en el suelo boca abajo para poder asomarse y mirar a Grace a los ojos mientras le secaba las lágrimas. Sus palmas, cubiertas de callos y ceniza, tenían un tacto áspero cuando Grace las notó en la cara, como si estuvieran contando la historia de cada roce del mazo que habían soportado mientras impulsaba sus noventa kilos de peso para introducir los clavos de las vías en el metal o la tierra, respirando un aire que rozaba los cuarenta grados a través de sus grandes orificios nasales—. No te preocupes por Rubelle. Sabe cuidar de sí misma y tendrás que confiar en que lo hará. Es una mujer fuerte. ¿Y sus ancestros? Todavía más fuertes. Ahora deja que yo sea fuerte por ti. Tienes que estar calladita aquí abajo, ¿lo has oído?

Grace gimoteó un poco más, antes de asentir lentamente.

—Y no muevas ni una pestaña hasta que mi hermana silbe, diga tu nombre y mueva el barril. ¿Sabrás hacerlo?

—Sí, señor Aaron —susurró Grace.

Y, dicho esto, el señor Aaron separó la barriga del suelo y se puso de pie, sin dejar de mirar a Grace a los ojos, ni ella de mirar a los suyos, hasta que el último resquicio de luz desapareció tras el barril.

La oscuridad, seguida de bichos, luego de sudor y finalmente de un miedo férreo, la envolvió mientras permanecía tan quieta como le permitía el cuerpo. Oscuridad, bichos, sudor y miedo fueron ganando fuerza a medida que el sol enfilaba su lento contoneo de camino al horizonte y los grillos y las ranas entonaban sus canciones. Grace se tapó los oídos y escondió la cabeza en la falda; los mocos y las lágrimas caían a plomo en los pliegues de tela mientras ella intentaba contener el llanto, a la espera. Haciéndose preguntas. Tratando de convocar una película de la yaya, ver si de verdad estaba aguantando en la cárcel. Intentando recordar su cara en el río, lamiendo manzanas y tirándolas al agua, mientras Bassey la observaba desde la orilla, protegiéndose los ojos del sol, negando con la cabeza al mismo tiempo que se reía de buena gana, aparcando su buen juicio e incluso su lujuria para dar alegría a su madre y a su hija y compartir con ellas un amor real, puro y sincero. Verdadero. El recuerdo le sentó bien en el corazón, calmó un poco su respiración, ayudó a que las tripas dejaran de gruñirle e incluso secó algunas de sus lágrimas.

El ruido de unos neumáticos y de los cascos de los caballos la sacaron abruptamente de su meditación. Los gritos y el chasquido metálico de las escopetas, y el hedor a trementina que ardía en los extremos de los palos, le revolvieron el estómago. Grace no necesitó ver el fuego de las antorchas lamiendo el cielo de la noche o la tierra, azuzado por el chirrido de los neumáticos de las camionetas y los caballos, golpeando el aire, o la zaga de las capuchas blancas que ondeaban al viento. Cuando la Hermandad salía a caballo, cualquiera de esas cosas era tan inevitable como el trueno que sigue al relámpago. Ruidos penetrantes. Constantes. Grace se apretó una mano sobre la boca para reprimir un grito y se pellizcó el muslo para obligarse a permanecer quieta. Pero no tenía nada que hacer frente al latido desbocado de su corazón, tan fuerte que pensó que el órgano iba a hacerse añicos contra su pecho. Estaba convencida de que iba a morir en ese agujero y de que el señor Aaron iba a morir fuera de él, y de que la yaya iba a morir en su propio agujero, y con Bassey serían cuatro los muertos, y del mundo, de su mundo, no quedaría nada.

Pero si por algún azar hubiera podido elevarse por encima de los árboles y echar un vistazo entre las ramas para fijarse en lo que ocurría en la maleza, Grace habría visto los primeros balbuceos de su nueva vida. De una nueva comprensión. Habría presenciado la osada y costosa conversación que el señor Aaron y sus hombres —los valientes del barrio negro de Rose que finalmente se habían hartado de ver a sus mujeres, sus hijos, sus hermanos y sus padres bajo la bota de sus implacables opresores— estaban manteniendo con esos hombres del saco, que eran unos valientes bajo el manto de la noche, pero unas vulgares y grotescas caricaturas cuando tenían que vérselas con adversarios formidables y sin miedo. Grace también habría atisbado a hombres negros con sus propias túnicas y capuchas —las suyas, de color negro—, armados con sus propias escopetas y sus propias antorchas, cuyas llamas también lamían el firmamento, y a un negro loco al frente de todo, con un pollo recién descabezado en las manos, sosteniendo el cuerpo todavía tembloroso del ave sobre un caldero repleto de un líquido hirviendo colocado sobre un fuego rugiente, mientras se frotaba la sangre que goteaba del animal en el rostro, el cuello y el torso cubiertos de alquitrán, sobre los que destacaba el blanco brillante de sus ojos en la oscuridad. Grace habría visto que, por cada una de esas caricaturas, había por lo menos tres hombres valientes dispuestos a morir.

Y no habría conocido el miedo.

El tono denso y profundo de los gritos de los hombres llenó el aire, en la estela de las detonaciones y silbidos de las escopetas y las pistolas, el eco de las bofetadas y de los gruñidos, cuando puños y pies impactaron en barrigas, espaldas y mejillas. Desde el agujero en el que Grace estaba escondida, le pareció oír una guerra.

Y entonces llegó el silbido, justo encima de su cabeza.

—Grace. Soy Anna.

Grace se agarró la cara con más fuerza aún, clavándose las uñas tan hondo en las mejillas que se hizo un poco de sangre. Las lágrimas empezaron a manar copiosas de sus ojos cuando el barril arañó las tablas del suelo, revelando una bota, luego unos pantalones, luego una camisa y, por fin, una mujer que se llevaba el dedo a los labios y afilaba la mirada para intentar distinguir la figura diminuta agazapada en el fondo del agujero.

—Vamos, cariño. Dame la mano —dijo Anna alargando su brazo ancho y grueso y moviendo los dedos como si así quisiera persuadirla de que se agarrase a ella. Grace cogió su morral y se rindió al brazo que se le ofrecía, al tiempo que clavaba los pies en las paredes del agujero para impulsarse y ayudar así a Anna a que la subiera y sacara. Grace cayó directamente entre los grandes pechos de Anna e hipó hasta que pudo llorar, como un recién nacido que llena sus pulmones de aire por primera vez.

»Escúchame bien —dijo Anna con brusquedad, sacudiéndola un poco para que le prestara atención—. No hay tiempo para esto ahora. Tenemos que salir de aquí mientras ellos están en el otro lado —añadió señalando la casa del viejo Johnny, adonde el señor Aaron y sus hombres habían atraído a un grupo mucho más reducido de la Hermandad—. Iremos a caballo para salir de aquí. Así podremos acortar por el bosque y llegar a la estación de Reidsville sin que nadie nos vea o le importe. Pero te voy a pedir que te muevas rápido. Tú sígueme. Si haces lo que te diga, todo saldrá bien, ¿vale?

Anna agarró la mano de Grace y la dirigió hacia la salida del cobertizo. Tras echar un vistazo hacia una de las esquinas, corrió hasta el caballo sin soltar la muñeca de Grace, tirando de ella con todas sus fuerzas. Con la agilidad de alguien que sabía de caballos y también los quería, Anna se subió a un corcel que tenía el color del chocolate y luego tendió la mano y tiró de Grace, que fue a parar a su espalda.

—Agárrate a mi cintura, pequeña, y no te sueltes, ¿lo has oído? Todo saldrá bien.

5

—Bueno, no te quedes ahí con el labio colgando. Sube a darle un besito a tu tía.

Grace oyó la orden, pero sus pies eran plomo sobre el suelo de hormigón. Ante ella se alzaba una escalera que llevaba a la casa más bonita que había visto nunca. Desde luego, en sus trece de años de vida jamás había conocido a un negro que fuera dueño de una casa tan elegante. Grace se sentía fuera de lugar ante ese edificio señorial, con su fachada de terracota, sus magníficos arcos elípticos y sus columnas bizantinas que se alzaban hacia las oscuras nubes grises. Era como si las niñas de campo como ella ni siquiera pudieran soñar con un sitio así y mucho menos visitarlo con una mínima autoridad. Aunque les dieran permiso. Aunque su tía Hattie así se lo ordenara. Por supuesto, a Grace no se le escapó que, aunque los labios de su tía hubiesen esbozado una sonrisa para invitarla a subir la escalera, sus ojos, duros y fríos, habían hecho rápido una valoración completamente distinta de Grace y de los méritos que reunía para ser digna de dicha invitación. Grace asimiló la mirada de su tía mientras esta ponderaba las trenzas mal hechas y gruesas que brotaban del cuero cabelludo de la adolescente, antes de desplazar poco a poco los ojos a su piel ceniza, sus labios gruesos y resecos, y luego a su vestido andrajoso y los zapatos demasiado pequeños que traicionaban los orígenes de Grace y contaban lo mucho que había viajado, pero también lo estancada que estaba la vida en la Virginia rural, donde el tiempo no avanzaba y la gente que prefirió quedarse allí parecía haberse resignado a ese estancamiento. Hattie había hecho ese mismo viaje unos doce años antes, no necesariamente para escapar de alguien específico, sino más bien para huir de ese lugar y librarse de esa misma pátina, de ese hedor. Para convertirse en una persona distinta de la que se le habría permitido ser en el municipio de Rose.

Grace se puso tensa al ver que los labios de Hattie se arrugaban en un gesto de desaprobación y, cuando por último sus ojos se encontraron con los de su tía y pudo ver en ellos los de su madre —una versión en verde ambarino de los ojos marrón oscuro de Bassey—, buscó instintivamente la mano de Anna, esa mano que a lo largo de la semana anterior, cuando viajaban desde Virginia hacia Brooklyn, la había tranquilizado mientras su protectora le prodigaba consuelo, detalles e instrucciones. «Es la hermana pequeña de tu yaya. Mismo padre, mamás diferentes. La otra tenía la piel clarita. Aunque es idéntica a tu madre. Y más o menos de la misma edad. Siempre fue una estirada. La queríamos igual, pero nadie la echó de menos cuando decidió marcharse del Sur. No tiene críos. No se casó. Lo último que supimos de ella fue que trabajaba de peluquera. Igual de tacaña. Igual de estirada. Es pariente tuya y ha decidido ayudarte, eso es lo que hay. Mantén la cabeza baja y no des problemas. Haz lo mismo que los negros en la ciudad: sal adelante. Prométemelo.»

Anna apretó la mano de Grace mientras las tres permanecían inmóviles y la ciudad giraba como un torbellino a su alrededor: taxis que pasaban en todas direcciones y vecinos que se deslizaban por las aceras lanzando sus saludos, y los niños, ay, los niños, con sus carcajadas, su ropa bonita y esas pelambreras, y gente por todas partes.

—Anna —dijo Hattie saludando a su vieja amiga con un rictus despectivo en la boca y un leve gesto de asentimiento.

—Hattie —dijo Anna replicándole con el mismo talante.

Hattie volvió a mirar a Grace, aunque siguió dirigiéndose a su cuidadora.

—Bueno, ¿qué le pasa? ¿Se le ha comido la lengua un gato?

Anna miró a Grace y le pasó los dedos por el pelo apelmazado.

—Imagino que está cansada. Lo ha pasado muy mal.

—Sí, eso he oído —señaló Hattie, esta vez con una lengua un poco menos afilada—. Siento lo de Bassey, que Dios tenga su pobre alma en la gloria. Y también lo de mi hermana. No entiendo por qué decidió apechugar por esa mujer. Tendría que haber dejado que esos blancos arreglaran sus asuntos sin meter las narices. Ya sabemos que a los blancos de ahí abajo les gusta mantener pura su sangre. Y mira lo que ha conseguido. Meterse en un buen berenjenal.

—No hizo nada —le espetó Anna—. No me digas que llevas tanto tiempo aquí en el norte como para haber olvidado las cochinadas de los blancos. ¿Vas a creer la palabra de un blanco que descubrió que su mujer le ponía los cuernos antes que la de tu hermana?

—Ahora ya no tiene importancia en qué palabra creamos, ¿no te parece? —dijo Hattie en tono sarcástico—. Mi hermana está en una cárcel del sur racista. Eso significa juez, jurado y condena, tres en uno, no te quepa duda...

—¡Hattie! —la interrumpió Anna, inclinando la cabeza hacia Grace para recordarle a la mujer que tuviera cuidado con lo que decía—. No es momento para hablar de eso. —Y luego, con un poco menos de gravedad en la voz, añadió—: Estamos haciendo todo lo que podemos por ella. De verdad, es todo un detalle por tu parte que te hagas cargo de Gracie mientras resolvemos el caso de su abuela.

—Sí, sí, tienes razón. Qué modales los míos. ¿A quién se le ocurre hablar de cosas de adultos delante de los niños? —preguntó Hattie sin dirigirse a nadie en concreto. Tendió entonces las manos y le hizo un gesto a Grace para que subiera la escalera—. Ven aquí y deja que tu tía te vea. No tengas miedo. Te conocí cuando eras una mocosa. Incluso cuidé de ti varias veces, cuando Bassey se iba por ahí para hacer todas esas cosas que le gustan. Bueno, que le gustaban.

Anna lanzó otra mirada asesina a Hattie, pero aun así empujó a Grace hacia su tía.

—Vamos, sube. No hay nada que temer. Hattie es familia tuya. Cuidará bien de ti —indicó, aunque sin demasiado convencimiento.

Grace subió los peldaños de la gran escalera con las piernas tiesas. Cuando la tuvo cerca, Hattie tiró de ella y la acercó tanto a su cara que la niña pudo oler el pollo frito que había almorzado poco antes de que llegaran. La tripa de Grace respondió al olor con un gruñido lento pero sonoro.

—Acércate, pequeña, que no muerdo —dijo agarrando a Grace del brazo e inclinándose sobre su cara—. Deja que te mire bien.

Había algo en la actitud de la niña, en sus penetrantes ojos abiertos como platos, en su piel negrísima tostada por el sol de Virginia, que le hizo recordar una fotografía que, tan solo unos días antes, había sacado de un álbum familiar y había frotado entre los dedos. La había mirado de cerca, observando su rostro joven y el de Bassey; sus ojos, cremosos y grises en la foto en blanco y negro, y los de Bassey, tan parecidos a los suyos pero negros; su cuerpo, esbelto y tieso, y el de Bassey, con unas curvas que tensaban el tejido del vestido. Encima de la imagen alguien había escrito «1952». En ella, Bassey estaba embarazada de dos meses de un chico por quien ella, Hattie, no tenía ningún interés salvo por el hecho de que había dicho que ella le gustaba hasta que su sobrina, divertida y descocada, había aparecido captando su atención. Enfadada, y un poco achispada después de los tragos de whisky de maíz que solía tomar todas las noches, Hattie había tirado esa foto al fondo del trastero del sótano para no tener que verla, no tener que recordar esos tiempos. Y ahora llegaba toda esa historia, todo ese embrollo que había capturado esa foto —ese problema que no era apreciable a simple vista—, a la puerta de su casa. Hattie arrugó el labio mientras contemplaba la cara de Grace.

Grace también le echó un buen vistazo. Hattie se parecía muchísimo a Bassey, una revelación que provocó que las lágrimas volvieran a agolparse en sus ojos.

—Bueno, bueno, a qué viene ese berrinche —le dijo Hattie endulzando el gesto—. Vamos, entra y límpiate. Te prepararé algo mientras te aseas. Cuando hayas terminado, te presentaré a las niñas de mi clase.

—¿Qué clase? —preguntó Anna—. ¿Qué clase das? ¿En tu casa? No sabía que ahora eras maestra. Pensaba que te dedicabas a peinar a señoras. ¿No tienen escuelas para los niños en este barrio tan elegante?

—Bueno, Anna, desde luego que hay escuelas —contestó Hattie exasperada—. No les enseño a leer ni a contar. Enseño a las señoritas de nuestra comunidad algo mucho más valioso.

—¿Y eso qué es? —dijo Anna cruzando los brazos sobre el pecho.

Los ojos de Hattie atravesaron todo el cuerpo de Anna y luego volvieron a desplazarse hacia el de Grace.

—Pues enseño a las niñas de nuestro bonito barrio cómo hay que comportarse para ser una señorita —explicó con una media sonrisa mientras elevaba la nariz en el aire—. Una habilidad imprescindible en la vida. Las ayudo a prepararse para los chicos estupendos que tenemos en el barrio, hijos de enfermeras, profesores y empresarios, que irán a la universidad y harán algo con sus vidas. Algo bueno. Por todos nosotros. —Hattie volvió a hacer un repaso a Grace—. Vamos, entra —añadió cogiéndola del brazo—. Presta atención y quizá podrás aprender algo.

—Bueno, Grace. Cuídate mucho, ¿vale? —dijo Anna cuando ella ya se iba.

—Adiós, señora Tucker —dijo ella, secándose una lágrima y despidiéndose discretamente con la mano al tiempo que Hattie tiraba de ella hacia el majestuoso portal de esa imponente casa neoyorquina. La dueña no se molestó en tales cortesías. Con un ademán escueto, se despidió de Anna y cerró la puerta después de hacer pasar a la niña que le habían confiado.

Grace sabía bien lo que era trabajar. De hecho, había disfrutado ayudando a la yaya a tener limpia la casa, barriendo y planchando, recogiendo leña y cuidando del jardín, remendando la ropa y zurciendo las colchas, que estaban raídas al cumplir la doble función de calentar cuerpos y decorar camas, sofás, sillas y otros muebles. Solía hacer cada una de esas tareas con alegría —bueno, no siempre— porque su abuela había insistido en ello. «Tienes que estar orgullosa de las cosas que te pertenecen, y cuidarlas —le decía—. ¿Acaso no has tenido que sudar por este bol de guisantes? ¿Por este vestido que te protege del frío? ¿Por esta cama que hará que tu espalda dolorida se sienta mejor por la mañana?»

—Sí, señora —respondía Grace acercándose el bol de guisantes a la nariz para oler el aroma terroso del plato, mezclado con quingombó y a veces maíz, si tenían en casa, y también un poco de codillo de cerdo, si alguien había parido un bebé y, en señal de gratitud, había llenado las manos que lo habían traído al mundo con un par de lonchas de esa carne salada.

—Muy bien. Eso está muy bien, pequeña —le decía la yaya—. No hay nada indigno en el trabajo duro, como tampoco lo hay en mostrar un sano respeto por las cosas que te procura.

—Sí, señora —decía de nuevo Grace, con dulzura. Agradecida.

Ahora trató de aplicar el mismo sentimiento a las tareas en la casa de Hattie, pero la filosofía de su tía sobre el trabajo duro no estaba cortada por el mismo patrón y, así, las reacciones de Grace eran menos sedosas; más ásperas, en realidad. Hattie consideró que era su responsabilidad y deber exigirle a Grace la cantidad de trabajo que calculaba necesaria para cubrir los gastos de la manutención y hospedaje de la adolescente, una suerte de trabajo esclavo que era agotador y cruel a partes iguales. En el mundo, según lo veía Hattie, ningún trabajo era demasiado pequeño, o grande, para esa niña de trece años. «Ya casi eres una mujer hecha y derecha, y muy de campo, por lo visto. Seguro que te las apañas», le decía antes de trasladarle una nueva serie de instrucciones para una nueva tarea doméstica que añadir a la lista: despejar el sótano, ordenar los productos que empleaba en su peluquería improvisada, preparar la comida para las chicas del barrio a las que estaba enseñando a ser «buenas señoritas». Era como si a Hattie jamás se le hubiera pasado por la cabeza que Grace tenía *madera* de señorita, que pudiera ser un buen partido para alguien especial. O incluso que debería ir a la escuela o convertirse en algo... más. Una mula huesuda y andrajosa, a la que había que obligar a trabajar; no era más que eso. Un trasto de segunda mano rescatado de la casa de los muertos, no del todo deseado por su nuevo propietario, pero aun así heredado porque esas cosas había que conservarlas en algún sitio, y tirarlas sería un desperdicio. A veces Hattie le recalcaba la idea clavándole el dedo o haciéndole un pellizquito con el índice y el pulgar si Grace no trabajaba con la rapidez requerida, una mezcla de recordatorio y advertencia cuando su sobrina se hacía la remolona con las tareas domésticas y era preciso hablarle más de una vez de la importancia del cuidado y el mantenimiento de la casa. Nunca desaprovechaba la ocasión de recordarle a Grace que vivía en su casa y que esa era su forma de hacer las cosas.

Se había propuesto pulir a su sobrina hasta quitarle cualquier resto del campo, y más le valía que Dios la ayudara a conseguirlo, porque su propia supervivencia dependía de ello. Hattie, a fin de cuentas, le había dado la espalda a su propio pasado desde hacía ya bastante tiempo, casi desde sus primeros días en su ciudad de adopción, cuando nadie se había molestado siquiera en preguntarle cómo se llamaba. Lo primero fue guardar la máquina de coser, un paso imprescindible para su inmersión en la sociedad negra de Brooklyn. Hattie sabía hacer patrones y podía coser todo el armario de una temporada con el cuidado y la atención de una costurera de ropa exclusiva, una habilidad que era necesaria en las zonas más remotas de la Virginia rural, donde las tiendas de ropa elegante eran tan inaccesibles como el dinero necesario para hacerse con esas prendas, pero dicha habilidad dejó frías a las socias de la Liga de Mujeres Negras. Para ser más exactos, Hattie se obligó a aparcar lo que sabía hacer el día en que la señora Spencer reparó en la etiqueta «Hecho a mano por Hattie Adams» de la chaqueta que Hattie —acalorada y muerta de ganas de probar los manjares que poblaban la mesa de aperitivos antes de que desaparecieran en su primera reunión en la Liga— había dejado en su silla. «Madre mía, qué pintoresco... ¿no?», había dicho la señora Spencer sin dirigirse a nadie en concreto, pero lo bastante alto como para que todas las presentes lo oyeran, mientras pasaba sus delicados dedos por la etiqueta rosa sobre un fondo de cachemira negro que Hattie había bordado en la espalda de su chaqueta de seda *jacquard*. El tejido, que había encargado en Sears, le había costado el equivalente a siete servicios en su peluquería, y la tuvo subsistiendo a base de pan de maíz y cuajada para desayunar y judías sin carne ahumada para comer y cenar durante casi un mes. Esa sonrisa, la expresión orgullosa que Hattie lucía en la cara cuando se puso la chaqueta antes de acudir a la reunión, se desprendió de las comisuras de sus labios con una sola frase salida de la punta de la lengua de la señora Spencer: «Hattie se cose la ropa. ¡Que alguien avise a los grandes almacenes Bergdorf!». Las risitas y los murmullos que soltaron las mujeres en ese instante pesarían sobre los hombros de Hattie durante años, y era una buena prueba de ello las cosas que había arrumbado en el trastero del sótano, debajo de sus máquinas de coser y de bordar: un costurero completo y tela suficiente para vestir los bancos de las diaconisas de una iglesia de buen tamaño. Hattie se había excusado educadamente, les había deseado buenas noches e, ignorando el roce de los callos en el cuero de sus tacones de charol, volvió a toda prisa a su casa en la fría brisa de la noche, subió la escalera de la entrada, pasó por la puerta y cerró dando un portazo tan fuerte que hizo saltar las tazas primorosamente colocadas en la vitrina. Se juró en silencio que, en lo sucesivo, la única vez que volvería a vestir ropa hecha con sus propias manos sería sobre su cadáver y que, incluso ese día, tal vez resucitaría de su tumba para ponerse algo más apropiado. Esa noche lo tiró todo al trastero: ropa, material, botones, cremalleras e incluso las fotos en las que salía pavoneándose con unas prendas que hasta entonces había considerado refinadas. A la basura fueron los discos de Moms Mabley y los elepés de Muddy Waters y Elmore James. Y entonces se quedó allí, resoplando, con los brazos en jarras y los ojos concentrados en la mesilla que había en la entrada de la cocina: se acercó con sigilo, se plantó delante, dejó que sus pupilas se deslizaran despacio sobre las flores marchitas que había recogido en el jardín del patio trasero, la foto en blanco y negro de sus muertos, el zurrón lleno de tierra de la tumba de mamá, el viejo cepillo de púas de papá, los dos cuencos, uno lleno de verduras del día anterior; el otro, de agua. El altar que había construido en esos días, más por hábito que por lealtad; un recordatorio de las viejas costumbres. De la persona que había sido. De la persona que intentaba no volver a ser. Y Hattie levantó el brazo y, de un solo golpe, tiró todas esas baratijas y recuerdos de la mesa, haciéndolos caer limpiamente al suelo. La secundaron enseguida la escoba y, a continuación, el cubo de la basura. Y ahí terminaron los trozos rotos de esos cachivaches, junto con cualquier vínculo que pudiera unirla en adelante a ese hogar desaparecido. Con la excepción del whisky de maíz. Eso sí lo conservó.

Hattie no iba a permitir que Grace le atufara la casa con esas cosas de pueblerina. «¡Ven aquí!», le gritó el día que descubrió el pequeño altar de Grace —una pata de conejo, una lata llena de agua, un cepillo, un zurrón repleto de trastos del campo— sobre una silla de madera en su cuarto del sótano. Grace, que todavía no se había acostumbrado a los gritos, saltó al oír el estruendo de la voz de su tía y bajó tan deprisa la escalera que su talón derecho patinó en el borde del penúltimo escalón y terminó aterrizando hecha un ovillo a los pies de Hattie.

—¡¿Qué te dije sobre esto?! —le gritó esta, mirándola desde lo alto, con tanta rabia que arrastró las palabras delatando así sus orígenes sureños.

Grace se puso rápidamente de pie al mismo tiempo que se fijaba en los objetos que su tía le agitaba en las mismas narices. Tuvo que echar atrás el cuello para que no la golpeara con ellos y volvió a tropezar.

—¡Levántate, patosa! —le chilló Hattie. Y Grace hizo lo que le pedía, con los ojos pasmados de miedo al ver lo que tenía su tía en la mano—. ¿No te dije que no iba a permitir que practicaras la mierda esta del vudú en mi casa?

—Sí, señora —respondió enseguida Grace—. Pero no es eso —insistió.

—¡Oh, ahora resulta que tengo escrito en la frente que soy una imbécil! —volvió a gritar Hattie—. Sé perfectamente qué es esto.

—Yo... yo... Solo los he sacado para mirarlos porque

echaba de menos a mamá y a la yaya —dijo Grace. Sus ojos se debatían entre los recuerdos del Sur y Hattie. Se moría de ganas de ver a la yaya en una película, pero las visiones se le resistían, por más que apretara los ojos, se quedara quieta y se concentrara. Esos objetos eran un teléfono, el método con el que Grace había querido llamar a su madre para pedirle ayuda, a su abuela para que le enviara una señal. No se atrevía a decírselo a Hattie. Y esta tampoco se atrevería jamás a confesar que conocía el ritual—. No es magia. ¡Lo juro! —insistió.

—¡No jures! ¡Es un pecado contra el Señor! —clamó su tía.

—Sí, señora —dijo Grace—. Lo siento, tía Hattie.

—No pidas perdón, pequeña. Pórtate mejor —dijo esta tirándole los objetos al pecho. Paseó la mirada por el cuarto. Estaba limpio, ordenado. Le dio igual—. Recoge estos trastos —le ordenó con desdén—. No quiero volver a verlos.

Y así Grace se concentró en hacerse pequeña, una sombra que se alejaba en todo momento de la fuente de luz, para que nadie la viera o la pisara. No tardó en percatarse de que volverse invisible la salvaba de las palabras y las manos furiosas de Hattie. Cuando el desayuno aparecía sobre la mesa como si nada, o la suciedad parecía elevarse en un remolino desde el suelo para terminar en el cubo de la basura, o las camas y las habitaciones quedaban impolutas por sí mismas, reinaba la tranquilidad en la casa. Eso era lo que necesitaba Grace. Tranquilidad. Era en esos momentos cuando podía buscar su luz. La buscaba cuando la luna proyectaba su resplandor sobre Brooklyn y cuando el sol rojo pintaba el cielo con naranjas quemados, rosas nebulosos y grises antes de que los pájaros entonaran sus cantos. Con los ojos bien apretados, entre gimoteos y promesas susurradas, mientras se limpiaba los mocos y las lágrimas con la mano, intentaba encontrar las películas, una conexión con su abuela o algún tipo de señal de su madre que le indicara el camino. Saber si su único destino era estar triste y sola, y no recibir educación ni amor.

Era un miércoles cuando el cielo le dio una respuesta. Grace había salido a la escalera de la entrada, a barrer los escalones, cuando un destello del sol se reflejó exactamente en el ojo del colorido gallo que coronaba como el amanecer la vidriera emplomada. Desde el primer día en el que apareció en la puerta de la casa de Hattie, Grace había estado fascinada con ese gallo, con la manera como los colores rojo sangre, azul marino y violeta de sus plumas descollaban entre las líneas de plomo que perfilaban su majestuosa silueta. El gallo estaba erguido —con porte confiado— como una joya en la vidriera, anunciándose como rey del castillo. La hacía pensar en Jeremiah, el gallo que se pavoneaba por el patio de la yaya, anunciando el alba, corriendo detrás de todas las gallinas, recordándoles quién mandaba ahí, pero encaprichándose de cualquiera de sus compañeras que se moviera en sus inmediaciones. Grace le tenía miedo; siempre se lanzaba sobre ella y la perseguía por el patio cuando llevaba algo de comer en las manos. Un puñado de moras y zarzamoras, un trozo de pan de maíz. Un palo de mascar. Jeremiah la veía y echaba a correr, con las plumas volando a un lado y a otro, perturbando el orden de todas las cosas, fanfarroneando mientras ella gritaba, los dos corriendo en zigzag, dando vueltas al patio, hasta que o bien Grace le entregaba sus golosinas o lo dejaba atrás y volvía a meterse en la casa. Pero si alguien, fuera quien fuese, se acercaba a Grace con malas intenciones, Jeremiah la protegía mejor que cualquier perro guardián, que cualquier pistola que desenfundase por ella. Al verlo la yaya se limitaba a soltar una risita mientras negaba con la cabeza. «El viejo Jeremiah se ha enamorado de ti, nada más. Se cree que es tu hombre.»

—¡Mío y de todas las demás gallinas! —le decía Grace, riéndose como una descosida, aunque al mismo tiempo intentara sacudirse el susto del cuerpo.

No infundía miedo, solo belleza, esa joya de gallo que coronaba el portal de Hattie. Como Jeremiah, velaba por ella, ese gallo de vivos colores que le dirigió un destello de luz las tres veces que Grace se volvió hacia la puerta para barrer las telarañas de los rincones. Finalmente paró de barrer y se llevó la mano izquierda a la frente, protegiéndose de los rayos solares mientras pensaba qué motivo podía tener ese Jeremiah de vidrios emplomados para guiñarle el ojo con tanta intensidad. Cuando Grace volvió el rostro hacia el sol, justo ahí, en toda su gloria, apareció la respuesta: un halo solar. Era la cosa más bonita que había visto Grace en toda su vida aparte de su madre, cuando se pintaba sus gruesos labios con carmín rojo, o los pechos de la yaya, cuando se reía a carcajadas y el sonido hacía eco dentro de ella y se extendía al exterior. Allí estaba, la estrella más brillante del universo, en lo alto de unas nubes grises, bañándose en un halo con los colores del arcoíris que vibraba a su alrededor. Era tan asombroso que Grace casi dejó de respirar: no se atrevía a parpadear siquiera, no fuera a ser que esos colores hubieran desaparecido para siempre cuando abriera de nuevo los ojos, dejándola con lo mismo que esas dos mujeres que quería más que a nada en el mundo: recuerdos. Nada.

Y por ello siguió mirando. Y miró tan concentrada que los rayos del sol se convirtieron en unas esquirlas de una luz amarilla y brillante que vibraban en el interior del rojo, el naranja, el amarillo, el verde, el azul, el añil y el violeta que rodeaban el sol, derramándose al exterior.

—Bonito, ¿no? —le dijo una voz, sacando a Grace de golpe de aquel trance.

Se sobresaltó, pensando instintivamente que la tía Hattie había salido como una furia de la casa para lanzarle un nuevo insulto u orden, hasta que sus ojos y su cerebro se concentraron en la dirección de la que procedían las palabras y luego en la mujer que las había pronunciado. Grace se pasó la escoba a la mano izquierda y empleó la diestra para protegerse de la luz del sol. Era una mujer bajita, regordeta, más o menos de la edad de la yaya, que pasaba un trapo por los pasamanos de la escalera que conducía a la majestuosa casa de al lado. No se parecía en nada a las mujeres elegantes con las que intentaba codearse la tía Hattie, no se parecía en nada a la dueña de la casa contigua, quien, en el mes que Grace llevaba en Brooklyn, no había hecho más que torcer el gesto cada vez que la veía. Esta mujer, con el delantal anudado a la cintura y el pelo recogido con horquillas y un pañuelo blanco, le recordaba a... casa.

—¿Has visto lo rápidas que pasan las nubes? —le preguntó. Dejó lo que estaba haciendo para levantar el mentón hacia el azul apagado del cielo—. Me gustan esos dibujos y las cosas diferentes que hacen las nubes en el gris del cielo. Casi consiguen que el gris parezca bonito.

Grace apartó lentamente la mirada de la mujer para volver a concentrarse en el cielo, aunque ahora, en vez de fijarse en los colores, lo hizo en los grises que asomaban por los huecos entre las nubes que se movían alrededor del sol.

—Va a llover otra vez —continuó la mujer, oliendo el aire.

Grace también lo hizo, un truco que había aprendido de la yaya, quien solía ensalzar las virtudes de saber cuándo iba a llegar una buena tormenta, para que la ropa tendida en la cuerda no terminara empapada, o para no perder el tiempo bombeando agua para regar las verduras del huerto y otras cosas por el estilo. Grace señaló el cielo con la cabeza y dijo:

—Sí, señora. Parece que siempre llueve.

—Oh, pero es el gris el que nos trae todos los colores. Es tan buen presagio como el arcoíris. El gris significa que la alegría llegará por la mañana —dijo la mujer—. Tienes que amar el gris como a los otros colores. No se puede tener lo uno sin lo otro.

Grace asintió y elevó todavía más la barbilla hacia el cielo. Dejó que los rayos de colores y las sombras del gris bañaran su rostro.

El portazo de la verja y las risitas de las niñas la sacaron abruptamente de su ensueño. Y entonces: «¡Grace, saca el trasero de ahí para que mis señoritas puedan subir a mi casa en esta preciosa tarde!», gritó Hattie, protegiéndose los ojos del sol, pero perdiéndose, por supuesto, el milagro que se estaba obrando en torno a su luz, pues prefirió mirar en dirección opuesta, hacia las nubes que se cernían.

—Vaya, vaya. Huele como si fuera a llover. Señoritas, adentro antes de que el agua caiga sobre vuestras cabezas. No querréis que esos bonitos rizos se os encrespen, ¿verdad?

Hattie le puso la escoba a su sobrina en las manos.

—Ponte a trabajar antes de que la lluvia moje la escalera, ¿has oído? No estaré contenta si mi escoba vuelve a casa empapada.

—A la orden —respondió Grace bajando el mentón al pecho. Sus ojos agradecieron apartarse de los rayos cegadores del sol.

—No se dice «a la orden», muchacha. Eso es de palurdos de pueblo —le espetó Hattie.

Con el rabillo del ojo, Hattie reparó en la mujer que, trapo en mano, las miraba desde la casa vecina.

—¿Cómo está? —dijo la mujer moviendo el trapo a modo de saludo en dirección a Hattie y Grace. Hattie frunció el ceño. Por su gesto pareció que la propia existencia de esa mujer fuese una afrenta directa a su sensibilidad. Entornó los ojos lentamente y se volvió de nuevo hacia Grace.

—Se dice «Sí, señora» —explicó despacio, como si su sobrina fuera demasiado lerda para entenderlo.

—Sí, a la... —empezó a decir Grace, pero Hattie no le dio la oportunidad de terminar la frase. Se fijó en la cancela de la puerta principal, por donde entraba otro visitante. Los ojos de Grace, todavía marcados con puntos amarillos después de haber mirado fijamente al sol, no consiguieron enfocar del todo la imagen, pero aun así oyó que su tía cambiaba el tono de voz y reparó, asimismo, en que las comisuras de sus labios se tensaban de inmediato hacia arriba cuando se dio cuenta de quién entraba en el domicilio. Grace se volvió y parpadeó varias veces para ver bien. Cuando por fin pudo enfocar el rostro de aquel joven, inspiró con tanta fuerza que le dio un ataque de tos.

Hattie pasó al lado de su sobrina y saludó al joven.

—Ay, qué sorpresa. Pero si es Dale Spencer. ¿Le está siendo grata esta bonita tarde? —preguntó en un tono amable y correcto.

—Hola, señora Hattie —dijo él saludándola con la mano—. Parece que va a llover, ¿eh?

—En efecto, justo ahora lo comentaba —indicó Hattie acercándose un poco al adolescente—. Se huele en el aire.

Dale cerró los ojos y respiró hondo. Al tomar aire largamente, su torso musculoso se alzó y tensó su camisa ceñida de rayas verdes, detalle en el que Grace habría podido fijarse mejor si no se lo hubiera impedido en parte el hombro de Hattie, el cual, como su voz, se había redondeado y relajado en presencia de ese chico, su joven vecino.

—Deje que le diga algo. Me encanta el olor de la lluvia, pero ¿sabe qué me gusta más todavía?

—¿Qué? —dijo Hattie.

Dale miró al cielo y señaló con gesto decidido el sol.

—Mire qué nos trae la lluvia. Es impresionante, ¿no cree? Un arcoíris circular. Me parece que lo llaman «halo solar».

—¿De verdad? —preguntó Hattie haciendo visera con la mano.

—Sí, en la asignatura de ciencias naturales estamos aprendiendo todos los fenómenos de la lluvia. Qué la causa, el papel que desempeñan las nubes, qué clase de nubes hacen cada cosa. Y los halos solares. La semana pasada hablamos de ellos en clase.

—Pues qué maravilla —afirmó Hattie ladeando la cabeza, como si esa postura pudiera ayudarla a entender un poco mejor lo que el chico le decía.

—Me pongo muy contenta cuando sale el arcoíris después de un chaparrón —dijo Grace—. Es como una guirnalda muy bonita.

Dale apartó la mirada del cielo y la dirigió a Grace, como si reparase en ella por primera vez desde que había accedido al patio de Hattie. Ambos se quedaron completamente inmóviles, estudiándose el uno al otro: él, sus labios, gruesos y muy bien formados, como si alguien hubiera cogido un lápiz marrón y hubiera dibujado en su cara lo que Dios entendía por unos labios perfectos; ella, sus ojos, redondos como los de una cierva, con unas pupilas tan oscuras y brillantes que sus gruesas cejas y su pelo afro bien recortado —que formaba un plano perfectamente perfilado entre su sien izquierda y su oreja— resplandecían en su piel. En Virginia lo habrían llamado «rojo» porque su tez era del mismo color que una cucharada de canela recién rallada. Los chicos que merecían ese apodo recibían todas las miradas porque se los consideraba guapos. Y Dale sin duda lo era.

—Oh, cierra el pico, muchacha —ordenó Hattie, y su voz interrumpió como un trueno la contemplación silenciosa en la que se habían sumido el uno y el otro—. Una guirnalda —repitió en son de burla.

—Yo también lo veo —aseguró Dale, sin apartar la mirada de Grace ni un instante.

El ceño fruncido de Hattie anunciaba su disgusto con el hecho de que Grace se hubiera hecho visible. Audible. Que hubiera renunciado a la pequeñez. Que se hubiera hecho presente.

—En fin, Dale, ¿en qué puedo ayudarte? —dijo Hattie,

cambiando el peso de pie como si quisiera interponerse en la mirada de los chicos y tapar la cara de Grace para que Dale no la viera—. ¿Has venido a saludar a una de mis muchachas? ¿Bettye, quizá? ¿O Roe? Están todas dentro.

—Oh, no, señora —repuso Dale sonrojándose—. No he venido a ver a ninguna chica. Mi madre me ha pedido que le devuelva esto. Es su cuchara y su cazuela. Nos las prestó la semana pasada, ¿no? Mi madre no quería quedárselas más tiempo de la cuenta.

—Madre mía —dijo Hattie cogiendo la bolsa que le tendía Dale—. Desde luego. ¿Cómo se encuentra tu madre? Sé que es muy doloroso perder a una madre.

—Lo es. Echo de menos a mi abuela. Mucho —contestó Dale—. Y mi madre también la echa de menos. Pero aguanta. Lo va aceptando pasito a pasito. Intenta hacer de tripas corazón.

—Estoy segura —señaló Hattie moviendo la cabeza con gesto pesaroso al tiempo que exhalaba un suspiro—. Esta comunidad no será la misma sin la Madre Hilliard, pero creo que hablo en nombre de todos si digo que era una mujer especial para todos nosotros, y le estaremos siempre agradecidos por el empeño que puso en que esta manzana y todo el vecindario fueran un sitio precioso. —Entonces, volviéndose hacia Grace, añadió—: Te convendría informarte sobre el trabajo que los Spencer y los Hilliard han hecho en esta comunidad, Grace. Nuestro Dale viene de una buena familia.

—¿Te llamas Grace? —preguntó él, al tiempo que le tendía la mano rodeando con gesto incómodo a Hattie—. Yo soy Dale. Vivo a dos manzanas de aquí.

Grace miró su mano, de dedos largos y uñas limpias y bien recortadas, y luego a Hattie, antes de acercarse y colocar la mano sobre la del chico. El tacto era suave. Eléctrico.

—Sí —dijo Hattie—. Es mi sobrinita. Ha venido de Virginia a verme. Es su primera vez en el norte.

—Un placer conocerte, Grace —dijo Dale, sin soltarle la mano.

—Un placer...

—¡Ah, parece que ahora sí llueve! —exclamó prácticamente a voz en grito Hattie, cuando unas gotas grandes empezaron a caer sobre el árbol—. Vete corriendo casa, Dale. No quiero que termines empapado y con un resfriado. Grace, tú también deberías entrar. Puedes empezar a preparar la comida para mis señoritas.

—Sí, señora —contestó Grace dirigiéndose a Hattie, pero sin dejar de mirar a Dale.

—Nos vemos, Grace —dijo Dale cuando ella ya se marchaba adentro. En los labios, su nombre le sonó como miel que goteaba en un trozo recién cortado de pan de maíz.

Grace no sabía qué idea hacerse de ese chico que vivía a dos manzanas ni cómo interpretar que su mirada le hubiera hecho saltar el corazón. Tenía ganas de echarse a reír en voz alta recordando lo que había sentido al tener su mano entre los dedos, cómo la había mirado, atravesándola con los ojos, como si no pudiera reparar en su ropa no del todo perfecta, en su pelo no del todo perfecto y en su manera de hablar no del todo perfecta, como si lo que estaba viendo fuera algo que valiera la pena mirar. Pero no porque pensara que Grace fuese guapa. Sino porque pensaba que Grace importaba.

Y mientras removía las alubias en la cacerola y las servía en los bonitos cuencos de Hattie para sus bonitas muchachas, Grace imaginó que ella y Dale eran unas guirnaldas rodeando el sol.

6

¿Qué sabía Grace del amor, de ese instinto que encamina al corazón, a veces contra el pulso mismo de la lógica, a jugar con fuego? Sin duda, quería a su mamá, ahí mandaban tanto la naturaleza como la obligación, un intercambio justo por la sangre, los huesos, las entrañas, la carne, los nutrientes y el aire que Bassey había recogido en su vientre para su hija. Daba igual lo que hubiera hecho o dejado de hacer su madre, o lo perfecta o perfectamente incompetente que hubiese sido para Grace; esa niña, mientras durase su vida, siendo pequeña, anciana o una mujer hecha y derecha, siempre buscaría la teta de su madre. Bassey le había dado la vida a Grace y su hija se lo recompensaba con amor. Y la yaya... Ay, la yaya. En fin, a ojos de Grace la yaya era la pura esencia del amor. La quería hasta el tuétano, y ese amor podía cortarlo en rodajas y extenderlo a lo largo del tiempo y de la razón. Era espeso. Sustancioso. Incondicional. Merecido.

Pero eso de lisonjear a un chico y estar coladita por él era algo nuevo. Aunque ya tenía quince años y debería haber estado más enterada de los asuntos mundanos, Grace no había tenido la ocasión de ver de cerca cómo coqueteaba la gente en realidad, y mucho menos cómo se transmitía el amor de un chico a una chica, o de una chica a un chico. A los once años más o menos, se dijo una vez que estaba enamorada de Isaiah Wright, un chico muy creído que, al decir de sus amigas, también estaba prendado de ella.

Isaiah se lo pasaba de maravilla tirándole de las trenzas siempre que podía y a Grace, que tenía el cuero cabelludo muy sensible y no le gustaba nada que la gente le tocara su melena gruesa y rizada, nunca se le había ocurrido pensar que aquello podía ser agradable hasta que su amiga Lucy le cantó los detalles.

—Sabes que le gustas, ¿no? —dijo, con una risita, una tarde mientras Grace y tres niñas de su grupo de amigas de la clase pasaban el recreo escondidas a la sombra de un sicómoro, ayudándose unas a otras a quitarse la tierra de debajo de las uñas y jugando a tocarse el pelo.

—¿Quién? ¿Isaiah? —preguntó Grace arrugando la nariz y echando una mirada disimulada en dirección al niño.

—Pues sí —contestó Lucy estirando el cuello y negando con la cabeza—. Está intentando que te fijes en él. Parece que está muy interesado, ¿no, chicas? —añadió. Los enérgicos gestos afirmativos que siguieron a la pregunta hicieron que las cabezas de las colegialas parecieran manzanas meciéndose en un cubo de agua.

—Ahí lo tienes —indicó Angeline mientras señalaba con la cabeza a una pandilla de chicos que tiraban piedras a ras de suelo, intentando que rebotaran en la tierra para golpear los tobillos de sus compañeros. Resultó que Isaiah estaba observando a las chicas justo en el momento en que Grace miró en la dirección que le marcaba la prominente barbilla de Angeline—. Es mono.

—Vaya, vaya —dijo Lucy asintiendo—. No me importaría que me tirase del pelo —añadió, y todo el grupo se echó a reír chocando las manos en el aire.

—¿Crees que es mono? —preguntó Angeline.

Grace se dio un momento para observar bien su cara. Aunque nunca se había parado a pensarlo, supuso que sí lo era. Antes, lo único que le había llamado la atención del chico era que siempre tenía la piel reseca, como si su madre no creyera importante que se frotara un poco de crema en los codos y las mejillas de vez en cuando. Pero tenía hoyuelos. Y a Grace le gustaban los hoyuelos. Se encogió de hombros.

—Es mono.

—Pues ve a decírselo, porque... ¡estáis enamorados! —afirmó Lucy.

—¿Enamorados? —dijo Grace confundida.

—Haréis una pareja estupenda. Seguramente tendréis unos bebés preciosos. Con hoyuelos y todo eso. —Angeline metió baza.

—Primero viene el amor, luego la boda... —empezó Lucy. Y entonces, al unísono, todo el grupo de chicas comenzó a cantar entre risas—: ¡Y luego el bebé en el cochecito! —Volvieron a reírse.

Los chicos, cansados evidentemente de acribillarse unos a otros los tobillos y las pantorrillas con piedras, oyeron el alboroto y se volvieron hacia el sicómoro. Sus miradas fueron recibidas con risitas y sonrisas. Isaiah fue el primero en acercarse. Los demás no tardaron en seguirle.

—¿Os estáis peinando? —preguntó. Su voz parecía querer sonar grave, pero se le quebraba en las notas más altas, delatando la embestida de su garganta hacia la madurez.

—Ajá —respondió rápidamente Lucy agarrando una de las trenzas de Grace.

—Pues parece que tendréis que alquilar una mula para hacerle las trencitas a Grace —apuntó Isaiah sin perder un instante—. Con un peine normal no lo conseguiréis.

Los chicos se echaron a reír, pero a ellas, Grace lo sabía, les dolió la pulla.

—Bueno, si crees que Grace tiene el pelo tan crespo, ¿por qué estás siempre toqueteándoselo? —preguntó Lucy.

—Pues porque quiero arreglárselo un poco —señaló de inmediato, lo que provocó más risas a costa de Grace.

Avergonzada, Grace se levantó del suelo, pero, al hacerlo, se pisó el dobladillo de la falda, dejando a la vista sus bragas. Lágrimas calientes empezaron a correr por sus mejillas, y se las limpió con la mano, dejando un rastro de tierra en su piel. Los chicos se rieron todavía más fuerte cuando ella pasó a su lado, con su pandilla de amigas pisándole los talones.

Esa noche, cenando, era evidente que algo le pasaba a Grace por su forma de hacer girar el tenedor en el plato, pero la yaya no comentó nada al respecto hasta que su nieta hincó el codo en la mesa y apoyó la cabeza en la palma de la mano.

—¿Qué te preocupa? —preguntó.

—¿Eh? —respondió Grace.

La yaya guardó silencio unos segundos. Luego dijo despacio:

—Bueno, debes de estar estudiando algo, porque tienes el codo en mi mesa y acabas de responder a tu abuela con un «eh».

Grace sacó inmediatamente el codo y escondió la mano en su regazo.

—¿Vas a decirle a tu abuela lo que te pasa o vas a pasarte toda la noche jugando con las alubias?

Grace dejó el tenedor en el bol y bajó la barbilla al cuello. Luego habló:

—¿Mi padre y mi abuelo se fueron porque pensaban que no éramos guapas?

Algunas de las alubias que la yaya acababa de llevarse a la boca con el tenedor quizá se le fueron por el otro lado de la garganta, porque, en vez de responder a la pregunta, empezó a toser. Aunque Grace sabía que su abuela no se había sentado a la mesa con la idea de hablar de Sonny y Amos, se trataba, sin embargo, de una conversación para la que posiblemente se había preparado hacía mucho tiempo. Una niña —y más si era curiosa como Grace— debía conocer la historia de su sangre, aunque no fuera un cuento de hadas, como sabía muy bien la yaya, a pesar de que su hija no estuviera de acuerdo.

—Ser guapa no hace que un hombre se quede a tu lado —dijo por toda respuesta—. He conocido a muchas mujeres tan guapas que deberían tener a los hombres rendidos a sus pies, y es verdad que muchas lo consiguen. Pero eso no hace que un hombre se quede a tu lado.

—¿Y qué es lo que los hace quedarse? —mascullό Grace.

—Esa no es la pregunta, niña. La pregunta que debes hacerte es por qué a los hombres les parece bien dejar embarazadas a las mujeres y luego largarse. La única respuesta que puedo darte es que esos hombres no tienen nada de hombres.

Al ver que Grace bajaba todavía más la cabeza, la yaya entendió que responder las preguntas de su nieta no sería suficiente. El tiempo lo haría.

—Tu papá, Sonny, más allá de convencer a tu mamá de que era un buen hombre, no servía para mucho —dijo bajando la voz—. Se presentó delante de tu madre con un montón de promesas, le decía que conseguiría una granja con tierras suficientes para ganar dinero con ella y alimentar a la familia. Hizo que tu madre cayera de lleno en la trampa —añadió la yaya moviendo la cabeza. Luego chasqueó los labios—. Tu mamá necesitaba creerse esas mentiras para poder hacer lo que siempre hacía cuando se le acercaba un hombre con grandes palabras y muchas promesas. Sin darse cuenta, estaba cocinando y lavándole los calzoncillos, y luego empezó a lavar la ropa interior de otra gente, mientras él se pasaba durmiendo medio día y salía de juerga hasta el amanecer. Ay, Señor, cuando empezaste a crecer en su barriga, pensé que tu madre iba a hundirse. —La yaya se inclinó hacia delante y cambió de postura en la silla, como si esperase a que Grace dijera algo. No lo hizo—. No voy a permitir que eso pase. Debes saber que las mujeres Adams somos fuertes y no nos conformamos con eso. Amamos con la misma fuerza que cualquier mujer que quiera formar una familia y cuidar de ella. Pero ¿nuestra clase de amor? Lo volcamos en las cosas que importan. En las personas que importan. Y te digo que aquí nunca perderemos el tiempo con un palurdo que deja preñadas a las mujeres pero luego se niega a hacerse cargo de mantener con vida a esos niños. Por eso tuvo que largarse tu papá. Por eso tuvo que largarse el papá de tu mamá. Por eso tuvo que largarse mi papá. Mejor así. Para mí y para ti.

Grace siempre encadenaba una pregunta con otras hasta que su cerebro se daba por satisfecho, pero esta vez guardó silencio. La abuela sabía que su nieta no había tenido bastante, así que continuó satisfaciendo su curiosidad.

—Hemos vivido tres generaciones sin hombres pululando por esta casa que hemos construido con nuestras propias manos, sin tener que aguantar a hombres dando órdenes mientras nosotras llevábamos la casa. Aquí no queremos a nadie que nos robe lo que no es suyo, aquí nadie se hará la mosquita muerta para que un zángano pueda sentirse importante, aquí no queremos a nadie que nos haga promesas que luego no cumplirá, aquí no toleraremos que nadie meta las manos donde no debe. Hemos tenido tres generaciones de buena vida haciendo lo que nos venía en gana. Diría que no se nos ha dado mal. ¿Qué te parece a ti?

Grace no sabía nada de las promesas incumplidas de los hombres o de si la huida de su papá, de su abuelo y de su bisabuelo era la solución adecuada para curar un hogar roto; no sabía si aquella explicación dejaría poso en ella. Si sería suficiente. De momento no tenía ganas de pensar en ello. Lo que quería saber era si alguna vez conocería la clase de amor que hacía que un chico le tirase del pelo y le dijera que lo hacía porque pensaba que era guapa.

Grace suspiró, respiró hondo y exhaló el motivo que se ocultaba detrás de su pregunta.

—Isaiah me ha llamado «fea» hoy.

La yaya echó atrás el cuello y, después de apoyar la espalda en la silla, se cruzó de brazos.

—¿Te refieres a ese chico petulante que vive en Clifton? ¿El hijo de esa mujer que vende huevos en el almacén?

—Sí, señora.

—¿Isaiah es ese mequetrefe con esa vocecita chillona tan divertida?

—Sí.

La yaya se inclinó sobre la mesa, agarró la barbilla de Grace, le levantó la cara y la miró a los ojos.

—Que sea la última vez que te veo con la cabeza gacha por un chiquillo con el pelo escarolado que malgasta saliva con mentiras. —Apartó una trencita suelta de la frente de su nieta y le pasó la mano por la mejilla. Su mirada, el roce de su mano, bastaban para que Grace se pusiera roja como un rubí—. Tú sabes la verdad. Solo tienes que creértela hasta el tuétano.

Y a partir de ese día, y en todos los que habrían de seguir, las palabras que la yaya había volcado en el seno de Grace la hicieron sentir tan valiosa como el aire que respiraba. Y, sin embargo, la misma mente que permitía la existencia tanto de la respiración como del amor propio sin preocuparse por nada más estaba ahora consumida por teorías: ¿Qué debería hacer con su pelo para que Dale se fijara en ella? ¿Y con su ropa? ¿Había algún perfume concreto que le atrajera? ¿Prefería a las chicas espabiladas? ¿Las chicas que habían recibido una educación, como la tía Hattie y sus «señoritas»? ¿Le daría importancia a que ella se acordara siempre de colocar la servilleta sobre las piernas después de bendecir la mesa pero antes de coger el tenedor o se la daría a que el pollo que ella querría cocinarle estuviera crujiente o al número de porciones de mantequilla que añadiría a la masa para que la corteza del pastel de fruta saliera bien hojaldrada? ¿Le daría importancia al hecho de que, aparte de a su madre y a su yaya, solo le hubiera dado besos a la almohada? ¿Le importaría saber que pensaba en él cuando besaba a su almohada? Y si conseguía uno de esos bonitos vestidos que parecían triángulos, quizá uno de color amarillo, brillante, como el que se había puesto Princess el día en que los ojos de Dale se demoraron más de la cuenta en sus piernas cuando subía por la escalera de la entrada a una de las clases de *señoritas*, ¿sus ojos también se entretendrían en las suyas? ¿De verdad pensaba que le gustaba Melissa? ¿Era posible que le gustara?

—Como continúes pasando el trapo por la vitrina le vas a hacer un agujero. ¿Es que no piensas seguir hoy con el resto del salón? —preguntó la tía Hattie, interrumpiendo la indagación íntima de Grace.

—¿Eh? —dijo ella arrepintiéndose al instante de haberle respondido así.

—¿Qué te dije de contestar de esa forma? —le espetó la tía Hattie—. Si puedes decir «eh», entonces es que no eres sorda. Te juro que en estos tres meses que llevas aquí solo ha mejorado tu apetito. ¿Cómo esperas ir a la escuela y aprender tus lecciones si en casa eres incapaz de hacer bien las tareas más sencillas? Esas escuelas del Sur no valen nada...

Hattie no paraba nunca, nunca, de decirle cosas por el estilo, todos los días, aprovechando cualquier oportunidad para poner en tela de juicio cómo habían criado a Grace, la estructura de su familia, la educación recibida, las decisiones de Bassey, las de la yaya. La humanidad de esas mujeres. De vez en cuando Hattie le contaba pedacitos de su propia historia: llevaba en Brooklyn más de una década, desde que se subió al carro de la Gran Migración al Norte para no ahogarse entre la clase social de los criados de Virginia con ellas tres. «Nada en este mundo de Dios ni en sus océanos podría convencerme de poner ni que fuera el dedo meñique del pie más allá de la frontera con los estados del Sur», le había dicho en una ocasión, mientras alternaba miradas entre el telediario de la noche, en el que los feligreses de una iglesia negra, cogidos del brazo, recibían manguerazos, y las uñas de sus pies, que Grace le estaba pintando con un esmalte de color claro. Qué demonios, Hattie no pensaba salir ni siquiera de Brooklyn, tan profundas eran las raíces que había echado allí, y no tenía ni una palabra amable para quien prefería ser criada antes que maestra, aparcero antes que tendero, trabajar hilando algodón en la fábrica antes que ser corredor de seguros. Había llegado a Bedford-Stuyvesant con la cabeza repleta de grandes sueños sembrados diez años antes, cuando un chico del barrio, recién llegado de vuelta al sector negro de Rose, después de haber perdido la pierna en la guerra, le habló del día en el que una actriz glamurosa, cuyo rostro hermoso y envidiable adornaba las taquillas de casi todos los soldados negros llamados a filas, había actuado para *los chicos* que servían en ultramar.

—Ay, esa Lena Horne es de lo que no hay —le había dicho soltando un silbido—. Dicen que creció en una familia rica de Nueva York. Ya estaba forrada antes incluso de que quisiera subirse a los escenarios. ¡Realeza negra!

—¡Nueva York! —había respondido Hattie con aire nostálgico—. Su mamá debe de vivir en una de esas casas elegantes, ¿no?

—Pues claro. Vi la casa con mis propios ojos en una revista —le había asegurado él—. Era como una mansión, pero de ladrillo. Limpia como una patena. Ya no vive allí. Ahora está en Hollywood, pegándose la gran vida. Pero he oído que todavía vuelve de vez en cuando a Nueva York con sus amigos famosos. ¡Imagínatelo! Una panda de negros, todos tan guapos y ricos.

Hattie retrocedió espantada.

—Lena Horne no se pasea con una «panda de negros» —dijo con desdén—. Con ese pelo bonito y ese cutis. Con todo ese dinero. Y la familia que tiene. Es una señorita y así merece que la llames.

—Bueno, vale. Seguro que es una señorita. No te digo que no —contestó él—. Cuando la tuvimos delante de nosotros en Alemania, ¡no tuve ninguna duda!

Hattie no oyó ninguna de las palabras que siguieron saliendo de la boca del soldado. Ya estaba tramando cómo se las apañaría para marcharse a Brooklyn y servirse un trocito de la vida de Lena Horne. Un trocito de esa libertad. Y cuando finalmente lo logró, en cuanto consiguió su trabajo, y luego su negocio, y luego un poco de dinero, y luego una oportunidad, y luego una casa, y luego la buena reputación, y luego un círculo de amistades, nunca volvió la vista atrás, para no correr la misma suerte que la esposa de Lot: pasar la eternidad mirando al pasado, maldita e incapaz de moverse. Quienes apestaban a la segregación de los estados del Sur, en su ropa y en su aliento, no eran dignos de su tiempo ni de su interés, aunque fueran de la familia. Para ella, eran tan inservibles como una estatua de sal.

—Escucha bien lo que voy a decirte —le advirtió la tía Hattie, empleando para recalcarlo y hacerlo más injurioso el acento sureño que se había sacudido de encima como barro en las botas de agua en cuanto franqueó las puertas del norte—. Te lo diré clarito para que puedas entenderlo: empieza a comportarte como Dios manda, niña. Si vas a quedarte aquí, sobre todo si es conmigo, tendrás que ponerte las pilas y comenzar a moverte. La gente de por aquí es lista. Saben lo que quieren y cómo conseguirlo. Y yo voy a hacer lo mismo. Y no pierden el tiempo tonteando con una niña que se da por satisfecha bailándoles el agua a los demás. Ten un poco de respeto por ti misma —añadió, marcando con una palmada cada sílaba mientras terminaba de regañar a su sobrina.

Grace se sobresaltó al oír las palmadas de la tía Hattie. Se mordió el labio para que los ojos no se le empañaran, pues sabía que las lágrimas no la salvarían del desprecio y el asco de su tía. Su tía era inconmovible.

—Bueno, date prisa y termina de pasar el trapo antes de que lleguen mis señoritas —le espetó—. Y cuando hayas acabado, sube a mi habitación y ponte ese vestido mío que tiene una línea blanca que pasa por el centro. Necesito que lleves algo a la casa de los Spencer y sabe Dios que no quiero que llames a la puerta de esa mujer como si parecieras salida del último mercancías que ha llegado a la estación.

Grace se quedó petrificada, pero su mente se había convertido en un torbellino de cálculos. Su tía le pedía que se pusiera guapa, para así poder llamar a la puerta de la madre de Dale. Y allí estaría él. Y a lo mejor podría verle y quizá incluso hablar con él. Y, allí, el chico que ocupaba hasta el último rincón de sus ensoñaciones tal vez podría verla con otros ojos.

—¡¿Me has oído, niña?! —le gritó la tía Hattie dando otra palmada—. Baja de las nubes y termina de limpiar la casa. ¡Tienes que llevar esta caja de impresos a los Spencer!

El grito la espabiló y se puso manos a la obra, pero su mente seguía haciendo cálculos.

—Pero qué guapa estás —dijo la señora Spencer, mientras sus ojos la examinaban de los pies al último rizo. Grace esperaba en la puerta, aguantando a duras penas el peso de la caja de programas para el baile de gala de las chicas, deseando que la mujer, con el pelo perfecto y correctísima, estuviera demasiado pendiente de los rizos que cubrían sus sienes y atravesaban su cardado afro perfectamente simétrico de arriba abajo y de lado a lado, como para reparar en que los zapatos que Grace había cogido del armario de su tía Hattie (mucho menos gastados, menos zarrapastrosos, menos segunda mano de la Virginia rural) se le movían en los talones delicados y algo más pequeños que los de su tía. Cada instinto de su cuerpo le reclamaba que se inclinara, hiciera una reverencia o algún gesto fino para saludar a aquella mujer elegante, que se vestía como si fuera una mañana de domingo incluso siendo martes, en su casa, donde era de suponer que nadie, aparte de su marido y su hijo, la vería y, por tanto, la juzgaría. En vez de ello, Grace se quedó plantada, con los ojos abiertos y embelesada, sin saber muy bien qué hacer o decir más allá de esbozar una sonrisa torcida—. Adelante —la invitó la señora Spencer, haciéndose a un lado y abriéndole la puerta para dejarla entrar en su casa—. ¡Madre mía! Esa caja debe de pesar lo suyo. ¡Dale! —gritó—. Ven aquí, por favor.

En lo que pareció tanto un segundo como una eternidad, apareció Dale, materializándose ante ella; sus ojos se enlazaron en un baile de miradas. Pero Grace no era capaz de verlo, por lo menos no en ese momento. Antes bien, lo observaba en una serie de fogonazos: Dale mirándola como si pudiera verle el alma, Dale tocándole la cara, acercando la boca a sus labios, ambos riendo por algo que solo a ellos les parecía divertido, Dale volviendo a tocarla, un estallido de luz tan brillante, tan brillante, tan brillante y lleno de pasión y alegría que él era el amanecer.

—Espera, deja que te ayude con eso —dijo Dale quitándole el peso de las manos con facilidad. Sus palabras y el gesto sacaron a Grace de la película que estaba viendo.

—No entiendo por qué no me ha llamado Hattie —dijo la señora Spencer moviendo la cabeza—. Esa caja pesa demasiado para que una señorita como tú tenga que cargar con ella dos largas manzanas. Te agradezco que la hayas traído, cariño.

—No... No hay de qué, señora —respondió Grace lentamente, eligiendo las palabras de una en una para no equivocarse y siguiendo el consejo de la tía Hattie de engullir su acento de campo frente a esa mujer, a quien su tía veneraba por todo lo que era, que era todo lo que ella quería llegar a ser también. Una persona admirada, bien relacionada, importante, imponente.

—¿Te apetece un refresco? —preguntó la señora Spencer.

—No, gracias —contestó despacio Grace—. Debo volver enseguida.

—Bueno, espera un momento —pidió ella interrumpiéndose y mirando al vacío, como si intentara recordar qué debía hacer a continuación—. Tengo que prestarle a tu tía unas ollas muy pesadas. Se ha ofrecido a preparar el estofado para la cena de gala, pero estoy segura de que no tendrá una olla lo bastante grande para toda la gente que seremos. ¿Me harás el favor de llevársela, cariño?

—Sí, señora —dijo Grace.

—Dale, cielo, deja los programas en el despacho de tu padre y ve a buscar la olla. La que usaba tu abuela para hacer el gumbo.

—Vale, mamá —dijo él antes de desaparecer rápidamente en la parte trasera de la casa.

Grace permaneció incómoda en el umbral, mientras la señora Spencer la observaba un rato más. Su silencio se posó sobre la cabeza de Grace como una nube gris que anunciase una fuerte y ventosa tormenta. Enseguida reapareció el chico con la olla y la tapa entre las manos.

—¿Sabes qué? —indicó él—. Esto pesa bastante. ¿Y si lo llevo yo a la casa de la señora Adams para que Grace no tenga que cargar tanto? —Aunque se había dirigido a su madre, sus ojos estaban manteniendo una conversación completamente distinta con los de Grace.

—Ay, bueno, sí. Supongo que es una buena idea —convino la señora Spencer, como si tomara acta de la energía que discurría entre su hijo y esa chica de campo, con el pelo crespo y los zapatos que le iban grandes, embutida en un vestido que no era suyo, sacado de un armario que tampoco era suyo, en una casa a cientos de kilómetros de la choza de la que había huido, a solo dos manzanas de su hijo único, un chico precioso e inteligente con un cerebro igualmente precioso, a punto de hacer las maletas para estudiar en Morehouse College, lugar en el que se formaron algunos de los más prestigiosos intelectuales negros de la época, con ningún tiempo que perder con una negra de campo de aspecto macilento que no valía ni para prepararle la bañera—. No te entretengas, Dale —dijo ella finalmente—. Necesito que vayas corriendo a la tienda cuando vuelvas.

—De acuerdo, mamá. Yo me ocupo.

—¿Qué? —dijo la señora Spencer frunciendo el ceño.

—Sí, señora. Eso quería decir. Me daré prisa en volver —respondió Dale, plegándose al lenguaje más formal que su madre, con toda seguridad, le había insistido en que empleara para impresionar a sus invitados, o para que en el círculo de influencia de los miembros de la familia Spencer no se olvidase que ellos eran de Nueva Orleans y procedían de una buena familia que no había sido mancillada por la esclavitud que había tocado todas las estirpes que habían surgido en el campo, y también se dedicaban a su administración. Ello le brindaba una posición de privilegio —un lujo— del que disfrutaba en buena medida. Un privilegio reservado para personas como ella.

La señora Spencer se acercó a la puerta y la abrió para que su hijo pudiera salir, aunque no apartó ni un solo momento la vista de Grace, quien se sintió como si le estuvieran taladrando un agujero justo en el espacio entre sus ojos. Balbuceó un «adiós» y se hizo pequeña al pasar junto a la dueña de la casa, casi tropezando al salir por la puerta en la estela de Dale, quien no pareció percatarse del intercambio. Grace bajó ruidosamente los peldaños de la entrada y se encogió en sí misma, caminando varios pasos por detrás del chico, sintiéndose ridícula y convencida de que lo parecía. Dio un pequeño salto cuando oyó que la puerta de la casa se cerraba de golpe. Se obligó a no mirar atrás.

—¿Vas a ir al baile de gala? —preguntó él. Sus palabras hicieron añicos el silencio de Grace, pero no su vergüenza.

—¿Eh? —dijo ella ensimismada, antes de recomponerse rápidamente y añadir—: Quiero decir... En fin... ¿Qué me decías?

—El baile de gala —dijo él aminorando la marcha para que Grace llegara a su altura—. Sé que no estás en la lista. De lo contrario, te habría visto en los ensayos. Todas esas horas en el salón de banquetes del sótano habrían valido un poquito más la pena —añadió volviéndose para mirarla de frente. Grace estaba concentrada en encoger los dedos de los pies para que los zapatos de la tía Hattie no rebotaran contra el suelo con cada paso que daba, de modo que no captó sus halagos, tanto el que había surgido de su boca como el que podía apreciarse en el brillo de sus ojos.

Guardó silencio.

—En fin —continuó Dale, sin dar su brazo a torcer—. Tampoco te perderás gran cosa quedándote en casa. Esos bailes de gala son una tortura a la que nadie debería apuntarse.

—¿Qué es un baile de gala? —quiso saber Grace finalmente.

—¡Ajá! ¡La chica sabe hablar! —exclamó él con una gran sonrisa, luciendo el mismo aspecto con el que ella lo veía al imaginarlo—. ¿Me ofreces de propina una pequeña sonrisa?

La timidez la obligó a agachar la cabeza un poco, pero su corazón la forzó a poner la sonrisa que Dale esperaba. Se esforzó por hacer surgir algunas palabras de su garganta.

—¿Es una fiesta elegante?

Dale chasqueó los labios.

—Es una tortura.

Grace volvió a mirarlo, esta vez confundida. Dale se lo explicó sin que ella tuviera que pedírselo de nuevo.

—Todos los años, las mujeres de la sección de Bedford-Stuyvesant de la Liga de Mujeres Negras obligan a sus hijos e hijas a vestirse con ropa que pica y zapatos demasiado apretados y actuar como una panda de monos frente a nuestras familias, nuestros amigos, la comunidad y todo hijo de vecino que esté dispuesto a pagar el precio de la entrada. Dicen que es para recaudar fondos para becas, pero los jóvenes sabemos perfectamente que solo lo hacen para presumir de nosotros.

—Entonces ¿os ponéis ropa elegante para que vuestros padres estén orgullosos de vosotros delante de la gente?

Esta vez la confusión se instaló en la frente de Dale.

—Bueno, en realidad no es así del todo...

—Bueno, claro, seguro que no lo he entendido bien...

—Es un... una lata, vale, porque al mismo tiempo están pasando tantas cosas en el mundo. A los negros nos machacan, nos sueltan a los perros para que nos muerdan, nos escupen, nos dan manguerazos, solo por reclamar lo más básico. Quiero decir..., ¡incluso han puesto bombas en una iglesia llena de críos! Matan a negros en los patios de sus casas, delante mismo de sus hijos. ¡Han asesinado al doctor King! ¡Por Dios, si hasta acaban de enterrar a Bobby Kennedy por atreverse a ayudarnos! —dijo Dale, cada vez más exaltado. Se dio la vuelta y empezó a andar de espaldas para poder mirar a Grace de frente mientras hacían camino—. Y justo aquí, en Brooklyn, está pasando lo mismo...

Grace echó hacia atrás el cuello.

—¿Lo mismo?

—Pues claro. Hay segregación en las escuelas, los policías aporrean a nuestros hermanos en la cabeza a la mínima oportunidad. No podemos ir adonde nos parezca.

—Podéis ir a la escuela, recibir una educación y volver a vuestras casas, hacer los deberes...

—¿De qué nos sirve la escuela si los profesores blancos no nos enseñan lo mismo que a los niños blancos? ¿O si... o si... o si los dos lavabos que han puesto para mil críos no funcionan? ¿O si los libros en las escuelas negras se caen en pedazos mientras que justo al lado, en las escuelas a las que van los niños blancos, tienen libros nuevos cada año?

—Entonces ¿te gustaría ir con los blancos?

—Grace, por favor. No se trata de sentarse al lado de los blancos, sino de que los negros tengamos acceso a las mismas cosas que los blancos. Que se nos trate de la misma forma.

—¿Y crees que tus padres no quieren eso para ti?

—Creo que nuestros padres ignoran lo que está pasando realmente porque ya no están en el Sur. En vez de lanzarse a las calles para ayudar a nuestra gente, nos hacen corretear de un lado a otro como si fuéramos, qué sé yo, unos vulgares tío Tom. «¡Pues mira qué contentos estamos de vivir aquí!» —añadió imitando el acento sureño.

Grace se quedó mirándolo, pero no dijo nada. Vio que su silencio hacía que Dale captara enseguida lo ofensiva que había resultado su imitación.

—Lo siento... No quería decir eso...

—Bueno, ¿qué querías decir entonces? —preguntó ella.

—Quería decir que algunos de nosotros aspiramos a hacer algo más por nuestra gente que aparecer en fiestas elegantes fingiendo que el mundo que nos rodea no está en llamas.

—Pero si asistir a una fiesta elegante permite que alguien pueda ir a la escuela, ¿qué tiene de malo? —preguntó Grace.

Dale se dio la vuelta y echó a andar hacia delante, como si estuviera reflexionando a fondo sobre la pregunta que le había hecho Grace.

—Bueno —dijo por fin—, ¿qué sentido tiene ir a la escuela si nuestra gente no puede hacer nada con lo que aprendemos? ¿Qué sentido tiene una educación que no es la misma para todos? Y, aunque recibamos una buena educación, ¿de qué nos sirve a nosotros si, cuando llegamos a casa, lo único que podemos llegar a ser es el conserje de alguien?

—¿Y qué tiene de malo ser conserje? —A Grace le empezó a arder la cara cuando la desilusión con ese chico con el que había soñado toda una vida en común borraba lentamente las buenas imágenes con las que solía construir un muro para protegerse de las malas: la yaya en la cárcel, la muerte de su madre, la añoranza por el hogar perdido.

—Por favor, yo no... yo... —dijo Dale hablando e interrumpiéndose al punto, como si lo asaltara el prurito de ser preciso. No le gustaba que se le trabara la lengua. Sin embargo, sí le gustaba que esa chiquilla sureña y pequeñita con unos zapatos que le iban grandes pero una mente ágil le obligara a afilar el pensamiento—. Mira, no quería decir eso. ¿Podemos volver a empezar? —Se convenció de que el silencio de Grace significaba un «sí»—. Lo único que digo es que lo que le ocurre a nuestra gente no es solo cosa del Sur. Tiene que ver con el hecho de que somos negros, independientemente de donde vivamos. Tendríamos que estar luchando por nuestra libertad aquí mismo, en Brooklyn, justo como lo hacen en el Sur.

—¿Qué sabes del Sur? —le soltó Grace—. Aparte de lo que ves en televisión...

—Sé que las leyes Jim Crow están matando a nuestra gente.

—¿Es lo único que sabes?

—Sé que también está pasando aquí y que, dondequiera que pase, tenemos la responsabilidad de plantar cara.

—¿Piensas que, porque un blanco te mire mal en el metro por la mañana, las cosas están tan mal en Brooklyn como en Virginia? ¿Como en Carolina del Sur? ¿Como en Luisiana? ¿Como en Misisipi? ¿Como en Ala...?

—¿No lo pillas, Grace? No se trata de que te miren mal. Se trata de la segregación, aunque no sea ley, y de la falta de oportunidades para los negros, vivamos donde vivamos.

—Tú tienes la oportunidad de ir a una buena escuela. Vives en una casa bonita y puedes ir a fiestas bonitas vestido con ropa bonita. Tu mamá y tu papá viven contigo en tu casa bonita. Y en un par de meses irás a una universidad bonita para aprender y, luego, con lo aprendido, volverás y ayudarás a la gente. A nuestra gente. Como mejor te parezca —dijo Grace deteniéndose justo enfrente de la escalera de la tía Hattie. Miró con gesto serio a Dale y le dijo entre dientes—. No sabes nada del Sur.

La tía Hattie la esperaba en la puerta cuando Grace, con los zapatos despegándose de sus talones, terminó de subir la escalera de la casa. Le apetecía apartar a Hattie para poder pasar, pero sabía que no era buena idea. Se quedó frente al cuerpo ligero de su tía, mirando fijamente los dos collares de perlas que rodeaban su garganta. En escasas ocasiones Grace se había permitido imaginar, solo por un instante cada vez, cómo sería estrujar esas perlas —y el cuello que decoraban— entre las manos.

—Dale, tu madre te ha enviado con la olla. ¡Estupendo! —dijo la tía Hattie con una voz que transmitía una aparente alegría pero con un semblante que traslucía una mezcla de preocupación y un «¿Qué habrá hecho Grace?».

Dale pareció poner una sonrisa forzada.

—Así es, señora. Me ha dicho que iba usted a hacer su maravilloso gumbo y, como Grace ha pasado por casa, ha querido que se llevara la olla. Y yo no quería que tuviera que cargar con ella. Pesa un poco.

—Bueno, eres todo un caballero —aseguró la tía Hattie haciéndose a un lado e indicándole a Grace que podía pasar—. Puedes entrarla en casa. Déjala en la mesa del comedor, por favor.

—Sí, señora —dijo Dale subiendo al trote los escalones, contento de tener la oportunidad de mirar a Grace por lo menos una vez más antes de volver a su casa. En algún punto del trayecto entre Lafayette y DeKalb, se había enamorado de esa chica sureña que era tan apasionada como hermosa. No era como las chicas del baile de gala, desde luego que no. Era distinta. Dale pretendía ver en qué consistía, exactamente, esa diferencia.

7

Había tul, satén y encaje, largos guantes por los codos, y muchos collares de perlas extraídos de los joyeros y los pañuelos de unas abuelas orgullosas; había chicas que intercambiaban susurros y risitas en los rincones mientras ensayaban las reverencias aprendidas y bailaban el vals con acompañantes imaginarios. Tenían la precaución de no desordenar los tirabuzones y delicados rizos que habían sido planchados, alisados y peinados como esculturales loanzas a las madres, a aquellas mujeres que la noche anterior habían colocado a sus hijas entre sus rodillas, sobre libros gruesos y cojines, mientras pasaban amorosamente peines ardientes sobre orejas chamuscadas y cogotes donde crecían rizos rebeldes. Las chicas prestaban atención tanto a los ánimos como a las advertencias que recibían: las señoritas de la buena sociedad son delicadas, recatadas. Esta noche recordad quiénes sois. Recordad quiénes no sois.

A Grace, el ajetreo del salón le resultaba casi excesivo. Arrancada de una noche de sábado tranquila que había esperado disfrutar a solas en la escalera del portal, lejos de la afilada lengua de la tía Hattie y de sus interminables exigencias, Grace había terminado en el sótano de la sección negra de la YMCA en Fort Greene, tras haber sido convocada por su tía para «aprender un poco sobre elegancia y clase», mientras ayudaba a las chicas del baile de gala a prepararse para la presentación. Como si la tía Hattie las hubiera hecho sentarse a fin de darles instrucciones precisas para explotar a Grace como una mula en primavera, las chicas —veinticinco en total, procedentes de distintas familias adineradas del noroeste de Brooklyn— no tardaron ni un minuto en hacerla corretear de un lado a otro del salón. «Arréglame el vestido.» «Ayúdame a ponerme los zapatos.» «Ve corriendo a buscarme otros pantis. Me he hecho una carrera.» «Apriétame el rizo justo aquí. No lo tengo bien puesto.» «Cíñeme el ramillete. Y ten cuidado de no pincharme como has hecho con Cassandra.» «Bueno, ¿no deberías traernos agua a todas? ¿Crees que Barbara es la única que tiene sed?»

Grace habría dado un brazo por estar en otro sitio, cualquier sitio, lejos del grupo, de esas chicas que, inexplicablemente, todavía se habían vuelto más malvadas e insoportables que cuando estaban en la casa de la tía Hattie, asistiendo a sus clases de etiqueta. Había pescado algún que otro detalle de las clases de Hattie sobre «cómo conducirse» mientras preparaba almuerzos, apartaba los muebles para sus ensayos de baile o se dedicaba a ordenar la casa, y las chicas apuntaban sus tareas domésticas y se comprometían a ser «excelentes en cuerpo, en mente y en su vocación de servicio a los demás», que era su lema. Pero no recordaba que se les hubiera dicho alguna vez que, cuanto más guapas estuvieran, más mezquinas debían ser. Y, sin embargo, ahora lo eran.

Se había vuelto una experta en el arte de hacerse invisible. Era lo que esperaban de ella. Era lo que Grace prefería. Ser más grande, más excelente, más visible, en fin, eso supondría llamar la atención y no precisamente el tipo de atención que una querría atraer sobre sí hallándose entre esas chicas, que se ponían las botas criticando y destruyendo a los demás por el simple gusto de hacerlo. No había zapato, vestido, peinado, escuela, prestigio o historia familiar que estuviera a salvo de la inquina de esas chicas, de modo que replegarse sobre una misma, no dejarse oír ni ver, era la única salvación posible para alguien de los orígenes y la categoría de Grace. Más claro no podían habérselo dejado. Y Grace se plegaba sin rechistar.

Dale no lo soportaba. «¿Por qué permites que te hablen así?», le había preguntado una vez mientras estaban sentados en la escalera de la casa, debajo del gallo, y contemplaban la lenta danza del sol en el cielo del atardecer. Solía encontrarla allí casi todas las tardes, con los pies escondidos debajo del vestido, los codos pálidos, ásperos y claveteados de piedrecitas que se habían hundido en su piel al apoyarlos en los escalones de hormigón que tenía detrás. Llegaba con aire presumido por la acera, con libros, una pelota de baloncesto o cualquier otra cosa en las manos tras dar un rodeo por el barrio, Grace lo sabía, para propiciar un encuentro con esa chica que, cuando estaba absorto en sus pensamientos, le parecía tan vívida como los tonos rosa y naranja que el sol arrastraba en su descenso. Esa tarde en concreto, ella se mostró más estoica de lo habitual, más callada de lo que acostumbraba con Dale. Cuando estaban solos en la escalera de la calle y no había nadie que pudiera mangonearla y darle órdenes, Grace era una persona interesante e introspectiva, juiciosa. Viva. Justo como él se la imaginaba cuando soñaba despierto.

Grace dio un manotazo al aire y chasqueó los labios, en un gesto que pretendía dejar clara cuál era su posición al respecto antes de dignarse a verbalizarla.

—No me fijo en esas chicas, Dale —dijo frunciendo el ceño. Grace sabía que parecía una tía solterona sureña, más sabia de lo que podían indicar sus quince años.

Y desde luego, pensó Dale, más madura que esas cotillas que iban a asistir al baile de gala. Para él Grace tenía peso. Le encantaba ese aspecto de ella; Grace le obligaba a esforzarse para despertar su interés y eso no le molestaba. No le molestaba en absoluto.

—Me da igual que escupan mi pan de maíz. Son ellas las que se pasan el día muertas de hambre —aseguró Grace encogiéndose de hombros.

—¿De verdad Melissa lo tiró al suelo?

—¿Cómo te has enterado? —dijo ella apartando la vista finalmente de la puesta de sol para mirarlo de frente. Intentaba no hacerlo demasiado, mirarlo a los ojos. Por miedo a que él pudiera hallar pruebas de que ella se había visto para siempre con él. Por miedo a que él no se hubiera visto con ella para siempre, o no lo quisiera, y le arrebatara el único placer del que había disfrutado, por pequeño que fuera, desde su llegada a Brooklyn: verlo sonreír, apoyado en la barandilla, con el atardecer aureolando su cabeza.

—Aquí todo se sabe —contestó Dale con una risa burlona.

—Pues de mí nadie sabe nada —replicó Grace inmediatamente.

—Pasa de ellas. A mí sí me gustaría conocerte —dijo él mientras se sentaba en la escalera, un peldaño por debajo de Grace—. De verdad.

Había algo en su forma de mirarla —con el rostro inclinado hacia arriba, los ojos risueños, sinceros— que la hizo sentirse cómoda a la vez que le despertaba un aleteo en el corazón. Grace sonrió y volvió a mirar el cielo.

—Echo de menos las puestas de sol en el Sur. Aquí no son tan bonitas. Los edificios están en medio y la luz de las farolas hace que los colores pierdan fuerza. —Se quedó callada un momento, antes de continuar—. En el Sur, las miraba con mi abuela todas las tardes. A veces nos sentábamos a jugar. El juego consistía en mirar la puesta de sol, cerrar los ojos y contar hasta diez. Luego los abrías y veías algo nuevo.

—Es bonito —afirmó Dale. Grace no reparó en ello, pero Dale se puso a jugar a lo mismo: cerró los ojos, contó y los volvió a abrir. Grace era un amanecer y un crepúsculo, estrella y luna. Una galaxia que lo transportó lejos del calor abrasador del sol de Brooklyn.

—La echo de menos. Echo de menos a mi madre. Después de que se las llevaran, no creo que nadie pueda volver a hacerme tanto daño. Ni Melissa, ni la tía Hattie, ni todas esas chicas malas. Estoy acostumbrada.

—Pues no me parece bien que te acostumbres a algo así —dijo Dale, casi con un susurro.

Grace guardó silencio unos segundos.

—Echo de menos el agua —señaló por último—. Echo de menos tocar la tierra y la hierba con los pies. Incluso las serpientes... También las echo de menos. Las pequeñitas de color verde. Son útiles. ¿Las serpientes de Brooklyn? Te matan si se lo permites. Ahora lo sé.

—No dejes que esas chicas te mangoneen, Gracie. —Pronunció su nombre como si fuera miel en su lengua.

—¿Y a ti qué te importa? —dijo ella mirando finalmente a Dale.

—Me importa que sepas que no soy como ellas —repuso él.

Grace contuvo el aliento. Con ello quería hacer que el tiempo y el espacio se detuvieran. Él la miraba de frente con asombro y deseo, como el Dale que ella imaginaba cuando soñaba despierta. El corazón le saltaba desbocado en el pecho.

—¿Por qué te importa? —preguntó.

—Porque me importas tú, Grace, tal y como eres —respondió él prontamente—. Y quiero importarte a ti.

El corazón de Grace se abrió como una flor mientras las últimas luces de aquel sol de verano flotaban en los ojos de Dale.

Y así, en cuanto oyó que una de las chicas del baile pronunciaba el nombre de Dale, se convirtió en un elefante, todo orejas y lista para embestir.

—Han ensayado juntos. No me extraña que esté disgustada —dijo una chica recostándose en el sofá y cruzando los tobillos con recato.

—¿Os imagináis hacer todo este trabajo y que tu acompañante no aparezca? —señaló otra mirando a sus compañeras de una en una y cosechando gestos de asentimiento.

—Dale me tiene sorprendida, para ser sincera —dijo otra—. Su familia jamás se permitiría algo así. Su madre es casi de la realeza. Es de muy mal gusto dejar plantada a una chica la noche del baile de gala.

—Bueno, ¿dónde anda Melissa? —preguntó la primera.

Las chicas se encogieron de hombros fingiendo estar preocupadas y Grace aprovechó el momento para salir de forma discreta de camino a la biblioteca, donde la comisión organizadora de madres angustiadas estaba dando los toques finales al programa de la velada. La madre de Dale era la presidenta de la comisión y Grace sabía que cualquier rumor que estuviera circulando en la planta baja se habría convertido en un hecho indiscutible allí arriba. Al entrar se dio de bruces con una tormenta en pleno apogeo.

—¿Dónde se habrá metido? —quiso saber la señora Spencer. Su vestido, que era una delicia, negro, sin tirantes y no demasiado ceñido, tenía una cola sujeta justo por debajo de sus delicados omóplatos que arrastró como una capa cuando se encaminó a toda prisa al sofá y prácticamente hizo una pirueta al sentarse sobre el resbaladizo cojín de cuero.

—No tardará en llegar —respondió Ellen, la madre de Melissa.

Sus palabras transmitían seguridad, pero se deslizaron por su lengua con escaso entusiasmo. En la biblioteca, nadie sabía muy bien cómo interpretar la desaparición de Dale, aunque algunas madres sospechaban que el hijo de Lucinda Spencer —el mejor partido de Bedford-Stuyvesant, que durante años había lamentado que lo sacaran a pasear para mayor gloria de su familia más que por su propio deseo de prestarse a ello— había tomado finalmente la decisión de no presentarse, sin que le importaran las consecuencias.

La señora Spencer retorció las manos mientras las otras madres fingían una sinfonía de gestos preocupados: unas a otras, se pasaban la mano por la espalda, se daban palmadas en las rodillas y emitían ruiditos de desaprobación mientras intercambiaban miradas cómplices, pues todas ellas eran conscientes de cómo se las gastaban los chicos de diecisiete años y de cómo sus madres eran incapaces de ver algo malo en ellos.

—¿Quieres que te sirvamos un vaso de agua? —propuso una, poniendo la mano sobre el brazo de la señora Spencer mientras giraba el cuerpo a los cuatro puntos cardinales como si el vaso anunciado pudiera aparecer por arte de magia—. ¿Un poco de agua? ¿Alguien va a buscarla? —Entonces sus ojos se posaron en una camarera que, pese a que tenía encomendada la misión de satisfacer cualquier capricho en la sede de la comisión organizadora, estaba pegada a la pantalla de un pequeño televisor en blanco y negro en el rincón reservado en la biblioteca a tal efecto, un regalo obtenido en una colecta organizada por la Liga de Mujeres Negras unos años antes. Desde luego, ni ella ni el camarero encargado de doblar las servilletas y colocarlas primorosamente encima de cada plato se percataron de que la sala estaba repleta de ojos iracundos y maquillados con delicadeza que les clavaban miradas asesinas en la espalda.

—Pues parece que en verano siguen matando a negros —dijo el camarero doblando los brazos sobre el pecho.

—No te falta razón —indicó la camarera negando con la cabeza, hipnotizada por las imágenes—. Lo normal sería que hubieran guardado sus armas después de lo que pasó con el doctor King. Todavía no se han cumplido dos meses y los polis ya vuelven a las andadas. No estarán contentos hasta que esta ciudad quede destruida ladrillo a ladrillo.

Grace alargó el cuello para intentar seguir el caos que se desarrollaba en la pantalla y sintió un cosquilleo en las yemas de los dedos —una sensación que no había vuelto a tener ni había logrado provocarse desde que dejase atrás Virginia y a su abuela— que le indicaba que Dale tenía algo que ver con esas imágenes. Como los dos cuerpos plantados delante de la pantalla le impedían ver con claridad, decidió acercarse rápidamente para apreciar por sí misma lo que ya sentía con todo su ser: el barrio de Bedford-Stuyvesant estaba en llamas. Dale estaba en peligro.

—Lo mejor que puedes hacer es salir a buscarlo —dijo la camarera a Grace, sin apartar la vista ni un instante del televisor.

Con un movimiento rápido de cuello, Grace apartó la vista de las imágenes y se fijó en el cuerpo del que había salido esa voz. Era la mujer que limpiaba la escalera de la entrada de la casa de al lado, el día en que apareció aquel halo en torno al sol en lo alto del cielo. La mujer se volvió lentamente hacia Grace y pronunció una orden que le provocó un escalofrío que recorrió todo su ser.

—Ve a buscarlo. Ahora mismo.

—Pero no sé dónde...

La mujer se acercó a Grace y le cogió las manos. Juntas vieron la misma película imaginada: Dale en medio de un torbellino de gente airada, ensangrentada, con el rostro desencajado por una mezcla a partes iguales de rabia y de miedo.

Grace apartó las manos como si hubiera tocado un hierro candente.

—¿Cómo lo ha...?

—No he hecho nada que no estuviera dentro de ti —dijo la mujer en voz baja—. Haz lo que sabes y ve a buscar a ese chico ahora mismo.

—¿Quién es usted? ¿Cómo se llama? —le suplicó Grace.

—Soy miss Ada Mae —dijo ella, y su deje campesino

fue tan balsámico como el día en que se conocieron bajo el halo solar—. Somos espíritus hermanos. Te sentí antes de conocerte. Ahora márchate... ¡rápido!

Hattie entró en su espacio como un toro bravo.

—¡No te pagamos para que te pases el rato viendo la tele! —gritó, y el sonido penetrante de su voz sobresaltó a Grace, a Ada y al camarero, quien hasta ese instante no se había percatado de lo que ocurría a su alrededor.

Grace, empequeñecida de nuevo, se retiró de la biblioteca, bajó al salón y salió a la calle, desapareciendo en la noche. Dale la necesitaba. Y Grace necesitaba estar a su lado para ayudarlo.

Estaba roto, vencido, demasiado débil incluso para entrar por la cancela de la entrada, una verja que, pese a su elegancia, exigía habilidad y fuerza si querías levantarla y abrirla. Y Dale se apoyaba allí, con la axila a caballo del puntiagudo perfil de hierro y la mano, cubierta de sangre reseca, agarrada al muslo que, apenas quince minutos antes, había recibido los golpes de porra del agente Mike Humbert. Dale, tras reunir la adrenalina necesaria para zafarse de las manos de los policías que lo agarraban justo en el instante en que la turba enfurecida entró en escena lanzando una lluvia de cócteles Molotov contra el almacén de Wilson, había tenido la inmensa fortuna de escabullirse entre el tumulto, pero sabía que necesitaba entrar en su casa, lejos de las miradas entrometidas, de los coches patrullas que transitaban a toda velocidad por el barrio, lejos de la vista de unos blancos asustados que ansiaban poder señalar con el dedo a cualquier negro que se cruzara en su camino. Sus tiendas ardían, a sus mercancías les habían salido piernas y ahora corrían por Lexington y Quincy, Kosciuszko y Lafayette. Negros desagradecidos, del primero al último. Los blancos ya estaban exigiendo que alguien pagara por lo ocurrido, calculando el importe de la venganza, y la multa que habría que apoquinar sin duda brillaría como un letrero de neón sobre la cabeza del negro cabrón que sangraba doblado por la mitad frente a la verja del patio de sus padres.

—¡Dale! —gritó Grace corriendo hacia su amigo, que intentaba levantar la verja de hierro—. ¡Ay, Dios! ¡Ay, Dios! —Actuó rápidamente, ignorando sus gemidos mientras se echaba a Dale sobre la espalda, aguantando todo el peso de su cuerpo delgado pero musculoso y compacto—. Agárrate a mí. Tengo que abrir la verja —dijo ella asiendo con los dedos el cierre. En un gesto rápido, levantó el pasador y empujó la verja, abriendo un camino para ambos, ella y su protegido, y con todo su ser se obligó a convertirse en el soporte que Dale necesitaba para subir cada uno de los dieciséis escalones que llevaban a la puerta de la casa.

Una vez dentro, Grace volcó a Dale en el sofá y corrió a la cocina a por un vaso de agua fría. Luego buscó un trapo en los cajones de la cocina y lo mojó, antes de volver con Dale, que ya se había tumbado en el sofá sin dejar de agarrarse la pierna.

—Creo que me la ha roto —dijo él poniendo una mueca, mientras Grace le limpiaba la frente.

—¿Quién? —preguntó ella—. ¿Quién te ha hecho esto, Dale?

—¡Esos putos cerdos! ¡Disparan a los negros como si fuéramos perros callejeros y luego esperan que no rechistemos!

—¿De qué hablas? No sé nada de lo que dices. —Grace sollozó. Cada vez que sus pieles se rozaban, notaba la rabia y la angustia de su amigo y se sentía tan impotente como él.

—¡Te lo dije! ¡Te lo dije, Grace! Las cosas están mal aquí. Han convencido a todo el mundo de que el problema lo tenemos en el Sur y que aquí, en Nueva York, nos va bien. Pero no es verdad. Los blancos aquí son igual de malos. Nos tiran piedras a la cabeza y luego esconden la mano y hacen que todo el mundo cante el cumbayá. Pero no nos engañan. Son los peores. ¡Los peores!

—No lo entiendo, Dale. ¡Explícame qué ha pasado!

—¿No has visto las noticias?

—¿Qué noticias?

—¡Las noticias!

—¡Me va a dar un infarto como sigas gritándome a la cara! Dime qué ha pasado de una vez.

—Le han disparado. Le han disparado ahí mismo, como si fuera un perro. Como si fuera un perro. Por una cola que no valía ni veinticinco centavos.

Grace se asustó.

—¿Quién ha disparado a quién?

—Han disparado a Darnell. Era mi amigo, mi hermano. Hemos ido juntos a clase toda la vida. Es un niño. Era un niño. Todos lo somos. Y los policías le han disparado porque el viejo Wilson lo ha acusado de mangar un refresco.

—¿Está... está... muerto?

Grace sintió un escalofrío en los huesos cuando vio como Dale agachaba la cabeza. Se quedó en silencio y con el gesto crispado empezó a pasarse las manos por los antebrazos, porque el dolor de Dale se había convertido en su propio dolor. Un nuevo escarceo con la muerte que la arrastraba otra vez a la oscuridad. Al ver sus manos temblorosas, Dale las cogió y se las acarició con ternura, ambos sentados en silencio hasta que sus corazones dejaron de correr desbocados.

—¿Has estado allí? ¿Cuándo ha sido? —preguntó ella entonces.

—No, no estaba. Pero mi amigo Roger sí. Me ha dicho que Darnell tenía sed, nada más. Así que ha abierto un refresco y se lo ha bebido delante de la nevera, supongo que porque tenía calor, también. Pero tenía el dinero en el bolsillo para pagar —dijo Dale, y las lágrimas finalmente encontraron su cauce y empezaron a correrle por las mejillas, el mentón y el cuello—. Iba a pagar. Me ha dicho que Darnell se estaba metiendo la mano en el bolsillo y Wilson se ha puesto a chillar y a gritar y un poli ha entrado en la tienda y le ha disparado. —Dale se golpeó la cabeza varias veces con los nudillos, y cada golpe hizo que Grace diera un salto como si también ella los recibiera—. Al poli le daba igual si alguien quedaba atrapado en el fuego cruzado. Simplemente ha vaciado el cargador en la tienda y cuando ha terminado... Darnell estaba... estaba... —susurró.

—Pero no entiendo por qué te han pegado si no te encontrabas allí.

—¡Grace! ¡Abre los ojos! ¿Estás tan ocupada arrastrándote detrás de esas engreídas que no prestas atención a lo que ocurre a tu alrededor? —le espetó Dale.

—¡Pues estaba lo bastante informada como para ir a buscarte!

—¿Cómo... cómo lo has sabido? —preguntó él.

Grace dudó, sopesando qué explicaciones serían necesarias para aplacar el temor y el juicio a los que sin duda se vería expuesta si le hablaba a Dale de la película que había visto cuando miss Ada Mae la había tocado. Ni siquiera había tenido tiempo para asimilar lo ocurrido: ¿cómo había logrado de pronto tener acceso a esa capacidad suya que no había vuelto a experimentar desde poco después de que se llevaran a la yaya? ¿Cómo había podido ver de nuevo una película con miss Ada Mae? Por no hablar de quién era esa mujer.

—Una mujer en el baile de gala me ha dicho que corrías peligro —se limitó a decir Grace.

—¿Qué mujer? —quiso saber él.

—Se llama miss Mae.

Dale afiló la mirada como si estuviera revisando un catálogo mental de caras.

—¡Ah! —exclamó finalmente—. ¿Esa mujer tétrica que

limpia casas? ¿Que hace todas esas cosas raras en el parque?

—¿Qué cosas raras? —preguntó Grace, aunque sospechaba que ya conocía la respuesta.

—Ya sabes, tiene organizada una especie de iglesia en el parque, pero hace cosas raras en la hierba y junto a los árboles. Mi madre cree que hace vudú —dijo él. Luego añadió—: Qué curioso que esa mujer supiera lo que estaba pasando pero que ni tú ni nadie del baile de gala estuvierais prestando atención.

—¡Pero si estoy aquí contigo! ¡He sido yo quien ha venido a recogerte! ¿Crees que me apetece estar con las chicas del baile? ¿Con mi tía Hattie? ¿Crees que puedo elegir?

—Todos podemos elegir, Grace. Puedes elegir prestar atención a lo que pasa a tu alrededor o convertirte en una más de ellas y fingir que todo va bien.

—¡Sé que las cosas no van bien!

—Entonces ¿por qué no sabías que hay disturbios en todo Nostrand Avenue? ¿Cómo es posible que no supieras que el barrio está en llamas? ¿No hueles el humo?

Dale puso una mueca de dolor y se pasó los dedos por la mejilla y la sien izquierdas, donde habían aparecido sendas marcas de un oscuro tono violáceo que a Grace le recordaron los moratones que había visto en el cadáver de Bassey mientras la yaya y sus amigas la lavaban con agua caliente perfumada con gardenias, rosas, tomillo y hojas de menta que crecían silvestres en la orilla del río, el mismo río en cuyas aguas Grace y su abuela hacían ofrendas y pedían un trato favorable a los ancestros. Aunque había pasado bastante más de un año desde la muerte de su madre, el olor de esas flores y hierbas siempre le llevaba un sabor a bilis a la garganta. Lo mismo que le ocurría ahora con los moratones de Dale.

—Gracie, lo siento. Lo siento. Todo irá bien —dijo él, con más dulzura. La misma mano que había empleado para tocarse los moratones la usó ahora para secar las lágrimas de Grace.

Ella no dijo nada.

—Gracie, todo irá bien. Yo estoy bien.

Nada, todavía.

—Gracie. —Dale le levantó la barbilla y la miró a los ojos, escrutándolos con una intensidad tan hipnótica como el ritmo de su respiración. Le secó una lágrima con el pulgar. Luego otra. Y luego aún otra con su segundo pulgar, hasta que terminó acunando su cara con las manos, mientras sus pechos se alzaban y hundían con el mismo ritmo profundo y lento. Dale dejó caer la mirada sobre sus labios y su mentón, luego la elevó a sus mejillas y la devolvió a sus ojos, antes de dejarla reposar finalmente sobre sus labios. Y entonces la acercó a él.

Grace, sin saber qué estaba haciendo pero estando segura de querer hacerlo, no se resistió cuando tiró de ella. En vez de ello, se arrimó y dejó que Dale, sus manos y sus labios, la guiaran. Le agradecía la ternura, algo a lo que no había tenido acceso desde la última vez que había yacido entre los brazos de su abuela. Era como si todo en ella hubiese estado desconectado —su capacidad de amar, de ser amor, de ser amada— desde hacía tanto tiempo que casi había olvidado cómo se sentía una al ser persona y luz al mismo tiempo. Y de pronto volvía a ser ambas cosas, transformada por el beso de Dale.

Ni él ni ella oyeron la llave en la cerradura, ni la puerta abriéndose de golpe, ni al matrimonio Spencer entrando a toda prisa, dominados por un terror que, cuando asimilaron lo que veían sus ojos al echar un vistazo a la sala, se transformó rápidamente en un infierno de rabia.

—¡Theodale Thomas Spencer! ¿Qué demonios está pasando aquí? —gritó la señora Spencer primero—. ¡Levanta el trasero del sofá y apártate de esa chica!.

Grace fue la primera en saltar. Se alejó precipitadamente del sofá y chocó contra la mesita de centro, derribando los delicados elefantes de cristal que hacían guardia sobre la madera, con los colmillos apuntando a la puerta.

—Y tú... —añadió la señora Spencer volviendo el rostro hacia Grace, que, aturullada, se alisaba el vestido y se secaba la saliva que Dale le había dejado en el labio—. Tú, saca tu culo gordo de... de... ¡de mi casa! —gritó.

—Sí, señora —fue todo cuanto acertó a decir Grace al pasar a toda prisa junto a la madre de Dale, pisándole la capa al dirigirse hacia la puerta de la casa. Ambas tropezaron y se agarraron la una a la otra mientras parecían perder el equilibrio a cámara lenta.

—¡Sácame esas malditas manos de encima! —chilló la señora Spencer.

—¡No, mamá! —gritó Dale.

El señor Spencer trató de contener a su mujer, pero la regañina resultó formidable. Agarró a Grace por la manga con tanta fuerza mientras la hacía bajar por la escalera que, horas más tarde, sentada en el sótano de Hattie, todavía sentía los dedos de esa mujer en la piel, mientras intentaba encontrar las palabras más adecuadas para explicar por qué había terminado en el sofá de los Spencer, besando a un joven apaleado y amoratado que, en ese mismo instante, tendría que haber vestido un frac y bailado el vals con la chica que, cuatro años antes, la señora Spencer, alimentada por la obsesión familiar de relacionarse con los mejores círculos sociales, escuelas, lugares de vacaciones, tonos de piel y tantas otras cosas parecidas, había seleccionado para que su hijo la acompañara en su puesta de largo.

Grace, cegada por las lágrimas, bajó resbalando tres de los peldaños antes de pensar en sujetarse del pasamanos para no seguir cayendo. Contuvo la respiración mientras bajaba el resto de la escalera y salía a toda prisa por la verja de camino a la calle, y, solo cuando puso un pie en la acera, oyó las sirenas, olió el humo y se paró en seco, paralizada por el miedo. Los disturbios que le habían resultado invisibles mientras corría en busca de Dale avanzaban como un incendio forestal por las calles de Bedford-Stuyvesant, con un ardor comparable al de su última noche en el barrio negro de Rose. Si la señora Spencer no hubiera estado en lo alto de la escalera de su casa, lanzándole obscenidades a pleno pulmón y maldiciendo el propio suelo que pisaba la adolescente, Grace habría caído de rodillas, habría escondido la cabeza entre los brazos y habría gritado hasta que le hubieran ardido la garganta, el corazón y todas las vísceras.

En cambio, se tapó la boca con la mano y logró ahogar el grito imperioso que quería salir del fondo de su garganta.

Y desapareció en la oscuridad.

8

La yaya no le tenía demasiada fe a pegar a los niños. De hecho, se había mostrado rotundamente en contra de ese método; lo consideraba tan vulgar que ni siquiera azotaba el trasero de un recién nacido para oír su primer llanto. Había sido su madre quien le había enseñado a hacer succión para extraer la placenta y los mocos de la naricita del bebé, y a utilizar un simple movimiento de dedo para despejar su diminuta garganta. Si no bastaba con eso para que el bebé empezara a respirar, no había nada como emplear los nudillos para frotarle espalda entre los omóplatos y susurrarle al oído un «Bienvenido al mundo, ricura» a fin de abrirle de par en par las puertas de la vida recién inaugurada: «El aliento de un bebé es tan dulce como la caña de azúcar —solía decir la yaya—. Acércate mucho y escucha desde dentro a los bebés; te dirán sus secretos. Te dirán lo que los ancestros les enviaron a decirnos. Si prestas atención».

Las viejas costumbres —tratar bien a los niños, cómo quererlos— habían cedido ante el azote, y lo que quedaba en la olla era un repulsivo guiso de prácticas pensadas para imponer la sumisión. Cinturones, varas, zapatos, palas, cucharas, palmas, puños, lo mismo daba. Todo valía para reprender sistemáticamente a unos niños a los que debía verse, pero no oírse, en presencia de los adultos. Ensayos para cuando se hicieran mayores y tuvieran que relacionarse con los blancos. Se los criaba para que fueran sombras. Todo ello lo despreciaba la yaya, y había enseñado a Bassey y a Grace a despreciarlo también.

Pero detestarlo —y querer recordar y practicar las viejas costumbres— no había impedido que los demás padres y madres pegaran a sus niños. Grace había sido la única que lo había presenciado de cerca; había visto las ronchas en los muslos de sus compañeros de clase, los ojos amoratados, la luz eclipsada de sus caras cuando intentaban concentrarse en la lección o almorzaban durante el recreo. Era como si masticaran serrín. Grace notaba lo vacíos que se sentían, olía su miedo. «Tengo miedo por él, yaya», había dicho una noche, durante la cena, mientras le explicaba que el papá de Noah, con un cinturón en la mano izquierda, había llegado al colegio, había agarrado a su hijo del pupitre y lo había levantado por el cuello con la mano derecha. ¿El delito del niño? Se había olvidado de cerrar el gallinero.

—Bueno, supongo que se lo merecía por descuidado. ¿Cuánto pesará Noah? ¿Ciento cincuenta kilos en una semana ligera cuando hay poca comida en casa? —le había dicho Bassey mientras reunía delicadamente unas judías pintas en su cuchara—. ¿Te imaginas a Noah corriendo detrás de los pollos?

Bassey se rio, pero a la yaya el comentario no le había hecho gracia. Ni la más mínima. Apartó el plato hondo y dio una palmada tan fuerte que hizo que Bassey y Grace se sacudieran en sus sillas.

—¡Es horrible! ¿Por qué diantres ibas a pegar a un niño al que quieres? ¿Qué se gana con eso?

—Bueno —contestó Bassey llevándose otra cucharada de judías a la boca—. Quizá agarrar al niño del pescuezo no fue una gran idea, pero a veces no queda otra para que te hagan caso.

—Bassey, si te hubiera pegado cada vez que quería que me hicieras caso, no te quedaría ni un trozo de piel.

—En eso tienes razón —dijo Bassey asintiendo—. Te agradezco que no me pegaras, pero de aquí no me vas a mover. El papá de Noah sabe que ha de mantener a raya al chico o, si no, será otro el que se ocupe de hacerlo. ¿No fue hace un par de semanas cuando un blanco le pegó una bofetada tremenda en la boca a la hija de Bobbie Jean por faltarle al respeto en el almacén?

—¡Y ese hombre tampoco tenía ningún derecho! —replicó la yaya cada vez más alterada.

—Es verdad, no lo tenía. Pero los blancos hacen lo que les da la gana. Bobbie Jean tiene suerte de que solo fuera una bofetada. Hay que tener más cabeza. Su madre tendría que haberle enseñado que eso no se hace. A veces la letra con sangre entra. Solo digo eso.

—Hay que caer bajísimo para hacerle a tu hijo lo mismo que le haría un blanco. Los niños son un regalo, pero los papás y las mamás les ponen la mano encima como si fueran perros. Les arrancan a Dios de las entrañas a base de palos.

Desde luego, Hattie no veía a Dios dentro de Grace. Estaba firmemente convencida de que, con cada azote, estaba sacando al demonio del cuerpo de su sobrina, al mismo tiempo que recuperaba su posición entre las mujeres del barrio, las cuales la habían marginado como si fuera hija de Belial. Culpaba a Grace de que la hubieran excomulgado. Besar a ese chico, enfadar a los Spencer e insistir en pasear su culo de campesina como si fuera una más... Cada una de esas cosas recordaba a esas mujeres lo que Hattie se había empeñado en que olvidaran: el tufo a no tener nada, a venir de la nada, a no ser nada. Desde luego, a Hattie ni se le pasó por la cabeza que pudiera tener tanta culpa como su sobrina, que su decisión de dar la espalda a las viejas costumbres, a sus muertos, más que ayudarla le haría más difícil conseguir el dinero, la posición y el respeto que anhelaba. Hattie se había perjudicado a sí misma desde el principio. Y, ahora, ese precario castillo de naipes que había construido se había venido abajo en un abrir y cerrar de ojos. Y todo por culpa de Grace. Hattie quería castigarla. No sabía qué otra cosa hacer. No quería otra cosa.

—¡Paseando el palmito como una puta! —le gritó, y se le escapó el deje del sur de Virginia mientras el cinturón rasgaba aire y piel. Y Grace se despertó y lo que vio fue una furia que Hattie había acumulado durante la noche, mientras recibía un sinfín de llamadas telefónicas en las que sus conocidos le explicaban todo lo que había ido mal en esas horas anteriores. Todo el mundo se lo reprochaba: Grace había sido la única responsable de que Dale se metiera en ese berenjenal de los derechos civiles, entregándolo a las garras de la policía, poniendo en peligro sus posibilidades de ir a la universidad y sirviéndose del sexo para arrebatarlo de los mismos brazos de una chica de color culta y de buena familia, con unos valores firmes y las piernas cerradas. Peor si cabe: la señora Spencer les había dicho a todas las mujeres que Hattie y la pequeña furcia de su sobrina dejaban de existir para el grupo. En adelante, nadie hablaría con ellas y darían por finiquitada la ridícula farsa de que Hattie era una mujer lo bastante cultivada para enseñar a las chicas del barrio a conducirse con propiedad. Era una sentencia de muerte para Hattie. Y ella estaba decidida a cobrarse su libra de carne con Grace.

—¿Con qué derecho pensaste que podías tomar lo que no era tuyo? —le exigió saber mientras blandía el cinturón.

—Yo... yo... solo fui a ver cómo estaba. ¡Te lo juro, tía Hattie! —gritó Grace mientras intentaba esquivar un nuevo correazo. Sus intentos fueron en balde; por más que se moviera, o tratase de protegerse la cara, los muslos, la cabeza y la barriga con brazos y manos, el cinturón se clavaba en su piel, dejando un rastro de ronchas y moratones por todo su cuerpo. Era un dolor, agudo y ardiente, que Grace nunca había sentido y que nunca olvidaría.

—¡¿Cómo te atreves a levantarme la voz?! —chilló la tía Hattie, descargando una nueva ráfaga de golpes. Cuando se le cansó el brazo, tiró el cinturón a un lado y cerró el puño. Uno de los puñetazos impactó directamente en el ojo derecho de Grace, un golpe tan poderoso que Grace cayó de rodillas y soltó un grito tan estridente que la tía Hattie dio un salto hacia atrás. Grace lloraba y lloraba. Y la tía Hattie la miraba sin parar, y le gritaba sin parar, mientras meditaba si iba a dejar a su sobrina tirada allí, como un ovillo sobre el parqué, o si le iba a exigir algún tipo de explicación para averiguar por qué exactamente había pensado que tenía el derecho de besar a Dale en la sala de estar de su madre, descarriarlo y, sobre todo, provocar que la señora Lucinda Spencer le declarase la guerra a todo por lo que había luchado desde que puso un pie en Brooklyn: respeto, prestigio, sustento. Un lugar en el mundo.

»De verdad, no entiendo en qué estabas pensando —dijo la tía Hattie finalmente, dejándose caer en el sofá, cuando la adrenalina dio paso a la fatiga que sigue a los gritos, tanto para quien los recibe como para quien los da—. Sabías que al chico se le esperaba en la YMCA. Pero resulta que lo acorralaste en su casa. Su madre estaba preocupadísima por él, y también muy avergonzada. ¿Con qué cara iba a presidir el acto si su hijo dejaba plantada a su pareja para el baile de gala el día de su puesta de largo?

Grace hipó, pero no dijo nada.

—¡Contéstame, maldita sea! —gritó la tía Hattie. Su voz fue como un relámpago que impacta en una torre de electricidad. El estruendo hizo que a Grace se le parara el corazón.

—Yo... yo... yo no le impedí ir al baile. Estaba ayudando allí, ¿te acuerdas?

—Pues su madre parece convencida de que le dijiste que os vierais en su casa. Y cree que fuiste tú la que lo convenció de que fuera a esa manifestación.

—¿Qué? —preguntó Grace con dulzura, poniendo una mueca de dolor mientras se secaba las lágrimas del ojo, que ya estaba hinchado y amoratado.

—La manifestación. Fuiste con él. Le llenaste la cabeza de mentiras sobre el movimiento. ¿Quién si no iba a decirle que se metiera en ese follón? Le hablaste de las marchas, del drama, de la lucha en el Sur, donde los negros se tiran el día suplicando por sus derechos, cuando aquí, en Brooklyn, disfrutamos de una buena vida. Tomamos buenas decisiones. Ese chico está a punto de entrar en Morehouse College y luego estudiará medicina. Lo último que le conviene es dejarse ver en la calle, permitir que lo pisoteen los perros y los caballos, y terminar detenido por esos malditos blancos. Y entonces llegas tú y lo animas a destruir todo lo que sus padres han construido para él. ¿Cómo te atreves?

—¡No! —dijo Grace negando con la cabeza enérgicamente—. No, no estaba allí, tía. Te lo juro. No sé nada de esa manifestación. Solo supe que estaba herido y fui a ayudarlo.

—¿Y cómo sabías que estaba herido? —señaló la tía apretando los dientes.

Grace dudó. No estaba segura de cómo iba a reaccionar su tía si le decía la verdad.

—¡¿Cómo?! —gritó la tía Hattie.

—Yo... lo vi en una película... —dijo Grace.

—¿Una película? ¿Fuiste al cine? Qué diablos...

—No, una película. Lo vi herido, en sueños —repuso Grace. Supuso que sería mejor mantener a miss Ada Mae al margen—. Cuando las chicas del baile dijeron que no había llegado, supe dónde encontrarlo por mis sueños.

La tía Hattie se quedó pasmada y empezó a hablar a trompicones, sin ser capaz de terminar una palabra entera. Su mirada hizo que el terror se apoderase lentamente de los ojos de Grace. Los pechos de sobrina y tía —uno agitado por el miedo; el otro por la rabia y el asco— eran lo único que se movía. Después de lo que pareció una eternidad, Hattie afiló la mirada y escupió las siguientes palabras con la boca arrugada y los dientes apretados.

—Ahora vas a escucharme bien: que no se te ocurra volver a hablar de esa magia negra en tu cochina vida. Ya te dije que no iba a permitir que metieras esa maldad en mi casa y te aseguro que no voy a permitir que sueltes ese rollo aquí en el norte. Parte de esa maldad ha quedado enterrada con tu madre, y el resto, por mí como si se pudre en la celda donde tienen encerrada a tu abuela.

A Grace se le aceleró la respiración al oír que hablaba de su yaya. La tía Hattie le había racaneado información sobre las condiciones en que se hallaba su abuela y se exasperaba cuando Grace le pedía, le suplicaba, detalles sobre su paradero y cómo se encontraba. O si por lo menos estaba viva. Hattie custodiaba la información como si la respuesta a esas preguntas estuviera encerrada en una cámara acorazada, en lo más recóndito de un fuerte inaccesible e invisible en el que Grace no estaba autorizada a entrar, por poderoso que fuese el amor que sentía por su abuela. Durante apenas una fracción de segundo, el hecho de que Hattie hubiera reconocido después de tanto tiempo que la yaya estaba, en efecto, viva y seguía, en efecto, encerrada en una cárcel imprimió en los labios de Grace la fuerza suficiente para preguntar por ella. Sin embargo, sus heridas —las que cubrían su cuerpo— le recordaron con la misma prontitud que no era el mejor momento para hacerlo, por más que esperase con ansia tener noticias de ella.

—Voy a decirte algo —continuó la tía Hattie—. No permitiré que vengas aquí, a este barrio donde me he construido una vida y una comunidad, y consigas que esta gente me entierre en vida junto a esas brujas. Aquí no queremos saber nada de ese rollo del vudú. ¿Te queda claro?

La tía Hattie se levantó del sofá y se quedó plantada delante de Grace. La adolescente se encogió de miedo y alzó los brazos, llenos de ronchas y heridas abiertas, para protegerse el ojo, que latía como si tuviera un corazón propio.

—¿Lo has entendido? —insistió la tía Hattie, en tono amenazador y haciendo una pausa entre cada palabra.

—Sí. —Grace gimoteó.

—Ahora levanta el culo y sal de mi vista —dijo la tía Hattie. Se metió la mano en el vestido, por debajo del sujetador, y sacó un billete sudado de un dólar—. Baja a la tienda de la esquina y cómprame un paquete de Camel.

Grace cogió el dinero con cautela de las manos de su tía.

—Pero siguen protestando en la calle...

—Nadie te ha dicho que vayas a la tienda de Wilson. Baja un par de manzanas, a The Blue Moon, cómprame los cigarrillos y vuelve corriendo. Nadie te busca. No te pasará nada. ¡Y date prisa!

—Sí, señora —fue todo cuanto se atrevió a decir Grace, ya sin temer que volviera a pegarle. Se puso de pie con dificultad delante de su tía, que seguía manteniendo una pose intimidante. Renqueando, llegó a la puerta de la casa y, con cada paso, sus heridas vibraban como si todavía se hallaran en el trance de su creación.

Era temprano y aún reinaba una siniestra tranquilidad en las calles, que Grace agradeció. Aunque a la tía Hattie no le preocupase en lo más mínimo si era seguro moverse por un barrio que, la noche anterior, había sido el escenario de una auténtica batalla campal, Grace tenía el temor de que el amanecer no fuera un obstáculo para que los negros siguieran asomándose a las cornisas de las azoteas, arrojando ladrillos, cócteles Molotov y trozos de cemento —cualquier cosa que sus manos pudieran tocar, levantar y lanzar— sobre las cabezas de los policías y de cualquier persona que estuviera en la calle, ya fuera ocupándose de sus asuntos o habiendo salido a exigir justicia. Ladrillo o porra, Grace tenía el convencimiento de que conocería uno u otro, o tal vez ambos, en cuanto bajara la escalera de la entrada de la casa de su tía, o cuando menos en su recorrido de dos manzanas hasta esa tienda que, pese a los desperfectos sufridos, seguía abierta. Pero el caos había remitido. Había perdido fuelle a causa de la serie de detenciones de la noche anterior, de los llamamientos a la calma por parte de los líderes de la comunidad, que preferían las manifestaciones de Martin a las de Malcolm, y de un motivo mucho más práctico y prosaico: los negros tenían trabajos a los que acudir, de modo que las protestas tendrían que esperar hasta que terminasen sus turnos. Grace agradeció ese momento de sosiego. Esquivando los escombros del barrio, se obligó a encadenar un ramillete de «holas» dirigidos a los hombres y mujeres de color que la saludaban inclinando la cabeza y le decían «Buenos días, hermanita» sin dejar de pasar la escoba, mientras llenaban cubos de basura, barrían cristales rotos y tomaban nota de todo lo que se había perdido en esa noche de llamas. En un día más normal Grace habría sentido el impulso de intentar comprender por qué la gente destrozaba sus propios barrios, por qué prendía fuego con una cerilla a unas tiendas que eran propiedad de los suyos, o en las que trabajaban, o que estaban al lado o debajo de las casas donde vivían. Pero en ese instante lo que de verdad importaba era conseguir el tabaco de la tía Hattie y volver a casa antes de que alguien levantara la vista y reparase en la vergüenza y la rabia que su tía había labrado a golpes en su cuerpo.

—¿Quién te ha hecho eso en la cara?

Grace tenía la mirada fija en sus zapatos, así que no pudo ver a quien la interrogaba, pero reconoció su voz. Gimió y siguió caminando hacia la puerta de la tienda.

—¿Te lo hicieron anoche, después de que te marcharas de mi casa? ¿Quién ha sido? ¿Dónde ha pasado? ¿Fueron los policías?

—Ahora no puedo hablar contigo —dijo Grace abriendo la puerta de la tienda, que había quedado reducida a un marco sin cristal durante la noche de disturbios—. No me permiten hablar contigo nunca más.

—¿Qué quieres decir? ¡Grace! —Dale la agarró del hombro de tal forma que a ella le resultó imposible reprimir un grito de dolor. El chico se sobresaltó tanto que apartó la mano como si hubiera tocado un trozo de carbón al rojo vivo. Su reacción hizo que ella se detuviera en seco. Y así se quedaron los dos, quietos en la puerta sin cristal. Grace se frotaba el hombro y Dale intentaba recomponer el gesto, como si no quisiera que reflejara el horror que tenía enfrente. El ruido de la basura cayendo en el interior de un camión de recogida rompió el silencio—. ¡Gracie! —la llamó Dale en voz baja, tal y como había hecho la noche anterior antes de que sus labios se acercaran a los de ella.

Finalmente ella lo miró a los ojos. Ambos estaban inmóviles, apaleados y amoratados, como dos púgiles en el centro del ring, esperando a saber cuál de los dos iba a llevarse el cinturón de vencedor. Grace cerró los ojos y se inclinó sobre la mano de Dale, mientras él le acariciaba la cara y le preguntaba en voz baja, de nuevo, quién le había puesto la mano encima.

—Mi tía no quiere que te vea nunca más —dijo ella sencillamente, dejando que su escueta respuesta diera cuenta de todos los detalles que Dale pretendía saber, pero ella temía dar.

—¿La señora Hattie te ha hecho eso? —preguntó Dale reculando confundido.

—La tía Hattie. Tu mamá. Tus amiguitas de la YMCA. Todas me han hecho esto, Dale —contestó ella furiosa.

—Mis amig... mi mamá... ¿qué? —dijo él.

—Solo sé que intenté ayudarte y lo único que he conseguido a cambio ha sido este ojo amoratado. Le han dicho a tu madre que fui yo la que te convenció de saquear la tienda y darme un beso. Y ahora mi tía está en pie de guerra porque todo lo que ha construido se ha ido al garete. Todo perdido.

—¿Qué? —preguntó Dale desconcertado—. Fui allí por Darnell. Por mi cuenta. ¿Qué sabrán ellos de esto? Solo se preocupan de hacer de negros buenos y esconderse mientras dejan que los jóvenes nos juguemos la vida...

Grace se quedó mirando a Dale, que había bajado el tono de voz. Si algo sabía Grace era que necesitaba protección, ternura, pero ahí estaba ese chico ahora, convirtiendo la paliza que ella había recibido y la condena contra su familia pronunciada por la madre de él, basada en pruebas a partir de suposiciones, clichés y mentiras, en una suerte de plebiscito sobre su propia participación en las protestas. La de su amigo. Sobre la nula solidaridad de su familia con el movimiento. El egoísmo de Dale era como unas uñas sucias clavadas en las heridas recientes de Grace.

—Mira, no puedo quedarme aquí contigo —explicó ella enérgicamente, interrumpiendo su diatriba y empujándolo a un lado para entrar en la tienda.

—Grace —dijo él corriendo tras ella—. Nena, espera. Lo siento. Lo siento mucho. Es culpa mía. Todo es culpa mía.

Grace caminó atropelladamente hacia la máquina de tabaco al mismo tiempo que desarrugaba el billete de dólar que le había dado Hattie.

—Ojalá no te hubiera metido en esto —añadió él.

Grace metió el billete en la máquina y tiró de la manija de los Camel. Sin embargo, en vez de coger el paquete, apoyó las palmas de las manos en la máquina e inspiró despacio por la nariz y luego echó el aire por la boca, tal y como la yaya le había enseñado a hacer a la señora Brodersen cuando entró en pánico, los dolores del parto amenazaban con engullirla entera y necesitaba encontrar un poco de tranquilidad.

—Grace, lo siento —dijo él en voz baja, intercalando sus

palabras con infinita ternura entre las inspiraciones de ella—. Mírame, Grace. Lo siento.

Dejó que le tocara la barbilla y la volviera con suavidad hacia la suya. Lo observó mientras él contemplaba su ojo palpitante, los arañazos y las ronchas. Su torso ganó tamaño. Lo decía de verdad. El corazón de Grace le decía que era así.

—¡Vosotros! ¡Salid de mi tienda cagando leches! —les gritó alguien haciendo que dieran un salto. Instintivamente Dale la colocó a su espalda y se volvió hacia la voz destemplada—. Estáis cojos y apaleados. La poli os ha calentado a base de bien. Es lo que pasa cuando organizas problemas donde no los hay —agregó el hombre acercándose a toda prisa desde detrás del mostrador de los refrescos, donde hasta entonces había estado barriendo los restos del saqueo de la noche anterior—. Ya podrían haberos metido en la cárcel, por negros. Ahora salid de aquí de una puta vez antes de que llame a la policía. —Grace cogió el paquete de cigarrillos del dispensador mientras Dale la agarraba del brazo para conducirla a la salida de la tienda. Corrieron cojos los dos por Nostrand, antes de meterse por la primera callejuela que encontraron, y luego por otra, hasta que se cercioraron de que estaban lo bastante lejos del dueño de la tienda y pudieron relajar el paso.

—Tengo que volver a casa —explicó Grace algo jadeante por la carrera y el miedo.

—Lo sé, pero escucha, Grace: necesito verte. Esta noche. —Ella dijo que no con la cabeza, pero antes de poder pronunciar palabra, él la hizo callar, poniéndole el índice sobre los labios—. Escucha: mis padres me mandan a Atlanta dentro de unos días. Voy a quedarme en casa de un amigo de la familia hasta que empiecen las clases de la universidad. Les da miedo que los polis averigüen quién soy y vengan a buscarme por haber ido a la manifestación de ayer.

Lo primero en llegar fue el escozor en la nariz, un aviso de las lágrimas inminentes. Luego, las propias lágrimas. Aparte de miss Ada Mae, Dale era la única persona capaz de ver de verdad a Grace, la única persona que, pese a su interés con frecuencia obsesivo por cosas que apenas tenían importancia en su lista de preocupaciones, se molestaba en decir y demostrar que la quería. Se sentía asfixiada sin su madre, sin la yaya, sin un lugar propio, sin amor. Dale era aire.

—Estaré en casa de mi amigo James. A mis padres les da miedo que salga a la calle, pero los he convencido de que me dejen ir a su casa para despedirme antes de marcharme. No saben que sus padres han viajado al Sur un par de semanas para visitar a la familia. Iré a su casa para serenarme un poco. Quiero que vengas conmigo.

—No lo sé —dijo Grace retorciendo las manos—. La tía Hattie está enfadadísima conmigo. Apenas me ha dejado salir de casa para comprarle los cigarrillos. Tengo que irme, Dale. Está esperándome.

—Ve al 432 de Williams Street. A las nueve. Prométeme que lo intentarás.

—Pero...

—Prométemelo.

Grace apretó el rostro contra las manos de Dale mientras él la envolvía. Pudo oler en su aliento el jarabe de arce con el que Dale había bañado sus *pancakes* antes de engullirlos y escaquearse por la puerta del sótano para comprobar si, entre los rescoldos de la noche anterior, todavía había movimiento en las calles. Grace deseaba catar el sabor dulce de sus labios, y eso fue lo que hizo, paladear aquel sabor mientras se demoraba en la parte carnosa de su boca, esperando la llegada de su lengua.

—Te lo prometo —dijo ella cuando él se apartó—. Lo intentaré.

Grace estaba en la puerta de cocina, observando el pecho de la tía Hattie, que ascendía y descendía poco a poco, una y otra vez. Su tía estaba echada precariamente en el sofá: una pierna y un pie colgando a un lado, un brazo saliendo directo de debajo de su cabeza, que había apoyado sobre un cojín decorativo de terciopelo. Sus ronquidos —sonoros, ásperos y acompasados— hacían que su cuerpo se rozara contra la funda de plástico del sofá, provocando unos desagradables chirridos, una sinfonía de ruido que acompañaba el rumor del aire y los mocos al abrirse paso por la garganta, el pecho y las ventanas de la nariz de su tía. Grace la observaba enfurruñada mientras se tapaba la nariz con la mano, convencida de que los corredores que transportaban el aire a Hattie ardían como el carbón. Y eran negros, como su corazón.

Hattie estaba exhausta después de haber dedicado todo el día a hacer un sinfín de llamadas, tratando de redimirse, de salvar su reputación y su negocio. A Grace le había bastado recibir una buena bofetada en la mejilla para saber que lo mejor que podía hacer era acurrucarse en el sótano, tan lejos como fuera posible de su tía mientras esta discutía, suplicaba, prometía y aseguraba no tener ninguna culpa en ese embrollo que la madre de Dale le había endilgado. Por más que hubiese intentado endulzarla y presentarla de la mejor forma posible, la verdad de lo ocurrido no satisfacía a aquellas mujeres aficionadas a señalar con el dedo y, a medida que fue dándose cuenta de que ya se habían formado alianzas y que su redención en el tribunal de la opinión pública era más bien improbable, empezó a buscar su salvación en el fondo de la botella de whisky de maíz. Consumidas tres cuartas partes de la botella, el alcohol dejó de ser una evasión para convertirse en un sedante, lo que brindó a Grace la oportunidad que esperaba para escabullirse de la casa y encontrar alivio entre los brazos de Dale. Estaba asustada, asustada de que su tía pudiera despertarse y descubrir que se había marchado, asustada de que pudiera verse atrapada en los disturbios, que habían vuelto a recrudecerse casi con la misma prontitud con la que el sol se había puesto. Pero ninguno de esos temores pesaba más que su deseo de aire, de Dale. Y así, después de comprobar que Hattie seguía profundamente dormida, Grace agarró un jersey ligero del armario de su tía y bajó la escalera procurando que la madera no crujiera, abrió con sigilo la puerta que daba al jardincillo de atrás y salió a la intemperie.

Casi de inmediato Grace vislumbró una figura en la penumbra arrimada a un muro de ladrillo. Soltó un grito, que tal vez no oyó su tía, pero que los Miller, que estaban charlando con los vecinos de atrás por encima de la valla, comentando que con todo ese ruido y humo elevándose por encima de Brooklyn aquello parecía una guerra, habrían oído sin duda si él no le hubiera tapado la boca con la palma de la mano. El miedo hizo que la garganta y las fosas nasales le ardieran como si hubiera regurgitado bilis, pero cuando esa silueta sombría le dijo: «Calla, Gracie. Estoy contigo. Tranquila», ella volvió a replegarse enseguida en un ovillo de aliento y adrenalina.

—Escúchame, Gracie. No pasa nada. Todo va bien —le susurró Dale rápidamente—. He venido a buscarte porque no quería que fueras caminando sola a casa de James. Es peligroso salir a la calle.

—No creo que debamos ir —dijo ella en cuanto Dale apartó la mano de su boca—. ¿Y si nos pilla la policía? ¿Y si mi tía se despierta? Si la policía no nos mata, lo hará mi tía.

Dale la hizo callar y le cogió los dedos con las manos.

—Grace, ¿confías en mí?

En la faz que le mostraba la vida en aquel momento, Grace confiaba en él más que en nada en el mundo. Asintió con la cabeza.

—¿Dónde está tu tía?

—Está en el sofá, durmiendo. Borracha.

—Bien. Bien. No te separes de mí. Sé cómo llegar sin que nadie nos vea, y te traeré de vuelta a casa mucho antes de que tu tía pueda enterarse de que has salido.

No cruzaron ninguna palabra mientras Dale la conducía en zigzag por callejuelas, patios traseros y calles laterales en los que reinaba la oscuridad como consecuencia del abandono urbano. Pese a las constantes peticiones de que se instalaran farolas en ese barrio mayoritariamente negro, el departamento de transporte del ayuntamiento de Nueva York estaba demasiado ocupado atendiendo las necesidades de quienes vivían en Brooklyn Heights, a unos seis kilómetros de allí, uno de los barrios ricos de verdad de la ciudad, y en cualquier otra noche Dale la habría obsequiado con una diatriba de media hora sobre dicho abandono perfectamente afinada para un coro de adeptos —cuyos integrantes se encontraban a apenas unas manzanas de distancia, tirando piedras y recibiendo la inquina de los perros y las porras de la policía—, pero esa noche parecía muy concentrado en asegurarse de que ambos, él y Grace, llegaran sanos y salvos a la casa de su amigo.

Por último treparon por un pequeño hueco entre una hilera de cajas de madera que delimitaba los patios interiores de dos casas modestas. Dale miró a su espalda por ambos lados mientras caminaba a toda prisa hacia una pequeña maceta en el porche trasero. Sacó una llave y la empleó para abrir la puerta de la casa, a oscuras con la excepción de la luz de la cocina, que los dueños habían dejado encendida para que el resto del vecindario creyera que estaban allí, en vez de a mil kilómetros de distancia, en Orangeburg, Carolina del Sur. Grace contuvo la respiración hasta que Dale echó un vistazo por todos los recodos de la casa para cerciorarse de que, en efecto, estaban solos, y comentó: «Estamos a salvo».

—Ven aquí —dijo entonces envolviendo a Grace entre

sus brazos—. Lo hemos logrado. Ya te dije que no iba a pasar nada.

Permanecieron de pie, inspirándose el uno al otro, oscilando a un ritmo que no oían pero sin duda podían sentir.

—¡Un momento! ¡Tengo algo para ti! —indicó Dale de pronto, separándose del abrazo compartido. Se metió la mano en el bolsillo de la chaqueta y sacó un collar de caramelos multicolor. Grace sintió que los labios se le ensanchaban cubriendo toda su cara.

»Me encanta verte sonreír —declaró él levantándole la barbilla. Luego le pasó el dorso de los dedos por el ojo amoratado. Ella se apartó, pero aun así siguió acariciándola. Suavemente. Y entonces le dio un beso. Suavemente.

Grace cogió el collar de la mano de Dale, se lo pasó por el pelo y lo dejó en el cuello.

—Gracias —dijo de forma escueta.

—Oye, ¿por qué no bajamos al sótano? A saber quién puede vernos por las ventanas. No quiero que los vecinos entrometidos de James piensen que alguien ha entrado a robar. Mejor ahorrarnos que llamen a la puerta. —Grace intentó ocultar su inquietud, pero no lo consiguió—. No te preocupes —dijo él, como si le hubiera leído el gesto—. Se está bien ahí abajo. Y es un sitio seguro. Nadie se enterará de que estamos aquí.

Ese era uno de los puntos en la lista de preocupaciones de Grace, pero no lo dijo en voz alta. En su lugar, cogió la mano de Dale y le siguió escaleras abajo.

El cuarto en el sótano era humilde, pero más bonito que cualquier cosa que hubiera visto en el Sur, incluso en las casas donde pasaba el trapo y sacaba el brillo a los muebles y en las que le tocaba perseguir a los niños de los que debía cuidar. Las paredes estaban revestidas de madera, así como el frente de la barra que hacía guardia en el rincón más alejado de la estancia. Una serie de espejos en forma de diamante creaban un patrón majestuoso en la pared trasera, brindando a quienquiera que mirase en esa dirección una visión perfecta de los taburetes marrones de la barra, un lujoso sofá verde lima, una mesilla de centro repleta de juegos de mesa y de ceniceros apilados, y dos adolescentes que no pintaban nada allí y que, por ello, estaban nerviosos. Grace jugueteó con su collar de caramelos mientras miraba la sala, luego a ella misma y finalmente a Dale, quien la había estado observando mientras ella se empapaba del espacio.

—Bonito, ¿eh? —afirmó él—. A veces bajo con James y pasamos el rato con los amigos. Sus padres no tienen problema, siempre que no nos carguemos la sala. Una vez Ellison se peleó a puñetazos con Tommy y terminaron estampados contra esa pared, más o menos allí —añadió señalando un punto a su derecha—. Luego se cayeron encima de uno de los taburetes. Le arrancaron una de las patas de cuajo. No sé cómo nos las apañamos, pero conseguimos un poco de cola a toda prisa y la pegamos. Y todo fue bien hasta que el hermano mayor de James se sentó en el taburete. Lo destrozó. Sus padres siguen pensando que fue culpa suya. —Dale se rio entre dientes mientras negaba con la cabeza. Grace se miró los zapatos—. En fin —prosiguió él, como si quisiera aligerar el ambiente repentinamente cargado de la sala—. ¿Te apetece jugar a algo?

Fue corriendo a la mesilla y enumeró las distintas posibilidades:

—Vamos a ver. Tienen el Monopoly, el Juego de la Vida, unas damas. —Soltó un gran carcajada—. ¡Oh! ¡Tienen un Twister!

—¿Qué juego es? —preguntó Grace acercándose para echar un vistazo a la caja.

—Es ese juego en el que haces girar una flecha y, según el color que señala, tienes que poner los pies y las manos en un sitio u otro. —Grace se notó el gesto de confusión que se había apoderado de su rostro—. Suena raro, pero es una pasada de divertido. Ya lo verás.

En un instante Dale y Grace habían formado un ovillo de risas y extremidades entrelazadas, manos y pies que se deslizaban sobre el plástico, cuerpos que se rozaban, mientras la camisa de él y la falda de ella ondeaban, dejando ver piel, timidez y, al cabo de un rato, un deseo que giraba sin cesar, tan deprisa como la flecha de plástico en el marcador de cartón, todo aire, ligereza y finalidad. Y cuando terminaron amontonados uno encima del otro, después de que el pie de ella hubiera acabado al otro lado del tapete de plástico, Grace estaba encima, y Dale la buscó con los labios, y ella le lamió la lengua, y él le frotó el muslo, y ella le acarició el torso, y él rozó el rosa de sus braguitas con los dedos, y ella jadeaba en su cuello, y él le hizo sentir la fuerza de sus partes íntimas en las de ella, y ella ahogó un grito sin apartarse de su cuello, y él sudaba, y las gotas de sudor caían de una en una, caían sobre su frente, su mejilla y su cuello, y ella se apretó con la fuerza de sus entrañas contra aquel cuerpo duro, hasta que él gimió a su oído, dando la alarma, y la sangre de Grace corría desbocada aunque ya no se movían, y vio las estrellas, el espacio y el tiempo, un estallido de energía que la cubría de una luz... divina..., perfecta.

Y Grace lo supo.

Supo que, juntos, lo que ella y Dale habían creado era amor.

9

Quizá alguien diría que había sido una cochinada que Grace se quedara embarazada la primera vez que mantuvo relaciones sexuales, cuando ni lo intentaba ni entendía del todo que ese juego inocente con Dale pudiera ponerla de lleno en el camino de convertirse en mamá. Hattie, en cambio, habría dicho sencillamente que su sobrina había sido una cochina. Lo primero que había salido de su boca el día que Grace llegó a su casa fueron amenazas y advertencias: «Estar aquí es una oportunidad —le había dicho en un tono que parecía más enfadado que amable—. Debes obrar en consecuencia. Baja la cabeza y mantén las piernas cerradas. Me canso de ver a pueblerinas estúpidas que llegan aquí, se quedan pasmadas y enseguida, al cabo de nueve meses, vuelven al barro del que salieron. La única persona que traerá criaturas a esta casa seré yo, ¿entendido?».

Sin embargo, para Grace, el matrimonio de simiente y óvulo, su viaje al útero y su crecimiento en la barriga —un bebé, la vida—, era un milagro. Desde luego, eso era lo que había entendido viendo trabajar a la yaya, pero también cuando le pidió que le explicara los intríngulis del asunto, el sexo y la creación de vida, algo que su abuela había hecho a regañadientes. Grace tenía entonces siete u ocho años y se había topado con una visita amistosa que Ben Charles le estaba haciendo a Bassey en la caseta donde guardaban la leña, una de esas visitas que no eran adecuadas para la mirada de un niño. La clase de visita que exigía forzosamente una explicación.

Con la promesa de un trozo caliente del pastel de sirope que preparaba la yaya, Grace se había esforzado en terminar a toda prisa las tareas que tenía encomendadas antes de la cena para poder disfrutar cuanto antes del postre, por lo que fue a la leñera a recoger algo de leña para la cocina, pero encontró allí a su madre, inclinada sobre la pila de troncos, con el vestido levantado por la cintura, aullando como si el señor Charles le estuviera zurrando el trasero, con la diferencia de que empleaba su cintura en vez de una correa. Los pantalones..., en fin, los llevaba por los tobillos, y el cinturón seguía en su sitio, en las trabillas, así que era evidente que no lo estaba empleando para azotarla, dedujo Grace mientras intentaba casar lo que estaba viendo con lo que creía que en realidad estaba pasando. Fue Bassey la que, en un arrebato de pasión, al girar el cuello para agarrar el culo de Ben, vio primero a Grace.

—¡Largo de aquí ahora mismo! —le había gritado.

Sobresaltado en apariencia, Ben dirigió inmediatamente la mirada hacia donde Bassey la tenía puesta; había fruncido el ceño, pero su cuerpo continuó moviéndose, como si esa parte de su ser no se percatara de que estaba mal hacer cosas de mayores frente a una niña pequeña. En cuanto a Bassey... En fin, no pareció que ninguna parte de su cuerpo se planteara siquiera la opción de parar. Grace había visto lo que había visto, pero las niñas que crecían en los andurriales del Sur veían muchas cosas que no les convenían antes de tiempo, y aprendían a olvidarlas. A toda prisa.

Grace había echado a correr, temiendo más por la seguridad de su madre que por su ira. Buscó refugio entre los brazos de la yaya.

—¿Qué te pasa, cariño? —le había preguntado ella, apartando a Grace de su cuerpo e inspeccionándola de la cabeza a los pies, buscando una herida, un moratón, sangre.

—Un hombre está pegando a mamá ahí fuera —dijo Grace, con un gesto de terror que le iba del ceño a las pupilas y descendía hasta su nariz y sus gruesos labios rosados.

—¿Qué hombre? —había querido saber la yaya agarrando la escopeta y dirigiéndose enseguida a la puerta de la casa antes de poder terminar la pregunta. Pero se había detenido con la misma celeridad en el umbral, cuando identificó las dos figuras que había junto a la leñera: una se alisaba la falda, la otra se pasaba el cinturón por la hebilla, ambos intercambiando risas y secándose el sudor mientras sus pechos subían y bajaban, subían y bajaban. Cuando Bassey levantó por fin la vista y descubrió a su madre en el umbral de la casa, con la escopeta entre sus manos encallecidas, agarró a Ben del brazo y se lo llevó en dirección contraria, de vuelta a la calle. De vuelta al sitio por el que había llegado.

La yaya había respirado hondo antes de volverse lentamente hacia su nieta. La verdad, por más dolorosa o incómoda que fuera, era una virtud. Solo que no se había imaginado tener que contarle esa verdad en concreto a una niña de ocho años. Pero eso fue lo que hizo.

—No estaba pegando a tu mamá —se había limitado a explicarle, mientras devolvía la escopeta a su sitio—. Son cosas que hacen las personas mayores.

—No lo entiendo, yaya —dijo Grace.

—Bueno, cuando un hombre y una mujer quieren demostrar lo mucho que se gustan, se dan besos y abrazos.

—¿Como los besos y abrazos que nos das a mamá y a mí? —preguntó Grace.

—No es exactamente lo mismo, pequeña —respondió ella arrimándola—. Siéntate para que la yaya te cuente un hechizo.

Ojos abiertos como platos. Cejo enfurruñado. Manos que

se retorcían. Pitos y totos. Agujeros y arreones. Simientes y óvulos y bebés pequeñitos que se hacían grandes en la barriga, bebés que las manos de la yaya traían al mundo para que luego crecieran, se hicieran mayores y fuertes, buscasen a alguien a quien amar que los amase también, para utilizar los totos y los pitos a fin de hacer más bebés, como las abejas y los bichos hacen flores. Fue una explicación de cinco minutos, pero abarcó el espacio de una conferencia de varias horas.

Al final, cuando todo estuvo dicho y el silencio empezó a pesar en el ambiente, Grace preguntó lo obvio:

—¿Mamá quiere a ese hombre?

La yaya sabía hacer muchas cosas, pero explicarle el sexo y el placer fuera del matrimonio a una niña de ocho años no era una de ellas.

—Vamos, ve a la caseta y tráeme un poco de leña, ¿vale? —le había dicho a Grace, al tiempo que se levantaba de la silla—. La cena estará lista en un ratito y supongo que no te apetecerá bañarte en agua fría, ¿no?

—No, señora —dijo Grace.

—Bueno, entonces sé buena y ve a buscar leña para calentar el agua.

Bassey, al enterarse de que la yaya le había explicado los pajaritos y las abejitas a su hija, arremetió contra su madre.

—¡No tenías derecho a explicarle esas cosas a la niña! —bramó—. ¡No le hace ninguna falta saber todo eso!

—Tampoco le hacía falta verlo, pero aquí estamos —le respondió ella escuetamente, sin que el tono empleado por su hija pareciera molestarla.

—Tengo necesidades, mamá —fue todo cuanto acertó a decir Bassey.

Ninguna de las dos entendería nunca el impacto que todo aquel asunto iba a tener en Grace siete años después: las palabras de la yaya cuando le dijo que los bebés eran la prueba del amor entre un hombre y una mujer bailarían una giga en el cerebro de la adolescente durante los días posteriores a su encuentro con Dale. Se despertaba después de tener sueños húmedos en la quietud de la noche y en el amanecer, cuando los pájaros empezaban a trinar y las mariquitas acariciaban los macizos de hortensias violetas que rozaban su ventana. Grace se frotaba con almohadas y con el reposabrazos del sofá de Hattie, sus braguitas mojadas por el ansia, el recuerdo y el deseo. La yaya no le había hablado de aquel detalle; el deseo. Pero era tan real como las náuseas que se instalaron a toda prisa en el hueco entre su costilla izquierda y la derecha, tan tangibles como el sutil zumbido que se alojó detrás de su ombligo, justo por encima de esa zona de su barriga que le daba la misma sensación que había tenido tras el banquete de Acción de Gracias, después de apartarse del plato que había vaciado vorazmente —y eso que había repetido— de alubias, arroz, pan de maíz y codillos de cerdo. La saciedad, la evidencia de lo evidente, fue inmediata. Grace conocía su cuerpo. Conocía su corazón. Sabía que quería tanto a Dale como al bebé que esperaba de él, que los amaría con el mismo fervor con el que había amado a la yaya y a Bassey, con la sensación de la tierra en la planta de los pies y los arcoíris que bailaban en torno al sol.

Grace quería decírselo, pero no sabía cómo. Dale se había marchado. De eso no tenía ninguna duda después de pasar un par de veces por delante de su casa con la esperanza de verlo, con la esperanza de que él la viera a ella, porque, en la segunda de esas ocasiones, había estado justo a tiempo de ver como sus padres lo metían a toda prisa en un Buick azul cielo con matrícula de Georgia junto con sus maletas. Estaban tan ocupados con sus llorosos adioses que no repararon en ella; los ojos de Grace, por su parte, estaban demasiado empañados como para darse cuenta de que alguien —miss Ada Mae— se había colocado a su lado.

Antes de verla, Grace la olió: gardenias, justo como en el Sur. La anciana buscó el brazo de Grace y esta dio un salto al notar el contacto.

—Calla... No hables —le dijo miss Ada Mae—. Ven conmigo —añadió tirando suavemente de su brazo para llevarla a un pequeño callejón entre un bar vacío y una tienda de muebles con el escaparate cubierto de tablones después de que hubiera quedado destrozado durante los disturbios.

—Tengo que volver a casa —contestó Grace retirando el brazo—. Voy a meterme en más líos si me quedo aquí.

—No te preocupes, bonita. No voy a entretenerte —dijo miss Ada Mae—. Ese chico me ha buscado y me ha hecho prometerle que te daría esto —añadió mientras dejaba con gesto brusco un sobre entre las manos de Grace. La mujer colocó entonces sus manos sobre las de la adolescente y la acercó hacia sí al tiempo que recorría con la mirada cada una de las ronchas y moratones que marcaban su cara. Se fijó en su cuello, su pecho y su barriga antes de volver a mirarla a los ojos. Ella también lo sabía ahora y la alegría desplazó en sus labios la preocupación anterior.

—¡Oh, Simbi está bailando! —exclamó mientras ponía las manos sobre la barriga de Grace—. ¡Ay, ricura! ¡Esto es una bendición!

Miss Ada Mae la atrajo hacia su pecho y la envolvió en un abrazo como Grace no lo había experimentado desde que había cruzado la frontera del estado de Nueva York. Había anhelado ese cariño tan concreto, ese afecto familiar, durante muchísimo tiempo, pero en la desangelada casa de Hattie le había resultado esquivo, y con el correr de los días había iniciado un lento declinar hasta desaparecer, incluso, de sus sueños, dejando tras de sí un vacío allí donde el amor había sido algo tan natural, tan puro, que no necesitaba ser un pensamiento. Existía y punto.

Al principio Grace se resistió frente a lo olvidado, pero

la memoria muscular es fuerte y rápida. La resistencia dio paso a la entrega. Grace dejó que su cuerpo y sus lágrimas se entregaran al abrazo de miss Ada Mae.

—Ahora escúchame bien. ¿Me has oído? —dijo la mujer—. Esto no será un camino de rosas. Pero no estás sola. Recuerda lo que ya sabes. Tienes todo lo que necesitas dentro de ti. Invoca a los tuyos, niña. Sabrán ayudarte porque para eso están. —Apartó a Grace de sus pechos y, con las manos sobre sus hombros, escudriñó los ojos y el alma de la adolescente—. Encomiéndate a todo lo que tienes dentro de ti, ¿entendido? —finalizó.

—Sí, señora —fue todo cuanto pudo responder Grace.

—Ahora vete —pidió la anciana. Le hizo una última y cariñosa caricia en la cara, caricia que Grace echaría de menos esa misma noche, cuando, escondida en el sótano para procurarse un momento de alivio frente a la ira de su tía, leyó la nota sencilla y sucinta que Dale le había enviado y que decía así: «Me marcho al Morehouse College, Grace. Siento que no hayamos tenido más tiempo». Esas palabras fueron una flecha en su corazón.

Y Grace volvió a quedarse sola. Pero esta vez era diferente. Un bebé, su bebé, estaba en camino y ella sabía que esa criaturita y todo el amor que llevaría a su mamá iban a salvarla.

Le resultó bastante fácil esconder la barriga, que iba creciendo, a Hattie y a quienquiera que la mirase. Era la gracia de haber crecido como una muchacha de campo, gruesa, todo trasero, muslos y movimiento. Su barriga casaba perfectamente con una muchacha de dieciséis años crecida en los andurriales de Virginia. Hattie reparó en ella, pero la menospreció con sus habituales insultos y general aspereza: «Tanta glotonería te está pasando factura. No te vendría mal apartarte de la comida de vez en cuando», le dijo una noche cuando Grace levantó los brazos y la camisa se le subió lo justo para que su barriga quedara a la vista. Hattie se fijó en el bulto con el rabillo del ojo y luego miró la guarnición que Grace acababa de amontonar en su plato. «Desde que estás aquí comes como si tuvieras un trabajo a jornada completa.»

Las náuseas, los pechos doloridos y palpitantes, rebosando del sujetador ya gastado, las palpitaciones que se transformaban en pequeños talones, manitas y trasero que golpeaban su útero, dejando huellas en su barriga, colgando de sus costillas... ocultar todo eso era más difícil. Con esfuerzo Grace logró acordarse de qué era lo que la yaya tenía siempre a mano para las madres en estado a las que se les revolvía el estómago, y siempre que podía cogía un poco, disimuladamente, sin que Hattie se percatara. Unas hojitas de menta en el bolsillo. Las mascaba cuando sentía que el vómito ascendía a su esófago. Frotar bien los dedos en cáscaras de limón, para que el aroma se quedara impregnado debajo de las uñas. Inspirar ese olor, de vez en cuando, ayudaba. Pero Grace sabía que llegaría el día en el que no podría seguir ocultándolo; sabía que se convertiría en una barriga andante, tambaleante, finalmente dominada por ese dolor que había hecho clamar a la señora Brodersen por su Dios y agarrarse de los costados de la cama con tanta fuerza que los nudillos se le quedaron blancos como el algodón; sabía que ese era el destino que la aguardaba. Y le entraba el miedo. No al dolor, sino al descubrimiento. La reacción. El juicio que sin duda caería sobre ella, los susurros y miradas esquivas que se convertirían en miradas penetrantes que le abrirían un agujero candente en la barriga. La malinterpretación del milagro, la negativa a ver que un bebé creado en el amor solo podía traer el bien.

Mientras eso no pasara, Grace sabía lo que debía hacer. Cuando apenas faltaban dos meses para que diera a luz al bebé que había concebido con Dale, sin ser dueña más que de su nombre y desprovista de autonomía sobre su propio cuerpo, su instinto maternal se despertó. Se preparó, buscó refugio, recordó una y otra vez lo que le había dicho miss Ada Mae: rezaba tal y como sabía hacer. No tardó demasiado en reunir lo que necesitaba; la foto en blanco y negro, desgastada, de Hattie y Bassey que Grace había sacado de una caja guardada en el sótano de la casa, la pipa de la yaya, con la cazoleta llena de hebras de tabaco que Grace había recogido cuidadosamente de las colillas que su tía apagaba en ceniceros repartidos por todas las habitaciones, el pañuelo con un estampado de flores en el que el señor Aaron había envuelto la pipa antes de meterla en la bolsa de comida que le había dado a Grace para su viaje al norte. Un vaso de agua. Un trocito de pan de maíz. Oraciones. Oraciones. Oraciones y secretos, susurrados en el rincón del armario de los trastos donde las arañas y todos los recuerdos de Hattie iban a morir, pero también donde Grace regateaba por la vida de su hijo. En sus ancestros buscaba consejo y favor, tal y como le había enseñado a hacer la yaya cuando era pequeñita. «Primero colocas la comida, ¿ves?», le había dicho su abuela con ternura, mientras situaba un plato de hojalata con alubias y un par de cucharadas de arroz sobre la tierra alisada que cubría el sencillo ataúd de pino en el que reposaban los restos de su madre. «Y luego coges algo especial, algo que los haga visitarte y te recuerde a la persona que echas de menos. Lo colocas todo, y pones el agua al lado. Tienes que hacerlo como la yaya, ¿ves?»

—Sí, señora —había dicho Grace. Se toqueteaba la falda mientras observaba como su abuela distribuía las cosas sobre la tumba como si montara un ramo de flores.

—Luego, les das las gracias por protegerte y ordenarte los pasos que debes dar. Te quieren bien. Solo tienes que hacerles saber que lo sabes y desearlo de verdad, ¿entendido?

—Sí, yaya —había respondido Grace, con la mirada clavada en la pipa que colgaba de los labios de su abuela.

—Es una conversación —había dicho ella, mientras el humo ascendía desde sus labios y su nariz, flotando sobre sus palabras—. Habla con tus muertos. Hazlo en voz alta. Los tuyos te responderán y te guiarán hacia la luz.

Grace aprendería con el tiempo y con la práctica que, para mantener esas conversaciones, daba igual el día o la hora; no tenía sentido esperar a los domingos y los bancos de la iglesia, o las carpas de las ceremonias de renovación en verano. Las pipas se encendían al amanecer de un martes, o a medianoche, cuando los corazones necesitaban cariño; el caldo de verduras se servía en tazas con una galletita cuando llegaban los cumpleaños. Daba igual cuándo; siempre era un buen momento para hablar con los muertos. Pero la yaya se lo había advertido: a veces las compañías que una frecuentaba dictaban cuándo era adecuado vivir esos momentos en voz alta; los cristianos temerosos de Dios eran incapaces de ver la hipocresía de postrarse de hinojos y rezarle a un hombre blanco muerto que existía solamente en un libro viejo y lleno de polvo mientras señalaban las cabezas de quienes hablaban a los espíritus que sus corazones anhelaban. De ahí que cuidar de los muertos fuera una práctica solitaria; rogar su ayuda, un discreto asunto personal. Y así, para ahorrarse las iras de Hattie y de quienes daban más valor a Jesús que a su propia sangre, Grace hizo lo que se le había enseñado: contaba sus secretos en rincones.

Después de colocar las ofrendas con mimo, encendió una cerilla e inspiró profundamente, chupando la pipa como recordaba que lo hacía la yaya cuando visitaba tumbas y hablaba con la tierra, el agua y los árboles. El humo del tabaco le ardió en el pecho, provocándole un ataque de tos que enseguida trató de sofocar para no despertar a Hattie. Su tía, durmiendo la mona en el suelo, justo encima de la cabeza de Grace, ya había dictado sentencia en tales asuntos. «Ni se te ocurra traerte esas historias a mi casa, ¿entendido?», le había dicho la primera vez que encontró un manojo de flores amarillas de botón negro y unas sobras de bizcocho de maíz en un plato de cartón, todo colocado encima de una mesita de café en el sótano. Hattie lo reconoció de inmediato. Y sabía perfectamente que las viejas costumbres del Sur no tenían cabida en la disciplina que se había autoimpuesto en el norte. Después de tirar el plato y su contenido al fondo del cubo metálico de la basura que tenían justo al lado de la puerta trasera, había vuelto a entrar en casa y había subido a su habitación, dejando plantada a Grace, que lloraba.

Sin embargo, ahora que estaba embarazada, su necesidad de comulgar se imponía al miedo que le inspiraba su tía. Su misión era invocar la presencia de Bassey, la abuela Rubelle y todos los ancestros que velaban por su ser espiritual. Quería agradecerles el milagro obrado en su cuerpo y la protección recibida. El amparo que le brindaban a ella y al niño que esperaba; esa maravilla que atravesaba un terreno traicionero con todo en contra de su supervivencia, superando cada obstáculo físico y cada montaña de angustia para convertirse en un ser humano. Para convertirse en alguien para Grace. Tenía una sola y simple petición: que en todas las cosas el bebé pudiera disfrutar de la alegría que ella había conocido de niña. Que echaba de menos. La familia, el hogar que necesitaba como el aire que se respira.

En cuanto hizo la petición, una película, granulosa, oscura, repleta de interferencias, apareció en su campo visual. Al principio le costó ver de qué se trataba, pero enseguida reconoció a Bassey, sonriendo tan bonita como siempre, con su vestido favorito, el blanco con flores, sujetándose el vientre con una mano y señalando el de Grace con la otra. Bassey estaba radiante, orgullosa. Grace pudo sentirlo, sentir el cosquilleo en las yemas de los dedos, en las puntas de sus pechos hinchados y en los dedos de los pies. Su bebé también lo sintió; empezó a moverse en el vientre de Grace como si estuviera nadando de espaldas en el espacio y el tiempo para acercarse sonriente al rostro de su abuela. Bassey echó atrás la cabeza y soltó una gran carcajada.

—Mamá —dijo Grace con ternura—. ¿Dónde está la yaya?

La risa de Bassey era un flor que se erguía y estiraba hacia el sol de la mañana; era tan intensa que sus hombros se estremecían. No decía nada, pero el brillo de sus ojos era luz; un libro repleto de mensajes que Grace había esperado oír durante años: «La niña es fuerte. Los ancestros la protegen. No te preocupes. No te preocupes. No te preocupes. Céntrate en tu alegría».

Y fue durante el combate librado para seguir las directrices de su madre cuando Grace, en plena trigésima segunda semana de embarazo, fue finalmente descubierta. La ropa para el bebé que había estado cosiendo con los retales que había encontrado en el armario del sótano, eso fue lo que la traicionó. Hattie, quien paso a paso había estado recuperando su posición entre una comunidad que, el verano anterior, la había expulsado, quería coserse un nuevo conjunto, algo que había decidido hacerse a partir de un patrón que había encontrado en Woolworth's. Parecía elegante, refinado. Perfecto, a tenor de que ya no podía comprar lo que se le antojara en las tiendas. Un humilde retorno a aquel pasatiempo que había aparcado. Hacía mucho tiempo que había tirado su máquina de coser y el material de costura al fondo del armario de los trastos en el sótano, un paso necesario en su proceso de inmersión en la sociedad negra de Brooklyn. Pero estaba pasando una época difícil y el hecho de que la rehuyeran no solo le había herido el orgullo, sino también el bolsillo. Quedaban descartadas las excursiones a los grandes almacenes, despilfarrar el dinero en ropa fina y zapatos comprados para impresionar a las conocidas. Debía regresar a lo que sabía hacer. Y en ese día en particular se despertó de una de sus largas borracheras con el ánimo de hacerse un vestido elegante. Algo que fuera ceñido, pero tampoco demasiado. Ir recatada, pensó finalmente, no la ayudaría a no pasar frío durante la noche.

El orden del armario fue lo primero que le llamó la atención. Cuando metió todas esas cosas tan queridas en ese agujero infecto la dominaba la rabia. Lo amontonó todo, junto con un par de álbumes de fotos que eran la prueba de su vida anterior, la vida que había dejado atrás, cuya existencia trataba incluso de desmentir. Hattie lo había tirado todo a ese oscuro armario y lo cerró de un portazo, fingiendo para sus adentros que ni siquiera el armario había existido jamás. Pero allí estaba la tela, toda bien doblada y ordenada por colores, apilada sobre las máquinas, con unas prendas encima que ella no había cosido. Unas cositas que no tenían ningún sentido. Y, al lado, un surtido de objetos, organizados de una forma perfectamente reconocible, que recordaban, olían y llamaban... al hogar perdido.

Hattie pasó los dedos por encima de la lata de agua y también por la pipa. Se la llevó a la nariz y, después de inspirar hondo, se vio transportada al barrio negro de Rose, a los bosques y las tumbas de tierra, al frescor del agua en los tobillos cuando era niña y se cogía de la mano con Bassey mientras Rubelle hablaba a los vientos y les pedía amparo. El recuerdo la reconfortó e incluso, tal vez, persuadió a las comisuras de sus labios a elevarse casi de forma imperceptible. Pero fue una emoción efímera. La boca de Hattie recayó nuevamente en su pertinaz mueca de disgusto cuando reparó en las prendas de bebé: las agarró pellizcándolas con el índice y el pulgar, como si fueran algo pestilente, asqueroso al tacto. Hizo lo mismo con la foto en blanco y negro en la que salía con Bassey, ese retrato que le había ordenado a la cabezota de su sobrina que guardara y que ahora volvía a aparecérsele en las narices. Para recordarle todo lo que había perdido en Virginia. Todo lo que había tratado de olvidar en Brooklyn. Y en ese instante Hattie se volvió fuego.

Enfurecida, agarró la ropa de bebé, la pipa y la foto y subió los escalones de dos en dos, dominada por el imperioso deseo de dar con Grace. Cuando la encontró en la cocina, envuelta en un vestido de flores extragrande y un grueso jersey, metiendo un trapo en agua caliente y jabonosa, arrojó los objetos a la espalda de su sobrina con toda la fuerza que fue capaz de reunir y luego, antes incluso de que Grace pudiera empezar a asimilar que estaba ocurriendo algo, y mucho menos averiguar de qué se trataba, Hattie le dio la vuelta a la muchacha, le tiró del jersey para abrirlo y le apretó la barriga. El vientre de Grace, pequeño pero protuberante bajo la tela y los dedos de Hattie, opuso resistencia, respondiendo con fuerza a la fuerza.

Hattie dio un salto hacia atrás, le echó una mirada asesina y, al cabo de un instante, le propinó tal bofetada con el dorso de la mano que unas gotas de saliva salieron despedidas de la boca de Grace y terminaron aterrizando en los platos del desayuno que la joven embarazada acababa de lavar.

Si hubiera estado en su sano juicio, si hubiera empleado la lógica y el ingenio que le habían granjeado el beneplácito al que había apostado su nueva vida en el norte, Hattie se lo habría pensado dos veces antes de hacer lo que hizo a continuación. Pero la rabia y la envidia forman un cóctel embriagador que a veces obliga a descuidar la sutileza y decantarse por métodos más directos y viles. A seis grados bajo cero, y sin un abrigo que echarse al cuerpo, caminando en pantuflas por la acera todavía mojada después de un chubasco matinal, Hattie tropezaba y resbalaba, tropezaba y resbalaba, arrastrando a su pequeña sobrina embarazada, quien sabía que no debía oponer resistencia y estaba asustada pensando en lo que pudieran depararle los segundos siguientes. Cuando doblaron la esquina de Nostrand y enfilaron hacia la casa de los Spencer, Grace trató finalmente, aunque en vano, de liberarse de la mano de Hattie. «No, no, no, no» era todo cuanto podía pensar en decir Grace mientras forcejeaba y se retorcía bajo los dedos de su tía. Pero fue inútil. Aquello no tenía vuelta de hoja.

—¡Lucinda Spencer! —gritó Hattie desde el pie de la escalera que subía al portal, mientras Grace contemplaba la escena muerta de vergüenza e intentaba todavía liberarse—. ¡Lucinda Spencer, sé que puedes oírme! ¡Sal ahora mismo!

Hubo un movimiento mínimo de cortinas, sutil pero perceptible, que hizo que Hattie gritara con más fuerza si cabe y que Grace forcejeara un poco más mientras su tía subía por la escalera, aferrando todavía a su sobrina.

—Lucinda Spencer, si no abres la puerta, todo el barrio se enterará de la cochinada que hizo el santito de tu hijo antes de escabullirse de la ciudad. ¡Más te vale salir!

Al cabo de un momento la puerta se abrió despacio dejando ver a la señora Spencer, sin maquillar y con rulos, envuelta en un elegante camisón de seda que le llegaba por los tobillos, y con un cigarrillo colgando de sus finos y bien cuidados dedos. Sus ojos se clavaron en los de Hattie, dio una calada profunda y exhaló el humo con la boca y la nariz directamente a la cara de su ruidosa e inoportuna visita. Sin amilanarse, Hattie tiró de Grace, la colocó delante de ella y le abrió el jersey. La señora Spencer miró a Hattie durante una eternidad antes de dejar que sus ojos se posaran donde su némesis le había indicado. Miró la barriga mientras daba otra calada y luego siguió mirando un rato más mientras dejaba que el humo se deslizara sobre su lengua y, nuevamente, a través de las ventanas de su nariz. Por último, empezó a elevar la mirada desde la barriga de

Grace, pasando por sus pechos hinchados, su rostro, que tenía la nariz dilatada y un sinfín de granos que salpicaban su piel, hasta detenerse al final en los ojos de la adolescente, inflados de miedo y pena. Soltó una risa burlona, tiró el cigarrillo, dio un delicado paso atrás y cerró la puerta en las narices de Hattie y Grace.

10

Nadie canta canciones de cuna a chicas de color de dieciséis años con bebés en sus vientres. No hay melodías con promesas mirando a las estrellas, ni besos a la luz de la luna, ni palabras sobre el amanecer; nunca les dirán que el sol saldrá por la mañana y habrá de brillar, brillar, brillar sobre las madres y los niños que a base de músculo dan fuerza al mundo. Esas chicas no ofrecen ni hogar ni futuro, no son el sueño feliz y piadoso de nadie. Sus vientres delatan su imperfección. Son salvajes. Hay que domarlas. Y, cueste lo que cueste, serán domadas.

Hattie asumió esa responsabilidad a toda prisa; iba de un lado a otro contándole a todo aquel que tuviera oídos y un segundo de tiempo libre la desdichada historia de cómo, por lealtad a la familia, había abierto su corazón con el triste resultado de verlo arrancado de su cuerpo y pisoteado por la inútil de una sobrina a la que ni siquiera conocía del todo. «Esa chica llegó a mi casa como un gorgojo de algodón. Me arruinó la cosecha. ¡¿Y ahora tengo que hacerme cargo de su bebé bastardo?!», gritaba desde lo alto de la escalera de la entrada a una conocida que se había detenido frente a la verja para dar y recibir chismorreos. Las palabras de Hattie flotaban en el frío aire de marzo, se abrían paso por grietas y fisuras y llegaban a los oídos de quienes disfrutaban cacareando acerca de esa descarriada que se dedicaba a pasear el palmito por la calle como una furcia y seguía a lo suyo, cargando el fruto de su pecado.

Ninguna de esas mujeres era consciente de que en realidad eran los pilares sobre los que Hattie estaba construyendo su propia redención. Cargaba el peso de tener que responder por la afición de su sobrina al sexo, pero con la mezcla justa de aire y agua podía alimentar o domeñar a conveniencia el fuego de aquel escándalo, una habilidad que le permitió rescatar contra viento y marea su reputación de entre las cenizas. El vientre encinto de Grace, colmado de la prueba de sus costumbres groseras y plenamente licenciosas, absolvía a Hattie del escarnio público que había padecido unos meses antes. Era imposible controlar a una fresca pueblerina que se las daba de muy mayor, eso lo sabía todo el mundo. Lucinda Spencer, desesperada por reformular el papel de su hijo como víctima en lugar de partícipe voluntario y padre en ciernes, se aseguró de ello. «Ay, Dios. A saber de quién es el bebé», decía una y otra vez, repitiendo las palabras como un disco rayado para subrayar su importancia, aunque al mismo tiempo movía la mano con jovial despreocupación. «Es imposible saber con quién se acostó esa chica, o con cuántos...»

Tergiversar el relato de Grace resultó muy sencillo. Lo cierto era que ni siquiera hicieron falta los aspavientos de Lucinda ni los de Hattie. Dios mismo habría podido hacerle a Grace lo que le hizo a María y abrir las puertas de un segundo advenimiento: aun así, a la adolescente la habrían seguido tratando como a una paria. Vecinos, conocidos, desconocidos, nadie tenía ni una pizca de ternura que dedicarle. Incluso las enfermeras de la clínica, que habían jurado cuidar de sus pacientes y tratarlas con afecto, repudiaron a Grace y su vientre cuando los tuvieron delante. «En menudo lío los ha metido, ¿no?», dijo una de las enfermeras a Hattie al tiempo que lanzaba una bata de paciente más allá de las manos tendidas de Grace, hacia la camilla.

—Desde luego —dijo Hattie, quien había llevado a su

sobrina a la clínica para comprobar cómo estaban ella y el bebé, no tanto porque se preocupara por su salud, sino más bien porque la visita le brindaba una nueva oportunidad de hacerse la mártir—. No puede imaginarse lo mal que lo he pasado con todo esto.

—Claro que me lo imagino —aseguró la enfermera—. Todas estas chicas que vienen a la clínica, sin ninguna moralidad, se hunden en el fango y arrastran con ellas a sus pobres familias. No hace ni dos días que han aprendido a limpiarse el trasero, pero aquí llegan, con todos estos bebés que habrá que confiar al cuidado de otras personas.

Grace permanecía inmóvil, encajando los golpes verbales, mientras su espíritu se iba hundiendo en la dura camilla de cuero sintético. Se notaba el corazón latiendo con fuerza en el pecho, la lengua se le trababa. Sabía que no debía decir nada más allá de un «Sí, señora», un «No, señora» o cualquier dato básico que la enfermera le pidiera para cumplimentar la historia médica, pero su cuerpo le exigía más. El bebé se movía y estiraba, presionando con el pie el bajo vientre de su madre, como si pudiera oír cada uno de esos desprecios. Como si el dolor de su madre fuera también suyo; su angustia, la suya. Ambos se retorcían de incomodidad.

—Bueno, no te quedes ahí tirada como una tonta. Quítate la ropa y ponte la bata —dijo Hattie. Dirigió una sonrisa seca a la enfermera y negó con la cabeza. Intuyendo las dudas de Grace, redobló el ataque—. Ahora no te las des de tímida. A la vista está que no tuviste ninguna timidez cuando te quitaste la ropa hace meses para ese chico.

El bebé clavó un pie en la costilla de Grace y sacó el trasero contra su vientre, formando un bulto circular en su protuberante barriga. Grace se frotó cariñosamente el bulto para persuadirlo de que se retirara, pero el dolor de toda aquella situación resultaba demasiado agudo. Tomó aire unas cuantas veces para purificarse, olvidando, aunque solo fuera brevemente, de qué forma esas mujeres adultas le estaban arrancando el alma a pedazos.

La puerta se abrió de golpe en el mismo instante en que Grace se intentaba poner la bata. Como mejor pudo, cubrió su cuerpo desnudo con la tela mientras el doctor cogía la historia médica de la enfermera, le echaba un vistazo, la miraba a ella, volvía a echar un vistazo a la hoja y, al final, la miraba a ella de nuevo.

—¿Y esta es la primera vez que la ve un médico para controlar el embarazo? —preguntó.

—Sí —dijo Hattie—. Me lo ocultó varios meses. Si no, la habría traído antes.

—Francamente, debería llevarla al Booth Memorial —dijo al tiempo que empujaba a Grace para que se subiera a la camilla, como si fuera un objeto inanimado. Como si su cuerpo no fuera suyo—. Allí se ocupan de las niñas, las ayudan a tener sus bebés. A sentar la cabeza. Así podrá hacer borrón y cuenta nueva y el bebé tal vez tenga un futuro. Una buena vida. La enfermera puede darle la información a la salida. —Entonces, volviéndose hacia Grace—: Pon los pies en los estribos —señaló dando unas palmadas a los fríos reposapiés de metal, antes de volverse de nuevo hacia Hattie—. Ahora, si me permite.

Grace, habiendo observado la colección de ganchos, cuchillos y fórceps repartidos sobre la mesa diminuta al lado del doctor, trató de controlar los temblores que recorrían su cuerpo mientras yacía sometida a sus indagaciones, dedos y ojos fríos y certeros, pero todo intento resultó inútil. El médico no le explicaba nada, no soltaba prenda. Sometido a sus manos, el cuerpo de Grace era una incubadora —una máquina—, algo que había que explorar pero no merecía discusión alguna. No con ella. Sobre el papel, por puro formalismo, por supuesto que sí. Pero aquel hombre ya había decidido qué historia asignarle a la muchacha antes de trasponer el umbral de la consulta, antes de saber nada de ella, y Grace lo notaba. La sensación era tan palpable como el restallido de los guantes cuando enfiló los dedos en el látex, tan tangible y pavorosa como el contacto de esos dedos con el interior de su cuerpo. Grace se retorcía. El bebé se retorcía. El doctor vio sus lágrimas. Nadie dijo nada. Hasta ahí llegó el intercambio entre ellos.

Grace estuvo mirando el relieve de gotelé en el techo sin soltar la bata mientras el doctor se quitaba los guantes, se lavaba las manos, recogía el papeleo y salía de la consulta. No sabía si habría más exploraciones, de modo que permaneció tumbada en la camilla, respirando hondo y frotándose la barriga para tranquilizar al bebé. Para tranquilizarse a ella misma. En cuestión de momentos la puerta se abrió de golpe, dando paso a una Hattie exaltada, con el bolso en una mano y un fajo de papeles en la otra.

—Levántate, niña. ¿Por qué puñetas sigues ahí tumbada? —le espetó—. Tenemos que hablar.

Hattie no le dirigió la palabra en todo el trayecto en metro de vuelta a casa. Sencillamente se sentó en un asiento libre en el vagón atestado y se quedó allí con el bolso y los papeles en el regazo mientras Grace iba de pie, agarrada a la barra vertical, con la barriga bamboleando a cada traqueteo de las ruedas sobre las vías. No sabía cómo tomarse los labios fruncidos de su tía ni tampoco de qué debían hablar, de modo que su cabeza era un torbellino de dudas y afirmaciones: «¿Mi bebé está bien?», «¿Lo estoy yo?», «¿De qué tiene que hablar Hattie conmigo?», «Casi no me ha dirigido la palabra desde que lo supo», «Todo el mundo me mira», «Hay ojos por todas partes», «Me duele la tripa». Grace se frotó la barriga. La mujer que se sentaba al lado de Hattie, después de reparar en su embarazo, la miró directa y descaradamente a los ojos al tiempo que negaba con la cabeza. Grace echó una mirada panorámica al vagón y encontró más de lo mismo: hombres que cubrían su cuerpo con miradas lascivas, mujeres que sujetaban con fuerza las manos de sus pequeños, chasqueando la lengua. «Vamos, criaturita. Todo irá bien. Nos irá bien.»

Apenas hubo entrado en casa, Hattie saltó.

—Ya va siendo hora de que empieces a pensar qué vas a hacer con el bebé —dijo, al tiempo que arrojaba el bolso y los folletos sobre la mesa del recibidor y se desabotonaba el abrigo—. No estás preparada para soportar una carga así.

—Pero puedo cuidar del bebé, tía. He cosido un montón de ropita y pañales, y en casa cuidé de un montón de bebés y la yaya me...

—Rubelle no está aquí. Yo sí.

Grace apretó la espalda contra la puerta de la entrada y se hizo pequeña. Hacía mucho tiempo que no oía el nombre de su abuela de la boca de alguien. Solo de noche, cuando el silencio se posaba sobre la oscuridad y el bebé se retorcía en su seno, se permitía Grace pensar en la yaya, tan aguda, tan dolorosa era su ausencia. Cuando apretaba los párpados e invocaba su cariño, Grace podía sentir los dedos de la yaya en su pelo, oler la tierra en el sudor del cuello de su abuela, podía ver como se inclinaba sobre la cadera derecha cuando miraba el paisaje desde el porche. Durante meses Grace le había suplicado que acudiera en sus sueños, que le diera consejo. Los demás días solo tenía el silencio y los recuerdos. Oír su nombre, que Hattie había pronunciado formalmente y con rabia, la puso frente a la realidad: ella y el bebé estaban solos en el mundo. Aun así, hizo la pregunta.

—¿Está..., todavía está... viva la yaya?

—Ahora mismo estamos hablando de algo importante, de algo que puede cambiarte la vida. ¿Por qué sacas el tema?

Grace bajó la cabeza.

—Solo... solo me preguntaba cómo...

—Está bien, perfecta. A ningún negro con una condena

de cinco años de cárcel sobre la cabeza le iría mejor que a ella —le soltó Hattie—. Pero no vamos a hablar de eso ahora. ¿Qué te dije cuando entraste por esta puerta? No traigas bebés a esta casa. ¿Y qué haces, Grace? ¿Qué has hecho? Te abrí las puertas de mi hogar y me lo has pagado con este escándalo —continuó, impasible al temor de su sobrina, a su tristeza. Vio que Grace se rodeaba la barriga con los brazos y negó con la cabeza—. Escucha una cosa: mañana iremos a este sitio —dijo cogiendo de la mesa uno de los folletos que había estrujado con la mano mientras regresaban a pie a casa— y veremos si puedes quedarte allí hasta que des a luz. Te ayudarán a sentar la cabeza, encontrar un buen hogar para el bebé...

Un calambrazo atravesó el vientre de Grace, como un cuchillo de sierra cortando la piel de una sandía. Grace se agarró la barriga y se dobló de dolor.

—Tía Hattie, por favor, no me eches. Quiero este bebé. Lo cuidaré bien, te lo juro —afirmó Grace apretando los dientes, vencida por el dolor.

—¿Lo ves? Mírate. No sabes tener un bebé y mucho menos criarlo. Y no lo aprenderás mientras yo mande aquí. Nadie me dijo que tendría que ocuparme de este desastre.

—Pero puedo hacerlo yo —insistió Grace—. Puedo... encontrar un trabajo, algo, y...

—¿Dónde vas a encontrar trabajo? ¿Dónde vas a trabajar con un bebé atado a tu espalda y con la poca educación que tienes? —preguntó Hattie, antes de añadir despectivamente—: En Brooklyn no hay campos.

—Esperaba..., esperaba que tú...

—Olvídate de eso, te lo recomiendo —dijo Hattie con desdén—. Aquí no hay esperanza para las madres solteras adolescentes. A ver si te entra en la mollera de una vez. —Ni los llantos de su sobrina ni el dolor que esta intentaba superar acompasando la respiración la conmovieron—. Mañana. Iremos mañana a ese sitio —añadió golpeando el folleto con el dedo—. Baja a recoger tus cosas. Iremos mañana a primera hora. La enfermera dijo que tienen unas cuantas camas libres y me aseguraré de colocarte en una antes de la hora del almuerzo.

Dicho esto, Hattie volvió a tirar el folleto sobre la mesa y entró en su cuarto sin dirigirle otra palabra.

Grace, todavía doblada por los últimos retazos de dolor y las pataditas del bebé, miró el folleto como si fuera una de esas serpientes del huerto de su abuela. Se obligó a tocarlo, a mirar las palabras, a comprender qué se proponían aquel *hospital* y Hattie. Pero la angustia la asaltó desbocada.

La sangre no impresionó a Grace. La yaya Rubelle la había acostumbrado muy pronto, cuando le permitió ocuparse del fogón en su primer parto, hacía mucho tiempo, cuando Grace vio que le bajaba la primera regla, esas primeras gotas de sangre en el muslo. Allí estaba, el primer chorro de agua salpicando las baldosas del cuarto de baño, deslizándose por las grietas del suelo, remansando en los agujeros en torno al lavabo y el inodoro, que Hattie hacía tiempo que no se preocupaba de tapar, y luego la sangre, carmesí en el blanquísimo papel higiénico y en las yemas de sus dedos. Observó el reguerón de sangre que descendía por su muslo, goteaba de sus entrañas, densas, fértiles y llenas de vida, una vida que se extendía, gruñía y anunciaba su llegada. Grace se paró, inclinó la cabeza y contempló asombrada la sangre un solo instante, antes de que el dolor la obligara a ponerse de rodillas. «Respira», le susurró la yaya al oído, y eso fue lo que hizo, tomando aire por la nariz y expulsándolo por la boca, adentro por la nariz y afuera por la boca, y luego forzándose a jadear desde el vientre, jadeos cortos y rápidos, a través de los labios. Y luego sintió otro golpe de dolor, y luego otro, tan agudos, tan penetrantes, que no había forma de respirar, solo largos sonidos guturales a través de los dientes cosidos, con la frente crispada. Los nudillos de sus manos a duras penas podían resistir la fuerza con la que se aferraba a la taza del váter y al lavabo, los únicos objetos, al parecer, que impedían que cayera de bruces en el charco de agua y sangre que se había formado en torno a los dedos de sus pies. El dolor no amainaba. «Respira», le dijo la yaya de nuevo, y eso hizo Grace, de nuevo. Cuando pudo recobrar mínimamente el aliento, cerró los ojos y vio a su yaya, clara como la luz del día, limpiándose las manos y mirando a su alrededor... Apuró todas las energías que le quedaban en la voz para llamar a Hattie, pero no sirvió de nada: la voz fue demasiado débil para salir del cuarto de baño, llegar a la parte delantera del sótano, subir la escalera, superar la puerta cerrada, llegar al recodo del pasillo, pasar por la cocina y atravesar una segunda puerta cerrada, detrás de la cual Hattie estaba sentada a su tocador, aplicándose una crema facial mientras tarareaba *Good Morning Heartache* de Billie Holiday. Grace y su bebé estaban solos.

Se soltó del lavabo y volvió todo el cuerpo hacia la bañera. Se concentró entonces en la toalla bien doblada sobre el canto de la bañera y tendió la mano para cogerla en el mismo instante en el que se enfrentaba a otra contracción, tan intensa, tan desgarradora, que golpeó con las manos el charco de agua y sangre en el suelo y clamó por todo lo que amaba, por lo único que había tenido.

—¡Yaya. Mamá. Por favor! —gritó—. ¡Por favor!

«Empuja.»

La presión que irradiaba de sus partes íntimas era casi insoportable. Grace se entregó a su dominio e hizo lo natural, lo hermoso, el milagro que comparten todos los seres vivos: se agarró e hizo fuerza.

«Empuja», dijo la yaya.

Le pareció que su toto era fuego, era chorro, era piel que se rasgaba, ondulaba, tensándose en todas direcciones.

Cuando se tocó la entrepierna, sus dedos se deslizaron sobre el bulto ensangrentado que pugnaba por salir a la luz, por liberarse. Otro pujo y ese bulto devino ojos cerrados, nariz, boca, mejillas y pelo rizado que nadaba en un fluido. Grace se incorporó para colocarse en cuclillas y, mientras sujetaba el contenido de sus entrañas entre las manos, hizo fuerza de nuevo, empujó con todo su ser y agarró al pequeño cuerpo que se deslizaba desde su refugio de calidez y seguridad a un mundo frío que, en cuanto descubriera que tenía aliento, trataría de robárselo.

Sollozando y jadeando, se sentó en el suelo y cogió la toalla de la bañera. Con ella envolvió a la niña y le dio un beso en la cabeza mientras la criaturita lloraba sobre los pechos de su madre. Grace limpió la sangre y el pringue de su cara, y le sorbió la nariz para que su hija pudiera tomar aire entre hipos y gritos.

—Te quiero muchísimo, criatura —dijo sosteniéndola como si no existiera la opción de abandonarla.

—¡Apaga las luces ahí abajo! —gritó Hattie desde el otro lado de la puerta que daba a la escalera del sótano, sin sospechar ni por asomo que había sido la anfitriona del milagro de Grace. Obcecada con la luz que se filtraba por debajo de la puerta y achacándola a lo que supuso enseguida que era una falta de consideración de su sobrina hacia el coste de la factura eléctrica, Hattie volvió a gritar, y más fuerte, antes de agarrar el pomo de la puerta y bajar al sótano—. ¿No me oyes, niña? —preguntó—. ¿O es que estás sorda aparte de ser una desgraciada?

Hattie llegó al recodo del cuarto de baño justo en el preciso instante en que Grace, a cuatro patas, estaba cogiendo la placenta que se deslizaba del interior de su cuerpo. En el suelo, a su lado, estaba el bebé, manchado de sangre, envuelto en una de las toallas blancas buenas de Hattie.

—Por el amor de Dios, ¿has tenido el bebé? —preguntó, pese a que la respuesta se hallaba en un charco de sangre en el suelo del cuarto de baño—. ¿Por qué no me has llamado? ¿Cómo lo has hecho sola?

Grace no podía hablar. No quería. Dejó la placenta, intacta, en el suelo y recogió a su hija. Observó asombrada como el bebé giraba la cabecita hacia su pecho, se agarraba y mamaba.

—Dios mío. Quédate ahí. ¡No te muevas! Voy a buscar toallas y te ayudaré a subir a la cama. No te muevas, ¿vale?

Grace asintió.

En los momentos posteriores, Hattie también se convirtió en una mujer nueva, tratando a Grace con ternura y afecto. Cortó el cordón umbilical y la ayudó a lavarse y a ponerse un pijama limpio. Meció a la niña en brazos y la arrulló mientras la miraba de arriba abajo, inspeccionando su mata de pelo rizado, sus gruesas mejillas, los tiernos dedos de sus manos y sus pies.

—Tú, vete a la cama —le dijo con suavidad.

Era una voz que nunca había oído, una voz que Hattie no había empleado con Grace ni una sola vez en los dos años que llevaba en Brooklyn, salvo en sueños. La ternura de Hattie la cogió desprevenida. Casi no podía descifrar las palabras que le dirigía.

—Vamos, deja que te ayude. La niña ya ha comido, está llena. Date un baño, acuéstate y descansa un poco. Yo la vigilo mientras tú duermes.

—Pero ¿y si necesita...?

—Me quedaré a tu lado. No te preocupes —dijo Hattie meciendo a la niña—. Está a salvo conmigo. Voy a lavarla y a abrigarla bien. Te la llevaré cuando tenga hambre. Viendo el cuarto de baño, lo habrás pasado mal. Deja que te ayude.

Grace pasó el dorso de la mano por la cabeza y la mejilla del bebé y le dio un beso en la frente. No pronunció palabra, pero estuvo mirando a la niña en todo momento, mientras se serenaba, mientras Hattie subía la escalera, hasta que de su tía no vio más que la espalda antes de cerrar la puerta tras de sí. Grace se quedó mirando el marco de madera hasta que los ojos empezaron a pesarle y ya no pudo seguir resistiéndose al sueño.

El sol pregonaba el amanecer con un bostezo cuando los ojos de Grace se abrieron de golpe y se sentó de un salto en la cama. Pensó que había oído una sola y fuerte palmada sobre su cabeza, pero cuando por fin pudo enfocar la mirada vio que estaba sola en el cuarto. Como la niebla que se desliza lentamente frente a un faro, los acontecimientos de unas horas antes se le presentaron de nuevo: el dolor, la sangre, los gruñidos y los pujos. La voz de la yaya. Su hija. Grace intentó salir de la cama enseguida, pero su cuerpo debió de encontrarlo un desatino: se movió, en cambio, como una tortuga, con la velocidad esperable en alguien que, ni siquiera medio día antes, había expulsado a un ser humano de sus entrañas.

Mientras trataba de levantarse de la cama, reparó en lo ordenado que estaba todo: el cuarto parecía vacío. Al mirar con más detenimiento se percató de todas las ausencias: faltaban el peine, el gorro, la loción, el jersey, los zapatos. Solo vio un vestido y unas botas —la misma ropa con la que había llegado a la casa de Hattie—, pulcramente colocados sobre una silla frente a su cama. Confundida, Grace fue al cuarto de baño, se limpió los restos del parto, se puso la ropa que tenía preparada, se lavó la cara y, al darse cuenta de que el cepillo y la pasta de dientes también habían desaparecido, salió con paso vacilante del cuarto y se quedó mirando la puerta de madera en lo alto de la escalera.

Le llevó cierto tiempo atravesar renqueando la habitación. Renquear escaleras arriba. Abrir la puerta. Llegar al salón de la casa y entrar. Fijar la vista en la bolsa que la había acompañado en el viaje desde Virginia por indicación del señor Aaron, esperando junto a la puerta principal de la casa. Hattie sentada en el sofá, en una esquina, a sus anchas, soplando suavemente el contenido de una taza de té. Grace la miró a los ojos y vio la muerte. Frenética, fue cojeando a la cocina, al pequeño comedor, al cuarto de baño, luego enfiló por el pasillo, hacia la habitación de Hattie.

—¡¿Dónde está? ¿Dónde está mi bebé? ¿Qué has hecho con la niña?! —gritaba.

Hattie tomó un sorbo de té.

—¡Mi niña! ¡Por favor! ¿Dónde está?

Hattie dejó con delicadeza la taza de té en el plato sobre la mesita y apoyó la barbilla en la mano.

—Lo entenderás con el tiempo. Y me agradecerás que te haya salvado la vida.

Le expresión de espanto que se apoderó del rostro de Grace apareció con la misma rapidez con la que el aire abandonó sus pulmones, con la que se le partió el corazón.

—No te preocupes, está en buenas manos. Yo misma me he ocupado de que sea así —dijo Hattie en voz baja, fríamente. Frunció los labios, sopló el té, tomó otro sorbo indeciso—. Incluso he escrito una pequeña petición por la niña, como hacían en casa. Seguro que te acuerdas, ¿no? Estoy convencida de que Rubelle te enseñó a hacerlo. Siempre estaba metiendo cosas en saquitos.

Grace se quedó quieta, congelada, en ese mismo espacio de silencio en el que se instala un niño cuando recibe un fuerte golpe y la conmoción es tan inmensa que no puede recobrar el aliento, porque se le ha atravesado en el pecho y en la garganta, y todos los órganos aguantan inmóviles, aguantan hasta que aparece el hormigueo en los dedos de los pies y el pecho le arde, y el niño piensa para sus adentros que así se anuncia la muerte, antes de que llegue la oscuridad.

—Utilicé esa bolsita que el viejo Aaron trajo contigo. Y la pata de conejo. El pañuelo de tu abuela. Te pedí que tiraras todas esas cosas, pero no haces caso —continuó Hattie. Sopló el té, tomó un sorbo—. Da lo mismo. Porque me han venido muy bien. Tu bebé siempre conservará un trocito de ti. Tendrá una vida dulce, protegida, próspera. Eso fue lo que puse en la petición, de tu parte, por supuesto, pero yo le deseo lo mismo. También he rezado por ella, pero a la vieja usanza. Supongo que daño no le hará.

Finalmente el aire reventó por las costuras y llegaron las palabras frenéticas de Grace, los gritos que acompañaban el vendaval.

—¿Dónde está mi niña? —decía una y otra vez mientras Hattie se levantaba del sofá..., recogía la bolsa y el abrigo de Grace..., la agarraba del hombro..., abría la puerta... y señalaba un destartalado Chevy azul que esperaba frente a la verja—. No, no, no, no, no. ¿Dónde está mi niña? ¡Tienes que devolverme a ni niña! —gritó Grace mientras su tía la empujaba para que saliera a la calle.

Hattie le puso la bolsa y el abrigo en el pecho de malas maneras y pronunció unas palabras desprovistas de emoción y volumen que resonarían eternamente en los oídos de su sobrina.

—A mí, en esta mierda de vida, no me queda más que ser una negra y morirme. La niña tendrá una buena vida. Te sugiero que hagas lo mismo.

Y, dicho esto, Hattie rodeó a Grace, la empujó para sacarla del zaguán de su casa y, con la jactancia de alguien que recoge el periódico por la mañana y vuelve a entrar en casa para tomarse el primer café del día, cerró la puerta y la dejó en la calle.

El libro de Delores

1967-1999

11

Hacía un calor de mil demonios en la Recta Iglesia de Dios y la Hermandad, y LoLo, sudorosa, pringosa, se rascaba frenéticamente justo allí donde las medias se le adherían a la parte carnosa de los muslos, y por más que se moviera, por más que agitara el desgastado abanico de cartón de la funeraria frente a su cara y su cuello, no encontraba alivio. Le estaba bien empleado, pensó. A Dios no le gustaba su tipo concreto de fealdad, estaba empeñado en que se sintiera incómoda. A fin de cuentas, había mentido a su Tommy, la única persona en este mundo que le había hecho bien, que la quería, que afirmaba que haría cualquier cosa por ella, el hombre por el que se había puesto de rodillas y le había rezado sin cesar a Emmanuel cuando el sol ascendía al cielo, y cuando la luna hacía lo mismo, y tantas otras veces entre medias. Las oraciones que le dedicaba eran humildes, pero concretas, pronunciadas con los labios de un ser humano que era mujer y era negra y, por tanto, pobre, impotente, y sin alternativas: «Señor, sé que eres un Dios bueno, un Dios generoso, que me mantuvo en la tierra de los vivos cuando iba a morir y quería morir. Acudo a ti, con toda la humildad de la que soy capaz, para pedirte que me envíes un hombre. Un hombre bueno y trabajador, que sea mi escudo contra todo dolor, daño y peligro, y acepte que abandone alguna de estas cargas. En el nombre del buen Jesús». Tan fiel era LoLo a este ritual, a este rogarle a Jesús que le llevara a un buen hombre, que tenía que aplicarse montones de vaselina a las huesudas rodillas para que la piel no se le endureciera y se pusiera negra de tanto hincarlas en el desgastado suelo de linóleo de su cuartucho en el sótano de la buena, aunque estricta, cristiana que la había acogido cuando escapó a Nueva York. Las oraciones —lo que pedía— eran para que el corazón no se le pusiera duro y negro, también. Entonces, Él cumplió. Ahí estaba Thomas Lawrence, ante ella, con su anillo, su sueldo constante y su amor. Su protección. Se lo prometió: con él, nunca volvería a pasar hambre, nunca se preocuparía por tener un techo. Tommy le prometió la eternidad a LoLo, y ella le creyó. Y después de eso, ¿qué hace ella? ¿Qué hizo ella? No habían pasado ni seis meses desde que se dijeran «Hasta que la muerte nos separe», cuando LoLo miró a Tommy, su amor, su marido, directamente a la cara, y le contó mentiras, y luego, a la mañana siguiente, se levantó y sentó sus posaderas justo ahí, en el banco de la iglesia, erguida en la casa del Señor como si no llevara al mismo demonio en el tuétano. Un crimen y una vergüenza.

LoLo se pasó el dorso de la mano por la frente para limpiarse las gotas de sudor y miró al Jesús blanco pintado en el pergamino que cubría toda la pared detrás del púlpito del pastor, con las manos extendidas, ojos azules que se clavaban en los suyos. LoLo se mecía y abanicaba, se mecía y abanicaba, se secaba la frente y miraba a Jesús. «No llores, pequeña —se dijo—. No llores. Perdóname, Jesusito.»

LoLo tenía motivos para mentir. Buenos motivos. Necesitaba aguantar con Tommy. Después de todo, ya había pasado por bastantes calamidades en sus relaciones —una retahíla de hombres que de un día para otro le declaraban su devoción para luego, con la misma desenvoltura, disolverse en unos collages distorsionados, recortables de hombres de corazones pequeños, puños grandes, caras guapas, malos modos, trajes elegantes con la tacañería bordada en los bolsillos. Y nulos deseos de ser hombres. De cumplir con el intercambio dispuesto y cocinado durante milenios de roles de género ceñidos como grilletes a los tobillos de las personas según sus genitales: él gana el dinero, ella cuida de la casa. Por más que LoLo se hubiera contorsionado para encajar a la perfección en el ideal de los hombres —la cocina, la limpieza, la organización, el orden, la crianza de los hijos, el serlo todo-absolutamente-todo para ellos—, ninguno de esos hombres tuvo el pegamento necesario para convertirse en la obra de arte perfecta para el marco que ella les ofrecía. Lo único que querían darle eran lecciones: a los hombres les gustaba tomar, pero no eran muy fiables cuando se trataba de dar, y no podía contarse con que cumplieran su parte del trato. Lo más cerca que estuvo de abandonar el sórdido piso de una habitación en el que se había asfixiado desde que pudo escapar de la casa de su prima y escabullirse al norte fue cuando le dio el sí a Sharpe Williams. Pero ni siquiera él, el mejor de entre el lote de hombres que evaluó buscando a un salvador, tuvo los arrestos necesarios para no tenerle en cuenta la única parte de ese intercambio que ella no podía cumplir.

—¿Qué significa eso de que no puedes tener hijos? —le había preguntado él, quitándosela de encima de las rodillas cuando ella le desveló la noticia como si no fuera nada del otro mundo.

—Pues que... no puedo.

—¿Cómo lo sabes? ¿Y por qué me lo dices ahora? —quiso saber—. Se supone que hemos de casarnos en menos de dos semanas. ¿No se te ocurrió pensar que querría saberlo desde el principio?

Era una conversación —más bien, una explicación— que pesó como una losa sobre cada una de sus relaciones. Era como si sus amantes le aplastaran esa losa sobre la cabeza: la gravedad de su incapacidad de dar un suelo fértil a su simiente, de alimentar sus flores, aquello era demasiado para ellos. Demasiado para su virilidad, que exigía al cuerpo de LoLo, a su vientre, una garantía de posteridad.

—Cariño, pensé que no era para tanto, ¿sabes? Durante la guerra viajaste muchísimo y pudiste ver muchos sitios bonitos que la mayoría no veremos en nuestras vidas —le había dicho LoLo acelerando el ritmo de sus palabras, volviendo directamente al sitio del que él la había echado, volcando su dulce aliento sobre el rostro de Sharpe. Bajó la mirada y movió despacio las pestañas. Confiaba que el gesto serviría para que poco a poco él se aviniera a sumarse, en vez de optar por marcharse por las buenas como habían hecho los demás tantas otras veces. No quería perder a Sharpe. No podía—. ¿No lo entiendes? ¡Es una bendición! Podríamos viajar a todos esos sitios, y a otros, juntos. No tendremos que preocuparnos por los niños, por la familia, no tendremos ataduras. No tener niños nos dará alas.

—¿Así que has estado mintiéndome a la cara todo este tiempo, sabiendo que no podías tener niños?

—Yo... no te he mentido, tesoro. Solo... solo me guardé esta parte, nada más. Iba a decírtelo, Sharpe. Te lo prometo, tesoro.

—Pero sabes lo que significa tener hijos para un hombre. Para mí. Sabes que quiero formar una familia.

—Yo soy tu familia —le había dicho LoLo. Se puso de pie, irguiéndose cuan alta era, y cuadró los hombros—. ¿No te basto?

—¿De qué demonios me estás hablando, mujer? —LoLo había sido testigo de la ternura de Sharpe, de su fondo lleno de bondad y de la alta estima en que tenía a las personas a las que quería. También había sido testigo de su ira, lo había visto dar puñetazos a paredes y correr volcando mesas y sillas para cazar a quienquiera que se hubiera atrevido a mostrarle una mínima falta de respeto. En sus ojos, ya de por sí negros y penetrantes, anidaba en esas ocasiones una medianoche, una oscuridad. Cuando lo veía, a LoLo se le erizaba el finísimo vello que cubría sus antebrazos. Pensó que Sharpe iba a pegarle. No lo hizo. En vez de ello, desapareció. No había pasado ni siquiera un año cuando lo vio caminando a toda prisa hacia la puerta del mercado de la esquina, con la mano en los riñones de otra mujer, guapa, curvilínea, brillante, que entraba por la puerta andando como un pato, mientras el sol se reflejaba primoroso en su alianza de boda.

LoLo se prometió que no volvería a cometer el mismo error con Tommy. Era un tipo importante, pero también un buscavidas: un hombre de fiar, listo. Divertido. Exigente. Esto último a veces podía resultar cargante, pero a LoLo no le importaba darle justo lo que él pedía —una comida caliente, armarios limpios, incluso la promesa del sexo—, porque ella misma le había enseñado relativamente pronto a preocuparse de que ella siempre tuviera lo que quería: un hombre que la mantuviera y protegiera en un mundo que casi prefería clavar a una mujer negra a una cruz que proporcionarle las condiciones mínimas para alimentarse, tener una casa, vestirse y, en general, llevar una vida digna. No se trataba tanto de buscar la felicidad del otro como del orden del mundo. Ganar dinero. Cuidar de la casa. Y LoLo se lo había dejado claro la primera vez que él la decepcionó, cuando abrió como una furia la puerta de su casa, sin que le importara en lo más mínimo con quién estaba, y le cantó las cuarenta por haberse atrevido a dejarla plantada.

—No sé quién coño te crees que eres, pero deja que te diga algo: no eres tan especial como piensas —le había dicho ella desde el umbral, con la puerta, mitad malla mosquitera, mitad metal, golpeando su trasero. Como no tenía intención de entrar en su casa diminuta, no había necesidad de cerrar la puerta. Estaba cabreadísima y había decidido antes incluso de haber llegado al último peldaño de la escalera de la entrada que iba a decirle lo que considerase oportuno y santas pascuas.

—¡Eh, eh, eh! —había respondido Tommy. Se sentía el corazón en la garganta, impulsado tanto por el miedo a la repentina aparición de lo que podía ser un intruso como por la emoción de verla en su casa, esa chica alta, guapa, sana, con la que había charlado solo unos días antes, cuando iba de camino a The Corner para echar cincuenta centavos al 976, el número al que siempre jugaba cuando soñaba con la muerte. Él le había silbado. Ella había sonreído. Él dejó de caminar. Ella también. Él le dijo algunas cosas para hacerla reír. Ella se había reído y lo había mirado con esos ojos suyos. Él le había pedido una cita. Ella había accedido. Él le había prometido que la recogería el viernes a las siete de la tarde, para que pudieran coger el tren de las siete y media hacia la ciudad e ir al cine. Ella estuvo esperando hasta las nueve, con el vestido negro y ceñido de caderas que se había cosido para la ocasión, soportando el picor que le provocaban los pantis en sus largas piernas, el dolor de los juanetes, estrujados por unos zapatos de tacón del cuarenta y uno cuando en realidad calzaba un número más, cada vez más furiosa contra ese hombrecillo que se creía tan pinturero e importante como para dejarla plantada, quizá porque había quedado con dos mujeres y había elegido a la otra.

—¡No te hagas el ofendido! Lana me dijo que tenías el plan de salir con ella y su novio y llevarte a una fulana a la cita, pero deja que te cuente algo —le dijo LoLo señalándolo con la cabeza y con el dedo—. Como me llamo Delores Whitney, te juro que no vas a pasearte por este barrio dejándome en ridículo. No eres especial —le soltó con desdén, desplazando lentamente su mirada desde las medias de sus pies hasta su rostro oscuro y de facciones marcadas, pasando por sus bóxers y su torso ancho y fuerte.

—No, no. Deja que te lo explique —insistió Tommy.

—No necesito que me expliques una mierda. Necesito un hombre que haga lo que dice que hará. Lo demás puedes metértelo por donde te quepa.

—Ya he terminado.

—¿Qué has terminado, chico? —preguntó ella cruzándose de brazos para que coincidieran con el gesto de sus cejas. Quería estar cabreada con él, pero era tan guapo... Más guapo de lo que lo recordaba cuando le había silbado y a ella le había dado una alegría. Su cerebro le exigía que se centrara en la afrenta que había recibido. Su corazón, en cambio, reía.

—He terminado con ella. Ahora solo somos tú y yo.

—¿Cómo vamos a ser tú y yo si eres incapaz de ordenarte los días y las chicas? No soy una secundaria del montón a la que puedas tener esperando mientras terminas con la siguiente furcia. Te has equivocado conmigo.

—No, he acertado —dijo Tommy con los ojos brillantes. Le gustaba la pasión que ardía en LoLo. Con sus llamas liquidaba cualquier intención que pudiera haber tenido con todas las demás mujeres que pululaban a su alrededor como abejas en torno a un panal. A partir de ese día LoLo sería lo único que brillaría en su cielo.

LoLo se mordió las uñas, torciendo los labios, mientras Tommy le daba coba sin parar para que se metiera en su coche. La ciudad quedaba descartada. Era demasiado tarde para conseguir asiento en el club de jazz al que había pensado llevarla. Además, sabía que no debía poner los pies en esa fiesta a la que se disponía a ir, porque no quería encontrarse con Billy y la bocazas de su novia, Lana, siempre al quite para meter las narices en sus asuntos.

—¿Por qué no damos un paseo en coche, tú y yo solos? —le preguntó.

A LoLo le había gustado cómo había dicho «tú y yo solos», como si fuera una súplica. Y aceptó. Y en esa cálida noche, en ese paseo perfectísimo que los llevó a lo más profundo de Long Island, aparcaron en una carretera secundaria donde los mosquitos y las luciérnagas hacían arder sus alas bajo las farolas y los grillos entonaban sus canciones. Se dieron un banquete de bollos de miel, Coca-Cola y cigarrillos Kool, mientras compartían sus tristes historias, intercambiaban sus pesares, se compadecían por la suerte que les había deparado la vida.

—Mi madre tenía el pelo precioso, porque tenía una parte india, ¿sabes? Corría con el cepillo a buscarla y ella se sentaba en el suelo, muy bajito, para que pudiera levantar el cepillo y pasar las cerdas desde la raíz hasta su espalda —le dijo LoLo mientras pasaba el dedo por el borde de la botella de Coca-Cola. Era un recuerdo del que siempre echaba mano cuando se las veía con un hombre que necesitaba un poco de aliño para la historia deliberadamente sosa con la que LoLo contaba sus orígenes: los detalles concretos de por qué se había marchado de Carolina del Sur y cómo había terminado en Nueva York. «Mamá murió. Unos parientes me acogieron. Siempre quise venir a Nueva York. La Recta Iglesia me prestó un cuarto en el sótano. Me dieron trabajo para pagarme la manutención. Pude ahorrar lo suficiente para conseguir un cuarto propio. Soy costurera. Me las apaño con eso.» Del resto prefería no hablar. No podía. Secretos, vergüenza. Ambas cosas le formaban un nudo en la garganta que la ahogaba, igual que le ocurría a casi cualquiera que hubiera sido testigo de lo indecible, nudos que les impedían explicar, revivir, arriesgar.

Pero Tommy quería más. LoLo podía verlo en sus ojos, en cómo volvía todo el cuerpo hacia ella y le miraba los labios cuando hablaba, como si fuera una película que estuviera analizando, descomponiendo, porque las decisiones de la actriz, sus motivaciones, le despertaban la curiosidad. A ella le gustó que la escuchara de verdad. Nada de manoseos en las partes blandas, de obligarla a hacer aquello para lo que todavía no se veía en condiciones, sino, por el contrario, una curiosidad sincera. Donde hubo acero, ahora había mariposas. LoLo abrió las alas, voló de regreso al pasado por Tommy, de regreso a ciertos lugares a los que nunca había llevado a un hombre.

—Mamá murió cuando tenía seis años, justo después de que naciera mi hermano pequeño, Freddy. Mi papá no fue un padre para mí. Para ninguno de los dos, en realidad. Cuando mamá murió, nos abandonó en la casa. Nos abandonó a nuestra suerte. Mis tres hermanos mayores hicieron lo que pudieron, pero eran unos críos todavía, ¿sabes? Encontraron donde vivir, pero Freddy y yo tuvimos que quedarnos solos en esa casa después del funeral de mamá mucho tiempo, me pareció. Papá nos dejó algo de comida, un poco de leche en polvo para el bebé. Pero ese par de días estuvimos solos... Cuando Freddy lloraba era como si aquello durase una eternidad. Supongo que mis hermanos encontraron a la mejor amiga de mi madre. Era como de la familia para nosotros. La mujer se enteró de que Freddy y yo estábamos solos en casa y vino a buscarnos. Más tarde, enviaron a mi hermano pequeño con unos parientes que teníamos en Blacksburg, en Carolina del Sur, y yo terminé con unos primos en Columbia.

LoLo se mordió el labio para que no le temblara, pero no pudo esconder lo que sentía, no a Tommy. Él buscó su mano. Y ella se la dio.

—Después de que muriera mamá, mi papá hizo lo mismo que el vuestro —le dijo Tommy—. Envió lejos a los pequeños, pero se quedó con los mayores. Nos pegaba. Nos obligaba a hacer todo el trabajo: reparar el tejado, cortar leña, conducir su camioneta, hacer el reparto, de todo. Incluso me obligó a dejar la escuela. No fue un padre para mí.

—Tu padre no fue una maravilla. El mío tampoco. Pero aquí estamos, ¿no? —señaló LoLo. Volvió a sentir que el nudo le apretaba la garganta—. Seguimos de pie. —Chocó su botella tibia de Coca-Cola con la de Tommy y tomó un trago.

—Seguimos de pie —dijo él, antes de beber largamente de su botella. Luego había añadido en voz baja—: Yo quiero ser mejor con los míos. Mis hermanos tienen niños; los mayores, por lo menos. Y una de mis hermanas pequeñas también tiene. Yo quiero eso. Quiero formar mi propia familia. Una esposa, un par de críos. Quiero ser la clase de padre y marido que mi papá nunca pudo ser.

—Te gustan mucho los niños, ¿no? —preguntó LoLo despacio. Tommy pareció no percatarse del gesto de incomodidad de ella cuando cambió de postura en el asiento del coche.

—Me encantan —respondió al punto Tommy.

—¿Es tu sueño? ¿Ser papá?

—Tengo muchos sueños —dijo él—. Pero no me valdrán de nada si no puedo compartirlos con las personas a las que quiero.

—¿Qué te hace pensar que puedes hacerlo mejor? Porque parece que mi madre y la tuya pensaron que también habían encontrado a buenos hombres. Y todo su sufrimiento solo les sirvió para tener unos cuantos hijos y morir jóvenes.

—Yo no soy mi padre —replicó Tommy bruscamente. Su forma de mirarla, como si pudiera ver lo más hondo de su alma, hizo que ella se avergonzara un poco. Lo decía de verdad; se notaba—. Voy a hacer bien las cosas con mi familia. Voy a cuidar de mis hijos. Haré lo mismo que los blancos, me las arreglaré para que mi esposa y mis hijos no sufran nunca. Esa es la vida que te prometo. Y soy un hombre de palabra.

—¡Ah! ¿Por eso te he encontrado en calzoncillos mientras te planchabas el traje para la siguiente chica?

—No hay otra chica. Solo tú.

Y así fueron las cosas a partir de entonces. LoLo estaba

contenta de que Tommy no fuese como los demás. No le pegaba, como hacía el viejo novio de Cindy, no le daba motivos para saltar encima de otras chicas, como hizo Lana cuando a su hombre le dio por dejarla en evidencia, con lo que se armó un verdadero escándalo en las esquinas y jardines de Amityville. Sacaba la basura y le compraba leche y tabaco; le hizo taparse los ojos cuando la invitó a pasar a su nueva casa y se los hizo abrir cuando le deslizó esa pieza fría de metal en la mano. Una llave. La llave de Tommy. LoLo se concentró en acompasar la respiración para que el corazón no le saltara directamente a la garganta, para que no le saliera por la boca. Era a ella a quien Tommy había prometido el mundo, a ella a quien había llevado hasta el centro de Manhattan para que eligiera un anillo de boda. Confiaba en que Tommy fuera un hombre que quisiese cumplir con ella y estaba decidida a aferrarse a él con todo su ser.

—Quiero que mañana vayas al trabajo, busques enseguida a tu jefe y lo mandes a paseo —le había dicho—. Dile que tu hombre cuidará de ti a partir de ahora. Díselo así. —Y así lo hizo. Y en el juzgado de paz, enfundada en un vestido ceñido, pero no demasiado, que tardó semanas en coser, parecido a los que solía llevar Dorothy Dandridge, como un abrazo de raso para su piel caoba, LoLo dio el «Sí, quiero» y puso una sonrisa tan grande que el ujier al final de la sala podía verle las muelas. Iban a tener una buena vida. Él se lo prometió. Ella le creyó.

A cambio, LoLo le permitía que soñara en voz alta y lo ataba corto cuando se desmadraba. Eso le gustaba a Tommy, el apoyo de LoLo. Su lealtad, su devoción. Le decía a menudo que su corazón latía por ella. «Sin un buen corazón no vas a ningún lado», le explicaba. Y así la llamaba a veces: «Corazón». LoLo pensaba que ese apodo bien valía todo lo que Tommy podía ofrecerle.

No iba a perder a aquel hombre bueno por culpa de esa

amiga de Lana tan aficionada a pasear el palmito, ni de ninguna otra mujer. No lo perdería por culpa de las malas calles ni por culpa de esos policías blancos que encerraban a los negros por diversión. Y menos todavía lo iba a perder por culpa de su vientre vacío. Ocuparse de que su hombre estuviera bien preparado para hacer frente al mundo, pero dejándolo a su aire, alimentando así su virilidad, sería su estrategia desde el instante en que ese hombre blanco había dicho en el ayuntamiento «Os declaro ahora marido y mujer» hasta su último suspiro.

Pero ello la obligaba a mentir, la obligaba a entregarle su cuerpo una y otra vez, mes tras mes, fingiendo que esta vez sí arraigaría, que finalmente concebirían un bebé, el bebé de Tommy, que se formaría, crecería y se haría persona en su vientre. La obligaba a fingirse sorprendida por el resultado, el cual, sin que él lo supiera, sería siempre el mismo. Siempre sería lo contrario de lo que él anhelaba. Y ambos quedaban así vacíos, porque nada había de él en su vientre. Y llegaba la sangre, la regla, que LoLo le mostraba como prueba de que el problema lo tenía él, no ella.

—Pero ¿cómo estás tan segura, LoLo? ¿Cómo sabes que no nos esforzamos lo suficiente para que te quedes embarazada? —le preguntó él, con la voz temblorosa.

Estaban sentados en el salón, juntos en el sofá de tres patas, con su tapicería de terciopelo verde manzana, un despojo que habían recogido antes que los basureros en una acera a un par de manzanas de su casa. Una mesilla ovalada de patas raquíticas hacía guardia junto a sus rodillas. Delante, un pequeño televisor en blanco y negro colocado sobre tres cajas pequeñas de leche, las antenas extendidas a lado y lado y por lo menos dos veces más grandes que el propio aparato, sonaba a todo volumen ante ellos. Estaban dando un anuncio en el que salía una niña blanca nadando en una bañera repleta de espuma, pasándose un paño por sus brazos regordetes mientras el locutor explicaba que ese jabón flotaba en el agua y daba una espuma cremosa lo bastante suave incluso para el cutis de un bebé.

LoLo movía inquieta las manos sobre el regazo, con la vista clavada en las líneas profundas que recorrían los pliegues de sus palmas. Tenía bien ensayado ese papel, pero no era capaz de mirar a Tommy —a ese hombre que anhelaba tener hijos— a los ojos cuando se lo decía, porque tenía miedo de venirse abajo y perder para siempre su amor.

—Me viene la regla todos los meses —le dijo en voz baja—. Eso significa que mi cuerpo funciona perfectamente.

Eso fue lo que dijo, y ni una palabra más.

Tommy, que carecía de los conocimientos más básicos sobre la biología y sus secretos, dejó caer la frente sobre las manos y se frotó primero las cejas y luego las sienes.

—Lo siento, Corazón —murmuró al final—. Es culpa mía. Es la cruz que me toca cargar y te he arrastrado conmigo. ¿Qué clase de hombre no puede contar con que Dios bendecirá a su mujer con un hijo? ¿Qué clase de...?

Tommy no se molestó en terminar la frase. Saltó de la butaca tan de repente que volcó la mesilla haciendo que golpeara estrepitosamente el suelo de madera. LoLo se llevó un susto de muerte. Tommy fue corriendo a la puerta y salió a la calle. Ella lo dejó marchar.

Tan concentrada estaba mirando al Jesús blanco detrás del pastor y su púlpito que casi se olvidó de pronunciar la bendición; volvió a la realidad cuando una mujer sentada en el banco de atrás agitó su pandereta en alabanza, haciendo repicar los diminutos platillos justo detrás de su oído derecho. LoLo cambió de postura en el banco y se abanicó con más furia, lanzando miradas discretas en todas direcciones para comprobar si alguien había reparado en su ansiedad.

—¡Oh, dejad que los niños vengan a mí! —clamó el pastor Wright, haciendo que su voz sonara como un eco en un túnel que conducía directo a los oídos de LoLo. Se apartó del micrófono, deleitándose en el sonido de las panderetas y los síes fervorosos, y los «¡Predica, predicador!» que caían como un diluvio sobre su púlpito desvencijado. LoLo se espabiló, se concentró—. Dios fue meridianamente claro sobre su amor por los niños y nuestro deber con ellos como cristianos —continuó el pastor—. Proverbios, capítulo 14, versículo 31: «Quien oprime al pobre insulta...». ¡Escúchame bien, iglesia! —volvió a clamar—. He dicho que «quien oprime al pobre insulta... a su Creador..., pero quien se apiada del necesitado... ¡honra a DIOS!».

A LoLo se le erizó la espalda. Se incorporó al instante, desmontando el delicado equilibrio de su Biblia, su bolso y el paño de oración con el que se había cubierto los muslos y las rodillas. Agarró las tres cosas con sus palmas sudadas mientras se inclinaba, orientando el oído izquierdo, el bueno, al púlpito, para cerciorarse de que oía bien las palabras del pastor. Por supuesto, pensó, aquello no era una coincidencia: en el mismo instante en que le estaba rogando al buen Jesús que la perdonara por mentir a su marido sobre su esterilidad, allí estaba el pastor Wright, empleando el sagrado evangelio del Señor para alentar a sus feligreses a adoptar niños. El estómago le dio una rápida voltereta.

—¡Gloria! —gritó mientras balanceaba el trasero sobre el borde del banco.

LoLo, interpretando el sermón como un mensaje del propio Dios, salió de misa y, con los zapatos de tacón que se ponía para ir a la iglesia en la mano, se hizo un agujero en las medias mientras corría de vuelta al 333 de Penny Drive con su idea, tan divina.

—Cariño —dijo sentándose con cautela en el sofá, jadeando, mirando a su marido, que estaba viendo en la tele como los Mets desperdiciaban una ventaja de cuatro a cero sobre los Astros.

El televisor, su cerveza. Ambas cosas habían sido el único consuelo de Tommy durante días interminables, desde que aceptó el trago amargo de una realidad que no estaba preparado para afrontar, y mucho menos discutir, ni siquiera con su mujer. Siguió sorbiendo mientras miraba la pantalla.

—Cariño, escúchame —le imploró LoLo poniéndole esta vez la mano sobre la rodilla—. Mírame, por favor.

Finalmente Tommy despegó la mirada del televisor, una mirada muerta, vacía, y muy despacio se volvió hacia su mujer para mirarla a los ojos, algo que había rehuido hacer desde el momento en que por fin aceptó que nunca tendrían un hijo propio y que, con toda probabilidad, era culpa suya. Tommy negó con la cabeza y la miró con los ojos entornados.

—¿Qué? —preguntó él sin emoción.

—Quiero hablarte de la Alianza por la Protección de los Niños Negros —dijo ella mientras envolvía su mano libre, la que no sujetaba su tercera cerveza caliente, en la suya.

Con la emoción que se vislumbraba en sus ojos abiertos como platos y en la saliva que bañaba sus labios irritados, que se le habían secado y cuarteado mientras corría de vuelta hacia su hombre aspirando grandes bocanadas de aire caliente, LoLo dejó que las palabras indicadas se precipitaran por el hueco entre sus dientes en una serie de afirmaciones tan acelerada que la boca prácticamente le silbaba en las brevísimas interrupciones. Tommy escuchó las palabras clave, como *menos afortunados, bendición, voluntad de Dios* y *la familia es la familia, la sangre no importa,* pero no estaba listo para asimilar la idea, aunque pudiera sonarle bien. ¿Cómo no iba a poder engendrar hijos un hombre viril que se preciara de serlo? ¿Qué clase de hombre era si no podía dar un hijo a su mujer? ¿Qué hombre podía soportar la maldición de ver como su estirpe se marchitaba y moría en su propio hogar? Tommy no era un hombre dado a rezar, pero sabe Dios que eso era importante para él. Todas las veces que Tommy le había prometido a Dios que sería un hombre mejor que su padre y el de LoLo, todas las veces que les había confiado a las nubes su intención de llenar de niños la casa que compartían y criarlos con la guía y el amor que ni él ni su mujer habían conocido, habían sido en vano. Ese Dios no le había dado más que el vientre vacío de LoLo, no había hecho más que romperle el corazón. ¿El discursito de ese charlatán que vendía pócimas desde el púlpito? No quería oír ni una palabra.

Su malhumor no fue rival ni para el entusiasmo de LoLo ni para su capacidad de persuasión. Podía conseguir casi todo lo que se le antojaba de su hombre y esta vez, especialmente, no sería una excepción. Necesitaban a ese hijo. Y lo tendrían.

Tuvieron que pasar varios domingos de misa para que Tommy acabara haciéndose a la idea de adoptar. Las explicaciones de LoLo tenían lógica, pero fue en casa de Sarah, una amiga de ambos, donde su corazón finalmente cedió. El pastor Wright estaba allí: traje nuevo, frente perlada de sudor, el bolsillo de la camisa lleno de dinero recién cobrado con el cheque que había conseguido del Departamento de Infancia y Familias. Un hijo. «Sí, os presento a mi hijo, Samuel —había dicho el pastor Wright. Se había sacado entonces un pañuelo del bolsillo donde llevaba el dinero y se había secado el labio superior mientras observaba como el bebé de cuatro meses iba pasando de brazo en brazo—. Es maravilloso recibir la bendición de esta criatura en casa justo cuando mis hijos mayores están a punto de abandonar el nido.»

—¿Tiene hijos propios? —había preguntado Tommy mientras miraba como Sarah pellizcaba los mofletes del bebé y lo arrullaba.

El pastor frunció el ceño.

—Bueno, mi mujer y yo hemos tenido dos hijos. Luego, cuando la hermana de mi mujer murió, adoptamos a nuestra sobrina. Samuel es nuestro cuarto hijo.

—Entonces ¿los dos primeros son hijos de sangre? —había dicho Tommy.

LoLo, que se había acercado al bebé y le había retirado la mantita para poder apreciar su cara de querubín, echó una mirada fulminante a Tommy, pero su marido no se percató de su incomodidad porque estaba demasiado concentrado en exigirle una respuesta clara al pastor.

—Di a luz a los dos mayores, sí, pero Samuel es tan hijo mío como los demás —dijo la esposa del pastor—. Todos los niños son una bendición de Dios. No tiene la menor importancia cómo llegaron a tus brazos.

LoLo entendió intuitivamente que Tommy estaba afilando sus armas, por lo que cogió al bebé antes de que su marido pudiera soltar alguna inconveniencia, se lo puso en el brazo izquierdo y lo meció con delicadeza mientras le daba unas palmaditas en el trasero, tal y como había aprendido hacía una eternidad, cuando hacer callar a los bebés, relajarlos y consolarlos le había permitido salvar el pellejo. «¿De quién es esta ricura? ¿De quién es este niñito?», le decía para arrullarlo al tiempo que arrimaba la nariz a su mejilla. LoLo cerró los ojos e inspiró hondo. Sí, pensó, un bebé como este, un hijo que Tommy pudiera aprender a considerar como propio, lo arreglaría todo entre ella y su marido. Los uniría para siempre. Ella se lo haría ver.

Tommy le diría más adelante que había visto algo especial en la delicadeza de los dedos de LoLo, en la forma en que sus manos, curtidas por los campos de algodón donde había trabajado de niña, se habían llevado suavemente el niño al pecho. Tommy la miró mientras ella hacía saltar al niño en sus brazos y, en efecto, se convirtió en un hombre nuevo.

12

—¿Qué hay ahí abajo? —preguntó Tommy, señalando con el dedo un estrecho hueco de escalera por el que pasó a toda prisa junto a LoLo mientras caminaba emocionado detrás de la trabajadora social. LoLo, con la mano fría y húmeda entre las palmas secas y callosas de Tommy, iba algo por detrás de la pareja, dando pasos mucho más pequeños de lo que le habrían permitido sus largas piernas, por lo que a cualquiera que se molestase en observarlos le habría dado la impresión de que él la iba arrastrando por los pasillos de la Alianza por la Protección de los Niños Negros en lugar de caminar voluntariamente. LoLo se frotó la sien derecha con la mano libre. Los tacones bajos de la trabajadora social golpeaban con fuerza las baldosas del suelo y resonaban entre las paredes vacías y grises. El sonido rebotaba también en el interior del cerebro de LoLo, provocándole una ligera jaqueca que empeoraba con cada paso. Procuró contener las lágrimas. Casi no podía con un niño. Casi no lo quería. ¿Qué iba a hacer con dos? Y una niña además, que sin duda no le daría más que disgustos...

Y ahora estaba en un orfanato, aguantándose las ganas de gritar. Con el primero, el chico, no habían tenido que hacer nada de eso. Bajo la batuta del pastor Wright, la Recta Iglesia de Dios y la Hermandad se había convertido en una colaboradora privilegiada de la Alianza, que se apoyaba en la benevolencia de las Iglesias negras para rescatar a esas almas infantiles que necesitaban un buen hogar cristiano. Al principio, el pastor Wright había subestimado lo difícil que sería convencer a sus feligreses de que acogieran a esos niños marcados por los azotes de padres violentos, abandonados por madres drogadictas, entregados por familias avergonzadas de que sus hijas no hubieran sabido mantener cerradas las piernas. Pero cuando arrojó luz sobre las cuestionables prácticas de la Alianza —el hecho de que la institución proporcionara cama, alimento y ropa a los niños, y que, en contrapartida por esa generosidad, entregara a los chicos como criados sin paga para así sufragar su manutención, aprender un oficio y convertirse en personas útiles—, convencer a su rebaño de que acogiera y adoptara a esas almas desdichadas resultó tarea fácil. Nadie en sus cabales podría conciliar el sueño sabiendo que había una banda de niños negros inocentes a los que se obligaba a trabajar como esclavos modernos allí mismo, en los patios de sus casas. El premio: cada uno de los niños llegaba con una pequeña mensualidad que podía irle de perlas a esa parroquia de negros para los que el empleo estable seguía resultando un tanto esquivo. Y qué duda cabe de que al pastor Wright no se le pasó por alto esta última particularidad: el recaudador y responsable de repartir aquel dinero también se quedaba su diezmo. Y, dado que todo el mundo parecía bien motivado, agenciarse un bebé de la Alianza resultó bastante sencillo: Tommy y LoLo se reunieron con media docena de familias en la iglesia un jueves por la noche, se turnaron en la consulta de un libro con los nombres y datos de los niños disponibles, y eligieron uno. En torno a un mes más tarde, en solo tres horas, en menos tiempo que el que tardó Tommy en reparar el motor de la cadena donde montaban los pasteles en la panificadora, salían de la Alianza con su niño, su hijo, un bebé llamado John al que, antes de redactar su partida de nacimiento, decidirían llamar Tommy Junior, o TJ, para abreviar. Tommy estaba feliz. Y LoLo se alegraba de ello.

Pero no de ser madre. Adoptar a otro hijo, una niña, solo dos años después, en fin... Eso era una chaladura que volvió a hundirla. «Señor, dame fuerza», había rezado LoLo la noche en que Tommy se le presentó y le plantó en las manos el catálogo de cuerpecitos a los que era preciso rescatar del sistema. «Creo que es hora de que TJ sea hermano mayor», le había dicho. Tommy volvió a sentarse en el sofá con las piernas y los labios abiertos por completo, sonriendo. «Todavía podemos tener la familia que siempre quisimos, ¿no? Podemos tener la casa llena de niños si queremos.»

LoLo hizo saltar al pequeño TJ sobre su regazo. Le había dado la cena, lo había bañado, le había puesto el pijama abrigado y lo había mecido, le había dado la leche y, aun así, no había forma de que se tranquilizase. No paraba de darle la lata, de agarrarse a ella, cuando lo único que quería hacer LoLo era lavar los platos de la cena y sentarse a descansar en algún sitio. Lo hizo saltar un poco más, por puro nerviosismo. Por miedo a lo que podía ocurrir si le decía a Tommy la verdad: no se veía capaz de cumplir con su parte del trato, ser ama de casa y madre, sobre todo si ello suponía hacerse cargo de una niña. Estaba convencida de que no había sombras suficientes ni rincones y escondites lo bastante seguros para ocultar a una niña de los problemas del mundo; estaba convencida de que no tenía ni la fuerza ni la valentía suficientes para partirse la cara con los hombres.

«Sé que te lo pedí, Señor —rezó LoLo para sus adentros. Miró a su marido y se obligó a esbozar una sonrisa. Meció al bebé sobre sus rodillas—. Invoco tu nombre poderoso, Jesús.»

Pareció que Dios estaba más en sintonía con Tommy. Este había decidido que quería otro hijo, una niña en este caso, y una niña sería, pero como no estaba dispuesto a esperar seis meses hasta el siguiente reparto de adopciones en la iglesia, metió a LoLo en el tren de las siete de la mañana a Manhattan para asegurarse de que estuvieran frente a la puerta de esa reliquia fría y estéril de las instituciones anteriores a la Segunda Guerra Mundial, donde estaba convencido de que encontraría a otro bebé, a una hija. Así fue como LoLo se vio caminando de puntillas por la Alianza, susurrándose «No llores, pequeña» a sí misma mientras evitaba los rincones oscuros, con el corazón latiendo desbocado cuando pasaba junto a puertas cerradas y niños con la mirada vacía donde debería haber luz. Caminaba con las piernas rígidas. Tommy no se dio cuenta. Se le pasaban muchas cosas a su marido.

—Oh, ahí abajo hay más niños —le dijo la trabajadora social a Tommy mientras este retrocedía hasta la puerta y echaba un vistazo al fondo de la escalera—. ¡Usted y la señora Lawrence están de suerte! Nos han llegado varios niños este último mes. Hemos hecho los cálculos y parece que todos estos críos los encargaron el día que asesinaron a Bobby Kennedy. Esto funciona como un reloj. Ocurre algo traumático y nueve meses después, así nos vemos —añadió encogiéndose de hombros y frunciendo los labios en una mueca de desdén.

LoLo no quería saber nada de aquel sótano.

—Voy a salir al patio a echar otro vistazo a los niños —indicó dando media vuelta y caminando tan deprisa que casi corría por el pasillo, sin darle la oportunidad a Tommy de rechistar.

A Tommy le dio igual.

—¿Le importa si echo un vistazo? —preguntó a la trabajadora social, bajando a toda prisa por la escalera antes de que ella pudiera responder. El rostro de la mujer se enfurruñó mientras lo veía alejarse.

—¡¿Sabe? Normalmente son las esposas las que están emocionadas! —gritó ella llamando a LoLo, que ya había llegado a la mitad del pasillo.

LoLo se detuvo y dudó, antes de volverse despacio hacia la trabajadora social.

—Sí. Pero él viene de una familia numerosa. Siempre quiso formar una familia con muchos hijos a los que querer —respondió.

—Bueno, es un sentimiento precioso. Es una pena que usted no pueda tener hijos —dijo la mujer, haciendo caso omiso de la frialdad de LoLo.

—¿Quién ha dicho que soy yo la que no puede tener hijos? —le soltó LoLo, pero enseguida frotó los cantos de sus palabras para que fueran menos ásperos—. ¿Puede decirme dónde está el cuarto de baño?

La trabajadora social afiló la mirada.

—El suyo está al final del pasillo, girando a la derecha, después del cuarto de los trastos.

—Gracias —dijo LoLo secamente echando a andar a toda prisa hacia el letrero SOLO PERSONAS DE COLOR. Después de entrar en el cuarto, que era tan estrecho que apenas había sitio para un inodoro y un lavabo, se puso a caminar de un lado a otro, aunque ahí dentro, en esa caja de cerillas, solo podía dar unas vueltas minúsculas. «No llores, pequeña. No llores, por favor.» LoLo hizo pasar esas palabras por su cerebro, repitiéndolas despacio, dejando que lavaran las pullas hirientes de la trabajadora social. Pero no le sirvieron para quitarse de encima la mugre que cubría la verdad, la memoria, las cicatrices.

1953

LoLo había aprendido a cuidar de bebés a la tierna edad de seis años en un sitio muy parecido a la Alianza, antes de que supiera atarse los cordones de los zapatos, antes incluso de que tuviera un buen par de zapatos, suyos de verdad. Las mujeres que trabajaban en el orfanato se cuidaron mucho de que fuera así. Se hacían llamar «las Madres» y eran muy peculiares: no les gustaba ni el jaleo ni los niños, esos negritos desalmados nacidos de parejas que follaban como jabalíes y luego abandonaban a sus camadas al cuidado de otras personas. El alcance de la generosidad de las Madres lo marcaba la Biblia: el Deuteronomio no podía ser más claro en cuanto a sus responsabilidades para con los huérfanos y, en consecuencia, se aseguraban de que esos bastardos tuvieran comida y un sitio donde dormir. Pero ese versículo concreto de la Palabra de Dios que tanto les gustaba no decía nada del amor o de la crianza, de ahí que la ternura no entrara en su generosidad. Lo único que daban a los críos eran tareas tan largas y duras como las varas que empleaban contra ellos asiduamente. LoLo lo entendió nada más llegar a la puerta, después de subir corriendo la escalera, con los labios sonrientes y pegajosos tras comerse la piruleta que la tía Bessie había usado como cebo para sacarla de casa, sin ser en absoluto consciente de que, una vez más, un adulto en el que confiaba iba a traicionarla y abandonarla. LoLo esperaba callada, con los dedos salados por el sudor, hurgándose las muelas para sacarse el caramelo que había preferido morder en vez de chupar porque eso era lo indicado con una golosina tan insólita y magnífica, cuando, poco a poco, empezó a escuchar primero y luego entender el diálogo entre la tía Bessie y esas mujeres: que aquello no era una visita agradable, sino un destino para ella y su hermano recién nacido, una huida para el único adulto que había considerado conveniente ir a cuidar de ella y de Freddy cuando casi nadie más lo había hecho —ni su padre, ni sus hermanos mayores— en la semana posterior a que enterrasen a su mamá.

Una vez enfocada plenamente su hasta entonces borrosa realidad, LoLo se deshizo de la mano de la tía Bessie, que la sujetaba con fuerza, y retrocedió con torpeza unos pasos con el pecho agitado. Entonces, para colmo de males, tropezó con una piedra tan grande como su pie y vio como su piruleta mordisqueada iba a parar sobre la misma gravilla que se le había clavado en las rodillas y las palmas de las manos, repletas tras el batacazo de puntitos de sangre y heridas. El sabor dulce en su lengua dio paso a la amargura y la sal de las lágrimas.

—Por favor, tía Bessie —suplicó moviendo furiosamente la cabeza de un lado a otro. Se derrumbó bajo el peso del terror que le palpitaba en el estómago y le bajaba hasta los pies—. No me dejes aquí, por favor.

—Lo sé, pequeña. Es un día triste. Pero tu tía Bessie no puede hacer más —le dijo a LoLo mientras entregaba el recién nacido, el hermanito de LoLo, a una de las mujeres, arrugada y gris, antes de ayudar a su sobrina a levantarse del suelo.

LoLo se aferraba a los pliegues de la falda de Bessie a la vez que su mente hacía recuento, revisando los momentos de los últimos días en los que quizá no se había portado del todo bien. Apretó el cuerpo contra el de su cuidadora con el rostro desencajado por el dolor penetrante que le subía de las rodillas y palmas despellejadas, mientras miraba con dureza y ojos vidriosos a su tía y le mostraba una gran sonrisa, intentando parecer bonita, dulce. Como hacía en la iglesia cuando su madre estaba en la tierra, no debajo, y la tía Bessie le pellizcaba las mejillas, le pedía un besito y le decía: «Vaya, qué cosita tan bonita eres. Tienes una sonrisa luminosa». La mente de LoLo corría desbocada. «¿Qué he hecho mal? ¡Está muy enfadada conmigo! Freddy llora demasiado. No, no, tendría que haber dejado la grasa del tocino. Está enfadada porque no le pedí permiso para ponerla sobre mi galleta, como hacía mamá.»

La pequeña LoLo había oído, en efecto, algunos retales de las palabras no precisamente amables que el marido de la tía Bessie había gritado la noche anterior, mientras Freddy chillaba y ella estaba sentada en el rincón, consolando a su hermanito al mismo tiempo que se hurgaba los dientes para sacarse los restos de las galletas saladas. Los dos hijos de la tía Bessie —un niño de nueve años y una niña de la misma edad que LoLo más o menos— estaban sentados como estatuas en el otro extremo de la sala. No decían ni pío. «¿Qué se supone que debemos hacer, Bessie? ¿Esperas que me preocupe en lo más mínimo de unos críos que no son míos cuando ya tenemos bastante con los nuestros? ¿Con nuestros propios hijos?»

—¿Y qué quieres que haga, Georgie? No puedo dejarlos en la calle. Son los críos de mi mejor amiga... —había dicho la tía Bessie.

Georgie no quiso oír ni una palabra más.

—Eso es. Son los críos de Lila Mae y Ford Whitney, no son nuestros. Que su padre se ocupe de darles de comer. ¿Dónde anda, eh? Dejar morir la sangre de tu sangre. Un hombre bueno no le hace eso a su familia.

—Ford... Ford trabaja, cariño. Esto es provisional. Ya te lo dije.

—Seguro. Esa es la palabra: *provisional* —afirmó Georgie escupiéndola entre los dientes como un palillo—. Hace dos semanas que el poco dinero que traigo a casa sirve para alimentar a unos críos que su propio padre ha abandonado esperando que otros cuiden de ellos. No es mi responsabilidad. Se acabó. Quiero que estos críos estén en el orfanato antes de que vuelva del trabajo mañana. Y no se hable más.

LoLo oyó la palabra *orfanato*. No terminó de captar qué significaba hasta que se vio frente a ese edificio blanco y destartalado, a punto de ser entregada junto con su hermano Freddy a unas desconocidas, como si fueran ropa de segunda mano, como cosas que había que tirar, desechar.

—Por favor, tía Bessie —suplicó LoLo desesperada—. No voy a volver a untarme las galletas con la grasa del tocino nunca más. Lo siento. No lo haré más, te lo prometo. Por favor...

La segunda mujer, más joven, con el pelo ahuecado recogido en dos moños muy prietos que le tensaban la piel de las sienes, sujetó por los hombros a la pequeña, apretándola con los dedos para que dejara de retorcerse. Bessie suspiró y le limpió las lágrimas y los mocos que le bajaban hacia los labios. Entonces, volviéndose hacia las Madres, dijo:

—Los he tenido en casa todo el tiempo que he podido, pero su madre ya no está. Murió un par de días después de parir a este pequeñín —dijo señalando con la cabeza a Freddy—. Los mayores pueden apañárselas por su cuenta, pero estos pequeños, su papá... —prosiguió, tomándose un tiempo para medir las palabras—, su papá trabaja. Y un hombre no puede ocuparse de su trabajo y de sus niños al mismo tiempo, eso lo entiendo, pero nosotros no podemos hacernos cargo. Lili Mae era mi mejor amiga. Tenía familia en Blacksburg y quizá en Columbia, creo. Voy a encontrar a sus parientes, para decirles dónde están los niños. Me los llevaría yo misma si supiera dónde viven exactamente y tuviera forma de ir hasta allí. Pero, mientras tanto, les agradecería que se los queden. Quédense con ellos y trátenlos bien hasta que su familia venga a recogerlos.

Bessie, incapaz de pronunciar una palabra más a través del nudo de lágrimas que le atenazaba la garganta, se agachó y le dio dos besos en las mejillas a LoLo, que seguía forcejeando, y luego se incorporó y acarició con el dorso de la mano la sien de Freddy. Hecho esto, atravesó a toda prisa el porche, bajó los escalones y se marchó por la calle, dejando en su estela el crepitar de la tela de su falda en su combate contra el aire frío del mes de marzo. Dieciséis años más tarde, mientras yacía en su lecho de muerte, después de que el cáncer le hubiera devorado las entrañas hasta hartarse, Bessie todavía oiría los gritos y las súplicas de LoLo, y buscaría en su corazón las palabras que le diría a su mejor amiga en el cielo para expiar la culpa de haber abandonado a sus hijos en el Hogar de Huérfanos del Faro Bautista.

LoLo solo tenía seis años y, aunque había crecido en una casa de campo donde se esperaba de los niños que se los viera pero no se los oyera, todavía no dominaba el arte de controlar sus emociones, por lo que las Madres decidieron prestarle ayuda. La mayor de las dos mujeres tuvo el decoro suficiente para esperar por lo menos a que Bessie llegara al camino de tierra antes de ocuparse del berrinche de LoLo en la puerta, pero la cuidadora más joven ni siquiera se preocupó por fingir que le importaba que Bessie viera sus acciones o la reacción de la niña. En un solo y ágil gesto, le dio la vuelta y empleó el dorso de su carnosa mano derecha para golpear la oreja y la mejilla de la niña, una acción tan repentina, tan rápida, tan malvada que a LoLo el aire se le quedó atravesado en el pecho y la garganta de su pequeño cuerpo. Ansiando el aire que le faltaba, ansiando encontrar la manera de sacar el grito que llevaba dentro, ansiando parar el zumbido de su oído, ansiando correr al montón de tierra bajo el que habían enterrado a su madre y cavar con las manos en esa tierra hasta poder zarandearla y despertarla para echarse sobre su regazo y que todo volviera a ser como antes de que Freddy viniera al mundo, LoLo se vino abajo, convertida en una bolita jadeante en el suelo de madera. Pero la Madre más joven no iba a tolerarlo. Agarró a LoLo del brazo y la levantó en el aire mientras le decía con los dientes apretados: «¡Cállate! ¡Cá-lla-te!». Aterrada, LoLo contuvo sus gritos como mejor pudo.

—Ahora que nos prestas atención, vamos a llegar a un acuerdo —dijo la mujer de pelo cano en voz baja, casi con dulzura—. Me llamarás «Madre». A ella también la llamarás «Madre». Así te dirigirás a nosotras. Y vas a parar de llorar porque no soporto el ruido. Guardarás tus cosas porque no soporto la basura. Harás lo que se te diga porque esto es lo que Dios exige a sus hijos: obediencia.

LoLo se quedó allí, tiritando, aunque el sol de la tarde cociera la vaselina con la que la tía Bessie la había untado para que brillara. Echó un vistazo al pequeño edificio de tablas blancas que se alzaba siniestro detrás de los hombros de la mujer y engulló sus sollozos mientras observaba como la más vieja de las Madres miraba al bebé y lo mecía ligeramente porque había empezado a berrear. «Freddy, sigue berreando —pensó LoLo en un destello de rabia que calcinó por un instante el miedo que sentía—. Mamá se ha muerto por su culpa y ahora estamos aquí porque la tía Bessie y el señor George tampoco quieren oírlo llorar.»

—Vamos, vamos —le decía la Madre más vieja para calmarlo, al tiempo que abría la mantita que le cubría la cabeza y el cuello. Con una sonrisa de superioridad, pero sin despegar los ojos de la cara del bebé, continuó—: ¿Verdad que son preciosos cuando son así de pequeños? Es como un monito. ¿De quién es este monito? ¿De quién es este monito chiquitito? —Luego, sin apartar la vista de Freddy, añadió—: Llévate a este monito y ocúpate de que esté callado. Es tu familia, así que cuidarás de él.

Y dicho esto la Madre mayor puso el bebé en los brazos de LoLo, que seguía sollozando, y se metió por un corto pasillo. LoLo, flaca, diminuta, amedrentada por la fuerza con la que esa mujer había empujado al bebé contra su pecho, echó ágilmente atrás el pie derecho para no caerse, pero le costó más intentar controlar a su hermanito, que no paraba de agitarse en sus brazos esmirriados. En todo caso, supo que no debía entretenerse y siguió a toda prisa a la mujer, sintiendo todavía el escozor del bofetón en su mejilla bañada en lágrimas.

La Madre la llevó a un cuarto en el que había tres hileras de literas, un tercio de las cuales estaban ocupadas por niños de distintas edades y estaturas. Cuando entraron, todos los niños —los que jugaban, los que estaban cabizbajos, los que hablaban, los que estaban callados— se pusieron rápidamente de pie y se colocaron junto a la cama que tuvieran más cerca, mirando al suelo, con las manos entrelazadas y los pies juntos. LoLo estuvo a punto de chocar con las piernas de la Madre; estaba tan concentrada en tomar nota del dormitorio que casi no se percató de que la mujer se había detenido.

—Niños, os presento a Delores Whitney y a su hermano, Fredrick Whitney —dijo la Madre mayor en el mismo tono impasible que había empleado en la entrada—. Confío en que le enseñaréis las normas y las consecuencias de no cumplirlas, o lo pagaréis con el infierno, pequeños. —Entonces, volviéndose hacia LoLo, añadió—: Tu monito y tú dormiréis allí —y señaló un catre vacío en el rincón más alejado del dormitorio.

LoLo, sufriendo el peso de su hermanito, caminó tan deprisa como pudo hasta su catre echando vistazos a los demás niños en busca de alguna pista que le permitiera saber a qué atenerse. Freddy se retorció en sus brazos y pareció que iba a lloriquear, pero se calmó enseguida cuando LoLo lo meció tal y como recordaba que había hecho su madre cuando el pequeño se ponía a llorar y frotaba la cabeza contra su teta, intentando mamar, entre el día en que dio a luz y el día en que respiró por última vez. LoLo echó una mirada rápida a su pecho y se preguntó si debía dárselo a Freddy. La Madre mayor, supuso enseguida, debía de ser demasiado agarrada para darle un poco del suyo. «¿Cómo va a comer Freddy?», se preguntó, a sus seis años, ya propensa a distraerse, incluso entonces, incluso en esas circunstancias.

La Madre mayor no había dicho una palabra más. Se dio la vuelta y desapareció en el pasillo. Con su salida, todos los niños soltaron el aire que habían aguantado en sus gargantas. Freddy, sintiendo al parecer el cambio de energía, empezó a berrear y patalear, y en esta ocasión parecía evidentemente dispuesto a llevarlo hasta las últimas consecuencias. Casi en el mismo instante en que soltó el primer sollozo, una niña, de unos doce años, apareció junto a LoLo. «Déjame al bebé», dijo al mismo tiempo que intentaba quitárselo de los brazos. LoLo se resistió, consiguió liberarlo de esas manos desconocidas y se dio la vuelta para protegerlo.

—Escúchame —insistió la niña, con un grito susurrado mientras sus ojos miraban nerviosos a un lado y a otro—. No puedes tenerlo llorando aquí o nos las vamos a cargar todos. ¿Sabes cómo hacer que un bebé no llore? ¿Sabes limpiarle el culo? ¿Darle de comer?

LoLo negó con la cabeza e hizo saltar a Freddy entre sus brazos para calmarlo.

—Pues será mejor que aprendas, porque aquí no queremos ver a la Madre —dijo ella—. Bueno, dame el bebé.

LoLo siempre había aprendido rápido, aunque esta vez no le resultó fácil. Freddy era verdaderamente imposible y lo único que quería hacer ella era meterse debajo de su catre diminuto y acurrucarse en la oscuridad. Esconderse. La niña la hizo espabilarse.

—Me llamo Florence. Cuando llegué aquí tuve que ocuparme de mi hermano, igual que tú —le explicó mientras LoLo dejaba a Freddy sobre el catre. Con las manos por fin libres, cogió el dobladillo de su camisa y se secó las lágrimas y los mocos, que casi se le habían secado en la cara y que, por esa misma razón, le tensaban la piel y le causaban picor—. ¿Cuánto hace que no come? Seguro que tiene hambre. Espero que no sea eso, porque no conviene pedirle leche a la Madre ahora que está en racha. Espero que sea pipí y que solo haya que cambiarle el pañal. —La chica siguió hablando así, y sus palabras colisionaban tan deprisa unas contra otras que LoLo no lograba seguir lo que le decía y mucho menos lo que hacía. Así que se quedó allí plantada y la observó rascándose la cara mientras la niña subía el pelele de Freddy y le deshacía el pañal—. Pues sí, justo lo que imaginaba. Mira —dijo Florence apartándose a un lado para que LoLo pudiera verlo sin trabas—. Se ha hecho pipí.

LoLo se asomó y, por primera vez, se detuvo a observar las partes de su hermanito: contempló su pito y el bulto de piel que había debajo, arrugado y negro, y vio como se movían mientras Freddy agitaba las piernas y los brazos arriba y abajo, arriba y abajo, y en su garganta resonaba el balbuceo de un grito, a punto de salir, aunque le hubieran secado el trasero. LoLo no se sentía cómoda mirando su pilila. Sus hermanos y su padre siempre la habían obligado a darse la vuelta cuando se metían en la bañera de latón para lavarse, y nunca los espió, ni una sola vez. Tampoco quería ver ahora la de Freddy.

—Tienes que darte prisa y limpiarle el culete, ¿vale? Si no, te hará pipí en la cara y tendréis que limpiaros los dos, y más te vale no tener que explicárselo a la Madre —dijo Florence trabajando rápido. La intimidad de Freddy era la menor de sus preocupaciones—. Ve a la bañera y moja un trapo para que podamos limpiarlo. Tráete también un pañal.

LoLo miró la repisa que Florence le señalaba con el dedo, en la esquina opuesta del dormitorio, y fue corriendo. Notó las miradas de los otros niños sobre su cuerpo —su pelo, recogido en cuatro grandes moños repartidos en cada esquina de la cabeza; su vestido, manchado de tierra; sus piernas, al aire y llenas de polvo— y sintió vergüenza. Se sintió pequeña. Pero eso no tenía ninguna importancia si se comparaba con el miedo a que la Madre oyera el berrinche de Freddy y volviera al cuarto. Echó agua sobre el trapo a toda prisa y, después de agarrar un pañal viejo pero limpio, volvió a la cama.

—Tienes que decirle que no llore —le comentó Florence mientras limpiaba al bebé—. Vamos, díselo para que lo entienda.

LoLo posó la mirada sobre su hermano y se acercó.

—Calla, pequeño... No llores. No llores, pequeñín —le dijo mientras presionaba el colchón de la cama, haciéndolo rebotar contra su palma para que hiciera saltar la espalda de su hermano.

—Muy bien, así se hace —dijo Florence, al tiempo que le retiraba el pañal del culo y le colocaba otro debajo—. Hazlo callar. Sécalo. Así no nos meteremos en líos.

En menos de una semana LoLo aprendió a cambiar a su hermano con seguridad, a darle de comer y, también, a hacerlo eructar. Si le daba un berrinche, lo cogía en brazos y lo hacía callar enseguida. Dormirlo, enviándolo adondequiera que los bebés fueran cuando se quedaban fritos, era algo que también tenía dominado. Esa habilidad ni era innata ni adquirida. Entendía que era algo necesario. Pero nunca lo hizo con alegría, con felicidad. Las zurras y correazos de las Madres se aseguraban de que así fuera. «Los... niños... deben... ser... obedientes», decía la Madre mayor con su tono impasible, marcando cada palabra con el restallido del largo cinturón de cuero negro que atravesaba el aire para aterrizar en el muslo, el brazo, la mejilla o la rodilla de LoLo. Y en el fondo de sus entrañas se formó un grito agriado que le subió como lava incandescente por el pecho, el cuello, la lengua y los dientes, resonando entre las paredes del dormitorio atestado pero austero que sería el hogar de ella y de Freddy durante dos años, hasta que sus familiares la condujeran a un destino incluso más cargado de tristeza y de peligros. Esa fue la primera vez que le pegaron, a la que seguirían una segunda, una quinta... En la sexta, LoLo estaba de pie junto a su catre, soportando el picor en la piel de un uniforme gris que cada vez le iba más grande, a medida que perdía peso. Freddy estaba en la cama, pataleando, llorando sin que ella supiera por qué. Le había dado de comer, le había cambiado el pañal, había esperado a que eructara, lo había mecido, pero ni por esas callaba, «como si quisiera que me zurren», pensó mientras veía a la Madre mayor maniobrar con su cuerpo grueso y ancho entre los catres, haciendo que los niños se dispersaran y se apretaran contra las paredes, mirando al suelo, rezando en silencio por que fuera otro al que iba a buscar esa mujer, no a ellos. La Madre mayor plantó sus pesados pies frente a LoLo y le taladró la frente con sus ojos enfurecidos. Cuando las palabras empezaban, también lo hacían los correazos. LoLo se acercó un poquito más al catre, donde había dejado a Freddy, y endureció el cuerpo para encajar mejor los golpes, aplicando toda su energía a mantener la expresión fija, mientras su corazón albergaba la esperanza de que la correa se le escapara un poco de la mano a la Madre mayor y, quizá, pudiera caer sobre el bebé que mató a su mamá, hizo que su papá se marchara, y también la tía Bessie, y sacaba de quicio día sí día también a las Madres y a ella misma.

Lo cierto era que, si había algún amor innato que LoLo pudiera sentir por su hermanito, alguna habilidad connatural para cuidar de ese niño con el que compartía sangre, no tuvo la menor oportunidad de florecer. Con la misma naturalidad con la que una niña de seis años podía alimentar su amor, Freddy había llegado al mundo para matar a la madre de ambos, pudriendo las raíces de ese mismo amor. El jardín de LoLo no tenía flores, solo piedras, por la tía Bessie, por su padre. Por sus dos hermanos mayores, que habían encontrado refugio en un sitio en el que las niñas pequeñas no eran bien recibidas. Marchitándose bajo los azotes de la correa cada vez que la Madre oía los llantos de Freddy, soportando el peso de su destino, esa niña sin madre, con el corazón lleno de piedras, se convirtió en la mamá de su hermanito, un papel y un título que no disfrutaba ni había pedido hasta que descubriría, mucho más adelante, que no iba a poder asumir ese título, el de madre, como Dios tenía previsto. Y eso se lo achacaría directamente a Freddy, haciéndolo responsable de la muerte de su madre y de la sucesión de calamidades que darían forma a su ser, hasta la vejez de ambos, incluso cuando él intentó retomar el contacto con ella y hacer las paces, incluso cuando ella debería haber reunido el valor de desenterrar la verdadera causa de toda la rabia, de todo el dolor, y arrancarla de sus entrañas acorchadas y rígidas hasta llegar al meollo y encontrar un poco de alegría. «Calla... No llores, cielo. No llores, por favor», le decía, pero sus palabras no eran para su hermanito, sino para sí misma.

No había trapos ni toallas para secarse las manos, porque ese cuarto de baño era de uso exclusivo para «personas de color», lo que significaba que tendría que apañárselas con lo que el sistema se dignaba a ofrecer, y así LoLo se enrolló cinco vueltas de papel higiénico alrededor de la mano, lo arrancó del rollo y lo mojó con unas gotitas de agua fría del grifo. Se dio unos toquecitos en la cara, procurando no dejarse trocitos de papel adheridos a las mejillas y los ojos. Sacó entonces la polvera del bolso y se escudriñó la cara en el espejo para asegurarse. Luego se miró a los ojos. «No llores, cielo. No llores, por favor.»

Solo la punta de sus desgastados zapatos de tacón había superado el umbral de la puerta del cuarto de baño cuando Tommy apareció delante de su cara.

—La he encontrado —dijo él, y la mitad inferior de su cara se abrió por completo, mostrándole dientes y encías—. He encontrado a nuestra hija. Está abajo, en el sótano. Ven a conocerla.

LoLo le dirigió una sonrisa luminosa, pero no había luz en sus ojos.

—De acuerdo, tesoro. Bajemos a verla.

13

El Ford Mustang de Tommy, al que tanto cariño tenía porque era bonito pero también porque lo había montado él mismo a partir de piezas de desguace, ya rugía por Penny Drive de camino al trabajo cuando el bebé se despertó. Había sido una noche larga. TJ había mojado la cama y hubo que cambiarle el pijama y las sábanas, y a LoLo no le apetecía levantarse y mucho menos ocuparse del llanto del niño, pero a los maridos les gusta tener un café recién hecho antes de ir al trabajo, y las rodajas de *liverwurst* bien colocadas entre dos rebanadas de pan blanco, y los niños, en fin, los niños no conocían el placer de dormir, de tener los ojos cerrados, sobre todo cuando la luz del día penetraba por el hueco abierto entre las cortinas antes de que fuera la hora de levantarse, de modo que LoLo tuvo que ponerse en marcha, tuviera ganas o no. Y no dijo una palabra mientras sentaba a TJ, una bola de huesos y piel marrón amarillenta con unos labios gruesos y unos ojos enormes, encima de una pila de listines telefónicos y páginas amarillas en precario equilibrio sobre una silla de la mesa de la cocina, y arrimaba su cuerpecillo al borde de la mesa, pero aun así le apartó la mano cuando el niño intentó agarrar la cuchara sin dar gracias a Dios por la comida.

—Sabes hacerlo mejor —le dijo ella juntándole las manos—. Bendice la mesa como te he enseñado.

—Dios es graaaande, Dios es bueeeeeno, démosle gracias por estos alimentos. Aaaamén —cantó TJ con su vocecita de criatura, despertando una sonrisa en el rostro de LoLo. Le había llevado un tiempo conseguirlo, poder mirar a su hijo y ver alegría en vez de una carga. Sus pechos estaban secos, no había podido darle ni una gota de leche al niño, pero aun así, igualmente, TJ se aferró a ella desde el primer día y eso era algo que LoLo no podía soportar. Los berrinches constantes, el constante agarrarse a sus muslos. El meterle la cabeza en el regazo, entre los pechos. No podía mear sin que el crío la siguiera al cuarto de baño, no podía sacar una botella de leche de la caja sin que él gimoteara «¡Upa! ¡Upa!» levantando los brazos para que lo subiera a horcajadas de su cadera mientras ella sacaba las botellas vacías y metía las nuevas. La hacía acordarse de Freddy, y sabía que era una comparación injusta, pero aun así la dependencia de su hermano pequeño, sus berrinches, le habían costado sudor y lágrimas, además de algún que otro kilo de peso durante el par de años que pasaron al cuidado de las Madres, y eso la volvía avara, la hacía reprimir el poco afecto que pudiera albergar mientras luchaba por enterrar en lo más hondo de su recuerdo todo lo que se había visto obligada a padecer por su culpa. Y así, al principio, hubo un tirar y un retirarse: TJ tiraba de ella buscando su atención y ella se retiraba. «¡No te puedo llevar en brazos a todas partes!», le gritaba, dejándolo en el suelo, mientras él agitaba sus manitas como pinzas de langosta, agarrándose a ella y suplicando. Tirar, retirarse... Tirar, retirarse. Así eran las cosas. TJ, todo energía, movimiento, calidez; LoLo, pura escarcha.

Y todo continuó así hasta el día en que LoLo pensó que le había causado un daño irreparable, y un miedo arrollador permitió que su corazón se derritiera donde antes solo había habido un frío que calaba los huesos. Debía dormir, pero no habían pasado diez minutos desde que lo había acostado cuando apareció. «Mamá», sollozó. LoLo refunfuñó, pues solo oyó su voz, no sus palabras, mientras fregaba unos restos de crema de cacahuete en el canto de la encimera. Levantó la vista al techo e inclinó el oído hacia el origen de la voz. Permaneció quieta como una estatua. Volvió el silencio. «Bien, ha vuelto a dormirse», se dijo para sus adentros. Frotó la masa pringosa y luego rebuscó en su memoria algún truco para quitar las manchas en los tejidos finos, porque, naturalmente, donde había crema de cacahuete también había mermelada. ¿Se utilizaba bicarbonato? ¿Vinagre? «¿No vi a alguien utilizar un trapo con agua carbonatada para limpiar una mancha de vino tinto en una alfombra?», se preguntó mientras frotaba. «Juro que no entiendo cómo puñetas este crío ha ensuciado de mermelada de uvas el papel pintado y el sofá.» LoLo chasqueó la lengua; luego frunció el ceño. «No soporto correr por esta casa como alma que lleva el diablo.»

—¡Mamá!

La vocecita se había agrandado, e iba acompañada ahora del ruido de sus piececitos sobre el suelo de madera. LoLo soltó un profundo suspiro y esbozó con los labios un taco mientras enjuagaba la bayeta bajo el chorro de agua caliente del fregadero y luego la escurría, lamentando que el plan de sentarse y no pensar en nada durante un rato se hubiera evaporado en un abrir y cerrar de ojos.

—¡Niño, deberías estar durmiendo! —dijo cuando TJ apareció detrás de la esquina de la cocina.

—Mamá —dijo él, esta vez acompañando la palabra de un llanto.

—Chico, si no te vuelves a la cama, te...

LoLo posó los ojos sobre TJ y enfocó lentamente la mirada. Su grito desgarró el aire. TJ, que solía caminar de puntillas —costumbre que le granjearía más adelante, en sexto, el apodo de «Pinitos», cuando sus compañeros del colegio empezaron a meterse con él al ver como daba botes cuando corría por el abrasador suelo de hormigón en torno a la piscina comunitaria—, brincaba delante de ella, con una mancha roja que goteaba de su boca, se extendía hacia el cuello y cubría el azul de su camiseta y el blanco del rostro imponente y anguloso de Superman. Incluso la «S» del pecho estaba manchada.

—¡TJ! —gritó ella corriendo hacia el niño. Tiró de él y, nerviosa, le levantó el cuello. «¡Quizá ha cogido un cuchillo y se ha cortado!» Examinó todo el contorno de su cabeza. «Quizá se ha caído de la cama y se ha golpeado la cabeza con un canto.» Examinó sus labios y sus dientes. «¿Se le habrán saltado los dientes?» Finalmente, cuando las lágrimas de TJ se convirtieron en sollozos y su boca se abrió temblorosa, lo vio: su lengua parecía haberse desgajado del pequeño cuenco de carne rosada que la sujetaba por debajo. LoLo se quedó pasmada.

»¡Dios mío de mi vida! —chilló, lo que, naturalmente, hizo que TJ llorase todavía más fuerte. Y el miedo y los nervios se apoderaron de ambos, mientras él trataba de tirar de ella y ella trataba de retirarse.

—¡Mamá! —berreó el niño con la boca llena de sangre. Muchísima sangre.

LoLo se subió al pequeño en brazos y corrió hacia la puerta. Sus pantuflas resonaron en cada uno de los escalones de hormigón, en el camino de gravilla de la casa y en la entrada asfaltada que llevaba a la calle. Se le llenaron de piedrecillas al subir gritando por el camino de gravilla del vecino. «¡Skip! ¡Skip!», llamó al vecino. Llevaba a TJ en un brazo y con el otro aporreaba la mosquitera de aluminio lo bastante fuerte para despertar al vecino, que acababa de llegar después de trabajar en el turno de noche. «¡Skip!», chilló.

—No... No sé qué ha pasado. Estaba durmiendo y de pronto se ha puesto a gritar y llorar, y cuando lo he visto ¡estaba así! —exclamó LoLo cuando la puerta se abrió con un chirrido y el vecino apareció detrás de la mosquitera.

—¡Bueno! ¡Bueno! ¿Qué le pasa al niño? —preguntó

Skip abriendo a toda prisa la puerta con un gesto de espanto palpitando en su rostro. Los hizo pasar inmediatamente.

—No lo sé, no lo sé, no lo sé, no lo sé —respondió LoLo como si fuera una sola palabra.

—Vale, vale, intenta calmarte —dijo Skip—. Dame un segundo mientras busco las llaves, ¿vale? Espérame al lado de la casa. Os llevaré enseguida a la clínica.

Unas horas después LoLo estaba de vuelta en casa, meciendo lentamente a TJ en su cama y apretando la cabeza del niño contra su pecho mientras le desgranaba, afónica, una versión susurrada del *Duérmete niño*, relajados por fin los dos. Tommy, sin saber nada, llegó tan tranquilo a casa, más tarde que de costumbre, libre de toda preocupación.

—¡Hola! —dijo alegremente mientras cerraba con suavidad la puerta y echaba un vistazo a su alrededor. Esperaba besos en la puerta, pero no los hubo—. ¿LoLo? ¿TJ? —Nada todavía. Tommy dudó y aguzó el oído—. ¿Dónde está mi esposa? ¿Mi familia?

—¡Aquí dentro! —exclamó ella.

LoLo siguió meciéndose, cantando, arrullando al niño mientras este se acurrucaba en el hueco entre el cuello y el pecho de su madre. Los dedos se le habían quedado helados de sostener una bolsa de hielo junto a la lengua de TJ, pero no le importaba. Seguía cantando.

Tommy apareció en la puerta e inclinó la cabeza a un costado, asomándose para examinar la escena que se le ofrecía.

—¿Qué ha pasado? ¿Se ha caído otra vez? ¿Se ha reventado el labio? —preguntó.

TJ se movió un poco y se apretó tanto contra la piel de LoLo que era difícil distinguir dónde empezaba el niño y dónde terminaba la madre.

—Se le ha enganchado la lengua, Tommy —dijo LoLo finalmente—. Y se le ha desgarrado no sé cómo. Nunca he visto tanta sangre en mi vida. —Volvió a mecerse—. He intentado llamarte a la fábrica, pero no he conseguido que me pasaran contigo. —Señaló con la cabeza un montón de ropa llena de sangre que había en el suelo—. Le han puesto hielo. Y dos puntos, para que dejase de sangrar.

—¿Qué? —exclamó Tommy, casi como si cantara—. ¡Madre mía! ¿Adónde lo has llevado? ¿Al hospital?

—No. Skip me ha llevado en su taxi a la clínica. Se pondrá bien. Solo es el dolor y el susto.

Tommy se inclinó para coger a TJ, pero el niño evitó sus manos retorciéndose. Sollozó y se acurrucó todavía más entre el cuello y el pecho de LoLo.

—¿Sabes? Hoy me ha llamado «mamá» —replicó LoLo sin dejar de mecerlo. Bajó la cabeza y le dio un beso en la frente—. Es la primera vez que lo dice.

—Oh, estás con mamá, ¿eh? —dijo Tommy esbozando una sonrisita. Se inclinó y le puso los dedos debajo de la axila, intentando sonsacarle una risa al niño. TJ lo apartó—. ¡Vaya! Ahora resulta que no me quieres, ¿eh? —añadió. Se irguió y dobló sus brazos gruesos y musculosos mientras fruncía el gesto—. ¿Así que tú y yo hemos terminado, hombrecillo?

TJ volvió a gimotear. Volvió a acurrucarse en su madre. Rodeó el cuerpo de LoLo con sus manitas lo mejor que pudo. Ella se lo arrimó más todavía, le besó la frente, le cantó. Su hijo, su bebé, solo la quería a ella. Y, finalmente, ella también lo quiso a él.

—Bien. Eso está bien, pequeñín —dijo LoLo mientras colocaba las manos sobre las de TJ. Besó sus deditos—. Ahora, cómete las gachas. ¡Hazte grande y fuerte! —prosiguió, antes de añadir en un tono más áspero—: Y no se te ocurra tocar esa leche hasta que hayas terminado. No debería darte nada de beber después de que te hicieras pipí en la cama anoche.

TJ se llevó una cucharada a la boca: una mitad acabó

dentro y la otra, embadurnando su mejilla. Sin embargo, LoLo le dejó intentarlo, porque tuvo que prestarle atención a la pequeña Rae, que estaba revolviéndose en la trona, esperando los huevos revueltos y el biberón.

—Vale, vale, vale. Enseguida te doy de comer —dijo LoLo, mientras removía los huevos con un tenedor en el plato y soplaba para enfriarlos. A la niña no le gustaban las gachas; las pocas veces que LoLo había intentado dárselas, Rae, sentada en la trona, apretaba los labios en señal de protesta. Ni siquiera las quería cuando se las endulzaba con un poco de canela y un chorrito más de leche. La niña solo aceptaba una cosa: huevos, bien revueltos, sin cuajar del todo, y servidos en su boca, no con un tenedor, sino con los dedos de su madre. Era una cabezota, la niña.

»Vale, vale, enseguida estarán. Tengo que enfriarlos, pequeña. No querrás quemarte la boca, ¿no? —señaló LoLo mientras soplaba el montoncito amarillo entre palabra y palabra. La niña respondió chasqueando los labios y babeando, antes de expresar su ansia con un ba-ba-ba. Finalmente LoLo pellizcó un poco de huevo con el pulgar, el índice y el corazón, y se lo embutió en la boca. La niña, por su parte, se inclinó hacia los dedos de LoLo. Abría la boca y la cerraba, envolviendo comida y piel con lengua y labios, tirando y chupando hasta que los dedos quedaban limpios y su boquita, llena. Agitó los brazos en señal de aprobación, satisfacción o emoción —probablemente las tres cosas— y ello despertó en LoLo una alegría inmensa; ese acto sencillo, amoroso, que la conectaba no solo a esa niña a la que ya consideraba propia, sino también a su madre, de quien recordaba que la había alimentado de la misma forma. Era uno de los pocos recuerdos que guardaba de ella. Algunas veces, cuando volcaba todo su ser en la crianza de sus dos hijos y se sentía con energías suficientes para soportar el dolor de aquel recuerdo —que no le venía muy a menudo—, LoLo se sentaba, cerraba los ojos con todas sus fuerzas y trataba de recordar cómo era su madre, pero ni siquiera cuando se concentraba al máximo y rompía a llorar buscando esos recuerdos era capaz de ver los ojos de su madre, sus pómulos, su sonrisa, su pelo. Solo sus dedos, largos, hábiles, rugosos, hundiéndose en los huevos revueltos para volar de camino a su boca. Era una ternura que nunca había vuelto a vivir después de la muerte de su madre. Era la ternura más profunda que se veía capaz de transmitir a esa niña recién llegada, mucho más dependiente de lo que había sido TJ cuando LoLo y Tommy lo adoptaron a los dos años de edad.

»Está rico, ¿no, pequeñina? —dijo LoLo sonriendo, mientras su hija, que ya tenía dieciocho meses, chupaba y engullía el huevo—. ¿Te gusta? ¿Te gusta, Rae?

El nombre, al igual que la niña, empezaba a gustarle. Durante buena parte del año anterior, LoLo no había estado del todo segura de que fuese una buena idea: adoptar no uno, sino dos niños, lidiar con los problemas que iban apareciendo con TJ, que estaba enmadrado, mojaba la cama, era agresivo, todo ello consecuencia, posiblemente, de una madre drogadicta que quería más a la aguja que a su niño. Y estaba atenta a lo que pudiera surgir con la niña. Lo desconocido. La historia de Rae —la verdadera, que LoLo y Tommy nunca conocerían— era un poco más dramática que los casos que solían atender allí: una enfermera, yendo de camino a su trabajo en un hogar para madres solteras, la había descubierto en la puerta del edificio. Allí, en un día gélido, sobre un montón de sábanas, vio a un bebé empapado de pipí, frío, pero por lo demás sano, con una bolsita blanca que contenía una colección de objetos variopintos —una pata de conejo, un rizo de pelo afro, una pipa, un trozo de pañuelo bañado en lo que parecía sangre, una bolsa de papel marrón doblada en la que se leía tres veces «este bebé», cada una de ellas rodeada por las palabras «una vida dulce, protegida y próspera»—, prendida con un alfiler a su pelele. Estaba metida en una bolsa de los grandes almacenes Nordstrom, abandonada como la basura de los martes. Sin una pista sobre la identidad del bebé o sus orígenes, el hospital intentó sin demasiado convencimiento advertir al vecindario de que alguien había dado a luz a una niña y la había abandonado para quitarse la responsabilidad de encima, pero no confiaban en que nadie se presentara; de hecho, con lo que contaban era más bien con la parte que podrían embolsarse de las cuotas de acogida y adopción que recibiría el orfanato a cambio de una recién nacida sana y bonita con la que el hospital no sabía qué hacer. No hubo forma de averiguar de dónde o de quién provenía, qué llevaba en la sangre o en sus entrañas, más allá de esto: quienquiera que fuese su madre, apestaba a campo por los cuatro costados. Una de esas curanderas que empleaban raíces en Carolina del Sur. A las que las gentes de Bluffton acudían cuando necesitaban atención médica, pero no podían desplazarse a la consulta del único doctor negro que se ocupaba de ellos, o permitirse su minuta, en por lo menos cinco pueblos a la redonda, ya fuera en dirección norte, sur, este u oeste. LoLo recordó el miedo que sentía al verlas, porque las Madres siempre les decían que esas mujeres eran el mal, «un pecado contra el Dios viviente», decían, aunque en realidad recurrían a sus servicios cuando los niños del Hogar de Huérfanos del Faro Bautista enfermaban. Y ahí aparecían, sacando unos saquitos llenos de trozos de corteza de árbol, hojas, hierbas medicinales, polvos para hacer cataplasmas, monedas y trocitos de papel en los que habían garabateado sus buenos deseos para los niños, aunque las personitas a las que debían ayudar esos mensajes creyeran justo lo contrario. LoLo no cambió de parecer hasta que fue testigo de la ternura de una de esas mujeres a la que se había llamado para bajarle la fiebre a Freddy. «Ven aquí, peque», le dijo la señora, que se llamaba Lena, tomando las manos de LoLo. Se le acercó y giró el cuello y los hombros, intentando captar la mirada de LoLo con los ojos. Finalmente esta se prestó a ello: dejó de mover la cabeza de un lado a otro y levantó la mirada triste el tiempo suficiente para transmitirle que la escuchaba, pero no tanto como para darle la oportunidad de que le vertiera maleficios en los ojos, como le habían advertido las Madres. «¿Estás bien, cariño? —le preguntó la mujer—. ¿Cómo está tu corazón?» LoLo no dijo nada, aunque el movimiento nervioso de sus ojos delataba el miedo que sentía, miedo a lo que pudieran pensar las Madres, y los otros niños, si percibían algún tipo de intimidad entre ellas. «No pasa nada, niña. No será fácil, pero saldrás adelante. No lo olvides nunca. Saldrás adelante y te convertirás en la luz de otra persona.» LoLo no entendió nada, y no les dio demasiadas vueltas a las palabras de la curandera hasta aquel primer día en que tuvo en las manos el saquito y decidió guardarlo. Quizá quien lo había preparado había añadido una raíz con la intención de hacer daño a quien se atreviera a tirarlo en vez de conservarlo para la niña, pensó, o quizá la madre había querido que su hija lo tuviera el día de mañana. En cualquier caso, la Alianza lo había puesto en un sobre y se lo había dado a LoLo y ella, por su parte, lo había guardado en un lugar seguro. De vez en cuando sacaba el saquito y luego se sentaba al lado de la niña y la miraba asombrada. Se preguntaba cómo diablos iba a proteger a esa niña en un mundo que solo parecía diseñado para hacer daño a las niñas. Esa parte la tenía inquieta. Educar a Rae, también.

Tommy, por su parte, lo único que había visto al posar la mirada sobre ella era luz. Felicidad. «Llamémosla Rae», le había insistido una noche, semanas después de que la recogieran del orfanato.

—A mí me suena a nombre de chico —había dicho LoLo. Había pensado que podrían llamarla Lila Mae, como su madre, o Bettye, como su abuela, pero antes necesitaba saber en qué pensaba convertirse esa personita. Si era digna de esos nombres. Tommy, sin embargo, se le adelantó.

—Rae suena como un rayo de sol —había afirmado, cogiéndola de la cuna y haciéndola saltar en sus brazos. La niña bostezó y se estiró un poco, pero no lloró. Se limitó a mirar a Tommy a los ojos mientras él la arrullaba y le tarareaba al ritmo de la radio. Stevie Wonder cantaba *A Place in the Sun*, como si hubiera compuesto la canción especialmente para ese momento.

»Es un rayito de sol.

Permitir que Tommy eligiera el nombre fue fácil. Rae no le pareció mal.

—Ba-ba-ba-ba —dijo la pequeña babeando y acercándose a los dedos de LoLo para terminarse el plato de huevos revueltos. Chasqueó los labios y le regaló una sonrisa llena de babas.

LoLo recogió el plato, le limpió la cara y desapareció. Ya tenía la mente puesta en la lista de cosas que debía terminar esa noche antes de poder apoyar la cabeza sobre la almohada. Antes de que Tommy empezara a tirarle del camisón, arrimando los labios a su cuello y poniéndole los dedos en las partes. Negarse todavía estaba descartado, y menos con alguien como él. Y de momento, también para ella. Era un hombre dulce, tierno, y si mantenía los ojos abiertos y observaba sus manos, sus labios, sus ojos, sus hombros, torneados como cañones, y se aferraba con fuerza, casi podía disfrutar con él.

Aunque hacerlo exigía mucho esfuerzo. Y descanso. Y en esos días, con dos bebés y una casa de la que ocuparse, en fin... No era fácil encontrar un momento de descanso. Hacer doble turno en el sótano de cemento frío y húmedo de la fábrica textil durante las vacaciones era infinitamente más fácil que limpiar culos sucios, cambiar sábanas mojadas de madrugada, peinar cabellos, tener ordenada la casa, calmar a bebés que lloraban, bañarlos y también vestirlos, hacer el desayuno, la comida y la cena, hacer la compra para la semana, follar a demanda, y enseñar a esos críos a juntar las manos, bendecir la mesa y mostrar gratitud por la nueva vida que Tommy les había prometido y había hecho realidad.

LoLo se cerró bien la bata sobre el pecho y dejó el plato en el fregadero, que ya estaba lleno de vajilla sucia. Luego fue a la nevera y sacó el tarro de caldo que había reservado de una gran olla de verdura que había cocinado la noche anterior. Puso un poco de caldo en una cacerola pequeña y encendió el fogón de gas, bajando al principio la llama para controlar la temperatura del líquido, aunque la subió enseguida cuando la niña empezó a aporrear la mesita de plástico de la trona. «¡Ba-ba-ba!», gritaba, inspirando profundamente mientras hacía un gran puchero, lista para echarse a llorar.

—Vale, vale —dijo LoLo, al tiempo que cogía un biberón de cristal y le enroscaba la tetina—. Ya casi está. Tu ba-ba ya casi está.

Y entonces se oyó un estrépito. Leche que chorreaba por todas partes: sobre la pequeña mesa plegable arrimada a la pared de la estrecha cocina, por los asientos y las patas de las sillas, en el suelo, casi toda acumulada en el laminado y una parte deslizándose hacia el parqué de la sala de estar.

—¡TJ! —chilló LoLo mientras su mirada avanzaba hacia el origen del derramamiento. Le dio con toda la mano en la cabeza, bien rapada después del corte que le había hecho Tommy la noche anterior. Lo agarró del brazo y lo levantó en volandas de la silla, zurrándole en el trasero y sacándolo por las bravas de la cocina—. ¡Largo de aquí. Menuda has armado! —le gritó cuando el niño ya se marchaba hacia la sala de estar. Rae se sobresaltó al oír los sollozos de su hermano. Su cuerpecillo se puso rígido, sus ojos miraron desorbitados, como si hubieran visto el puro horror. Y entonces ella empezó a sollozar también.

LoLo cogió el vaso de la mesa y la cuchara y el bol de TJ —se había terminado las gachas— y lo tiró todo al fregadero. Con las manos apoyadas en el borde del fregadero, se inclinó hacia delante y echó el trasero hacia atrás, estirando la columna, mientras respiraba hondo por la nariz, conteniendo su propio llanto. El caldo de verdura empezó a hervir.

No eran ni las ocho de la mañana.

14

VERANO DE 1970

LoLo no tenía ningún problema con Pat Cleveland. De hecho, le caía bien esa mujer, aunque le parecía que la fascinación que ejercía su belleza era demasiado obvia. Alta. Delgada. Pelo bonito. Ninguno de esos atributos la hacía distinta de cualquier otra mulata que provocara esguinces de cuello al pasar por el simple hecho de que no parecía la típica mujer de color del montón.

Donyale Luna, en cambio, sí era la clase de chica que le gustaba a LoLo. Tenía unos ojazos como de lechuza a la que le da miedo la noche, y sus extremidades se extendían como las ramas alargadas de un roble en invierno. Su tez era un poco más oscura, aunque no tenía lo que se dice tetas, ni caderas, ni culo, a diferencia de esas chicas que salían en la revista *Jet*. Cada semana los hombres de color se chupaban el dedo y dejaban su saliva en las puntas de las páginas satinadas de la revista, pasando a toda prisa los anuncios de cigarrillos y las breves notas de sucesos de negros, en busca de esas imágenes semidesnudas de Marilyn, aficionada a nadar y leer, o de Eloise, con su cuerpo 95-60-90 aparcado detrás del escritorio de oficinista de una universidad para negros en el Sur. Los hombres negros deseaban a esas mujeres: mujeres de verdad, con carnes blandas y generosas a las que poder agarrarse. Luna no era chica para esa clase de hombres, y eso era precisamente lo que a LoLo le gustaba de ella. Porque eso era lo que le gustaba de su propio cuerpo, esbelto, alto, desgarbado, que desafiaba los estereotipos que dictaban qué aspecto debía tener una mujer negra. Lo que deseaban los hombres. LoLo era de otro mundo, una marciana guapa, igual que su ídolo. Aunque nunca lo dijera, le encantaba que sus amigas se hubieran aficionado a llamarla «Lunita», porque era «una flacucha», justo igual que esa supermodelo que había logrado convertirse en la estrella de la industria blanca de la moda pese a ser negra. «Si incluso tenéis los mismos ojazos», le dijo Cindy un día, durante la pausa para el almuerzo, en el taller de confección. LoLo estaba comiéndose un sándwich de jamón de lata mientras hojeaba un número de la edición británica de *Vogue* que tenía escondido en medio de las pilas de revistas que su jefe siempre tenía a mano para buscar *inspiración*. En realidad aquello era un eufemismo, una forma menos siniestra de describir cómo hacía pasar moda europea por creaciones *originales* a su adinerada clientela blanca, que nada sabía de aquel cambalache. Esas mujeres pensaban que comprar carísimas prendas confeccionadas a medida a un diseñador personal las hacía infinitamente más elegantes y a la moda, como las señoras que aparecían en las páginas de sociedad de *The New York Times* y *The New Yorker*, de modo que el diseñador se dedicaba en cuerpo y alma a copiar esos diseños para mantenerse al día. No obstante, había tirado la revista en la que salía Luna, y que había supuesto su debut en portada. No vio nada en el cuerpo de Luna que le pareciera digno de copiar. Sin embargo, Para Lee había rescatado la revista de la basura para LoLo, sin que el señor Deerfield se enterase.

—¿De verdad crees que nos parecemos? —preguntó LoLo. Ladeó la cabeza y afiló la mirada, escrutando el rostro de Luna para ver si encontraba sus propias facciones, y permitiéndose por un breve instante imaginar cómo sería su vida lejos de ese sótano, lejos de Amityville, lejos de

Nueva York y de Estados Unidos, desfilando a gatas por una pasarela, como Luna, o haciendo ese símbolo con el dedo sobre el ojo para la cámara de Richard Avedon. Quizá incluso besar a Mick Jagger en sus labios carnosos y lograr que le declarase su amor una y otra vez.

—No sé yo. Es guapa, pero no me parece que esas sean formas de vivir —dijo Para Lee.

—¿Qué quieres decir? —preguntó LoLo levantando finalmente los ojos de las páginas de la revista.

—A la gente le encanta ver a esa chica haciendo el tonto, corriendo por las calles como si no tuviera nada en la mollera —aseguró Para Lee quitándose unas pelusas imaginarias de su vestido modesto y perfectamente almidonado—. Pero en realidad ella no les gusta. Son cosas distintas.

—Bueno, para ser alguien que no gusta, me parece que la chica vive a lo grande —terció Cindy echando un vistazo por encima del hombro de LoLo a las páginas, ya muy gastadas, en las que salía la modelo—. Te diré lo que pienso: los hombres con los que se mezcla no son unos santos.

—¡Uf! ¿Te gustaría que el rarito de Andy Warhol te hiciera ojitos? La trata como si fuera su perrito.

—Con la pasta que tiene, quizá no esté tan mal que te lleve atada a una correa. ¿No crees, Lunita? —dijo Cindy riéndose.

LoLo torció el gesto, con el estómago revuelto, al pensar que alguien pudiera emplear una correa —una atadura física— para controlar el cuerpo de Luna. O el suyo. Esa era una de las aficiones favoritas de su primo Bear, cuando su esposa salía a hacer recados y la casa quedaba tranquila. LoLo sabía que Bear la encontraría, por más que intentara esconderse, por más que se acurrucara en los rincones, y que la controlaría con las manos, con un cinturón. Pasado un tiempo, bastaba con que él le diera la orden. «Ven aquí», le decía a LoLo, con la mirada turbia y un tono de voz igualmente oscuro. Despacio, LoLo iba a buscarlo y se plantaba delante de ese hombre. Su cuerpo esbelto, un metro setenta sin zapatos, perdía todo vigor y se sometía ante el cuerpo de su primo, bajo pero fornido, musculoso. Siempre jugaba con ella: la hacía quedarse de pie, a la espera, nerviosa, cauta. Pero nunca estaba preparada para lo que ocurría después, por más que ocurriera una y otra vez, una y otra vez. Nunca se lo esperaba.

—No me interesa ser el perrito de nadie —dijo LoLo cerrando la revista de golpe. Volvió a sentarse frente a su máquina de coser.

Pero esa noche tenía la intención de ser la gacela en medio del circo que Tommy estaba montando en la casa a la que acababan de mudarse, una fiesta de inauguración espectacular que él había organizado para alardear de su botín de guerra. Quería que todos sus conocidos vieran a los bebés, la casa nueva que había conseguido para que sus hijos dieran sus primeros pasos, ese cochazo que tenía aparcado en la entrada. LoLo había asumido satisfecha el papel de esposa hacendosa que freiría el pescado y haría los mejores macarrones con queso a ese lado de Long Island, sin que ello le impidiera lucir como Luna, con el brazo de su hombre en torno a la cintura. Había cosido algo digno de salir en una revista: una versión más corta, por encima de las rodillas, del vestido dorado de Paco Rabanne que prácticamente se deslizaba como agua sobre el cuerpo de Luna en el reportaje que le había hecho David Bailey para *Vogue*. LoLo había encontrado la tela y un patrón sencillo en Woolworth's, y, sirviéndose de la magia que había aprendido durante los dos años que llevaba trabajando en Diseños y Modas Deerfield, había cogido la hoja troquelada que había arrancado con cuidado de la revista, la había extendido sobre su mesa de costura y se había puesto a trabajar. Por supuesto, le quedaba como un guante. Por supuesto, mientras Tommy estaba en la fábrica y los bebés dormían la siesta, LoLo se enfundaba su creación y caminaba contoneándose por la casa, sentándose delicadamente en el sofá de terciopelo verde, con la espalda erguida, los hombros rectos, sus largas piernas extendidas hacia delante, con sus pies del número cuarenta y dos colocados en punta de forma que su cuerpo pareciera medir treinta centímetros más. Soltaba carcajadas falsas, hacía ademanes con el cigarrillo y poses para la cámara hasta cansarse, hasta que quedaba lo bastante satisfecha como para pensar que se había extirpado el deseo de huir de su casa nueva, de sus preciosos bebés y de su muy trabajador marido, y que, como Luna, que insistía en que era de Marte, era alguien de otro mundo en vez de un ama de casa normal y corriente, con la vida normal y corriente de una mujer de color normal y corriente que no se atrevía a pensar que había vida más allá de las estrellas y que incluso podía ser más grande que la luna.

—No he dicho que no me guste el vestido. Es estupendo —dijo Tommy girando alrededor de LoLo, observando cómo le quedaba el vestido dorado. La primera vez que se lo puso la hizo sentir como Venus. Ahora era Plutón. Pequeña. Insignificante—. Simplemente, no conozco a ninguna mujer que se vista como una estrella de cine para freír pescado en una fiesta en la que jugaremos a las cartas.

Y, sin embargo, eso era justo lo que Tommy había asegurado que le gustaba de LoLo cuando intentaba conquistarla. A LoLo no le costaba nada sentarse a la máquina de coser y crear unos trapitos despampanantes que hacían que a Tommy se le hinchara el pecho cuando entraban del brazo en cualquier sitio: él, bajito y oscuro, con la constitución de un peso wélter y unos hombros musculosos que le tensaban la chaqueta del traje, y ella, como una modelo, ocho centímetros más alta en tacones, que parecía la novia de una estrella de rock. LoLo se ponía vestidos de tubo con guantes y zapatos de medio tacón a juego para bajar a comprar el pan y cigarrillos al A&P lo mismo que para ir a Minton's a ver una banda de jazz. Siempre elegantísima. A fin de cuentas, ya había pasado suficiente tiempo siendo una mediocre. Teniendo que oír qué y quién podía ser. En el norte, en las calles de Nueva York, pudo reinventarse a sí misma. Y Tommy había elegido a esa mujer nueva. Y le gustaba ser el premio. El premio de Tommy. En un mundo que se negaba a protegerla, ella era una joya que él codiciaba. Y se sentía a salvo entre sus brazos.

Sin duda, él había hecho algunas renuncias por ella. Su físico, sus pechos que eran más pezón que carne abundante, sus caderas, de líneas más angulares que curvas, ninguno de esos aspectos se correspondía con el ideal de Tommy. Pero era una mujer sexy, atractiva, la clase de mujer que hacía girar los cuellos aunque no se esforzara, pero sobre todo cuando se lo proponía. A Tommy le gustaba que llamara la atención. Le gustaba llevarla del brazo. Con ella, en aquel entonces, se sentía más alto. Más fuerte. Si alguien la miraba con interés, Tommy se cuadraba al instante. «No necesita que la invites a copas», le había gruñido a un posible pretendiente que había pedido que le sirvieran un trago a LoLo estando ella en una barra, balanceándose y chasqueando los dedos al compás de *Where Did Our Love Go* de The Supremes, mientras esperaba a que Tommy volviera del lavabo. Tommy agarró la bebida, un bourbon sin hielo, de la mano de LoLo y la estampó, junto con su mano, en el pecho del hombre cuando este se acercaba a ella con la mano tendida, intentando saludar a la chica en la que se había fijado. A LoLo no le gustó demasiado que Tommy derribara a ese tipo, ni tampoco las ganas que tenía de pelearse para demostrarle que era digno de ella. En vez de ello, lo que le llamó la atención fue el modo en que le puso la mano en la cadera y la empujó para colocarla detrás de él, como si fuera un muro protector contra cualquier peligro que tuviera la intención de lanzarse sobre ella. Tommy había provocado aquel caos, pero la hizo sentir segura en los instantes posteriores. Rápidamente se convirtió en su superhéroe, en su defensor.

Ahora, sin embargo, con sus amigos, en el hogar —la vida— que había construido, Tommy se crecía cuando el pescado estaba bien frito y la cerveza se servía bien fría. LoLo no estaba del todo contenta con la idea de modificar sus patrones, hacerse arreglos y ajustes para que su imagen fuera más discreta. Pero eso era lo que se esperaba de ella, ¿no? ¿Ser una buena esposa? ¿Ser una buena madre? ¿Ser el remanso de paz para su guerrero? ¿Una mujer que merecía ser protegida?

No le quedó más remedio que coger las tijeras.

Horas después, no se acordaba de su esplendoroso vestido mientras se inclinaba sobre la cadera derecha para colocar en el aceite borboteante unos trozos más de perca rebozada en harina de maíz.

—Vamos, coged unas cuantas cervezas frías de la nevera —dijo sonriendo de oreja a oreja cuando Cindy entró con su viejo, Roosevelt, y el hermano de Tommy, Theddo, le dio un beso en la mejilla—. No sé dónde anda Tommy. Supongo que debe de estar fuera en el...

—Estoy aquí, mujer —anunció Tommy dándole un travieso azote en el trasero, que ahora llevaba cubierto con una minifalda de cuadros verdes, amarillos y marrones. Le hizo un carantoña a su esposa y se arrimó para agarrar un trozo caliente de pescado del montón de papel absorbente. LoLo le dio una palmada en la mano.

—¡Qué haces! ¡Te vas a quemar la lengua! —dijo ella—. ¿Y qué se supone que voy a hacer con un hombre que no puede usar la lengua?

Los presentes prorrumpieron en una serie de «ohs» y «ya te vale» mientras Tommy se reía y se le acercaba para recibir un beso, con la boca abierta y la lengua en guardia. LoLo la miró, sacó la suya y se metió la de él en la boca.

—Bueno... —empezó Tommy—. Me conseguí una esposa sexy que no veas. Ya te digo —añadió mientras se apartaba, agarrando un trozo de pescado. Se lo metió en la boca antes de que LoLo pudiera impedírselo—. ¡Y además es una cocinitas!

—¡Vamos, fuera de mi cocina! —gritó LoLo fingiendo enfado y esquivando otro azote en el trasero—. Nos quedaremos sin pescado como sigas dando la lata. —Su risa fue generosa. Sincera.

La noche continuó por esos derroteros, en un ambiente fácil y puro. LoLo preparó el pescado, un guiso de grelos con codillo de cerdo y una fuente de sus queridos macarrones con queso, mientras Cindy se ocupaba de que no faltara cerveza en la nevera y se esforzaba en que Roosevelt no tocara la botella de brandi. Sarah, por su parte, interpretaba una coreografía de danza con LoLo, pasando por la batidora de manivela la vainilla fresca y la crema de fresa para preparar el helado, mientras las tres decían tonterías y se movían al ritmo de Marvin Gaye y The Temptations.

—Buenooooo... Este Marvin tiene una voz que corta como un cuchillo caliente el helado, ya te digo —dijo Cindy contoneando las caderas al compás de las notas de *How Sweet It Is (To Be Loved By You)*, que salían a todo volumen del tocadiscos—. Ese hombre es un galán.

—No sé... Eddie Kendricks es mi tipo —dijo Sarah dándole una y otra vez a la manivela y haciendo bailar sus bíceps al ritmo de la música—. Si me suelta uno de sus rugidos, os aseguro que me quito los pantalones a la primera.

Tommy había ligado una mano buenísima. La mostró con tanta fuerza que hizo que toda la mesa vibrara y se hundiera bajo el peso de su puño.

—¡A ver qué tenéis, hijos de puta! —exclamó, y la carcajada se oyó en toda la casa; las mujeres en la cocina, los hombres en la mesa, con las piernas separadas y los cigarrillos colgando de la boca, los ojos enrojecidos por el tabaco y la bebida, las parejas acariciándose despacio bajo la luz roja que bañaba las paredes, con los cuerpos chorreando sexo.

Más allá de la música y las voces atronadoras, LoLo pudo oír el débil sonido de un bebé: un gimoteo que no tardaría en convertirse en un llanto en toda regla. Hacía horas que habían acostado a los niños y estaban profundamente dormidos cuando llegaron los primeros invitados, pero LoLo no había calculado cómo iba a mantenerlos tranquilos durante el buen rato que estaban pasando. Sacó la cabeza por detrás de la esquina de la cocina y, aguzando el oído, posó la mirada en las puertas detrás de las cuales los niños deberían estar durmiendo.

—Los niños están bien —dijo Tommy barajando las cartas, mientras observaba como LoLo vigilaba las puertas—. Déjalos tranquilos.

—Me ha parecido oír a uno —indicó LoLo mientras miraba todavía.

—Habrá sido TJ, dándose la vuelta. Seguro que no le pasa nada. Vuelve a la cocina, antes de que se te queme el pescado. Y termina de una vez, para que pueda bailar una lenta agarrando el precioso culo de mi mujer.

LoLo soltó una risita y le echó una mirada que sabía que le provocaría a su marido el deseo de arrasar con el pescado, la cerveza, el tapete de las cartas y toda la gente que iba unida a esos objetos para que los brazos y las piernas de su mujer se enroscaran en torno su cintura, con ella debajo.

El pomo de la puerta de TJ giró un poco. El gimoteo de Rae se convirtió en llanto. Tommy y LoLo lanzaron un gruñido y guardaron el deseo para otro momento.

—Tengo que darle la vuelta al pescado —repuso ella enseguida enseñándole los dedos cubiertos de harina de maíz para dejarlo claro.

—Vamos, nena —dijo él mientras le mostraba sus naipes—. Tengo una mano buenísima. Cindy puede ocuparse del pescado.

—Ni se te ocurra dejar a Cindy con el pescado —terció Roosevelt arrastrando las palabras mientras ordenaba sus cartas—. Se lo cargará. A no ser que lo quieras soso y quemado. —Roosevelt ya se había pimplado tres copas de brandi y un par de botellas de cerveza, la combinación perfecta para que emergiera su agresividad, que, una vez desatada, siempre encontraba el camino para llegar hasta Cindy de una manera u otra, ya fuera en forma de un par de insultos, algunos gritos o a veces una bofetada. No había marcha atrás y todos sabían que debían prepararse para los platos rotos—. Lo único que sabe hacer es ocuparse del hielo en la nevera. Coño, ahora que lo pienso, ni eso sabe hacer. La cerveza que me ha traído antes estaba caliente. —Y luego, volviéndose hacia Cindy, remachó—: Oye, tráeme una cerveza fría esta vez. Mierda.

—No tienes por qué hablarle así —dijo Sarah en voz baja. Se puso delante de Cindy, de esa mujer de la que había sido amiga el tiempo suficiente para guardar sus secretos y curarle las heridas cuando eran frescas y profundas.

—¿Con quién coño te crees que estás hablando, pu...?

—¡Eh, eh, eh! —exclamó Tommy mientras echaba agua al fuego antes de que le llegara más oxígeno. Mirando a Roosevelt, pero dirigiéndose a LoLo, dejó caer sus palabras a toda prisa—. Yo me ocupo del bebé. Tú a lo tuyo y haz otra tanda de pescado, ¿vale? Lo bueno no se toca. Yo me encargo.

LoLo, incómoda, nerviosa, cogió a Cindy de la mano y la llevó de vuelta a la cocina, lejos del punto de mira de Roosevelt. Conocía el ritual. Sarah también lo conocía. Y Tommy, aunque hubiera insistido en que él no iba a meter las narices en los asuntos de otro hombre, especialmente en cómo se administraba con el dinero y con su mujer. A menudo, cuando ella le contaba que Cindy había llegado al trabajo con un ojo morado o con un cardenal marrón azulado que mancillaba su tez rojiza, Tommy le rogaba que no se metiera. «Es asunto suyo —le decía—. Si no le gusta, que lo deje.»

—¿Crees que a una mujer le gusta que su marido le pegue? —le había dicho LoLo una noche en la que discutieron más de lo debido sobre los problemas de otra pareja—. ¡Estás chalado!

—No digo que le guste —había insistido Tommy levantando ambas manos para indicarle a LoLo que se tranquilizara—. Solo digo que una mujer, cuando se harta, deja de intentar arreglar las cosas.

Juntas, en la quietud de la cocina, mientras el aceite del pescado borboteaba en la sartén y Sarah le daba a la manivela de la heladera, haciendo que las cuchillas marcaran un ritmo constante en el recipiente metálico, LoLo se preguntó cuánto tardaría Cindy en dejar de intentarlo y empezar a hacerse cargo de su vida. Pero todos sabían que no era fácil. Sobre todo las mujeres.

Un coro de «ohs» y «hola, peque» en el salón las sacó de su ensimismamiento.

—Vaya, vaya —dijo Sarah dejando de batir el helado y asomándose desde la cocina para echar un vistazo—. No pudisteis elegir a unos niños más guapos.

Cindy se acercó de puntillas para mirar.

—También eligió a un buen marido. Míralo ahí con ellos. Se nota que quiere a los niños. —Entonces, volviéndose hacia LoLo, añadió—: Eres una chica con suerte. Encontraste a un hombre que te quiere y os cuida a ti y a los niños, y eso que ni siquiera son suyos.

—Son suyos —la cortó LoLo rápidamente.

Sarah le echó una miradita inconfundible a Cindy.

—Claro que lo son —dijo, sin despegar los ojos de la infractora—. Todas merecemos tener una gran familia feliz.

LoLo se sacudió la harina de maíz de los dedos y se

acercó para mirar también. Tommy se había sentado en una silla pequeña al final del salón, y tenía a TJ en un brazo y a Rae, en el otro. Estaba meciendo a sus hijos. Rae escondía la cara en el pecho de su padre. Su pelo afro, todavía corto, muy ensortijado e inclinado hacia un lado, era prácticamente lo único que se veía de la niña, más allá de su pelele blanco y el aparatoso pañal de tela. TJ, por su parte, estaba sentado con gesto estoico y bostezaba mientras se restregaba los ojos, sin inmutarse por las miradas, la música y el olor a tabaco, a porros y a cuerpos rancios y sudados después de toda una noche de baile y risas. Tampoco le molestó el flash de la cámara Polaroid. Meses después TJ encontraría a su madre sentada en esa misma silla, mirando sonriente esa foto instantánea, y no se percataría de que la mirada que veía era la de LoLo observando a su familia, esa unidad que había creado con sus propias manos, y sintiendo por fin, por primera vez y por completo un amor infinito por eso que durante tanto tiempo había creído que jamás podría tener. Protección. Amor. Una familia que también la quería a ella.

Esa misma noche, después de que los niños volvieran a estar dormidos y el último de los invitados se hubiera marchado tras despedidas que duraban media hora, y Sarah la hubiera ayudado a recoger los platos y los vasos, y a limpiar los restos de cerveza y ceniza que habían caído al suelo mientras los invitados fumaban, se reían a carcajadas y bailaban agarrados y despacio al compás de Marvin Gaye, LoLo se lavó la cara, se quitó la minifalda y fue hacia la cama de matrimonio con el pañuelo para el pelo hecho una bola en la mano. Todavía estaba demasiado atontada por los porros y el brandi como para ponerse las horquillas en el pelo y, además, no le apetecía lo más mínimo. Arrojar sobre la mesilla el pañuelo gastado y deshilachado, rancio por la grasa del pelo y el sudor de la noche, fue la señal.

LoLo, aún bajo los efectos del brandi y la marihuana, deseaba a Tommy. Y él la complacería con gusto.

Ahora bien, LoLo nunca le había dicho en voz alta a su marido que quería sexo; sabía que él lo prefería así, que su marido era un hombre que, como todos los demás, esperaba que su esposa llegara virginalmente a la cama de matrimonio, lista para dejarle tomar la iniciativa en la oscuridad de la misma forma que se esperaba de él que también lo hiciera bajo la luz del día. Los hippies gritaban «¡amor libre!» y «¡revolución!», pero las esposas no dudaban. Los hombres eran los que llevaban el mando. Dejar el pañuelo en la mesilla de noche era lo más parecido a declarar su autonomía personal que LoLo había hecho en sus veintitrés años de vida sobre la faz de la tierra.

La luz de la luna proyectaba un resplandor azul sobre el torso desnudo de Tommy y sobre una de sus piernas, tendida como un gran pedazo de carne encima de las sábanas blancas. LoLo se fijó en el blanco de sus ojos cuando él se movió para verla mejor mientras ella se desabrochaba lentamente el camisón y lo dejaba caer al suelo. La maría y el brandi manejaban los hilos de su marioneta, llevándola a la cama, abriendo de parte a parte sus extremidades mientras su pecho ondeaba, se rendía, vibraba y saltaba sobre el colchón de muelles. «Gime», le dijeron la maría y el brandi, y eso fue lo que hizo. «Abre bien la boca», le dijeron, y eso hizo. «Inclina el cuello, pasa las uñas por su negra espalda, vuelve a gemir», le dijeron. Y eso, de nuevo, fue lo que hizo. La maría y el brandi siempre sabían perfectamente qué hacer. La maría y el brandi eran ruidosos y jaraneros. Los remedios favoritos de Tommy. La maría y el brandi relajaban los músculos, estrangulaban y ahogaban los recuerdos. Lograban que lo muerto volviera a respirar. Para que Tommy pudiera conducir a toda velocidad, con las ventanillas bajadas, el motor ardiente y rugiente. Para que LoLo pudiera viajar libre.

Se derritieron en un ovillo sudoroso, con los cuerpos enroscados en las sábanas y las almohadas, vencidos por un sueño lo bastante profundo para que ninguno de los dos viera a TJ de pie a un lado de la cama, con los ojos abiertos como platos, mirando en la oscuridad mientras trataba de encontrarle el sentido a esa mezcla de piel y trozos de cuerpos. Sostenía el pantalón mojado de pipí de su pijama con la mano derecha; con la izquierda se consolaba, con el pulgar babeado y apestando a aliento caliente. TJ miró el pene de su padre, y luego el suyo; miró los pezones de su madre, y luego los suyos. Por lo general, uno de los dos habría saltado al oír que la puerta se abría, pero en ese momento sus padres estaban muertos. Decidió empujar el hombro de su madre, y eso le hizo recobrar la vida. El grito y el salto que dio en la cama hicieron resucitar también a Tommy.

—¡Dios mío, chico. ¿Qué te pasa?! —gritó LoLo entrecerrando los ojos para intentar ver a su hijo, que la miraba fijamente. Lo primero que acertó a distinguir fueron los pantalones del pijama y luego su cuerpo, desnudo de cintura para abajo.

Tommy también lo miraba y, después de negar con la cabeza, volvió a acostarse.

—TJ, cariño, ¿has vuelto a mojar la cama?

El niño asintió despacio.

LoLo se frotó los ojos y volvió a tumbarse sobre la almohada. La frente y las sienes le latían a su aire. Cerró otra vez los ojos. Quizá era un sueño. Sí, un sueño. Volvería a dormirse y se despertaría como una persona normal, como todo el mundo, descansada, con la sensación de que todo iba bien.

Tommy la zarandeó.

—LoLo, llévate al niño a la otra habitación. Huele a meado.

Su voz fue como un martillo en su frente.

—No puedo... moverme —dijo haciendo pasar con esfuerzo las palabras entre sus dientes.

Padre y madre, borrachos y todavía un poco colocados, volvieron a dormirse, dejando que los sonidos de la noche los arrullaran: los grillos, las cigarras y la quietud del aire. TJ se sacó el pulgar de la boca y empujó el brazo de su madre, dejando un rastro de babas en la piel.

—¡TJ! ¡¿Qué?!

—LoLo, ve a cambiar al crío. Intento dormir, ¡mierda!

LoLo se sentó en la cama de un salto y, mentalmente, dijo todas las cosas que habría querido expresar en voz alta: «Yo también, mierda. ¿Te pasa algo en las manos? ¿Son demasiado finas para limpiar culitos meados? Yo he frito el pescado, he limpiado la cocina, he barrido el suelo, te he follado. ¿Ni esto puedes hacer?». Y luego descolgó los pies por su lado de la cama, se cubrió los pechos con la sábana y agarró la bata, tratando de mantener a raya la bilis que le subía a la garganta. TJ la observó mientras se vestía torpemente. Se miraban a los ojos sin decirse nada. LoLo se anudó el cordón de tela sin que sus ojos se separaran ni un instante de los de su hijo. Se puso de pie. Y entonces, sin previo aviso, le cruzó a su hijo la cara con el dorso de la mano.

Su llanto fue como una sirena en el dormitorio. Tommy se sentó en la cama.

—¡LoLo, qué cojones...! ¿Por qué le has pegado?

LoLo agarró al niño del brazo y dijo apretando los dientes:

—Tiene que aprender a no despertar a su papá.

Tirando de él, se lo llevó por la puerta, al pasillo, y lo metió en su cuarto, que apestaba a pipí y miedo.

15

Era de esperar que el sol fuera abrasador en julio, pero ese día en concreto se había encaramado a lo alto de un cielo sin nubes, con la intención de achicharrar las hojas verdes de las habas, y el púrpura de los pétalos de las hortensias, y todo lo que brillaba en su mundo. LoLo no iba a permitir que ese calor fuera obstáculo para cuidar de sus plantas. Las judías, la col rizada, las cebolletas y los calabacines le servirían para preparar unas estupendas comidas de domingo al cabo de un mes, más o menos, pero necesitaban protección —agua, cuidados— y eso era lo que iba a darles.

En cuanto tuvo un momento, acostó a la niña para que se echara la siesta. Rae todavía estaba pataleando un poco cuando LoLo se recogió el pelo con una de las bandanas de Tommy y salió al jardín trasero, descalza, con una azada, un rastrillo y la manguera en la mano, y detrás, como una lapa, TJ. La niña no tardaría en tranquilizarse, pensó. En el jardín ella también encontraría la tranquilidad. De pie en el trocito de césped que había junto al huerto, LoLo levantó el rostro a la luz de la estrella más brillante mientras se masajeaba los dedos y las plantas de los pies restregándolos contra los tupidos tallos de hierba, haciéndolos llegar a la tierra. TJ miró los pies de su madre y luego los suyos, y la imitó, moviendo sus deditos con tanto ahínco que se habría caído si su madre no lo hubiera agarrado a tiempo del brazo.

—Qué gustito, ¿no? —dijo LoLo, con una sonrisa sincera que dio paso enseguida a una carcajada. Como si tomara nota de su presencia, de su arraigo en el suelo, la Madre Tierra les envió una brisa agradable, que besó sus mejillas con una ráfaga rápida de frescor. LoLo cerró los ojos y respiró hondo. Decidió que iba a ser un buen día.

—¡Mamá! —la llamó TJ. Rápido como la proverbial centella, se había subido al último escalón del porche trasero—. ¡Mira! —exclamó. LoLo levantó las manos, pero, antes de que pudiera pronunciar la palabra «¡No!», TJ dobló las rodillas, agitó los brazos frente al cuerpo y emprendió el vuelo, estampándose de rodillas más allá del cemento, en el césped. Se puso de pie riéndose. Lo que hizo que LoLo se riera también. Normalmente el corazón le habría dado un vuelco al ver peligrar por un instante la vida de su pequeño. Al principio había olvidado lo resistentes que podían ser los niños, la fuerza con la que corrían y tropezaban, armaban jaleo y buscaban, con la precisión de un misil, las cosas más sucias y desagradables en las que meterse. Charcos de barro, cubos de basura, gusaneras y hormigueros enterrados en la arena. En el mundo de TJ, eran lagos en los que remar con su bote, remansos llenos de percas y merlanes que podían pescarse con cañas imaginarias. LoLo aprendió enseguida a dejarse llevar por su propia vena de chicazo, que había alimentado de niña en los campos y los bosques que había más allá del orfanato, donde ella y los demás expósitos corrían a lo loco y libres, lejos de las miradas de las Madres. Cuando se dejaba llevar, lo pasaba bien con TJ. Con Rae, era otra historia.

—¡Hala, menudo salto! —exclamó LoLo dirigiendo una gran sonrisa, sincera, a TJ—. ¿Hoy eres Superman? ¿Adónde vas volando? ¿Puedo ir contigo?

—¡Ven, mamá! ¡Volaremos a la luna!

TJ echó a correr con los brazos hacia atrás, ondeando, mientras daba vueltas al patio tan rápido como se lo permitían sus piernas. LoLo dobló sus largas piernas y daba pasitos detrás de él, también con los brazos ondeando a la espalda, también sonriendo de oreja a oreja, jugando ambos a que volaban en el espacio y eran los buenos en una magnífica aventura. Y así siguieron un buen rato, y volaron más allá de la Luna, de Saturno, de Venus y de Marte.

—Vale, vale —dijo LoLo exhausta, pero también con ganas de hacer lo que se había propuesto—. Ya basta, hombrecillo. Ve a coger tu pelota y juega mientras mamá va al huerto. Antes de que tu hermana se despierte.

Obediente, TJ fue a buscar su pelota de plástico azul jaspeada y empezó a chutarla mientras LoLo echaba una ojeada a los caballones del huerto. Había plantado las semillas, y esas semillas le habían dado plantones, plantas y alimento para su cuerpo y para su alma. Todos los días esperaba sin falta esos momentos trascendentes: el zumbido de las abejas cuando arrancaba las malas hierbas, la forma en que el abono —rico en excrementos de pollo o de caballo, cualquier cosa de la que pudiera echar mano— aromatizaba el aire fresco, recordándole lo poco de bueno que había conseguido rescatar de su infancia en Carolina del Sur. Los campos de algodón eran terribles bajo el sol de aquellas tierras, y sus primos, los que la rescataron del orfanato para encadenarla a otro tipo de invierno, la habían explotado allí. Todos se deslomaban, así era trabajar de aparcero. El trabajo no tenía nada de glamuroso para ninguno de ellos, pero tanto Bear, el primo hermano de su padre, como Clarette, su esposa, les reservaban a LoLo las tareas más duras en la tierra. Innumerables noches se metía agotada en la cama con todo el cuerpo dolorido: ampollas en los pies, la piel quemada, las rodillas torcidas de pasar horas arrodillada en el suelo, sacando las piedras de los interminables caballones, o formando montañitas de tierra sobre las semillas con las manos. Lo peor era el gallinero, tener que limpiar la gruesa capa de plumas, telarañas y mierda dura como el cemento, sin una gota de aire fresco y solo algún resquicio de luz que pasaba entre los tablones de madera. No vomitar la ración matinal de avena —y, en días generosos, un bollo con una loncha de tocino— era un desafío tan difícil como sobrevivir a un día más en el campo. Pero sobrevivió, eso fue lo que hizo. Y con el tiempo llegó a disfrutar de ello, de la serenidad, de esa relación estrecha con la tierra. De escapar de las manos de Bear, cuando agarraban los dones de la tierra y no los de su cuerpo. Las tareas del campo danzaban en sus huesos. Cuidar del huerto la emocionaba.

LoLo se inclinó sobre el chorro de agua fresca que manaba de la manguera y tomó un sorbo. Luego puso el pulgar sobre la abertura para que el agua saliera rociada. Las gotas brillaban bajo los rayos del sol, regalándole una guirnalda de colores en la cortina de agua. LoLo sonrió y empezó a tararear, en voz baja pero recreándose, una de sus canciones favoritas. A su izquierda, TJ pateaba la pelota y corría detrás de ella como si no hubiera otra ocupación en el mundo. Detrás, la verja de la entrada se cerró de golpe. LoLo echó un vistazo. Cindy chasqueaba los dedos mientras caminaba con ritmo, dando saltitos, y cantaba siguiendo el tarareo de su amiga.

—«*Otra noche de sábado y no tengo a nadie...*» Sí, ese era Sam Cooke —dijo Cindy situándose junto a LoLo y observando como regaba—. Menudo era. Seguro que no se quedó a dos velas ni un solo sábado. Ya te digo.

LoLo se rio pero siguió con la mirada puesta en lo que hacía.

—¡Eres tremenda!

—¿Acaso miento?

—Claro que no. Seguro que las chicas hacían cola para que él pudiera elegir —dijo LoLo riéndose con alegría. Hasta que se volvió hacia Cindy y vio su cara. Las gafas de ojo de gato ocultaban en parte los golpes, pero no del todo.

LoLo siguió regando, pero la sonrisa se fue borrando lentamente de su rostro.

—¿Qué ocurre, Cindy? ¿Por qué llegas así en esta bonita tarde?

—No lo sé —respondió ella en voz baja. Cambió el peso de un pie a otro—. Pasaba por aquí en coche. Sabía que te encontraría trabajando en el huerto. —Dirigió la atención hacia las dos grandes hortensias que crecían junto a la valla—. Vaya, vaya. Está claro que Tommy ha conseguido que esas hortensias estén preciosas. Mira qué color púrpura oscuro les ha dado, solo para ti, ¿eh? —dijo empleando la mano para protegerse los ojos del sol.

LoLo permaneció en silencio. No le apetecía hablar de los arbustos en flor de nadie.

—Parece que Tommy no es el único que está pintando cosas de púrpura.

Cindy se tocó la mejilla izquierda, pero las palabras parecieron atragantársele y no pudo responder. Al cabo de un largo silencio, LoLo la ayudó a sacarlas.

—¿Roosevelt se ha largado a algún sitio a preparar sus disculpas?

—No sé dónde anda —le soltó Cindy—. Ni me importa.

LoLo siguió regando su jardín. El agua fresca de la manguera le había adormecido el pulgar. Finalmente, cuando consideró que las verduras y las flores habían saciado su sed, Cindy hubo relajado un poco los hombros y el canto de los pájaros empezó a cubrir sus pensamientos afligidos, LoLo separó el pulgar de la manguera y dejó que el agua cayera sobre sus pies descalzos.

—Dame un sorbo de agua —dijo Cindy.

LoLo levantó la manguera y vio como Cindy se arrimaba y besaba el chorro. Tras tomar unos sorbos rápidos, se incorporó y metió la mano en su bolso para sacar un paquete de cigarrillos Kool y un librito de cerillas. Le ofreció tabaco a LoLo. Esta aceptó. Las dos permanecieron en silencio, mientras el agua corría a sus pies. Inhalaron la nicotina y echaron la cabeza hacia atrás para soplar anillos de humo al cielo despejado.

—Estoy embarazada —dijo Cindy finalmente.

LoLo miró la barriga de su amiga y dio otra calada al cigarrillo, pero no dijo nada. Se acercó al lateral de la casa y giró la llave de paso del agua para cortar el chorro. Luego dio varias caladas más mientras regresaba con paso cansino de camino al huerto, pensando qué debía decirle a su amiga.

—Solo son unas seis semanas de retraso. Y me noto la barriga... un poco rara. Como si tuviera algo aquí dentro, multiplicándose y dividiéndose, haciéndose duro y creciendo al mismo tiempo. —Dio otra calada y dejó caer la mano del cigarrillo a un lado, dejando ver las lágrimas que empezaban a deslizarse sobre sus mejillas—. No puedo hacerlo.

LoLo se agachó para apagar el cigarrillo en un charquito que se había formado en el surco de tierra junto a las judías verdes.

—Con él, no puedes. En eso estamos de acuerdo. Tenemos que encontrarte un sitio donde puedas pasar desapercibida mientras piensas qué vas a hacer con el bebé...

—No voy a tenerlo —dijo Cindy interrumpiéndola.

LoLo frunció el ceño.

—¿Qué quieres decir con que no vas a tenerlo?

Cindy se quedó callada.

—Cynthia Clayton —saltó LoLo. Sus palabras sobresaltaron a su amiga—. Lo siento, lo siento... Lo siento —añadió enseguida LoLo, entendiendo que su amiga se hallaba en una posición muy vulnerable y que la había asustado con sus gritos. Intentó darle un abrazo, pero el cuerpo de Cindy reaccionó poniéndose tenso.

—Lo he decidido. No puedo traer a un bebé al mundo con ese hombre. Tratándome como me trata, no hay duda de que haría lo mismo con nuestro hijo.

—Pero no lo entiendo —dijo LoLo—. Puedes elegir. Puedes quedarte con el niño y abandonar al hombre.

Cindy soltó una risa sarcástica.

—¿Y luego qué? ¿Criarlo sola? —preguntó—. ¿Has olvidado lo difícil que lo tenemos aquí? ¿Lo que nos cuesta alimentarnos, como para encima tener que alimentar a estos críos? ¿Has olvidado cómo nos mira todo el mundo cuando paseamos con críos llenos de mocos sin un padre a la vista? ¿Como si pensaran que somos unas putillas baratas, unas negras pasadas de vueltas? No todas tenemos a un Tommy, dispuesto a pelear y trabajar para daros comida y techo.

—¿Y a ti qué más te da lo que piense la gente de tu bebé?

—Lo que me importa es mantenerme con vida —dijo Cindy—. Eso, con un bebé, no puedo hacerlo.

—Pero ¿con Roosevelt sí? —preguntó LoLo. Agarró la barbilla de Cindy y la miró a los ojos—. Ese hombre te matará.

Cindy apartó la cara con brusquedad.

—Puedo aguantarlo. Lo que no puedo aguantar es estar sola. Eso no —dijo. Se secó las lágrimas que descendían hacia su mejillas—. Y no he venido aquí a que me juzguen, LoLo. He venido a pedir ayuda. —Alzó la vista y miró a su amiga a los ojos. Se puso la mano sobre la barriga y, con un gesto, le pidió a LoLo que la mirase.

LoLo negó lentamente con la cabeza.

—No. No, no, no, no. No puedes hacerlo —le susurró—. Cindy, no lo hagas, por favor.

—No tengo otra salida, ¿no lo ves?

—Si lo haces, te quitarán cualquier posibilidad que te quede, ¿no lo ves? —le suplicó LoLo. Agarró la barriga de Cindy con una mano y la suya con la otra—. Lo sé. Simplemente lo sé. No lo hagas, no lo hagas, no lo hagas —insistió, diciendo que no con la cabeza, la piel brillante de lágrimas y moco.

Otoño de 1963

Casi todo el mundo —o los negros, por lo menos— recuerda los detalles del 15 de septiembre de 1963 como un pintor recuerda sus pinceladas sobre el lienzo: el sol lucía en lo alto de un cielo azul y despejado, y los peces poco menos que se agolpaban sobre el anzuelo de Zachariah Wilson en Mill's Creek, en los montes de Virginia, y la diaconisa Bunche —de todas las feligresas, la que tenía la voz cascada los domingos por la mañana y se guardaba los caramelos de azúcar moreno y mantequilla en el fondo de su cartera— estaba llamando a los ángeles para que bajaran del cielo desde el primer banco de una iglesia en Texas, cuando empezó a correr el rumor de este a oeste, de norte a sur, sobre esos cuatro pobres corderitos a los que un blanco malnacido había asesinado en el momento más sagrado de la semana: el principio de la clase de catequesis, cuando los niños, vestidos de domingo, eran enviados por sus padres a aprender la Palabra. Los linchamientos, en fin..., eran espantosos; cadáveres negros retorcidos, rotos e incluso despedazados, rostros desfigurados y congelados en ese instante postrero en el que los cuellos se habían quebrado, el aliento había abandonado los cuerpos y las víctimas, las desdichadas víctimas, inocentes con toda probabilidad, sin duda aterrorizadas, en ningún caso preparadas para un final así, veían desfilar todos los momentos de sus vidas como un destello ante sus ojos, y miraban a la luz que les enviaban los ancestros para llamarlas de vuelta a casa. Eran imágenes horribles. Pero pensar que cuatro criaturas, cuatro niñas, con el pelo perfectamente recogido, con sus bonitos vestidos de algodón rozando sus rodillas, las merceditas brillantes como una moneda de plata, lustradas con vaselina y quizá un poco de saliva, pensar que estaban... muertas... ¿Imaginar una tragedia así? ¿Un acto tan monstruoso? Eso abrasa el recuerdo. No es posible sacudirse de encima la noticia del asesinato de cuatro niñas como tampoco lo es quitarse la piel negra que recubre el cuerpo de un negro.

Pero luego estaba LoLo, que recordaba esa fecha precisa por motivos que nada tenían que ver con el asesinato de esas niñas; LoLo, que, de hecho, recordaba el 15 de septiembre de 1963 porque ese fue el día en que sus hijos fueron linchados.

El bebé que crecía en sus entrañas era de Bear. Ese bebé no fue concebido en el amor. El corazón de ese bebé no había latido ni dos semanas cuando ya tenía enemigos. Clarette, amargada por un marido aficionado a las palizas y a tener relaciones sexuales con su prima adolescente, no podía soportar la idea de que LoLo trajera un niño a la casa en la que ella y su marido habían enterrado a cuatro bebés que su vientre había expulsado prematuramente. Quería ver muerto al bebé de LoLo. La jefa de enfermeras en el hospital solo para blancos —la que tenía las llaves del cuarto de los medicamentos y suficiente experiencia en la sala de ginecología y obstetricia para saber extraer bebés no deseados de los vientres— también quería ver muerto al bebé de LoLo. De hecho, la enfermera Betsy Mills había manifestado por activa y por pasiva a todo aquel que quisiera escucharla —otras enfermeras, su grupo de estudio de la Biblia al que asistía los miércoles por la noche, los invitados a su mesa el día de Acción de Gracias— que, en su opinión, el único bebé negro bueno era aquel que estaba muerto. Y, así, hacía todo lo que estaba en su mano cuando se trataba de satisfacer esos deseos: los de las mujeres que acudían a ella para abortar en su sótano, y los de la comunidad blanca, que prefería raspar las entrañas de cualquier negra que pudiera meter en el quirófano a dedicar el dinero de sus impuestos, ganado con esfuerzo, a alimentar, vestir y en definitiva financiar las consecuencias de las patologías, deficiencia mental y torpeza reproductiva de los negros.

LoLo... En fin, se echó en la mesa de la enfermera Mills y abrió las piernas porque no veía otra forma de escapar al dolor, de cortar el lazo que la ataba a un bebé que no podía criar y al violador que se lo había hecho. Clarette tomó la responsabilidad de llevarla a esa decisión, pero la adolescente, rota y asustada, la habría encontrado también por sí misma, a tenor de las pesadillas que asediaban sus horas de sueño, siempre idénticas, siempre espantosas: Bear la llamaba en el campo, la metía en el granero y la obligaba a arrodillarse junto a su querida marrana preñada. «¡Sácalo!», le exigía, mientras se desabrochaba el cinturón y los botones del mono. «¡Te he dicho que lo saques!» LoLo, de rodillas junto a la puerca, que estaba tumbada de costado, hinchada y jadeante, formaba un cuenco con las manos, desnudas y ensangrentadas, para sacar los lechones de las entrañas del animal, de uno en uno, uno tras otro, hasta sumar siete en total: dos negros con manchas blancas, un par marrón oscuro con unas manchitas negras diminutas y dos más rosados, como su mamá. El último era lampiño, con la piel de un tono marrón rojizo, un color que se fusionaba sin transición con las manos temblorosas de LoLo. Cuando le giraba la cabecita para echar un vistazo a su hocico, el animal le gritaba como un bebé humano.

—¡Dale de mamar! —le ordenaba Bear.

LoLo se volvía para colocar el lechón, que chillaba, junto a la teta de la puerca, pero Bear le gritaba todavía más alto:

—¡Dale tú de mamar!

LoLo se miraba entonces el pecho y veía que de sus pezones manaba sangre y pus. Justo debajo, el lechón, chillando y retorciéndose en sus manos, arrimaba el hocico y buscaba su teta ensangrentada y purulenta.

Lo que tenía en la barriga no era natural. No estaba bien. LoLo no tenía ninguna duda al respecto, como tampoco la tenía sobre el motivo de que no le hubiera bajado la regla ni en julio ni en agosto. Clarette llegaría enseguida a la misma conclusión, solo diez minutos después de que encontrase a la muchacha de dieciséis años, a la prima de su marido, al final de la cuarta hilera de plantas de algodón, vomitando las gachas y la cuajada que había desayunado cuando el alba rosada y amarilla proyectaba su luz soñolienta sobre el horizonte.

—¡¿Qué te pasa, niña?! —le había gritado Clarette pisando con fuerza la tierra, con visible preocupación, dejando un rastro en el suelo por donde pasaba en dirección a LoLo.

Esta puso todo su empeño en contener las arcadas de su estómago, pero era como si alguien se lo estuviera exprimiendo como un trapo empapado de agua y mugre después de un baño. El olor penetrante del abono, el algodón que enviaba notas de sudor y almizcle a su olfato, exacerbaban la sensación.

—Lo... lo sien... —empezó a decir LoLo antes de vomitar de nuevo. El líquido, lleno de tropezones, salió disparado de su garganta y de su nariz y llegó tan lejos que unas gotitas salpicaron los zapatos de Clarette—. No puedo parar —fue todo cuanto acertó a decir LoLo.

Clarette se quedó mirando a la muchacha y la escena repulsiva que se desarrollaba ante sus ojos. Con la cara arrugada, la mano sobre la nariz, el cuello y la columna en tensión, contempló como LoLo se doblaba sobre los tallos de algodón con el rostro desencajado, vomitando de nuevo. Como se agarraba el vientre sin cesar. Echó cuentas en un abrir y cerrar de ojos.

—¿Cuánto hace que no te baja la regla? —le preguntó. Entornó los ojos hasta convertirlos en unas rendijas, pero su voz permaneció impasible.

—No... no me acuerdo —consiguió decir LoLo entre arcada y arcada.

—Ven aquí —le ordenó Clarette agarrando a la muchacha del brazo. Se llevó inmediatamente a su joven ahijada a la letrina.

LoLo seguía apretándose la barriga cuando Clarette abrió la desvencijada puerta de madera y agarró el cesto que contenía los retales de arpillera que ambas empleaban cuando tenían la regla. Clarette no se había fijado hasta ese momento, pero la única persona que había usado esos trapos en los dos meses anteriores había sido ella. Sin embargo, el contenido de la cesta, junto con la vomitona de LoLo en el campo, esbozaban ahora una imagen, una serie incontestable de pruebas que llevaban rápida y fácilmente a una conclusión obvia.

LoLo miró los trapos mientras Clarette volvía a dejar despacio el cesto en su sitio. No soportaba mirar a la esposa de su primo a los ojos, pues sabía lo que iba a ocurrir después. Sabía que tendría que cargar con toda la culpa y toda la vergüenza, sabía que Clarette jamás podría ir más allá de su propio dolor para echarle la culpa a quien correspondía o, por lo menos, ayudar en alguna medida a una chica que, a los dieciséis años, no había logrado gran cosa en la vida más allá de sobrevivir a su propio sufrimiento.

Clarette, sin embargo, hizo algo inesperado: engatusó a LoLo ofreciéndole cariño y dulzura.

—Sé que no querías que esto pasara —dijo escuetamente, antes de ir al grano—. Conozco a alguien que puede ayudarte. —Su lengua era azúcar; sus labios, almíbar—. No dejaré que te deshagas sola de él.

Clarette dominaba el arte de hablar con dulzura porque esa era su naturaleza: dulce y buena. Era la clase de mujer que se enamoraba del primer chico que recogía girasoles en el margen del camino para ella y le decía «sí» antes de que él pudiera terminar de tartamudear la frase «cásate conmigo», la clase de mujer que se aferraría a ese hombre y a ese matrimonio porque eso era lo que quería y lo que se esperaba de una mujer con fe en Dios. Obediencia. Bear le decía que así lo ordenaba la Biblia y ella lo daba por bueno porque también lo decía el pastor, y, así, la primera vez que Clarette vio a Bear encima de LoLo, consumiéndola, con la sangre agolpándose en todos los puntos en los que la adolescente recibía el peso de su marido —orejas, nariz, ojos, pies, muñecas, tobillos, sienes—, no dijo nada. Solo se quedó mirando como LoLo cerraba los ojos con fuerza y ahogaba sus gritos bajo los gemidos, las amenazas y las órdenes de Bear. «Calla la boca de una puta vez y tómate la medicina, puta de mierda», dijo él frunciendo los labios y dejando al descubierto sus dientes separados.

Clarette salió por la puerta del granero, discreta y silenciosa, y se arrodilló en el campo: su mente era un torbellino de ideas, de su boca salían oraciones a borbotones. Sabía que era cuestión de tiempo que esa chiquilla, alta y guapa, diera lo que ella nunca pudo dar. Dios lo decía alto y claro: «Olvídalo». Alto como una campana, alto como las plegarias de Clarette, alto como el cielo al que se las dirigía. Y eso fue lo que hizo. Olvidarlo todo. Dejar caer en el dulce olvido la rabia, en el dulce olvido el asco. Perdonar dulcemente a su marido y a esa fresca que había llevado a su casa. Y dulcemente la confió a la enfermera Mills, que arrancaría ese mal de las entrañas de la niña y cualquier otro mal que pudiera llegar después. Ese domingo, cuando la iglesia estalló y las llamas se llevaron a esas cuatro niñas, los vestidos que ondeaban por sus rodillas, sus merceditas y sus trencitas, la enfermera Mills raspó el mal que contenía el cuerpo de LoLo y la convirtió en una persona nueva. La vida sería ahora más fácil para todos, se decía Clarette: para LoLo, para Bear y para Clarette Loretta Franklin, quien amaba a Dios y a su marido y no iba a permitir que nadie separase lo que Dios había unido.

LoLo supo ese mismo día que se estaba deshaciendo del bebé de Bear.

Y fue una decisión voluntaria. Lo que no sabía en absoluto cuando cerró despacio los ojos y empezó a contar hacia atrás desde cien era el acuerdo tácito al que había llegado Clarette con esa enfermera cuando iba por el noventa y tres y empezó a deslizarse como una nube en una sosegada oscuridad, un acuerdo que alteraría de manera irreversible cualquier otra decisión a la que tuviera derecho, hasta el último día de su vida.

—Hágalo —le había escupido Clarette a la enfermera Mills cuando vio que la amante de su marido se hundía en el sueño de la anestesia—, para que no pueda volver a pecar nunca más.

Bear, en cambio, veía las cosas de otra forma. La verdad salió a la luz cuando, esa misma noche, entró con sigilo en el cuarto de LoLo y encontró, en vez del placer que buscaba, una habitación preñada de dolor. Allí estaba ella, en la cama, destrozada, esforzándose en ahogar los gemidos de dolor, mientras Clarette le cambiaba diligentemente los vendajes de las tres incisiones en el bajo vientre que, una vez cerradas, se convertirían en gruesas cicatrices negras, una placa conmemorativa que recordaría el día, el tiempo, en el que le fueron arrebatados todos los hijos y, más adelante, una suerte de blasón íntimo para todas las mentiras que contaría a los hombres con los que yacería. Ellos, al principio, afilaban la mirada, y algunos incluso se acercaban para tocarlo, pero LoLo siempre encontraba la forma de impedírselo y retomaba el encuentro con una de sus falsedades: «Un caballo me descabalgó cuando era pequeña y me caí encima de unos clavos», o «Una hija de puta me acuchilló porque alguien le dijo que le había echado el ojo a su marido, aunque no era verdad. Tendrías que ver las cicatrices que le dejé yo», o «Tuve un accidente espantoso con una hiedra venenosa. No podía parar de rascarme y las cicatrices nunca se me quitaron». Más adelante le llegaría el turno al hombre con el que finalmente se quedaría, Tommy: «Estaba nadando y me metí por una parte del arroyo que estaba llena de piedras afiladas, que casi llegaban a la superficie. Nadé encima de una de ellas y me abrió en canal. Pensé que me moría». Todos la creían. Sin excepción. Sobre todo cuando acompañaba sus mentiras de palabras tranquilizadoras y les decía que debajo de ese tejido bulboso y negro, de esa gruesa cicatriz donde plantaban su simiente, todavía podían crecer las flores.

Sin embargo, para Bear, las heridas —las de LoLo, las de Clarette— eran recientes y, por ello, solo podía existir la verdad. Bear tropezó con sus gruesos pies cuando su cerebro asimiló lo que veían sus ojos y reculó rápidamente hasta la puerta.

—¿Qué diablos está pasando aquí? ¿Cómo se ha hecho esos cortes ahí? ¿Cómo ha pasado? —preguntó atropellándose.

LoLo, avergonzada, temerosa, se encogió ante el contacto de Clarette y la voz de Bear. Clarette, por su parte, vertió más yodo en el trapo y mojó el vientre tembloroso de LoLo.

—He preguntado qué está pasando aquí. ¿No me has oído, mujer? —dijo Bear, con más fuerza esta vez, aunque sin moverse todavía. Estaba petrificado en el umbral del cuarto.

Clarette se volvió lentamente hacia su marido y dejó caer la verdad.

—Estoy arreglando tu estropicio, Joe Nathan —susurró mirando primero los zapatos de Bear y luego sus ojos.

—¿Qué... qué quieres decir con eso de mi estropicio? —soltó él, aunque sin la confianza suficiente para dar fuerza a su exigencia de detalles.

Clarette se tomó un tiempo para que su marido pudiera oírla bien.

—Hebreos trece, versículo cuatro —dijo despacio afilando la mirada—. «Honroso sea en todos el matrimonio, y el lecho sin mancilla, pero a los fornicarios y a los adúlteros los juzgará Dios.»

—Mujer, ¿de qué hablas? —preguntó Bear a Clarette, mientras desplazaba poco a poco la mirada hacia LoLo. Ella bajó los ojos y trató de recobrar el aliento. Pero fue inútil; el terror iba apoderándose de todo su ser, de su sangre y de su entraña, a través de sus órganos, subiendo hacia el esófago hasta alcanzar su garganta. Intentó contener el vómito con todas sus fuerzas, las arcadas eran como puñales que se clavaban en los mismos sitios que, apenas unas horas antes, había visitado el escalpelo de la enfermera Mills. LoLo gritó de dolor.

Clarette no se amilanó ante ninguno de los dos. Siguió desgranando su discurso.

—«Por tanto dejará el hombre a su padre y a su madre, se unirá a su mujer, y serán una sola carne», Génesis, dos, veinticuatro —susurró, prácticamente sin abrir la boca—. Y Proverbios cinco, versículos del dieciocho al diecinueve: «¡Sea bendito tu manantial y alégrate con la mujer de tu juventud! Recréate siempre en su amor».

—Vale, pastor, ¿estamos en clase de catequesis? ¿Qué tendrá que ver eso con lo que está pasando aquí?

—¡Tiene todo que ver con lo que está pasando aquí! —gritó Clarette—. Diste a esta chica lo que nos estaba destinado, lo que Dios había deseado para un hombre y su esposa. —Clavó entonces el dedo índice en el vientre de LoLo. Ella saltó al recibir aquel golpe repentino y chilló cuando su cuerpo reaccionó con un dolor tan penetrante e intenso que le llegó a los dedos de los pies.

—No entien...

—¡Sabes muy bien a qué me refiero, Joe Nathan! —chilló Clarette con una voz aguda como una sirena. Aparte de su madre y de los blancos, era la única persona que llamaba a Bear por su nombre de pila completo. Luego dijo entre dientes—: No te preocupes. Lo he arreglado.

Los ojos de Bear se abrieron como platos.

—¿Qué significa que lo has arreglado? ¿Qué es lo que has arreglado?

—¡No tendremos bastardos en esta casa, Joe Nathan! —siguió chillando Clarette; marcaba cada palabra como si deletreara una palabra difícil. El nombre de su marido lo alargó melódicamente, como si fuera una canción—. Ya no hay bebé. Tampoco habrá más.

—Qué... —empezó a decir Bear, y luego se quedó callado, con el rostro crispado cuando sus ojos se posaron en las heridas de LoLo y luego buscaron su rostro.

—Lo he arreglado —dijo Clarette, antes de poner más yodo en las heridas de LoLo.

Ella movió la cabeza, primero lentamente, luego cada vez más deprisa, librándose a un *crescendo* de noes y ruegos, invocando al Señor.

—Ay, Dios. Ay, Dios. Ay, Dios..., ¡no, no, no, no, no! —gritaba.

—¡Silencio! —le ordenó Clarette—. No voy a permitir que nombres a Dios en vano después de lo que has hecho. Él no tiene nada que ver con tu pecado. Bien. Ahora ninguno de los dos podrá volver a cometer ese pecado. Mi Dios es misericordioso pero se cobrará su venganza.

—¡Clarette, ¿cómo has podido hacerle esto a la niña? ¿Con qué derecho?! —gritó Bear.

—¿Y a ti quién te lo dio? —le replicó ella, también gritando.

Y así continuó la discusión. Ambos gritaban junto a LoLo, junto a sus heridas, la culpa arreciando como una lluvia de perdigones, la incredulidad y la rabia de ambos tan abrasadoras como un sorbo de té ardiendo en el labio y la lengua, ambos plenamente conscientes de la destrucción que habían causado en una niña de dieciséis años que, humillada, avergonzada, desolada, yacía ahí mismo con agujeros en un terreno fértil en el que se sembrarían semillas, pero en el que las flores nunca se abrirían. La tristeza de LoLo sería un océano que bañaría todos sus continentes, lanzando olas de pena sobre sus costas hasta el día en que la abandonara el aliento.

Y ahora era Cindy a quien tenía delante, con el vientre listo para dar frutos, decidida a someter a su cuerpo al mismo trance.

—Cindy, no lo hagas. Cuando eres una mujer de color, si te subes a una de esas mesas, te lo arrancan todo y lo tiran al suelo.

—¿Y qué sabrás tú, LoLo? ¿Eh? —preguntó Cindy secándose enfadada una lágrima que le bajaba por la mejilla—. ¿Cómo vas a saber lo que es estar tan desesperada como para arriesgarte a algo así?

A lo lejos, detrás de ellas, en la diminuta casa de dos habitaciones de LoLo y Tommy, justo detrás de la ventana que siempre se quedaba atascada arriba cuando la humedad de los días más calurosos de verano hacía que la madera sudase y se dilatara, Rae empezó a despertarse. Aunque era muy pequeñita, con su cara de angelito y los brazos y las piernas nervudos, sus gimoteos, especialmente los que daba como prólogo a sus llantos más teatrales, tenían peso. LoLo miró por encima del hombro de Cindy, hacia la ventana, antes de volver a posar la mirada sobre los ojos de su amiga. La tristeza, la oscuridad que los habitaba, era oceánica.

—Nos dijiste que era Tommy el que no podía tener hijos.

—¿Y qué piensas que haría si descubriera que siempre fui yo? ¿Qué crees que haría si descubriera que me extirparon la matriz?

—Ese hombre besa por donde pisas. No se irá a ningún lado.

—Eso no lo sabes, Cindy —respondió enseguida LoLo—.

Los hombres, especialmente los nuestros, miden su hombría por los hijos que tienen. Quieren saber que han plantado semillas en esta tierra antes de morir. Tommy no es distinto. Es un buen hombre. Pero no es distinto. Quería plantar esas flores.

—Por cómo lo describes, cualquiera diría que es uno de esos negros del Black Power —dijo Cindy acompañando sus palabras de desprecio—. Como si quisiera tener hijos para salvar la raza o yo qué sé.

—Tommy no va por el mundo con el puño alzado, ya lo sabes. Mi marido es discreto. Pero tiene su orgullo.

—Y entonces ¿cómo lo convenciste de que algo fallaba en su hombría? ¿Cómo no descubrió que era cosa tuya?

LoLo se quedó callada. Rae, cada vez más agitada, estaba preparándose para una llantina que, sin duda, iba a poner punto final a ese rato en el jardín.

—A los hombres no suele gustarles hablar de la regla —explicó LoLo lentamente, echando un vistazo a la ventana atrancada—. Y verla les gusta menos todavía.

—¿Sigues teniéndola después de..., después de...?

LoLo bajó los ojos. El corazón se le aceleró. A sus mejores amigas se lo había explicado prácticamente todo, pero eso... era una vergüenza secreta que le pesaba, como un ancla que tirase de ella hacia abajo, hacia lo hondo, más allá de las olas en la playa y de las criaturas que vivían allí, debajo del mar ondulado, lejos del disco de luz, en los recovecos más oscuros, donde no hay aire. Solo negritud y miedo, sin fondo. LoLo no podía respirar ahí abajo.

—No pasa nada. No hace falta que me lo cuentes si duele demasiado... —señaló Cindy.

Rae volvió a sollozar varias veces.

—Piensa que todavía me viene la regla —dijo LoLo—. Le dije que no podía ser culpa mía porque una mujer puede tener hijos mientras tenga la regla, y me creyó.

»Tomé una decisión y alguien me arrancó todas las demás decisiones que habría podido tomar después —continuó—. Pero la decisión de amar no pudieron arrancármela. Todavía me queda eso. Una mujer prefirió no subirse a esa mesa y su decisión, da igual cómo llegara a ella, hizo posible que Tommy y yo pudiéramos ser padres a pesar de todo. —Los ojos de LoLo fueron en busca del llanto de su hija. Se quedó mirando la ventana. También buscó a TJ, que estaba persiguiendo su pelota, riéndose ajeno a lo que hablaban—. Es difícil, no te lo voy a negar —añadió—. Pero esta es nuestra familia. Esta es mi vida.

Cindy se arrimó a LoLo y le cogió la cara con las manos. Y así se quedaron, frente contra frente, pecho contra pecho, en un embrollo de brazos y lágrimas, oscilando bajo el sol de agosto. En el transcurso de una amistad que duraría décadas, LoLo y Cindy no volverían a hablar de la matriz de LoLo nunca más.

Finalmente se apartaron una de otra. Se alisaron la ropa con las manos, se enderezaron: LoLo, lista para cuidar de su jardín y de sus niños; Cindy, lista para ocuparse del asunto que tenía pendiente. Cindy observó como su amiga arrancaba un hierbajo que crecía junto a las judías y cogía algunas piedras que estaban demasiado cerca de las raíces de sus plantas y las tiraba por encima de la verja, para que no rompieran el cortacésped de Tommy cuando este decidiera segar a ras de suelo.

—Voy a hacerlo igualmente —afirmó Cindy—. Quiero a Roosevelt, pero no tengo sitio para criar a un niño en esa casa con él. No ahora. Lo que te pasó no puede determinar mi decisión, LoLo, y tampoco voy a permitir que lo haga Roosevelt. Es algo que debo decidir por mí misma.

LoLo cogió otro hierbajo, tiró otra piedra.

—Solo te pido que reces por mí, LoLo —dijo Cindy—. ¿Podrás hacer esto por una vieja amiga?

Rae por último soltó el aullido que había estado alimentando durante todo ese tiempo.

—Voy un momento adentro a ver cómo está la pequeña —dijo LoLo recogiendo las herramientas del jardín—. TJ, ven conmigo, peque. Tu hermana se ha despertado. Guarda la pelota y vamos a ver cómo está.

LoLo echó una última mirada a Cindy y echó a andar hacia la casa, hacia sus hijos.

16

Primavera de 1971

Tommy no iba a salir en los titulares. Se negaba a secundar la tesis dominante escrita con la sangre de todos los negros que lo habían precedido y de todos los que vendrían después de él. Esos autores... En fin, se sacaban de la manga, sistemática y religiosamente, historias para no dormir sobre negros malvados, sobre unos hombres marcados por la haraganería, la ineptitud y las inclinaciones criminales que sembraban el terror entre los ciudadanos de bien, honrados y respetables de un país elegido por Dios, arrebatándoles sus bienes más preciados: sus mujeres virtuosas, su dinero, sus propiedades, su sustento. Sus propias vidas. Era una idea tan martilleada, tan cuidadosamente introducida entre los ingredientes que constituían el ser de los hombres negros, que incluso algunas personas de color daban por buenas esas patrañas. El padre de Tommy se contaba entre ellos y, en consecuencia, desde el mismo día en que su esposa expulsó de su vientre a sus hijos y él dio palmadas de alegría al ver la carne que colgaba entre las piernas de sus recién nacidos, esperó de ellos, y así se lo exigió, trabajo duro. Una prueba de que sus hijos, como él mismo, estaban hechos de otra estofa. Recios, trabajadores, fuertes, con la energía del macho más grande y negro de todo el campo. Tommy odiaba a su padre por ello, pero aun así se recreaba en esa descripción. Le gustaba que la gente lo tuviera por alguien enérgico: esa persona de la que no cabía ninguna duda que sobreviviría en toda circunstancia. Que sabría salirse con la suya y no perder aquello que había construido con tanto esfuerzo.

LoLo lo sabía de primera mano y se había impuesto a sí misma unas normas de vida consecuentes: por eso, depositaba una fe inquebrantable en la persona que su marido afirmaba ser. Las palabras que LoLo pronunciaba en ese instante así lo corroboraban. Sin embargo, sabía que sus ojos habían delatado el miedo que sentía, su inseguridad, cuando Tommy abrió despacio la puerta de casa apenas dos horas después de que se hubiera marchado a trabajar y le explicó por qué había traspasado el umbral de su hogar tan temprano un martes.

—No nos dicen nada, Corazón. Ni una palabra. Cuando hemos llegado al trabajo, nos hemos encontrado una valla enorme que rodeaba todo el edificio. Lo han cerrado. Han cerrado toda la fábrica —dijo Tommy mientras dejaba la fiambrera sobre la mesilla de madera del salón, se sentaba despacio en el sofá y escondía la cara entre las manos—. Ni se han dignado a salir a explicarnos qué ha pasado. Simplemente han enviado al guardia de seguridad a decirnos que nos apartáramos de la puta valla y que nos enviarían nuestra última nómina por correo.

Sin saber muy bien cómo reaccionar a la noticia de que las nóminas de Tommy, ya escasas por la presión a la baja que sufrían los salarios de los empleados negros, iban a dejar de llegar, LoLo puso la mirada en Rae, que estaba desnuda en medio de una alfombra de lana trenzada de múltiples colores, tirándole del pelo a su muñeca. No dijo nada.

Tommy miró en la misma dirección y frunció el ceño con gesto confundido.

—¿Por qué está desnuda la niña? —preguntó.

Las palabras de su marido la sacaron de golpe de su ensimismamiento. Se levantó ágilmente del sofá y cogió una manta para envolver a su hija, cubriéndole las partes importantes que LoLo no quería que viese ningún hombre, ni siquiera Tommy. Rae se quejó cuando LoLo la cogió en brazos, pero se tranquilizó enseguida cuando su madre volvió a agacharse para recoger la muñeca y colocarla en sus manos ansiosas.

—Estoy enseñándole a utilizar el orinal —dijo LoLo.

Tommy volvió a fruncir el ceño.

—¿En medio del salón? ¿Sin ropa?

LoLo puso una sonrisa de desdén mientras hacía saltar a Rae en sus brazos y le daba palmaditas en el trasero para que dejara de retorcerse.

—Estaba tendiendo los pañales en el jardín y Skip se ha acercado a la valla para darnos los buenos días. Me ha dicho que, si la dejo andar un ratito por casa sin ropa, aprenderá a decir cuándo necesita ir al lavabo.

Tommy miró un momento al bebé, antes de volver a concentrarse en LoLo.

—Supongo que algo sabrá Skip del tema, teniendo cinco críos, ¿eh? —señaló finalmente—. ¿Ha funcionado?

—No lo sé todavía —dijo LoLo, dando un beso a Rae en la mejilla y tirando de la manta para que no se destapara—. No ha hecho pipí ni caca en el suelo. Igual Skip no va tan desencaminado.

—¿Dónde anda TJ?

—Jugando con los vecinos. Skip ha dicho que podía ir a su casa a jugar con sus hijos.

—Vale.

LoLo se llevó a Rae a su cuarto y la dejó en su cuna sin demasiados mimos. Cuando vio que se quejaba, le dio la muñeca. Tommy apareció en la puerta en el instante en que LoLo sacaba un vestido del cajón de la pequeña cómoda, y contempló a las dos mujeres de su vida, las dos mujeres a las que se había prometido y jurado por Dios que siempre protegería. O que perdería la vida en el intento.

—Escucha, ya conoces a tu hombre. Es imposible que os deje a ti y a los niños con una mano delante y otra detrás. Encontraré otro trabajo. Así soy yo, ya lo sabes. Trabajo duro, me pagan, traigo el dinero a casa. Eso no cambiará nunca. —Tommy dejó bailar las palabras sobre su lengua como un boxeador que da brincos en el centro del cuadrilátero. Las dijo con arrojo.

—¿Y qué haremos hasta entonces, Tommy? —dijo LoLo cerrando el cajón y dejando, finalmente, que sus miradas se encontraran—. Tenemos suficiente para la comida y esas cosas, pero nos toca pagar la hipoteca en un par de semanas. Y el seguro. ¿Qué haremos entonces?

—Lo que haga falta para salir del paso —dijo él por toda respuesta—. Mira, ya me he enterado de que buscan a gente para un trabajillo limpiando bancos. No pagan lo mismo que en la fábrica, y me tocará trabajar de noche, pero tendrá que bastar hasta que encuentre otra cosa.

—¿Estás seguro de que bastará? ¿Cuánto pagan por trabajar de limpiador en un banco?

Tommy bajó la cabeza mientras LoLo pasaba el cuello del vestido por el pelo blando y ensortijado de Rae. No hizo falta que respondiera. LoLo había tenido claro desde el primer día que quedarse en casa cuidando de los niños mientras su marido se ganaba el pan era una locura para una pareja de color y que tarde o temprano tendría que hacer lo mismo que todas sus conocidas: ganarse la vida. Que Tommy quisiera cuidar de ella era noble, pero LoLo sabía que tenía que ponerse las zapatillas y estar lista para la carrera de obstáculos que se avecinaba.

—¿Te acuerdas del señor Deerfield, del taller de confección? Le gustaba mucho cómo trabajaba y me dijo que me pasase si algún día quería volver.

—No quiero que trabajes, Corazón. Te lo prometí...

—Ambos nos hicimos promesas, pero la más importante que debemos cumplir es cuidar de estos niños. Esos cheques que nos dieron por ellos tienen que quedarse en su cartilla de ahorros. No podemos gastarnos ese dinero. Tenemos cosas que hacer con esos ahorros. Comprar leche y berzas no era la idea.

—Poner a trabajar a mi esposa no era mi idea —dijo Tommy en voz baja.

—Lo sé —dijo LoLo volviéndose hacia su marido. Extendió los brazos, invitándolo a acercarse, una muestra de afecto que no frecuentaba, pero que en ese instante le pareció adecuada, necesaria. Feliz, Tommy estrechó a su mujer entre los brazos.

»No durará demasiado, ¿vale? Yo trabajaré de día, y tú puedes quedarte con los niños. Por la noche, cuando trabajes, me ocuparé yo. Saldrá bien. Y sabes que Freddy encontró trabajo en esa empresa que fabrica piezas de aviones. Quizá podría preguntarle si pueden darte algo.

—Tu hermano acaba de llegar a la ciudad. Acaba de encontrar ese empleo. No creo que le apetezca ir suplicando al amo por mí. Además, no es que os llevéis muy bien, tú y él.

—Eso da igual. Me lo debe —afirmó LoLo afilando la mirada.

—No, no puedo pedirte eso. Ya se me ocurrirá algo —aseguró Tommy pasándose las manos por el pelo afro, como si quisiera deshacerse de las preocupaciones frotándose la cabeza.

LoLo nunca había albergado la menor duda de que, tarde o temprano, se vería abocada a una situación así; pensar lo contrario habría sido un lujo irresponsable. A fin de cuentas, supo desde el primer día que esa dinámica que su marido había soñado —esa fantasía filmada en tecnicolor con actores de carne y hueso, al estilo de *Las aventuras de Ozzie y Harriet*, en la que él ganaría un buen sueldo con el que llenar la nevera, comprar zapatos para los niños y liberar a su mujer de toda carga que no fuera cuidar de su marido y de su hogar— era una estafa. Muy pocos negros podían lograr algo así, por más que cerraran los ojos, juntaran tres veces los talones e imaginaran que echaban a andar por el camino de baldosas amarillas que conducía a ese mundo utópico. Los blancos necesitaban cuerpos que se ocuparan de los trabajos más desagradecidos, y les daba igual si esos cuerpos tenían polla o coño con tal de que hicieran el trabajo que se les exigía para que *ellos* pudieran dedicarse a jugar a Ozzie y Harriet.

LoLo, para quien el trabajo duro no era algo desconocido, sabía cómo desempeñarse en ese papel. Pero dejar a los bebés al cuidado de otra persona... En fin, asumir eso era otra historia.

—¿Hola? —dijo LoLo antes de pasar por la puerta. Era un jueves, día de paga, por lo que iba cargada con todo lo que había comprado en el supermercado donde había cobrado el cheque. Las manzanas, que coronaban la bolsa de papel marrón que llevaba en el brazo derecho, se balancearon cuando se quitó los zapatos haciendo equilibrios. Solía encontrarse a Tommy descansando en el sofá, medio dormido, con los niños revoloteando no muy lejos, como mariposas besando flores. Ocupados. Todos estarían contentos de verla: Rae esperaría que la subiera en brazos; TJ, chupándose el dedo, se le agarraría a la pierna; Tommy cogería la compra de las manos de su esposa y le daría un beso en los labios, aliviado al ver que lo iba a relevar. Era una coreografía que habían desarrollado durante cerca de un año. Pero ese día la recibió el silencio. Un silencio incómodo, que le revolvió las tripas. Algo iba... mal.

LoLo llevó la compra a la cocina y echó un vistazo por la ventana trasera, pensando que tal vez Tommy y los niños habían salido a que les diera el aire, pero tampoco los vio por el jardín. Fue entonces al cuarto de los niños... Nada. Lo mismo en el cuarto de baño. Encontró a Tommy en la cama, durmiendo a pierna suelta, roncando tan fuerte que era increíble que no se tragara el forro de la nariz. Los niños no estaban en ninguna parte.

—¡Tommy! —gritó LoLo asustadísima. Se acercó a la cama y le dio un empujón en el hombro. Él se incorporó de golpe y agarró el cuello de la camisa de LoLo con una mano, mientras echaba atrás la otra, listo para propinarle un puñetazo—. ¡Soy yo! ¡Soy yo! —gritó ella inmediatamente, evitando por los pelos que su marido medio dormido la noqueara.

—Ah, LoLo, qué tal —dijo Tommy soltando el cuello de su camisa y frotándose los ojos—. He tardado un segundo en ver que eras tú.

—Tommy, ¿dónde están los niños?

—¿Qué? —contestó él bostezando, antes de frotarse nuevamente los ojos, sin estar del todo despierto todavía.

—¡Los niños! ¿Dónde están los niños? ¿Qué haces durmiendo? ¡Por el amor de Dios! —LoLo fue a la puerta de la entrada, mientras toda una serie de imágenes apocalípticas pasaban por su mente como en una película: «Se han escapado de casa y alguien los ha raptado; han salido de casa y han conseguido abrir la verja y los ha atropellado un coche; la puerta no estaba cerrada con llave y alguien se ha dado cuenta y los ha secuestrado; estaban solos jugando en el jardín y alguien ha entrado y los ha raptado y ha matado a TJ para que se callara y... y... y... Rae...».

—Corazón, los niños están bien —le dijo Tommy desde la habitación, despreocupado.

LoLo, consumida por el miedo y notando el sabor de la bilis en la lengua, no fue capaz de asimilar el sentido de sus palabras.

—LoLo —insistió él, un poco más fuerte. Ella había bajado la escalera del porche y caminaba a toda prisa hacia la valla metálica que custodiaba el perímetro de su pequeño jardín delantero. Tommy fue a la ventana y la llamó a través de la tela mosquitera—. ¡Delores! ¡Los niños están bien! Han ido a casa de Skip.

LoLo dio media vuelta y miró hacia el lugar del que procedía la voz de Tommy.

—¿Qué?

—Ven adentro, nena. Están bien.

—¿Qué significa que están en casa de Skip? —preguntó LoLo mientras regresaba al trote al porche. Tommy la esperaba en el zaguán.

—Necesitaba descansar un poco, así que los he llevado a casa de Skip. Le ha parecido bien. Está cuidando de ellos y de sus hijos.

La mirada de LoLo reveló su espanto, pero sus palabras fueron cortantes como espadas.

—¿Qué diablos quieres decir con que Skip los está cuidando?

—Están jugando —dijo Tommy plantado en el centro del suelo, sin otra cosa sobre su cuerpo que unos bóxers.

—¿Has enviado a nuestros hijos a la casa de ese hombre? ¿A nuestra niña? ¿Sola?

—No están solos —dijo Tommy despacio. Un gesto de confusión surcó sus ojos hinchados, todavía soñolientos—. Skip está con ellos. —Marcó las palabras de una en una.

—Pero es muy pequeña. Tiene tres años. ¿Cómo va a defenderse contra un hombre con el culo pelado? ¿Quién va a impedir que le haga algo?

Tommy se quedó pasmado.

—Pero ¿qué dices, LoLo? Nadie le hará nada a la niña.

—¡Eso no lo sabes! —chilló ella al borde de un ataque de nervios.

—Lo sé porque hace años que Skip y yo somos amigos. Cuida de nuestros hijos como hace con los suyos.

LoLo miró a Tommy, más confundida.

—¿Qué significa que los cuida? ¿Los has dejado con él otras veces?

—Sí —respondió Tommy encogiéndose de hombros—. No entiendo por qué te cabreas así. A él le da igual. ¿Qué le van a importar dos críos más en casa? La mayor, Yolanda, tiene doce. Le ayuda un poco y yo puedo tener algo de tiempo para mí antes de ir al trabajo.

—¿Y eso es lo que estás haciendo aquí? ¿Tener tiempo para ti, tumbado a la bartola, mientras nuestros hijos vete a saber qué hacen?

—Ya te lo he dicho, LoLo. Están jugando —dijo Tommy exasperado—. No entiendo por qué te subes por las paredes. Todo está bajo control.

Pero se trataba justo de eso. LoLo no pensaba que la situación estuviera bajo control en absoluto. Era plenamente consciente de lo que les ocurría a las niñas pequeñas cuando se veían atrapadas en cuartos vacíos y rincones oscuros, donde los depredadores rechinaban los dientes y les clavaban sus garras. Echó una última mirada fulminante a Tommy, volvió a calzarse los zapatos y, tras salir a toda prisa a la fría intemperie del atardecer, pasó por la verja, cruzó la acera —agrietada, repleta de colillas y piedras y toda clase de desperdicios— y subió hasta la puerta de Skip. Llamó a la puerta, pero no se molestó en esperar respuesta. Empujó la mosquitera, comprobando, con una mezcla de estupefacción y agradecimiento, que no tenía la llave echada. Corrió entonces hacia el salón gritando el nombre de Rae, que resonó con la misma fuerza que el estrépito de sus zapatos al pisar el humilde suelo de madera de la cocina. Silencio y ojos sorprendidos la recibieron en el umbral; allí estaba Rae, sentada en el regazo de Yolanda en medio del salón, alborotando el pelo de una muñeca mientras miraba quién había provocado todo aquel jaleo. TJ estaba en el sofá, chupándose el pulgar, desplazando la mirada en un camino de ida y vuelta entre el televisor y la colección de cromos de béisbol que dos de los hijos menores de Skip estaban organizando en la mesilla de centro.

—¡Mamááááá! —gritaron los dos al tiempo que se ponían de pie y corrían hacia sus piernas, como dos defensas que van a placar a un receptor que corre hacia la línea de marca. Fue tal su euforia que estuvieron a punto de derribar a LoLo.

—Oh, hola, señora Lawrence —saludó Yolanda levantándose del suelo.

LoLo echó un vistazo al salón. Skip no estaba por ninguna parte.

—¿Dónde está tu papá? —preguntó intentando por todos los medios que no se le notara la rabia en la voz.

—Oh, está arriba, arreglando el tocadiscos —dijo Yolanda—. ¿Quiere que vaya a buscarlo?

LoLo echó otro vistazo al salón, tratando de revisar todos los detalles para cerciorarse de que, en efecto, sus hijos estaban a salvo. Satisfecha con la inspección, cogió en brazos a Rae, agarró a TJ de la mano y contestó:

—No. No te preocupes. Dale las gracias de mi parte por cuidar de los niños, ¿vale?

—Sí, señora —dijo Yolanda.

Tommy llevaba su mono gris de limpiador. Estaba sacando el pan de las bolsas de la compra y buscaba la crema de cacahuete y la mermelada cuando LoLo hizo entrar a los niños por la puerta de la casa. Estaba enfadadísima, pese a que todo parecía indicar que Tommy tenía razón y que en casa de Skip ocurría justo lo que le había dicho.

LoLo se plantó en la cocina. Tenía a Rae en brazos y vio como TJ se agarraba de la pierna de su padre. Le dieron ganas de gritar, de romper cosas, al pensar en la indefensión de su hija mientras estuvo lejos de sus ojos vigilantes, al pensar en la impotencia que había sentido como madre al no poder protegerla. Al pensar en el silencio que guardaba —y debía guardar— para transitar por esa cuerda floja de secretos tendida sobre su matrimonio, sobre la cabeza de Tommy. En vez de gritar, dio un beso a su hija y la meció.

—Oye, dime qué te parece la idea —propuso Tommy—. ¿Por qué no me preparas unos sándwiches y te vienes con los niños al trabajo esta noche?

—¿Qué quieres decir?

—Podéis quedaros en el coche y cenar mientras yo voy haciendo lo que tengo que hacer. Oye, además TJ podría ayudarme con la basura mientras tú estás con Rae. No es que sea muy emocionante, pero por lo menos estaremos juntos.

—No sé, Tommy. Los niños deben acostarse temprano. ¿De verdad quieres que estén en la calle a estas horas?

—A ver, el sol acaba de ponerse y, de todos modos, sabes que Rae se dormirá en el coche. Además, a TJ no le vendrá mal ver cómo su padre se gana honradamente el pan. Igual aprende algo —dijo Tommy. Se acercó a LoLo y tiró de su cintura hacia él. Dio un beso a la niña en la mejilla y otro en los labios a su mujer, lento y meditado—. Me gusta estar con mi familia. Os echo de menos cuando estoy fuera. Os quiero cerca. Aunque solo sea durante el trayecto entre banco y banco.

Su deseo no admitía discusión. Tommy quería lo que quería y LoLo también lo quería: esos momentos juntos que, aun siendo perfectamente imperfectos, eran pequeños tesoros que se iban acumulando hasta formar una fortuna. Ir en coche con la niña en el regazo, mirando a Tommy mientras este conducía, mirarlo cuando cogía a TJ de la mano y se lo llevaba a los bancos con su gran manojo redondo de llaves, mirarlo cuando le sonreía a través de los grandes ventanales mientras limpiaba las manchas de dedos en los cristales, mirarlo cuando se reía al ver como TJ metía la basura en los cubos, con esa sonrisa amplia, inagotable, en su carita; todas esas cosas la cautivaban. Le daban paz. Y cuando Tommy volvía al coche, con el puño lleno de piruletas que había pillado en el banco, y se inclinaba sobre la cara de Rae y le decía: «Sé dulce conmigo y te daré dulces», LoLo podía extirparse aquellas facetas de sí misma que solo veían oscuridad en el intercambio y ver lo que eran en realidad: un padre cariñoso con su hija, llenando su vida de dulzura como LoLo nunca había podido vivirlo, como siempre había soñado vivir cuando Bear hacía lo que le daba la gana con ella. Solo en esos instantes se permitía LoLo ceder un poco.

Rae arrugó la nariz y se rio.

—¡Papi! ¡Me haces cosquillas! —dijo señalando el bigote de Tommy. Puso las manos en las mejillas de su padre y tiró de su cara para darle un beso en la nariz. Entonces se volvió y repitió los mismos movimientos, sujetando esta vez la cara de LoLo—. ¡Besito! —exclamó la niña. Al ver que sus padres, confundidos, no se movían, Rae insistió gritando—. ¡Besito! —volvió a exclamar mientras ponía una mano sobre el rostro de Tommy y otra sobre el de LoLo.

Sus padres, al entender lo que les reclamaba, se arrimaron entre sí y se dieron un pico en los labios, mientras Rae ocupaba el centro de la escena, supervisándolo todo. Los tres se echaron a reír. LoLo miró a Tommy a los ojos y luego a Rae; la niña escondió la cabeza en el hueco entre el cuello y el pecho de su madre y LoLo la abrazó con tanta fuerza que no supo distinguir cuál de los dos corazones que sentía latir era el suyo y cuál, el de su hija.

Al cabo de unos días LoLo empezó a llevar a los niños a una guardería del barrio. Yolanda al margen, quería que sus hijos, cuando su padre no tuviera ánimo o intención de cuidarlos mientras ella trabajaba, estuvieran en todo momento lejos de la oscuridad. Al principio Tommy intentó negarse.

—No tenemos dinero para despilfarrarlo con niñeras —trató de razonar—. Y menos si Skip está dispuesto a echarnos una mano.

—¿Y si les pasa algo en su casa? —preguntó LoLo—.

Yolanda también es una niña. ¿Cómo va a proteger a nuestros hijos?

—¿Protegerlos de qué? Es una casa llena de críos.

—Y Skip.

—Skip no es un muerto de hambre que no sepa cuidar de sus hijos. No entiendo qué problema hay, LoLo.

Sin embargo, Tommy cambiaría finalmente de opinión e incluso daría un paso más en ese sentido, pues recomendó un sitio al que podría ir la pequeña Rae media jornada mientras LoLo trabajaba, lo que le permitiría disfrutar de un ratito de tiempo libre antes de ir a trabajar en los bancos.

—Se llama «Guardería Amanecer para Niños Negros» —le había dicho antes de llevarse una gran cucharada de judías pintas a la boca. LoLo las había cocinado como le gustaban a su marido, con una lonchita de panceta y cebolla, un poco de azúcar moreno, mostaza y mucha pimienta negra. Había preparado una gran cacerola sobre la marcha, además de un bizcocho de maíz, para acompañar a la barbacoa de pollo que Skip iba a hacer en su jardín en esa cálida tarde de un sábado de otoño en la que él los había llamado a Tommy y a ella para una fiesta improvisada. Dijo que quería que probaran su pollo. Pero su nueva mujer estaba ahí y lo que Skip de verdad quería era alardear de ella.

—¿Dónde está el avión? —preguntó LoLo al tiempo que soplaba en una cucharada de judías antes de introducirla en la boca expectante de su hija. Rae, agarrada a las rodillas de su madre mientras esperaba su porción, hizo un bailecito cuando el dulce guiso, lo bastante espeso para ser un postre, alcanzó el final de su lengua.

—¿A que está rico, cariño? —dijo Tommy riéndose al ver cómo se movía su hija.

—Basta de brincos —ordenó LoLo dándole un azote en la parte carnosa de su muslo rollizo—. No está bien que menees el culo delante de todo el mundo.

Rae torció el gesto y chilló. Al principio fue un grito casi inaudible, pero pronto, como una sirena, subió de tono hasta convertirse en un llanto en toda regla. Se encanó y estuvo a punto de atragantarse. Las judías salieron despedidas en todas direcciones.

Tommy negó con la cabeza, pero no dijo nada. LoLo tenía la responsabilidad de educar a los niños; la suya era apoyarla en todo. Y punto. Aunque no coincidiera necesariamente con su forma de ejercer la disciplina o no entendiera, en realidad, por qué no podía bailar una niña.

—El sitio está bien, muy limpio. Las maestras les enseñan a contar. También el abecedario.

Skip tosió fuerte, como si se hubiera atragantado con el trozo de pollo que acababa de llevarse a la boca, que ya tenía llena.

—Perdón —dijo mirando a Tommy—. El pollo se me ha ido por el otro lado.

Tommy frunció el ceño y lanzó una mirada preocupada a Skip. LoLo sopló en otra cucharada de judías. Esta vez Rae permaneció quieta.

—Puedo llevarla a la guardería un par de horas por la tarde, y luego tú puedes recogerla al salir del trabajo.

Skip volvió a carraspear.

—Perdonadme —dijo negando con la cabeza—. La comida está buenísima, pero parece que no puedo engullirla todo lo rápido que querría. Ja, ja. —Miró a Tommy frunciendo el ceño y la mirada duró lo suficiente para que LoLo se diera cuenta. Entornó los ojos, pero se tragó sus preguntas—. Ya sabéis que puedo ayudaros si lo necesitáis —añadió, apresurándose a cortar el momento de incomodidad—. Puedo recoger a Rae y traerla a casa. Así no tendréis que ir corriendo a buscarla antes de que cierren la guardería.

—¿También conoces ese sitio? —preguntó LoLo.

Resulta que Skip era corredor de apuestas ilegales, trabajo que complementaba haciendo de taxista por la noche. Esa última actividad le servía sobre todo como tapadera para sus trapicheos. Anotaba las apuestas por toda la ciudad, incluso entre las maestras de la Guardería Amanecer para Niños Negros, que le susurraban sus sueños y le ponían billetes arrugados de un dólar en las manos, esperando recibir algún día su trozo del pastel. Conocía bien el sitio.

—No he oído nada malo sobre la guardería, si es eso lo que preguntas —explicó Skip—. Las maestras parecen muy simpáticas.

LoLo no hizo más comentarios al respecto. El asunto quedó zanjado. El lunes siguiente Tommy se encargaría de darle el desayuno a TJ y de llevar a Rae a la guardería, mientras LoLo trabajaba. Y cuando ella llegara a casa, allí estaría su familia prefabricada, lista para hacer cosas familiares prefabricadas. Así irían las cosas.

Y así fueron durante varios meses, tal y como ocurría en tantas otras familias de la época: se hacía lo que fuese preciso para que no faltaran los cereales en la despensa, ni un poco de panceta en los fogones, y con la calderilla sobrante se podía pagar al lechero para que les llevara unas botellas que los ayudase a bajarlo todo. LoLo no tenía queja alguna con la guardería y pronto empezó a confiar en que dejaba a su niña en buenas manos. Veía que crecía bien, no solo físicamente, sino también mentalmente. Con frecuencia le recitaba las letras y los números que aprendía, y las maestras le aseguraban que era una niña callada pero estudiosa. «Es muy buena», le decían cuando se la quitaban de los brazos por la mañana.

Pero llegó entonces un frío día de otoño en el que cierta persona de la guardería decidió que, en realidad, Rae no era una niña buena. Fue Skip quien le habló de la maestra con la peluca dorada y una gran barriga de embarazada que le había puesto la mano encima a su niña de tres años y le había pegado con una pala por salirse de la raya durante la hora del almuerzo. ¿El delito de Rae? Comerse el sándwich de jamón antes que la sopa de guisantes.

—Me da... Me da mucha rabia decírtelo yo, pero, si no te lo cuento, no me quedo tranquilo —dijo Skip. Era un viernes por la noche. Se había presentado en su puerta, y no dejaba de toquetearse el sombrero, mientras alternaba miradas entre los pies de LoLo y los niños que jugaban en el suelo del salón.

—¿Contarme qué, Skip? —preguntó ella—. Suéltalo ya, que tengo unos guisantes en el fuego y todavía no he puesto a hervir el arroz. Escúpelo. —No pensaba que lo que tenía que decirle Skip fuera a asustarla. Además, acababa de darle un beso a Tommy antes de que se marchara a trabajar, no habían pasado ni cinco minutos de eso, y sus hijos estaban en casa, jugando en el suelo. Ese era su mundo. Y punto. Lo que ocurriera fuera le importaba más bien poco.

—Hoy me ha pasado por la guardería para recoger el dinero de las apuestas y... En fin, he entrado y he visto a una de maestras, la señorita Betina... —Al verlo dudar, LoLo se cruzó de brazos y miró a su vecino inquisitivamente. Él tragó saliva—. He visto a la señorita Betina pegando a Rae.

LoLo echó hacia atrás el cuello.

—¿La señorita Betina? ¿Pegando a Rae?

—Sí, era ella. Sí —contestó él pasándose la mano por las cejas.

—Espera un momento. ¿Dices que ha pegado a mi hija?

—Con la pala. Te lo aseguro.

LoLo se rascó el cuello y se arregló la falda. Miró a Rae, que estaba peinando a su muñeca con la raya en medio y hacía ver que le ponía brillantina.

—Rae, bonita, ven aquí —pidió—. Ven con mamá.

Rae dejó la muñeca y el peine en el suelo y se presentó

obediente como un soldadito frente a su madre. LoLo la palpó de arriba abajo, examinando cada centímetro de su cuerpo que le era accesible, incluso subiendo por debajo de las mangas, el pecho y la espalda de la camiseta. También le inspeccionó las piernas hasta donde pudo subirle los pantalones verdes de pana. La cara, el cuello y las manos. Sí, tenía unas ronchas en las palmas de las manos.

—¿Ha pegado a mi niña en las manos? —preguntó tirando de sus palmas para mostrárselas a Skip.

—Eso es. La mujer está obsesionada con el orden, ¿sabes? Y bueno... Mira —indicó, antes de respirar hondo—. Yo no dejaría a la niña con ella. No es... —Volvió a dudar—. No es buena para tu hija.

LoLo no oyó nada más de lo que le dijo. Ni una sola palabra. En su imaginación, ya había bajado al Amanecer de los Niños Negros para armar un escándalo. Skip se marchó, cerrando la puerta tras de sí sin hacer ruido, mientras ella se quedaba mirando al vacío, con los ojos llenos de furia.

Naturalmente, Tommy le dijo que no montara un número. Naturalmente, LoLo no le hizo caso. Por supuesto, nadie ni nada iba a pararla, ni siquiera Tommy, quien se había quedado en casa con la niña, dado que su esposa se había tomado un rato libre en esa mañana tan fría de viernes para tener unas palabas con una mujer que despellejaba las palmas de los niños por no respetar el orden de la comida.

—Buenos días, Delores —dijo la directora de la guardería, la señorita Nesbit, anunciando su presencia mientras la seguía por el pasillo. LoLo no estaba allí para perder el tiempo con cumplidos, de modo que no se molestó en devolverle el saludo. Cruzó la pequeña guardería con paso firme: el rincón de lectura, la zona donde los niños comían, la sala donde hacían guardia las piezas de Lego y otros juegos de construcción, esperando a que los dedos pegajosos de los niños los convirtieran en ciudades magníficas.

—¿Dónde está la chica que se atreve a pegar a mi hija? —preguntó finalmente.

Obcecada como estaba en obtener una respuesta, LoLo casi no reparó en las miradas nerviosas que bailaban por la sala, buscando otras miradas, pasmadas, preocupadas. Sabían que la cosa terminaría así. Siempre terminaba así.

—Delores, deje que la acompañe a la recepción para que hablemos —propuso la señorita Nesbit, colocando las manos con suavidad sobre el codo de LoLo para alejarla de las madres que estaban dejando a sus hijos antes de iniciar sus jornadas.

LoLo retiró bruscamente el brazo.

—No me toque. ¿Qué clase de establecimiento dirige usted? ¿Se dedican todas a pegar a los niños?

—No sé de qué me habla —dijo la señorita Nesbit con toda la tranquilidad que supo reunir—. Por favor, ¿le importa si vamos a la recepción y...?

—¡No voy a ir a su maldita recepción! —gritó LoLo, lo bastante alto para que todos los presentes, madres, maestras y niños, se quedaran congelados en el tiempo. Solo el mundo exterior se movía—. Bien —añadió apretando los dientes—. No voy a moverme de aquí hasta que alguien me diga por qué esa vaca pegó a mi hija y todas os quedasteis mirando sin hacer nada.

El chirrido de la puerta del cuarto de baño reventó el silencio como un globo. Todos se volvieron hacia el ruido y cubrieron a Betina de miradas preocupadas. Sin ser consciente del drama que, como un maremoto, se le venía encima, se arregló el jersey y se quitó una pelusa del vestido de embarazada antes de frotarse la barriga.

—Deja que te haga una pregunta —dijo entonces LoLo con suavidad, captando al fin la atención de la interesada. Betina miró a su alrededor, como si quisiera hacerse una idea de la situación, y, después de tomar nota aparentemente de las bocas cerradas y las miradas pasmadas, llegó sin lugar a dudas a dos conclusiones: algo había pasado allí y ella era la responsable—. ¿Cómo pudiste atreverte a ponerle la mano encima a una niña que tiene a un padre y a una madre que la quieren? ¡Estás chiflada si piensas que puedes hacer algo así e irte de rositas!

Betina abrió la boca, pero enseguida la cerró.

—¿Qué? ¿No tienes nada que decir? ¿Puedes pegar a una niña pequeña pero no tienes explicaciones o manos para atreverte con una mujer hecha y derecha?

Betina se quedó mirándola.

—¡¿Tienes pensado pegar a tu bebé como has hecho con mi hija?! —le chilló LoLo señalando la barriga de Betina con gesto despreocupado—. ¡Responde!

—Lo que yo haga con mi bebé no es asunto suyo. No todavía —replicó la maestra—. Pero usted siga, ¿no es eso lo que quiere? Monte el número, para que todo el mundo se entere de sus ridículos sentimientos...

—¡Vale, vale, vale! —gritó la señorita Nesbit, cortando el enrabietado soliloquio de Betina. Luego le hizo un gesto con la cabeza y Betina se calló del todo. Pero fue demasiado tarde. LoLo ya se le había lanzado encima.

La señora Nesbit reaccionó más deprisa de lo que parecían augurar sus carrillos flácidos y su peluca gris. Agarró a LoLo del brazo.

—No se lo recomiendo —dijo—. Voy a pedirle que salga de aquí ahora mismo —la exhortó, mientras se llevaba a LoLo hacia la puerta de cristal y la abría.

Ya al otro lado del cristal, donde el mundo empezaba a despertarse, LoLo se quedó paralizada. Solo se movía su boca. Gritaba e imaginaba que los gritos resonaban en rincones oscuros, entre paredes, donde las niñas pequeñas no tenían fuerza ni podían defenderse mínimamente, donde solo les aguardaban torturas, y sus torturadores.

LoLo condujo de vuelta a Penny Drive a cámara lenta. Los edificios, las casas, los árboles y la carretera formaban un borrón al otro lado de sus lágrimas. Tan concentrada estaba en su tristeza y su rabia que se había olvidado incluso de que estaba conduciendo. Su inconsciente, un detalle misericordioso por parte de Dios, la llevó de vuelta a casa. Abrió la puerta del coche con rabia y la cerró dando un portazo. Sus largas piernas cruzaron a toda prisa el camino de acceso y el césped, y subieron de dos en dos los escalones. Entró como una furia por la puerta lateral y lanzó miradas frenéticas a las sillas, al sofá, al suelo, mientras pasaba al lado de Tommy y de los niños de camino al dormitorio. Giraba en círculos, abanicándose con la mano mientras tomaba aire y lo soltaba en cortas inspiraciones. Cuando finalmente dejó de girar, sus ojos se posaron sobre la cómoda. Se plantó delante del mueble en dos pasos, con el pecho agitado, y abrió con rabia el cajón superior. Revolvió las pilas bien ordenadas de braguitas, sus dos sujetadores buenos, sus calcetines y pijamas, hasta llegar al fondo, hasta que sus dedos rozaron lo que estaba buscando: la bolsa de Rae. LoLo frotó con el pulgar la tela blanca y, después de que las lágrimas trazaran varios surcos nuevos sobre sus mejillas, abrió la bolsa y contempló su contenido. No lo hacía casi nunca. A Tommy no le gustaba que conservase pruebas de las vidas anteriores de los niños. «Son nuestro hijo, nuestra hija —le había dicho al abogado que se había encargado de tramitar las adopciones—. Somos una familia. Lo que haya ocurrido antes de que llegaran a nuestras vidas no importa.» Pero esa bolsa sí importaba: los objetos que contenía no solo constituían un vínculo entre Rae y esa persona que tanto la había querido como para rogar por ella, sino también un ruego a la nueva madre de la niña. LoLo abrió la bolsa y desplegó con cuidado la carta que contenía, esbozando con los labios las palabras a medida que las leía. «Una vida dulce, protegida, próspera.»

Se sobresaltó al oír el pomo de la puerta. A toda prisa metió la bolsa y la carta debajo de sus calcetines y cerró el cajón de golpe.

—Oh, ¿pasa algo? —preguntó Tommy, con voz dubitativa, mientras echaba una ojeada a la habitación—. ¿Qué ha pasado en la guardería?

—Da igual —dijo ella—. Rae no va a volver.

—¿Qué quieres decir? ¿Y adónde se supone que la llevaremos ahora, Corazón? ¿Te negaste a que Skip cuidara de ella y ahora tampoco quieres que lo hagan en la guardería?

—¿Te parece bien que peguen a nuestra hija? —preguntó ella, sin dar crédito.

—Pues tú no tienes problema en pegarles en casa... —repuso él dejando la frase a medias, pues sabía lo que iba a ocurrir a continuación.

—Son nuestros hijos. Los estamos criando. Los educamos. Tenemos la responsabilidad de imponerles disciplina. Eso no le corresponde a una desconocida que no sabe controlar sus impulsos... ¡y pega a nuestra hija sin motivo! —gritó ella.

Tan concentrada estaba en gritar que no se dio cuenta de que Rae estaba enganchada a la pierna de su padre. La niña sonrió cuando Tommy le pasó los dedos por los rizos, pero sus labios volvieron a su posición neutra cuando miró nuevamente a su madre.

LoLo sonrió.

—Ven aquí, Rae —indicó ella haciéndole gestos con las manos—. Ven aquí, pequeña.

Rae corrió hacia su madre y escondió la cara entre sus rodillas mientras se abrazaba a sus piernas. LoLo la agarró de los brazos y la subió, apretando el cuerpo de su niña contra el pecho al tiempo que caminaba lentamente hacia atrás para sentarse en la cama. Luego cogió las manos de Rae y examinó las ronchas en sus palmas, antes de inclinarse y besarlas.

—Mi niña dulce —dijo LoLo sonriendo—. Esa mujer no volverá a pegarte, ¿vale? Mamá te protegerá. Siempre.

Rae sepultó la cara en el pecho de LoLo y se abrazó al talle de su madre. Sus dedos eran como mariposas en los costados de LoLo, cambiando para siempre la forma del corazón de su madre.

LoLo jamás habría imaginado que el día podía terminar peor de lo que había empezado, pero ahí estaba, frotándose los pies sin haberse quitado las medias, para ver si se le pasaban los calambres; unos pies que durante horas habían impulsado los pedales de las máquinas de coser, arriba y abajo, en el taller, mientras intentaba encontrarle el sentido a lo que le proponía su marido. O, mejor dicho, le decía. Las palabras de Tommy habían salido atropelladamente de sus labios, como rocas que se precipitan en un acantilado cuando ceden a su peso. A la naturaleza.

—Ya he empezado a mirar casas por ahí. Bueno, mi hermano Spencer me está ayudando, pero creo que ya le he echado el ojo a una —dijo Tommy—. Puedo poner esta en venta y tendremos el dinero para pagar la entrada de la nueva. Y ni a los niños ni a ti os faltará de nada. Es un buen trabajo. Es una buena decisión.

LoLo seguía frotándose los pies, prestando especial atención al juanete que tenía en el derecho. Le palpitaba, como un dolor de muelas. Como el corazón.

Finalmente levantó la cabeza y miró a su marido. La decisión estaba tomada, en realidad. Los detalles daban igual. LoLo ya estaba pensando en el dolor por lo que iba a perder.

—¿Adónde has dicho que vamos a vivir? —preguntó soltando un profundo suspiro.

—A Jersey. Nos vamos a Nueva Jersey.

17

Invierno de 1973

Había blancos por todas partes. Tommy se lo había advertido cuando se marchó para depositar la entrada de una modesta casa de tres habitaciones en esa pequeña población al sur de Nueva Jersey, pero, aun así, verlos en la tienda, en el centro comercial, en los porches de sus casas, con esas miradas de inquietud que delataban el desasosiego que les causaba ver a una persona de color llevando la vida cotidiana de un ser humano normal y corriente, todo ello causó una honda impresión en el organismo de LoLo. A fin de cuentas, había pasado toda su vida acorralada en barrios que, a pesar de sufrir injusticias y abandono, eran un guiso suculento de sabores africanos sazonado con las especias del sur de Estados Unidos. Saciante y sabroso, repleto de raíces que no se dejaban matar. Willingboro era insípido y soso, construido precisamente con esa intención tan solo quince años antes de que Tommy y LoLo se instalaran en la calle Burlington. En el momento de su creación, cada propietario, al adquirir una casa en esa nueva urbanización del municipio, había firmado un pacto de sangre simbólico, redactado por el arquitecto de esa ciudad dormitorio de Filadelfia, por el que se negaba a convertir a los negros en vecinos. Querían que el suburbio y todo lo que este podía ofrecer —escuelas nuevas, supermercados relucientes, largas calles serpenteantes flanqueadas por espaciosos bungalós y vallas de madera, grandes zonas ajardinadas perfectas para los pequeños, las barbacoas y las conversaciones entre vecinos— se mantuviera inmaculado y limpio. Blanco. No había lugar para la gente de color. Así había quedado escrito, así se repetía de viva voz.

La sangre de Martin Luther King había tachado la tinta de esas cláusulas, dando a los negros el bálsamo que necesitaban para sanar por lo menos algunas de las heridas que las leyes Jim Crow habían abierto en cada centímetro de su cuerpo colectivo. Pero muchos sabían también que aquel bálsamo no era cura para la enfermedad real que los blancos habían propagado desde el día en que sus primeros barcos de esclavos llegaron a las costas de América, y que la Ley de Derechos Civiles tampoco sería cura para el mal que aquejaba a esos blancos de corazón impasible y venas azules. «Deja que te diga algo: a los putos blancos les importa una mierda la Constitución. Sobre todo cuando se trata de nosotros», dijo Theddo, el hermano de Tommy, un día que estaban sentados con unas latas frías de cerveza Schlitz en las manos, inclinados sobre un mapa de Nueva Jersey. Llevaban un rato buscando localidades donde una familia negra pudiera echar raíces sin temor a que sus vecinos blancos envenenaran el suelo. Parecía una tarea hercúlea. «Venderán a quien les dé la gana, y tendrás que vivir detrás de un Woolworth's, mientras tus críos esperan a que la Constitución te permita gastarte el dinero en una casa con vecinos blancos.»

Tommy hizo un círculo con el dedo alrededor de Willingboro y tomó un trago. Como se había criado en el Sur, sabía perfectamente que nunca podría hacerse lo bastante pequeño para escapar de la ira de los blancos y, por ello, le parecía que no valía la pena intentarlo. Aun así, quería —debía— concentrarse en lo que le convenía, a él y a su familia, y Willingboro era el sitio indicado. El barrio estaba a solo veinte minutos de su nuevo empleo en una fábrica de plásticos, donde iba a ser el mecánico jefe de la línea de papel para paredes. Cuarenta minutos en dirección sur, y LoLo, él y los niños podrían sentarse en la cocina de Theddo y disfrutar del aroma maravilloso de los bollitos caseros de su cuñada mientras reían y seguían con los pies el ritmo de una canción de Marvin Gaye. Y un par de horas al norte, siguiendo la Interestatal 95, LoLo podría abrazar a Cindy, Sarah, Para Lee y el resto de sus amigas en los bancos delanteros de la iglesia a la que siempre habían ido, un lazo que era importante para su mujer. Pero fueron los carteles de EN VENTA lo que convenció a Tommy: los veía brotar en los jardines como arbustos en flor, señalando todas las casas que su esposa podría elegir. Eso era importante. A fin de cuentas, LoLo había aceptado que se mudaran a Nueva Jersey, pero bajo presión, sabiendo que iba a abandonar todo lo que había llegado a conocer y querer dos horas al norte de ese extraño lugar donde los negros habían tenido vetado el acceso un día y ahora ya no. Desde luego, a Tommy jamás se le ocurrió pensar por qué todas esas casas estaban en venta, por qué los blancos casi pasaban los unos por encima de los otros para huir de ese pueblecito, a semejanza de esas rubias de ojos azules, cien por cien estadounidenses, que tropezaban, caían y corrían huyendo de un asesino de botas pesadas que las perseguía empuñando un hacha en una película de terror. Desde luego, si hubiera preguntado los motivos, tarde o temprano se habría topado con las circunstancias de ese barrio venido a menos, habría sabido que la constructora y los agentes inmobiliarios se habían aliado para martillear a la población blanca con rumores sobre la integración forzada de los negros y el descenso en el valor de los inmuebles, lo que iba a poner en jaque el futuro de sus familias. A fin de dar más solidez a sus patrañas, instalaron a familias de color, dijeron a los blancos que los negros estaban a punto de mancillar sus calles y luego se escondieron mientras contemplaban como los blancos, aterrorizados, vendían sus propiedades a las inmobiliarias, quienes a su vez las revendían o alquilaban a los nuevos vecinos de color a precio de oro. El plan era diabólico. Tommy y LoLo se convirtieron, sin quererlo, en el veneno en las flechas de esos promotores.

Ni Tommy ni LoLo sabían nada de todo aquello y la verdad era que a Tommy, de haberlo sabido, le habría dado igual. Cuando quería algo, no cejaba hasta conseguirlo, y además estaba concentrado en dárselas de gran hombre con su nuevo trabajo, por el que iba a cobrar más de lo que había ganado en sus veintinueve años de vida. Y LoLo sabía que ese dinero pensaba emplearlo su marido para que ella cuidara de él y de la casa. Ella, por su parte, tendría que adaptarse a esa nueva vida de momento, escondida entre aquellas cuatro paredes bonitas que la protegían de las miradas entrometidas de sus vecinos. De sus miradas reprobadoras. Ya había mantenido una larga conversación consigo misma sobre ello y lo había decidido. Había decidido que todo iría bien, como si de verdad estuviera en su mano.

LoLo pudo disfrutar de un poco de paz e incluso de un resquicio de felicidad cuando vio a sus hijos entrar corriendo en la casa el día de la mudanza y girar como alegres peonzas por sus nuevas habitaciones.

—¡Mamá, tenéis un cuarto de baño en vuestra habitación! —exclamó TJ escupiendo las palabras por encima, por debajo y alrededor del pulgar, completamente babeado y arrugado, con los surcos repletos de líquido. Rae entró trotando detrás de su hermano, agarrada a su camiseta de Evel Knievel. Fue la ventana, todavía por guarnecer con las cortinas azul marino que LoLo había cosido solo unos días antes de que empaquetaran todas sus cosas y las subieran a una camioneta de mudanzas, lo que le llamó la atención. LoLo no pudo reprimir una sonrisa al ver a su hija apretar la nariz contra el cristal mientras recorría con la mirada la exuberante superficie de césped de Kentucky que se extendía desde su atalaya hasta el infinito. Rae se rio al asomarse todavía más al antepecho de la ventana.

—¿Qué te hace tanta gracia, peque? —preguntó LoLo acercándose a su hija.

Rae, concentrada, no respondió. Siguió riéndose feliz. Mirando. LoLo se arrimó un poco más para ver si podía descubrir qué era, exactamente, lo que había llamado la atención de su hija, y respiró hondo cuando por fin pudo precisar de qué se trataba: un enjambre de mariquitas, una docena más o menos, caminando por el alféizar de madera, el marco de la ventana e incluso el cristal. Rae dejó que dos de ellas bailaran sobre su pequeño y rechoncho dedo índice.

—¿Qué es todo esto? —preguntó LoLo mirando el marco y el cristal, convencida de que encontraría algún agujero o raja por el que se hubieran colado los bichos, algo que tal vez se le había pasado por alto al inspector de vivienda. Pero no encontró nada. Solo mariquitas por todas partes.

—¡Mira, mami! —exclamó Rae cuando tres de esos insectos se le subieron a la palma de la mano, que había dejado sobre el alféizar. TJ corrió a echar un vistazo y se quitó una de las deportivas para matarlas.

—¡No, no! ¿Qué haces, chico? No está bien matar a las mariquitas. ¡Traen buena suerte! —dijo LoLo. Luego, dirigiéndose a sí misma, añadió—: A ver si al final este es el sitio que nos tocaba... ¡Va, vamos, todos conmigo! —añadió después agarrando a sus hijos de la mano—. Vamos a pedirle a vuestro padre que las saque fuera. Quiero enseñaros algo.

LoLo casi no pudo sujetar a los niños mientras empujaba la puerta mosquitera que daba al jardín de atrás y ni siquiera lo intentó cuando sus zapatillas se hundieron en el césped. TJ echó a correr y, tras saltar y dar una voltereta, llegó al otro extremo del jardín donde se tiró entre las briznas de hierba y rodó hacia un lado. La tierra, el césped y todo tipo de hormigas e insectos se le enredaron en el pelo afro, corto y algo desigual. Rae dio unos saltitos por el jardín, pero de pronto empezó a correr trazando una serie de círculos frenéticos, gritando de terror mientras un abejorro zumbaba cansinamente en el aire bochornoso que la rodeaba. LoLo se rio.

—¿Qué te pasa, pequeña? ¡Esa abeja no te quiere! —le gritó al tiempo que doblaba las rodillas y abría los brazos, esperando que su hija encontrara refugio entre ellos.

Rae la buscó de inmediato, apretujándose contra su madre.

—No me gustan las abejas —dijo.

TJ echó a correr ahora en dirección contraria, hacia el final del jardín, donde un pequeño arroyo, lleno de rocas, separaba su parcela de un bosque, bonito pero amenazador.

—¡TJ! ¡TJ! —chilló LoLo mientras su hijo corría a toda velocidad hacia el agua que bajaba al otro lado de un pequeño talud, lo bastante bajo para que un adulto pudiera descender al arroyo fácilmente, pero aun así lo bastante alto y empinado para que un niño se hiciera daño si no tenía cuidado—. ¡Párate ahí!

TJ se detuvo patinando tan cerca del precipicio que incluso él se asustó un poco al ver lo cerca que había estado de caer.

Con Rae en la cadera, LoLo caminó a toda prisa hacia su hijo y lo agarró del brazo.

—Presta atención porque no te lo volveré a decir. Si te encuentro algún día en el agua, te voy a despellejar el culete. ¿Me has oído? ¡Va por los dos! —dijo apretando la muñeca de TJ para recalcar el sentido de sus palabras—. Si te metes en el agua, ¡algún bicho te picará! Si te metes en el bosque, te pasará algo peor. ¡Eso si no me entero yo antes! ¿Me has oído? Que no te encuentre ahí abajo.

—Sí, señora —contestó TJ.

Tan concentrada estaba regañando a sus hijos y llevándolos cuesta arriba de vuelta a la casa que LoLo no reparó en la mujer en un primer momento. Una mujer blanca. En su jardín. Mirándola. Gruesa, de pelo cano y ojos glaciales. Al verla, LoLo pensó en la enfermera que le había raspado las entrañas arrancándole cualquier posibilidad de engendrar hijos, de hacer que su sangre fluyera hacia el futuro. Pensó también en que eso era lo que hacían los blancos: te cortaban el aire, te estrangulaban el flujo sanguíneo, te despojaban de tu humanidad, se las arreglaban para quedarse con todo mientras tú, con tu piel negra... En fin, te quedabas con lo puesto. Con las sobras, si acaso. Y esas sobras también querían quitártelas. «¿Qué querrá esa blanca de mí?»

LoLo se paró en seco frente a la mujer, mirado sus ojos glaciales, y agarró instintivamente a TJ de la muñeca. Las piernas, los brazos, la nariz, la lengua, los dedos de los pies, todo se le erizó mientras permanecía allí ante esa mujer, con los ojos abiertos como platos y el sabor de la bilis subiéndole a la garganta. ¿Dónde está Tommy? ¿Spencer? ¿Qué se propone esta mujer blanca?

Finalmente la mujer la saludó con la mano.

—¡Hola! Me llamo Daisy. ¡Vivo aquí al lado! —le gritó señalando una casa de ladrillo de una sola planta a la derecha del bungaló de LoLo y Tommy.

LoLo esperó. Sin decir nada.

—He visto el camión de las mudanzas —dijo la señora protegiéndose los ojos del sol.

LoLo esperó. Sin decir nada.

—Yo... En fin, solo quería venir a presentarme y daros la bienvenida al barrio —anunció con un entusiasmo todavía firme, pese a que no era correspondido.

LoLo esperó. Sin decir nada. Solo cuando la mujer empezó a adentrarse más en el jardín, con una sonrisa de dientes brillantes, y los ojos arrugados en la misma dirección que las comisuras de los labios, el cuerpo de LoLo se liberó del ácido que la tenía inmovilizada. Rae, con el peso de su cuerpo apoyado en el costado de su madre, comprometiendo la cadera que LoLo había sacado para estabilizar a la niña en sus brazos, culebreó para deslizarse hasta el suelo y empezó a caminar hacia la mujer. Su madre, sin embargo, la detuvo rápidamente agarrándola del hombro. A TJ, que nunca antes había visto a una mujer blanca tan de cerca aparte de las que salían en el televisor de la familia, no hizo falta reprimirlo. Dio un paso atrás y otro a la derecha, colocándose detrás del único adulto en el jardín que no le inspiraba miedo o desconfianza.

—Hola —saludó LoLo escuetamente cuando la mujer se colocó ante ella, sonriendo todavía.

—Encantada de conocerte —dijo la mujer tendiéndole la mano—. Como te decía, me llamo Daisy, y somos vecinas. ¿Cómo has dicho que te llamas, querida?

—Delores —mascculló LoLo, permitiendo tan solo un débil apretón entre sus dedos—. Encantada... eh... Encantada de conocerte.

—¿Dónde vivíais antes? —preguntó la vecina con la misma tranquilidad, como si tuviera el derecho a meterse en los asuntos de LoLo. Como si tuviera el derecho a conocer la respuesta. LoLo, con sus veintiséis años de vida a cuestas y una experiencia más bien problemática, cuando no hostil, en su trato con los blancos siempre que estos analizaban cómo se conducía ella en su presencia, sabía que incluso en un momento así, con esa desconocida plantada en su césped, en su jardín, detrás de la casa que su marido había comprado para ella y los niños, sabía que esa blanca, con la misma ligereza con el que le preguntaba esa información, podía convertir la respuesta en algo que tenía el derecho de saber.

—En Long Island. Nueva York.

—Ah, Long Island. Es muy coqueto, ¿no? Nunca he estado, pero tengo entendido que es un sitio precioso. Siempre había pensado que la gente iba allí de vacaciones. No tenía ni idea de que la gente viviera allí todo el año también. ¿Por qué habéis abandonado ese paraíso para veniros a un sitio tan pequeño como Willingboro?

LoLo dudó y tiró de Rae y TJ para arrimarlos un poco más hacia ella. «¿Paraíso?»

—Por trabajo —respondió con la voz ronca. Carraspeó—. Disculpa, tengo la boca un poco seca. Han contratado a mi marido en Camden. Hemos venido para que pudiera trabajar aquí.

—¡Oh, pues no podrías haber elegido un sitio mejor! Camden está a un tiro de piedra. Mi marido, Steve, también pasó mucho tiempo allí cuando estaba en el ejército. Supongo que también podría decirse que nos mudamos aquí por su trabajo. Nos pareció que era un buen sitio para criar a los hijos. Tenemos cinco. El último termina el instituto el año que viene. ¡Y entonces nos habremos quedado con el nido vacío! —explicó ella alegremente, agitando las manos delante de su cuerpo como si fueran pompones.

LoLo esperó. Sin decir nada.

—En fin —dijo Daisy carraspeando y fijando sus ojos glaciales en Rae y TJ—. ¿A quiénes tenemos aquí? Son unos niños monísimos —añadió al tiempo que se agachaba y le meneaba la barbilla a Rae. La niña soltó una risita, miró los ojos de la mujer y luego se fijó en su pelo. Embelesada ante la novedad, Rae tendió discretamente la mano hacia la melena de la mujer. Le pasó los dedos por toda la extensión del pelo, bien cortado, ondulado, a partes iguales fino, suave y crespo en aquellos puntos en los que el negro azabache había dado paso a varias tonalidades de gris. LoLo le dio un manotazo para apartarla.

—Ah, ni hablar. ¡No le toques el pelo! —dijo LoLo agarrando las pequeñas muñecas de su hija—. Lo siento muchísimo. Solo tiene cuatro años. Todavía no ha aprendido a no tocar las cosas. Lo siento mucho. No volverá a...

Daisy la cortó.

—¡Dios mío, no te preocupes! No pasa nada. —Luego, volviéndose hacia Rae, prosiguió—: ¡Qué alegría tener a una niñita por aquí! Yo también tengo una, pero ya es una mujer. Es la mayor, Julie. Tiene veintiocho años y ya está casada. Estoy esperando a que me dé nietos, pero de momento esta niña me irá de maravilla. ¿Verdad que sí, ricura? —Le dio una palmadita en la cabeza—. Eres una niña preciosa.

LoLo volvió a carraspear, aunque en esta ocasión no fue porque su boca lo necesitara, sino porque quería que esa mujer blanca, esa extraña de la que nada sabía, le quitara las manos de encima a su hija. Daisy, ajena a aquello y sin percatarse hasta ese instante de la dinámica racial que crepitaba entre ellas, captó la indirecta. Se incorporó y respiró hondo. La de LoLo iba a ser la cuarta familia de color en el tramo de calle que se extendía durante poco menos de cinco kilómetros entre la gasolinera del cruce con la autopista por un lado, y la escuela y la piscina comunitaria por el otro. Estaba empezando a acostumbrarse a cómo reaccionaban al verla, pero el miedo que aún sentían casi la paralizaba.

—En fin. Tengo que volver a casa a preparar la cena. Espero que os guste el pollo con pelotas de harina... —empezó a decir Daisy. LoLo frunció el ceño y reprimió el impulso de decirle que no con la cabeza, no porque aquel plato le disgustara, sino porque sabía lo que iba a decir esa señora a continuación—. Me he pasado un montón de años cocinando para siete y ahora me cuesta hacerlo solo para tres, así que siempre termino haciendo mucha más comida de la necesaria. Os enviaré a mi hijo Mark con parte de lo que nos sobre. Con todas estas cajas por abrir, me imagino que no será fácil encontrar las cazuelas y las sartenes, e ir a la tienda para ver qué preparas de cenar esta noche. A todo el mundo le encanta mi pollo con pelotas. —Entonces, mirando a Rae y TJ, afirmó poniendo voz de bebé—: Os encantarán. Estoy segura. —Hizo otra carantoña a Rae en la cabeza y, hecho esto, se volvió a su jardín, subió la escalera del porche trasero y se metió en su casa por la puerta de atrás. LoLo y sus hijos se quedaron mirando el vacío dejado por esa mujer blanca enérgica y parlanchina que se había mostrado amable con ellos por el único motivo de que eso era lo que se hacía entre buenos vecinos.

LoLo, disgustada por la escena, ya sabía cómo iba a terminar la noche. Encontraría sus cazuelas sin demasiada dificultad porque, a fin de cuentas, tampoco tenían tantas cosas y, por tanto, no había muchas cajas que abrir y revolver. Sacaría su cazuela favorita, la que tenía una base de acero gruesa y pesada, con el exterior chamuscado, rastro de los platos que había cocinado en ella desde el día en que la compró en Woolworth's, que casualmente fue el mismo día en que ella y Tommy se dieron el sí y ella se mudó a su casa con nada más que una maleta, su máquina de coser y una bolsa de papel llena de telas y patrones. Llenaría esa cazuela de agua y echaría dentro medio paquete de salchichas de Frankfurt, las cocería bien hechas, las cortaría en pedacitos y las añadiría a una lata de cerdo con alubias, con un poco de azúcar moreno, un pellizco de sal y pimienta, y algo de cebolla. Y cuando ese adolescente blanco llegara a su puerta con el pollo con pelotas de harina que había cocinado Daisy, ella sonreiría y se mostraría amable porque, suponía, eso era lo que se hacía entre buenos vecinos. Y entonces cerraría la puerta, se llevaría la cazuela directamente a la cocina, abriría la tapa del cubo de plástico de la basura y lo tiraría todo.

Porque había blancos por todas partes, y no se sentía segura, y debía hacer todo lo que estuviera en su mano para mantenerse a salvo, LoLo se arrodillaba todas las noches y le pedía a Dios que la rodeara a ella, a su familia y a esa casa en el 283 de Burlington Drive con la sangre de Jesús, porque, aparte de los propios negros, solo Él sabía con qué puntería podían golpear los blancos con su crueldad, sobre todo cuando se mostraban amables.

Y así transcurrió ese año, y luego el siguiente, y unos cuantos más después. Los días se fundían con las noches y LoLo, un pellizco de pimienta negra en ese cuenco de sal blanca, tiraba la comida de Daisy y se quedaba sentada en casa durante los días calurosos, y también cuando hacía frío, y todos los días en los que no hacía ni frío ni calor, dándose atracones de almidón de maíz y Pepsi Light, de *Hospital General* y de *One Life to Live*, y veía como los niños iban desfilando a trompicones por la calle, de camino a la escuela, y Tommy se marchaba al trabajo en coche, mientras ella, completamente sola, buscaba algo, cualquier cosa, con la que ocupar su tiempo. Para no sentirse sola o no tener miedo de lo que pudieran hacerle los blancos si la descubrían allí. Para no sentirse sola o no tener miedo de lo que pudiera hacerse a sí misma si se rendía a esa soledad que la invadía. Y eso no era, en modo alguno, tarea fácil.

Y entonces llegaron Suzette Charles y sus cuatro hijos, sin marido, y vio como arrancaban el cartel del jardín de la casa de enfrente, que anunciaba que estaba en venta. LoLo pudo ver su peinado a lo Chaka Khan, grande y ahuecado, desde la ventana de Rae, asomándose entre visillos para ver quién se instalaba en la casa de la última familia blanca que había huido del barrio. También pudo verle las nalgas, que sobresalían por debajo de sus pantalones cortos, ceñidos y escuetos, como el top que llevaba. No había ningún hombre a la vista. LoLo la miraba absorta, con los ojos abiertos como platos, mientras se llevaba grandes cucharadas de almidón de maíz a la boca. Criticaba y juzgaba a esa mujer que movía el cigarrillo como si fuera una varita mágica mientras daba instrucciones a sus hijos varones —tres en total, dos adolescentes y el más pequeño, de diez años, hermano gemelo de la pequeña— sobre cómo debían descargar los muebles y las cajas de la camioneta que había aparcado torcida y dando marcha atrás en el camino de entrada. Esa mujer la intrigaba. Alta, pero turgente, como esas muchachas que salían en *Soul Train*, glamurosa incluso. Y llamativa. LoLo cazó algunos retales de la conversación que mantenía con Daisy. Le dio varias veces las gracias, le habló de dónde venía y le dijo los nombres de sus hijos. Daisy se había presentado en el jardín con algo en una fuente antes incluso de que la nueva vecina hubiera terminado de descargar la camioneta. «Vaya, vaya», dijo LoLo en voz alta, expulsando una nubecilla de almidón de maíz por la boca, mientras ponía cara de resignación. Se retiró rápidamente de la ventana cuando Daisy se volvió y señaló al otro lado de la calle, en dirección a su casa, y Suzette miró en la dirección que le indicaba el dedo. «¡Tiene una niña de la edad de tu hija más o menos! —oyó LoLo que exclamaba Daisy—. La mujer de la casa es un poco callada, ¿sabes?, pero seguro que haréis buenas migas.»

—¿Ah, sí? —preguntó Suzette.

—Desde luego que sí.

—¿Y eso por qué? —insistió Suzette.

Daisy soltó una carcajada de incomodidad y miró a un lado y a otro mientras se secaba el sudor que le perlaba la frente con el dorso de la mano.

—Bueno, es una señora negra muy simpática con dos niños encantadores —respondió nerviosa.

—¿Así que haremos buenas migas porque es negra? —preguntó Suzette.

Daisy carraspeó.

—En fin, he preparado unas galletas y he pensado que a tus hijos les apetecería probarlas. Están trabajando muy duro. Seguro que se les ha abierto el apetito.

Suzette sonrió, pero no dijo nada.

—Muy bien. Ha sido un gusto conocerte...

LoLo se llenó la boca con otra cucharada de almidón de maíz y soltó una risita. Intentaría conocer a esa mujer antes de que terminara la semana.

Los chicos y Tommy ya habían salido de casa y LoLo tenía una hora libre antes de que empezaran los culebrones en la tele, de modo que salió al jardín y recogió las verduras más bonitas que encontró —los tomates más redondos y rojos, los pimientos más firmes y verdes, un par de pepinos sin una sola mancha— y las guardó en una bolsa de papel y, después de alisarse los vaqueros y volver a anudarse el lazo de la camisa, cruzó la calle para conocer a esa misteriosa mujer de lengua rápida y pelo a lo Chaka Khan. Cuando subió los peldaños de la entrada, notó que el corazón se le había acelerado un poco. Hacía mucho que no hacía nuevas amistades: Cindy, Sarah y Para Lee formaban su círculo de amigas, que se remontaba a casi doce años. Se habían hecho mujeres juntas. Su relación era natural. En cambio, plantarse frente a la puerta de una desconocida y mirar por la tela mosquitera para hacerse una idea de lo que le aguardaba en el interior de esa casa, no se lo parecía. Más bien, le resultaba un tormento.

LoLo vio que Suzette trajinaba por su cocina y llamó a la puerta, para no parecer una chiflada que curioseaba en casa ajena. Suzette se volvió hacia la puerta y sonrió cuando vio a su vecina, una mujer que parecía sentirse incómoda con su respetable atuendo de señora negra y el pelo perfectamente peinado.

—¡Hola, vecina! —dijo Suzette caminando hasta la puerta con una sonrisa que dominaba su rostro con hoyuelos y un cigarrillo colgado de los dedos—. Iba a pasarme este fin de semana para saludarte, pero ¡te me has adelantado! ¡Adelante! —exclamó, al tiempo que abría la puerta mosquitera y se hacía a un lado para que LoLo pudiera pasar.

Su casa parecía oler a incienso y almizcle, algo así como a África, trastos viejos y niños que solo se lavaban de vez en cuando y, por supuesto, solo si se los amenazaba con zurrarlos. El olor le pegaba a la casa. Había viejos sillones y sofás de terciopelo, desgastados por el paso del tiempo y de los numerosos traseros que se habían acurrucado en ellos mientras sus dueños echaban un trago y fumaban de una cachimba, hablando de cualquier tontería y tramando una revolución que nunca llegó. Impresiones en terciopelo de parejas desnudas con el pelo afro adornaban las paredes, encima de mesillas que exhibían estatuas africanas y puños de madera del Black Power que anunciaban la postura política de Suzette con mayor claridad que cualquier megáfono.

—Son para ti —indicó LoLo ofreciéndole la bolsa de verduras.

—¿Qué tenemos aquí? —preguntó Suzette poniéndose el cigarrillo entre los labios para poder coger la bolsa y abrirla—. Vaya, verduras. Qué detalle. Todo un detalle.

—Son de mi huerto —informó LoLo moviéndose incómoda.

—Qué bien. Me llamo Suzette —dijo la mujer, sin que la incomodidad de LoLo pareciera afectarla en modo alguno—. No sé nada de huertos, pero te aseguro que los tomates y los pepinos me chiflan. Es muy generoso por tu parte.

—No hay de qué —contestó LoLo en voz baja mientras inspeccionaba la sala. No pudo evitarlo.

—Había pensado pasar a presentarme en cuanto hubiéramos terminado de instalarnos, pero supongo que ahora es tan buen momento como cualquier otro. ¿Cómo dices que te llamas? ¿Te apetece algo de beber?

—Oh, hum... No, gracias. Acabo... Acabo de comer y me he tomado una Pepsi antes de venir aquí. Me llamo Delores. Mi gente me llama LoLo.

—Bueno, LoLo, quizá una copa más tarde, aunque quizá no una Pepsi —ofreció sonriendo—. Ven, siéntate. Cuéntame en qué berenjenal me he metido al mudarme a esta casa.

—Bueno —dijo LoLo alisándose los vaqueros al sentarse en el sofá—. Yo y Tommy, que es mi marido, ya hace cinco años que vivimos aquí. Tenemos dos hijos, Tommy Junior, lo llamamos TJ, y la pequeña Rae. La niña tiene nueve años y TJ tiene doce, a punto de los trece. Esta mañana he visto salir a tus hijos para ir a la escuela, más o menos a la misma hora que los míos.

—Sí, son Reggie, David, Malachi y Felicia. Son mis angelitos —aseguró ella—. Mal y Felicia son gemelos, y tienen la misma edad que tu Rae. Reggie y David son mis hombrecillos. Tienen quince y dieciséis años.

LoLo asintió.

—¿Y tu marido? Creo que no lo he visto.

Suzette dio una larga calada a su cigarrillo y, tras expulsar el humo por la boca, señaló una foto que había sobre la repisa de la chimenea. Un hombre con un uniforme del ejército las miraba con gesto estoico.

—Ese es mi Frank —dijo en voz baja—. Él..., bueno. Ya no está entre nosotros.

—Ay, madre mía, lo siento, no lo sabía —balbuceó LoLo—. Ha sido sin querer. No quería sacar el tema...

—No tenías por qué saberlo. No pasa nada —repuso Suzette dando otra calada. Inclinó la cabeza hacia atrás y sopló aros de humo hacia el techo—. Mi hombre casi consiguió salvarse. Esos cabrones llamaron a mi puerta a principios de marzo de 1975, con las caras largas, con interés fingido. Me explicaron que había pisado una mina mientras cargaba sacos de patatas para el campamento. ¿No te parece una putada? Murió yendo a buscar patatas para los blancos en su guerra de blancos. Solo un mes más. Solo le faltaba un mes para volver a casa conmigo y los niños. Y de repente se fue. Se fue para siempre...

—Lo siento... Lo siento muchísimo —dijo LoLo buscando la mano de Suzette—. De verdad.

Suzette se secó una lágrima. Dio otra calada.

—Y tuvieron la desfachatez de racanearme la prestación. Me soltaron que no había adoptado formalmente a los mayores, así que solo me dieron un poco de dinero por los gemelos. Como si no hubiese sido el padre de todos.

LoLo supo que debía dejar que Suzette se desahogara. Sabía lo que era no tener a nadie que escuchara sus problemas, aparte de las paredes y de Dios.

—He ido de un lado a otro, buscando trabajo. Tratando de dar un techo a mis hijos, de poder llenar nuestros estómagos. Conseguir estabilidad para estos niños, ¿sabes? Intento mantener la calma. No me queda más remedio.

—Sí —dijo LoLo pasándole la mano por la rodilla—. Lo entiendo. Hacemos lo que haga falta, ¿verdad?

—Eso es —respondió Suzette. Se puso el cigarrillo entre los labios, dio una palmada a LoLo en la mano y se levantó—. En fin, voy a ofrecerte una copa, pero no será una Pepsi. Vamos, tómate una copichuela con esta vieja.

—Yo, eh... ¿No es un poco pronto? —señaló LoLo buscando un reloj. Sus culebrones empezaban a la una y se había acercado con tiempo de sobra para saludar a la vecina de enfrente y volver a casa, lo que significaba que Suzette le estaba proponiendo tomar una copa de sábado noche un día de colegio poco después del mediodía.

—¡Ay, cariño! ¡Nunca es demasiado temprano para nuestro buen amigo el brandi! —dijo abriendo un armario de la cocina. LoLo se quedó quieta en el sofá, nerviosa, buscando una salida, una excusa, mientras oía como caía el licor en dos tazas de café.

Suzette le dio una y brindó con ella.

—Por Franklin Charles. Un buen hombre. Un buen padre. —Vació su taza y LoLo hizo lo propio. Suzette se rio con ganas, cordialmente, cuando LoLo bajó la taza y reveló la mueca de su rostro. Le dio una fuerte palmada en el muslo y volvió a reírse—. ¡Vaya, vaya! —exclamó—. Para mi Frankie, solo sirvo lo mejor. Vamos a tomarnos otra.

—No creo que sea buena idea. Tengo que volver a casa...

—Niña, no tienes nada que hacer. Te he visto en el jardín, pululando. En tu casa, sentada en la silla junto a la ventana, mirando embobada la tele. Los niños están en la escuela, tu hombre está en el trabajo. ¡Relájate! Yo me ocupo de devolverte a casa sana y salva.

Dicho esto, Suzette empujó con suavidad a LoLo para que volviera a sentarse en el sofá. LoLo, hablando para sus adentros, intentó convencerse de que obraba bien mientras oía como el brandi caía de nuevo en las tazas, esta vez servido con más decisión. Miró el líquido marrón cuando Suzette sacó un vinilo de su funda y lo puso en el tocadiscos. *Best of my Love*, de The Emotions, empezó a sonar con fuerza en los altavoces al tiempo que Suzette chasqueaba los dedos y, con las manos levantadas, la cadera echada a un lado y sacando el trasero, comenzaba a hacer poses.

—¡Ouuu! ¡Oh, oh! —cantó siguiendo los primeros y explosivos compases de la canción, que LoLo había oído en la radio esa misma mañana mientras preparaba a los niños para el colegio, pero que todavía no había incorporado a su colección de álbumes, la cual consistía principalmente en temas góspel y un par de discos de Stevie Wonder.

Para cuando Suzette terminó de enredarla, LoLo llevaba una buena cogorza encima y bailaba agarrada a una desconocida, madre de una bandada de críos y esposa de un caído en la guerra cuyas prestaciones apenas daban para cubrir el alquiler de su viuda y los gastos de alimentación, pero que era capaz de exprimir para permitirse unas generosas botellas de brandi y un poco de maría. LoLo no entendía muy bien qué estaba haciendo con su cuerpo apretujado contra el de esa mujer, cacareando *Footsteps in the Dark* de Isley Brothers.

—Tengo que irme —dijo finalmente, cuando la canción terminó, la aguja empezó a rascar el papel del disco y el brazo volvió a fijarse. Despegó las manos de Suzette de su cintura y la apartó con delicadeza.

—¡Ohhhh, quédate! —le suplicó ella—. Los niños todavía no están en casa. ¡Vamos a cortar esos tomates y pepinos que has traído y comemos algo!

—No, no... Debo irme —dijo LoLo mirando a su alrededor, tratando de encontrar la puerta y fijar la mirada en ella—. La cena. Tengo que hacer la cena antes de que Tommy y los niños lleguen a casa. —Huyó hacia la puerta mosquitera, la abrió a trompicones y bajó tambaleándose por la escalera, agarrándose de la barandilla, mientras sentía como su cuerpo se vencía hacia delante. Mareada, con el estómago removiéndose despacio en lo que sin duda anticipaba un vaciado de su contenido, LoLo miró un momento su casa y luego volvió a mirar al suelo. Se dijo a sí misma que debía agarrarse al coche y a los arbustos. Se planteó recorrer el trayecto a gatas. Puso un pie delante del otro, con las rodillas temblorosas, tratando de caminar recta en la medida de lo posible para que nadie se diera cuenta de que tan solo era la 1:34 de la tarde y estaba más borracha de lo que había estado nunca en sus treinta años de vida.

Pasó el resto de la tarde rememorando toda su vida y las decisiones tomadas en ese día, mientras trataba de recomponerse antes de que los niños llegaran ruidosamente a casa, con sus preguntas, sus deberes y sus necesidades. ¿Qué les diría? ¿Cómo iba a ocultarles que se había emborrachado a las doce de la mañana? ¿Cómo iba a evitar a Suzette y su profunda tristeza, el peligro de que se la contagiara? ¿Sus manos sobonas?

LoLo no tenía respuesta a ninguna de esas preguntas. Lo que sí tenía, sin embargo, mientras estaba vomitando en el inodoro, con la cabeza apoyada en la fría loza, y luego echada en su butaca reclinable mirando *Hospital General*, era una idea cristalina acerca de algo que no admitía duda: seguiría sintiéndose profundamente sola aun a pesar de que una señora negra con el pelo a lo Chaka Khan viviera justo enfrente, y que esa soledad, aparejada a unas servidumbres de las que no podía escapar, la estaba matando día a día.

18

VERANO DE 1981

A LoLo no se le daba demasiado bien hacer trenzas pegadas. De hecho, era motivo de burla habitual entre sus amigas, que no podían entender que una mujer negra que había trabajado en los campos del Sur no fuera capaz de hacerle esas trenzas tan sencillas a su niña. Saber hacerlas era, a fin de cuentas, casi un patrimonio que le correspondía por nacimiento. Una se sometía al proceso echada sobre el regazo de su madre o de una hermana mayor, o arrodillada incómodamente entre sus rodillas, mientras la maraña de pelo iba adquiriendo unos patrones envidiables, y de forma inexplicable, a través de algún tipo de energía cinética que pasaba de los dedos de los ancestros a los propios, terminabas haciendo lo mismo con tu hija y ella, el día de mañana, haría lo mismo con la suya y así sucesivamente. Este estilo en concreto era un descubrimiento asombroso, de la misma envergadura que lo fue la rueda para el transporte, o la desmotadora de algodón para los bolsillos de los hombres blancos de Norteamérica. Al margen de la importancia histórica de aquel peinado de trenzas, la técnica permitía a las madres con hijas que tenían ese pelo abundante, ensortijado, algodonoso, con tendencia a encresparse hacia las nubes en un visto y no visto para después, con idéntica prontitud, quedar aplastado y aferrado al cuero cabelludo como un tornillo, sacar a sus hijas a la calle por la mañana sin tener que preocuparse del qué dirán; el peinado les permitía no sufrir tanto en una tarde calurosa, soleada, sudorosa, que, de no haber sido por esas trencitas, habría devuelto a sus hijas a casa con aspecto de haber salido del mismo infierno. Ese peinado las salvaba de las burlas y las críticas de otras mujeres negras que consideraban que un pelo despeinado era señal inequívoca de desatención materna.

LoLo había tenido la fortuna de poder contar con Sarah, quien, cada dos semanas, cuando todavía vivían en Long Island, se llevaba «prestada» a Rae un par de horas y, a base de unas sencillas trencitas, le hacía unos peinados que habrían podido salir en algún libro de historia sobre princesas africanas o en la portada de la revista *Essence*. Pero Sarah seguía en Nueva York y LoLo estaba allí, de modo que tenía que conformarse con hacerle a su hija unos peinados más factibles.

—Ahora quédate quieta y no muevas ni un dedo —le dijo a Rae mientras la niña inclinaba el cuerpo como una letra C entre las rodillas de su madre.

Rae le ofreció la nuca para que pudiera acceder sin trabas con el peine caliente y trató de convencerse a sí misma de que era una estatua, aunque siguió temblando. LoLo observó como las llamas del fogón envolvían el peine metálico y, sirviéndose de cierta forma de intuición, lo cogió cuando consideró que estaba bastante caliente y lo presionó contra un trozo doblado de papel de cocina. Cuando comprobó que se había enfriado un poco y ya no chamuscaba el papel, se inclinó sobre el cuerpo de Rae y sopló todo el aire de sus pulmones sobre el cogote de la niña mientras le deslizaba el peine por las puntas del pelo. LoLo sabía manejar el peine caliente. También la plancha rizadora. Cada dos semanas le frotaba el pelo a Rae en el fregadero, le peinaba los rizos con su mejor peineta afro, se lo secaba y, finalmente, planchaba y rizaba la melena ensortijada y crespa de la niña, sometiendo así su pelo rebelde. Rae tenía el pelo justo para hacerle un par de coletas cortas y peinarle el flequillo durante la semana, entre lavado y lavado, pero en esos primeros días LoLo consiguió que Rae estuviera presentable.

—¿Mami? —llamó esta sin tenerlas todas consigo mientras se sentaba sobre la pila de gruesos listines telefónicos y esperaba, junto a su madre, a que las llamas calentaran el peine metálico hasta hacerlo brillar nuevamente con tonos rojos anaranjados.

—¿Mmm? —dijo LoLo, sin perder de vista el fogón.

—He soñado despierta.

—Ah, ¿sí?

—Sí.

—¿Otra vez? ¿Seguro que no estabas dormida? —preguntó LoLo tirando de los rizos prietos y crespos de su hija con las yemas de los dedos.

—Sí. Estaba despierta, mientras doblaba la ropa abajo.

—¿De verdad? ¿Por eso has tardado tanto en terminar de doblar la última lavadora? ¿Estabas soñando despierta sin hacer nada?

—No, doblaba la ropa mientras soñaba.

—Mmm —dijo LoLo, volviendo a dirigir la mirada y toda su atención al peine metálico sobre el fogón. Hacía mucho que no soñaba despierta, tanto que solo guardaba el recuerdo borroso de Donyale Luna, sus pantalones cortísimos, sus cameos para Andy Warhol y sus piernas interminables en minifaldas que giraban sin cesar en pasarelas de moda. Era una vida de fantasía, más o menos igual de alcanzable que un viaje en cohete a Xanadú, incluso en los recovecos de su imaginación. De vez en cuando estaba tentada de contarle a Rae la trampa del asunto, que soñar despierta era inútil, que esos cuentos inconexos que le contaba día tras día no servían para nada, porque en verdad no eran más que películas con un principio, un nudo y un desenlace, pero sin la menor relación con la realidad. Otros días, en cambio, LoLo se hacía grandes ilusiones sobre el futuro de su hija, pensaba que a lo mejor tendría alguna posibilidad de escapar y, quizá, hacer realidad algunos de esos sueños con los que no paraba de incordiar a su madre.

—Era sobre ti. Estabas entrando en el arroyo, pero en vez de nadar era como si estuvieras intentando echarte debajo del agua.

—¿De verdad? —preguntó LoLo. Echó un vistazo por la ventana, al césped que se extendía al otro lado del cristal. Pensó en el arroyo, en el agua y en el peine caliente.

—¿Sabes nadar, mami?

—No —respondió LoLo—. No sé nadar.

Rae se quedó callada un momento.

—Felicia va a clases de natación en el centro comunitario —explicó al cabo midiendo sus palabras.

LoLo, con la mente en la llama del fogón, solo la escuchaba a medias y, por ello, no captó inmediatamente adónde quería llegar Rae con su transición desde lo de soñar despierta hasta aquel conato de anuncio.

—Está aprendiendo a aguantar la respiración bajo el agua y a dar patadas para moverse en el agua y cosas así.

—¿De verdad? —dijo LoLo pasando el peine caliente por el trozo de papel de cocina.

—Ajá. Y en un par de semanas, cuando sepa nadar muy bien, le enseñarán a tirarse desde el trampolín.

LoLo se arrimó a la sien de su hija y sopló mientras le pasaba el peine caliente por el pelo. El gel abrillantador que le había aplicado en los rizos chisporroteó cuando el calor se extendió sobre la pelusilla que crecía en los bordes del cuero cabelludo de la niña. Rae puso una mueca.

—No te muevas si no quieres que te queme —advirtió LoLo.

Silencio.

—¿Mami? —dijo Rae cambiando de postura bajo la mano de su madre.

—¿Qué, Rae?

—¿Puedo ir también a la escuela de natación?

LoLo se sentó derecha en la silla y dejó el peine sobre las llamas para poder dedicar toda la atención a su hija. La miró juntando las cejas.

—Ah, como Felicia va a la piscina, crees que tú también debes ir, ¿no?

—Yo... yo solo quiero aprender a nadar —aseguró Rae—. Cuando voy a la piscina, solo puedo sentarme en el borde y meter los pies en el agua.

—¿Y...? Estás en la piscina, ¿no? Con tus amigas.

—Pero me gustaría meterme en el agua con mis amigas —dijo Rae en voz baja.

—Suerte tienes de que te deje ir.

Lo cierto era que a LoLo no le gustaba demasiado que ninguno de sus dos hijos fuera a la piscina comunitaria, no en ese barrio. No con esa gente. Un agujero lleno de agua y blancos era un guiso que la ponía de los nervios, y con razón. Había leído y oído tantas historias vividas en carne propia sobre blancos que aterrorizaban a niños negros porque se habían atrevido a desnudarse y bañar sus cuerpos marrones en esas piscinas «comunitarias» que le resultaba prácticamente imposible quitarse de la cabeza las visiones de encargados de piscina cabreados echando ácido al agua en la que retozaban niños negros, borrar de su mente las historias de terror de madres blancas que escondían cajas de clavos en sus cestas de pícnic con la intención de tirarlos al agua en la que saltaban esos pies marrones. Se imaginaba a Tommy perdiendo la cabeza y saliendo como una furia a la calle a pegarse con el primer blanco con el que se cruzara que tuviera algo que ver con el maltrato de sus hijos y la clase de represalia que ello podía provocar: una cruz en el jardín, quizá. Una botella en llamas por la ventana, quizá. Un disparo, un cuerpo mutilado, un cadáver. Y que ese cuerpo fuera el de su Tommy.

Pero ni siquiera la posibilidad de esos horrores contemporáneos tenía el mismo peso que el miedo que LoLo sentía por su hija, más allá de lo que cualquier desconocido blanco pudiera hacerle. Era el miedo a los enemigos internos lo que la hacía no separarse de Rae. LoLo se acordaba de la primera vez que fue a nadar, en una pequeña alberca que a Bear y Clarette les gustaba decir que era suya, a la que se llegaba bajando desde su granja por un caminito en la finca. Era más barro que agua lo que solían encontrar, pero si llovía bien se llenaba lo suficiente para que los adultos chapotearan y los niños, dependiendo de lo ligeros que fueran, flotaran. Antes de que les endilgaran una niña que ninguno de los dos quería pero que estaban obligados a acoger, Bear y Clarette solían escaparse a la alberca para hacer lo que era natural entre marido y mujer, en medio de la naturaleza. Al acto él lo llamaba «Génesis» porque Adán y Eva se habían «conocido» en lo que Dios había creado, y Dios veía bien que él y su mujer hicieran lo que la Biblia decía que hacían los matrimonios, en un sitio en el que él podía sentirse libre, pero también un poco malo. Cuando LoLo bajó a la alberca en bragas y con una de las camisetas sin mangas de Bear, el hecho de encontrarse en la naturaleza de esa manera se convirtió, lisa y llanamente, en una maldad.

—A ti no se te ha perdido nada en la piscina —dijo LoLo. Metió la mano en un tarro pequeño de gel abrillantador para pelo afro, se puso una porción de ese gel azul en la palma y lo aplastó entre las manos antes de aplicarlo al pelo recién planchado de Rae—. Con todo el tiempo que me paso arreglándote el pelo para que te quede precioso y ahora quieres bajar a la piscina... ¿Para qué? ¿Para mojarte y salir del agua con el pelo todo crespo?

—La madre de Felicia le hace trenzas...

—Me tiro horas planchándote y rizándote el pelo para que te quede bonito. A la madre de Felicia le importa un bledo el aspecto que tenga su hija. Es evidente. Porque no hay día que no la saque a la calle y no parezca una niña indigente. Con el culete pelado, blancucho y flaco.

LoLo vio como su hija encorvaba los hombros, pero continuó la embestida de todos modos. Iba a dejarle las cosas claras.

—Yo no soy la madre de Felicia y te aseguro por lo más sagrado que tú no eres como esa niña —continuó—. Además, Felicia puede meterse en el agua sin que le afecte el cloro. Es lo bastante clarita para que no se le note la sequedad de la piel y, además, puede permitirse que le dé un poco el sol. Pero a ti —dijo arrimándose a su hija y echándole la cabeza hacia atrás para poder mirarla a los ojos—, el cloro, el sol, te dejarían negra como el carbón. Y no quieres que eso te pase, ¿no?

Rae se encogió en la pila de listines telefónicos en la que estaba sentada.

—No, señora —contestó gimoteando.

—Eso es —dijo LoLo—. No, señora. Confórmate con refrescar los pies en el agua. Y tápate para que el sol no te deje como una patata quemada.

—¿Quién es una patata? —preguntó Tommy yendo tranquilamente a la nevera. Abrió la puerta y agarró una lata de Michelob Light—. ¿No estarás hablando de mi niña bonita? ¿No, cariño? —añadió agachándose para darle a Rae un pellizco en la mejilla.

—Esta niña intenta convencerme de que la apunte a natación.

—¿Y qué tiene eso de malo? —preguntó Tommy, que evidentemente nada sabía de las inquietudes de LoLo, sobre todo porque no habían hablado del tema, pero también porque la organización de las actividades extraescolares, qué hacían los niños con su tiempo fuera de casa, y también dentro, no era asunto suyo en realidad. LoLo se ocupaba de esas cosas.

—Bueno, si te pasaras horas lavando, secando, planchando y rizando el pelo de la niña, no creo que gastaras saliva en hacerme semejante pregunta, ¿no crees, Thomas Lawrence? —dijo LoLo empujando con furia la cabeza de la niña hacia delante. Rae se encogió al sentir el contacto de su madre. LoLo le hizo una raya en la nuca y le pasó el peine mientras esperaba a que los rizadores de hierro se calentaran en las llamas del fogón.

Tommy abrió la lata de cerveza y sorbió la espuma que borboteaba por la abertura de metal. Luego tomó un buen trago y levantó la mano libre al aire.

—Eh, hazle caso a tu madre —indicó—. Sabe de lo que habla. —Entonces, volviéndose hacia LoLo, avisó—: Nena, Theddo viene en un par de horitas a ver el partido. ¿Crees que podrás prepararnos un poco de pescado frito cuando hayas terminado?

LoLo sacó el rizador de hierro de la llama y lo pasó por el papel de cocina, mirando si se chamuscaba. No dijo nada. Cuando juzgó que se había enfriado lo suficiente, comprobó la temperatura golpeándolo contra la muñeca. Tampoco entonces dijo nada. Con un giro de dedos y muñeca, introdujo el rizador caliente en un mechón de Rae y giró el chisme hasta que los cabellos formaron un bucle elegante y uniforme, un rizo absolutamente perfecto. La verdad era que Theddo no era santo de su devoción, sobre todo después de que abandonara a su mujer tras veintiún años de matrimonio. Ese hombre, falda que veía, falda debajo de la que quería meterse, cosa que había hecho las veces suficientes para que quedaran pruebas de sus devaneos. Esas pruebas se llamaban Darius y Joy, hijos que había tenido de dos mujeres distintas, ninguna de las cuales era su esposa. LoLo sabía que Tommy no era ciego y que, naturalmente, había mujeres de sobra dispuestas a tirar su moralidad por la borda sin que fuera preciso esforzarse demasiado en engatusarlas, pero a veces pensaba, por más que le doliera, que, al igual que los lobos, los infieles iban en manada. No quería que su marido anduviese con un hombre que no había tenido inconveniente en abandonar a su mujer y sus hijos con tal de poder acostarse con cualquier mujer que estuviera dispuesta a abrirse de piernas para él. «Hasta que la muerte nos separe» era una frase que Theddo había pronunciado cuando el pastor le había pedido que la repitiera. Pero no lo pensaba de verdad.

Lo que LoLo quería decir —o gritar, más bien— era que estaba cansada y que solo quería sentarse en algún lado y fumarse un par de pitillos y olvidarse de la cocina y llamar a Sarah o a Cindy por teléfono y darse un poco de tiempo ese día para por lo menos poder fingir, aunque solo durase unos minutos, que no se sentía zarandeada en todas direcciones, hundiéndose en una tiniebla que le costaba horrores sacudirse de encima mientras se iba fundiendo paso a paso, paso a paso, en el papel pintado y los suelos de linóleo de la casa, y veía como sus necesidades eran satisfechas con la misma voracidad que el dueño de un perro podía dispensar a su animal atado a una valla metálica, lo que, por supuesto, no se parecía en nada a cuidar de alguien.

—Sí, Tommy. Puedo freír un poco de pescado —dijo LoLo finalmente. Tommy no reparó en que las pupilas de su esposa se dilataban y oscurecían, tampoco en que sus hombros se hundían, justo como los de Rae—. Pero tendrás que ir al mercado a comprarlo.

Tommy tomó otro sorbo de cerveza y soltó un pequeño eructo.

—Yo me ocupo. ¿Qué quieres que compre? ¿Merlán? ¿Sargos? ¿Perca?

—Lo que tengan fresco —contestó LoLo soplando en el rizador para enfriarlo—. Vete. Largo.

—Vale. Ya me voy. Me largo —dijo él tomando otro trago. Sus zapatos de cuero rascaron las baldosas de la cocina cuando se acercó a Rae y se agachó para mirarla a los ojos—. Tienes el pelo muy bonito —añadió.

—Gracias, papi —dijo Rae sonriendo por primera vez desde que su madre había echado por tierra su ilusión de nadar. Compartían mucho Rae y Tommy, la naturalidad y la comprensión que la niña buscaba en su padre, como si hubiera abandonado la esperanza de conseguir arrancar de su madre ese tipo de atención. Esa peculiaridad de Rae, esa personalidad tierna y callada, en contraposición al descaro y la agresividad de su hermano, era algo nuevo, algo que había empezado apenas unas semanas antes. LoLo sabía que solo ella tenía la culpa. Ya no recibía a los niños en la puerta cuando volvían del colegio. En vez de ello, dejaba que chillaran sus «¡hola!» a través de la gruesa puerta de madera que LoLo se había aficionado a dejar bien cerrada todas las tardes. Era la única forma que tenía de secarse las lágrimas y dejar de subirse por las paredes por culpa de las palpitaciones que habían empezado a asfixiarla en las horas anteriores a que los niños llegaran de la escuela y LoLo tuviera que ponerse manos a la obra, dándoles de comer, hablando con ellos y prodigándoles cariño e interés mientras cocinaba y recogía los platos, para después abrirse bien de piernas para Tommy, y todo ello al mismo tiempo que encontraba formas de olvidar el orfanato, a Bear, la enfermera, los fórceps, el vaciado de sus entrañas y todo lo que le habían roto pero que nadie veía y a nadie le interesaba.

—¿Mami? —la llamó Rae esa primera tarde en la que se plantó delante de la puerta cerrada con llave en compañía de su hermano. LoLo oyó que su hija llamaba suavemente a la puerta y la reclamaba, primero con su voz dulce y luego con su voz de patio de recreo cuando vio que LoLo tardaba en responder más de lo que juzgaba aceptable. Su hijo, TJ, no tuvo la paciencia de Rae; sacó el puño y golpeó con tanta fuerza la puerta que LoLo estaba segura de que la mano del niño iba a atravesar limpiamente la madera, y entonces tendría que volver a pegarle, quizá dejarle un ojo amoratado, sentirse más arrepentida incluso de lo que se sintió la vez que le hizo un morado en el hombro y tuvo que curarle con alcohol el corte en el muslo, soplándole con cuidado para que no le escociera. Soplarle con cuidado para que el niño viera que ella le quería y se preocupaba por él y que solo le pedía que se portase bien, que estuviera callado para variar y permitiera que su madre se hundiera en barrena en la quietud.

—¡TJ, para! —oyó LoLo que le decía su hermana en un grito susurrado—. ¡Se enfadará!

—¿Y qué? —dijo TJ, sin dejar de aporrear la puerta—. Siempre está enfadada.

LoLo se acercó a la ventana de la habitación de Rae y contempló como su hija observaba a su hermano cuando este golpeaba la puerta. Tenía la mirada afilada, mientras estudiaba la mano y la muñeca de TJ, su brazo nervudo y un morado nuevo, negro azulado, a un lado del bíceps. Ese se lo había hecho LoLo cuando lo descubrió unos días antes comiendo crema de cacahuete del bote. TJ no entendió a qué venía tanto escándalo; su madre no comía crema de cacahuete —en realidad no comía nada— y a Rae no le gustaba, así que...

LoLo seguía espiándolos cuando Rae, presumiblemente convencida de que su hermano iba a derribar la puerta, recogió su bolsa de los libros y corrió a la parte trasera de la casa, sin duda para comprobar si su madre se había dejado la puerta de atrás abierta por una vez. LoLo no se había molestado. Lo que sí había hecho era correr las cortinas de su habitación, casi del todo. Rae apretó su naricita respingona contra el cristal y echó un vistazo por el hueco entre las dos piezas de grueso tejido que LoLo había cerrado unas horas antes para depositar su cuerpo sobre la colcha de la cama, vestida de los pies a la cabeza como en los días de misa, incluyendo medias y zapatos de tacón, con las manos dobladas sobre el pecho, como imaginaba que se las colocaría el encargado de una funeraria si su cadáver hubiese descansado en un majestuoso ataúd blanco forrado de raso. Volvió a su habitación y se colocó de nuevo en esa postura. No era capaz de nada más. Con el rabillo del ojo vio que Rae retiraba rápidamente la cara de la ventana al descubrir que el rímel de su madre le había dejado unos surcos negros en el rostro y había formado unas manchas en la funda blanca y almidonada de la almohada. Aterrada al ver la escena, Rae se apartó tan deprisa de la ventana que tropezó y cayó sobre la mata de hortensias de su madre, que le hizo un agujero diminuto en los pantalones de la escuela. Rae se levantó de un salto con la misma rapidez con la que había caído y se miró el agujero, consciente de que su madre no admitiría ninguna explicación. Nunca las admitía.

Después de incorporarse, Rae echó a correr en dirección a la casa de Daisy. LoLo sospechó que su hija se dejaría caer entre los brazos de esa mujer blanca y que se comería lo que esta le diera de merienda. Quizá jugaría incluso con su pelo. LoLo ya la había regañado por jugar con el pelo de esa blanca. Como si fuera mejor que el suyo. Rae se quedó allí un buen rato para darle tiempo a su madre. Tiempo para que su padre llegara a casa y obligara a su madre a portarse bien otra vez.

—No te preocupes por la natación —le dijo Tommy a Rae—. Si sigues sacando buenas notas y creces, te harás rica y podrás comprarte cuatro piscinas y tener una peluquera en cada una para que te arregle el pelo cada vez que salgas del agua. ¿Vale?

—Vale, papi —dijo Rae riéndose mientras Tommy le pellizcaba la barbilla.

Un par de horas más tarde, allí estaba Theodore Lawrence —todo el mundo lo llamaba Theddo porque así pintaban las lenguas negras su nombre en el aire—, con los pies sobre el sofá de LoLo, una mano aferrada a una lata de cerveza de su nevera, la otra con un cigarrillo, sentado a sus anchas mientras esperaba a que le sirvieran la cena como si fuera el rey del mambo. Decía que era musulmán porque el resto de su familia en Filadelfia lo era también, pero nunca ponía los pies en una mezquita y seguía fumando, bebiendo y tonteando con todo tipo de mujeres, blancas incluidas, y LoLo no se creía ni respetaba el hecho de que renegara del cerdo, así que añadió un poco de panceta a los guisantes. Pensaba decirle lo mismo que otras veces, cuando Theddo recibía su plato, torcía el morro y se quejaba de que echara ese manjar salado y ahumado para dar sabor a la verdura, como haría cualquier cocinera negra sureña que se preciara de serlo y cocinara con cariño. «Pues entonces no te pongas la carne en el plato», respondía con dulzura y en voz alta, pero como si tuviera un oso por dentro.

LoLo estaba frotando las escamas del pescado. En la pescadería nunca le limpiaban los sargos a su gusto, así que siempre tenía preparado su cuchillo cuando abría el papel marrón bajo el chorro de agua fría en el fregadero. Ese día no fue una excepción. Las escamas salieron despedidas por todo el fregadero, las encimeras de formica, algunas incluso terminaron en su pelo. LoLo era metódica, meticulosa, en la limpieza ritual de los alimentos. Nada entraba en sus cacerolas si antes no había aplicado ese esmero añadido para asegurarse de que la comida que ponía en los estómagos de su familia tuviera la máxima pureza posible. El pollo lo bañaba en una mezcla de vinagre y zumo de limón recién exprimido; las berzas las dejaba en remojo, las lavaba, las volvía a dejar en remojo y a lavar, varias veces, hasta que no quedaba ni un grano de arenilla; las habichuelas las elegía de una en una. Esa limpieza ritual —de la comida, de la ropa, de cada rincón de la casa, de los cuerpos— era, sin duda, un atavismo de su infancia, porque siendo niña se le había exigido que mantuviera el orden y la limpieza de cualquier sitio que pisara. Normalmente aquello la relajaba, era una forma de despejar la cabeza, de atenuar las preocupaciones que la estresaban. Pero poco a poco esas rutinas habían terminado por molestarla y, ahora, esas cruces que cargaba a la espalda, tan pesadas, se le hacían insufribles, de tal modo que había empezado a esconderse de ellas debajo de la colcha, en el armario, detrás de la puerta cerrada del cuarto de baño. Lo hacía cuando nadie miraba. Lo hacía cuando los niños no miraban. Lo hacía cuando lentamente dejó de reconocerse a sí misma en el espejo.

Justo cuando empezó a salar los lomos de pescado, el pensamiento se le fue a su huerto, en concreto a los tallos de maíz que había inspeccionado apenas unas horas antes. Estaban cargados de mazorcas, dos o tres por cada tallo, y el tono pardo de la seda que las envolvía indicaba que los granos en el interior eran blanquísimos y estaban en su punto justo para cocinarlos. Un poco de maíz frito, pensó, después de raspar las mazorcas con el lomo del cuchillo para que los granos desprendieran ese néctar que hacía que su receta fuera famosa por su dulzura, iría bien como guarnición para el pescado. Quizá incluso le serviría para ver la luz.

—¡Rae! —llamó LoLo a su hija.

Necesitaba ocuparse del pescado y, de todos modos, no le apetecía salir al huerto. Rae, a quien LoLo estaba enseñando los secretos de llevar una casa, cocinar y cuidar del huerto, sabía qué mazorcas estaban maduras y listas para ser recogidas. A TJ, que era torpe y destructivo, no le permitía acercarse a las verduras. Se volvió hacia Tommy justo en el instante en que este saltaba del sofá y voceaba al televisor.

—¡Vamos, tío! ¡Ahí, dale duro! ¡¿Has visto qué jugada?!

—le gritó a Theddo, que también se había puesto de pie. Dio varias palmadas para subrayar sus palabras.

Se agarraron de las manos como si ellos mismos hubieran encestado. LoLo puso cara de resignación. Tommy no iba a salir. Tendría que hacerlo Rae.

La niña no respondió.

—¡Rae! —la llamó un poco más fuerte. Luego, para sus adentros, después de que el grito hubiera recibido más silencio como respuesta, se preguntó—: ¿Qué está haciendo la niña?

LoLo cerró el grifo y se dirigió a la entrada de la cocina, casi esperando que Rae se materializara en el umbral. Nada. Sacudió las manos para secárselas y luego se las pasó por el delantal para terminar de quitarse la humedad sin apartar ni un instante los ojos de la entrada de la cocina. La temperatura en su frente comenzó a elevarse al ritmo en que descendían sus cejas enfurruñadas.

—¡Rae! —gritó una vez más. Tommy y Theddo, ajenos al enfado incipiente de LoLo, saltaron de nuevo de sus asientos y gritaron de alegría mientras un jugador de baloncesto daba la vuelta a la pista para celebrar la victoria chocando la mano con sus compañeros y obligándose a recordar que debía ver su celebración en las noticias deportivas de la tele esa noche.

Harta de esa chiquilla rebelde que no había saltado a la primera al oír la voz de su madre, LoLo salió de la cocina como una furia y se metió por el pasillo, ansiosa por saber qué estaba haciendo su hija que fuera mucho más urgente que responder a la llamada de su madre. Irrumpió en el cuarto de la niña como si fuera la policía haciendo una redada.

—¿No has oído que te llamaba, niña? —preguntó al mismo tiempo que empujaba la puerta.

Rae no estaba allí.

LoLo buscó rápidamente en el cuarto de TJ, y luego en

el lavabo que compartían los niños. Sin rastro de Rae. Fue entonces cuando el corazón empezó a darle saltos, cuando cada calamidad que pudiera imaginarse invadió, como si fuera una especie de cáncer, cada célula de su cuerpo. LoLo trotó de armario en armario, miró debajo de las camas, pero enseguida echó a correr frenéticamente hasta su dormitorio, el último sitio en el que había pensado buscarla. Y allí estaba Rae, de pie frente al espejo del cuarto de baño, agitando los brazos mientras salmodiaba una especie de conjuro frente a su reflejo.

—Debo... debo... ¡debo aumentar mi pecho! Lo conseguiré... Lo conseguiré... Conseguiré aumentar mi...

—¿Qué diablos...?

Rae saltó al oír la voz de su madre y dejó caer los brazos de inmediato. Tenía los ojos abiertos como platos de porcelana fina.

—¡¿Qué estás haciendo aquí?! —le gritó LoLo—. ¿No has oído que te llamaba?

Evidentemente sorprendida por la aparición de su madre y el vertiginoso interrogatorio, Rae no dijo nada. LoLo examinó de arriba abajo el cuerpo de su hija y reparó en que los hombros le temblaban un poco.

—Te he preguntado qué hacías aquí dentro, niña —exigió saber agarrando a Rae del brazo para acercarle la cara a la suya.

—Estaba... estaba leyendo un libro.

—¿Te vas a quedar ahí parada mientras me mientes a la cara? ¡Tú no estabas leyendo ningún libro!

—Sí, mami. Lo juro.

LoLo levantó la mano hasta situarla detrás de su cabeza y la lanzó con toda la velocidad que pudo imprimirle hasta que impactó sobre la mejilla rolliza de Rae. Asombrada por la fuerza de la mano de su madre, el rostro de Rae se crispó para formar un grito silencioso mientras intentaba recobrar el aliento y la capacidad de llorar.

—¡¿Qué te he dicho de jurar?! —le chilló LoLo.

Rae, después de haber recobrado el aliento, gritó finalmente por el dolor del bofetón. En unos segundos Tommy apareció detrás de LoLo. En las arrugas de su rostro crispado se dibujaba una pregunta.

—¿Qué está pasando aquí? —fue todo lo que acertó a decir mientras miraba a LoLo, imponente ante su hija como un púgil que esperase a que el árbitro terminara de contar.

—La estoy llamando y resulta que está aquí pavoneándose delante del espejo y luego me miente sobre lo que hacía —dijo LoLo con la respiración entrecortada. La rabia le hacía saltar el pecho—. ¡Y luego ha jurado!

—¿Qué mentira has dicho? —preguntó Tommy, en un tono más amable, en busca de contexto, de comprensión.

El miedo vibraba en los ojos de Rae, pero aun así respondió a su padre.

—Estaba leyendo un libro —afirmó.

—¿Qué libro, Rae? —exigió saber LoLo—. Aquí no hay ningún libro.

—Este —respondió Rae colocando la mano sobre un libro de bolsillo en el que LoLo no había reparado hasta ese momento, pese a que estaba encima de la repisa del lavabo.

—¿Es el libro que te regaló tu tío? —quiso saber Tommy cogiéndolo.

—Sí, señor —dijo Rae gimoteando, sorbiendo mocos y temblando todavía.

LoLo lanzó una mirada fulminante a la niña, agarró el libro y leyó la cubierta.

—¿Y qué tiene que ver este libro con lo que estabas cantando delante del espejo? —Luego, volviéndose hacia Tommy, añadió—: Estaba aquí con la camisa abierta, pronunciando una especie de conjuro o yo qué sé.

Rae negó con la cabeza rotundamente.

—Entonces ¿qué hacías? —preguntó LoLo soltando el libro cuando Tommy se lo cogió de las manos.

Rae se quedó callada. Solo gimoteaba.

—¡Contéstame! —clamó LoLo, y la fuerza de su voz hizo que Rae diera un salto.

—En el libro, Margaret hace un ejercicio para que le crezca el pecho —dijo la niña casi balbuceando.

—¿Hacer que le crezca qué? —demandó LoLo.

Rae, avergonzada, respondió con un susurro esta vez.

—El pecho.

Tommy se rio y asomó la cabeza por detrás de LoLo para echar un buen vistazo a su hija. Se quedó mirando su pecho.

—¿Y bien? ¿Ha funcionado?

—¡No tiene gracia! —exclamó LoLo—. ¿Qué clase de libro enseña a las niñas a que les crezca el pecho?

Tommy suspiró.

—Solo es un libro, Corazón. Nada más —explicó girándolo en sus manos. Echó un vistazo a la cubierta y luego a la edad recomendada que figuraba en la primera página.

—¿Eso es lo que trae tu hermano a mi casa? ¿Libros para que las niñas sepan cómo conseguir unas tetas más grandes?

Tommy negó con la cabeza y volvió a suspirar.

—Le compró el libro porque sabe que le gusta leer, LoLo. No hagas que parezca algo malo.

—No sé nada sobre ese libro, y me huelo que él tampoco. Pero el caso es que nuestra hija estaba aquí dentro, cantando y pavoneándose delante del espejo, concentrándose para que le crezca el pecho —dijo ella furiosa. Se volvió hacia Rae—. Mueve el pandero y ve a buscarme unas mazorcas al huerto —ordenó—. ¡Ahora!

Rae salió escopeteada del cuarto de baño y estuvo a punto de tropezar con sus propios pies cuando pasó junto a sus padres de camino al pasillo, la cocina y la puerta trasera de la casa, para salir al jardín, donde las luciérnagas estaban empezando a emprender el vuelo y el maíz estaba en posición de firmes, con su pelambre parda y sedosa ondeando en la brisa del anochecer.

LoLo ya se había fijado en los botones que asomaban debajo de las camisetas de Rae, en cómo bailaban como pequeños huesos de fruta contra la tela cuando salía corriendo de casa para ir a la escuela por la mañana. Los pechos estaban llegando y el culito cada vez se le hacía más redondo. Pronto llegarían también las caderas y los muslos, y, con ello, la primera regla, a la que seguirían unas preguntas que no estaba en condiciones de responder y unos problemas que no estaba en condiciones de abordar. Al fin y al cabo, ¿cómo iba a hablar con una chica de doce años, una niña, sobre cómo se hacían los hijos? Porque a eso llevaba la menstruación, a tener bebés. Sintió una punzada de dolor en el vientre con solo pensarlo. Menstruación, sexo... A duras penas podía hablar de eso con Tommy, ¿cómo iba a hacerlo con una niña? No era adecuado. LoLo necesitaría, además, ocultar los sentimientos que esa conversación llevaba consigo, el recuerdo de la hemorragia, de ver como la penetraban contra su voluntad, sin saber qué significaba aquello, sin entender las consecuencias y las decisiones que otras personas tomaron por ella, decisiones que desgarraron cada centímetro de sus entrañas, de su corazón, haciéndola añicos. No tendría que haberse visto obligada a enfrentarse a ello después de su primera regla. No quería que su hija se enfrentara a ello antes de su primera regla. Las niñas pequeñas tenían que seguir siéndolo, a toda costa.

Nunca imaginaría que lo ocurrido ese día motivaría el silencio de su hija cuando habría sido fundamental que hablara con ella, cuando habría necesitado que su madre aplacara sus temores y le explicara qué le estaba ocurriendo en realidad a su cuerpo, más allá de los cuchicheos que había compartido con sus amigas sobre la menstruación y la sangre. No habían pasado dos semanas desde el día en que LoLo la había sorprendido toqueteándose el pecho, un fin de semana en el que finalmente había transigido y había dejado que Freddy recogiera a los niños y los tuviera en su casa, cuando Rae tuvo su primera regla. Y también se lo callaría. Sin embargo, LoLo terminó enterándose del asunto porque mantener el secreto de su inexistente menstruación la obligaba a tener cuidado. Un día LoLo estaba frente al armario, mirando la caja de compresas que, desde hacía décadas, siempre tenía en casa como parte de su sofisticada estrategia para hacer creer a su marido que todavía le venía la regla. Pasó los dedos por cada una de las compresas, contando mentalmente: dos, cuatro, seis, siete. ¿Dónde estaban las tres que faltaban? LoLo sacudió la caja, como si de esa forma pudiera hacerlas aparecer por arte de magia. Metió enseguida la cabeza en el armario donde guardaba la ropa de la cama, dejando que sus ojos se adaptaran a la oscuridad del fondo de la repisa, mientras escrutaba el interior en busca de las compresas. Entonces, al entenderlo, sintió una sacudida en el pecho. Se incorporó y fue al cubo de la basura. Sus ojos se posaron en tres bolas de papel higiénico. En una de ellas se veía un hilillo de sangre que había atravesado el papel. Y entonces lo supo. Lo supo.

Fue volando al teléfono y marcó los números en el disco giratorio con tanta ansia que tuvo que colgar tres veces antes de acertar con el número de Freddy. Por último, oyó los tonos de llamada y, luego, el saludo alegre, pero escueto, de Freddy: «Sí, Freddy al habla». El saludo con el que le respondió LoLo no lo fue en absoluto. Más bien le envió filos cortantes y navajazos mientras acusaba a su hermano, a ese hombre que había reivindicado el lazo fraternal que los unía pese a que su hermana solo sabía responderle con codazos y una furia sorda, de ocultarle que Rae había tenido la regla durante el fin de semana que había pasado en su casa.

—Pensé que te lo diría ella —le respondió él al teléfono. El tono de su voz era dulce, pero tenía el gesto torcido. No le apetecía discutir, no después de haber pasado aquel largo fin de semana con sus sobrinos en casa, pescando cangrejos y viendo películas piratas en vídeo. Si se enteró de que Rae había tenido la regla, fue porque había atascado el váter con el papel higiénico empapado de sangre que había llevado en las braguitas durante todo el fin de semana. Era como una película de terror. Intentó no enfadarse; la niña ya estaba bastante avergonzada y aturullada, y le había pillado las aspirinas discretamente para calmar el dolor de barriga. Aun así, Freddy nunca había estado tan cerca de la sangre menstrual en toda su vida y, si de él dependía, nunca más volvería a estarlo. De eso debían ocuparse las propias mujeres—. Mira, yo no me meto en los temas de señoras —se limitó a decirle a LoLo.

—Rae no es una señora. Es una niña pequeña —contestó ella airada.

—Todavía no me has explicado qué pinto yo en todo esto.

—¿Estás tan ocupado tonteando con todas esas furcias que no te enteras de cómo tratar a tu sobrina de doce años? Es una niña. Cuando pasa algo así, ¡avisas a su madre!

—Mira, lo que yo haga en mi casa es asunto mío. No me vayas de policía. Que yo sepa, no pagas ninguna factura aquí.

—Eres un hombre adulto. Lo normal es que te pagues tus propias facturas.

—Pues sí. Y me enviaste a esos mocosos desagradecidos con las manos vacías y las mismas ideas. Estaba demasiado ocupado dándoles de comer y comprándoles cosas para encima tener que llamarte y hablar contigo de un temita de señoras, Delores.

Con todo lo que ella y Tommy trabajaban para cuidar de sus hijos, LoLo no iba a permitir que la criticaran por cómo los cuidaba y mantenía. Se burló inmediatamente de la idea de que dependía de la generosidad de otras personas para cuidar de sus hijos. Le daba igual si no volvían a dirigirse la palabra. Él, igual de tozudo, pensaba lo mismo. Fue un incidente menor, con un peso tan insignificante en el largo recorrido de su historia —cómo los separaron, los abusos que ella sufrió, el reencuentro de él con el padre de ambos cuando creció y vio que su padre se había vuelto a casar y había añadido otro niño a los cinco que había tenido con la madre de LoLo y de él—, que fue fácil dejarlo pasar. A Freddy se le daba bien eso, comprimir todo el dolor, todas las decepciones, toda esa historia, en los recovecos más profundos. Por ello había buscado a LoLo, había insistido en que tuvieran una relación. Por ello había retomado el contacto con su padre. La familia era la beneficiaria de su bondad, pues era generoso, incluso con quienes se mostraban más rácanos. «Es nuestra familia. Es nuestra sangre», solía decir, como si aquello debiera significar algo para LoLo. Como si esperase de su hermana que olvidara. Pero ella no podía. La rabia que sentía ahora provocada por la discusión con Freddy acerca de la regla de Rae fue como un bultito en un pecho: incrustado en la parte blanda del tejido, inapreciable a simple vista, pero doloroso al tacto. Canceroso. Terminal sin intervención médica. Ninguno de los dos tenía la aptitud o los recursos emocionales necesarios para sobrevivir a la enfermedad de su sangre. No iban a ponerse de acuerdo sobre Rae y su regla.

LoLo apartó el teléfono de su cabeza y vertió directamente sus palabras sobre el receptor.

—No me llames nunca más —dijo apretando los dientes, antes de colgar con furia. Con el pecho agitado, volvió al cuarto de baño a toda prisa y miró las compresas otra vez. Por más que se esforzara, no se le ocurría qué iba a poder decirle a Rae sobre ese asunto. Así pues, ese día guardó silencio.

Pero ahora, en esa cena improvisada de pescado frito, Theddo iba a oírla. Largo y tendido. LoLo irrumpió en la sala donde veían la tele, empuñando el libro. Lo tiró con todas sus fuerzas contra su cuñado, quien, ajeno al drama que se había producido unos minutos antes en el centro de la casa, se levantó de un salto del sofá con una mezcla de sorpresa y enfado.

—¡LoLo! ¿Qué demonios...?

—Que no se te ocurra volver a regalarle algo a mi niña sin antes consultármelo. ¿Entendido? —soltó furiosa.

—¿De qué hablas, mujer? —preguntó frotándose el pecho, donde había impactado el libro, para apagar el dolor sordo que sentía.

—Ya me has oído —dijo LoLo apretando los dientes—. Si vuelves a hacerlo, verás lo que te pasa.

—Vamos, Corazón. Solo le regaló un libro. Fue todo un detalle por su parte —trató de razonar Tommy.

—Ah, ¿sí? ¡¿Crees que es un detalle regalarle a nuestra hija un libro donde se explica cómo hacer que te crezcan las tetas?! —chilló LoLo—. ¿Me puedes explicar qué hace un vejestorio como tú regalándole un libro así a una niña?

—Yo... se lo regalé porque... porque todo el mundo habla del libro —explicó Theddo, con el rostro desencajado por la confusión—. Mi novia se lo dio a leer a su hija y todas sus amiguitas lo están leyendo también.

—Tu novia, ¿eh? —dijo LoLo—. ¿Esa que se acuesta con hombres casados? ¿Te informas sobre libros infantiles a través de ella?

—Vamos, Delores —pidió Tommy—. No te pases.

—Lo que espero de ti es que me apoyes, Tommy. Es tu hija. Si no quieres más críos en esta casa, lo último que nos conviene es que los hombres la miren como a una mujer adulta. A ver si empiezas a prestar atención —le soltó LoLo entre dientes.

Dicho esto, volvió furiosa a la cocina y abrió el grifo del fregadero. Saló un poco más el pescado y luego sazonó con pimienta negra y un pellizco de cayena y pimentón la harina de maíz que emplearía para rebozarlo. Por la ventana, vio como su hija se ponía de puntillas para agarrar la mazorca del tallo más alto, cuya sombra oscurecía el cesto que Rae usaba para recoger la verdura. Sus movimientos mientras arrancaba la mazorca fueron lentos y medidos. Meditados. LoLo estaba segura de que la niña iba a llevarle el botín más perfecto. La estaba educando para ser la esposa perfecta de un hombre. La esclava perfecta. No podía evitarlo. No sabía cómo ayudar de otra forma a su niña.

El corazón se le rompió justo donde debería habérsele hinchado de alegría, de orgullo, dejando un rastro de tristeza en los añicos.

19

VERANO DE 1959

LoLo tenía doce años la primera vez que sintió la felicidad, justo en el punto en el que el lodazal de agua estancada besaba la orilla en pendiente del río Windlow y el rumor de las hojas de los árboles en la brisa del sur era, para los creyentes, como si Dios les susurrara a los oídos. El pastor Charles y el diácono Claytor la cogían cada uno de un brazo, avisándola de que pisara con cuidado mientras avanzaban por unas aguas que, pese a que las acariciara el sol, siempre estaban frías. Muchos se habían hecho daño en los dedos de los pies al golpearse contra los troncos de los cipreses que, décadas antes, una cuerda de presidiarios había serrado a ras de suelo para que las aguas del río pudieran crecer sin obstáculos. Esos troncos bajo el agua eran espectros que conservaban verdades atroces sobre lo que había ocurrido en esas tierras, antes del agua, antes de que la perca atruchada y la perca blanca brincaran en ese río: cosas que eran tenazmente despiadadas y, sobre todo, crueles. La clase de recuerdos que los viejos del lugar sabían callarse. Las gentes buenas y piadosas de la Iglesia del Monte Nebo de Dios en Cristo de Nazaret creían que, en la quietud del amanecer, si prestabas atención, todavía podías oír el repicar de los grilletes empleados para atar cuerpos humanos —piel desgarrada y ensangrentada, huesos rotos, extremidades y apéndices cortados o serrados como escarmiento por cualquier desprecio o por cualquier capricho— a esos troncos. Un sitio donde el nombre de Dios se demoraba en las lenguas. Donde se prometía misericordia a quienes tenían fe, incluso en sus horas más aciagas. En los días de bautismo, la congregación tenía la costumbre de ir a la orilla vestida con sus túnicas blancas recién lavadas, haciendo chocar sus cubos de metal entre sí, mientras entonaban a viva voz sus canciones de fe en la Divinidad para ahuyentar a los mocasines de agua, pero también silenciar a los espectros. CLANG. *Llévame al agua / Llévame al agua.* BANG CLANG. *Llévame al agua / para bautizarme.* BANG CLANG BANG.

LoLo se sujetó bien a los brazos del reverendo y del diácono. Por más miedo que le dieran los troncos, los espectros e incluso las serpientes de agua, LoLo quería estar en ese río, ser crucificada, enterrada y resucitada en sus aguas. Volver a la superficie... nueva. El diácono Claytor le había explicado cómo funcionaba toda la ceremonia un domingo, durante la clase de catequesis, y el pastor Charles los había sermoneado sobre el bautismo largo y tendido, de modo que LoLo sabía ver y comprender su importancia, a pesar de que el escepticismo de Bear fuera inquebrantable y el pastor solo alabara sus virtudes para ganar nuevos adeptos y, por supuesto, nuevos diezmos. A sus doce años, y pese a que la asediaban problemas muy adultos y terrenales en cada uno de los días de su miserable vida, LoLo todavía era lo bastante joven para tener esperanza, para tener fe en la promesa del pastor de que sumergirse en el agua podía cambiar las cosas y, de hecho, lo haría. Que Dios, Jesús y el Espíritu Santo la librarían del mal y que la bondad y la misericordia la cogerían de la mano y la llevarían lejos de aquel sitio oscuro, de camino a la luz.

—No pasa nada, Delores. No te dejaremos caer en esta agua —dijo el pastor Charles, al mismo tiempo que la llevaba de la mano, junto con el diácono Claytor, hacia el interior del río. El agua, tranquila, la mecía mientras se dejaba llevar por las manos de esos dos hombres. Su túnica bautismal, larga y blanca, recordaba a las alas de un ángel batiendo justo por debajo de la superficie del río. Le confirmaba a LoLo por qué estaba ahí. *Solo los justos / verán a Dios*. BANG CLANG CLANG.

—Confía en nosotros —dijo el diácono Claytor—. Confía en Dios.

Cuando llegaron al sitio elegido en el río, los dos religiosos subieron con suavidad a LoLo a uno de los tocones más altos bajo el agua —de manera que su cabeza y sus hombros sobresalían holgadamente del río— y le dieron la vuelta para que pudiera contemplar a la congregación meciéndose a un lado y a otro mientras convocaba al Espíritu Santo con sus cánticos. Allí estaba Bear, haciendo chocar sus cubos, y Clarette, con las manos alzadas en señal de alabanza, cantando las notas más agudas de la armonía del himno.

El pastor Charles alzó las manos, y las voces y el repicar de cubos cesaron inmediatamente.

—Esta agua ha visto a muchos pecadores —empezó.

—Sí, señor —susurró el diácono Claytor.

—Muchas almas que necesitaban hacer las paces con Dios —pronunció el pastor Charles subrayando las cuatro últimas palabras de su frase.

—Sí, señor —respondió el diácono Claytor, más alto esta vez.

—Pero cuando le muestras a Dios tu corazón, cuando te entregas al Gran Yo Soy —dijo el pastor—, te conviertes en una persona nueva, nueva y nueva.

—¡Nueva! Sí, señor —contestó el diácono Claytor imprimiendo entusiasmo a sus escuetas palabras.

—Si entregas tu mente y tu cuerpo al Señor, Él te bendecirá. ¡Desde luego que sí! —gritó el pastor Charles.

—¡Sí, señor! ¡Oh, bendito sea su santo nombre!

—¡Sal de esta agua pura como la nieve!

LoLo había mirado al frente al mismo tiempo que el predicador predicaba, absorbiendo sus palabras, que en realidad tampoco eran tan distintas de las que pronunciaba casi todos los domingos, aunque en ese día en concreto, mientras el agua removía su túnica y ella frotaba los dedos de los pies contra la madera empapada y áspera, las palabras —las promesas de redención, de liberación— hicieron que el dolor que sentía en sus partes bajas se atenuara. La hicieron ligera como el aire. Convirtieron a Bear en un cordero al que ya no debía temer más porque, cuando se sumergiera en el agua, volvería a ser nueva y Dios tomaría asiento a su lado porque ella era su Hija y Él era su redentor, el Todopoderoso, Emmanuel, su sanador y proveedor. Su protector. Así lo había dicho el pastor y así sería. No más angustia. No más dolor. No más sombras en rincones oscuros. Solo luz.

—Hermana pequeña —dijo el pastor apretando su mano mojada contra la frente de LoLo—. ¿Aceptas a Jesús como tu Señor y Salvador?

—Sí —susurró LoLo mientras miraba a Bear.

—¿Lo aceptas como el único Dios verdadero y prometes obedecerle durante el resto de tus días?

—Sí —musitó ella cerrando los ojos para poder pensar en el cordero y no en Bear.

—¡Díselo, entonces, al Señor! ¡Dilo en voz alta para que todos te oigan! —gritó el pastor.

—Amo a Jesús —dijo LoLo.

—Oh, seguro que puedes hacerlo mejor. ¡Díselo a tu Salvador!

—¡Te amo, Jesús! —exclamó LoLo.

—¡Otra vez! ¡Haz que te oiga en la otra orilla, hasta la tierra de Jerusalén!

—¡Te amo, Jesús! —gritó ella, una y otra vez, mientras la brisa movía las hojas y Dios susurraba a sus oídos. Primero notó la vibración en los dedos de los pies. Luego le subió por las piernas hasta llegarle a la boca del estómago, haciendo arder su corazón y sus entrañas. LoLo se balanceó y dio un saltito, luego otro, más alto, y otro todavía—. ¡Te amo, Jesús! —añadió desde el fondo de su vientre al cielo, alzando los brazos en señal de aleluya.

—¡Alabado sea Dios! —gritó el pastor. Él y el diácono agarraron entonces a LoLo de los hombros y la volvieron a meter en el río.

Bajo el agua, desapareció el dolor. Bajo el agua, no había nada.

Bajo el agua, LoLo fue libre.

Esa era la alta consideración en que tenía a la Iglesia cuando bajaba de puntillas por el pasillo central vestida con sus mejores galas, cosidas especialmente para la ocasión, y sus zapatos de domingo, cruzados bajo el banco como hacían las señoras elegantes, con el paño de oración sobre las rodillas y la pandereta a un lado. La Palabra en las yemas de los dedos. Esos poemas, esas oraciones, fueron la clave de su salvación cuando era una adolescente que luchaba por liberarse de la tiranía de Bear. En esas mañanas de domingo, mientras todo el pueblo cuidaba de su alma colectiva, Bear incluido, ella se había sentido a salvo. En esos días, Bear era un ángel, un religioso que estaba demasiado ocupado en dárselas de bueno como para hacer el mal. Un hombre piadoso, incluso. «Esta es mi primita —decía a los fieles de Monte Nebo—. La pobre solo tenía a Dios que cuidase de ella hasta que la encontramos y la trajimos aquí. Le salvamos la vida. Ahora la traemos a la Iglesia para salvar su alma.»

—Amén —respondían los feligreses ungiendo los hombros y la frente de LoLo, mientras exclamaban sus «¡Dios es misericordioso!».

Dejad que los niños vengan a mí. Pero la Iglesia no pudo salvar a LoLo de Bear ni del Raspado. Aun así, cuando rondaba los dieciséis años, el pastor ordenó que se pasara el cepillo cuando Bear y Clarette anunciaron sus planes de enviarla al norte, a un piso propiedad de la Iglesia en Long Island, administrado por una amiga de la familia. Atinadamente, la pareja había omitido el detalle de que Clarette le había exigido a Bear que pusiera a la niña de patitas en la calle dos días antes, cuando lo encontró encima de su sobrina en el gallinero.

—¿Por qué tardas tanto en recoger los huevos? —había preguntado Clarette mientras acudía indignada al gallinero, tras haber pasado un instante más de lo que le habría gustado con un bol de harina y azúcar en la mesa de la cocina, esperando la llegada del ingrediente que le faltaba para el bizcocho blanco que había pensado llevar a la fiesta que iban a celebrar la noche del sábado para ganar adeptos. Ni Bear ni LoLo la oyeron abrir la puerta con furia; él estaba concentrado en gruñir, sudar y moverse; ella estaba echada, con los ojos muertos, pensando en el agua y los cipreses que guardaban los susurros de Dios. Cuando el cerebro de Clarette entendió lo que estaban viendo sus ojos, se paró en seco y dio un paso atrás, como si hubiera topado de bruces con un muro. Su sombra fue lo primero que vio LoLo. Alzó la vista lentamente hasta que sus ojos se encontraron con los de Clarette, quedando atrapados en un combate de rabia, asco y profunda tristeza. Ajeno a todo, Bear no se levantó del cuerpo de su prima pequeña, todavía dolorida, con las heridas del Raspado en carne viva, hasta que su esposa le gritó:

—¡O la echas de casa o hago las maletas y os dejo a los dos a lo vuestro!

Primavera de 1964

La iglesia era tanto un ultimátum como una amenaza en casa de la señora Ella, la primera parada de LoLo en Nueva

York. «Pasa y deja tus cosas en el sótano —le había dicho al abrirle la puerta, antes de que LoLo pudiera hollar el interior del bungaló de dos habitaciones, tan remilgado e inmaculado como su dueña—. Aquí, te levantarás antes de que salga el sol, tendrás ordenado tu cuarto, trabajarás para ganarte el pan y los domingos los dedicarás al Señor. Si cumples estas reglas, nos llevaremos bien. Si no, se armará la de Dios es Cristo, ¿entendido?»

—Sí, señora —respondió LoLo a toda prisa, no para contentar a la señora Ella, sino porque esas exigencias no se lo parecían en absoluto. Le permitirían acceder a la misma esencia de la persona que era en esos días. De la persona en la que ansiaba convertirse entonces. Alguien libre.

Principios de otoño de 1981

—Sí, cariño. Lo haces muy bien. Sigue moviendo el queso en el rallador, arriba y abajo, como si estuvieras frotándolo —le indicó con ternura LoLo a Rae, mientras echaba los coditos de pasta en la olla de agua hirviendo—. Date prisa. Estarán aquí enseguida y tenemos el tiempo justo para meter los macarrones con queso en el horno antes de que lleguen tus tías.

LoLo estaba contenta de que Rae la ayudara en la cocina a preparar la cena para Sarah, Para Lee y Cindy en una de esas infrecuentes visitas que le hacían en Nueva Jersey. De hecho, aquella era la segunda vez que viajaban a verla desde que su querida amiga se había mudado a tres horas de distancia, lejos de ellas, de su pueblo adoptivo, de su trabajo, de su iglesia y de todo lo que era importante para ella más allá de su marido y de sus hijos. En todo caso, ya iba siendo hora de que la niña aprendiera algunas nociones básicas de cocina, o eso era lo que pensaba LoLo. Por el amor de Dios, si ella ya estaba retorciendo cuellos de pollo y destripando pescado antes de tener la primera regla; no iba a criar a una hija que no supiera manejarse en la cocina. LoLo se secó las manos con el trapo y se acercó a Rae para ver cómo rallaba el queso en el rallador de metal, con unos movimientos más inseguros de lo que le habría gustado. «¡Vamos, dale! ¡Parece que te dé miedo ocuparte del queso! —le chilló, haciendo que su hija se sobresaltara y empezara a mover la mano con más rapidez—. El rallador te cortará hasta el hueso si te da miedo. No le des tantas vueltas y ponte a rallar.»

Un par de horas más tarde, ambas contemplaban su obra servida sobre la mesa mientras apartaban las manos de Tommy y TJ de los manjares: macarrones con queso, pescado frito, judías verdes de temporada con patatas y un bizcocho de limón que habían preparado según la receta sureña de principio a fin. LoLo parecía una estrella de cine: mejillas con colorete, minifalda y una camisa con cuello que había sacado directamente del catálogo de patrones de Sears. Todo tenía que ser perfecto. Todo.

Tommy le dio una palmada en el trasero y dijo: «Mmm... Deberíamos tener invitados más a menudo», mientras la rodeaba como un depredador a punto de saltar sobre su presa.

—¡Ay, para antes de que te vean los niños! —dijo LoLo riéndose nerviosa, antes de sacar el culo para que le diera otro azote. Tommy obedeció. Sus risas, no muy habituales, fluían con naturalidad.

—¡Han llegado, mami! —exclamó Rae enrollándose en las cortinas del salón.

—¡Sal ahora mismo de mis cortinas, que las vas a tirar! —le chilló LoLo, más por la emoción de ver a sus amigas que porque le preocuparan las cortinas o los movimientos de su hija. Fue corriendo al tocadiscos y pasó los dedos por el cajón de vinilos que tenían debajo del aparato. «Songs in the Key of Life» de Stevie Wonder sería un acompañamiento perfecto para la velada. Sopló sobre el disco, lo giró entre sus manos y lo puso sobre el plato. Ya se oían los nudillos de sus amigas en la puerta cuando colocó con mimo la aguja sobre el surco de una de las canciones, *As*.

—¡Quién llama a mi puerta! —gritó LoLo a través de la puerta de madera poniendo la voz más grave y masculina que supo.

—¡No me jorobes! ¡Abre la puerta! ¡Llevamos un montón de rato en la carretera y tengo que mear! —exclamó Sarah acompañando sus palabras de risas.

LoLo abrió la puerta de par en par.

—¡Sarah Johnson! ¡No me digas que habéis hecho todo este camino en esa carraca sin llevar una bacinilla! ¡Vives en Nueva York, pero sé que no has olvidado las costumbres viajeras de Alabama!

—¿Yo? ¿Mear en un bote? ¿Con este vestido? —dijo Sarah dejándose arropar por el abrazo de LoLo—. ¡Ni hablar!

—Además, traemos compañía —declaró Para Lee volviendo bruscamente la barbilla hacia su hombro derecho. A su espalda estaban Cindy y... un hombre. Un hombre que no era Roosevelt.

—¡Holaaaaa! —saludó Cindy moviendo la mano y guiñándole el ojo—. Te presento a Leo.

LoLo se hizo a un lado para dejar pasar a Sarah y Para Lee, pero luego volvió a bloquear la puerta cuando Cindy trató de trasponer el umbral.

—Bien —dijo, con Para Lee y Sarah a su espalda, esta última saltando de un pie a otro para no perderse el espectáculo—. ¿Y quién es este tipo en mi puerta? ¿Cómo es que nadie me ha dicho nada de que habría un invitado más?

—Era sorpresa —contestó Cindy con descaro.

—¿Una sorpresa para mí? —preguntó LoLo agarrando la cruz de oro que colgaba de su collar—. Pues cuánto lo siento. No estoy disponible. Ya tengo hombre.

—¡Pero dejad respirar al pobre! —terció Tommy abrazando a Sarah y Para Lee por la espalda, antes de abrirse paso hasta la puerta para echar un vistazo al caballero que esperaba en lo alto de la escalera de la entrada—. Adelante, hermano. Estas señoritas, a la que te descuidas, te mangonean y te dejan tieso —añadió, al tiempo que estrechaba la mano de Leo y hacía pasar a Cindy y su nueva pareja con un ademán.

—Qué calladito te lo tenías —señaló LoLo mirando a Cindy de arriba abajo, soltando una carcajada cuando esta pasó a su lado.

Y así, con toda naturalidad, LoLo volvió a sentirse entera, fortalecida por la presencia de esas tres mujeres que le daban... aire. Solo cuando se sentaron a la mesa del comedor, con la comida sureña que había cocinado servida en los platos —su carta de amor para todos ellos—, se dio cuenta LoLo de todo el tiempo que llevaba conteniendo el aliento. De hasta qué punto se había asfixiado bajo el peso de la añoranza por esas mujeres, esas cosas, que amaba con todo su ser.

—Oh, deja que lo haga yo... Yo recojo —dijo Leo levantándose de la silla y cogiendo los platos cuando LoLo empezó a recoger la mesa para servir los postres.

—Oh, no te preocupes. Yo lo hago —repuso LoLo quitándole educadamente los platos de las manos.

—Insisto —afirmó él, sin dar su brazo a torcer—. Lo menos que puedo hacer es fregar los platos después de este banquete delicioso que nos has cocinado.

LoLo lanzó una mirada a Tommy, que observaba, perplejo y con el ceño fruncido, a Leo mientras este se llevaba los platos al fregadero. Las cejas de Tommy casi le rozaron la nariz cuando se volvió hacia la mesa y vio que las mujeres miraban a Leo, con las cabezas ladeadas y los ojos pasmados. El recién llegado estaba echando lavavajillas a los platos y los utensilios sucios y había abierto el grifo.

—Bueno, el partido ha empezado —dijo Tommy finalmente—. Y no se va a ver solo. Señoras —dijo dándose un toquecito en el mentón mientras se apartaba de la mesa y se dirigía a su butaca reclinable, sin que a nadie le extrañara en lo más mínimo.

—Mmmmm... Voy a necesitar que me des más detalles, Cindy —susurró LoLo, inclinándose hacia ella en cuanto Tommy estuvo lo bastante lejos para no poder oírlas—. ¿Dónde enterraste a Roosevelt? Porque seguro que ese negro no se apartó para hacerle sitio a este don perfecto que has traído.

Sarah y Para Lee se volvieron con ademán teatral hacia Cindy y esperaron a que contara los pormenores más jugosos de su historia.

—Lo he traído porque pensé que teníais que verme contenta por una vez —empezó esta. Miró a su hombre y suspiró.

—Lo ha traído porque por fin hizo algo a derechas y dejó al inútil de Roosevelt —dijo Sarah levantando la palma de la mano para chocarla con sus amigas. Fue Para Lee quien le correspondió.

Cindy pidió a sus amigas que se callaran, pues temía que Leo pudiera darse por aludido. Sin embargo, estaba ensimismado, con las manos metidas en el agua jabonosa, fregando los platos mientras intercalaba miradas por encima de la barra del desayuno para seguir el partido de baloncesto en el televisor a todo volumen.

—¡Eso es! ¡Vamos! —exclamó cuando Tommy saltó de su butaca reclinable para celebrar lo que fuese que hubiese hecho el equipo al que apoyaba.

—Dejó a Roosevelt porque acabó dándole un motivo de peso —dijo Para Lee secamente—. Le habló de otra chica.

—Y del bebé que estaba en camino —dijo Sarah.

—Y no te olvides de lo otro. Eso de que intentase convencerte de que te quedaras con él y criaras al niño con la otra chica.

Para Lee y Sarah soltaron una gran carcajada, pero LoLo vio que a Cindy se le arrugaban los rabillos de los ojos. También se fijó en que su pecho subía y bajaba agitadamente, delatando que le costaba respirar.

—Dejé a Roosevelt —explicó en voz baja— porque me dijo que no volvería a pegarme, y entonces entendí que no era más que un mentiroso. Iba a tener un hijo con otra. ¿Si eso me hizo hacer las maletas un poco más rápido? Pues sí. Pero no estaba huyendo de Roosevelt. Lo que hice fue soltarme, liberarme, para poder marcharme con un hombre que fuera bueno conmigo, y en esas llegó Leo. —Echó una mirada a su novio mientras este apilaba los platos y las cacerolas en el escurridor—. Este hombre no pide más que mi amor. Y me da muchísimo a cambio. Y nada de lo que me da me duele.

LoLo le cogió la mano y se la acarició.

—Vosotras no podéis entenderlo porque estáis felizmente casadas... con hombres buenos —dijo Cindy dirigiéndose a Para Lee y Sarah, cuyas sonrisas joviales se vieron eclipsadas por la angustia de su amiga, una angustia a la que habían quitado hierro tras años viendo a su amiga sucumbir a las iras de Roosevelt—. Lo único que he deseado en la vida es que me quieran, tener a un hombre al lado a quien le importe un poco, como él debía importarme a mí. Tardé un segundo en darme cuenta de que Roosevelt no tenía eso en el corazón. Tardé dos segundos más en darme cuenta de que el mío todavía latía.

Cindy echó un vistazo a Leo y este, sintiendo la energía que le llegaba desde la mesa del comedor, miró a su mujer y le dirigió una gran sonrisa.

—¿Necesitas algo, cariño? —preguntó con naturalidad.

Cindy se frotó la humedad de la mejilla y dijo que no con la cabeza.

—Voy a ver el final del partido —dijo él dejando la bayeta doblada sobre el borde del fregadero.

—¡Gracias por fregar los platos! —le gritó LoLo cuando ya se iba al salón.

—No hay de qué —contestó él levantando la mano sobre la cabeza y desapareciendo de camino al sofá.

—¿Lo veis? He encontrado a un hombre bueno —aseguró Cindy, con una sonrisa firme—. Se parece muchísimo a Tommy, LoLo.

—¿A quién? —preguntó ella. Se cruzó de brazos y lanzó una mirada de perplejidad a Cindy, al tiempo que soltaba una breve carcajada.

—No finjas que no tienes un buen hombre —dijo Sarah estupefacta.

—De verdad —añadió Cindy—. ¡No te atrevas a dejarlo en mal lugar!

—Parad el carro, chicas. No he dicho que sea un mal hombre. Es bueno y lo quiero por habernos dado a mí y a mi familia esta buena vida —recalcó LoLo—. Pero aquí nadie es perfecto, ni siquiera Tommy Lawrence, padre.

Para Lee, Sarah y Cindy la miraron con gesto de incredulidad.

—Venga ya, Para Lee. Sarah. No finjáis que no sabéis cómo son los matrimonios. Entre todas, tenemos... ¿qué? ¿Casi dos décadas de matrimonios? No le escondáis a esta chica los tragos amargos y contadle la verdad.

—Bueno... No es fácil, eso ya lo sabemos —dijo Para Lee.

—Exacto. No es fácil —convino LoLo.

—Vale, ¿y cuál es la parte difícil? —preguntó Cindy—. Seguro que no es para tanto. Vuestros maridos son buenos hombres. No os pegan, os dan de comer a vosotras y a vuestros hijos. No tienen hijos con otras. A ver, LoLo, estás aquí en esta mansión en Nueva Jersey, viviendo como una reina.

—¿Eso crees? ¿Que me dedico a comer bombones y me pego la gran vida? —replicó LoLo—. Esto está en el culo del mundo. Me paso el día sola en casa con la única compañía de Dios hasta que los críos llegan corriendo por el jardín. Piensas que Tommy es un buen hombre. ¿Qué crees que hace un buen hombre cuando termina de cenar?

Las amigas de LoLo no dijeron ni pío.

—No hace falta que te lo diga. Lo has visto tú misma. Tu hombre ha recogido todos los platos. El mío ha dejado sus cosas en la mesa, se ha largado al salón y se ha tumbado a la bartola como si tuviera un servicio de criadas.

—Mierda, mi marido hace lo mismo —dijo Sarah—. Y por lo que sé Judge tampoco friega un plato, ¿no, Para?

—No —respondió ella—. No creo que sepa ni siquiera dónde está el lavavajillas. —Echó un vistazo al fregadero—. Tienes a Leo bien entrenado, ¿no? Ha ido flechado al fregadero y lo ha dejado todo limpio.

—Se ha comprado un nuevo modelo de hombre —dijo LoLo riéndose.

—Pero qué dices, LoLo. ¿Tu modelo tiene algo malo? Porque, según yo lo veo, Tommy parece un buen hombre se mire por donde se mire.

LoLo midió sus palabras.

—No he dicho que no lo sea —explicó despacio—. Tommy Lawrence es un buen hombre. De lo mejorcito que hay. Lo mismo que Leo. Ya habéis visto cómo se levantaba de la mesa y se ponía a fregar los platos. Y no te pone una mano encima. Además, es bastante guapo. Pero estar con un hombre y casarte con él son cosas distintas.

—Sí, eso es verdad —dijo Sarah casi susurrando.

—¡Dilo ya, LoLo! —exclamó Para Lee dando una palmada, al tiempo que asentía en gesto de conformidad—. Alguien tiene que decirlo.

—Lo único que digo es que el amor es el amor. Es bonito, es luz y alegría. Si tienes suerte, es más caluroso que un Cuatro de Julio, como canta Stevie Wonder —dijo LoLo balanceándose de un lado a otro en la silla mientras hablaba—. Pero ¿el matrimonio? Mierda, es como cuando las hormigas se te suben al pícnic. Y se comen todo el azúcar de la sandía, y se quedan flotando en tu cerveza. Cada día te toca preparar el pícnic, servirlo sobre el mantel en la hierba y pelearte con las malditas hormigas. Con la esperanza de que no te echen a perder la merienda. Algunos días lo consiguen. Muchos días lo consiguen. Y cada día de tu vida, cuando abres los ojos por la mañana, te toca decidirte a preparar la cesta del pícnic. Y esperar que luzca el sol y que las putas hormigas no salgan del hormiguero. Es una decisión que hay que tomar. Y es difícil. Eso es lo que intento decirte.

—¡Eh, LoLo! —la llamó Tommy desde el salón contiguo—. ¿Cuándo vas a cortar la tarta? —Luego, dirigiéndose a Leo, añadió—: Tío, esta mañana mi mujer ha hecho que toda la casa oliera como en Navidades. ¿Te apetece un trozo de tarta? ¡Eh, LoLo! ¿Por qué no la cortas ya? Mi trozo lo quiero con un poco de helado.

LoLo miró a Cindy a los ojos mientras escuchaba la orden que sutilmente le dirigía Tommy. Se movió en la silla e hizo crujir el cuello, pero siguió mirando a sus amigas a los ojos.

—¡¿Lo quieres con chocolate o vainilla?! —le gritó a Tommy.

La fuerza de su voz hizo que Cindy diera un salto casi imperceptible en su silla.

LoLo abrió las puertas de acordeón del vestidor del dormitorio y se quedó con las manos sobre las caderas, mirando el armario de vestidos que se había hecho para las misas del domingo. Desfilar por el pasillo central de la Recta Iglesia de Dios y la Hermandad, cuando todavía vivía en Long Island, con el sombrero de ala ancha que proyectaba una sombra sobre sus ojos, una falda larga que sonaba como las sábanas tendidas ondeando en la brisa de verano, la hacía sentirse alguien, como si no fuera una simple costurera que pasara la mayor parte de sus días vestida con una bata gris, raída y sin formas, mientras cosía vestidos que no podía permitirse ni lucir en ningún sitio elegante. Algunos domingos caminaba ufana por la moqueta roja de la iglesia, mirando al frente, con los ojos clavados en el Jesús blanco con los brazos abiertos por completo que había en el muro detrás del púlpito. Como si le estuviera indicando con su gesto que se sentara junto al dobladillo de su larga túnica blanca. Otros domingos asentía discretamente con la cabeza a sus compañeros de congregación; solo a las mujeres, por supuesto, porque algunos de los diáconos eran unos descarados y el resto estaban casados, y LoLo no quería saber nada de esas historias. Siempre terminaba apretujada entre Para Lee y Sarah, aunque a veces se sentaba junto a Cindy, si esta no había tenido que ir a trabajar a su segundo empleo o si Roosevelt no estaba infligiéndole sus exigencias dominicales y había podido acudir a la iglesia. Con caramelos de menta sobre sus lenguas, se chupaban el dedo para pasar el pergamino de sus Biblias y encontrar los pasajes que les indicaba el pastor, mientras asentían y decían «Amén», o volvían la cabeza en dirección a quienquiera que les hubiera llamado la atención por haber cometido cualquier infracción que hubiera desatado las iras del trío. «Mira, mira, mira. A tu derecha», podía decir Para Lee con un grito susurrado, y todas ellas se volvían lentamente para ser testigos de cualquier estupidez que estuviera ocurriendo. De todas ellas, Sarah tenía la mejor voz. LoLo, que no habría podido sostener una nota aunque se la hubieran entregado envuelta en papel de regalo, amaba la voz de su amiga; se emocionaba cuando el organista atacaba las primeras notas de *Jesus on the Mainline* y Sarah se levantaba de un salto y tomaba la iniciativa, imponiendo su voz ronca y fuerte de alto sobre la armonía de toda la congregación. Para se ponía a tocar la pandereta y entre las dos llamaban al Espíritu a la tierra, mientras LoLo echaba a correr y se dejaba llenar. «¡Ah, gloria!», así empezaba, y entonces su cuerpo se contraía y uno de sus brazos se disparaba a la vez que sus pies marcaban el dos por cuatro de la canción. Para extendía los brazos como si estuviera parando el tráfico para proteger a su amiga; sus compañeros de banco también, si eran descreídos y estaban ahí sentados, impasibles. Sarah, por su parte, seguía haciendo resonar su voz entre las paredes del santuario. Después de la ceremonia, se hinchaban a reír y hablaban de la bondad del Señor.

LoLo sacó su sombrero favorito de la repisa superior del armario y lo hizo girar entre las manos. Llevaba tanto tiempo ahí arriba sin que nadie lo importunara que el polvo se había incrustado en el fieltro; un recordatorio transparente, cuando no trágico, de los años que hacía que no paseaba el palmito por el pasillo central de la iglesia, buscando a sus amigas y la Buena Palabra. A Dios. Ir a una iglesia del barrio quedaba descartado; LoLo prefería pasar una hora más babeando la almohada de la cama durante la mañana del domingo que ponerse el sombrero para la iglesia y sentarse en el banco de un tedioso templo para blancos en el que se cantaban himnos anticuados y el predicador no sabía encender el fuego en sus huesos. Y los amigos de Tommy en Filadelfia eran musulmanes. Lo que dejaba a LoLo con una sensación de nostalgia, por sus amigas y por su Dios.

Tommy se movió en la cama y le dio la vuelta a la almohada, buscando el lado frío. Sacó la mano para tocar a LoLo, pero solo encontró las sábanas. Abrió entonces un ojo, luego el otro.

—Ese sombrero siempre te quedó bien —dijo antes de lanzar un buen bostezo.

LoLo le quitó el polvo con la mano y se lo acercó a los ojos para examinarlo con mayor detenimiento.

—Echo de menos ponérmelo —confesó finalmente—. Quiero ir a la iglesia.

—¿A la iglesia? —dijo Tommy moviéndose para colocar la mano debajo de la cabeza. Suspiró—. Pues igual deberías ir en coche a Filadelfia. Allí tienen un montón de iglesias, de esas tan movidas que tanto te gustan.

—No quiero ir a misa en Filadelfia.

—¿Aquí? No sé si tienen lo que buscas en Willingboro...

—Quiero ir a la iglesia en Long Island. A la Recta Iglesia, con Para Lee, Sarah y Cindy.

Tommy volvió a moverse, pero esta vez se sentó en la cama.

—Son tres horas en coche. Si sales ahora llegarás un poco tarde para la misa, ¿no? —indicó riéndose.

—No quiero estar aquí un domingo por la mañana, mirando el sombrero que me ponía para ir a la iglesia. Quiero llevarlo en la iglesia. En mi iglesia. En Long Island.

Tommy frunció el ceño y permaneció en silencio un momento.

—¿Se puede saber a qué viene esto? —preguntó finalmente—. ¿Es por la visita de tus amigas ayer? ¿Qué pasa? ¿Te ha entrado nostalgia o qué?

—Echo de menos a mis amigas —dijo LoLo—. Echo de menos hacer las cosas que hacíamos cuando vivíamos allí. Ir a la bolera, a casa de Para Lee para una barbacoa y unas cervezas una noche de sábado, y ver cantar a Sarah en el primer domingo de Adviento...

—No seas así. Lo dices como si no tuviéramos una buena vida aquí —repuso Tommy. Sus palabras salieron atropelladas y enfurruñadas de su boca—. ¿Tus amigas vienen a verte y ahora piensas que tu vida es una mierda?

—No he dicho eso —replicó inmediatamente LoLo—. No tergiverses mis palabras.

—Si hay una cosa tergiversada aquí es la idea que se te ha metido en la cabeza de que te falta algo. ¿No te hago feliz?

LoLo se calló. Siempre lo hacía cuando Tommy daba más importancia a replicarle que a escuchar las palabras de su esposa, sus ruegos.

—Os llevo a ti y a los niños a la brasería Ponderosa, cenamos bien, tenemos cerca a mi familia y te tratan como si fueras una más, a los niños no les falta de nada, vives en esta casa bonita, haciendo lo que te viene en gana —continuó—. ¿Qué problema hay?

LoLo volvió a pasar la mano por el sombrero y lo dejó en la repisa superior. No era capaz de dar una respuesta satisfactoria a esa pregunta y, en cualquier caso, tampoco tenía el ánimo para hacerlo. Lo que quería era volver a acostarse. Con los pies rectos. El mentón hacia arriba. Los ojos cerrados. Quizá para siempre esta vez.

—Los niños se han levantado —dijo cerrando las puertas del armario—. Voy a hacer el desayuno.

LoLo sintió la mirada de su marido sobre su espalda cuando salió de la habitación, hacia el pasillo, de camino a la cocina. Sabía que, aunque había despertado su interés, no podría conservarlo más tiempo que a una luciérnaga que tuviera atrapada entre las manos. La luz era cautivadora, bonita, pero se trataba a fin de cuentas de un bicho asqueroso que chocaba contra las palmas de sus manos y al final, asqueada, tendría que dejarlo volar.

Ninguno de los dos habló demasiado durante el resto de la mañana. Dieron cuenta de la panceta y las croquetas de salmón mientras el rosbif y los boniatos que había preparado para la comida del domingo se asaban en el horno. Los chicos permanecieron ajenos a la tensión, espesa y pútrida, que se acumulaba sobre la pequeña mesa de madera.

—TJ, cuando terminemos de desayunar, ve al cobertizo y saca el cortacésped y la gasolina para que podamos arreglar un poco el jardín —le ordenó Tommy al chico.

—Sí, señor —respondió TJ enseguida.

—Cuando hayamos terminado, os llevaré a la heladería mientras mamá descansa un poco.

Los rostros de Rae y TJ se iluminaron, pero el de LoLo seguía siendo un cielo encapotado. A Tommy le dio igual.

Tommy se tomó un cucurucho de helado de mantequilla y nueces pecanas, y TJ uno de chocolate. Rae... En fin, Rae solo comía helado de fresa y, a sus doce años, todavía le costaba lametear el dulce cremoso sin que goteara por los lados del barquillo más deprisa de lo que podía llevárselo a la lengua, de modo que su camiseta azul con su nombre estampado en letras con los colores del arcoíris terminó tan manchada que su padre tuvo que decirle que se la cambiara cuando llegaron a casa. Rae siempre hacía lo que se le ordenaba, así que estaba tan ofuscada en llegar cuanto antes a su habitación que no se percató del jaleo en el jardín trasero de la casa. Lo cual estuvo bien. En cualquier caso, LoLo no tuvo en cuenta cómo habría asimilado su hija pequeña encontrar a su madre en el fondo del arroyo, tirada sobre un lecho de rocas, con el agua que bajaba cubriéndola como un lienzo. Lo único que le preocupaba era meterse bajo el agua y quedarse allí, en el único sitio donde sabía que podía encontrar la libertad.

TJ fue el primero en oír los gritos, pero no les dio importancia porque pensó que eran Mark, el hijo pequeño de Daisy, y sus amigos, que estarían jugando al fútbol americano al otro lado de la casa, dando alaridos. TJ había intentado jugar con ellos una vez, pero enseguida inventó un sinfín de excusas para explicar por qué no podía volver a jugar con ellos. Todo pasó cuando los amigos de Mark, que ya había cumplido los dieciocho, lo placaron por ambos lados y se burlaron de él susurrándole al oído «Quédate en el suelo, negro de mierda», mientras aplastaban su cuerpo flaco y encogido. Así pues, cuando oyó el jaleo, siguió a Rae y entró en casa.

Pero Tommy sí pudo oír y descifrar los gritos que procedían de detrás de la casa. No era un partido de fútbol ni ninguna trastada. Había una mujer allí, suplicando que alguien la ayudara. Tommy cerró la puerta del coche e hizo tintinear las llaves mientras echaba un vistazo al porche delantero de los Daley para ver si los vecinos estaban, como siempre, meciéndose en sus tumbonas mientras espiaban lo que ocurría en el barrio. El porche estaba vacío. Los gritos eran cada vez más desesperados.

Tommy rodeó con cautela su casa, sin dejar de mirar el porche de los Daley, pero encaminándose hacia el origen de las súplicas. Alguien gritaba: «¡Dios mío, socorro! ¡No puedo levantarla! ¡Steve, que alguien me ayude! ¡Socorro! ¡Por favor, que venga alguien!».

Al final Tommy aceleró el paso. Solo atisbó la parte superior de una cabeza que subía y bajaba frenéticamente, pero el pelo pajizo y entrecano era revelador: Daisy estaba en el arroyo, gritando a saber por qué. Cuando ella lo vio y gritó su nombre, Tommy echó a correr.

—¡Daisy, ¿qué pasa? ¿Qué ha pasado aquí?! —gritó mientras atravesaba el jardín a grandes zancadas. Estuvo a punto de caerse cuando bajó corriendo al arroyo. Allí encontró a Daisy, tirando de brazos, piernas, suplicando, rogando.

—¡Delores, cariño, por favor! ¡Levántate! ¡Vas ahogarte en el agua!

Tommy saltó ágilmente al arroyo y, salpicando las rocas, empezó a meterse en el agua todo lo rápido que pudo.

—¡LoLo! ¡Nena, levántate! ¿Qué estás haciendo? —chilló—. Daisy, ¿qué ha pasado? ¡Daisy!

Daisy le respondió con palabras atropelladas mientras Tommy recogía a LoLo entre sus brazos. Su cuerpo estaba rígido, como un peso muerto.

—La he saludado con la mano y la he llamado, pero no

me ha contestado. Ha seguido avanzando como si pudiera caminar sobre el agua y el aire.

Tommy le dio una bofetada en la cara y la zarandeó.

—¡Nena! ¡Nena! Vamos, respira. ¡Vamos!

LoLo tosió y fijó la mirada en Daisy antes de hacerlo en Tommy.

—¿Por qué lo has hecho? —preguntó entre jadeos, intentando desembarazarse de su marido—. ¿Por qué lo has hecho, Tommy? Dios está ahí abajo. Él iba a liberarme.

Tommy la acunó mientras ella forcejeaba.

—Quiero ser libre.

Esta vez Tommy no habló. Escuchó.

20

VERANO DE 1983

Tommy echó vinagre en el cubo lleno de agua y lo removió con el dedo mientras sonreía a LoLo.

—Esto huele que alimenta, nena —dijo mientras su mujer mojaba el pincel en el tarro que contenía la salsa barbacoa casera y untaba con él una tanda de pollo y hamburguesas que chisporroteaban en el grill de ladrillo que Tommy había construido con sus propias manos, especialmente para ella—. Si sigues así, hasta esa blanca racista que vive enfrente encontrará una excusa para pasarse por aquí con un plato en la mano.

—Mmm. Que lo intente —dijo LoLo torciendo el gesto—. Lo único que sacará de mí esa tipa es que le enseñe el culo para que me lo bese. Además, no sabría apreciar todos estos aromas.

Tommy levantó la vista del cubo y afiló la mirada, pasándose la lengua por el labio inferior.

—Ahí le has dado. Es verdad que nadie te supera en aromas y no pienso compartirlos con nadie.

LoLo arrugó la nariz.

—¡Calla! Los niños podrían venir y oírte —señaló ella riéndose, mientras seguía untando la carne—. Eres asqueroso.

Justo en ese instante, Rae salió dando brincos de la casa con un cesto de verduras, abrigada con un grueso chándal que le habían comprado para el invierno, no para llevarlo ese domingo a más de treinta grados en el que habían improvisado una comida al aire libre después de la iglesia. La franca sonrisa de LoLo dio paso a un gesto de perplejidad cuando echó un vistazo a la ropa que llevaba su hija.

—¿No tienes calor con eso? —preguntó agitando el pincel en su dirección.

—Hay bichos allí —dijo Rae señalando con la barbilla el huerto de su madre y columpiando el cesto en la mano. Su aportación a la comida había consistido en recoger las judías verdes y las patatas blancas para el guiso, pero seguía traumatizada con los bichos que habían aparecido en la cosecha de la semana anterior, incluidos dos grandes escarabajos que se zampaban a tijeretazos las berzas que había recogido, y una pequeña serpiente verde de jardín que, según juró la niña, se le había lanzado a los tobillos mientras arrancaba hierbajos entre las pimenteras y las tomateras. Los vecinos en tres casas a la redonda oyeron sus chillidos, pero, por supuesto, nadie se dignó a acercarse a echar un vistazo porque esos blancos en concreto, en su mayoría inmigrantes que querían una tajada del mismo Sueño Americano que los Lawrence, no tenían la menor intención de olvidarse de los estereotipos y estrechar la mano con personas negras. De hecho, LoLo se dijo «Gracias a Dios» para sus adentros al pensar que era una suerte que ninguno de los vecinos hubiera llamado a la policía, algo que ya había ocurrido no menos de media docena de veces desde que Tommy y LoLo trasladaron a su familia desde Nueva Jersey a una casa de dos plantas en un pintoresco barrio de población exclusivamente blanca, a tiro de piedra de una de las empresas más grandes de la zona, una panificadora que vendía sus productos en supermercados de todo el país. Tommy acumulaba dos años de experiencia como mecánico de línea y empezaba a rumorearse que lo iban a ascender a encargado de mecánicos porque se le daba bien reparar cosas. Pero eso les daba igual a los vecinos, muchos de los cuales trabajaban también en la panificadora y veían los caminos que estaba abriendo Tommy. Los negros eran negros, y no cabían distingos. Ni siquiera en 1983.

LoLo negó con la cabeza y puso una sonrisa de desdén.

—No creo que los bichos y las serpientes del huerto quieran estudiarte, niña. Hace demasiado calor para llevar toda esa ropa y montar este número. No te pases, ¿vale?

—Déjala tranquila, Corazón —dijo Tommy riéndose—. A mi niña no le gustan los bichos y las serpientes, y no tienen por qué gustarle, ¿no, cariño?

Rae se rio, y tiró de los pantalones que le apretaban en los muslos y en el culo. LoLo se los había visto crecer completamente horrorizada, hasta que adquirieron la forma de la mitad inferior de una botella de Coca-Cola poco después de que Rae tuviese su primera regla. A la niña se le metía el pantalón por la raja de su culo respingón.

—¿Has hecho hoy los ejercicios? —preguntó LoLo a su hija, observándola de arriba abajo mientras la niña se revolvía nerviosa bajo la atenta mirada de su madre. Había leído en una revista de moda que se podía conseguir que la curva del trasero se quedase recta caminando de espaldas, información útil que, según el artículo, ayudaría a las mujeres a enfundarse esos elegantes vaqueros Jordache que se habían puesto tan de moda. LoLo había incorporado el ejercicio para controlar las curvas femeninas que habían empezado a granjearle a su hija una atención para la que no estaba preparada, el tipo de atención que podía meter a una chica de catorce años en un mundo de problemas.

—Acabo de hacerlos —contestó Rae cambiando el peso de un pie a otro.

—Bien. Ve al huerto y tráeme unas judías verdes. Tengo que echarlas a la olla si queremos que estén listas para la cena.

—Sí, señora —respondió Rae.

—Mmm..., pues va a ser que no —dijo Tommy levantándose de la tierra donde estaban plantadas las enormes matas de hortensias. Había estado ocupándose de esas plantas cuando su hija salió por la puerta trasera—. No hasta que me dé un cariñito. ¿Tu mamá te ha tenido todo el día en la iglesia y yo no merezco un cariñito?

Los gruesos labios de Rae se ensancharon en su rostro como las alas de una mariposa que echa a volar. Prácticamente voló a los brazos de su padre, que la esperaban abiertos del todo.

—Así me gusta —afirmó él abrazándola y dándole un beso en la frente. LoLo sonrió y siguió embadurnando la carne.

—¿Estás cambiando los colores de las hortensias, papi? —preguntó Rae, echando un vistazo al cubo y luego a las dos grandes matas, que estaban repletas de unas flores redondas y enormes en distintos tonos de azul, violeta y morado.

—Sí. A uno de estos malotes voy a ponerlo rosa, un detallito para tu madre —dijo guiñándole el ojo a LoLo—. A ti también te gusta el rosa, ¿no?

—Sí, me gusta el rosa. Y el morado también.

—Entonces es una suerte que tengamos unas cuantas flores moradas, para mis dos chicas —aseguró—. Ahora ve a por esas judías verdes. Tu padre tiene hambre y no está bien que hagamos esperar a mamá.

Rae le mostró los dientes en una gran sonrisa y se marchó trotando al huerto. Luego, al llegar, avanzó de puntillas, buscando bichos y serpientes, y esperando que la cosecha fuera rápida.

Eso era lo que había buscado LoLo al echarse bajo el agua. Esa sensación de libertad. Había luchado por ello y ahora lo tenía: un hogar en el que se sentía cómoda, con su iglesia y sus amigas —su comunidad— cerca. Un poco de ayuda. Ya había pasado bastante tiempo desde que volvieron a Long Island, un tiempo que LoLo había empleado para hacerse con el entorno y las herramientas necesarias para sentir que tenía algún dominio sobre su propia existencia. Para dejar de pensar que era, a partes iguales, un accesorio exótico y una posible amenaza en su propio jardín. En su propia habitación.

Desde luego, instalarse en ese barrio concreto de Long Island le había planteado algunas dificultades en un primer momento. LoLo estaba encantada con la casa, lo mismo que Tommy, y pensaban que integrarse en la comunidad no les resultaría difícil, teniendo en cuenta que ya habían logrado sobrevivir en Willingboro. Además, ya conocían Long Island. Era su hogar. Aun así, Tommy bajó la escopeta y la pistola de la buhardilla y guardó la primera en el armario del dormitorio y la segunda en el cajón superior de su mesilla de noche la mañana que llegó a casa después de su turno de noche y vio que alguien le había quemado su preciado césped de la entrada, dejando una marca de medio metro de ancho.

—¡¿Qué quieres decir con que solo estabais jugando y que ha sido sin querer?! —le había chillado a TJ después de que su hijo confesara finalmente que había visto como se quemaba la festuca a no más de tres metros de su nuevo hogar.

—Estaban tirando petardos y la hierba se quemó un poco —balbuceó TJ, que ya tenía diecisiete años, mientras contemplaba con sus padres el césped chamuscado. De los tres, uno se lo tomó con una calma absoluta. Los otros dos, que habían presenciado de primera mano el terror que podían derramar los blancos, con un poco de madera, gasolina y cerillas, sobre los negros, no tuvieron que exprimir demasiado la imaginación para relacionar el fuego de Long Island con los del Sur y, por tanto, no estaban en absoluto dispuestos a aceptar fácilmente que aquello no se tratara de una amenaza. Sobre todo después de que la vecina de enfrente se apresurase a levantar una valla de dos metros y medio de altura alrededor de su parcela cuando no había transcurrido ni una semana desde que el camión de mudanzas de los Lawrence había entrado dando marcha atrás en la rampa de acceso a su casa, y cuando TJ, en su primera semana en la escuela, se había peleado con un niño blanco que había tenido la feliz idea de decir en el comedor a una mesa llena de compañeros negros que tenía el derecho de pronunciar la palabra *negro* porque significaba «ignorante» y no NEGRO.

—Si veo a uno de esos putos niñatos blancos cerca de mi casa, te vas a enterar, ¿me has oído? —le amenazó Tommy. Los tres sabían que si Tommy, a quien no le gustaba que los tacos ensuciaran sus dentadura repleta de coronas de oro, había recurrido a esa palabra, era porque hablaba en serio. Esa misma noche las armas estuvieron limpias y con las balas cambiadas.

Al margen de eso, LoLo se sentía a gusto, instalada en una rutina que era un bálsamo para su espíritu. Para Lee la había ayudado a encontrar empleo en una gran fábrica de productos cosméticos. Trabajaba en una línea de montaje, cogiendo pintalabios de una cinta transportadora y pasando la cera colorida bajo una máquina parecida a un quemador Bunsen. Con un giro decidido de muñeca bajo la llama, LoLo conseguía que las ricachonas, desde los Hamptons hasta Hong Kong, pudieran abrir los estuches de sus pintalabios de veinticuatro dólares y ver un brillo impoluto en el carísimo carmín con el que se iban a embadurnar los labios. Sus muñecas acusaban aquel trabajo repetitivo que se alargaba durante horas —gracias al sindicato, podía disfrutar de dos pausas de quince minutos para fumar y de media hora para engullir una Pepsi Light y un sándwich de jamón de lata y tomate—, pero aun así LoLo disfrutaba de ese tiempo fuera de casa, de la nómina que le llegaba regularmente y que Tommy le permitía quedarse para sus gastos, y del botín de productos de maquillaje y perfumes que podía llevarse a casa de vez en cuando por ser empleada de la empresa. Tampoco era que necesitara esos cosméticos; por lo general solo se pintaba los labios, a excepción de los domingos, cuando se ponía un poco de rímel antes de encasquetarse el sombrero de la iglesia, y prefería el aroma a azúcar moreno y almizcle de su crema corporal Fashion Fair a cualquiera de esos perfumes carísimos que conseguía en el trabajo. Pese a todo, eran un buen regalo.

Esa era la vida de LoLo durante cinco días a la semana: se levantaba a las cinco de la mañana, se lavaba la cara, se cepillaba los dientes, hacía la comida, sacaba unos trozos de carne del congelador y los dejaba en el fregadero para que Rae los preparara para la cena, agarraba la bata del trabajo, llegaba a la fábrica a las seis y cuarto, se sentaba a tomar un café y cotillear con Para Lee y un par de chicas más con las que no le molestaba hablar, estaba en la cadena a las siete, volvía a meterse en el coche a las cuatro de la tarde, se sentaba a cenar a las cinco y media, en la bañera a las siete, bajo las sábanas a las ocho y media, dormida a las nueve. Los viernes por la noche eran para los niños y para Tommy (su trabajo en el turno de noche le obligaba a marcharse de casa antes de que LoLo llegara del trabajo y lo llevaba de vuelta después de que ella ya hubiera salido de camino a la fábrica), los sábados eran para estudiar la Biblia y jugar a los bolos con la liga de la iglesia, y los domingos... En fin, los domingos se los dedicaba a Dios en primer lugar y luego a preparar la semana siguiente y descansar un poco. Rara vez se salía de esa pauta, salvo quizá algún que otro viernes por la noche en el que LoLo le concedía a Tommy un rato de sexo, y los sábados en los que la partida de bolos terminaba dando pie a una reunión improvisada de amigos en la casa de alguien. De vez en cuando, LoLo era la anfitriona. Pero lo que más le gustaba era cuando todos terminaban en el chalé a dos niveles de los años cuarenta de George Ragland, una mujer bajita y animosa de Alabama, así llamada en honor a su padre y a su abuelo porque era la última de siete hermanas y su padre quería tener un hijo que llevara su nombre y le tocó a ella.

—Espero que hayáis traído todas vuestras fichas de Pokeno. Esta noche tengo ganas de desplumaros —podía decir alguien del grupo mientras guardaban sus bolas y sus zapatos para jugar a los bolos en sus bolsas especiales y se jactaba de haber sido quien se había acercado más a obtener una puntuación perfecta en la partida.

—Calla... No grites. La hermana Shane podría oírte —indicaba entonces LoLo riéndose—. Ya sabes que Rags no la quiere sentada a su mesa.

—No me extraña —decía Sarah.

—Esta noche quería hincharme a tripas de cerdo, mierda. ¿Qué habéis traído vosotras?

—Mi dinero, para poder llevarme el vuestro.

Y así se desarrollaba su vida. LoLo se había rodeado de un agradable grupo de amigas que, como ella, habían recogido sus raíces y las habían plantado en el suelo fértil de los suburbios de Nueva York, un ecosistema de tradiciones sureñas, hospitalidad y familia. Amor. Y ahí estaban todas, en la cocina de Rags, esperando a que las invitara a su gran cazuela de tripas de cerdo, que había limpiado primorosamente de toda la grasa y la suciedad, y las había guisado con cebollas, sal, pimienta y láminas de guindilla.

—¡Uf, Rags! ¿Cuándo vas a salir de la cocina y dejarnos probar lo que estás preparando ahí dentro? —la llamó Sarah desde la pequeña mesa de cuatro plazas, donde ella, Para Lee, Cindy y LoLo, además de sus amigas Tina, Lori y Annette, estaban apretujadas, tomando unos refrescos del supermercado Pathmark. Rags ya había servido dos boles de palomitas que había salado y removido en una gran olla que solía emplear para cocer la verdura, y todos los maridos esperaban en el salón, agitando cacahuetes Planters en las manos como si fueran dados mientras gritaban y despotricaban frente al pequeño televisor, que retransmitía un partido de baloncesto. Pero cuando las tripas de cerdo comenzaban a cocerse en la cocina, los estómagos gruñían de ansia por más palomitas y cacahuetes que hubiera en la mesa.

—¡Os apetecen las tripas, ¿eh?! —gritó Rags volviendo la cabeza al tiempo que levantaba la tapa de la olla. El vapor se elevó dándole en la cara mientras removía y examinaba el guiso. Lo olió y se puso un trocito de carne en la mano para probar cómo estaba. Se lo llevó a la boca con la lengua y chasqueó los labios unas cuantas veces, antes de añadir unas láminas más de guindilla y un chorrito de vinagre—. ¡Paciencia! Ya casi está —dijo poniendo suavemente la tapa sobre la olla.

—Hoy te hemos echado de menos un montón en la clase de Biblia —dijo Para Lee. Con gesto absorto, barajó las cartas que emplearían más tarde para jugar al Pokeno y tomó un sorbo del refresco de naranja de marca blanca.

—Ya, bueno. Tenía que hacer unos recados —respondió Rags. Se secó las manos en un trapo de cocina y alargó su corto talle y sus dedos para llegar a la segunda repisa del armario y coger el juego de boles, como si esta vez, de forma milagrosa, fuera a conseguirlo. No pudo. «¡Kent!», gritó llamando a su nieto. Se volvió entonces hacia la puerta del sótano y esperó a oír sus pasos. Descontenta con su nieto porque no había subido los escalones en los dos segundos que habían pasado desde que había pronunciado su nombre, volvió a llamarlo. «¡Kent! ¡Sube aquí, chico!»

Kent, un quinceañero llamativamente guapo con la mandíbula bien marcada y largas piernas, no había oído a su abuela a la primera porque Rae y Medina estaban cantando *Let Me Be Your Angel* de Stacey Lattisaw a pleno pulmón, pero al segundo grito subió los escalones de tres en tres, con las niñas pisándole los talones. Los tres sabían perfectamente que no les convenía dar motivos a las santurronas de arriba de preguntarse qué estaban haciendo en el sótano, ya que ellos también sabían disfrutar de la tranquilidad de los sábados por la noche, viendo como los adultos relajaban los hombros, se reían un poco y los dejaban en paz, y no querían poner en peligro ese pequeño resquicio de libertad.

—¿Sí, yaya? —dijo Kent al aparecer en la puerta.

—Mira si puedes bajarme esos boles —pidió Rags señalando la segunda repisa, que estaba fuera de su alcance, pero quedaba a la altura del pecho de su nieto. Este hizo lo que le pedía.

—¿Cuántos quieres, abuela? —preguntó.

—¿Vais a comer todos? —quiso saber Rags sacando la cabeza por detrás de su nieto y dirigiéndose a las dos chicas cuando aparecieron en la puerta.

—No, gracias —dijo Medina arrugando la nariz.

—¿Sigues sin querer probar las tripas, niña? —preguntó Rags. Se volvió hacia sus amigas y negó con la cabeza—. ¿Quién está educando a estos niños que tuercen el morro cuando les ofreces un plato de esta buena comida? ¿De este manjar? —añadió sin dirigirse a nadie en concreto. La pregunta desencadenó una salva de reproches: «Estos niños no saben lo que es la vida», «Ya me como yo su ración», «¡Es un crimen y una vergüenza!».

—Yo sí lo probaré, señora Rags —se ofreció Rae. Se colocó junto a la cadera izquierda de Rags y dejó bailar la mirada por las cacerolas.

—¿Sabes qué es, niña? —dijo Rags mientras servía una cucharada en uno de los boles que Kent había dejado sobre la encimera.

Rae se llevó el bol a la nariz e inspeccionó su contenido con el olfato y la vista.

—No, señora —contestó aceptando el tenedor de plástico que Rags le ofrecía. Lo metió en el bol.

Rags miró a sus amigas, que se desternillaban en la

mesa viendo la escena que se desarrollaba ante ellas. Esbozó una sonrisa burlona.

—Son intestinos de cerdo. Por ahí pasan sus caquitas. ¿Aún quieres probarlo?

Rae miró el bol, luego a la señora Rags y finalmente a su madre, que estaba sentada a la mesa con los brazos cruzados y el gesto divertido. Se encogió de hombros y metió el tenedor en el bol, sin dudar.

—¿Puede pasarme la salsa picante? —dijo, y se llevó el tenedor cargado de comida humeante a los labios.

—¡Así se hace, mi niña! —gritó LoLo. Sus amigas le daban palmadas en la espalda y se reían relajadamente mientras veían a Rae devorar lo que tantos otros rechazaban con una mueca de desprecio—. Sabe lo que es bueno.

—¡Es una chica bien criada! —exclamó Rags con alegría—. Toma, niña —añadió, al tiempo que agitaba el bote de líquido rojo para derramar unas gotas en el bol de Rae—. Y ahora baja al sótano con tus amigos. Esto es una reunión para personas mayores.

Y comieron deprisa y se rieron a carcajadas y se contaron toda clase de cuentos increíbles en buena compañía, en ese ambiente que a LoLo le colmaba en corazón. No pensaba en el agua, en esos ocho años que había pasado en un infierno precioso y en lo que le había costado escapar de allí. Sus amigas procuraban en la medida de lo posible protegerla de esos recuerdos, porque para eso están las amigas, aunque alguna vez alguien decía o hacía algo que cubría con una mortaja la algarabía de la sala. Y esa noche ocurriría también.

—¿Qué me he perdido hoy en la clase de Biblia? —preguntó Rags mientras llevaba sus siete monedas de diez centavos al centro de la mesa y enderezaba las cartas de Pokeno que le habían tocado.

—¡Oh! Hoy hemos estudiado la historia de Sansón. Jueces, versículos trece al dieciséis —dijo Sarah.

—Y hemos tenido un buen debate. —Para Lee metió baza, incorporando su apuesta al bote—. Sansón no obedeció a Dios y le tocó pagar el pato, ¿no os parece? Le estuvo bien empleado por pasarse todo el día pavoneándose con las mujeres. Especialmente con esa Dalila.

—Y el debate que hemos tenido después también ha estado muy bien, sobre el significado de que Sansón derribara todas las columnas matando a todo el mundo, incluso a sí mismo —intervino Sarah—. Tendré que hablarlo con el diácono Claytor porque sigo sin tener claro si Sansón fue al cielo, teniendo en cuenta que se quitó la vida a propósito.

Se hizo el silencio en el salón. Las mujeres se movieron nerviosas en las sillas. Hicieron rodar las monedas entre los dedos, ordenaron sus cartas de Pokeno, se frotaron las cejas y lanzaron miradas a Sarah, quien no se había percatado de como se iba tensando el ambiente entre ellas.

—A mí me enseñaron que, si te suicidas, no vas al cielo porque has quebrantado el mandamiento divino de no matar, que incluye la propia vida. Además, no puedes pedir perdón cuando estás muerto, ¿no? Pero Sansón se mató cuando derribó las columnas, aunque fuera al servicio de Dios y de los israelitas. ¿Así que fue al cielo o...?

—¡Sarah! —gritó Cindy. Negó con la cabeza y la inclinó con gesto nervioso hacia LoLo. Los hombres berrearon en la otra sala y chocaron las manos en una sinfonía de celebraciones. En el sótano, los niños estaban haciendo rotar las caderas y meneando los hombros como Michael Jackson mientras hacían gorgoritos al ritmo de *Lovely One* de los Jackson 5. LoLo empezó a replegarse sobre sí misma, pero enseguida se contuvo. Se sentó derecha en la silla como si alguien le hubiera metido un palo por la espalda, con la nariz perfectamente alineada con la superficie de la tierra.

—No pasa nada, chicas —dijo al final—. Estamos hablando de la Biblia, ¿no? De lo que quiere de nosotras.

—Sus amigas se habían convertido en estatuas—. Creo que lo mejor es esperar a que el diácono Lewis nos explique mañana qué fue de Sansón, porque la verdad es que ninguna de nosotras sabe la respuesta, ¿no? —Para Lee se le acercó y tomó su mano entre las suyas, frotándosela mientras LoLo intentaba encontrar más palabras. Cindy centró la mirada en Sarah. Con los ojos le gritaba: «¡Mira lo que has hecho!»—. No sé explicar lo que ocurrió en Nueva Jersey, eso seguro. Me equivoqué y estoy avergonzada, de verdad.

—No digas eso —le respondió Cindy—. Y no te quedes ahí sentada martirizándote. Estamos contentas de que ya estés bien.

LoLo sonrió y se miró el regazo.

—Yo también. Dios tuvo a bien salvarme, ¿no? Allí adonde me lleve la gracia de Dios iré.

—Amén —contestaron todas sus amigas.

21

PRIMAVERA DE 1999

LoLo le dijo a Rae que no se casara con ese hombre. Cuando la llamó desde la cabina en la trastienda del restaurante donde él se le había declarado supo que Rae no lo quería de verdad. Se lo notó en la voz, en ese leve temblor que se le metía en la garganta cuando tenía muchas ganas de llorar, pero se reprimía. Fue el mismo sonido que había hecho Rae esa vez que un chico con el que salía en la universidad decidió romper con ella por teléfono. Ese día LoLo estaba viendo sus programas en la tele antes de acostarse, y apenas faltaba media hora para que se arrodillara y le diera gracias a Jesús por la paz perfecta que le había dado, cuando el timbre del teléfono la sacó de esos minutos de relax y la llevó de cabeza a un drama trillado de emociones malbaratadas. Allí estaba Rae, tirada en el suelo, cubierta de un mar de lágrimas como si fuera un personaje de dibujos animados, con el teléfono encajado en el cuello y las pupilas dilatadas exigiendo una explicación, queriendo saber qué había hecho mal ella. LoLo estuvo observándola, la escuchó con los ojos entornados y los labios tensos hasta que finalmente Rae colgó el teléfono. LoLo la atacó con precisión.

—No quiero verte tirada en mi moqueta llorando por un chico —dijo en tono burlón.

—No... no sé... qué... qué he hecho... maaaaal —logró

decir Rae resollando, mientras las lágrimas y los mocos descendían a toda velocidad por sus mejillas y sus labios crispados.

—¡¿Qué has hecho mal?! —chilló LoLo peleándose con los cojines para incorporarse en el sofá. Sus muñecas, doloridas e hinchadas por las horas extra que había hecho preparando pintalabios para las fiestas de Navidad, todavía no habían notado el efecto del antiinflamatorio que había engullido a palo seco cuando el reloj había dado la hora. El dolor puso más picante en las palabras de LoLo, pero aun así había querido que Rae las oyera bien. Que las digiriera. Y recordara—. Que no te vuelva a ver llorando por un chico que es tan estúpido que no sabe lo que se pierde. ¿Qué demonios te pasa?

—Pero... él...

—Me importa un bledo lo que te haya dicho por teléfono o lo que haya hecho. No te servirá de nada moquear e hipar como una condenada, ¿verdad?

Rae usó el cuello de su bata para secarse la cara y pareció intentar tragarse las lágrimas.

—Él se lo pierde. Y punto. De nada sirve llorar por eso.

LoLo terminó lamentando que sus consejos sobre relaciones amorosas se hubiesen limitado a esas palabras. Ni ese consejo ni su exigencia de que no le llevara ningún bebé a casa antes tener un título universitario y una alianza de boda salvaron a su hija de la decisión de decir sí a Roman Lister cuando este le pidió la mano en matrimonio. LoLo percibió la vacilación en la voz de su hija, reconoció ese temblor cuando le dio la noticia.

—No lo sé, mamá —le dijo—. El anillo es bonito. Solo es que... No me lo esperaba. No sé...

—¿Qué es lo que no sabes, Rae?

Detrás del silencio de su hija, LoLo pudo oír la vida del restaurante: mujeres que se reían a carcajadas, el chirrido de puertas que se abrían y cerraban, un runrún.

—No tienes por qué darle el sí —le había dicho LoLo—. Y no tienes que darle ninguna explicación. Un «no» es una frase entera.

Más runruneo.

Finalmente Rae respondió a su madre.

—Tengo que colgar, mamá. Me espera.

Ahora, cuando ni siquiera habían pasado tres años de la boda, allí estaba Rae —con una gran barriga en la que unos pies y unas manos diminutas hacían fuerza suficiente para dejarse ver a través de la blusa premamá, ceñida y fina—, encaramada en el sofá bueno de LoLo, riéndose mientras rompía el papel de regalo que envolvía vigilabebés y paquetes de pañales para recién nacidos, y más mantitas de las que podría usar un bebé hasta que se hiciera mayor. Todos creían que Rae estaba contenta. Más que preparada para el 11 de junio de 1999, la fecha en que salía de cuentas. Pero LoLo conocía a su hija. Y también conocía a Roman, ese hombre dotado de encanto y magníficas referencias. Sobre el papel, era un chico impresionante: había estudiado en una de esas universidades elegantes en el norte y se ganaba bien la vida. Parecía bastante simpático. Pero era cuatro años mayor que Rae y estaba divorciado. Y sus manos eran blandas. LoLo las había sentido en las suyas la primera vez que encajaron carne con carne, y lo supo. Justo en ese instante, lo supo. Su apretón de manos era de una firmeza más que discutible, lo que le hizo preguntarse inmediatamente de qué clase de casa provenía ese chico, qué le había ocurrido al hogar que había intentado construir con su primera esposa. Y qué otras cosas no había sabido inculcarle su padre sobre la virilidad, aparte de que un apretón de manos sin fuerza y unas manos delicadas constituían una señal inequívoca de que su dueño era un hombre débil. Propenso a escurrir el bulto.

Rae prefirió ignorar esas señales, pero para LoLo eran tan descaradas como un letrero de neón. ¿Qué clase de hombre podía dejar su trabajo cuando aún faltaban tres meses para que su mujer diera a luz a su primer hijo? ¿Qué clase de mujer se lo permitía? Si Tommy y LoLo le habían enseñado algo a Rae, aunque solo fuera predicando con el ejemplo, era que los matrimonios más sólidos se apoyaban en cimientos muy concretos, el más importante de los cuales era que el marido trabajase duro para asegurarse de que no faltara un plato de comida en la mesa. Que a los hijos no les faltase de nada. La idea de que un nieto suyo viniera al mundo para que lo cuidara ese papá que había renunciado por iniciativa propia a un sueldo estable mientras su esposa estaba embarazada la ponía enferma. Tanto que se le revolvía el estómago.

Rae tomó un sorbo de agua con hielo y se frotó la barriga mientras las amigas de LoLo comentaban embobadas el botín de regalos para la futura mamá. LoLo apareció desde la cocina con una preciosa tarta que Para Lee había preparado para la ocasión, bajo una lluvia de rosas y peonías rosadas que proclamaban lo que la ecografía había anunciado unos meses antes: LoLo tendría una nieta. Cuando su hija la llamó para darle la noticia, el corazón le aleteó. Y esa misma noche, cuando Rae se pasó a verla con una imagen de la ecografía y una grabación de su visita al ginecólogo, LoLo casi se quedó sin aliento en el momento en que se acercó el reproductor portátil de casetes al oído y pudo escuchar el gorjeo del corazón de su nieta. «A esta niña le sonreirá la vida», había dicho LoLo mientras sostenía la foto de la ecografía, meciéndose como si no pudiera controlar la emoción. LoLo lo creía con cada fibra de su ser, como creía en las Escrituras y en la resurrección.

—¡Hora de la tarta! —exclamó LoLo mientras dejaba el postre de color rosa sobre la mesa del comedor—. Venid todos a serviros un trozo de esta tarta que Para Lee ha preparado especialmente para mi nieta.

—¡Y para mí! —dijo Rae levantando la mano.

—Ay, niña, ya puedes irte olvidando de ser el centro de atención —señaló Sarah riéndose mientras observaba como LoLo cortaba la tarta—. En cuanto llegue esa niña, tu madre se olvidará de que existes.

—Mmm... —murmuró Para Lee en señal de conformidad—. Vete preparando para todo lo que va a cambiar.

—Ya lo creo. Tú déjame el bebé en la puerta de casa y santas pascuas —dijo LoLo riéndose—. Ahora entenderás cómo me siento cuando tu padre y tú corréis por aquí como si no existiera.

—¿Lo veis? ¿Veis como me la tiene jurada? —declaró Rae riéndose, al tiempo que se levantaba del sofá impulsándose con los brazos. Se frotó la barriga e hizo un pequeño gesto de dolor—. ¡No es culpa nuestra si no te gusta boxear y te niegas a hacer manitas o dar abrazos!

—Mmm... —dijo LoLo torciendo el gesto—. Espera y verás.

—¡Uf! —exclamó Rae. Se puso las manos debajo de la barriga y se masajeó la zona donde su bebé estaba intentando sacar todo el culete a través de la piel de su madre—. Este bebé me está pisoteando la vejiga. Disculpadme. Tengo que ir al lavabo.

Las mujeres se rieron y chasquearon la lengua mientras Rae caminaba a toda prisa al cuarto de baño del final del pasillo, seguida por sus miradas. LoLo negó con la cabeza al tiempo que servía otra porción de tarta en un plato.

—No sabrá por dónde le da el aire cuando tenga a la niña —afirmó con un suspiro. Sus amigas respondieron a coro «es verdad». Sus voces se elevaron en el aire cargadas de reproche y con una pizca de rencor. «Estas madres jóvenes no están hechas de la misma pasta que nosotras», pensaron todas.

—Es que es así —dijo Para Lee—. Nosotras solo teníamos le teta y una cuerda en la que tender los pañales sucios. Mirad la cantidad de cosas que hay aquí —añadió señalando los regalos de la fiesta premamá—. Sillitas caras y suficientes pañales desechables para llenar un vertedero. Estas chicas no saben lo que es tener a un bebé colgando de la teta mientras le lavas los pañales sucios y esperas a que se sequen en el tendedero.

—Ni lo que es criar a los hijos mientras te ocupas de la casa y trabajas, como si fueras una especie de mujer biónica —intervino Sarah.

—Y con un marido que no te echa una mano en nada —añadió Cindy entre bocado y bocado de tarta.

—Bueno, por lo menos su marido hará bien eso —dijo Para Lee—. Arrimará el hombro en casa y la ayudará con los niños. Eso hacen en estos tiempos. Los hombres ayudan de verdad ahora.

—¿De qué hombre me estás hablando? —preguntó LoLo con una sonrisa irónica—. ¿Te refieres a ese vago que ni siquiera tiene trabajo? ¿Crees que va a ayudar con el bebé? No sé yo. Me gustaría verlo.

En lo que pareció un movimiento de baile coreografiado, las mujeres se inclinaron cada una por el lado que le correspondía para ver si Rae había salido del cuarto de baño. No era una conversación para tener delante de las hijas, ni siquiera si esas hijas ya eran lo bastante mayores para hacerlas abuelas. Así eran las cosas entre LoLo y sus amigas: vivían sus vidas en secreto, requisito imprescindible si una quería conservar la dignidad.

Tras confirmar que su hija estaba todavía en el lavabo, LoLo se arrimó a su círculo de amigas.

—Ahora ya sabéis que su marido ha dejado el trabajo —les susurró en tono cómplice—. ¿Qué clase de holgazán se permite vivir de los ahorros de su mujer, deja que vuelva a trabajar y, entonces, de pronto, le da la ventolera de ayudarla con el bebé? Sigue siendo un hombre y me importa un bledo lo que digan esos programas de entrevistas que os pasan en vídeo.

—¿Crees que no va a ayudarla con el bebé? —preguntó Para Lee. LoLo chasqueó la lengua. Sarah rascó un trozo del glaseado rosa de la tarta y lo aplastó en el plato de cristal que LoLo reservaba para las ocasiones más especiales.

—Pronto lo averiguará —dijo Sarah.

—Mi hija se lo tiene tan creído y es tan petulante que aprenderá la lección por las malas —aseguró LoLo.

—Pues en eso no sería distinta de nosotras —replicó Sarah.

—No te falta razón —convino Para Lee.

—Os voy a contar cómo lo veo yo —dijo Sarah—. Da igual en qué época vivas, qué título universitario se haya sacado tu marido, cuánto dinero tenga en los bolsillos o cuántas horas le eche al trabajo: los hombres siempre serán hombres. Y no hay momento en que no se comporten como tales. Se preocupan por sí mismos primero y luego, con un poco de suerte, por quien dicen preocuparse. Siempre en ese orden. La cuestión —continuó— es cuándo se hartará ella de aguantar esa mierda y buscará un poco de alegría por su cuenta.

—¿Alegría? —saltó Para Lee—. Bah, no creo que encuentre mucha hasta que pase un tiempo. Y menos cuando tenga unos cuantos mocosos haciéndole la vida imposible.

—No tiene por qué ser así —dijo Sarah sentándose de nuevo en su silla. Removió el ponche de sorbete en la copa y miró como se derretía el helado color verde fosforito haciendo espuma en el líquido naranja. Tomó un sorbo.

—Sarah, por favor. No empieces con lo de siempre —la avisó LoLo.

—Escucha, ya sabes lo que pienso sobre esto. Una no tiene por qué morirse antes de tiempo por culpa de estos hombres. A las mujeres no nos vendría mal meternos un poco de ese pensamiento masculino en las molleras. Buscar un poco de felicidad donde la haya.

—¿Ponerle los cuernos a tu marido te hace feliz?

—Escaparme de la locura de mi casa y del bocazas de mi marido y de todos esos nietos insoportables me hace feliz, LoLo —dijo Sarah exasperada—. ¿Y el reverendo Greenwood? Bueno, digamos que me deja más que satisfecha.

LoLo no quería saber nada de ese tema. No era la primera vez que las chicas hablaban de la infidelidad de Sarah; hacía años que retozaba en secreto con el pastor de la Iglesia Baptista de la Amistad en Cristo, mucho antes de que sus hijos hubieran abandonado el nido, mucho antes de que sus amigas empezaran a recordar que, antes de tener hijos, antes de casarse, antes de haber renunciado a sus necesidades y sus deseos para enterrarlos bajo Escrituras, mandamientos y normas que les habían sido impuestos sin su consentimiento, eran mujeres. El pastor Greenwood tenía fama de ser tolerante y, tras siete años de amorío, Sarah seguía sin estar segura de si había dominado su afición a las mujeres de la iglesia y el cariño que le ofrecían. Pero a ella le daba igual. Aprovechaba lo que podía y el resto se lo dejaba a quien quisiera comerse la cabeza. Se le daba bien compartimentar las cosas.

LoLo... En fin, a ella no se le daba bien. Sentía un retortijón cada vez que hablaban de las aventuras de Sarah y su amante. No le gustaba formar parte de ese secreto, de esa traición. No quería ver su nombre implicado hasta el fondo. Le había pedido a Sarah infinidad de veces que no la incluyera en esas conversaciones, pero el tema volvía a salir de vez en cuando, siempre que se ponían a hablar de lo que debían hacer para disfrutar de un poco de alegría. Sarah creía que era algo que una podía conseguir saliendo a buscarlo, como un vestido en el catálogo de Spiegel o unos zapatos en la sección de ofertas de Macy's. LoLo tenía unos principios completamente distintos; la alegría, la decepción, la rabia, la satisfacción, todo ello formaba parte del guiso que se cocinaba en una gran olla en la cocina. Lo removías y lo probabas, sabiendo que cada cucharada tendría algo ligeramente distinto, quizá algo que no te gustaría tanto como lo que probaste antes, pero no por eso el guiso dejaba de estar bueno. Si contenía amor, seguía estando bueno.

LoLo no quería probar lo que chapoteaba en el puchero de Sarah.

—No todas pensamos que la única forma de ser feliz es correteando a escondidas de tu marido —susurró LoLo, que sacó la cabeza para asegurarse de que Rae no estuviera volviendo al comedor—. No le desees eso a mi hija, Sarah.

—Solo le deseo un poco de alegría —dijo esta—. Oyéndote, me parece que va a necesitarla.

—No, escucha, lo que va a necesitar es cumplir los votos que le ha hecho a ese hombre delante de Dios, de ti, de mí y de todos sus seres queridos. «Hasta que la muerte nos separe.» No son palabras vacías para algunas de nosotras —señaló LoLo.

—Pues en algún momento hay que hacer algo para no quedarse vacía —dijo Sarah burlona.

—Mira, no voy a quedarme sentada en mi propia casa y ver como...

—Vale, suficiente —pidió Para Lee pinchando con un alfiler el globo que estaba llenándose a marchas forzadas de aire caliente. Siempre hacía de árbitro—. Sarah, ¿por qué no recoges la mesa con Cynthia mientras LoLo y yo guardamos todos los regalos? No creo que el marido de Rae tarde demasiado en pasarse a recogerla para llevársela a casa. La chica necesita descansar. —Volviéndose hacia Sarah, añadió—: LoLo, nuestra amable anfitriona, seguramente también necesitará descansar, en vez de este acalorado debate, ¿no crees?

—Vale, pues —accedió Sara escueta. Se levantó de la mesa y se marchó a la cocina sin pronunciar una palabra más.

Para Lee sacudió la cabeza, respiró hondo y enlazó el brazo de LoLo con el suyo mientras caminaban hacia la pila de regalos. Miraron todas las cosas que habría que meter en las bolsas.

—No le hagas caso —le dijo Para Lee—. Ya la conoces. No le hagas caso.

LoLo agradeció mucho la tranquilidad que llegó después. Le gustaba tener invitados, pero se sentía mucho más a gusto —y contenta— en la quietud de su hogar. En su soledad. Ya mayores, ella y Tommy habían terminado entendiendo que no tenían que estar pendientes el uno del otro para demostrar que querían continuar juntos después de tantos años. Lo más cariñoso que podía hacer él por ella, de hecho, era bajar al sótano y ver sus partidos y películas de vaqueros en el gran televisor de consola que tenían en el suelo, desde la comodidad de su gastada butaca reclinable, y dejarla tranquila para leer sus novelas de Terry McMillan y ver sus programas. Se había aficionado a las entrevistas de *20/20* y a *Ley y orden: unidad de víctimas especiales*. Grababa los programas en vídeo y le gustaba verlos el sábado por la noche, saltándose los anuncios. Si no fuera por el maldito teléfono que le estaba amargando ese momento de descanso, era posible que ya se hubiera dormido.

Pero no caería esa breva. El teléfono ya había sonado tres veces esa noche y, en cada una de ellas, el amable «¿Hola?» de LoLo no había obtenido más respuesta que un silencio, seguido de un clic y del tono de llamada. Y ahora volvía a sonar. Si no fuera porque Tommy acababa de marcharse de casa para ir a ver a su hermano, le habría obsequiado con algún taco por esas llamadas bromistas, le habría dicho, una vez más, que tenía que averiguar quién lo odiaba tanto en el trabajo como para empecinarse en torturar a su familia. Años atrás, él les decía a LoLo, TJ y Rae que pasaran de esas llamadas: «Seguro que es alguien de la fábrica, cabreado porque me han puesto al mando —les insistía cuando se quejaban—. Colgad y santas pascuas». Normalmente LoLo se aguantaba. Pero en noches como esa, cuando solo quería un poco de paz, se acordaba de que no tenía ninguna obligación de mostrarse amable.

—Escuche, deje de llamar a este teléfono... ¡o le juro que llamaré a la policía para que lo encierren por acoso! —gritó LoLo al teléfono.

—¡Ja, ja, ja! ¿He oído bien? ¿Acoso? —le preguntó la voz al otro extremo de la línea—. ¿Denunciarías a tu propio hermano por acoso por marcar tu número?

LoLo abrió la boca y luego la volvió a cerrar. La abrió. La cerró.

—¿Hola? ¿Delores? —preguntó la voz, grave—. Soy Freddy. Tu hermano.

—Ho... Hola, Freddy —dijo LoLo sin tenerlas todas consigo.

El silencio entre ambos era espeso, apelmazado por una década de malentendidos, rabia, fracasos, pesares. Abandono. Zanjaban todas sus discusiones tirándose al cuello el uno del otro como si fueran animales salvajes sobre una presa recién capturada, y tantos años después la herida todavía supuraba como si el corazón de la gacela siguiera latiendo.

Freddy estaba sentado a la mesa de su cocina. Apenas unos segundos antes, la había insultado mentalmente por balancearse y vibrar bajo sus manos recias y callosas. Su intención era doblar un trozo de papel de cocina y pegarlo en el agujero donde la pata rebelde de la mesa se había aflojado, convirtiendo ese tablero para cuatro personas —un resto que alguien había abandonado en la tienda de beneficencia el mismo día en el que él se había pasado por allí buscando algo con lo que sustituir las cajas de leche sobre las que se servía las comidas— en un engendro desvencijado. Sin embargo, después de pasarse todo el día reparando máquinas de aire acondicionado y pupitres, y fregando vómitos y meados y todo tipo de secreciones corporales mientras le mandaban de un lado a otro en la Escuela Elemental de Archie Street, no iba a ponerse a arreglar ese maldito chisme una vez que estaba ya en casa. Lo que le apetecía era tomarse su cerveza de siempre, un rato de calma mientras veía la tele. Le gustaban las reposiciones de *Martin*, sobre todo la chica con la que salía el protagonista, esa de la cabeza redondita y la piel clara. Era guapa. Muy guapa. Y juiciosa. También le gustaba el pico que se gastaba Martin, todas esas chaladuras que decía y que le ayudaban a pillar algunas de las barbaridades que los alumnos soltaban en los pasillos de la escuela cuando se molestaba en escucharlos. Aun así, respondía a las palabras de los críos con la misma energía que ellos le dedicaban cuando ocupaban el mismo espacio: él era el bedel y, por tanto, invisible; ellos eran una panda de críos bocazas de los que pasaba olímpicamente, como haría cualquier adulto digno de serlo, incluso cuando corrían por los pasillos gritando «¡¿Qué pasa, tío?!» a pleno pulmón.

Pero *Highlander* era lo que más le gustaba a Freddy. Tenía un cajón lleno de cintas de vídeo con los capítulos de la serie, que veía religiosamente. Le fascinaba la idea de la inmortalidad, todas esas formas de pasearse por el mundo entre simples mortales, convencido de tus decisiones, seguro de que ni tus errores, ni tus fanfarronadas, ni tus malas decisiones, ni la perra suerte iban a terminar contigo. Eso sí era vivir, algo que no había logrado hacer de forma plena desde que lo habían echado de Grumman unos años antes. Echaba de menos esas nóminas, ese dinero que le permitía comprarse lo que quería, vivir donde quería, vestirse como quería. Dios, acostarse con quien quería. En aquella época era un negro que trabajaba en una fábrica de motores de aviación y ganaba un buen sueldo de mecánico, un dinero que permitía a ese chico huérfano de madre, a ese muerto de hambre salido de lo más profundo de Carolina del Sur, que debería haber terminado sus días aplastado bajo el peso de su desgracia, sentirse capaz de todo. Como si pudiera vivir para siempre. Pero bastó un trago de bourbon en su café —un traguito que su supervisor pudo olerle en el aliento— para que le cortaran la cabeza. El compañero que se chivó, que trabajaba a las órdenes de Freddy y no asimilaba tener que darle explicaciones a un negro a diario, puso el broche a la única verdad que importaba: Freddy era un negro y era un mortal, después de todo.

En esa noche en concreto, la mortalidad lo había agarrado del pescuezo. Freddy se había inclinado hacia atrás en la silla mientras se chupaba el dedo corazón y pasaba el pulgar sobre los datos de su hermana en la agenda. Antes se sabía el número de memoria, pero había pasado más de una década desde que la llamó por última vez. Nada había vuelto a ser igual después de la gran bronca por Rae. Intentó arreglar las cosas con su hermana, pero LoLo no quiso de ninguna manera. Ahora, con motivo de la muerte del padre de ambos, Freddy decidió que tenía que ser más fuerte.

—LoLo —dijo finalmente—. Papá ha muerto.

—Oh —se limitó a contestar ella. Sin emoción—. ¿Qué ha pasado?

—Él... Bueno... Tuvo un infarto —explicó Freddy—. Murió en el salón de su casa. Lo encontró Brenda.

—Murió solo, ¿no?

—Sí. Brenda y los chicos están con los preparativos.

—Eso está bien —dijo LoLo.

Silencio.

—Bueno, irás, ¿no?

—¿Adónde?

—Al entierro de nuestro padre.

Silencio.

—Es lo justo, LoLo. Debes dar el pésame.

—No tengo ninguna obligación en esta vida más que ser una negra y morirme —le espetó LoLo. No iba a permitir que la hicieran sentirse culpable con la intención de obligarla a ir al funeral de un hombre que la había abandonado sin que le importara si se moría de hambre, y que luego había permitido que un violador le destrozara la vida.

—Escucha —dijo Freddy con ternura—. Lo entiendo. Sabes que lo entiendo. Todos lo entendemos. Pero sigue siendo el hombre que nos dio la vida. Somos parientes de sangre.

Silencio.

—Mira, tú serías la primera en soltarle unos versículos de la Biblia a alguien que se negase a perdonar como Dios nos ordena —aseguró Freddy en tono serio—. Creo que en ocasiones así es cuando Dios espera que lo hagamos.

—¿Ahora resulta que citas la Biblia? —preguntó LoLo.

—No sé mucho de la Biblia, eso te lo reconozco. Pero sí sé que no me sentiré bien si me quedo aquí en Long Island mientras entierran a nuestro padre en Carolina del Sur. Y que a ti te pasará lo mismo.

Silencio.

—Podemos ir juntos en avión. Los dos.

—Deja que me lo piense un poco, ¿vale, Freddy? —dijo LoLo finalmente—. No tardaré mucho en decirte algo. Te lo prometo.

—Vale.

LoLo se quedó en estado de shock, con el teléfono pegado a la oreja, escuchando el tono continuo de llamada un buen rato. No colgó hasta que el teléfono empezó a comunicar y los desagradables pitidos golpearon su tímpano. Habían pasado años desde la última vez que había hablado con su padre, y en esa ocasión, cuando todavía le importaba, cuando se había puesto en contacto con ella a través de Freddy, y Freddy le había recordado los principios del quinto mandamiento, la conversación había sido superficial, escueta: «Eh, ¿cómo estás?»; «¿Tu esposa, bien?»; «Los niños ya se habrán hecho mayores»; «Voy tirando, pero la artritis me da la lata»... Silencio. «Vale, me alegra saber de ti»; «Cuídate»... En eso consistió la conversación hasta que ambos se rindieron. Francamente, LoLo no había sido capaz de dar más. Aquel hombre no iba a mover la boca para disculparse. Ni siquiera se lo planteaba como idea. LoLo podía sentirlo en lo más profundo de sus entrañas, donde la rabia ardía con toda su fuerza, donde los rescoldos del fuego ocupaban el lugar de su matriz. El solo sonido de su voz había sido un atizador de chimenea, hincando, escarbando, moviendo los pesados leños, con las hojas de periódicos viejos metidas en medio, para arrancarles unas llamaradas. Si hubiera continuado hablando con él, habría terminado carbonizada.

Ese día había deseado que se muriera. Y ahora que estaba muerto no se sentía culpable.

No habían pasado ni dos minutos desde que había colgado después de hablar con Freddy cuando el teléfono volvió a sonar. Esta vez respondió educadamente al pensar que volvía a ser él.

—Hola. Me gustaría hablar con mi padre —dijo la voz que llamaba. Sonaba joven.

—¿Con quién?

—Con mi padre. Thomas Lawrence.

—¿Rae? ¿Eres tú? —preguntó LoLo.

—No soy Rae. Pero soy la hija de Thomas Lawrence y me gustaría hablar con él.

LoLo se apartó el teléfono de la cara y lo miró, como si quisiera ver quién demonios la había llamado para tomarle el pelo.

—¿Hola? —dijo la voz, con una pizca de impertinencia en el saludo.

—Estoy aquí. Pero no entiendo de qué va esto. ¿Quién es usted, realmente?

—Se lo acabo de decir. Soy la hija de Thomas Lawrence. Él es mi padre. Mi hermano es su hijo. Hoy ha venido a vernos, pero no queríamos que se marchara.

Silencio.

—¿Hola? —dijo la chica, esta vez con total impertinencia. LoLo pudo percibirla en el tono. Fue la gota que colmó el vaso. Solo veía negro.

—¿Y has pensado que hoy era el día adecuado para llamar a esta casa y hablar con él?

—Es mi padre y le llamo muchas veces a su casa cuando quiero hablar con él...

—Deja que te diga algo —la interrumpió LoLo. Su lengua, después de haber notado el sabor de la muerte, de la tristeza, de la rabia y de la traición en apenas cinco minutos de lo que debería haber sido una tranquila noche de sábado, se convirtió en un hacha. Un hacha recién afilada—. Me da igual si Tommy es tu padre o no. Nunca serás lo que Rae Lawrence, su hija, es para él. Tommy tiene una familia. Eso lo tengo claro, tanto como él. A ver si te entra en esa cabezota o cabecita tuya. Seas quien seas.

»Bien —continuó LoLo, endulzando ahora la voz—. Si me disculpas, he tenido un día malísimo. No vuelvas a llamar a mi teléfono, a mi casa. Si tienes algo que decir, guárdatelo para Tommy.

22

Antes le gustaba cerrar los ojos muy fuerte e imaginarse con otra persona, una técnica que había usado de niña, cuando gritar y forcejear solo servía para que Bear se riera y la aplastara con su peso aberrante, mientras se movía dentro de ella, más deprisa, más fuerte, mojándola con su sudor, mojando su piel, su pelo, la tierra entre sus cuerpos. Antes, cuando lo hacía, lo primero que veía dentro de sus párpados era la oscuridad, sobre la que luego iban pasando imágenes con las que anestesiaba su cuerpo: las olas extendiéndose sobre la superficie de un lago; Booger, el perro sarnoso del vecino, ladrando a los coches que pasaban; versículos de la Biblia que esperaba que Dios cumpliera. Esas imágenes, como las fotos de un álbum, eran una armadura. Cuando empezó a salir con Tommy, su imaginación se volvió más creativa, y también se engarzó a imágenes que eran más prácticas para la tarea que tenía entre manos: era Pam Grier, a horcajadas sobre Richard Roundtree o contoneándose en primera fila mientras Mick Jagger acariciaba el soporte de su micrófono y cantaba mirándola solo a ella. Con el tiempo aprendería a acompasarse con Tommy. No recordaba en qué momento había ocurrido exactamente. Pero cuando ocurrió comprendió al fin la profundidad del amor de Tommy y pudo corresponderle en la misma medida. Él era el pegamento que mantenía unida a su familia, formada a partir de cuatro olas distintas en el océano de sufrimiento humano. Era un hombre bueno. Era amor. Su amor. Y LoLo se entregó por completo a cambio de ese amor. Se entregó a su marido. A nadie más. Ni siquiera con la imaginación. Ni siquiera en sueños. Y ahí estaba esa cría llamando a su teléfono, anunciando la traición. Proclamando su sangre.

Apenas habían pasado diez minutos desde que colgó el teléfono después de hablar con la hija de Tommy cuando el repicar de la cadena de la puerta del garaje fue la campana que anunciaba el primer asalto. El corazón de LoLo se convirtió en Jackie Joyner-Kersee cuando empezó a correr por la habitación, tirando camisetas, vaqueros y sujetadores en su maleta, mientras oía los pasos fuertes de Tommy subiendo los peldaños de la escalera de dos en dos. Estaba frente a su armario, pasando vestidos de un lado a otro mientras buscaba su mejor vestido negro, cuando Tommy entró en la habitación. Se paró en seco como si se hubiera dado de bruces contra un muro cuando sus ojos encontraron a su mujer. Se pasó las manos por la cabeza recién rapada, hacia delante y hacia atrás.

—Le dije que dejara de llamar aquí —se explicó él—. Le dije que tenía que contártelo a mi manera.

LoLo pasó más vestidos por la barra del perchero, pero siguió con el rostro vuelto hacia el armario. No podía mirar a Tommy.

—Bueno, ya le vale, ¿no? ¿Por no hacerte caso? Eso es lo que ha hecho mal, ¿no?

—Sí. Lo que quiero decir es que esta historia... —empezó a decir con vehemencia, aunque concluyó la frase más tranquilo—. Que esto tenía que contártelo yo.

—¿Y qué pasó? ¿Te comió la lengua un gato? —preguntó LoLo. Su pregunta solo recibió silencio—. ¿Cuántos años tiene, Tommy? Me pareció que ya era mayor. Usaba palabras de chica mayor en mi teléfono. Nuestro teléfono.

—Veintisiete —respondió Tommy casi susurrando.

LoLo se apartó del armario y se cruzó de brazos.

—¿Qué has dicho? Habla más alto. Quiero oír esa historia que tenías que contarme. ¿Cuántos años?

—Tiene veintisiete años —dijo Tommy, un poco más fuerte.

—¿Y su hermano?

—Veinticinco.

LoLo sacó unos cuantos vestidos del armario y los tiró encima de la cama.

—No soy matemática, pero, si no he perdido la cuenta, esa chica nació más o menos cuando me obligaste a hacer las maletas y mudarnos con todo a Nueva Jersey.

—No te obligué —aseguró Tommy, con unas notas graves en la voz.

—Oh, ahora resulta que pude elegir —soltó ella—. Primera noticia. Aunque te aseguro que yo no lo recuerdo así.

—Nos mudamos a Nueva Jersey porque allí había trabajo.

—Y, por lo visto, también un bebé —dijo LoLo arrancando un vestido de su percha y enrollándolo con las manos. Lo metió en la maleta.

—Para el carro. ¿De qué va todo esto? —preguntó Tommy, al reparar finalmente en la maleta sobre la cama.

Silencio.

—LoLo, no puedes marcharte. No me dejes, nena.

—Tommy, los días en los que me decías qué podía hacer y qué no han terminado.

—¡No estoy diciéndote lo que debes hacer! Solo te digo que no vale la pena romper nuestra familia por esto.

—¿Familia? —preguntó LoLo—. ¿Cuál de ellas? ¿Hay otras de las que no esté enterada? ¿Cuántas familias tienes exactamente?

Tommy abrió la boca para responder, pero la cerró sin decir nada. Volvió a intentarlo con el mismo resultado. Entonces, por último dijo:

—Me mentiste, LoLo. —Tenía la voz quebrada.

—¿En qué te mentí, Tommy? ¿Qué mentira vas a sacarte de la manga que pueda ser peor que tener dos hijos con otra mientras estabas casado conmigo?

—Me hiciste creer que no podíamos tener hijos por culpa mía. Siempre corriendo de un lado a otro, chillando que no podía ser culpa tuya porque tenías la menstruación y que eso demostraba que el problema lo tenía yo. No era culpa mía. Yo puedo tener hijos.

—¿Así que no solo tuviste uno, sino dos, por rencor?

—¿Vas a ignorar lo que acabo de decirte?

LoLo dejó de toquetear los vestidos de su armario y se aferró a la barra del perchero. Sintió que la sangre le subía a la cabeza, haciendo que las sienes le palpitaran y que la nariz le escociera. No quería llorar, no quería que su marido malinterpretara la reacción de su cuerpo y pensara que era una respuesta a su «Te he pillado» y menos todavía al descubrimiento de su infidelidad. No era eso. Necesitaba recomponerse para intentar contener la reacción visceral de su cuerpo al recuerdo, a verse de nuevo en el momento, en los múltiples momentos en los que forcejeó bajo el peso de Bear y, también, en los que no se resistió y se quedó tumbada sin hacer nada, suplicándole a Dios que golpeara el suelo sobre el que estaban, que golpeara sus cuerpos. Cada vez que Bear la violaba, LoLo moría. Cada vez que recordaba cómo la había violado, moría. Mientras se sujetaba a la barra del armario, teniendo que recordar que no podía tener hijos y por qué era así, quiso morir. Su cuerpo, sencillamente, quería rendirse y morir.

—Me violaron —dijo LoLo al final, dejando caer las palabras sobre la pared que cerraba el fondo del armario.

—¿Qué has dicho? —preguntó Tommy.

—No podía tener hijos porque mi primo me violaba.

El cuerpo de Tommy se puso en tensión.

—Me hizo un bebé y su esposa lo mató y me llevó a que me arreglaran para que no pudiera dejarme embarazada otra vez —añadió LoLo volviéndose para mirar a su marido—. Por eso no podía tener bebés.

Los dos se quedaron quietos, separados por un océano de distancia, sin saber qué decir. Ninguno de los dos tenía la agudeza emocional para decir lo que debía decirse. Cuando LoLo sintió que las piernas iban a fallarle, se volvió de nuevo hacia el armario y empezó a sacar más ropa: una blusa, un par de pantalones vaqueros, una chaqueta, todo lo que necesitaba para subirse a un avión que la llevase al funeral del hombre que le había dado la vida y luego la había tirado como un trozo de tabaco de mascar que ya no quería sentir en la lengua.

—No te vayas, LoLo. Te quiero. Podemos arreglarlo —rogó Tommy finalmente mientras veía como su mujer aplastaba la ropa en la maleta. La agarró de las muñecas, como si quisiera que le dedicara toda su atención—. Quiero arreglarlo. No la deseo. Te deseo a ti. Siempre te he deseado a ti. Cometí un error, pero siempre has sido tú.

LoLo soltó sus muñecas de las manos de Tommy y se volvió para mirarlo de frente. Sus ojos buscaron los de su marido: vio las motas negras en sus iris marrón oscuro, las venitas rojas que sobresalían en la parte blanca, anunciando su dolor, su miedo. Empezaba a tener patas de gallo y debajo de las arrugas asomaba, velada, una cierta inflamación que permanecía en todo momento, tanto si estaba cansado como si estaba en plena forma, enfadado o del todo tranquilo. Aun así, en términos generales, le seguía pareciendo el mismo Tommy de siempre. Pero ya lo no era. Entre ellos nada podría volver a ser como al principio. Habían llegado demasiado lejos.

—Mi padre se ha muerto —dijo LoLo secamente. Cerró la maleta de golpe—. Me marcho a Carolina del Sur.

LoLo se dejó caer en el viejo sofá. La funda de plástico chirrió bajo su cuerpo cuando dobló sus largas piernas para que cupieran en el estrecho hueco entre los cojines y el borde romo de la mesilla de cristal y madera. Sentía un dolor de cabeza que palpitaba al ritmo del aparato de aire acondicionado. Aunque estaba al máximo, apenas enfriaba la habitación. La humedad y la tristeza pesaban en el ambiente, como una nube de humo negro, oscura y rancia. Tenía la mirada fija en la alfombra azul marino de pelo largo que había delante de la butaca reclinable de su padre. El tapizado escocés estaba raído. Por lo visto, su padre había pasado la mayor parte de sus días en esa butaca. Y había exhalado su último aliento allí mismo, sobre la alfombra, después de caerse de la butaca, mientras se agarraba el pecho como en una película de Hollywood e intentaba coger el teléfono para pedir auxilio.

—Murió justo aquí —dijo Brenda, su hermana de padre, señalando el sitio donde lo había encontrado. Se enjugó las lágrimas con la cara interior de las muñecas. Más allá de ese punto en el suelo que le había señalado, más cerca de la puerta de la entrada, había una gran mancha reseca, más clara que el resto de la alfombra, que delataba la reacción de Brenda cuando entró en el salón con dos grandes tazas de café, con leche y mucho más azucarado de lo que sería conveniente teniendo en cuenta que ambos, padre e hija, eran diabéticos, y lo descubrió en el suelo. Su padre estaba tendido en la alfombra, con la mirada fija en el techo, pero sin ver nada. Brenda dejó caer las tazas y corrió hacia él. Gritó, lo zarandeó, le dio bofetadas en la cara, suplicándole que se despertara. Ya estaba muerto. La ambulancia ni siquiera se había marchado todavía cuando Brenda se puso de rodillas con un pequeño barreño de vinagre y lejía para intentar limpiar la mancha de café con leche de la alfombra. Seguía oliendo en el bochorno de la canícula. En los tres días que habían transcurrido desde su muerte, ni el afecto de amigos y parientes, ni las comidas que le llevaban para acompañarla en el sentimiento, ni enfrascarse en los preparativos del funeral, sirvieron para aliviar la pesadumbre que sentía en el corazón, un pesar que era más profundo que el de Freddy o el de LoLo. Brenda, que era el fruto del segundo matrimonio de su padre, había conocido a una persona distinta, una versión más cariñosa y tierna. Presente. Cosas sencillas, un beso en la mejilla por la mañana, llevarla a la iglesia los domingos, asistir a su fiesta de graduación, ayudarla un poco a costearse la universidad, todo ello era un velo que ocultaba su pasado. Brenda solo había conocido —solo le había interesado ver— a un marido amoroso, un padre abnegado, un diácono baptista honrado, un hombre trabajador, un jubilado. LoLo trató de no aguarle el recuerdo; se había tragado la rabia cuando una Brenda llorosa se había derrumbado en sus brazos después de abrirle la puerta de su casa. Pero ahora LoLo sintió que se asfixiaba.

—Yo... Esto... Creo que no me encuentro bien. ¿Puedo ponerme un vaso de agua de la cocina? —preguntó levantándose con dificultad del sofá. Tenía sudadas las palmas de las manos, y cuando las puso sobre la funda de plástico del sofá para incorporarse estas se deslizaron a un lado y a otro.

—Ay, claro, claro —dijo Brenda—. Hermana, no tienes que pedírmelo. Esta casa es tan tuya como de cualquiera de nosotros.

LoLo asintió y sus labios forzaron una media sonrisa. Recorrió con los ojos las paredes, los muebles, las fotos familiares que habían congelado la felicidad en un tiempo y un lugar que la habían olvidado: una felicidad que nunca pudo disfrutar. Quería estar enfadada por todo —el diploma universitario colgado en el pasillo, entre la cocina y la sala de estar; el retrato en blanco y negro, tomado en unos grandes almacenes, de Brenda y sus padres, uno a cada lado, apoyando las manos con gesto amoroso sobre los hombros de su hija—, pero sobre todo LoLo estaba triste. Esa vida conmemorada en las paredes amarillo pálido habría podido ser su vida. ¿Qué clase de persona habría sido si hubiera podido ir a la universidad? ¿Recibir educación en lugar de acoso? ¿Recibir amor?

LoLo agarró una taza de la vajilla recién lavada que se secaba en el escurridor al lado del fregadero y la llenó prácticamente hasta el borde con agua del grifo. Se bebió media taza de un tirón y volvió a llenarla hasta arriba antes de regresar a la sala de estar. Tenía un eructo atravesado en el pecho, pero no lo dejó salir. No quería ser grosera, no en ese sitio. No delante de Brenda y Freddy.

—¿Estás bien, hermana? —dijo Freddy, tras volver del cuarto de baño. LoLo se frotaba el pecho.

—Estoy bien —respondió ella con la voz entrecortada. Entonces, dirigiéndose a Brenda, dijo—: ¿Quién más viene? De los hijos, quiero decir.

—Bueno, Charles dijo que no podía permitirse el billete de avión desde Texas, así que no estará —explicó Brenda—. Y Franklin y Linda han dicho que no venían. —Chasqueó los labios, negando con la cabeza. Suspiró.

—Tienen sus motivos, Brenda —replicó LoLo—. No te corresponde juzgarlos.

—Ah, ah, vale. Ya estamos. La misma canción de siempre —dijo Brenda torciendo el gesto.

—¡Oh, venga ya! ¡No volvamos a lo mismo! —repuso Freddy haciendo aspavientos con las manos—. No es el momento...

—¿Y cuándo lo será, exactamente, Freddy? —preguntó LoLo—. ¡Dímelo! Porque viendo a mi hermanita sentada aquí juzgando a la gente, ¡me parece que no hay mejor momento para sacar el tema!

—Escucha, no quiero que nos peleemos...

—¿No? —la interrumpió LoLo—. ¿Qué? ¿Creías que

suspirando porque mis hermanos y mi hermana no vienen al funeral del vago de su padre no íbamos a tener una bronca? ¿Te dijo tu papi qué clase de papi fue para nosotros? —LoLo carraspeó. Unas gotas de sudor se formaron en su nariz y su frente—. ¿Te habló de las noches que nos abandonó en esta misma casa, muertos de hambre y de sed? ¿Te contó cómo lloraba Freddy por la teta de su madre, cómo lloraba tanto que pensamos que no iba a vivir? Ay, espera. Es imposible que te contara nada de eso porque no estaba aquí para verlo. Nos abandonó, Brenda. Para que nos muriéramos. Justo aquí, en esta casa, donde ha muerto.

—No voy a decir que puedo imaginarme lo mal que lo pasasteis...

—¡Pues no lo hagas! —dijo LoLo intentando recobrar el aliento. El aire se había vuelto más denso. Se desabrochó el cuello de la blusa.

—Hermana, ¿qué te pasa? ¿Estás bien? —preguntó Freddy.

LoLo fijó la vista en la boca de su hermano, pero apenas podía dilucidar sus palabras. Se rascó el pecho y trató de acompasar la respiración, que se le había acelerado.

—¡Ay, Dios mío! ¿Qué le pasa? —chilló Brenda incorporándose de un salto y corriendo al sofá, justo a tiempo de coger a LoLo cuando su cuerpo empezó a vencerse hacia atrás. La espalda de LoLo se agarrotó, haciéndole levantar las caderas hacia el techo. Intentó recobrar el aliento. No lo consiguió.

—¡Llama a una ambulancia! —gritó Freddy tirándose en el sofá junto a su hermana mayor y cogiéndole la cara para que le mirase—. LoLo, nena, ¿qué te pasa? Háblame. ¿Qué pasa? Respira, hermana. ¡Respira!

LoLo quería decirle que no podía. Quería decirle a Freddy que estaba enfadada. Quería decirles a los dos que amaba a su marido y a sus hijos, pero que no había sido la esposa y madre que habría podido ser. Quería explicarles por qué. Quería decirles que necesitaba a su madre y a su padre. Quería decirles que Bear le había hecho daño. Quería decirles que sus entrañas estaban vacías, que no tenía nada que darle a este mundo. Quería decirles que, aun así, lo había intentado.

Quería decirles que tenía el corazón roto.

El libro de Rae

1999-2004

23

Rae no tenía el mismo ADN que sus padres, y eso le resultaba tan intrascendente como el color del líquido que corría por sus venas. La sangre era roja, Delores Lawrence era su madre y Thomas Lawrence era su padre. Para ella, eran tres cosas que no admitían discusión. Sus padres la abrigaban. La alimentaban. Se preocupaban de que recibiera una buena educación. La llevaban a la iglesia casi todos los domingos. Y también le habían inculcado el temor de Dios. La querían. Rae tenía una habitación para ella sola, que su padre había pintado de rosa porque creía que a las niñas les gustaba, y a Rae, desde luego, le gustó, no porque fuera una niña, sino porque se había sentado de copiloto en el Eldorado de su padre el día que fueron a la tienda de pinturas y había estudiado con detenimiento todos los rectángulos del muestrario que tenían algún nota de rosa mientras buscaba el color más maravilloso y, en realidad, le dio igual que tuviera un poco más de rojo de lo que le habría gustado y le recordara a los envases de Pepto Bismol más que al chicle Bazooka: su padre lo había elegido especialmente para ella y, al igual que él, era perfecto. Los papeles no iban a cambiar nada. No podían y no lo harían. Las palabras gritaban la realidad —«Por la presente, certifico que el Tribunal Testamentario concedió una orden de adopción en tiempo y forma con fecha de 6 de mayo de 1971, por la que se aceptó la solicitud de Thomas Lawrence y su esposa Delores Whitney Lawrence como padres adoptivos de una niña que recibió el nombre de Rae Lawrence»— y Rae las leía a solas y derramaba grandes lágrimas, sentada con las piernas abiertas sobre la alfombra de sus padres, con el contenido de la caja metálica que sus padres habían tenido escondida debajo de la cama esparcido en torno a sus enjutas rodillas marrón pálido; y aun así, en cuanto esa impresión inicial hubo calado por completo en su organismo de doce años, en cuanto hubo terminado de lanzar miradas disimuladas a los papeles y a sus padres en busca de claves que pudieran indicarle quiénes eran en realidad y hubo examinado todos los álbumes de fotos familiares para confirmar que su madre, en efecto, aparecía en ellas congelada en el tiempo a bordo de un barco, con la barriga tan plana como la cubierta sobre la que estaba apenas dos meses antes de que debiera dar a luz a su hija, Rae se quedó tranquila. Le daba igual ser adoptada o que sus padres no se lo hubieran dicho. Su adopción era un secreto de sus padres y ella lo guardaría. Si significaba tanto para ellos, lo guardaría.

Tasheera no iba a respetar esa norma. Estaba en el pasillo en lo alto de la escalera, observando a los deudos que iban entrando en la casa de Tommy y LoLo con sus lirios de la paz y las fuentes llenas de pollo al horno reseco; sus miradas apesadumbradas y sus vestidos negros anunciaban lo que habían ido a hacer a esa habitación. Algunos decían «hola» y ella los saludaba con la cabeza. Otros la abrazaban como si fuera una más de la familia, como si su presencia allí no admitiera discusión. Su cuerpo se tensaba al recibir esos abrazos. No tenía dulzura que dar; solo la verdad. Su verdad. La casa en la que se encontraba —esa bonita casa de dos plantas repleta de cosas bonitas que, apiladas unas encimas de otras, habrían proyectado una sombra imponente sobre el humilde apartamento en el que había crecido con su madre y su hermano— así lo exigía. Esas personas, con sus palabras amables y sus abrazos no deseados, merecían saber quién era Tommy. Ese día anunciaría, prácticamente sobre su cadáver, que ella, Tasheera La'Nae Brown, era la hija pequeña de Tommy. La verdadera.

Rae la había visto por primera vez en la iglesia, observando. A TJ, a su madre. A ella. La iglesia estaba atestada de gente a la que Rae conocía desde casi siempre —ese pequeño círculo de amistades que LoLo había cultivado a lo largo de las décadas de matrimonio y que también querían a Tommy— y allí estaba esa chica, a la que no conocía de nada, recibiendo el incómodo saludo que TJ le hacía con la mano, mirándola a ella. Rae estaba acostumbrada a verse en esas situaciones: la gente solía fijarse en los famosos, sin importar lo mucho o lo poco que brillara su luz de estrellas, y Rae... En fin, eso era lo que era en el círculo de sus padres, una estrella. Estaban orgullosos de ella porque era una de los suyos, orgullosos de esa muchacha a la que la comunidad había criado y enviado al mundo a hacer grandes cosas y que ahora trabajaba como productora en un programa muy conocido de la MTV. Aun así, en ese día, porque sabían quién era realmente Rae y querían a LoLo, nadie pensaba en la MTV ni en los famosos con los que Rae se había codeado mientras desempeñaba su importante trabajo. Sus corazones lloraban por Rae, por LoLo y por TJ, mientras desfilaban por turnos junto a Tommy y le daban un último beso en la cara, antes de que los diáconos cerraran poco a poco el ataúd y lo adornaran con una discreta lluvia de hortensias rosas que LoLo había elegido especialmente entre las matas que Tommy había cultivado para ella. Cuando Sarah se puso en pie y cantó *His Eye is on the Sparrow* y Rae lloró, ellos también lloraron por esa huérfana que estaba dando el último adiós al amor más absoluto de su vida: su padre. Quienes querían a Rae estaban concentrados en el luto. Todos, salvo esa muchacha.

Y ahora allí estaba ella, paseándose por la casa de sus padres, sin hacer nada, con una expresión en el rostro que solo anunciaba problemas. A Rae, que estaba embarazada de siete meses y se sentía exhausta por la pena, por lo inesperado de la muerte de su padre, mientras todo el mundo le decía que Tommy ahora estaba en un lugar mejor, a Rae no le quedaba nada —absolutamente nada—, de modo que solo quería besar la mejilla de su madre, abrazar a su hermano, meterse en el bolso la cajita de cartón en la que su madre había guardado las joyas de su padre para ella, y dejarlo todo atrás.

Sin embargo, a esa chica, Rae tenía que mirarla.

Buscó un recipiente de plástico y la tapa correspondiente en el armario de la cocina y fue a la mesa donde las amigas de su madre y las ancianas de la iglesia habían dejado toda la comida que habían preparado. De camino, miró a través de la barra para desayunar que su padre había construido con sus propias manos en la pared que separaba la cocina del comedor. La chica, que solo parecía uno o dos años más joven que Rae, iba caminando de una persona a otra, estrechando manos, intercambiando breves palabras antes de pasar a la siguiente, dejando tras de sí una estela de bocas abiertas y conversaciones entre susurros.

—Vale, ya está todo en el coche —dijo Roman frotando los hombros de Rae. Tan concentrada estaba Rae en esa chica que apenas oyó a su marido. Hincó un cuchara de servir en un bol de macarrones con queso colocado en un extremo del gran banquete de comida sobre la mesa y casi no acertó al vaciar la cuchara repleta de pasta en el táper—. Eh..., pensaba que solo te gustaban los macarrones con queso cuando los haces tú —añadió, y frunció el ceño mientras miraba como su mujer hurgaba en la comida.

—¿Qué? —preguntó Rae observando a la chica al tiempo que seguía añadiendo cucharadas. La pregunta había sido más una muletilla que un intento de pedir una aclaración. Rae era una estatua con una cuchara en una mano y un táper en la otra, mientras la muchacha se encaminaba hacia otro grupo de amigas de su madre; esta vez, Sarah y Cindy, que se habían sentado juntas en la butaca doble en la que tanto le gustaba a Rae echarse la siesta cuando todavía estudiaba la carrera y volvía para pasar unos días con sus padres. Antes LoLo siempre había prohibido a la familia apoltronarse en su salón formal: los sofás, la butaca doble, la mesa baja de cristal y la estantería que contenía los recuerdos de la vida en común de LoLo y Tommy, todo quedaba recogido bajo una mortaja invisible que lo convertía en zona vedada, salvo cuando había que limpiar o recibían a los invitados más especiales de LoLo. El hecho de que estuviera sacándose una carrera universitaria —fue la primera de la familia en hacerlo— le granjeó el derecho a sentarse en esa butaca, donde estudiaba y leía. Y también dormía para recuperarse de los rigores de la vida universitaria. Ahora, a juzgar por las expresiones en los rostros de Sarah y Cindy, aquella butaca, pensada como un lugar para la tranquilidad, parecía ofrecer todo lo contrario.

Justo cuando la chica empezó a hablar, TJ se acercó a toda prisa y la agarró del antebrazo apartándola de las dos mujeres. Se la llevó por el salón y la escalera de la entrada y la dejó bajo el calor del sol, mientras los ojos de Rae le agujereaban la espalda hasta que ya no pudo ver más. Se quedó plantada, con las manos ocupadas, la boca abierta, sin saber qué acababa de presenciar exactamente, pero convencida, también, de que debía llegar al fondo del asunto. En el salón, las miradas o bien se perdían en el suelo o se dirigían en ángulos que delataban incomodidad e intentaban evitarla. Era un asunto personal. Y tenía muy mala pinta.

—Cariño, pensaba que querías marcharte —dijo Roman algo quejoso, mientras Rae dejaba la cuchara y el táper en la mesa del salón y se dirigía hacia la escalera. Roman no era muy amante de los funerales ni del teatro que los acompañaba, pero aún le gustaba menos mezclarse con la familia Lawrence y su órbita, ese grupo de obreros sureños y religiosos con los que no conseguía conectar. La pared posterior del estudio de su padre mostraba títulos universitarios de parientes que se remontaban a tres generaciones y pregonaban las ambiciones de la familia Lister: abogado por la Universidad de Howard, ingeniero por la Universidad de Howard, enfermera por la Universidad Xavier, doctor por la Universidad de Pensilvania en Ciencias Sociales. Y, sin embargo, la señora Lawrence lo miraba por encima del hombro, al igual que su marido, Dios lo tenga en su gloria, como si Roman no estuviese a la altura o no cumpliera con las expectativas que tenían en mente para su hija. Como si esas manos suaves, sin callos, fueran una suerte de indicio sobre su hombría, sobre su capacidad para darle un hogar a Rae y cuidar de su incipiente familia. Roman solía responder a ese disgusto, que se presentaba en abrazos huraños y conversaciones insustanciales, con una buena dosis de indiferencia, excusándose cuando echaban esas ruidosas partidas de Pokeno o se dedicaban a recordar juntos, entre gritos, los «buenos tiempos», cuando los negros de campo evitaban libros y lápices para centrarse en disparar a cosas, cargar como mulas y deslomarse para alimentar seis, siete y ocho bocas a la vez en unas tierras que, o bien eran de su propiedad, o bien morirían intentando comprar. Esa no era la lucha de Roman, y no tenía ningún interés en sentirla como propia. Normalmente se metía en algún rincón y leía hasta que había pasado un tiempo razonable para que pudiera estirar los brazos, bostezar y decir: «Vale, me parece que ya es hora de ponernos en camino y volver a Brooklyn». Rae nunca estaba lista para marcharse. Pero esta vez, después de que su rosa blanca y su puñado de tierra hubieran acompañado el féretro de su padre en su descenso a la tumba, Rae se había apartado del hombro de su madre el tiempo suficiente para susurrarle: «No vamos a quedarnos mucho en el banquete. Necesito que me saques de aquí lo antes que puedas». Era la petición más sensata que Rae le había hecho en todo el día.

Y ahora allí estaba ella, poniéndoselo difícil.

Rae, que casi nunca ignoraba a Roman cuando se ponía picajoso, no iba a dejarse consumir por las necesidades de su marido en esta ocasión. No iba a marcharse de allí hasta que comprendiera por qué se había abatido aquel pesar sobre el salón y qué tenía que ver con ello esa joven desconocida. Rae pasó de puntillas entre las miradas de abatimiento y bajó la escalera a toda prisa. Abrió la mosquitera y pasó junto al mirto que su madre había hecho crecer a partir de un esqueje que había cortado en un viaje a la casa de su hermana en Carolina del Sur años antes. Finalmente bajó otra escalera que la condujo a la puerta del garaje, donde se había reunido lo que quedaba de su familia. Sus parientes se inclinaban a un lado y a otro, haciendo grandes ademanes, aunque sus voces, precipitadas, salían susurradas de sus bocas. Rae intercambió primero la mirada con la del tío Theddo, quien dejó de susurrar a media frase, abandonando la discusión, lo cual, naturalmente, dio aviso a todas las personas que le miraban mientras hablaba de que se dieran la vuelta para ver quién había llegado.

—Ay, hola, cariño —dijo el tío Theddo. Parecía nervioso—. Ven aquí y dale un abrazo a este viejo.

Tanto LoLo como TJ se miraron los zapatos, aunque no sin dejar de echar miradas disimuladas a Rae y la chica mientras el tío Theddo tendía los brazos para el abrazo solicitado.

—Hola, tío Theddo —contestó Rae con voz insegura. Se dejó abrazar, pero no cejó en su empeño—. Enseguida nos marcharemos, mamá —informó a LoLo, aunque seguía concentrada en la chica.

—Sí, niña. Lo entiendo. Ha sido un día largo —se apresuró a decir LoLo—. Tal vez sea mejor así... —fue todo cuanto acertó a decir antes de que la chica la interrumpiera.

—Hola —saludó ella enseguida tendiéndole la mano—. Soy Tasheera.

—Oh, hola, encantada —respondió Rae. Justo cuando preparaba los labios para preguntarle a Tasheera de qué conocía a su padre, TJ se le adelantó.

—Sí, eh... Íbamos a presentaros. Es la hija de Theddo —soltó.

Rae vio como Tasheera volvía repentinamente el cuello en dirección a TJ mientras hacía las presentaciones, vio como LoLo cambiaba el peso de pie y afilaba la mirada. Como los hombros de su tío Theddo perdían todo el vigor cuando agachó la cabeza y carraspeó. Tasheera retiró la mano después de estrechársela a Rae y carraspeó también.

—¿La hija del tío Theddo? —preguntó Rae.

Rae era una persona curiosa y de niña siempre había estado pendiente de lo que decían los mayores. Sin embargo, solo con el paso de los años logró ir entendiendo lo que se estaba diciendo en realidad y por qué. Y en cuanto adquirió una conciencia adulta de las cosas, muchas de las conversaciones abstractas a las que había intentado dar sentido de niña se plasmaron en una comprensión concreta de hasta qué punto estaban chalados en realidad los adultos entre los que había crecido. El tío Theddo, quien tenía suficientes hijos «de repuesto» al margen de su primer matrimonio como para llenar un banquillo en un partido de colegiales, era seguramente el más chalado de todos. Que esa chica, que si no era adulta poco le faltaba, le fuera presentada como una prima hermana de la que nadie había sabido nada hasta ese día no le sorprendía del todo a Rae. Era algo muy normal, aunque, a decir verdad, Rae se preguntó qué pensarían los hijos legítimos del tío Theddo de esa hermana recién descubierta, si es que se la habían presentado.

—Mmm... —dijo el tío Theddo asintiendo, sin que sus ojos se despegaran en ningún momento de sus zapatos de vestir Stacy Adams, perfectamente enlustrados, como si su dueño intentara mostrarse como una persona respetable en un funeral. O llamar la atención de una mujer.

—Hola... Eh..., un gusto conocerte, prima —afirmó Rae.

—Vale, esto... No puedo hacerlo —dijo la chica.

—Eh, eh. Ahora no. No es el momento —saltó LoLo cogiendo a Tasheera del brazo.

—¿Qué quiere decir eso de que no es el momento? —le espetó ella soltando el brazo bruscamente—. ¡Me parece que no hay mejor momento que este!

Rae se sobresaltó.

—Eh, cuidado —dijo mirando el brazo de su madre y luego a la chica—. Es mi madre. —Su voz, que solía ser chispas y luz, retumbó ahora grave—. ¿Mejor momento para qué?

—Ahora no —repitió LoLo, esta vez con el gesto torcido, con más rotundidad.

Tasheera afiló la mirada, pero no dijo nada. En vez de ello, metió la mano en su bolso, sacó una hoja pequeña —la solapa de un sobre— y se la tendió a Rae con brusquedad.

—Yo..., eh..., escribí esto para ti —explicó—. Creo que deberías tenerlos.

Rae cogió el papel y se lo acercó a la cara. Había dos nombres, escritos en cursiva con tinta roja, seguidos de sendos número de teléfono.

—El de arriba es el mío, y el de abajo, el de mi hermano —indicó Tasheera—. He pensado que quizá ha llegado el momento de que conozcas a tus hermanos.

El papel era como fuego en las manos de Rae; los nombres y los números bailaban como llamas en la página. Miró a LoLo, luego a TJ, que movió la cabeza y murmuró al cielo:

—De eso nada.

—¿Hermanos? —dijo Rae ladeando la cabeza, mientras sus ojos ascendían lentamente de los zapatos de la chica a sus ojos—. ¿Qué significa eso? —preguntó. En su voz, envolviendo las palabras, había más gravedad que interés en averiguarlo.

—Justo lo que he dicho. Mi hermano Mikey y yo tenemos el mismo papá que tú.

—¿Qué papá? —preguntó Rae todavía enfadada, pero también perpleja.

—Thomas Lawrence también era nuestro padre —contestó escuetamente Tasheera.

LoLo, que aún estaba recuperándose del leve infarto que había sufrido apenas unas semanas antes en su viaje a Carolina del Sur para asistir al funeral de su padre, se frotó el pecho. Se le movía deprisa mientras tomaba grandes bocanadas de aire húmedo. Rae sujetó a su madre y vio como su hermano se marchaba, lanzando las manos al aire, antes de pasárselas por su pelo afro corto.

—Qué desastre —dijo, y suspiró—. ¡Te pedí que la mandaras de vuelta a su casa! ¡Mira ahora! —añadió señalando con la barbilla en dirección al tío Theddo. Este se quedó quieto, sin decir una palabra más.

Rae volvió la atención hacia su hermano.

—¿Lo sabías?

Tasheera respondió por él.

—Sí, lo sabía. Todo el mundo lo sabía. Tus tíos, tu hermano. También se lo dije a tu madre, hace unas semanas. Siento que no te contara el...

Rae no le dio la satisfacción de pronunciar la palabra *secreto*. Pensó que esa chica ya había hablado bastante. No iba a tolerar que siguiera faltándole al respeto a la casa de sus padres, a su madre, a su familia. No iba a permitir que el nombre de su padre siguiera saliendo de sus labios. No en ese día, el más difícil en los treinta años que llevaba en el mundo, el día en que había enterrado a su papá. Rae no iba a permitirlo. De ninguna manera.

Era diestra, pero fue su mano izquierda la que se cerró formando un puño, un truco que su padre le había enseñado una noche de sábado cuando todavía era niña, sentada en el suelo junto a su butaca reclinable en el sótano, gritando a la tele mientras un peso wélter aniquilaba a su adversario en un combate de boxeo televisado. A Rae le encantaba ver boxeo con su padre; eso y la NBA, la NFL y los New York Mets, que tanto le gustaban a su padre, aunque estuvieran pasando por una mala racha. Ello no indicaba en modo alguno que Rae fuera una apasionada de los deportes; de hecho, no le gustaban nada, salvo ver a los Knicks; y eso solo cuando podía asistir a los partidos en persona y ver de cerca el bonito culo de John Starks. Pero en realidad, aparte de eso, sobre todo de niña, ver deporte en la tele no consistía tanto en animar a los equipos favoritos de su padre como en pasar tiempo con él, riéndose, comiéndose una terrina gigante de Häagen-Dazs de helado de mantequilla y pecanas, sin el menor remordimiento y sacando lecciones y amor de un rato bien empleado. Y en esa época hubo una noche en la que le confesó que tenía miedo de una niña que se llamaba Laurie. Era una tipa dura que, pese a tener a todos los chicos comiendo de su mano en su clase de inglés de séptimo, se había puesto celosísima cuando se enteró de que Tony había recurrido a Rae para que le ayudara con unos deberes y, por eso, consideró que merecía un buen escarmiento. Se lo contó a toda la clase, a todas las mesas de la cantina, también lo dijo en la explanada donde aparcaban los autobuses. Rae estaba aterrorizada. No estaba para amores ni para peleas. Solo era una empollona que sacaba sobresalientes en todo a la que un chico le había pedido ayuda con un trabajo de sociales. Era un favor que no le supo mal hacer, pero no al precio de que le dieran una paliza.

—¿Lo ves? ¿Lo ves? Fíjate en él, pequeña. Fíjate en lo que hace —le había dicho su padre, lanzando unos *jabs* e inclinándose hacia el televisor—. Lo tiene contra las cuerdas, pero Hagler va a sacar esa mano izquierda y le va a soltar un martillazo en el estómago. Fíjate.

Por supuesto, el adversario del maravilloso Marvin Hagler no era rival para ese zurdo.

—Escucha, la gente espera que le des con la derecha porque casi todo el mundo es diestro —le había indicado Tommy sentado en el borde de su butaca reclinable, moviendo el cuerpo hacia el televisor, empotrado en una gran consola de madera que reposaba en el suelo, junto a una cadena de música también de gran tamaño con sus correspondientes altavoces—. Esperan tu mano derecha. Es lo único que miran. Y entrenan para agacharse y replicar a los golpes de derecha. Pero entonces sacas la izquierda y..., madre mía —añadió resoplando y sonriendo—. No se lo esperan.

Tommy se levantó, sacó los puños y se puso en posición de combate.

—Vale. Ponte aquí y haz lo mismo que yo —dijo, y Rae obedeció—. Bien, si esa chica te viene por este lado, intentará golpearte así —explicó levantando la mano lentamente hacia el rostro de Rae—, y luego bajará el brazo y se agachará así, esperando que le devuelvas el golpe con la derecha. Si lo hace, te pondrá la cara a huevo para que le des el puñetazo. Atacas con la izquierda, impulsándote con la pierna derecha y la cadera izquierda. Y lanza todo el cuerpo con el puñetazo, ¿lo has entendido? Ahora levanta las manos.

Rae no permitió que Tasheera terminara la frase. Le dio un puñetazo en su sucia boca con la intención de dejarle bien claro que, en adelante, cuando se le ocurriera pensar en Delores y Thomas Lawrence, en secretos, lo dejara de inmediato y se ingeniara otra cosa, daba igual qué, siempre que no tuviera nada que ver con los padres de esa chica con una zurda tremenda que la había golpeado con tanta fuerza en la mejilla derecha que había visto las estrellas literalmente, obligándola a pasarse los trece días siguientes empleando el maquillaje Maybelline de su madre para disimular el moratón que los nudillos izquierdos de Rae le habían pintado en la cara.

Hicieron falta TJ, el tío Theddo, Sarah y un par más de manos que Rae ni vio ni recordaría después para separarla de esa chica y llevarla a casa, meterla en el sótano y sentarla en el sofá, donde la sujetaron mientras escupía todo tipo de maldades y barbaridades que aquellos buenos cristianos no aprobaban ni querían oír. LoLo se quedó aturdida frente a la casa. Los invitados desfilaron a su lado rápidamente con despedidas apresuradas y pésames murmurados. El respeto que sentían por el hogar de Tommy y LoLo superaba cualquier deseo que pudieran tener de asistir a ese drama de negros barriobajeros con que los habían obsequiado. El cadáver de Tommy ni siquiera se había enfriado todavía. Para ellos, todo aquello era una auténtica vergüenza.

Así eran las cosas. Las vidas, las historias, se experimentaban de tapadillo, se enterraban profundamente, en los recovecos más hondos de la memoria, en el tuétano de los huesos. Los Lawrence, como la mayoría de los negros que habían vivido ciertas cosas, eran personas muy discretas, encerraban sus vivencias en su fuero interno, como quien esconde su ropa interior agujereada, con la intención de que nunca vea la luz del día. Los motivos de ese disimulo hundían sus raíces en la timidez, la vergüenza, el miedo. Nadie iba a contar que al tío Jed le habían cortado las partes y las habían dejado al pie del árbol donde había sido ahorcado por una panda de paletos blancos que no tenían nada mejor que hacer ese martes por la noche; a la policía le importaba una mierda que pasaran esas cosas y esos mismos paletos, cabreados con las acusaciones e indignándose cuando se veían señalados por el dedo acusador de un negro, siempre podían volver y hacerle lo mismo al hermano del tío Jed, a su hijo, a su madre, a su esposa encinta. A cualquier persona que reclamara castigo. El miedo te tapaba la boca. Y la vergüenza tenía el mismo efecto; los trapos sucios de una familia —los fracasos, los tropiezos, las mentiras, los secretos— jamás podían ver la luz del día. Todo había que enterrarlo con los ataúdes, para que reposara bajo dos metros de tierra.

Rae no quería saber nada de eso. Era curiosa por naturaleza, y periodista para colmo, por lo que sabía valorar una buena historia y, encima, sabía cómo contarla. Sin embargo, todavía era mayor su ansia de conocer y comprender los orígenes de su familia: lo bueno, lo feo, lo complicado, todo. Si no iban a permitirle acceder a sus propios orígenes, si no iba a saber nada sobre una madre y un padre que la habían abandonado, a quienes se parecía, de quienes procedía su linaje, si ni siquiera sabía si la fecha que constaba en su partida de nacimiento era la real, lo mínimo que podía hacer era averiguar todas esas cosas sobre la familia que la había adoptado, criado y rodeado de amor. No eran detalles sin importancia para ella.

Ni Tommy ni LoLo habían podido desnudarse como le habría gustado a Rae. Además, ella se lo ponía difícil. Era demasiado curiosa. Y hablaba demasiado. Y les parecía demasiado sensible como para querer revelarle ciertas cosas. Cada vez que ocurría algo gordo, todos intentaban ocultárselo a Rae, cuya primera reacción, enfrentada a las discusiones más desagradables, solía traducirse —no le dolía reconocerlo— en algún tipo de respuesta emotiva: lágrimas, gritos, un silencio pensativo mientras le daba a la cabeza. Su madre no lo soportaba, aunque ni a LoLo ni a Rae se les ocurrió pensar que la madre tal vez era la artífice de los estallidos de su hija en esas situaciones. A su padre lo había preocupado muchísimo. Pero, según lo veía Rae, hacer preguntas, analizar la información, expresar emociones era lo habitual en personas normales: oías o experimentabas algo que era doloroso, terrible, y lo natural era tener una respuesta emotiva que así lo demostrara, un desahogo que era tan necesario para la recuperación del afectado y su capacidad de superar el problema como lo era el aire húmedo y caliente para el movimiento de un barco de vapor. Al parecer, a ninguno de ellos se le ocurrió pensar que ocultar lo que les cortaba por la mitad no les ahorraba sentir el dolor de esas heridas supurantes. Todo ello infectó a la familia de maneras que no podían ni querían nombrar, pero Rae, con el tiempo, llegó a entender que sus lágrimas, sus preguntas, su constante escarbar, daba a esas heridas aire y luz, es decir, lo que necesitaban para cicatrizar. Aunque arrancar las tiritas que las cubrían fuera doloroso.

Aun así, esa expresión de vulnerabilidad hacía que su madre, su padre, su hermano, todo el mundo, se sintiera incómodo, lo que los convirtió en unos artistas de la ocultación cuando se trataba de Rae. Cosas pequeñas, cosas grandes, tantos secretos que le fueron ocultados para protegerla, según insistían. «Va, olvídalo. Tienes demasiado trabajo como para andar ocupándote de esto», le decía Tommy cada vez que Rae se tropezaba con los detalles de algo que había salido mal: la nevera estropeada que sus padres no pudieron permitirse reparar; TJ, cuando dejó preñada a su novia y hubo que ayudarle a encontrar las palabras justas para convencerla de que abortara. Tommy incluso había dudado y se había tomado un tiempo antes de decirle que su madre había tenido un infarto en Carolina del Sur mientras asistía al funeral de su padre y que había estado a muy pocos segundos de seguir los pasos del abuelo de camino al cielo.

—¡Eh, niña! ¿Qué haces? —le había dicho con la pachorra de siempre, como si aquello fuera una tarde de domingo cualquiera, en pleno verano, cálida y tranquila.

Cuando él la llamó, Rae solo hacía unos veinte minutos que se había echado en la cama, alternando cabezadas con algún que otro vistazo a un programa de cocina presentado por una señora italiana que no paraba de chuparse los dedos mientras preparaba una crema de limón que pretendía servir a sus invitados. Rae estaba feliz de que Roman se hubiera largado a algún lado con su hijo a jugar a una mezcla de tenis y balonmano, un deporte del que ella jamás oído hablar. Además, el bebé había dejado de clavar los pies en las costillas a su futura madre y también había decidido echarse la siesta. La joven productora de televisión no solía disfrutar de momentos de tranquilidad, sobre todo después de que empezara a contar los días que faltaban para su permiso de maternidad. Aun así, cuando vio el número de sus padres en la pantalla del móvil, Rae respondió, reprimiendo un bostezo.

—Nada, estaba viendo la tele. Tu nieta parece que por fin ha dejado de mover el culete —dijo Rae riéndose y frotándose la barriga.

—Bravo por ella. No le gusta mover el culo, solo es trabajadora, como su madre —aseguró Tommy soltando una gran carcajada—. Va a ser divertido ver cómo te las arreglas para seguirle el ritmo a una versión en pequeño de ti misma.

—Me canso con solo pensarlo —replicó Rae.

Debieron de estar de cháchara un buen cuarto de hora antes de que Tommy encontrara finalmente las palabras y las agallas para darle la noticia.

—Sabes que LoLo está en Carolina del Sur.

—Lo sé, papá. Ayer hablé con ella. Me contó que la tía Brenda quería convencerla de que se hiciera las cejas. Pagaría un buen dinero para verlo. Ya sabes que mamá no aguanta nada bien el dolor. No es agradable que te arranquen el pelo de las cejas.

—Sí, bueno. Hoy está en el hospital —dijo Tommy.

—¿En el hospital? ¿Por qué? ¿Tenía que arreglar algún papeleo del abuelo? Pensaba que a estas horas ya estaría en la funeraria.

—No, lo tienen en la funeraria. Tu madre está en el hospital porque se ha puesto enferma.

—¿Enferma? —preguntó Rae. Se incorporó en la cama apoyándose en los codos como si en esa postura fuera a oír y comprender un poco mejor lo que le decía su padre.

—Sí, esto..., está en cuidados intensivos.

—¿Qué quieres decir, papá? ¿Qué está haciendo en la UCI?

—Ha tenido un infarto, tesoro.

—¿Qué? —dijo Rae agarrándose el pecho.

—Dicen, eh... —A Tommy se le quebró la voz—. Están cuidando de ella, cariño mío.

—No me digas eso —saltó Rae, mientras sus ojos se llenaban de lágrimas.

—Cariño...

—No me digas eso —repitió, y esta vez fue a ella a quien se le quebró la voz.

—Rae, no empieces con la llorera...

—¡No me digas eso! —chilló ella. La nariz empezó a arderle cuando le subió la adrenalina a la cabeza, causándole un dolor palpitante.

—¡Rae, para! No puedes hacer nada y llorar no cambiará las cosas.

—¿Dónde está? ¡Tengo que ir a verla! ¿En qué hospital la han ingresado? Tenemos que ir... ¡Necesito ver a mi madre!

—No es necesario —dijo Tommy impasible—. No servirá de nada que vayas al hospital. No puedes hacer nada por ella. Deja que yo me ocupe de esto.

—Pero, papá...

—Te he dicho que yo me ocupo. ¿Dónde está Roman?

—¿Qué? ¿Roman? Ha salido... Creo que a jugar al tenis o algo así... —respondió Rae, sin que apenas se la entendiera.

—Pues mejor que se lo digas. Te llamo esta noche.

Y así, sin más, Tommy le colgó el teléfono a su hija. Cuando Roman volvió de Manhattan a Brooklyn tomando la línea C primero y luego la F, y subió a pie las cuatro manzanas desde la estación de metro hasta su apartamento en Fort Greene, Rae ya había hablado con una enfermera del hospital donde tenían a su madre.

—Ay, bonita —dijo la enfermera—. Hacemos lo que podemos. —Su voz era como un bizcocho, dulce pero compacta y repleta de tropezones que nadie necesitaba. Cosas que Rae estaba convencida de que la matarían.

Fue una conversación difícil que Rae, con solo dos años de matrimonio a sus espaldas, y un bebé que daba brincos en su barriga, no estaba en condiciones de mantener, pero que, aun así, sabía que era imprescindible, aunque su padre no tuviera muy claro que pudiera manejarla. ¿Qué otra opción tenía? Su madre, esa mujer a la que Rae quería como se quiere el aire que se respira pero a la que temía en lo más hondo de su ser, le había besado, hacía apenas unas semanas, la mejilla y le había pasado la mano por su barriga de embarazada mientras susurraba: «La abuela te quiere, pequeña. ¡Sal para que pueda verte!». Y ahora, justo en el momento en que su madre estaba empezando a revelar una ternura que a todos les había tomado por sorpresa, estaba postrada en una cama de hospital en otro estado, con un corazón mucho más débil después de que repentinamente se hubiera llenado de luz. Rae necesitaba a su madre. La necesitaba fuerte. Necesitaba que fuera a su casa y le enseñara a ser madre de su propia hija. Y necesitaba decírselo.

—Vuelve a llamar esta noche, cariño —dijo la enfermera con dulzura—. Ya sabremos algo más.

Rae no tendría la oportunidad de hacer esa llamada. Solo unas horas después de haber sabido lo que le había ocurrido a su madre, recibió una segunda llamada, esta vez de su hermano. A diferencia de Tommy, TJ no era una persona que se anduviera con sutilezas, finuras o titubeos.

—Rae, papá ha tenido un accidente de coche de camino al aeropuerto para ver a mamá. Ha muerto.

Ahora, después de toda esa tragedia, Rae estaba sentada en el sofá del sótano de la casa de sus padres, alternando la mirada entre sus tobillos hinchados y los labios de su hermano, tratando de encontrarle el sentido a la información que acababa de recibir delante del garaje. Intentando encontrarle el sentido a cómo su padre, ese hombre cariñoso, maravilloso, que quería a su familia, había podido formar una segunda familia en secreto. Y cómo había podido permitir que esa chica terminara entrando como un caballo en su casa y quisiera arrebatarle todo lo que a Rae le quedaba de su padre, todo lo bueno que le había dado.

—Le dije que no viniera aquí —explicó TJ.

—Espera, no lo entiendo. ¿Conoces a esa puta?

—No es una puta —repuso TJ—. Pero eso que acaba de hacer es una putada.

—TJ, deja de jugar conmigo. ¿Quién es esa chica? ¿Qué quiere decir con que papá es su padre?

TJ engulló saliva.

—Bueno, en eso no miente. Es hija de papá. Y tiene un hermano pequeño, que también es hijo de papá. —Rae miró a TJ, sus labios gruesos, como si hacerlo pudiera ayudarla a comprender mejor las palabras que salían de su boca. Él continuó—. Son solo unos años más pequeños que nosotros. Ella tiene veintisiete y él veinticinco. Viven con su madre a un par de calles de la casa del tío Theddo.

—¿Cómo sabes todo eso?

TJ hizo algo extraño en él, guardó silencio un momento. Luego dijo:

—Acompañaba a papá cuando iba a verlos, para comprobar cómo estaban, darles dinero, asegurarse de que les iba bien.

Rae arrugó todo el rostro formando una pelota de incredulidad.

—Espera, ¿qué? ¿Lo has sabido todo este tiempo?

—Sí —dijo TJ en voz baja—. Papá os decía que iba a ver al tío Theddo, pero en cuanto subía al coche yo ya sabía adónde íbamos en realidad.

El pecho de Rae empezó a agitarse al mismo tiempo que los lagrimales se le llenaban. El bebé se movió y le dio una patadita, atrayendo así la mano de Rae.

—Mamá... ¿Mamá también lo sabía?

—Bueno, ese es el tema. Tasheera llamaba a casa cuando pensaba que papá estaba con nosotros. Le había dicho que colgara si no contestaba él. Pero la última vez Tasheera no colgó. Y se lo contó todo a mamá.

Rae se secó las lágrimas con gesto enfadado.

—¿Que hizo qué?

—Sí. Todo.

—¿Y eso cuándo fue?

—Justo antes de que fuera a Carolina del Sur. El mismo día que murió el abuelo.

—¿Me estás diciendo que esta chica llamó al teléfono de nuestra madre y habló con ella?

—Tal cual.

—¿Cómo lo sabes?

—Mamá me llamó y me lo dijo.

—¿Te llamó y te dijo qué?

TJ respiró hondo.

—Me explicó que Tasheera la había llamado y le había dicho que era la hija de papá, así por las buenas. Y mamá me dijo que la puso en su sitio.

—¿Qué quieres decir con que la puso en su sitio? ¿Qué significa eso?

—Le dijo que le daba igual quién fuera su padre, que, por más que se empeñara, nunca sería familia de nuestro padre, que nunca sería la niña bonita de papá, porque ya tenía una.

Rae se secó más lágrimas de las mejillas y se encontraba al borde de la llorera cuando oyó que la puerta mosquitera de la entrada se cerraba de golpe. Aguzó el oído, intentando distinguir los pasos inconfundibles de su madre —pesados, lentos—, bajando por la escalera enmoquetada. Sus ojos se encontraron.

—Y lo pensaba de verdad —dijo LoLo—. Esa chica nunca podrá ocupar tu lugar.

Rae estalló, su garganta convertida en una fuente de sollozos. Aun así, sacó la mano derecha y la hincó en el sofá para ponerse de pie. TJ saltó para ayudarla a levantarse, y enseguida sus manos, junto a las de LoLo, se posaron en sus brazos, en su espalda, en todas partes, sosteniéndola. TJ se sacó un pañuelo del bolsillo del pecho de la chaqueta e intentó usarlo para secar las lágrimas de su hermana. Rae apartó la cara con brusquedad.

—Qué afortunada soy, ¿no? —dijo con desprecio—. He visto como enterraban a mi padre y he ganado una hermana y un hermano, todo en un solo día. —Y entonces, mirando todavía a los ojos de su hermano, profundamente, chilló—: ¡Roman! ¡Estoy lista para volver a casa! —Su aliento y su saliva estaban calientes. Lo miró un rato más y luego se coló entre él y su madre; su barriga rozó la de su madre, su trasero rozó la pierna de su hermano. Sabía que ambos la observaban cuando desapareció escaleras arriba y salió por la puerta, arrastrando una confusión que era como un guiso espeso con el que su madre y su hermano se habían atragantado. Por eso le ocultaban las verdades. Por eso guardaban secretos.

24

La aguja en la columna, las contracciones, la forma en que esa máquina estúpida empezó a marcar un ritmo a contratiempo de *A Song for You* de Donny Hathaway, que se repetía sin cesar en el reproductor de CD, todo ello provocaba un dolor en el cuerpo de Rae, en lo más hondo de su alma, que, en los breves instantes en que podía recobrar el aliento, le hacía preguntarse qué se le había pasado por el cerebro cuando le sirvió una buena copa de un vinacho blanco a Roman, besó sus labios y le dijo conteniendo la respiración: «Deberíamos tener un hijo». Siempre supo que quería ser madre, antes incluso de que pudiera comprender qué había que hacer para que una mujer pudiera serlo. Su madre había estado rematadamente cerca de azotarle los muslos carnosos cuando la descubrió, a los ocho años, paseándose por el sótano con su muñeca Rub-A-Dub Dolly embutida debajo del camisón, el plato fuerte de sus fantasías infantiles de embarazada. «¡Vete cagando leches a la cama, mocosa!», le había chillado LoLo, con el pecho agitado, mientras agarraba a Rae del brazo y la levantaba en volandas, obligándola a retorcerse y esquivar sus zurras como una ruidosa marioneta de madera manejada por un titiritero. No entendía qué había hecho mal. La tía Para Lee tenía un bulto en la barriga y todo el mundo se ponía muy contento cuando el bulto se movía, y se lo acariciaban con las manos y le decían «cuchi cuchi» mientras la tía, gorda y feliz, se reía y se dejaba hacer. El primer día que

Rae echó una mirada a la hija recién nacida de Para Lee pensó que era una muñeca, y esa noche, cuando se fue a la cama, recordó cómo la niña le había enroscado los deditos en torno al pulgar y cómo le olía la cabeza cuando se arrimó a ella y le frotó la nariz. Rae quería un bebé. Lo supo desde el primer momento. El deseo se hizo aún más fuerte después de que Rae descubriera los documentos de su adopción y entendiera, por primera vez, que todas las ramas de todos esos árboles genealógicos que había dibujado para los trabajos escolares durante años eran tan falsas como las hojas de arce que creaba concienzudamente empleando cartulina verde. Daba igual cómo las recortara: los nombres de los parientes que afirmaba tener lo eran solo de nombre y por un documento firmado. Rae también quería algo que fuera suyo de verdad. Quería a sus padres, a su hermano, pero también quería una rama de verdad con sus raíces. Su vientre sería el suelo; su felicidad, su deseo, serían el abono que garantizaría que su propio árbol genealógico floreciera.

Pero ahora ese bebé con el que había soñado desde que ella misma apenas había dejado de serlo estaba a punto de llegar —faltaba bien poco para que respirase por primera vez— y todo le parecía mal. Se encontraba en una habitación de hospital con las piernas abiertas, una habitación llena de desconocidos que le miraban las partes íntimas y le toqueteaban el vientre, los brazos y la vagina mientras un ser humano completo iba saliendo a golpes de su cuerpo, y no sentía ni una gota de felicidad. Como era de esperar en ella, había leído todos los libros que fue encontrando sobre «cómo tener un bebé» a fin de prepararse para lo que iba a venir; lo había memorizado, estudiado y practicado todo para estar lista para cada segundo de lo que iba a ocurrir. Las contracciones Braxton Hicks; rotura de aguas; tener una maleta hecha por si acaso; preparar por anticipado la llegada al hospital y echar un vistazo al área de maternidad; visitarse con todos los médicos del departamento de obstetricia y ginecología; la importancia de engullir esas pastillas enormes; qué ocurriría cuando el bebé empezara a salir: el dolor, los pujos, la mierda, la coronación, el desgarro, la placenta, el calostro, el contacto piel con piel, la hemorragia y la inmovilidad cuando no hubiera nada más que decir o hacer, todo lo que podía salir bien, todo lo que podía salir mal. Pero ninguna de esas zorras le había dicho nada sobre lo que debía hacer una cuando su papá, su héroe, le había puesto los cuernos a su esposa y había formado y dado de comer a otra familia al completo, y había muerto mientras iba a buscar a la mujer que se había dejado la piel cuidando de él, amándolo, para luego descubrir que ese mismo hombre le había roto el corazón.

Rae no era capaz de encontrar la alegría porque estaba cabreada. Se sentía engañada. Todo lo que LoLo le había pedido, todo lo que le había exigido para convertirla en una mujer perfecta..., todo era mentira. Mentira. Saca buenas notas, mantén las piernas cerradas, ve a una buena universidad, consigue un buen trabajo, cásate con un buen hombre como tu papá, ten niños y sé una buena esposa, madre y ama de casa; eso era lo que LoLo le había taladrado en la cabeza, lo que le había insistido, tanto de obra como de palabra, que era imprescindible para ser una mujer virtuosa, una mujer de éxito, la mujer que sería elegida y que recibiría los cuidados que merecía. La que sería capaz de entrar en el paraíso. ¿Y de qué le había servido todo eso a su madre? Había invertido todas sus energías en criar a los hijos, cuidar de la casa, cocinar, limpiarlo todo con precisión milimétrica, incluso los calzoncillos sucios de su marido, por los que sentía veneración, y ahora su marido estaba muerto y enterrado, y todo lo que había conseguido a cambio de sus desvelos era aquella humillación. «¿Es esto?», se preguntaba Rae cuando se encontraba a solas con sus pensamientos. ¿Es este el precio que hay que pagar por venerar a un hombre? ¿Aunque te haya tocado uno bueno?

Rae se aferró a los bordes de la camilla y gritó. Era un tormento bellísimo, empujar a un ser humano a través de un agujero diminuto al final de tus entrañas, tratar de concentrarte en la niña que venía y en el rostro que tendría, ahuyentar la imagen del rostro todo arrugado de su padre en el ataúd, con el pelo grasiento y aplastado, después de que en la funeraria se lo embadurnaran con gel abrillantador para pelo afro, a fin de dejárselo presentable, porque ya le clareaba y lo llevaba cortado de cualquier manera. Nada de lo que había aprendido durante los meses de clases de la técnica Lamaze —todo eso de apoyarse en el pecho de Roman respirando hondo para superar unas contracciones fingidas— tenía el menor sentido.

Arrancarse sin querer una uña del pie o incluso bailar despacio sobre un lecho de brasas ardientes no podía compararse con el dolor de las contracciones y de la pena, fundidas en una sola sensación. Rae tuvo otra contracción y perdió la sensibilidad en los pies y en la parte posterior de las rodillas. «¡Ay, Dios! ¡Ay, Dios! ¡Ay, Dios!», gritó, con la voz adherida a la garganta, a la lengua.

—¡Basta de gritos! —le espetó la enfermera—. Chillar no te servirá para que el bebé salga más rápido. Concéntrate en respirar y en empujar cuando te lo digamos.

—No... puedo... evitarlo... ¡Mierda! ¡Cómo... duele! —le gruñó a la enfermera mientras se retorcía.

—Cariño, cariño —dijo Roman acercándose, pasándole las manos por las trenzas, que se le habían ahuecado en las raíces y en los bordes por el sudor—. Esta señora solo quiere ayudarte. Vamos, respira conmigo —añadió cogiéndole la mano—. Lo conseguirás.

Eso era lo que Rae podía esperar de su marido: una entrega inquebrantable para convencerla a ella, su esposa, de que era la estrella de toda historia, de que, al igual que el sol se alzaba sobre el horizonte todas las mañanas, ella también podría hacerlo. Para una mujer acostumbrada a que las dudas invadieran cada uno de sus pensamientos y decisiones, esas cosas eran importantes. Roman era el músculo que cerraba esas compuertas con un simple «No les hagas caso. Tú tienes razón en esto» o un «Ya les gustaría a ellos poder hacer lo que tú haces», para recordarle a su esposa que no tenía por qué sufrir la humillación de recibir codazos en el mismo espinazo de su espíritu, que alegrar la cara y cuadrar los hombros era la postura que cabía esperar de un soldado. «Eres mi soldado —le decía—. Tú puedes.» Eso era lo que le hacía quererlo. Eso era lo que le hacía quererse a sí misma.

Roman echó tres grandes, exageradas, bocanadas de aire por entre sus gruesos labios, frunciéndolos, y por último echó un cuarto silbido interminable entre los dientes. Rae asintió con la cabeza y repitió la serie de respiraciones.

—Así se hace. Muy bien, cariño.

Rae miró qué cara ponía cuando se asomó a sus piernas abiertas y echó un vistazo por encima de la sábana que le cubría las rodillas. Vio que intentaba mantener un gesto impasible, como si no le afectara lo que estaba presenciando, pero Roman era un actor pésimo; preocupación, miedo, desconfianza, rabia, cada una de esas emociones bañaron su rostro, al margen de las palabras que esparciera su boca.

—¿Qué? —dijo Rae respirando con dificultad cuando otra contracción inició su *crescendo* de dolor en la base de su palpitante barriga.

Roman fingió un bostezo, otra señal delatora que Rae había aprendido a interpretar durante sus dos años de matrimonio y tres de vida en común. Sabía que lo que dijera a continuación iba a ser mentira.

—Nada —insistió él—. Nada malo. Todo en orden. Todo es precioso. Todo saldrá bien.

Pero no era así. Además de la muerte de su padre, de haber descubierto su traición, estaba la cuestión de que Roman no tenía trabajo y tampoco lo buscaba. Era corrector literario, pero se imaginaba como novelista, un sueño que había alumbrado y alimentado desde la infancia, cuando su comprensión del mundo editorial no iba más allá del ciclostil, un par de bolis Bic y una grapadora. Antes de tener el infarto, LoLo había manifestado dudas sobre el grado de madurez de su yerno. Roman había dejado el trabajo que tenía como corrector en una revista de tirada nacional cuando Rae estaba de seis meses, porque, según dijo, «ya no sentía pasión» por ese curro y podía permitirse perseguir los sueños que elevaban su alma, toda vez que Rae había ahorrado dinero y días de vacaciones suficientes, a lo que había que sumar el permiso de maternidad, para que ambos pudieran vivir sin aprietos durante un año, una excusa que, en opinión de LoLo, no se sostenía por ningún lado. «¿Qué significa eso de que lo ha dejado?», le había preguntado prácticamente a gritos su madre cuando le dio la noticia por teléfono, tan solo un día después de que estuvieran en casa de Tommy y LoLo, cuando Rae estuvo a punto de revelarle dichos planes, aunque, sabiendo cómo se lo tomaría su madre, le había dado vergüenza sacar el tema.

—Quiere ser escritor, mamá. No es feliz.

Lo cual era verdad. Muchas mañanas Rae se despertaba al oír el penetrante pitido del despertador que la arrancaba de su profundo sueño, y, al limpiarse los restos viscosos y algodonosos de un descanso más o menos reparador de los rabillos de los ojos y frotárselos para ver bien, volvía la cabeza y allí estaba Roman siempre, con dos almohadas apoyadas en la pared de detrás de la cama sin cabezal, con una pila de papeles impresos y libretas abiertas sobre el colchón y la mesilla de noche, su sueño, su pasión, desfilando en tinta de impresora y notas escritas a mano en las páginas. La mañana en que decidió darse preferencia a sí mismo en vez de a su familia, Rae había estirado los brazos y había dejado que un bostezo le subiera desde la barriga hasta la garganta mientras daba los buenos días a su marido. «Eh», le había dicho muy bajito para no arruinarle aquel momento de concentración. Luego, instintivamente, se llevó la mano a la barriga. «Buenos días, pequeñita», dijo, recalcando el saludo a su hija nonata con una suave carantoña.

—Hola, nena —había dicho Roman con una media sonrisa y echando una mirada a Rae mientras intentaba poner por escrito su último pensamiento de la mañana antes de tener que apilar las hojas como una baraja de cartas sobre su regazo y dejarlas hasta la próxima vez que la historia le llamara para despertarlo de su sueño.

Antes de hablarle, Rae esperó a que dejara cuidadosamente su trabajo en la mesa y volviera su torso delgado pero musculoso hacia ella.

—Mírate. Dale que te pego. Mientras los demás dormimos a pierna suelta, tú ya estás de pie con los granjeros, dando de comer a las bestias.

Roman se rio.

—Al que madruga, Dios lo ayuda. ¿No es eso lo que se dice? —respondió él abrazándola para sacarla de la cama.

—Estoy muy orgullosa de ti. Verte perseguir tus sueños es precioso. Hay un montón de gente que dice que quiere escribir libros, pero mírate, tú lo haces de verdad. Le echas las horas que haga falta.

Roman la estrechó todavía más.

—Sí, supongo... —dijo metiendo la cabeza en el ángulo de su cuello. Permanecieron así un buen rato, en su soledad, mientras oían los sonidos que hacía Brooklyn al desperezarse. Los basureros tiraban los cubos metálicos vacíos sobre las aceras al mismo tiempo que su gran camión avanzaba ruidosamente calle arriba.

—¿Qué quiere decir ese «supongo»? Lo haces, y punto.

Roman la abrazó más fuerte.

—Ojalá tuviera más tiempo para ir a por todas, ¿sabes? Una hora por aquí, dos o tres por allá, no me ayudan mucho para escribir la clase de obra que necesito publicar. Quiero decir, este trabajo...

Roman titubeó, antes de arrimar la cara todavía más al cuello de Rae.

—¿Qué? —preguntó ella.

—Ese sitio —empezó a decir él, antes de quedarse callado. Rae notó que el corazón de Roman latía cada vez más deprisa contra su espalda—. Ese trabajo te destroza el alma, nena. Los chicos blancos van subiendo poco a poco y yo sigo en la misma mesa, haciendo circulitos alrededor de faltas de ortografía y recordándoles cómo se usa el punto y coma, como si esto fuera el principio y el fin de mi carrera literaria, mientras no paran de sacar novelas románticas que, con suerte, son mediocres, ¿sabes? Ayer mismo, Brett Van consiguió que le contrataran un libro basado en un relato que publicó en la revista hace un par de meses. Vi el cuento sin corregir. No escribe bien. Pero ahí está el tipo, viviendo mi sueño.

Rae se abrazó la barriga y reprimió el primer pensamiento que le vino a la cabeza, engulléndolo. Aquello no era más que una versión distinta de la misma historia que había empezado a contarle recientemente. El eje en torno al que todo giraba. Desde el principio Roman le había dicho que ella era su sueño, que tener hijos con ella, formar una vida con ella, era lo único que quería. Esa iba a ser la fuente de su satisfacción y, por tanto, también lo sería para ella. Sentar cabeza, acurrucarse juntos, abrir bien los brazos, prepararlos para dar la bienvenida a una nueva vida. A la familia que iban a formar. Sin embargo, seis meses después de quedarse embarazada, Rae tenía la sensación de que una inquietud empezaba a perturbar ese sueño que ambos habían anhelado. El orgullo y la envidia eran unas pinceladas negras y chapuceras que ensuciaban el cielo dulce y sencillo que habían pintado entre los dos. «Pero ¿nosotras no te hacemos feliz?», era lo que quería decirle. «¿No somos tu sueño?» Eran cosas que nunca se atrevería a decir en voz alta. Mejor atragantarse con esas palabras que echar un jarro de agua fría sobre las ambiciones de un hombre. Eso era lo que se esperaba de ella. Eso era lo que había conocido. Era la reacción pavloviana exigida a una mujer negra que quería conservar la paz de su hogar, conservar a su marido.

—He estado pensando —continuó Roman—. ¿Y si los dejo plantados y me centro en el libro?

Rae cambió de postura, se apartó casi imperceptiblemente del abrazo de su marido, y se inclinó sobre su barriga. La acarició.

—¿Qué quieres decir? ¿Renunciar a tu trabajo? ¿Dejarlo?

—Sí —dijo Roman asintiendo, antes de extender el monosílabo en una larga ristra de palabras—. Hemos ahorrado suficiente para que los dos podamos vivir sin depender de nadie cuando nazca la niña. Podría aprovechar ese tiempo para terminar el libro y, cuando te toque volver a trabajar, yo podré añadir un suculento contrato editorial al bote común. Además, siempre puedo encontrar otro curro como corrector. Pero quizá esta sea la única oportunidad que tenga de hacer que esto de la literatura me funcione. ¿Lo ves bien?

Rae dudó.

—Sí... No sé, sí. Supongo que... que podría funcionar —contestó ella, aunque sus sentimientos al respecto eran tan vacilantes como el balbuceo de su respuesta. Roman no se dio cuenta. Roman no se daba cuenta de muchas cosas. Su ambición, que era algo que a ella le gustó al principio, y que había comparado a los callos que, en las manos de su padre, daban fe de una vida de trabajo duro, estaba convirtiéndose en una cruz para Roman. Y para ella. Esa ambición, terminaría comprendiendo Rae, era la base de su autoestima. Y con el tiempo sería lo único que parecería importarle. No Rae, no la niña. Solo su propia felicidad.

LoLo lo vio claro desde el principio y, ahora, allí estaba su hija, embarazada de seis meses con un marido inútil que prefería rascarse la barriga en el sofá de su niña. Porque era demasiado sensible para trabajar. «Mierda, ¿quién ha dicho que hay que estar contento mientras estás ganándote el pan? —le había dicho a Rae cuando esta le habló de sus planes para escribir un libro—. ¿Qué se cree? ¿Que deben celebrar un desfile en su honor cada día que va al trabajo? ¿Qué clase de hombre deja el trabajo cuando su esposa espera un hijo suyo? ¿Y tú vas a permitírselo? No me lo puedo creer...»

Rae había apartado el teléfono y lo había golpeado contra sus pechos hinchados y doloridos. Sabía de antemano que su madre iba a reaccionar de esa forma cuando se enterase de que Roman había dejado el trabajo para escribir un libro, porque su madre era muy estricta cuando se trataba de la responsabilidad de un hombre para con su familia y creía firmemente que, si alguien debía llevar un sueldo a casa, ese era el marido, y Rae, en el fondo, era de la misma opinión. Pero no le apetecía aguantar el sermón. Necesitaba concentrarse, imaginar los malabarismos que tendría que hacer en un trabajo que le exigía ir a la oficina, en jornadas que algunos días se alargaban mucho más allá de las diez horas, mientras preparaba su cuerpo y su casa para una recién nacida con un marido —un hombre negro— que necesitaba su apoyo, su aliento, no su desconfianza, aunque ello la obligara a cocinar sus propias dudas y temores y tragárselos los domingos en la mesa para hacer que su matrimonio, esa unidad que tanto había anhelado, funcionara.

—Vale, ma... mamá... Mamá, tengo que colgar. Debo volver al trabajo —había dicho Rae interrumpiendo la diatriba de LoLo—. Intentaré llamarte de nuevo esta noche, cuando vuelva a casa, si no es muy tarde —añadió, aunque sabía perfectamente que no tenía la menor intención de hacerlo. Todo, se dijo para sus adentros, saldría bien.

Roman volvió a bostezar mientras echaba otro vistazo.

—Guau, esto es... em... ¡Uf! —Se volvió con todo el cuerpo dando la espalda al espectáculo que se desarrollaba entre las piernas de Rae y le apretó la mano un poco más—. Todo va bien. Em... Todo va bien.

—¿Qué? ¿Qué pasa? —quiso saber Rae, al reparar en el gesto preocupado que dominaba el rostro de Roman.

—Vamos, concéntrate —pidió la enfermera acariciando el hombro de Rae.

—¿Qué pasa? ¿Le... le pasa algo al bebé? —dijo Rae entre jadeos, con una voz cada vez más aguda a medida que su angustia crecía.

—Todo va bien —aseguró la doctora Hazel en voz baja al tiempo que se retiraba de entre las piernas de Rae—. El bebé está coronando, así que voy a pedirte que me mires.

Rae estrujó la mano de Roman, pero se concentró en su doctora.

—¿Recuerdas lo que hablamos sobre la coronación?

Rae asintió.

—Ese ardor que estás notando es eso justamente.

Rae trató de contener las lágrimas, pero fue inútil. Era como si le estuvieran desgarrando el cuerpo en canal. Casi no podía oír las palabras que le decían, y mucho menos concentrarse en las que salían de la boca de la doctora Hazel.

—Escúchame. No empujes, ¿vale? Deja que el útero haga su trabajo. Voy a masajearte el perineo para ayudarte a sobrellevar el ardor que estás sintiendo ahora mismo, ¿de acuerdo? Y cuando tengas una contracción, quiero que respires mientras dure y que dejes que tu cuerpo haga todo el trabajo. No empujes.

Y así se desarrollaron los veinte minutos siguientes —Rae, respirando y llorando; Roman apartando la vista de lo que ocurría; la enfermera, haciéndolos callar a todos—, hasta que la doctora sacó a una niñita preciosa, lavó la sangre y la película gruesa y blancuzca que cubría su carita arrugada e hinchada y la mata de rizos que coronaba su cabeza, y se la llevó a un rincón para palparla, pincharla y medirla, antes de dejarla finalmente a salvo en el hueco que le habían hecho los brazos de su madre. Rae miró a esa personita con una mezcla a partes iguales de impresión, asombro y un miedo tan inmenso como su amor. Su devoción por esa niña fue instantánea.

—Hola, pequeña —dijo intentando sacar las palabras entre las lágrimas que se agolpaban en su garganta—. Hola, Skye.

—¿Skye? —preguntó la enfermera, y apuntó la palabra en un formulario sujeto en un portapapeles—. ¿Cómo se escribe?

—Es S-K-Y-E Tommie, terminado en «ie» —pronunció Roman apretando el hombro de Rae mientras deletreaba el nombre completo del bebé.

—Es el segundo nombre. Así se llamaba mi padre —explicó Rae, ya sin poder contener el llanto—. Ya no está aquí.

La enfermera mantuvo apoyado el bolígrafo sobre el portapapeles y le dio una palmada a Rae en el otro brazo.

—Sigue estando aquí, tesoro —dijo, antes de entregarle una cuartilla con las medidas de Skye apuntadas debajo de las huellas de sus pies y sus manos—. Ten fe en eso aunque no la tengas en nada más, ¿entendido?

Rae contempló la secuencia de pequeñas líneas que se arremolinaban formando unos diseños perfectos. Ocupaban un espacio mínimo en el impreso, pero eran tan grandes, tan poderosas a sus ojos... Se volvió entonces hacia la pequeña Skye, impregnándose de sus mejillas, de su nariz, del modo en que frunció los labios cuando arrimó la cabecita al pecho de su madre y buscó el pezón. Su tez era muy luminosa —nada que ver con la piel marrón oscuro de Rae— y, si las puntas de sus orejas no mentían, no adquiriría mucho más color. Tal vez un par de tonos, como mucho. Pero nada que ver con su madre. Rae quería que abriera los ojos, que la mirase. Para poder estudiarla por sí misma y creer que era verdad que esa niña era suya, que su sangre preciosa se parecería a la suya, de manera que cuando el mundo mirase a Skye pudiera ver su reflejo y saber que ella había creado a ese ser, que no estaba sola en el mundo.

Volvió a llorar.

—No pasa nada, cariño —dijo Roman inclinándose para besar las frentes de sus dos chicas—. Ya la tenemos aquí. Lo has hecho de maravilla y nuestra hija ya está aquí.

Rae acarició la mejilla de la niña y deseó que su padre y su madre hubieran estado allí para hacer lo mismo.

—¿Perdón, enfermera? ¡Perdón! —exclamó Rae mirando a la mujer que había entrado y salido de una sala que, a su parecer, era como una especie de corral para madres recién paridas. Se trataba de una sala con diez camas, cada una de ellas ocupada por una mujer negra o latina en distintas fases del posparto: algunas acunando a sus pequeños; otras intentando conciliar el sueño, con una mano agarrada a las diminutas cunas de plástico unidas a sus camas, y aún otras, recién llegadas, esperando a que les llevaran a sus bebés. Había una mujer sentada en la cama del rincón, junto a la ventana, con las manos vacías. Se secaba con gesto furioso las lágrimas mientras miraba por la ventana, aunque de vez en cuando echaba una ojeada a las otras mujeres y sus bebés. La sala era de un color amarillo vómito, con cortinas azul bebé que delimitaban los espacios para cada una de las madres. Grandes flores adhesivas de distintos colores y tamaños estaban repartidas al azar por las paredes; varios carteles enormes, hechos trizas, clamaban en grandes letras: EL AMOR NO DEBE DOLER, y contenían indicaciones para buscar ayuda en caso de violencia doméstica. El ambiente en la sala era opresivo, como si la alegría fuera una idea secundaria en vez del motivo principal.

Aquello no formaba parte de los planes que Rae se había hecho para el parto. Había visitado la maternidad un par de veces: una, con la doctora Hazel, cuando solo estaba de cuatro meses; la otra, cuando ya estaba de seis, y firmó un contrato y un cheque que le garantizaban una habitación privada y una cena especial que podría compartir con Roman mientras celebraban su primer día en familia. «Y mis padres también podrán venir a verme, ¿no? ¿Sin restricciones?», habría preguntado Rae.

—Sí, sí —le había asegurado la coordinadora de la maternidad del hospital—. Las suites privadas permiten las visitas hasta las diez de la noche. Es una de sus ventajas más valoradas, aparte de la cena de langosta y champán. Eso no te lo dan en las habitaciones semiprivadas.

—Bueno, ¿dónde hay que firmar? —había dicho Rae entusiasmada.

Ahora procuraba no mirar a las otras mujeres y se concentró en sus pies, que todavía parecían unas salchichas rollizas saliendo de unos globos marrones. Cualquier cosa con tal de no pensar que su niña no estaba en sus brazos.

—¡Perdón! —volvió a gritar.

Finalmente la enfermera, que estaba saliendo de la sala con la nariz pegada a un sujetapapeles, levantó la vista en dirección a Rae y Roman. Afiló la mirada.

—El señor no puede estar aquí —dijo cortante, señalando con el mentón a Roman.

—Yo... —empezó a decir Rae, preparando la boca para preguntar dónde estaba su bebé, pero el anuncio de la enfermera la soliviantó—. ¿Qué insinúa?

—Que el señor no puede estar aquí. En las habitaciones semiprivadas solo se admite la presencia de parientes de sangre de la madre o del niño. Tiene que marcharse.

Rae asimiló las palabras de la mujer, tratando de encontrar el sentido, entre la niebla del agotamiento, a lo que esta le decía. Haciendo conjeturas.

—Es mi marido —señaló por toda respuesta—. ¿Puede decirme cuándo van a devolverme a mi niña? ¿Y cuándo nos van a trasladar a la habitación individual?

—Eh... —dijo la enfermera mirando a Rae y luego a Roman, antes de volver a mirarla a ella. Una segunda enfermera entró en la sala y, al ver la actitud de la primera, se puso a su lado para ver qué drama tocaba ese día en lo que llamaban «el Pabellón». La primera se dirigió a su colega sin mirarla, dejando claro que no le importaba en lo más mínimo que la persona sobre la que iba a escupir sus siguientes palabras pudiera oírla—. Dice que es su marido —comentó en un tono en el que se adivinaban la risa y la incredulidad.

—¿Su marido? —repitió la segunda enfermera—. ¿Están casados? —preguntó a Rae, sin dignarse a mirar a Roman.

Rae aparentaba tener diez años menos de los que tenía en realidad, que eran treinta, especialmente cuando llevaba esas finas trenzas por los hombros que se habían puesto de moda entre los críos que copiaban el estilo glamuroso pero juvenil de gente como Janet Jackson o Brandy. Sin embargo, con independencia de lo que nadie pudiera pensar sobre su edad en ese instante, el reluciente diamante en su anular y las palabras que pronunció —«Eh, es mi marido»— deberían haber bastado para confirmar que no era una adolescente cualquiera que se saltaba las normas y traía niños al mundo.

—¡Es mi marido! —aseguró Rae, con una voz una octava más aguda y unos cuantos decibelios más alta de lo que habría sido adecuado para una sala llena de puérparas con sus recién nacidos. Roman le apretó el brazo.

—Yo, eh..., creo que lo que trata de decirles es que llevamos un rato esperando ver a nuestra niña y nos preguntábamos si quizá se la han llevado a la habitación privada que hemos pagado...

Las enfermeras se miraron entre sí, aún más escépticas.

—¿Han pagado una habitación privada? Pues yo no lo he visto por ningún lado en su impreso.

—No sé... no sé qué decirle. Pagué hace unos meses, ¿no? —dijo Rae—. Tengo los papeles en mi bolso, si los necesita. —Luego, volviéndose hacia Roman, añadió—: Cariño, ¿puedes sacar la carpeta del bolso? —Mirando nuevamente a la enfermera, indicó—: Lo único que quiero es que me traigan a mi bebé y que nos instalen en la habitación.

La segunda enfermera, tras echar un vistazo a la documentación que Roman le entregó a la primera, abandonó la sala discretamente y, poco después, llegó con la pequeña Skye. Rae no se dio cuenta de que había estado conteniendo el aliento hasta que tuvo, por fin, a su niña en los brazos de nuevo. Entonces respiró. Besó su frente, sus mejillas, sus labios, los deditos que se agarraban a sus dedos, y suspiró mientras la contemplaba de arriba abajo. Le estaba bajando la inflamación posparto de la cara y sus ojos —sí, sus ojos, finalmente— estaban abiertos. Eran redondos y negros, grandísimos. Solo tenía tres horas de vida y ya era el centro del universo y de todas las estrellas que había en él. Parecía una personita nueva, con esos brazos largos y finos y esas piernas tan flacas. Rae puso la mano junto a sus piececitos; medían lo mismo que su dedo meñique. Se rio hasta que lo vio y entonces dejó de reírse.

—¿Qué es ese pinchazo que tiene en el pie? —dijo acercándose el pie de su hija a la cara para verlo mejor. Había una gota de sangre atrapada justo debajo de la piel del pie izquierdo de Skye.

La enfermera, que estaba hojeando los papeles y recibos que Roman acababa de darle, levantó la vista con gesto despreocupado y luego volvió a concentrarse en el papeleo.

—Oh, no es nada.

—¿Qué... qué significa que no es nada? No lo entiendo. ¿Por qué le han pinchado el pie?

La segunda enfermera estaba colocando una sábana en la cuna sobre ruedas en la que acababa de llevar a Skye a la sala y casi no levantó la cabeza de su tarea.

—Es un análisis de drogas —dijo.

—¡¿Qué?! —exclamaron Roman y Rae.

—Oh, no es nada. Se administran aleatoriamente. Solo tomamos una gotita de sangre para asegurarnos de que el bebé no tiene drogas en el organismo, en caso de que la madre las consuma. Es para que podamos tratar al bebé.

—¿Qué le hace pensar que tomo drogas? —preguntó Rae, con una mirada de horror que ensombrecía su rostro.

—Mire, es aleatorio, ¿vale? Nada más. No podemos saber quién está drogada aquí y quién no. Lo importante son los bebés, no los sentimientos de las madres —le espetó la primera enfermera—. Muy bien, veo que sus papeles están en regla. Si no tiene más preguntas, voy a ver si su habitación está lista para que podamos organizar su traslado.

—¿Y la cena también? —preguntó Roman—. Un servidor está muerto de hambre.

Las enfermeras se miraron entre sí y salieron de la sala sin más palabras, como si Roman no estuviera allí y ni siquiera lo hubieran oído.

—No... no doy crédito —dijo Rae.

—Olvídalo —le rogó Roman—. Te entiendo, pero olvídalo.

—Pero ¿con qué derecho hacen algo así? —insistió Rae—. ¿Cómo va a estar bien esto? ¿Cómo va a estar bien todo esto?

Rae se aferró a su bebé y colocó su pecho sobre el suyo para sentir su corazón. Estaba asustada, enfadada. Se sentía pequeña. Impotente. No iba a separarse de su niña, no a sabiendas, no de forma voluntaria, puesto que aquel hospital había conspirado para marcar a su hija, a su familia, desde el mismo instante de su nacimiento. Ni siquiera en su habitación privada, donde ya no las rodeaban miradas entrometidas y gestos inexpresivos —y donde las enfermeras se olvidaron por completo de ella y de su niña, y pasaron solamente para dejar una bolsita de obsequios que contenía leche en polvo, un bote de talco y una libretita de cupones para varios artículos de bebé que ya desbordaban el cuarto de Skye en su casa en Brooklyn—, se separó ni un instante del bebé, vigilando cómo respiraba, suspiraba y dormía hasta que ella misma ya no pudo mantener los ojos abiertos más tiempo.

«Es una niñita preciosa.»

Y allí estaba Tommy, delante de su armario en la casa familiar, vestido con un elegante traje negro nuevo, con una bolsa de lona negra igual de elegante colgando a un lado. Siempre se arreglaba cuando se marchaba de viaje, pues creía firmemente que volar en un pájaro gigante que surcaba el cielo era un milagro, un lujo fabricado por el ingenio del hombre para disfrute de aquellos privilegiados que podían costeárselo. Cuando mostraba su billete aéreo y embarcaba en un avión, quería hacerse ver. Hacerse respetar. Sentirse bienvenido. Y por ello se vestía para la ocasión.

«¿Papá?»

«Estoy bien, nena. Eso es lo que te preguntabas, ¿no? Estoy bien.»

«¿Adónde... adónde vas?», preguntó Rae fijándose en la bolsa de lona, antes de volver a mirar a su padre.

«Hay paz aquí.»

«¿Dónde? Papá, ¿dónde estás?»

«Estoy aquí mismo. Será alguien especial, mi nieta. Como tú. Dale cariño y sémola con mantequilla. Come tú también un poco. Lo necesitarás para tu viaje, ¿vale?»

«Pero no te entiendo.»

«No pasa nada. Ya lo entenderás. Ahora dale de comer al bebé.»

Tommy cerró las puertas de acordeón del armario y cogió su bolsa. Envió besos a su hija, haciendo bocina con las manos, de manera que el sonido de la serie de besos sonó con una fuerza especial.

«No te vayas, papá, por favor. Por favor, papá. No te vayas, papá. Vuelve. ¡Vuelve! ¡Vuelve!», decía Rae una y otra vez, mientras las lágrimas corrían por sus mejillas.

Los besos de su padre, cada vez más sonoros, acallaban sus súplicas.

Skye se retorció y empezó a lloriquear, moviendo la cabeza hacia delante y hacia atrás mientras jadeaba y gimoteaba. Rae sintió primero aquel movimiento, luego un hormigueo palpitante en los pezones, pero tardó un par de segundos en notar los labios de su madre a un lado de su cara, besándola reiterada y sonoramente cerca de la oreja, de la misma forma que la había cubierto de besos desde que era pequeña. Por último, abrió los ojos, sin saber dónde estaba, qué ocurría, por qué tenía la cara mojada, por qué le palpitaban los pezones, por qué la besaba su madre como si tuviera seis años.

Rae se despertó sobresaltada.

—Vaya, vaya... Tienes un bebé a bordo —le dijo LoLo en voz baja, poniendo la mano sobre la espalda de la niña para calmarla mientras esta se retorcía sobre el pecho de Rae—. Tranquilízate.

Rae movió la cabeza y parpadeó, tratando de orientarse. Primero vio a su madre y a TJ, luego a su niña, y finalmente a Roman, sentado en el mismo sitio donde lo había visto hacía horas, cuando por fin se dejó vencer por la emoción, el trabajo y las preocupaciones que acarreaba expulsar a un ser humano de las entrañas. Poco a poco le fue volviendo todo. Ahora era la mamá de alguien. Y su mamá estaba a su lado, pero su papá ya no estaba. El tira y afloja de sentimientos encontrados hizo que las sienes le palpitaran, como si estuviera desgarrándose por dentro.

Skye lloró. Rae también.

—Mamá —dijo, la única palabra que pudo pronunciar entre sollozos.

—Estoy aquí —aseguró LoLo—. Estoy contigo, hija. No me voy a ningún lado.

25

Rae esperaba con el sacaleches frente a la puerta del lavabo en la cuarta planta de los estudios Work Room. La bomba y los distintos componentes del chisme eran tan grandes y engorrosos como una maleta pequeña pero llena a reventar. Habían pasado tres semanas largas desde que se había reincorporado al trabajo y seguía teniendo la impresión de que todo, absolutamente todo, estaba mal. Cada mañana se despedía de Roman y Skye con un beso y se marchaba a toda prisa para coger el metro que la llevaba a Manhattan, cargando con esa bomba y una sensación de culpa. Cada paso que daba de camino al cruce entre Park Avenue y la Calle 23 era un golpe más en su alma aplastada. Necesitaba más tiempo para querer a Skye y estrechar el lazo que la unía a ella, para acostumbrarse a esa nueva vida, a esa exigencia que sentía durante todas las horas de su vida diurna e incluso en aquellas en las que debería dormir, pero no lograba ir más allá de la fase REM del sueño porque dormir profundamente era casi misión imposible cuando todos sus sentidos latían al compás del corazón de la pequeña. Si Skye tenía hambre y lloraba por la teta de su madre, allí estaba Rae. Si se hacía pipí o caca o tenía gases en la barriguita, Rae se levantaba. Si se volvía en su cuna y rezongaba un poco mientras encontraba otra postura, allí estaba Rae, de pie junto a la cuna, frotándole la espalda, cogiéndola en brazos, meciéndola sentada en la butaca, cantándole *Ribbon in the Sky*, hasta que la niña volvía a caer en un sueño más profundo, hasta que pasaban treinta minutos o, con suerte, una hora entera y Rae volvía a estar allí, meciéndola, cantándole, dándole el pecho, haciéndola eructar, haciéndola callar, mientras le decía: «Ya está, pequeña. No pasa nada», hasta que la noche daba paso al día y el día se convertía en otra sierra montañosa que proyectaba sombras donde debería haber reinado el sol.

Rae no tenía elección. Por lo menos, no le parecía que la tuviera. Cada céntimo que había ahorrado para esos seis meses que había previsto de permiso de maternidad tuvo que invertirlo en el funeral de su padre, porque nadie estaba dispuesto a sufragar los gastos, y Rae era la única persona en su casa que tenía un sueldo estable al que recurrir después del nacimiento de la niña; de ahí que no le quedara más remedio que reincorporarse al trabajo, odiando cada momento de sus días: odiaba cómo se sentía cuando le daba el pecho a la niña por la mañana y la hacía eructar para marcharse pitando; odiaba cómo tenía que sacar el talonario cuando terminaba la semana para pagar a una niñera para que hiciera lo que ella misma debería haber hecho; odiaba esperar frente al cuarto de baño de la cuarta planta cargando con ese maldito sacaleches, con los pechos palpitando y chorreando, abrumada por la angustia de tener que recoger el alimento de su niña en un cuarto donde la gente meaba, cagaba, se tiraba pedos, vomitaba y fumaba; odiaba volver a casa y ver que otra mujer había bañado a su hija, la había mecido para dormirla, la había acostado; odiaba entrar en su casa después de una interminable jornada de trabajo y tener la impresión de que aquello era como llegar a un segundo o tercer trabajo, pero en casa, entre poner la cena en la mesa, ordenar y, finalmente, echarse en la cama a descansar, aunque luego tuviera que despertarse cada dos horas para darle el pecho a Skye.

Rae intentó contener las lágrimas mientras esperaba, exhausta y chorreando, en el pasillo frente al cuarto de baño, justo al otro lado de lo que sus compañeros de trabajo llamaban con afecto «El Culo del Buen Asiento». Era una sala lujosa y bien equipada, con cómodos sofás y sillones de cuero, una cafetera, una colección completa de carteles con las caras de los presentadores de sus programas —todos chicos blancos, salvo una mujer negra— colgando de las paredes y, por supuesto, suficientes ceniceros para todos los fumadores que vivieran entre los Hamptons y Westchester.

—Es lamentable que no tengas un sitio en condiciones para sacarte la leche, y que esos idiotas dispongan de toda una sala para fumar hasta matarse de cáncer —le dijo su compañera, Nimma, mientras le frotaba cariñosamente la espalda.

Sorprendida, Rae dio un salto y, al ver quién la había tocado, se secó a toda prisa las lágrimas. Nimma era una productora con siete años de experiencia en el curro por los cuatro de Rae y, aunque trabajaran para distintas secciones del mismo programa, era, a todos los efectos, su jefa. De hecho, había sido Nimma quien le había hecho la primera entrevista para el trabajo, un puesto para el que la había recomendado un mentor al que había conocido después de conseguir una de las becas de prácticas para minorías más codiciadas en el campo de la producción televisiva. Rae pensaba que había sido su buen hacer en la universidad —sus proezas como productora en la cadena de noticias de la facultad le habían granjeado a la universidad el equivalente a un premio Emmy todos los años, salvo en su segundo curso— lo que le había asegurado aquellas prácticas. Sin embargo, cuando estuvo sentada delante de Nimma, discutiendo sobre si un programa de televisión con un presentador negro debía alabar o no lo que se consideraba música «blanca», descubrió que sus prácticas en los Dale Studios no tenían tan buena fama como ella creía.

—Solíamos burlarnos del programa de Dale —le había

dicho Nimma en la cara, como si nada. Ordenó unos papeles en su mesa y luego se recostó en la silla—. O sea, ¿cómo iba a estar bien ese programa si solo lo crearon porque no aplicaban la discriminación positiva y les cayó una demanda? Pensábamos que a toda la gente que salía en el programa la habían contratado por pena. —Nimma se inclinó sobre la mesa y cogió un folio de buena calidad, el currículo de Rae—. Aunque veo que te has movido mucho. Tu experiencia es impresionante. No hay duda de que destacas sobre el resto.

—Gracias —dijo Rae, sin saber si la estaba elogiando o pretendía humillarla.

—En fin, lo que queremos es alborotar un poco el gallinero. Contratar a una presentadora negra o a una latina y darle la batuta de un programa nuevo que se salga de la típica imagen de un presentador de un grupo minoritario en un programa de videoclips. Básicamente, estoy ayudando a diseñar un programa que celebre «la cultura» —dijo poniendo comillas con las manos—, pero que vaya más allá del rap y el *rhythm and blues*. Estoy hablando de mencionar también a gente como Gwen Stefani, por ejemplo, o Courtney Love, que en mi opinión forman parte de la cultura en la misma medida que alguien como Mary J. Blige, o SWV. ¿Cómo te verías echando una mano en esta misión?

Rae frunció el ceño.

—No me veo —soltó. No había querido ser brusca. Rae valoraba la discreción, más que sus jóvenes contemporáneas, quienes creían que presentarse en una oficina con ropa provocativa, codearse con famosos y celebrar una buena fiesta de la que se diera noticia en *Page Six* sería la alfombra mágica que las llevaría a un despacho en la última planta. Rae no era así; trabajaba duro, agachaba la cabeza, nunca mezclaba el placer con el trabajo (aunque tampoco es que tuviera tiempo para ello, estando casada y con una recién nacida) e incluso podía parecer un poco cursi, con su ropa discreta y sus zapatos cómodos. Para ella, lo importante era trabajar, no ir a la disco, y sus habilidades (en especial, la maestría con la que identificaba las historias y las culturas de las comunidades marginalizadas) constituían un activo para cualquier empresa que la contratara, no algo con lo que dar más brillo a las estrellas más rutilantes del universo del entretenimiento.

—¿Perdón? —había dicho Nimma—. ¿Así que no le ves ninguna utilidad a un programa que alabe a artistas como Gwen Stefani o Mary J.?

—La verdad es que no —respondió enseguida Rae—. Gwen Stefani, Courtney y las demás están bien, seguro, y le veo el interés, pero también lo ven todos en el resto de los programas de la MSK. Ya reciben atención. Muchísima. Lo que pienso es que, si vais a montar un programa para la población negra, pues que lo sea, y que no se convierta en otra forma de homenajear a artistas blancos que se ponen nuestra cultura como quien se pone un abrigo cuando hace frío y luego se lo quita cuando ya no lo necesita.

Estuvieron discutiendo diez minutos más sobre ello, en un toma y daca que Nimma zanjó para concluir la entrevista con un escueto:

—Vale, esto... Queremos resolver la incorporación rapidito. Alguien se pondrá en contacto contigo, supongo.

—Oh... Em... Vale —dijo Rae. Recogió sus cosas y se marchó cabizbaja de esa oficina, convencida de que había echado a perder la oportunidad de un buen trabajo con sus palabras. Pero antes de que pasaran dos días Nimma la llamó con una propuesta cerrada. Rae descubriría más adelante que su mentor le había cubierto las espaldas, echando mano de su influencia con el jefe de Nimma y advirtiéndole de que «estaba a punto de perder a la mejor productora joven que podía contratar a golpe de talonario». Ese tipo se dio la vuelta y le dijo a Nimma que, si no lograba convencer a Rae de que aceptara el trabajo, estaba despedida. Y Rae empezó a trabajar en la cadena un mes después.

La hostilidad entre ambas se disipó con la misma prontitud con la que se había gestado. Así era la vida en una oficina en la que solo cuatro de los treinta empleados eran negros, y uno de ellos limpiaba los lavabos, mientras que otra atendía el teléfono para el productor ejecutivo. Rae y Nimma encontraron enseguida la manera de llevarse bien.

—Vamos, Rae. ¿Estamos a lo que estamos? —le dijo Arthur, su jefe, durante la reunión para presentar propuestas, la primera a la que asistió. Su tono de voz había resultado un poco elevado; se paseaba por delante de una pizarra blanca en la que iba apuntando con un marcador azul marino los nombres de los invitados que consideraba dignos de ser entrevistados en el programa. Rae, más que preparada, nerviosa, había pasado quince minutos en el lavabo de señoras, ensayando en voz alta sus propuestas frente al espejo mientras iba hojeando varios números de las revistas *Vive, XXL, Source* y *Essence* que había marcado con pósits de distintos colores según su contenido. Eran las propuestas que había planeado presentar en la reunión. Aun así, no lograba concentrarse mientras estudiaba sus apuntes, no del todo. La imagen de su jefe, de pie frente a una hoja de papel en la que golpeaba la palabra *TLC* con un marcador, no paraba de desfilar por su mente. Y ahora allí estaba él, frente a la pizarra blanca, con un marcador azul, gritándole. Rae estaba sentada pasmada, casi a la mitad de una mesa de reuniones con una capacidad para treinta personas, situada en la sala acristalada a la que llamaban «la Pecera». Nimma y ella parecían dos motas de pimienta negra en un guiso de col blanca. Era el centro de todas las miradas.

Rae carraspeó y se colocó bien en la silla. A Arthur no le gustaba Brownstone. Vale. Pero ¿cómo iba a ser Jodeci un fracaso que mereciera una tunda verbal? ¿Qué tenía de malo estudiar a fondo por qué las integrantes de TLC, uno de los grupos de chicas más importantes de la historia, iban contando que estaban arruinadas? Rae deslizó el dedo por sus notas y hojeó sus revistas, con la mente en blanco, un poco desconcertada por el *déjà vu* que estaba bailando ante sus ojos.

—¿Alguien más? —preguntó Arthur bruscamente, levantando las manos en gesto de desesperación.

—De hecho, creo que la historia sobre las TLC tiene potencial —intervino Nimma, volviéndose en su silla giratoria hacia el principio de la sala para mirar a Arthur a los ojos y retarlo. Rae dejó de revolver sus papeles e inclinó la cabeza mirando a su compañera. Por dentro daba volteretas como una animadora con pompones, emocionada y feliz por que Nimma fuera a liderar el baile. Por fuera, se ciñó un poco más la camisa de botones al pecho y jugó con su bolígrafo, preguntándose por qué esa mujer iba a echarse a unos leones que, evidentemente, esperaban devorar a otra mujer por la que no parecía sentir ningún apego—. Hay toda una generación que las quiere, y no todos son chicos negros de ciudad —continuó—. Son guapas y hacen buena música que se vende de maravilla. Y tienen a algunos pesos pesados a su lado. Que estén arruinadas es la comidilla de la industria ahora mismo. Podríamos meter un vídeo, entrevistar a su representante y a algunos de los productores musicales famosos con los que han trabajado, preguntarles por su música, por sus relaciones personales, por las decisiones económicas que han tomado. Lisa y las locuras que ha hecho con su dinero. Ya sabes que no suelo escuchar *rhythm and blues*, pero la historia de las TLC arruinadas tiene potencial.

Nimma sonrió a Arthur. Volvió entonces la cabeza y le guiñó el ojo a Rae, quien respondió asintiendo y dirigiéndole una discreta sonrisa.

—Eh —le dijo Rae a Nimma cuando el grupo desfiló de

la Pecera casi dos horas después. Parecían una compañía de soldados desharrapados que se hubieran empleado en un combate cuerpo a cuerpo durante una batalla que no tenían ninguna posibilidad de ganar, pero de la que finalmente habían conseguido salir airosos por los pelos—. Gracias por echarme un cable ahí dentro.

—No te preocupes. Era una buena idea —repuso ella—. Tampoco es que me gusten tanto las TLC.

—¿Y qué te gusta entonces? —quiso saber Rae—. O sea, ¿de verdad que eres fan de Gwen Stefani y Madonna?

—¿Qué? ¿No tengo pinta de que me guste esa música? —preguntó Nimma. Siguió a Rae al cuarto de baño y, después de plantarse delante del espejo, se sacó una goma del bolsillo y se hizo un moño descuidado en lo alto de la cabeza con las trenzas que le llegaban por los hombros. Su tez, de un marrón oscuro con un trasfondo cobrizo, era lisa y bonita, y mucho más cuando sonreía y su dentadura blanquísima brillaba en contraste con la piel.

Rae se encogió de hombros y se rio.

—*Yo soy dominicana* —dijo Nimma en español, antes de volver al inglés—. Nacida en la República Dominicana, criada en el Bronx. Soy feliz bailando merengue. Me gustan el rock, el pop, un poquito de jazz. Simplemente me encanta la música.

—Pero no la música negra —señaló Rae.

—Me gusta toda la música —respondió ella con amabilidad—. Escucha —dijo volviéndose hacia Rae—. Sé que no empezamos con buen pie en tu entrevista, pero aquí arriba estamos solas. Eres una buena productora. Pero no llegarás a nada con Arthur si no le echas ovarios. No puedes darle un plato de berzas cuando solo quiere comer hamburguesas. *¿Tú entiendes?* —preguntó volviendo al español.

Rae frunció el ceño.

—¿Me entiendes? —le tradujo Nimma riéndose.

—Sí —respondió Rae riéndose también—. Lo pillo.

En los cuatro años que llevaba en WRS, Rae y Nimma habían formado más o menos equipo, diseñando estrategias para burlar el sistema y salirse con la suya, pero siempre teniendo cuidado de que no pudieran acusarlas de haber formado una suerte de alianza negra contra sus compañeros blancos. Cualquier insinuación en ese sentido se lo habría puesto muy fácil a sus colegas y no habrían salido bien paradas. A ambas les gustaba demasiado su trabajo, y también ganarse el pan, como para permitirse perder una batalla así. De todos modos, cuidaban la una de la otra.

Nimma estaba haciendo precisamente eso cuando vio que Rae se movía inquieta delante del cuarto de baño, con su aparatoso sacaleches en una mano, sin decidirse a entrar.

—No... No pasa nada. Voy a entrar y me lo ventilo en un segundo. El guion de Spike ya está casi terminado. Solo me falta añadir un par de cosas, pero antes tengo que... em... —Rae se miró la camiseta de Notorious B.I.G. y se ajustó la chaqueta de chándal Adidas. La leche había empapado los discos absorbentes y el sujetador acolchado de lactancia, manchando la cabeza del cantante.

—Bah, lo pillo. No te disculpes. Yo me la sacaba en el coche cuando tuve a mi primer hijo —dijo Nimma—. Justo ahí al lado, en la calle. Los mirones se ponían las botas, pero era mejor que recogerme la leche para mi crío en este lavabo apestoso.

Rae se secó otra lágrima y bajó la cabeza, sintiéndose culpable por sacarse la leche allí en vez de demostrar la misma creatividad que su compañera.

—Conozco un sitio mejor —explicó Nimma sonriendo y frotándole el brazo—. Ven conmigo.

Tras un viaje rápido en ascensor y un paseo por varios pasillos de la sexta planta, llegaron a una sala de reuniones vacía con un pequeño despacho adosado lleno de trastos, un retroproyector, un par de columnas de cajas apiladas y dos sillas. Olía a maría.

—Sé que no es muy lujoso, pero antes era la «Sala del Culo del Buen Asiento», hasta que a un par de tipos del servicio de correspondencia los pillaron poniéndose ciegos durante su descanso. Ya no viene nadie. Cierra la puerta y atráncala con un par de cajas por si acaso. Seguro que está más limpio que ese lavabo.

—Segurísimo —afirmó Rae echando un vistazo. Arrimó una silla al enchufe y limpió el asiento con la mano.

—Vale, te dejo tranquila —dijo Nimma dando una palmada y dirigiéndose a la puerta—. Te veo abajo, ¿vale?

—Nimma —dijo Rae—. Te lo agradezco. Gracias.

—No hay de qué —contestó ella—. Las madres tenemos que echarnos una mano, ¿no?

LoLo le había enseñado a Rae que, cuando una está desesperada, debe mirar más allá de las cosas feas, de las cosas que hay que arreglar, de lo que no funciona perfectamente, y centrarse, en cambio, en lo fundamental de la situación: ¿Cómo conseguir que esto sea habitable, o incluso bonito? ¿Cómo conseguir que esto funcione? LoLo era una artista en este sentido; de la nada siempre sabía sacar algo. Donde Rae veía un retal deshilachado de tela, LoLo veía la posibilidad de una nueva funda para los cojines del sofá del salón; donde Rae vio a su padre torciendo el gesto al leer el precio de las estupendas barbacoas que tenían los vecinos, LoLo vio una pila de ladrillos en la sección de bricolaje y, en el reverso de un sobre que sacó de su bolso, dibujó un monumento al fuego, al carbón y a las carnes ahumadas y acto seguido convenció a Tommy de que podría construirlo él mismo. «Podemos hacernos nuestra barbacoa, cariño —le había dicho señalando su dibujo rudimentario con el boli—. Más barata, pero mejor.»

Sin embargo LoLo no soportaba a los imbéciles, y cortaba por lo sano a la primera, lo que siempre dejaba a Rae fascinada, inspirada y muerta de vergüenza a partes iguales. Por ejemplo, con Carolyn, esa chica de la iglesia que a sus quince años solo había conocido el lado amargo de las cosas y que había decidido pagar su infelicidad con Rae. A la chica no le gustaban las «mosquitas muertas» y Rae... En fin, Rae tenía un armario repleto de cosas que a Carolyn le resultaban insufribles: buenas notas, premios académicos, cargos importantes tanto en la escuela como en la iglesia, la admiración de los adultos. Así pues, a la mínima oportunidad Carolyn se lo hacía pagar: la pellizcaba a través de la túnica del coro cuando subían por la oscura escalera que llevaba a los bancos detrás del púlpito, le puso la zancadilla varias veces cuando las dos iban a la mesa de las hamburguesas en la fiesta de verano de la iglesia para dejarla en ridículo delante de Len Bethencourt, el chico con el que fantaseaba Rae cuando estaba sola con sus pensamientos, en el sótano, cantando canciones de Whitney Houston y fingiendo que se las dedicaba a él usando como micrófono imaginario la perilla que su madre empleaba para bañar el pavo en su jugo. Carolyn conocía las flaquezas de Rae y se lanzaba sobre ellas, y solo se daba por satisfecha cuando conseguía que a Rae le temblara el labio inferior o, mejor aún, se le empañaran los ojos. Durante muchísimo tiempo abusó de ella sin que nadie se lo afeara, hasta ese día en el que a LoLo le había tocado hacer de acomodadora en la iglesia y estaba en el ángulo preciso detrás del hombro derecho de Carolyn para tener una imagen completa de cómo esa niña la emprendía a patadas con las pantorrillas de Rae debajo del banco.

—Carolyn Sheff —le dijo con un grito susurrado, lo bastante bajo para no importunar la lectura de los anuncios parroquiales, pero también lo bastante fuerte para que todos los feligreses en dos bancos a la redonda volvieran el cuerpo en dirección a su voz. El tono no admitía dudas: alguien, y ese alguien era Carolyn, se había metido en un buen lío—. Ven aquí —continuó LoLo, con una rabia en la mirada que estaba al mismo nivel que la severidad que envolvía sus palabras—. Rae, tú también —añadió.

Carolyn chasqueó los labios y se tomó su tiempo para levantarse del banco, un armatoste de madera que gimió cuando se puso de pie porque había sido construido por las manos de los cuarenta y tres miembros fundadores de la Iglesia de San Juan Bautista unos ochenta años atrás. Pasó al lado de LoLo rozándole el pecho mientras se dirigía hacia las puertas dobles del vestíbulo, con toda la boca enfurruñada a un lado de su cara. Rae se levantó delicadamente, procurando no hacer ruido. «Perdone... Lo siento... Perdone...», decía mientras iba pisando y tropezando con los pies de sus vecinos de banco, yendo hacia el pasillo lateral. Se mordió la carne de la mejilla, pero, por desgracia, no le sirvió para contener las lágrimas, cada vez más calientes al pensar en lo que la esperaba en el sótano.

LoLo las hizo bajar a las dos a toda prisa, se las llevó por el vestíbulo y la cocina hasta llegar al lavabo, al que Rae no tenía ningunas ganas de ir porque nunca era agradable lo que ocurría en unos servicios públicos cuando de por medio había una madre negra, y LoLo no era una excepción en este sentido: podían amenazarte con el gesto crispado, podían pellizcarte o darte un bofetón tan fuerte que las baldosas te devolvían el eco repugnante del golpe recibido. Rae había perdido la cuenta de las veces que lo había visto, ya que su madre no paraba de arrastrar a TJ al cuarto de baño. Y no quería tener nada que ver con eso, sobre todo ese día, mientras desfilaba como una condenada a muerte detrás de su maltratadora y su madre enfadada.

—Ahora me vas a escuchar —dijo LoLo acorralando a Rae y Carolyn frente a las tres puertas de los servicios. Olía a ambientador de pino y lejía, como si lo hubieran limpiado a fondo diez diaconisas y los ancestros. LoLo le dio la vuelta a Rae y señaló sus medias blancas; en las pantorrillas había dos marcas marrones de tierra, como dos derrapes. Las marcas coincidían con la tierra en las suelas de los zapatos de Carolyn—. Lo que nunca jamás volverás a hacer es ponerle un pie encima a mi hija, ¿entendido? Más te vale que estas palabras que salen de mi boca se te metan en la cabeza, ¿me oyes? Porque si vuelvo a verte dándole una patada o un bofetón a Rae, si vuelvo a verte tocándole un pelo o incluso mirándola, te voy a meter en este lavabo y te voy a dar una paliza. Y luego le explicaré a tu madre por qué lo hice para que ella también pueda dártela.

Carolyn se mantuvo desafiante. LoLo, cabreada pero sin perder los estribos, se acercó a su cara.

—Me has entendido —dijo separando las palabras. No era una pregunta.

—Sí —murmuró Carolyn.

—No te he oído —le espetó LoLo.

—Sí, señora —dijo Carolyn, más fuerte esta vez, mirando al suelo. Parecía arrepentida, pero Rae no estaba segura, pues había sufrido los abusos de esa niña desde el día en que LoLo, emocionada por volver a su iglesia, la había apuntado al Coro Sunshine. Ella y Carolyn eran las contraltos.

—Ahora vuelve a subir al santuario y busca a Jesús, que falta te hace —ordenó LoLo, mientras observaba como Carolyn salía escopeteada por la puerta del lavabo.

Rae se quedó allí, esperando a que su madre se dirigiera a ella; creía que lo mínimo que podía caerle era un buen grito por permitir que Carolyn le diera patadas y la torturase sin rechistar. Pero LoLo, quizá sintiendo el espíritu del Señor y tal vez con cierta sensación de culpa por haber amenazado a una niña en Su casa, decidió en cambio darle una enseñanza.

—Es una buena persona. Solo está enfadada con el

mundo porque su padre no vive en casa y su madre lo pasa mal con tantos hijos —explicó LoLo mientras le tocaba los rizos y le arreglaba el cuello del remilgado jersey blanco que se ponía para la iglesia—. A algunas personas, las cosas que les pasan las hacen actuar y convertirse en alguien distinto de quienes son en realidad. No te estoy diciendo que tengas que aguantar esta mierda, pero creo que a Jesús le gusta que seamos permisivos con la gente rota.

Cuando una Rae ya crecida, versada en las enseñanzas de Jesús y criada por LoLo volvía andando a casa después de nueve horas interminables de trabajo y un trayecto de cuarenta minutos en metro, con los pechos tan llenos de leche que le parecía llevar dos piedras colgando de las costillas, no pensaba en la gente rota ni en cuál había podido ser el detonante de sus fracturas. Rae solo quería entrar por la puerta y hundir la nariz en el cuello de su hija.

Pero allí estaba la niñera, sentada en el sofá con los brazos cruzados, mirando con el ceño fruncido a su hijo de tres años, que corría en círculos por el salón. Skye estaba al lado, en el moisés, rezongando, a punto del berrinche, y los pechos de Rae, al oírla, reventaron. La leche se derramó en los discos ya empapados que habían absorbido sus pérdidas durante toda la jornada. Roman no estaba por ninguna parte.

—Escucha, he tenido un día muy largo y ahora mismo estoy supersensible —le dijo Ronica mientras daba golpecitos con el pie en el suelo. La chica no se molestó en levantarse del sofá, y mucho menos en coger al bebé mientras Rae dejaba las cosas. Rae apartó un montón de platos sucios y un paquete de pollo descongelado a un lado del fregadero para poder lavarse las manos.

—¿Ah? —fue todo lo que pudo contestar Rae mientras observaba como el hijo revoltoso de Ronica se arrastraba sobre el suelo de madera. No tenía claro por qué ese niño estaba en su casa y no con su abuela, quien, durante las cinco semanas que Ronica llevaba cuidando de Skye, se ocupaba del crío mientras su madre trabajaba.

—Mmm... Hoy me he enterado de que el papá de Cordell me engaña con otra y, mira tú por dónde, resulta que la chica trabaja en el banco que hay aquí al lado —explicó Ronica moviendo la mano sin señalar en una dirección concreta—. Le pedí a mi madre que me trajera a Cordell durante mi pausa del almuerzo para pasarme por allí y decirle a la chica que mi hombre ya tiene una familia de la que hacerse cargo. Y que no voy a permitir que se ría en mi cara.

Rae inspeccionó el pollo y los platos sucios mientras se desabotonaba la camisa. Skye lloró. Los pechos de Rae eran una fuente de leche.

—A ver qué le pasa por la cabeza a la chica esa la próxima vez que intente ligarse a un hombre ocupado, a un hombre con hijos —dijo Ronica, al tiempo que se ponía de pie y se alisaba las arrugas del top de algodón.

Rae cogió a Skye y le dio un beso en la cara mientras iba al cuarto del bebé a sentarse en la mecedora en la que le daba el pecho. Ronica levantó a su hijo del suelo y la siguió.

—Mira, esto... Mañana tendré que llegar un poco más tarde, y además me voy a traer al niño —continuó Ronica. Bajo la atenta mirada de Cordell, Skye sollozó y buscó ávidamente la teta de su madre. Encontró el pezón y se enganchó. Rae estaba demasiado cansada para extender la mano y coger un pañal limpio para cubrirse el pecho, pero aun así el niño, que no se perdía detalle del asunto, la hizo sentir incómoda. Le llevó un minuto entender lo que Ronica acababa de decirle.

»¿Así te parece bien? Porque tengo que llevar a mi madre al médico a que le hagan una prueba y no podrá cuidar de Cordell. Luego necesitará descansar y no tengo un plan B.

Después de aliviar un pecho, Rae pudo concentrarse finalmente en las palabras que salían de la boca de Ronica.

—No sé... ¿Se lo has comentado a Roman? —preguntó, antes de añadir—: Espera, ¿dónde está Roman?

—Oh, esto... Creo que ha ido al parque o algo, a escribir —dijo ella, mientras Cordell se liberaba de sus brazos y se deslizaba por su pierna. Corrió directo a una cesta que había sobre un arcón de madera para los juguetes. El mueble se encontraba a los pies de la cama de matrimonio que había sido el eje de la habitación antes de que la convirtieran en un cuarto infantil repleto de todos los objetos que daban color al mundo de Skye: muñecas negras, un montón de libros, una serie de fotografías en blanco y negro pegadas a la pared con todas las personas que la querían, un armario repleto de vestiditos preciosos, calcetines de ganchillo y zapatos relucientes de bebé que, en su práctica totalidad, LoLo había elegido especialmente para su nieta. Cordell no tardó ni un minuto en tirar la cesta al suelo, que estaba llena de CD.

»¡Cordell! —gritó Ronica, y fue tan estridente su voz que Skye se sobresaltó y dejó de sorber y respirar. El grito-llanto que siguió a continuación fue como una sirena, grave al principio, para ir *in crescendo* hasta convertirse en un chillido cuando alcanzó su máxima potencia. Ronica, sin prestar atención a Rae o Skye, pero fulminando a Cordell con la mirada, levantó bien arriba la mano derecha y golpeó al niño, que cayó al suelo y se deslizó unos cuantos centímetros sobre la madera debido al impacto.

»Chica, deja que me vaya ya —añadió Ronica agarrando al niño del brazo y levantándolo de un tirón—. Si puedes decirle al señor Lister que llegaré tarde, sería estupendo.

Con una niña llorando en brazos y unos pechos que parecían surtidores de leche, Rae prefirió no decir nada, centrándose, en cambio, en tranquilizar a su hija y volver a ponerle el pecho en la boca, para alivio de ambas. Aun así, oyó a la perfección como Cordell gritaba por todo el pasillo. Y cuando por fin tuvo calmada a la niña y la vio recuperar el ritmo, Roman entró en casa con un portazo, dándoles a ambas un susto más que, en el caso de Skye, dio paso a otro berrinche.

—¡Ey! —dijo él alegremente, entrando en la habitación con el maletín de trabajo al hombro. Se agachó para darle un beso a Skye en la mejilla y otro a Rae, también en la mejilla. Luego se incorporó mientras ellas se movían e intentaban recobrar la calma. Cuando Rae la cambió de pecho, Roman volvió a acercarse y le dio un pellizquito en la carne del pecho libre.

—Roman, por favor —dijo ella enfadada, mientras Skye mamaba.

—¿Qué? Venga ya, antes que suyas fueron mías. ¿Cómo vas a enfadarte conmigo por eso? Si están perfectas.

—¿Podrías concentrarte en ayudar un poco? ¿Por qué no me acercas un pañal de tela del cesto que hay debajo del cambiador?

No siempre había sido así. Antes Rae tenía que moverse en el asiento para calmar esa cosa que hacía que el cuerpo le vibrara con solo pensar en el roce de Roman. Era un hombre sexy y seguro de sí mismo, que mostraba interés y lo suscitaba, y Rae estaba encantada de satisfacerlo, de saciarse. El entusiasmo de ella era recibido con igual pasión, y juntos se alimentaban, en cualquier momento, en cualquier sitio. Eso era lo que un amor de juventud engendraba: deseo ardiente, fresco y dulce. Ambos estaban siempre hambrientos. Y ambos comían siempre.

Y luego apareció el bebé y empezó a comerse las raciones de sus padres. Roman comenzaba a tener hambre. Rae no tenía más alimento que dar.

—Hola, Roman. ¿Cómo te ha ido el día? Oh, muy bien. He ido al parque y he adelantado un poco con el esquema del libro, y también se me han ocurrido dos artículos para proponérselos a la revista *Time* —dijo Roman, manteniendo consigo mismo la conversación que por lo visto deseaba, no, esperaba tener con su esposa.

Rae se meció en la butaca y le dio unas palmaditas a Skye en el trasero mientras la niña mamaba. Sencillamente, no le apetecía discutir con este hombre, no ese día. No después del día que había tenido. No después del día que la niña había tenido.

—Me alegra que hayas tenido un buen día escribiendo —dijo en voz baja.

—Pues sí. Salir de casa y escribir en el parque me ha removido unas cuantas cosas, ¿sabes? Me he tomado un sándwich y un par de refrescos de lata y me he puesto a trabajar.

—Espera: ¿me estás diciendo que no estabas en casa cuando Ronica ha salido para comer?

—No, estaba escribiendo —contestó Roman mientras revolvía el cesto en busca del pañal de tela—. Estaba en racha. A Ronica no le importa comer con la niña. De todos modos, Skye seguramente estaba dormida.

Rae frunció el ceño y se quedó pasmada cuando empezó a vislumbrar la imagen de lo que había ocurrido: mientras Roman estaba en el parque, entrando en comunión con la naturaleza y tomando notas en libretas pautadas, Ronica tenía a Skye en medio de su drama particular.

—¡Pero eso quiere decir que se la ha llevado al banco!

Roman, después de localizar el pañal de tela, se acercó a Rae para dárselo.

—Vale —dijo despacio—. ¿Y qué? Tenía un recado que hacer, se ha llevado a la niña.

—¡No era un recado cualquiera, Roman! Me acaba de explicar que se ha llevado a su niño al banco para pelearse con no sé qué chica que se acuesta con el padre de su hijo.

—¿De verdad? —dijo Roman riéndose a medias—. Guau... ¡Esta Ronica es tremenda!

—¿Eso es todo lo que tienes que decir? ¿Que Ronica es tremenda?

—¿Qué más puedo decir, Rae? Era su hora libre. No puedo controlar lo que hace cuando debería estar zampándose un sándwich.

—¡Pero sí puedes controlar lo que te corresponde hacer como padre de nuestra hija y cuidar de ella cuando la niñera sale a comer, lo cual, si se me permite, está en su derecho de hacer, y forma parte de su contrato como cuidadora, mientras tú te tiras todo el día en el parque! —gritó Rae—. Deja que te haga una pregunta: ¿Y si la chica del banco se ha peleado de verdad con Ronica y nuestra niña estaba en medio de todo ese fregado? ¿Y si la hubieran detenido por montar una escena o amenazar a esa mujer, y luego la policía hubiese tenido que llevarse a Skye a la comisaría o hubiese llamado a protección de menores? ¿Cómo has podido permitir que metiera a nuestra niña en medio de esa locura?

—¡Yo no he permitido nada, Rae!

—Ah, vale. Porque estabas en el parque escribiendo el esquema de la próxima gran novela americana. Lo pillo.

—¡¿Qué insinúas con eso?! —chilló él.

Rae no pudo responderle porque en ese preciso instante la niña le mordió el pezón. Con fuerza. Mucha fuerza. Tal y como siempre hacía cuando la leche materna corría por su lengua y descendía por su garganta, bajando a su vientre y todo lo demás, y se le ponía esa mirada diabólica en los ojitos y gruñía y, como si fuera un volcán en miniatura que entrase en erupción, expulsaba una caca que desafiaba los límites del pañal, le subía por el bodi hasta llegar a los pliegues de su cuello y los rizos de su nuca, manchando los vaqueros de Rae y su camiseta de Notorious B.I.G.

—¡Joder! —gritó Rae cuando Skye volvió a engancharse a su pecho y retomó el chupeteo.

—Oh, vaya —dijo Roman acercándose para echar un vistazo al estropicio que había hecho el bebé y disfrutar de una panorámica aérea de la explosión.

—Yo... —empezó a decir ella.

—Espera, deja que vaya a buscar unos pañales.

—No necesito pañales. ¡Necesito ayuda!

—Eso hago —fue toda su respuesta.

—¡¿A traerme un pañal para limpiar esto lo llamas ayudar?! —le chilló Rae.

Y bastó eso —esa sola declaración, pragmática y carente de emoción, y mucho menos de comprensión, que se sumaba a los platos sucios en el fregadero, al pollo sin cocinar en la encimera, al revoltijo de animales de peluche y a los CD tirados por el suelo, a la niñera chiflada a la que pagaba casi un cuarenta por ciento de su sueldo para que luego pusiera a su hija en peligro a fin de que su marido sin trabajo pudiera hacer lo que le viniera en gana, a la caca de la niña manchándolo todo— para romperla. Rae se echó a llorar, sacó la mano para poder agarrar la cosa que tenía más cerca, una lamparita en la mesilla junto a la mecedora, y la arrojó con todas sus fuerzas contra la pared.

—¡Joder!

—¿Estás loca? —preguntó Roman, con la voz todavía equilibrada, serena.

Era un buen tipo, Roman: inteligente, simpático, guapo, cariñoso, con potencial. Buena planta. Rae había apartado sus defectos para llegar a la carne, y durante los cuatro años que llevaban juntos, se había centrado en eso. En querer sus partes buenas. Pero sus partes rotas —todas sus partes rotas— empezaban a ser un lastre demasiado pesado para Rae, sobre todo porque también tenía que cargar con las suyas.

26

VERANO DE 1979

Tenían un pequeño televisor sobre la mesa —redondo, con un grueso tablero de madera— de la cocina. Veían dibujos animados durante el desayuno, series en las tardes de verano, y a la hora de la cena, noticias y concursos, sobre todo. Esa fue la compañía que tuvieron Rae y TJ mientras crecían: *Los Transformers*, *Hospital General* y *Las noticias de las cinco*. Nunca comían en familia, ni siquiera los domingos. LoLo llegaba del trabajo, se ponía a preparar la cena y servía los platos, por supuesto, pero a Rae no se le escapaba que su madre, después de haber trajinado en los fogones y haber obrado milagros con unas alubias y unas salchichas, o con un trocito de panceta con un par de croquetas de salmón y una cucharada de sémola con mantequilla, siempre se servía una Pepsi Light con un montón de hielo, arrancaba un trozo de papel de cocina y se marchaba con su plato a su cuarto, donde podía disfrutar a solas de sus programas de televisión mientras pensaba sin que nadie la interrumpiera. No los ayudaba con los deberes, no iba a resolver una ecuación, no les hacía cantar la tabla periódica de los elementos, ni leía con ellos un artículo sobre cualquiera de esos tipos blancos y muertos a los que, pese a robar y saquear, se rendía homenaje en las páginas del libro de historia. Cocinaba, comía, veía un rato la tele, se daba un baño caliente, se tomaba unas cuantas pastillas que la ayudaban a sobrellevar el dolor y se acostaba. Y a las nueve su puerta ya estaba cerrada, todas las noches, sin excepción.

Rae se lo tomaba mal. Necesitaba a su madre, necesitaba sentarse con ella y charlar sobre cualquier cosa, tumbarse en la cama junto a sus pies y conocerla no solo como la señora que les hacía la comida, salía a correr por Jesús todos los domingos y se encerraba en el cuarto trasero durante las comidas, sino como una persona, un ser humano, una mujer. Sin embargo, LoLo protegía esa parte de sí misma, hasta el punto de hacerle creer a su hija que debía cruzar una pasarela tambaleante, atravesar a nado un foso lleno de caimanes y luchar contra un dragón que escupía fuego si quería verla de verdad, si quería conocer su corazón. Con el tiempo —Rae no era capaz de identificar en qué momento había ocurrido exactamente, pero todavía era bastante pequeña— llegó a la desgarradora conclusión de que no le gustaba a su madre, de que a su madre los niños no le gustaban en absoluto. Fue doloroso entenderlo siendo niña, e incluso después, siendo ya una adulta que poco a poco iba comprendiendo los desafíos de ser mujer, negra, esposa, madre y todas las demás cosas que te iban despojando de tu humanidad hasta dejarla en nada.

Si no estaba trabajando o en el bar, Tommy se llevaba su plato y una Schlitz al sótano para ver cualquier partido que echaran en la tele. Y TJ... En fin, hundía la cara en su plato y devoraba lo que allí hubiera, sin levantarla una sola vez hasta que el plato de loza con puntitos blancos y negros quedaba limpio como una patena. «¡No comas como un animal!», le gritó Tommy un día que presenció por casualidad la carnicería. Pero TJ no se dejó amilanar. Su único objetivo era meterse la máxima cantidad de comida en la boca en el mínimo tiempo posible, para poder dedicarse luego a otras cosas, como ir en bicicleta o perseguir a alguna niña, cualquier cosa con tal de que LoLo no lo sorprendiera en la mesa cuando volvía a la cocina, con el plato vacío, y ordenaba a quienquiera que viera primero que recogiera las sobras y fregara los platos. «Yo he cocinado —decía—. No penséis que, además, voy a limpiar ahora la cocina, no con dos zangolotinos en casa.» Aun así, la tarea casi siempre terminaba recayendo en Rae de una forma u otra.

A Rae tampoco le sabía mal del todo, especialmente cuando LoLo empezó a prepararla para las tareas de la cocina. Solía estar recogida en su cuarto, enfrascada en alguno de los libros que había sacado de la biblioteca en una de sus visitas semanales, que implicaban una caminata de dos kilómetros y medio, cuando LoLo empezaba a sacar las cacerolas y dejarlas ruidosamente sobre la encimera y la tapa de la cocina de gas, y el olor a cebolla picada y codillo de cerdo rehogándose en los fogones hacía que la casa oliera a domingo. Entonces Rae aparecía de pronto en la esquina de la cocina y asomaba la cabeza para echar un vistazo. A lo que se cocinaba en las cazuelas. A lo que su madre tuviera en ese momento en las yemas de los dedos: su cuchillo de cocina, tan afilado, y unos boniatos, quizá, o un paquete de codillos Mueller's, mientras los tiraba a una olla de agua hirviendo con un chorrito de aceite vegetal. Si estaba de humor —y solía estarlo—, su madre le pedía que la ayudara, pero no en un tono mandón. Más bien, en un tono «ven a pasar un rato con mamá» que siempre, siempre, tenía el efecto de emocionarla un poco.

—Date prisa y sácame unos trozos de queso —le decía LoLo señalando con la barbilla la nevera. Nunca sonreía, pero Rae sentía la calidez de su madre igualmente. Había aprendido a leer sus estados de ánimo a partir del timbre de su voz, o de la posición que ocupaban sus hombros en relación con sus orejas. Una LoLo brusca y sarcástica, con los hombros rozando los pendientes de aro que siempre llevaba, era la madre de la que Rae se alejaba asustada, aquella que hacía que buscase rincones tranquilos, los brazos de su padre. Una LoLo desenfadada y tranquila, con los hombros sujetando unas manos gesticulantes que anunciaban su alegría, su deseo de estar dondequiera que se encontrase en ese instante, era la mamá a la que a Rae le gustaba observar, pues esa mamá no aparecía con frecuencia —solo se manifestaba en compañía de sus amigas, los versículos de la Biblia o los aleluyas en los bancos delanteros de la iglesia—, pero era la que inspiraba las mejores facetas de esa niña que la miraba con admiración. Una LoLo ligera y tranquila con los hombros relajados, esa era la mamá favorita de Rae. Porque la dejaba entrar en su vida.

—Toma —le decía LoLo después de agacharse para sacar el rallador de queso del armario de abajo—. Vamos a hacer unos macarrones con queso para la cena de mañana. Te acuerdas de cómo se hacen, ¿no? —Y entonces agarraba uno de los trozos de queso (cheddar fuerte, cheddar extrafuerte, cheddar suave) y lo pasaba por la superficie metálica, impulsándose con todo su peso, frunciendo los labios, a veces mordiéndose el inferior mientras se concentraba, con movimientos hábiles, decididos—. Ahora inténtalo tú.

Rae cogía entonces el trozo de queso entre las manos, más pequeñas y gruesas que las de su madre, que eran nudosas y finas, con unas uñas largas que eran duras y casi nunca se rompían, y trataba de imitarla, moviéndose deprisa y con decisión. Incluso intentaba poner la misma boca que su madre. Pero nunca podía moverse con la agilidad de LoLo. Aunque a Rae no le importaba. Y a LoLo tampoco.

—Ahora ven aquí para que te enseñe cómo se hace el *roux* —le decía, como si no se lo hubiera enseñado ya mil veces. Pero eso a Rae tampoco le importaba, porque una LoLo profesora también era una LoLo cariñosa—. Casca los huevos y bátelos, pero no demasiado —continuaba, mientras se los iba pasando de uno en uno hasta que las bolas amarillas llenaban el fondo del bol—. Ahora coge la leche y viértela dentro —añadía observándola con atención al tiempo que Rae medía la cantidad que serviría de base para ese manjar cremoso que envolvería los macarrones en forma de codillo—. Ya hay bastante. Justo hasta esta altura, ¿lo ves? —le indicaba LoLo señalando un punto del bol—. Es suficiente para este tamaño de fuente —agregaba enseñándole la bandeja de cerámica de veintiocho por veintitrés centímetros que era su preferida para los macarrones con queso—. Ahora solo te falta echar un poco de sal y de pimienta.

—¿Cómo consigues que parezca tan fácil? —le preguntaba Rae mientras batía la mezcla con el tenedor tal y como le había enseñado a hacer su madre, en esa ocasión y todas las anteriores. Sin embargo, cuando lo hacía ella, nunca conseguía que los ingredientes quedaran perfectamente mezclados. Había yemas enteras flotando en la leche, trozos donde la pimienta había quedado concentrada, viscosa y tozuda.

—Hace mucho que preparo este plato —le decía LoLo quitándole el tenedor de las manos con cariño para perfeccionar la mezcla—. Cuando lo haces tantas veces, al final es tan fácil como cepillarse los dientes o doblar una toalla. Tus manos saben lo que tienen que hacer sin que se lo digas.

—¿Y fue tu mamá la que te enseñó a hacerlo?

El silencio de LoLo se escondía entonces detrás del repiqueteo del tenedor contra el bol de vidrio, detrás de sus incisivos, con los que se mordía el labio.

—Me perdí casi todo lo que mi madre habría podido enseñarme porque se murió cuando yo era pequeña —explicaba finalmente—. Pero recuerdo cómo hacía sus macarrones con queso. Y también su bizcocho de limón; ya sabes cuál te digo. Tienes que estar callada mientras se cuece o luego la masa no sube y te sienta mal. Eso lo recuerdo.

—¿También cocinaba los domingos por la mañana como tú?

Y así seguía la conversación, al compás de las preguntas que Rae le hacía a su madre. Para obtener información. Claridad. Afecto, sobre todo.

—Mi madre cocinaba todos los días. Hacía unos huevos muy ricos por la mañana. Revueltos, a veces con un trocito de jamón o un poco de panceta frita. Los huevos era lo que más me gustaba.

—Me gusta soñar los domingos por la mañana con lo que vas a cocinarnos —dijo Rae—. A veces, sueño que corro por un bosque con un lobo, buscando carne. Y entonces me despierto y estás en la cocina haciendo un rosbif. Lo huelo mientras sueño.

—Ese sueño es muy concreto —señaló LoLo.

—Tengo muchísimos sueños... —Rae dudó, antes de añadir—: Son así. Como un sueño, pero que también es real.

—Mmm... —fue todo lo que dijo LoLo. Estaba distraída, como si flotara a un lugar remoto mientras dirigía su orquesta de cazuelas al fuego, ingredientes que incorporaba y cosas que picaba. Rae, reconociendo la retirada de su madre, se quedaba a la espera, acatando órdenes, terminando lo que le pedía. Agradecida por esa versión de su madre y por cualquier cosa que tuviera a bien darle.

A los doce años, la responsabilidad de cocinar para la familia entre semana, cuando LoLo trabajaba, recayó por completo en Rae. «Saca el pollo del congelador» era un mensaje casi tan habitual de su madre como el adiós que le decía mientras bajaba la escalera de camino a la fábrica. Rae sabía que no le convenía olvidarlo y aprendió enseguida que su madre esperaba que la cena estuviera sobre los fogones y casi terminada cuando subía por esa misma escalera al caer la tarde.

A los trece años, Rae también había empezado a hacer la colada de la familia: lavar, doblar, planchar, llevar la ropa limpia a la habitación de cada uno. TJ logró escabullirse de esa responsabilidad de forma muy astuta un viernes por la noche en el que le tocaba a él planchar los uniformes de trabajo de sus padres, limpios y todavía calientes de la tanda de ropa de colores claros con la que había hecho una lavadora después de volver del colegio. En la tele daban un combate de Jimmy *Superfly* Snuka, que estaba en medio del ring estrangulando a alguien con el codo y la rodilla. Rae estaba en el sofá, leyendo *La princesita* por cuarta vez, pero tan fascinada como si fuera la primera. Olió algo y torció el gesto. Volvió a olerlo y levantó la vista. Descubrió que TJ estaba apretando la plancha sobre la solapa de la bata azul claro que su madre llevaba en el trabajo, justo a la derecha del sitio donde había bordado su nombre en una bonita caligrafía debajo de las palabras ESTÉE LAUDER, un recordatorio de que la empresa tenía y siempre tendría preferencia sobre el trabajador. Empezó a salir vapor de la tela. Y también humo.

—¡Ooooooooh! —trinó Rae, su voz un *crescendo* que se imponía al presentador que gritaba al micrófono mientras Snuka le daba una paliza a su rival—. ¡Estás quemando el uniforme de mamá!

TJ siguió concentrado en la tele un momento antes de volverse hacia su hermana y echarle una mirada. Dejó la plancha sobre la solapa cuando la miró, mucho después de que Rae le pusiera sobre aviso, y luego volvió a bajar la vista hacia el uniforme mientras apretaba con todo su peso el metal ardiente en la tela doblada, revelando que lo que hacía no era en absoluto un accidente.

A esas alturas, con sus escasos trece años sobre la tierra, Rae ya había madurado lo suficiente para no temer por TJ cuando su madre aparecía. Antes, sin embargo, tenía pesadillas en las que la veía pegando a su hermano, y entonces le llegaba un olor a rancio a la nariz; ese era el olor que tenía la muerte en su imaginación cuando era más pequeña. Las veces que LoLo pillaba a TJ, Rae se quedaba paralizada bajo el peso de ser una testigo presencial; pensaba que esta vez, sin duda, su pesadilla sería real y no solo un mal sueño en el que se proclamaba la sentencia de muerte de su hermano, y que TJ iba a dejar esta vida y su madre se vería en un grave problema. Más mayor, empezó a pensar que su hermano se lo tenía merecido. El día que destrozó el uniforme de trabajo de su madre, Rae ni siquiera pestañeó cuando LoLo bajó corriendo la escalera, vio una enorme quemadura con escamas marrones y negras en su uniforme y le dio tal torta a TJ en la boca que le hizo saltar la saliva.

—¿Qué diablos haces, chico? Tendré que apoquinar veinticinco dólares por uno de repuesto. ¿Has perdido la cabeza?

—Lo siento —dijo TJ entre los dedos con los que se frotaba la mejilla injuriada.

—¿Y por qué demonios mi bata azul es casi rosa? —preguntó LoLo. Agarró entonces la prenda de la tabla de planchar y empezó a dar vueltas, buscando el montón de ropa del que procedía. Lo encontró en el segundo sofá que tenían arrimado a la pared trasera, debajo de la ventana. Allí estaba el montón de ropa amarilla, azul claro, verde claro y blanco crudo, toda con una veladura rosada, sin duda consecuencia del jersey rojo que TJ había incorporado a esa colada.

»Niño, no quiero que vuelvas a tocar mi ropa ni por casualidad —dijo LoLo. Le propinó un capón en el cogote cuando TJ pasó volando a su lado. La sonrisita que el niño lanzó en dirección a Rae no admitía dudas.

A medida que fueron haciéndose mayores, las tareas menos complicadas se convirtieron en el resto de la división del trabajo entre ellos; las únicas responsabilidades de TJ eran sacar la basura y tener su cuarto ordenado. Nada más. Rae, por su parte, a los quince años, ya había aprendido a pasar el trapo y la aspiradora, a ahuecar las almohadas, a fregar el suelo y a limpiar el cuarto de baño, además de todas sus responsabilidades anteriores, y su madre acostumbraba a invocar la ética de trabajo de Rae como si fuera una espada contra ella: todos los fines de semana LoLo declaraba que Rae no podría ir a una fiesta o quedar con las amigas en la pista de hielo hasta que hubiera terminado las tareas. Pero eran interminables. «¡Cuando hayas acabado de limpiar los muebles, ve a buscar el mocho! —podía gritarle LoLo desde la cama, donde estaba acostada, con las piernas cruzadas, el mando a distancia en la mano y las almohadas ahuecadas—. Cuando hayas terminado con el mocho, ven aquí a ordenar estos cajones.»

Esas tareas nunca eran responsabilidad de TJ, como nunca lo eran de Tommy. Todo lo que tuviera que ver con la casa, recaía sobre las espaldas de LoLo, y Rae no tenía más remedio que apechugar cuando a LoLo no le apetecía hacerlas, lo que transmitía un mensaje inequívoco y poderoso: eso era trabajo de mujeres.

Rae no se lo cuestionaba entonces. Como tampoco lo había hecho cuando ella y Roman empezaron a salir y, más tarde, a vivir juntos. De hecho, se sentía orgullosa de ser el ama de casa delante de sus amigas, la que se aferraba a ese proverbio de que a los hombres se los conquistaba por el estómago y así lo había hecho con el suyo. A LoLo le había funcionado. Había conseguido a un hombre fantástico. Oh, cómo cuadró Rae los hombros y sonrió pizpireta la primera vez que se presentó en el apartamento de Roman con un montón de comida y una botella de champán y se metió directamente en su cocina.

—Tú, siéntate y relájate —le dijo dejando las bolsas en la encimera.

—¿En qué te ayudo? —preguntó Roman mientras metía el champán en la nevera—. No te confundas. Tu chico sabe hacer unos *vermicelli* con almejas que están de muerte.

—Mmm... No es eso lo que tenía en mente —dijo Rae riéndose. Hizo un mohín y se arrimó a los labios de Roman, metiéndole la lengua. Le rodeó el cuello con los brazos y se apretó a él. Mucho.

—¡Guau, esta es la cocina que me gusta! —exclamó él, tras apartar la cabeza mínimamente para poder hablar.

—Oh, no te preocupes. Disfruto mucho con tu postre —dijo Rae limpiando la marca de carmín que había dejado en los labios de su novio—. Pero antes... —añadió al tiempo que se volvía hacia las bolsas de la compra y les daba una palmada—. ¡Pollo! Tengo que asegurarme de que mi hombre esté bien alimentado.

—Pues me parece muy bien. No vamos a discutir. Me gusta el pollo.

—Lo sé —afirmó ella riéndose.

Todo lo que necesitaba para preparar su cena de pollo frito, arroz y judías verdes frescas a la campesina estaba en las bolsas y, en un instante, empezó a masajear los muslos y los contramuslos con sal condimentada, ajo en polvo y harina, y a partir las judías verdes mientras lavaba el arroz para quitarle el almidón. Y cuando depositó el pollo en el aceite caliente y empezó a chisporrotear, y el olor de la piel dorada se elevó al cielo y llenó esa casa de algo que Rae, sin dudarlo, tenía por amor, lo supo. Rae lo supo.

—Hostia, qué bien huele, nena —dijo Roman dándole un beso en el cuello mientras ella le daba la vuelta al pollo y añadía un poco de tocino a las judías—. Mi casa nunca había olido así. ¡Es Acción de Gracias en un martes! Mi madre va a estar encantada contigo.

—¿Eh? —preguntó Rae apartándose de la sartén para presionar el pecho de Román con el suyo—. ¿Me estás invitando a conocer a la encantadora señora Lister?

—Lleva tiempo con ganas de ponerle cara a tu nombre. No creo que pueda contarle mucho más sobre ti sin que se compre un billete de avión y venga a verte en persona —dijo él.

—¿Le has hablado de mí?

El beso de Roman fue una almohada.

—Le hablo siempre de ti. Mi madre sabe reconocer lo bueno cuando lo ve.

—¿Y tú?

—Claro que sí —respondió él—. Gloria Lister me enseñó a hacerlo.

—¿Qué quieres decir?

Roman escondió la cara en el cuello de Rae.

—Mis padres llevan casados casi cincuenta años —dijo mientras le daba besitos suaves en la piel—. Eso significa que vivieron las leyes Jim Crow, la lucha por los derechos civiles, un par de guerras, el Wu-Tang Clan. Y su matrimonio ha sobrevivido a todo. Se tomaron muy en serio lo de «en la salud y en la enfermedad» y «hasta que la muerte nos separe», y también tiene importancia para mí, ¿sabes? Mi madre es la que lleva el peso de la relación. Papá es un buen hombre, pero, en lo importante, fue ella la que hizo que la familia funcionase. La admiro por eso y siento que es algo para lo que estoy preparado. También lo veo en ti.

—¿El Wu-Tang Clan? —preguntó Rae. Y empezó a reír sin parar.

—Lo tengo pillado —les dijo más tarde a sus amigas Treva y Mal. Formaban el típico trío de veinteañeras de su época. Se habían criado leyendo las novelas de Terry McMillan y vivían sus fantasías inspiradas en Nina Mosley, la protagonista de *Love Jones*, esperando encontrar a un chico que fuera el blues en su pierna izquierda y el funk en la derecha.

—¿Qué significa eso? —preguntó Treva levantando la vista de la carta para echar un vistazo a las otras mesas de The Shark, un local de copas muy conocido al que ellas, y cualquier otra joven soltera negra con un buen trabajo y un reloj biológico que contaba los segundos a un ritmo ensordecedor, iban a ver y ser vistas por los solteros negros más apetecibles. Normalmente las mesas estaban atestadas de grupos de amigas que se afanaban en encontrar un bien muy escaso: hombres guapos, bien vestidos, con ganas de algo, que buscasen algún tipo de relación más allá de un simple encuentro sexual sin compromiso.

—Que fui a saco con él —contestó Rae sonriendo mientras tomaba un sorbo de vino.

—Deja que lo adivine. ¿Cocinaste para él? —quiso saber Mal cambiando de postura en la silla.

Rae se rio.

—¡Evidentemente! —exclamó Treva riéndose—. ¿Qué le cocinaste? Le hiciste tu pollo frito, ¿no? Estos chicos negros se quedan indefensos con un plato de pollo, te lo juro. Seguro que se puso a cocinar en su casa como si fuera su madrinita.

Mal puso cara de resignación y dio un sorbo a su cosmopolitan.

—Lo sé. Esta chica ha alimentado a cada negro desde Flushing hasta el South Bronx, ¿y qué es lo que gana aparte de un fregadero lleno de platos sucios?

—Eh, me gusta cocinar —insistió Rae—. Crecí viendo a mi madre cocinar para mi padre y sé que él le agradece que lo cuide y le devuelve el favor cuidándola a ella. Llevan casados casi treinta años. Seguro que habrá hecho algo bien mi madre para conseguir un buen hombre como él. Solo digo eso. El secreto está en el pollo frito y en los macarrones con queso —añadió riéndose un poco. Levantó entonces la mano para chocarla y Treva lo hizo gustosamente.

—Solo me pregunto qué tiene de especial este chico más allá de que le guste tu comida —dijo Mal cruzándose de brazos mientras esperaba una respuesta.

Rae suspiró.

—Dios, ¿por qué eres tan negativa? —preguntó moviendo la cabeza—. Roman es un buen chico. Tiene un buen trabajo, es culto, es dulce conmigo. Solo digo que, si quieres encontrar a un buen hombre, tampoco me parece tan raro mostrarle lo que puedes ofrecer. Mi madre ha conservado así a su marido. Lo he visto de cerca.

—A ver: el chico tiene un buen trabajo, ha estudiado y es majo. ¿Con eso basta? ¿Eso es todo lo que queremos de un tío? A mí me parece el mínimo exigible.

—¿Y qué más hay? —preguntó Rae enfadándose un poco por el curso de la conversación, que empezaba a sonar a disco rayado entre ella y sus amigas y, en definitiva, entre cualquier persona que estuviera preocupada por las vidas amorosas de las mujeres negras.

—Oh, no sé, ¿vivir mi propia vida? —terció Mal—. ¿Estar satisfecha con poder ser una misma, conseguir lo que una quiere y merece sin estar atada a un tío?

—¿Un tío? ¿Atada? ¿A eso reducimos las relaciones ahora? —señaló Rae. Miró entonces a Treva y se rio—. El matrimonio no es un lastre que nos impida volar. Díselo, Tree.

—¿Y eso cómo lo sabes? —replicó Mal recostándose en su silla.

—Oh, no sé; ¿cada puñetera estadística sobre cómo las parejas prosperan cuando se comprometen? —dijo Rae lanzando la mano al aire para mayor rotundidad. Le recitó «La Lista»—: Las parejas casadas tienen más probabilidades de acumular riqueza, tienen mejor salud y sus hijos obtienen mejores resultados académicos. Todo lo que necesita nuestra comunidad depende de que los hombres y las mujeres se lleven bien y puedan construir una vida juntos.

—¡Grandes metas! —indicó Treva levantando su copa de vino.

—Oh, ahora suenas como una de esas expertas en el amor entre negros, ¿no? —volvió a intervenir Mal—. Eres como un loro. Como uno de esos negros que salen en la radio y te cuentan que las familias negras unidas son algo así como superhéroes.

—Pues que me den mi capa —pidió Rae riéndose—. Joder, no te sigo. Solo intento formar parte de ese treinta por ciento de nuestra comunidad que es negro y está casado y con hijos. Intento ser parte de la solución, no del problema.

—No paras de decir lo que ganan los demás al casarse —dijo Mal—. Pero ¿qué vas a ganar tú?

—¡Amor! —exclamó Rae—. Amor, Mal. Quiero estar enamorada. Quiero tener hijos. Quiero la clase de matrimonio que han tenido mis padres. Quiero que mi hombre cuide de mí como mi padre ha cuidado de mi madre. Eso es un buen hombre, por si no lo sabes.

—Un buen tipo el señor Tommy, sin duda —declaró Mal. Treva asintió con gesto vehemente.

—Solo intento poner de mi parte. Voy a encontrar a mi hombre y formar una familia y conseguir que todos estemos bien. Quiero ser una buena esposa y madre. No voy a pedir perdón por eso.

—Lo que tienes que hacer es averiguar si tiene un amigo para esta antipática —dijo Treva riéndose—. Ya que hablas de hacer comunidad.

—Lo que tú digas, cochina. —Mal se rio—. Pero escucha —dijo acercándose a Rae para que pudiera oírla bien—. ¿Cuándo llegará el día en el que dejaremos de actuar como si los hombres fueran el premio? Fuiste a su casa a hacerle pollo frito y los macarrones con queso de siempre para intentar embolsarte al chico. ¿Por qué nos toca siempre a nosotras demostrarles que seremos buenas esposas? Creo que a todos nos iría mejor si los hombres nos demostraran que también pueden ser buenos maridos. Te lo digo en serio: no permitas que esos libros y terapeutas que salen en la tele te líen. ¿No quieres algo que vaya más allá de lo normal?

—Solo quiero ser feliz. Me parece que bien puedo permitirme una sartén de pollo frito y una cazuela de judías verdes a cambio de eso —indicó Rae en voz baja.

Otoño de 2001

Y aquí estaba ahora, con cuatro años de matrimonio a sus espaldas, una niña de dos años sobre la cadera, un trapo de cocina en la mano, calculando cuánto había pagado exactamente a cambio de esa felicidad, que en realidad no lo era en absoluto. La verdad la golpeó un sábado, después de una larga semana de trabajo exigente en la productora y una serie de interacciones con Roman que la dejaron con la sensación de que nunca recibiría el retorno esperado por su inversión. Estaba de pie, intentando calmar a la niña, que tenía sueño y estaba nerviosa a la vez, lo que era una mierda. Roman se puso los calcetines y luego las zapatillas, sin ser consciente de los puñales que su mujer le lanzaba con los ojos, directos al cogote.

—Supongo que lo que me cuesta entender es por qué jugar a squash cuatro horas un sábado por la tarde tiene prioridad cuando hay tantas cosas que hacer en casa antes de ir a trabajar el lunes —dijo Rae haciendo saltar a Skye mientras se paseaba de arriba abajo por el salón.

—Rob solo puede jugar los sábados. No entiendo por qué tenemos siempre la misma discusión, Rae —dijo él levantándose del sofá y alisándose los pantalones cortos.

—¿Porque el sábado es el único día que puedes pasar con tus chicas?

—Rae, un sábado tiene veinticuatro horas. Tú prefieres pasarte cuatro horas limpiando lavabos y encerando muebles que están perfectos y ni siquiera lo necesitan.

—¿Que prefiero limpiar? ¿Eso es lo que crees?

—La casa está limpia, Rae —se justificó él—. Mírala. Tienes un trapo en la mano, a punto de limpiar cosas que ni siquiera parecen sucias. Vamos, tía. ¿Por qué tenemos esta discusión cuando estoy a punto de irme?

—¡Porque estás a punto de irte!

Roman no se molestó en responder. En vez de ello, cogió su bolsa con las raquetas y las pelotas, dio un beso a la niña y a Rae en la mejilla, y se dirigió a la puerta. Bostezó.

—Os veo esta tarde.

Los ojos de Rae siguieron a Roman hasta la puerta y observaron como la cerraba tras de sí. Se quedó de pie, meciéndose hacia delante y hacia atrás, sulfurada, naturalmente, pero también llegando a conclusiones difíciles. Por supuesto, guardaba el recuerdo de infancia de que a veces, antes de que su madre le transfiriera sus «habilidades», su padre la subía al asiento delantero de su Cadillac la tarde de algunos sábados con el pretexto de que tenía que «hacer recados». Arrimaba el coche a la ventanilla del Chemical Bank para cobrar su cheque, luego salía pitando hacia Macy's o Sears a pagar sus facturas y, quizá, se pasaba por la ferretería a comprar una broca para el taladro, un martillo nuevo o algo para la caseta de herramientas.

—Me apetece una pizza —le decía entonces, mientras bajaba la ventanilla y se colocaba bien las gafas de sol—. ¡No, helado! Vamos al centro comercial a comernos un cucurucho. ¿De qué sabor lo quieres, tesoro?

—¡Fresa! —contestaba Rae peleándose con el cinturón de seguridad. Era muy pequeña, y el borde del cinturón siempre se le clavaba en el cuello y le irritaba la piel. Aunque jamás se le habría ocurrido quejarse. Salir de casa con su padre era suficiente regalo. Como lo era también haberse librado de sacarle brillo al aparador de madera y de pasar la aspiradora por la escalera, las tareas que le había asignado su madre un rato antes, cuando estaba preparándola para que recogiera el testigo de la limpieza de la casa.

—Ah, ¿fresa? —preguntaba Tommy, arrugando toda la cara en un gesto fingido de asco—. Pero si Dios inventó el helado de nueces pecanas especialmente para el cucurucho.

—¡Pero a mí me gusta el de fresa, papi! —decía Rae riéndose.

Tommy fingía entonces un suspiro.

—Dime que por lo menos le añadirás fideos de colores. O cacahuetes. Algo. La vida es demasiado corta para conformarse con un simple cucurucho de fresa.

Esos días siempre llegaban a casa justo a tiempo para que su padre entrara en un hogar que estaba limpio como una patena. Sacaba entonces de su ropero perfectamente ordenado su camisa para jugar a los bolos, recién lavada y planchada —su participación en la limpieza de dicha camisa no pasaba de meterla en el cesto de la ropa sucia—, preparaba la bolsa con las cosas de la bolera y se colocaba junto a la puerta, esperando a que LoLo terminara de recoger los productos de limpieza, se arreglase, preparase su propio equipo para jugar a los bolos y se metiera en el coche. LoLo siempre parecía cansada, sentada delante, hundida en el asiento, mirando por la ventanilla, hablando con la voz entrecortada.

La pequeña Rae deseaba que su madre fuera un helado de fresa con fideos de colores. La Rae adulta veía las cosas con más lucidez. Concluyó que LoLo estaba cansada. Y enfadada. Estaba empezando a entender por qué su madre se llevaba el plato de comida a la habitación trasera, por qué insistía en darse esos baños interminables de agua caliente, en acurrucarse y ver sus programas tumbada en la cama, con los ojos cerrados. Sola. Dándose discretamente un segundo al final de sus largas jornadas para ser... humana.

Rae no sabía cómo conseguirlo para sí misma, no con un marido que no llevaba un sueldo a casa, no con una niña pequeña que todavía no había aprendido del todo a depositar su mierda en el lavabo en vez de en sus pantalones, no con un trabajo a jornada completa y una casa de la que tenía que ocuparse sola porque el otro adulto de la familia consideraba demodé ducharse en una bañera limpia y hacer la comida en una cocina que estuviera ordenada y barrida. Treva y Mal la habían avisado y defendido. «Chica, no entiendo por qué vas detrás de ese zángano limpiando la casa cuando podrías pagar a alguien para que lo hiciera», le había dicho Mal unos meses antes, mientras comían. Solo veía a sus amigas en esas comidas, a menos que se pasaran por Casa Lister, cosa que casi nunca ocurría porque los bebés no les gustaban demasiado y Mal no soportaba a Roman.

—¿Y crees que puedo permitirme una puñetera sirvienta? —había preguntado Rae entre mordisco y mordisco de su bocadillo de atún con mayonesa—. Entre las facturas y la niñera, no me queda dinero para pagar a una desconocida para que venga a casa a limpiarme el lavabo. Y yo sé limpiar un maldito lavabo.

Esa ansia, desesperadamente inquieta, eternamente insatisfecha, esa sensación de «estoy fallándole del todo a mi niña y a mi vida» que le causaba el tener que hacer malabares entre un trabajo exigente pero deseado y su vida recién estrenada como esposa y madre, la tenía con el agua al cuello, como si estuviera en la parte honda de una piscina sin tener donde sujetarse, con las piernas cada vez más cansadas, a punto de hundirse. Se quedó mirando la puerta con la misma cara que ponía LoLo cuando iba en el asiento delantero del Eldorado.

Skye seguía retorciéndose en sus brazos y lloriqueó un poco. Quería bajarse de la cadera de su madre.

—Vale, vale, pequeña —dijo Rae poniendo los pies de la niña sobre el suelo. Echó a correr hacia su cuarto, bajo la atenta mirada de su madre, y fue directamente a su armario, sacó sus deportivas y se dejó caer en medio de la habitación. Intentó meter un pie en una de esas zapatillas rosas y amarillas con purpurina. Rae se rio—. ¿Adónde vas, peque?

—¡Fuera! —exclamó ella.

—¡Oh! ¿Salimos a algún lado? —preguntó Rae, un poco de mejor humor. Skye era una niña insistente. A Rae le encantaba que no tuviera pelos en la lengua, un aspecto de su personalidad que traía de fábrica.

—¡Fuera! —gritó Skye.

Rae echó un vistazo al cuarto de la niña y se fijó en todas las cosas que le molestaban: el cesto de la ropa sucia estaba hasta arriba; había que volver a llenar el cesto de los pañales; los libros y los peluches estaban tirados por todas partes; había que cambiar las sábanas de la cama. Pero la niña quería salir.

Y Rae también.

—Vale, pequeña —dijo agachándose para ponerle las zapatillas en los pies correspondientes y atárselas—. Fuera. Vamos afuera.

Tres horas más tarde, agotada después de correr detrás de Skye por el parque, comprarle un helado de fresa cargado de azúcar que la puso frenética y luego cargar con la niña exhausta y con el cochecito los dos pisos de escalera hasta el apartamento, Rae abrió la puerta y se adentró nuevamente en esa pesadumbre, esa sensación de estar sola en la brecha. Roman seguía fuera jugando. El cuarto de Skye —como el resto de la casa, en realidad— seguía patas arriba. Rae volvió a cabrearse. Y volvió a cansarse de estar cabreada.

Dejó a la niña en su cama y, tras darle un beso en la mejilla, se incorporó con los brazos en jarras. No quería sentirse así, no quería pelearse con su marido y estar enfadada el poco tiempo libre del que disponía en el fin de semana, sobre todo sabiendo que Roman sacaría a relucir esa displicencia suya para restar importancia a lo que fuera que la tuviera disgustada. Ya no tenía ganas de pelearse, no tenía las fuerzas para soportar la luz de gas que Roman le haría sin duda si le hablaba de sus necesidades o de los defectos de él. Así pues, hizo lo que siempre hacía para serenarse y que era, en definitiva, una de las pocas cosas de las que quería —necesitaba— que Roman fuera más consciente. Se puso a limpiar para tranquilizarse.

Rae entró en el diminuto cuarto de baño principal, que en realidad no era más grande que el que había para discapacitados en los servicios para ejecutivos de la oficina, y observó la encimera, repleta de cremas para el cutis, los productos esenciales para el cuidado de la barba de Roman, cepillos de dientes, artículos de maquillaje y otras cosas que casi hacían imposible acceder al lavabo. La loza y la encimera blancas estaban llenas de pelitos recortados que su marido había dejado después de acicalarse esa mañana; se había perfilado la barba mientras ella se cepillaba los dientes, y lo había visto emplear el canto de la mano para barrer los pelitos y tirarlos al lavabo como si nada. Ella se había quedado mirando el estropicio con los ojos como platos, luego lo había mirado a él, luego el estropicio otra vez, pero él no se había dado cuenta de nada. Sencillamente, se había secado las puntas de los dedos y se había largado. Ahora, al recordarlo, Rae suspiró y dijo que no con la cabeza, antes de fijarse en la ducha. Las baldosas pedían a gritos una rociada de antimoho; el espejo estaba lleno de salpicaduras de pasta de dientes. Parecía el principio de una copia de Lichtenstein.

Rae volvió a suspirar, se arremangó y se puso a la tarea. Para empezar, ordenaría el armario de debajo del lavabo para hacer sitio a las cosas que había encima. Bastante fácil. Se arrodilló en el suelo y, sin prestar mucha atención, barrió las primeras cosas que tocó con el dedo: un bote de champú, un tarro de gomina, su secador portátil, todo tirado ahí dentro como si alguien lo hubiera guardado a toda prisa. Lo subió todo a la encimera. Se arrodilló por segunda vez y, nuevamente sin mirar, sacó un bote de acondicionador, una lata de gomitas para el pelo que tenía para Skye y un neceser pequeño en el que Roman guardaba sus condones. Todo terminó también en la encimera. En la tercera acometida, su mano rozó algo que parecía tirado más al fondo, algo que no era ni un bote ni una bolsa ni nada que le pareciera propio de un armario de lavabo. Rae torció el gesto y se arrimó un poco. Le crujieron las rodillas cuando cambió de postura para recobrar el equilibrio. Se apoyó en el mueble con la parte superior del hombro y el lateral de la cara para intentar llegar al final del hueco. No le habría sorprendido en absoluto que fuera una camiseta de Roman o, quizá, un *durag* que había tirado ahí dentro un día que tenía prisa por salir del cuarto de baño para hacer lo que se le hubiese antojado en ese momento, pero Rae era joven y todavía no había entendido del todo las consecuencias de dejarse llevar por las suposiciones, cuánto dolor de más provocaban las cosas cuando una no se había preparado de antemano para lo horrible. Rae agarró por fin el objeto, que era sedoso, y lo sacó.

Era un sujetador.

No era suyo.

Rae estaba segura porque llevaba sostenes discretos, los baratos que tenían de oferta en Macy's, en un exhibidor giratorio al lado del cajón de las braguitas a veinticinco dólares las cinco unidades. Una talla 90B, el tamaño de copa que había alcanzado después de darle el pecho a Skye casi dieciocho meses, un cambio que le había dado mucha alegría tras haberse pasado toda una vida rezando a los santos de *¿Estás ahí, Dios? Soy yo, Margaret* para que le brotara algo en su pecho plano como una tabla de planchar. Hasta que le cambió, solía llevar sostenes sport ceñidos, como las chicas de TLC, con la diferencia de que ella se tapaba la barriga y siempre llevaba un jersey atado a la cintura, esfuerzo inútil para esconder las generosas formas de sus muslos y de su culo. Como era de talle muy fino, los pantalones nunca le entraban bien y parecían tensarse de forma exagerada en las caderas y quedarle anchos en la cintura. Rae había crecido sintiéndose incómoda con sus formas, LoLo se había asegurado de ello. «Con lo grande que tienes el trasero, no te obsesiones con que te crezca el pecho», le había dicho a Rae la noche en la que la sorprendió haciendo el ejercicio «Debo, debo, debo aumentar mi pecho» que había leído en la que era su novela favorita en aquel entonces. El corazón, empujado por el miedo a que su madre la hubiera pillado preocupándose por su pecho, le bombeó tan fuerte que se mareó un poco. «¿Quieres saber el único ejercicio que debes hacer a partir de hoy? Ponte en esta alfombra y camina hacia atrás. Te ayudará a que el pandero no se te ponga tan enorme.»

LoLo se lo había dicho como si tener un culo redondo fuera un crimen y una vergüenza, y, por ello, así lo veía Rae, así veía su propio cuerpo. Como algo que esconder. Coincidía con el mensaje que había recibido durante toda su infancia: la suya era una generación que había pasado sus años más formativos —esos momentos cruciales en los que la autoestima empezaba a asentarse— oyendo que los culos planos que salían en el anuncio de los vaqueros Jordache eran lo habitual. Que llamar peyorativamente «gordas» a las chicas negras con el culo redondo era lo habitual. Que nadar con camisetas extragrandes encima del bañador y anudarse jerséis gruesos y camisas de leñador a la cintura para esconder el trasero era lo habitual. Que hacer ejercicio para quitarse esos kilos de más, aunque la balanza dijera que en realidad estabas por debajo de tu peso, era lo habitual. Los culos redondos había que esconderlos, no desearlos. Había que sufrirlos, no gozarlos. Y por más homenajes que les rindiera Sir Mix-a-Lot's con su canción *Baby Got Back* o más palmadas que le diera

Roman en el suyo, Rae no podía dejar atrás esas tres décadas de autoodio.

Así pues, no, ese sujetador sexy que Rae había sacado de debajo de su lavabo no era suyo.

Tampoco era de Roman, naturalmente.

Y fue entonces cuando Rae supo que su marido la estaba traicionando. Y fue también cuando empezó a dejarlo de querer.

27

Allí estaba Rae, en el porche de la casa donde se había criado su padre, sentada en uno de esos balancines clásicos de dos plazas, esos fabricados en metal, con unos cuadrados de rejilla y un acabado en pintura en polvo. Era azul claro, del mismo color que el cielo, al que estaba orientado. Las noches de verano, cuando hacía calor y los cúmulos tenían ganas de aparecer, ese balancín era un asiento de primera fila para unas puestas de sol gloriosas. Las mismas que había contemplado Tommy de niño, y también su madre, e incluso la madre de esta, en esas tierras que eran de la familia, porque la abuela de Tommy las había comprado y se había hecho una casa en ellas, una casa en la que había parteado a todos sus nietos con sus propias manos. En aquella época, la llamaban «Calle Lawrence», por todos los Lawrence que poseían esas tierras y vivían en ellas. Que caminaban sobre ellas. Que las labraban. Que criaban a sus hijos en ellas. Que levantaban sus negocios en ellas. Y habían vivido de ellas durante generaciones. Todas esas tierras, todos esos árboles, todos esos pastos, contenían la historia de los Lawrence, cuyas raíces eran tan coloridas y majestuosas como esos atardeceres de verano. Tommy recibió a su hija donde reposaba su saber. Donde había buscado una vez más su hogar.

Y allí estaba Rae ahora, sonriendo mientras veía a su padre arrancar de uno en uno los dientes de león que crecían en el césped y acercarlos a la cara de su nieta. «¡Un deseo!», exclamó Skye. Tommy cerró los ojos, sonrió y susurró algo que solo él y la brisa pudieron oír, antes de gritar: «Un, dos, tres... ¡Aire!», una y otra vez, porque a los dos años solo se puede formar parte del equipo «¡Hazlo otra vez!» y los abuelos siempre forman parte del equipo «Lo que quiera la criatura», y Skye y Tommy no eran una excepción, de modo que la cosa duró un buen rato antes de que Tommy lanzara una mirada discreta a Rae y viera sombras donde siempre hubo luz.

—Vale, peque. El yayo está cansado —dijo. Puso una mano sobre las briznas de césped y la otra sobre su rodilla flexionada, y se impulsó precariamente para ponerse de pie—. ¿Tú estás cansada? Seguro que sí.

—No, yayo. ¡Sopla! —pidió Skye, y corrió a arrancar de raíz otro diente de león—. ¡Un deseo!

—Sí, pequeña. Un deseo —dijo Tommy. Cogió a la niña en brazos y se volvió hacia su hija—. Deseo ver luz en la cara de Rae otra vez —añadió, y sonrió.

Rae se movió en el balancín; el muslo se le había pegado al metal y la pintura se descascarilló. Puso una mueca, pero no por el dolor que procedía de la parte trasera de sus piernas. Era el dolor de oír que su padre le pedía algo que no estaba en condiciones de dar.

—¿Por qué no entramos en casa y deseamos unos sándwiches de crema de cacahuete con mermelada? ¿Te gusta la crema de cacahuete con mermelada? —preguntó Tommy a Skye.

—¡Mmmm..., yayo! ¿Un sáwich *de* memelada *de* cahuete*?*

—Sí, crema de cacahuete y mermelada. Pero tienes que entrar en casa si lo quieres. Ven con el yayo —dijo ofreciéndole su fuerte mano. Skye le dio su manita y rio cuando juntos enfilaron hacia el porche y él la hizo saltar en cada peldaño hasta dejarla frente a Rae, quien se esforzó en alegrar la cara para sus dos personas favoritas en el mundo entero.

—Entra con nosotros, cariño. Voy a preparar algo de comer —dijo Tommy tendiéndole la mano para ayudarla a levantarse del balancín. Abrió la puerta y le puso a Rae la mano en los riñones mientras las ayudaba a ambas, su hija y su nieta, a cruzar el umbral sin peligro. Era un pequeño gesto; el contacto de sus ma-

nos que la movían, desplazaban y guiaban para alejarla del peligro. A Rae siempre le había emocionado que su padre abriera las puertas, separase las sillas de la mesa, saliera antes del ascensor para llevarse la peor parte de cualquier peligro si lo había al otro lado de la puerta, y la apartase siempre del bordillo de la acera, donde estaría más protegida. Donde ella se sentía más protegida. Era galantería a la vieja usanza; el caballero que sabía tratar a una dama, sí, pero también el caballero que creía que Malcolm tenía razón al decir que las mujeres negras no estaban protegidas, no se les tenía respeto y se las descuidaba, cosa que jamás iba a ocurrirle a ella. A su hija. No si él podía impedirlo. Con él Rae se sentía valorada. Se sentía, de hecho, de un valor incalculable. Delicada, preciosa, alguien por quien valía la pena sacrificar la vida. Era lo que necesitaba ese día, la sensación de las manos fuertes de un hombre negro en la parte baja de la espalda. Pero su corazón necesitaba más. Los añicos que quedaban de su corazón eran astillas que cortaban todo lo que había conocido, toda la confianza que había depositado en su padre, en su marido, en la relación que había tenido con ambos.

»Mereces luz en los ojos, Rae —afirmó Tommy cuando traspusieron el umbral. Entonces, con suavidad, giró el cuerpo de Rae para que quedara de frente al exterior—. Míralo. Sé que ahora estás en medio de la tormenta, pero, pequeña, quiero que mires el sol. Te dará la libertad. Te hará florecer.

Tommy señaló el sol que hacía guardia en un cielo azul aguamarina sin una sola nube. Los ojos de Skye miraron en la dirección que señalaba el dedo de su abuelo.

—Florecer —repitió él. Su voz era suave, pero profunda y redonda, como un trueno tranquilo. Skye soltó una carcajada, desde su tripita, y su dulce voz fue haciéndose más y más fuerte a medida que Tommy repetía la palabra. «Florecer.» Dulce carcajada infantil. «Florecer.» Carcajada infantil. «¡Florecer!»

Rae abrió los ojos lentamente y se movió en el amplio y mullido diván del salón de sus padres, mientras su vista recuperaba poco a poco la claridad. Allí estaba LoLo, con Skye colgada de una cadera. Le estaba clavando los dedos en el costado y la niña se reía a carcajadas. Rae se frotó los ojos.

—¿Qué hora es? —preguntó estirándose—. ¿Cuánto rato llevo dormida?

—Lo suficiente para que mi nieta y yo lo hayamos pasado bien y tengamos hambre —dijo LoLo arrimándose a Skye y frotando la nariz de la niña con la suya. Era una ternura que Rae contemplaba con una mezcla a partes iguales de curiosidad y de envidia, a la que se añadía una pizca de incredulidad. Las muestras de cariño eran la especialidad de Tommy, no de LoLo—. Ve a la cocina y come algo. He preparado unos sándwiches.

Rae volvió a estirarse y fue al cuarto de baño a refrescarse un poco. Cuando entró en la cocina, LoLo ya tenía preparados tres sándwiches sobre la mesa, además de una taza de leche para la niña y dos refrescos para ellas. Rae se lo agradeció, pero la comida le supo a arena y pegamento en la lengua. No había comido desde que compartió un helado con su hija el día anterior, antes de descubrir el sujetador y la infidelidad de su marido, de hacer a toda prisa la maleta y marcharse a Long Island, lejos de Roman, lejos de sus mentiras. Ni siquiera lo esperó para decirle que se iba. Sencillamente le envió un email para transmitirle que tenía la sensación de que todo su mundo se derrumbaba sobre sí mismo y que ya no se veía con fuerzas de seguir intentándolo.

—Debes comer, Rae —indicó LoLo mirando el plato de su hija. Sin prestar atención, Skye se limpió la boca con su servilleta, esparciéndose más migas por la cara de las que pudo quitarse, y señaló la bolsa de patatas fritas.

—¿Patatas, yaya? —preguntó.

—Ay, sí, toma, cariño.

—No, no... No más patatas —dijo Rae con suavidad,

dándole el alto a su madre con la mano—. Ya has comido suficientes. Ahora toca prepararse para la siesta.

—Nooooo —se quejó la pequeña negando con la cabeza—. No quiero siesta, mami.

—Skye, es la hora, cariño —le recordó ella con dulzura.

La niña se bajó de la silla y corrió hacia su abuela con una salva de noes abriendo el ataque. Se tiró contra la pierna de LoLo y escondió la cara en su muslo. LoLo la cogió en brazos y la sentó sobre sus piernas, acercando la cabeza de la niña a su pecho.

—No pasa nada, peque —le dijo con ternura—. Quédate un ratito con la yaya.

—Te estás ablandando con la edad —afirmó Rae.

LoLo esbozó una sonrisa burlona.

—Con vosotros era blanda cuando hacíais lo que os decía —replicó. Le dio un beso a Skye en el pelo y se rio—. Y era dura cuando tenía que serlo.

Era una frase simple, cargada de verdad, pero también de mentira. Qué duda cabe que LoLo había sido la dura de los dos: se ofendía fácilmente, daba una bofetada cuando habría bastado una regañina, su mano se convertía en juez, jurado y martillo en juicios de infancia que empezaban y concluían en cuestión de segundos tras una mínima transgresión. De pequeña, Rae había deseado querer a su madre, y lo hacía, pero la relación entre ambas se alimentaba del miedo, un miedo tan intenso que Rae se acostumbró a caminar de puntillas cuando su madre estaba cerca, convencida de que, si dejaba que sus pies se posaran por completo sobre el suelo, llamaría su atención, LoLo le encontraría alguna pega y entonces llegaría el ataque de rabia. «¡Ve a buscar el cinturón!» «¡Ve a buscar la vara!» «¡Ven aquí, ahora mismo!» Esas palabras colgaban de los labios de LoLo como cigarrillos. Rae solo necesitó un par de golpes para entender las normas y las consecuencias de incumplirlas. Obedecer y esconderse no solo eran rasgos de su personalidad; le iba en ello la supervivencia.

TJ, en cambio, solía pasarse de la raya; siempre estaba metido en algún lío. Valoraba su libertad mucho más que su bienestar físico, por lo que casi se tomaba las palizas con alegría, pues sabía que, cuando terminaran, podría volver a hacer lo que fuera que hubiera motivado los golpes. Cuando Rae se hizo lo bastante mayor para identificar ese patrón de conducta, no fue capaz de entender por qué su madre no lo captaba también. Pronto, sin embargo, llegó a la conclusión de que LoLo pegaba a su hermano para serenarse más que para corregir su comportamiento. Aquel descubrimiento fue lo que más asustó a Rae. En los meses posteriores tuvo pesadillas que la dejaban exhausta, en las que veía a su madre matando a su hermano, apaleándolo hasta la muerte con una silla, tirándolo por una escalera, su cuerpo derrumbado en un montón de piezas rotas al final de la caída. LoLo se marchaba entonces, con un gesto de satisfacción pintado en la cara como una capa de maquillaje Maybelline. Durante una larguísima temporada, Rae no pudo dormir. Le daba miedo.

Tommy, en general, no pegaba a sus hijos, aunque tampoco los defendió nunca de las iras de LoLo. La rabia que ello le provocaba a Rae fue póstuma, tan intensa como el asco por la infidelidad de su padre. No quería estar enfadada con él, pero he aquí la situación en la que se encontraba ahora, con la sensación de que su padre había fallado a la promesa tácita de protegerla. De LoLo. De Tasheera. Solo se había sentido así en otra ocasión, cuando Tommy le había dado un bofetada.

—¿Te acuerdas de la vez que papá me pegó? —preguntó Rae a LoLo mientras acercaba un cuarto de sándwich, sin la corteza, a los labios de Skye. La niña dio un mordisco.

—A ver si dejas de contar esa mentira de una vez.

—¡Es verdad! ¿No te acuerdas?

—Recuerdo que un par de veces intentamos pegarte los dos y que siempre huías corriendo y chillando como si alguien quisiera matarte. Tommy se reía tanto al verte que al final se le pasaban las ganas. No fue tan grave. —LoLo se rio al recordarlo. Rae no.

—Pero una vez sí pasó —dijo ella.

Todavía vivían en Nueva Jersey, así que seguramente Rae no habría cumplido los diez años, pero ahí estaba su padre, alto, imponente, descamisado y medio dormido, con un lado de la cara manchado de baba seca, plantado frente a ella en actitud amenazante. Ni Rae ni TJ sabían que había hecho doble turno en el trabajo y que había llegado a casa a las dos de la madrugada; solo sabían que no podían hacer ruido mientras dormía y que, con un poco de suerte, dormiría el tiempo suficiente para que TJ bajara por Burlington Road hasta el 7-Eleven a comprar chucherías. Rae no estaba pensando en los dulces; estaba en el suelo de la cocina, jugando a la matatena y, en concreto, practicando la recogida de cuatro piezas. Pero entonces llegó TJ y dijo que quería caramelos de cereza y uva, y chicles Razzles. «Lo único que tienes que hacer es callarte la boca —prosiguió—. Si papá se despierta, dile que estoy en la caseta del jardín. Si lo haces, luego te daré caramelos, ¿vale?»

Rae no se lo cuestionó. Ni le preguntó de dónde había sacado el dinero para comprar las chucherías ni por qué no podía esperar a que su padre se despertara o su madre volviera del centro comercial. Cuando se trataba de esos caramelos, Rae no necesitaba más que oír el nombre para convertirse en cómplice de su adquisición. Sin embargo, casi en el mismo instante en que TJ se marchaba, Tommy salió del dormitorio del matrimonio con los ojos hinchados y preguntas en los labios.

—¿Rae? Ven aquí —le dijo. Fue como si todas las vísceras se le concentraran en el pecho y tomaran la decisión conjunta de salir en grupo por su garganta. Recogió despacio las piezas y la pelota de la matatena y salió arrastrando los pies de la cocina, pasando por el comedor, la sala de estar y el pasillo, que de pronto le pareció tan largo como una pista de aeropuerto. Deseó poder salir volando.

—¿Sí, papá? —dijo con dulzura, procurando imprimir a su voz toda la inocencia que pudo reunir.

—¿Dónde está tu hermano?

Tras un mínimo instante de duda, Rae se tiró de cabeza a la mentira.

—Está en la caseta del jardín —contestó.

Durante el largo trayecto hasta llegar a su padre, había barajado las consecuencias que podría acarrear su mentira: en el mejor de los casos, él podía creerla; también podía echarle la bronca, un castigo que sin duda le dolería porque no soportaba decepcionar a sus padres, aunque su integridad corporal permanecería intacta; y finalmente podía castigarla de verdad, decirle quizá que no podría jugar con sus muñecas o ver *El hombre de los seis millones de dólares* durante un par de semanas. Pero en modo alguno se le pasó por la cabeza la forma de castigo que eligió Tommy.

Le propinó un revés con la parte blanda de la mano derecha, cruzándole la boca con la que le había mentido.

—¡¿Vas a quedarte ahí plantada y mentirme a la cara?! —bramó su padre.

Estupefacta ante el hecho de que su padre hubiera elegido la violencia como forma de disciplina, Rae se quedó callada y con los ojos abiertos como platos. Un grito había ascendido desde las profundidades de su barriga, pero se le quedó atascado en el mismo sitio en el que todas sus vísceras se habían apelotonado, justo al lado del corazón. Por último logró penetrar entre las diminutas grietas y ascender por la garganta y la lengua hasta llegar a su boca. Cuando por fin pudo recobrar el aliento, llegó el sonido.

—Fue la única vez que me pegó, y me dijo que lo hizo porque había dicho una mentira —explicó Rae. Se tocaba nerviosa los dedos y se los miraba en vez de levantar la vista hacia su madre.

—Bueno... No recuerdo que te pegara, pero sí que no le gustaban los mentirosos —dijo LoLo lacónicamente.

—Pero te mintió, mamá. Nos mintió a todos. Mintió a nuestra familia durante todos estos años.

LoLo guardó silencio. Skye suspiró y se acurrucó en el pecho de su abuela. Se le cerraban los ojos de sueño y parpadeaba sin parar. Finalmente el sueño se impuso. LoLo dio un beso a su nieta y la envolvió un poco más entre sus brazos, aunque con ello buscaba consolarse más a sí misma que a la pequeña.

—¿Y crees que no lo sé? —preguntó entonces.

—No entiendo que no soportara las mentiras pero viviera mintiendo todos estos años. Le rompió el corazón a mi madre, a ti.

—Mintió porque quería proteger el corazón de tu madre —dijo LoLo enseguida.

—Mamá, con todo el respeto, eso no lo entiendo —replicó Rae con la misma rapidez—. Tuvo dos hijos con otra mujer. ¿Cómo iba a ser eso una forma de proteger tu corazón? Eras el amor de su vida y te engañó. Y ahora estoy en tu misma situación, con el corazón destrozado porque el amor de mi vida me ha traicionado. Sé lo que se siente. Y no lo llamaría «protección». No es protección.

—Escucha, Rae. Hay un montón de cosas que no sabes o no entiendes... —empezó a decir LoLo.

—La mentira de papá fue directamente a su funeral. Esa chica se presentó cuando no habían pasado ni dos meses desde que te contó todas las formas en que papá te había engañado. No estabas protegida, mamá, y yo tampoco. ¿Por qué coño sigues defendiéndolo?

Rae se preparó para la esperada reacción cortante de su madre a su lenguaje soez, pero LoLo no respondió enseguida. Acarició la espalda de la niña y se quedó sentada con gesto reflexivo. Finalmente, en un tono de voz que apenas se elevaba por encima de un susurro, declaró:

—Yo le mentí antes a tu padre.

Rae encogió el cuello, como lo había hecho el día en que su padre le había golpeado la boca.

—¿Qué quieres decir? —preguntó. Sintió que algo se fraguaba dentro de su cuerpo. ¿Era miedo? ¿Rabia? ¿Asco? ¿Espanto? Fuera lo que fuese, no estaba segura de poder recorrer ese camino con su madre, de si estaba en condiciones de entrar en esos detalles y hablar de la historia personal de sus padres. Pero allí estaba LoLo, poniendo la mano sobre la cintura de su hija mientras la conducía a una versión de la verdad.

—Al principio hice creer a tu padre que era culpa suya que no pudiéramos tener hijos —dijo LoLo—. Vi que le daba miedo, pero aun así hizo de tripas corazón y fue a visitarse con un montón de médicos, que lo estudiaron de arriba abajo. Nadie supo decirle por qué no podía concebir. Pero yo le decía que la regla me venía como un reloj y que eso quería decir que yo no tenía ningún problema, que debía de tenerlo él, y me creyó.

Rae se quedó mirando pasmada a su madre. Quería y no quería oír su historia.

—Fue muy estresante. Ni te lo imaginas —continuó LoLo, moviendo la cabeza mientras mecía a Skye, que ya se había dormido—. Tu padre deseaba formar una familia y yo lo sabía. Pero no quería perderlo. No... no pude decírselo. —Se secó una lágrima que se desprendió del manantial acumulado en sus ojos, un gesto que hizo que Rae sintiera un calambrazo en la barriga. Excepto en el funeral de su padre, nunca había presenciado como las emociones de su madre emergían con esa urgencia. Sin darse cuenta, Rae se agarró a los laterales del asiento de la silla.

—¿Decirle qué? —preguntó despacio.

LoLo respiró hondo y pasó el pulgar por los rizos ensortijados de su nieta. Arrimó la nariz al pelo de Skye y volvió a inspirar.

—Me encanta cómo huele, incluso cuando vuelve de la calle —dijo—. Para mí, sigue oliendo como un bebé, como un tesoro de alegría y bondad. Eso es lo que es. —Meció a Skye y la apretó un poco más entre sus brazos—. Nunca me había imaginado que iba a querer a otro ser humano como la quiero a ella. Los nietos son como un regalo que viene envuelto en una caja preciosa y, cuando la abres, descubres que son exactamente lo que habías pedido. Lo que necesitabas, también. Pero no te hacen pensar en lo que te falta. Solo son alegría, una alegría enorme, rotunda y plena. La primera vez que la tuve en mis brazos, pensé: esto es el amor.

»Esta niña trajo luz a un mundo de oscuridad —prosiguió LoLo, mirando finalmente a su hija a los ojos—. Ni siquiera te estoy hablando de la oscuridad que trajo la muerte de tu padre. Tu niña me hizo comprender no solo lo que había perdido, sino también lo que había logrado encontrar a pesar de todo.

—No lo entiendo, mamá —dijo Rae, y eran sus ojos ahora los que se habían empañado, dándole una visión borrosa de una ternura que jamás había visto en su madre.

—Cuando tenía dieciséis años, tuve que abortar. Mi primo me violaba y me quedé embarazada, pero no podía tener al niño —explicó LoLo, procurando que sus palabras fueran sencillas y directas, para sacarlas de su cuerpo—. La enfermera que me quitó el bebé también se llevó a todos los demás. Se encargó de que nunca pudiera ser madre.

Rae ahogó un grito tapándose la boca con las dos manos, como si fuera el primer plano de un personaje en una película de terror que hubiera visto algo monstruoso. LoLo siguió hablando, convertida en un grifo por el que salía información. A chorro.

—Tu padre tenía muchísimas ganas de tener hijos. Tantas, Rae... En esa época, si no podías tenerlos, los hombres te consideraban prácticamente una inútil. Durante nuestro matrimonio, terminé viendo que me quería y me deseaba de verdad, pero al principio, durante años, temí que me abandonara si sabía que no podía darle hijos. Tuve que convencerlo de que era culpa suya, ¿lo entiendes? Y luego demostrarle que podíamos formar una familia de una manera distinta por completo.

—Y así fue como nos adoptasteis a TJ y a mí —afirmó Rae. Se secó las lágrimas con las muñecas y entrelazó las manos sobre el regazo—. Descubrí los papeles cuando tenía doce años, ¿sabes? No te esforzaste mucho en esconderlos —dijo escuetamente.

Casi le dieron ganas de reírse. Todos esos años en los que había ocultado que lo sabía —reprimiendo las ganas de preguntar, escondiendo el secreto en los recovecos de su propia vida y también en la de sus padres— eran una revelación intrascendente comparada con el descubrimiento de la vida secreta de su padre. Finalmente había llegado el alfiler para reventar el globo, pero no hubo estallido. Solo aire que salía sin hacer ruido por el agujerito del alfiler.

LoLo movió la cabeza y se rio un poco.

—Sí, en fin... Luego, eso —repuso asimilando que esa parte de su secreto no lo era en absoluto—. Y nunca comentaste nada.

—Me daba miedo hablar de ello. Me daba miedo pensar en lo que significaba ser adoptada, sobre todo de pequeña. Recuerdo haber creído que, si te enfadabas mucho, me devolverías.

—¡Rae! ¿Qué dices? Yo nunca...

—Mamá, siempre estabas enfadada —dijo Rae cortándola. Se sentía lo bastante envalentonada para arriesgarse a decirle la verdad a su madre, después de tantos años reprimiendo sus sentimientos en los rincones más oscuros de su ser, más allá de la gruesa piel, de la sangre y de los músculos de su corazón, más allá, incluso, del recuerdo, para convertirse en la urdimbre que mantenía unido al clan Lawrence. Para hacerse imprescindible—. Hacía todo lo que me pedías. Caminaba de puntillas para no molestarte y, a veces, incluso deseaba hacerme invisible para que no me vieras desde la otra punta del salón y empezaras a gritarme por cualquier cosa y me hicieras creer que esta vez había agotado tu paciencia definitivamente. Recuerdo haber pensado —añadió en voz baja— que quizá no nos querías contigo. Y que si mi madre biológica no me había querido y tú no me querías...

LoLo apretó todavía más a Skye, tomándose un momento para encontrar las palabras precisas con las que expresar la verdad, el secreto que ella y Tommy habían guardado durante treinta y dos años.

—Fuiste una hija deseada, Rae. Alguien te dejó en la puerta de un orfanato en Canal Street, en Nueva York. Nosotros fuimos cuatro días después, buscando a una niña pequeña. Yo estaba arriba, mientras tu padre buscaba abajo. Dijo que el sótano estaba tan oscuro que casi no podía ver dentro de las cunas. No había luz. Pero allí estabas tú, en una esquina. Tommy dijo que te sentaste en la cunita, le miraste y sonreíste. La misma sonrisa que tienes hoy. Le conquistaste el corazón y no lo soltaste hasta el día en que pasó a mejor vida. Me dijo que supo que eras nuestra hija en el mismo instante en que te vio.

LoLo tendió la mano para acariciar a Rae. Sus dedos rozaron levemente los brazos de su hija. Rae se apartó y solo entonces se dio cuenta de que había replegado todo el cuerpo sobre sí mismo. Tenía los brazos alrededor de la cintura, los tobillos cruzados, con las rodillas y las pantorrillas dobladas en una postura incomodísima debajo de la silla. LoLo retiró la mano como si hubiera tocado una llama abrasadora.

Rae trató de controlarlas, pero las lágrimas se le escaparon formando caminos por sus mejillas.

—Sabía que él nos quería, mamá. Pero ¿y tú?

—¿Y yo? —preguntó LoLo inquisitiva.

—¿Me querías? ¿Querías a TJ?

—¿Cómo puedes preguntarme eso? —dijo LoLo.

—Mira cómo eres con Skye, mamá —respondió inmediatamente Rae—. A nosotros no nos abrazabas ni nos besabas así. A veces, más bien casi siempre, era como si no quisieras estar con nosotros.

—Fui una buena madre con vosotros —replicó LoLo—. Quizá no fuera muy cariñosa, ni os dijera que os quería a cada momento, pero conmigo siempre tuvisteis un plato en la mesa, ropa con la que vestiros y un techo. ¿Quién te enseñó a amar y a temer a Dios? No voy a permitir que digas que no fui una madre para ti. Tuviste todo lo que necesitabas e incluso algunas de las cosas que pedías. Y lo hice porque eres mi hija. Mi hija. Cuando murió mi madre, mi padre no lo fue para mí. Me abandonó como si no le importara que me muriese. Supongo que, en cierto modo, eso fue lo que me pasó. —Entonces, casi susurrando, añadió—: Quizá fui un poco rácana con los «te quiero», pero no hay duda de que te lo demostré. Eso cuenta, Rae. Esa es mi forma de querer.

LoLo besó la cabeza de Skye y luego volvió a tender la mano buscando la de su hija. Lo intentó de nuevo, por Rae. Por ella misma. Esta vez Rae permitió que su madre le pusiera la mano sobre el hombro. Esta vez la miró a los ojos. Esta vez vio a una mujer. No a su madre. No a la esposa de su padre. No a esa ama de casa mala, enfadada, violenta, sino a una mujer que había tenido una vida difícil y que se había sacrificado para proteger a su familia con una ferocidad que no solo había hecho daño a sus hijos, sino también a sí misma. Rae vio a una mujer sencilla, sencilla, que había sobrevivido a una vida extraordinariamente triste y difícil.

28

Rae debería habérselo pensado dos veces antes de hacerle esa pregunta a LoLo, debería haber imaginado cuál iba a ser la respuesta. A fin de cuentas, durante dos años había podido constatar que LoLo se había convertido en una madre distinta también en lo referente a dar consejos, rompiendo con su inclinación a mover a su hija como si fuera una marioneta y prefiriendo, por el contrario, dar un paso atrás y animarla, ahora que ya era mujer, madre y esposa, a tomar sus propias decisiones y mantenerlas con firmeza, ignorando lo que los demás pudieran decir al respecto. La primera vez que LoLo defendió las decisiones de Rae en voz alta, la sorpresa fue tal que se quedó en silencio, dudando de si había oído bien las palabras de su madre. «Dejadla en paz», había dicho a sus amigas. Las tías Sarah, Cindy y Para Lee se habían presentado en casa de LoLo con ocasión de su aniversario de bodas para acompañarla y consolarla, para distraerla de la tragedia de todo lo que había perdido a fin de que pudiera concentrarse un poco en lo bueno. En lo bueno que guardaba en el recuerdo. Era algo que se les daba bien, a las amigas de LoLo, esa escuadra de mujeres duras que empleaban sus poderes para alegrar, animar, aconsejar. Rae no lo había entendido siendo niña, pero las mejores amigas de su madre le habían dado buenas lecciones, lecciones sobre cómo comportarse. Observándolas, había aprendido el valor de la amistad, de crear espacios seguros para los niños, de la risa. Se moría por los abrazos de sus tías, por recibir su aprobación y su verdad. Y ellas se la daban, a carretadas. Sin embargo, en esta ocasión Rae solo quería que parasen.

El revuelo empezó en cuanto Rae subió los peldaños de la casa de LoLo, con la niña —que entonces tenía ocho meses— retorciéndose en su brazo izquierdo mientras llevaba en el derecho, en precario equilibrio, una bolsa de pañales, un cargamento de juguetes y varios regalos para su madre. Skye, sin parar de rezongar y moverse, se agarraba de la camiseta de su madre, estampando los labios sobre sus pechos. «¡Vale, vale, vale, ahora te doy de comer, peque!», le insistió Rae mientras dejaba las bolsas en el distribuidor de arriba e iba directamente a la mullida butaca del salón, justo al lado del sofá en el que su madre estaba sentada con sus amigas. Varios álbumes con fotografías encoladas entre cartulina y plástico que recogían imágenes de toda una vida juntas descansaban frente a ellas sobre la pequeña mesa cuadrada de centro, y también sobre sus rodillas, álbumes abiertos por completo como sus carcajadas.

—¡Ohhhh, ya habéis llegado! ¡Dame a mi nieta! —dijo LoLo, con los brazos tendidos y agitando los dedos para decirles que se acercaran. Los alegres saludos de las tías resonaron en el salón.

—Un segundo, mamá. Tiene tanta hambre que le dará un berrinche si no le doy de mamar ahora mismo —pidió Rae mientras se levantaba la camiseta y se desabrochaba el sujetador de lactancia. El salón quedó en silencio en un instante. Skye lloriqueó un par de veces mientras buscaba el pecho de su madre, antes de enganchar labios y lengua como una ventosa en el pezón, sorbiendo, respirando con fuerza, mientras el ansia, primero, y luego la satisfacción bajaban por sus párpados húmedos.

La tía Para Lee fue la primera en hablar.

—¿Cuántos meses tiene la niña? —preguntó.

Rae buscó los dedos de Skye y meció su cuerpecito, a su hija, mientras esta mamaba.

—Acaba de cumplir ocho meses. Es increíble lo rápido que pasa el tiempo —dijo—. ¡Está gigante! Es como si me cambiaran a la niña todas las semanas.

Rae, concentrada en la labor, no se fijó en la mirada que la tía Para Lee le lanzó a la tía Cindy y a la tía Sarah, antes de hacer lo mismo con LoLo.

—¿Ya tiene casi un año y le sigues dando de mamar? —preguntó la tía Para Lee frunciendo el ceño—. Seguro que ya tiene dientes para comerse un filete a estas alturas.

—Por lo menos ya puede masticar un trozo de carne que no sea el pecho de su madre. —La tía Sarah metió baza.

La sonrisa de Rae se desdibujó lentamente. Se movió incómoda en la butaca acolchada, marchitándose bajo las miradas de sus tías. Para sus adentros pronunció un exaltado sermón en el que repasó la historia de la lactancia materna en la comunidad negra y los efectos perjudiciales de la leche en polvo para el delicado estómago de los bebés, enumeró todas las estadísticas que demostraban que los niños que lactaban crecían fuertes e inteligentes, así como todas las ventajas que obtenían de la leche de sus madres, mientras les afeaba que no tuvieran inconveniente en sorber un líquido extraído de las ubres de una vaca pero les molestara que Skye recibiera alimento del pecho de su madre. De puertas afuera, Rae se limitó a mantener pegados los labios y aguantar el chaparrón verbal.

—Pero qué estáis diciendo —intervino LoLo—. Mirad lo sana que está mi nieta. Su mamá seguro que hace algo bien. Más que bien, diría yo. —Las amigas de LoLo dejaron de cacarear—. Skye no se resfría, no ha tenido ninguna otitis. Mirad qué regordetas tiene las piernas —añadió, acercándose para pellizcar los muslos de su nieta—. Tiene mucho pelo, y muy rizado...

—¿No vas a ponerle pasadores? —interrumpió la tía

Sarah—. Con todo el pelo que tiene, podrías peinárselo y hacerle un par de coletas o algo. Ese pelo afro se ve muy seco...

—¡Sarah, la cabeza de esa niña está estupenda! —dijo LoLo—. Tiene un pelo afro divino. Dejad en paz a mi nieta. Rae es su madre y la está criando de maravilla.

—Pues me parece a mí que lo tiene como una escarola.

—Nadie te ha pedido tu opinión —saltó Rae sin poder contenerse. Se arrepintió enseguida. Su madre no la había educado así. Ahora, con más dulzura, insufló un poco de aire frío al ambiente, que se había acalorado en gran medida—. He decidido hacer las cosas de manera distinta. Nada más. Hay un montón de beneficios para los niños que toman el pecho por lo menos hasta el primer año, y no le hago daño a nadie si alimento a mi bebé con la leche que la naturaleza me ha dado justo para eso. Y no me apetece tirarle del pelo para peinárselo, porque todavía lo tiene tierno y además me gusta cómo le queda el afro —dijo—. Creo que es bonito.

—Yo también, Rae —afirmó LoLo acercándose para acariciar la pierna de su hija en señal de solidaridad. Rae miró la mano de su madre, que siempre había tenido sensible el cuero cabelludo. Luego la miró a los ojos, tratando de reprimir la sorpresa que todo aquello le causaba.

Más tarde, cuando todas quedaron saciadas de comida, tarta y camaradería, y regresaron a sus vidas, y Rae se echó con su madre en la cama de matrimonio para ver la tele mientras la niña se iba durmiendo, LoLo le explicó su cambio de postura.

—Nadie tiene derecho a decirte lo que tienes que hacer con tu vida —le dijo sin más—. Es tu hija. Edúcala como te dé la gana, ¿vale? Lo que diga la gente no tiene ninguna importancia si no es lo que tú quieres. Recuérdalo.

Esta LoLo era toda una sorpresa; prudente, una auténtica María, llena de gracia. Si Rae no estuviera temblando todavía bajo los efectos de la implosión de su matrimonio, tal vez habría intentado comprender y abrazar la soltura con la que su madre sorteaba las curvas difíciles. Pero en ese instante necesitaba más bien la luz de LoLo, su lucidez, para ayudarla a atravesar las tinieblas y encontrar el camino de regreso a esa normalidad en la que los maridos se ganaban la vida, disfrutaban pasando los sábados en compañía de sus chicas favoritas y ponían la familia por encima de todo.

Habían pasado tres semanas desde que Rae había dejado a su marido, y seguía tan lejos de saber cuál iba a ser su siguiente paso como cuando cogió a su niña y todo lo que pudo meter en una bolsa de deporte y se subió a un tren de la línea de Long Island con destino a la casa de su infancia. Estaba sentada a la mesa de la cocina, soñolienta, frustrada, triste, enfadada, después de haber dormido solo unas horas, interrumpidas incesantemente por los codazos de su hija en la nariz, sus piececitos clavados en los riñones y los recuerdos de ser una adolescente en esa habitación y esa cama congeladas en el tiempo; esa cama en la que, hacía más de dos décadas, se echaba para hacer los deberes, leer, escuchar canciones románticas de Frankie Crocker que sonaban en su pequeño reloj despertador enchufado a la pared, deseando que su madre dejara de encerrarla en la habitación como si fuera una especie de Rapunzel de color que hubiera que proteger de un mundo malvado. Y allí estaba ahora, tantos años después, a sus treinta y dos años y con un bebé, todavía atrapada en la torre, sin un plan de huida claro y sin saber siquiera si el príncipe merecería la escalada.

LoLo se movía por la cocina a sus anchas, gritando de vez en cuando las respuestas a las preguntas que Alex Trebek planteaba con su voz tranquila en el programa de esa noche de *Jeopardy!*, mientras preparaba una cena rápida de chuletas de cerdo fritas, brócoli al vapor y compota de manzana. No era consciente de la agitación que iba apoderándose de Rae mientras esperaba en la mesa de la cocina, con Skye sentada a horcajadas sobre su regazo, medio dormida.

—¿Qué se supone que tengo que hacer, mamá? —preguntó Rae finalmente.

—¿Con qué? —preguntó LoLo mientras colocaba los platos de la cena sobre la mesa. Le dio un beso a Skye y sonrió—. Ay, la niña tiene sueño —dijo embelesada.

—Mi marido me ha traicionado. Ha traicionado a nuestra familia. ¿Qué debo hacer? ¿Me quedo con un hombre que se ha acostado con otra mujer? ¿Me quedo con el malo de la película, para bien o para mal? Mi padre es mi héroe, pero ahora resulta que también fue el malo. ¿Su infidelidad lo cambia todo? ¿Y la infidelidad de Roman ha de cambiarlo todo también? ¿Ya no puedo seguir queriendo ser su esposa? ¿Qué hago?

—No puedo decirte qué debes hacer, Rae, y no voy a intentarlo. Es tu matrimonio, es tu vida. Lo que tu padre y yo tuvimos es lo que quise, aunque no fuera perfecto. No puedo poner nuestra vida en un pedestal y decirte: «Hazlo como nosotros». Intenté ser lo que se esperaba de una mujer en ese mundo y casi pierdo la vida por el camino. Tendrás que decidir qué te conviene a ti, sin tener en cuenta lo que hayas visto en otras partes. Da igual lo que quieran los demás. Se trata de lo que necesitas tú. ¿Lo entiendes?

Rae se secó las lágrimas. Asintió. Miró a su hija.

—Está rendida, ¿eh? —dijo esbozando una sonrisa forzada.

LoLo miró a Skye, que estaba echada sobre el vientre de Rae como si fuera una almohada.

—Sí, está roque —susurró—. Deja que la lleve a la cama —dijo cogiéndola de los brazos de Rae—. Vuelvo enseguida, ¿vale? Cómete las chuletas de cerdo. Tienes que comer algo, reponer fuerzas.

Rae vio como LoLo cogía en brazos a su nieta y se la

llevaba. Los piececitos de la niña se balanceaban rozándole los muslos. LoLo ya tenía cincuenta y cinco años, pero seguía siendo una mujer ágil y preciosa. Sin Tommy, había logrado una vida agradable, se había convertido en una persona... nueva. Incluso la casa no se parecía en nada al hogar que los Lawrence habían creado en Long Island. Siendo Rae una niña, su madre había insistido en que todas las habitaciones de la casa debían ser blancas, pues creía que los colores iban bien para los cojines de los sofás, las colchas y los objetos que decoraban las estanterías, pero no para las paredes. También insistía en que los muebles del salón eran para las visitas, no para niños de manos pringosas o adultos a los que solo les apetecía tumbarse a la bartola. En esa casa, cada cual solía retirarse a su rincón. Era la casa de LoLo, los gustos de LoLo, las normas de LoLo.

Pero en esta casa en la que ahora vivía sin Tommy, las paredes eran un estallido de rojo, dorado, azul cielo, y el salón, antaño vetado a todo aquel que no fuera una visita, era ahora un sitio en el que se podía estar, ya fuese uno de la familia o un invitado, un amigo o un enemigo. Era allí donde LoLo celebraba sus reuniones; entre esas paredes servía aperitivos y bebidas, se juntaba su grupo de estudio de la Biblia. Incluso había comprado un televisor nuevo y lo había orientado de tal forma que podía doblar la colada o echarse una siesta mientras tenía puesta una película de suspense o un clásico de vaqueros. Era la maestra de ceremonias de un circo en el que solo ella actuaba. Había encontrado su propia forma de vivir, su propia forma de entretenerse, su propia forma de ser, sin Tommy. Era precioso verlo.

Rae se volvió en la silla para echar un vistazo a la pared de la cocina en la que LoLo había colgado todas las fotos de la familia que antes los miraban desde las repisas de cristal del salón. En el centro había una foto vieja de Tommy, vestido con un traje de cuadros y un jersey verde de cuello alto, con LoLo al lado en un vestido de tubo a juego, ambos mirando a lo lejos, como en los retratos que hacían en los grandes almacenes Sears, con un telón de fondo colorido y un acabado extrabrillante. Rae pensó que LoLo estaba preciosa, deslumbrante. Alta y ágil, como una modelo. Recordó la cantidad de veces que estuvo sentada en los probadores de los grandes almacenes que LoLo frecuentaba, viendo como su madre se enfundaba ropa que siempre parecía cortada a propósito para su cuerpo esbelto. LoLo prefería los vestidos largos con cinturón y hombreras que le daban a sus hombros, rectos de por sí, el aspecto de una percha y hacían que su cintura, que ya era muy estrecha, pareciera grotescamente diminuta. Aun así, no soportaba enseñar las piernas, algo que Rae no entendía, pues su madre tenía unas piernas perfectas, largas y bien torneadas. Nada que ver con las piernas cortas y gruesas con las que su hija se peleaba cada vez que se ponía unos pantalones que nunca le iban bien. Rae recordaba estar sentada en los bancos de los probadores de Macy's, deseando no tener esas formas de botella de Coca-Cola y parecerse un poco a su madre, ser guapa y perfecta. Tan absolutamente guapa y perfecta.

Rae sintió el escozor en la nariz y luego en los ojos. Echaba de menos a su padre, pero le dolía lo que le había hecho a esa mujer, cómo había multiplicado su dolor. En cuanto volviera a la cocina, decidió Rae, le diría lo guapa que era y también cómo la admiraba y lo agradecida que le estaba. Agradecida de que hubiera llegado a su vida, la hubiera elegido y la hubiera sentido como algo suyo. Le diría que no se merecía lo que Tommy le había hecho, lo que le había hecho a la familia. Que quería estar enfadada con él, pero que no era capaz de encontrar un hueco entre la rabia y el intensísimo amor por su padre, un amor que no conocía límites, pero que ahora era incluso más grande, después de que se hubiera marchado para siempre. Quería decirle a su madre que, aunque no pudiera entender del todo su dolor, era consciente de su sufrimiento y que siempre podría contar con ella. Su madre, esa mujer cuya sangre no compartía, pero a la que, aun así, quería profundamente.

Y entonces Rae notó su olor. El olor de su padre. Sin asomo de duda, como si estuviera justo delante de su cara, como en el sueño que había tenido. Era un aroma característico, el *aftershave* que su padre se echaba a las mejillas, el mentón y el cuello casi todos los días, se hubiera pasado la maquinilla por el rostro o no. Le encantaba ese aroma. Olía a flor de azahar y a bergamota, con un fondo de rosa, caqui y una pizca de pachulí. Sensual y negro. Negro como entrar en una barbería negra o en el cuarto de un hombre negro un sábado por la tarde. En un hombre blanco apestaría.

—Mamá —dijo Rae llamando a su madre tan bajito que esta casi no la oyó.

Rae se secó las lágrimas con el dorso de las muñecas y se levantó de la silla. En cuanto LoLo pasó por la puerta de la cocina, se detuvo en seco, como si hubiera chocado contra una barrera invisible, y cerró los ojos. Inspiró tan hondo que casi le dio tos por haber tomado tanto aire.

—¿Lo hueles? —preguntó Rae—. Ya ha pasado un rato desde que ha venido, pero aquí está otra vez. Para ti y para la niña. Quizá para mí también.

—¿Te has puesto el *aftershave* de papá? —preguntó LoLo, malinterpretando por completo lo que en verdad ocurría.

—No, mamá —repuso Rae con dulzura—. Es el olor de papá. —La miró a los ojos. Sus pupilas la atravesaron, unas pupilas que decían exactamente lo que su madre debía entender.

—¿Viene a verte? ¿Así?

—A veces es el olor lo que noto, el *aftershave* —dijo Rae—. A veces viene a verme en sueños. Un domingo me desperté por la mañana y noté un olor a hígado de ternera, clarísimo. Salté de la cama y fui corriendo a la cocina. No había nadie, todo estaba en su sitio. Pero olía como si papá estuviera justo ahí, en los fogones, preparándose un trozo de hígado con esa salsa que me gusta, y arroz. Su plato favorito.

»No te lo dije —añadió— porque pensé que... pensé que creerías que era algo malo.

—Ya sabes que no creo en esas historias del vudú. No está en la Biblia y la Palabra de Dios nos dice que no adoremos a ídolos falsos.

—Mamá, yo no lo controlo. No paro de ver cosas en sueños, desde que era pequeña. Solo que no te lo decía. Pensaba que igual era mala o que estaba pecando contra Dios porque nos educaste para ser buenos cristianos. Pero tú también lo has olido. ¿Cómo puede ser mala la presencia de papá?

—Déjame terminar, Rae —dijo LoLo levantando la mano para hacer callar a su hija—. Tengo que enseñarte algo. Vuelvo enseguida.

LoLo volvió a desaparecer por el pasillo para reaparecer enseguida, con un pequeño zurrón blanco en la palma de la mano. Le pasó los pulgares por encima, despacio, con los pies clavados en el suelo de linóleo que Tommy había colocado con sus propias manos cuando Rae no era más que una niña y bailaba al otro lado de la entrada de la cocina, agasajando a su padre con un resumen de su libro favorito, *La princesita*.

—Esto es tuyo —se limitó a decir LoLo, poniéndolo en las manos de su hija.

Rae miró perpleja el zurrón y luego lo abrió. Sus dedos rozaron primero el rizo de pelo. Lo sacó y sintió un hormigueo en el cuerpo, como si una corriente eléctrica recorriese suavemente su organismo, despertándolo. Después de dejarlo sobre la mesa, cogió la pata de conejo y la puso al lado, y luego la pipa. Ahogó un grito cuando sacó el pañuelo y vio el tejido manchado de sangre entre sus dedos. También el pañuelo se le cayó sobre la mesa, pero de forma involuntaria, porque sus manos temblaban. Inclinó la cabeza a un lado y a otro, observándolo con los ojos empañados.

—Todavía queda una cosa dentro —dijo LoLo en voz baja.

Rae volvió a meter una mano indecisa en el zurrón y sacó el papel doblado, de color marrón, recortado de una bolsa de la compra. Lo abrió despacio y leyó su contenido.

—¿Qué... qué es esto? —preguntó levantando finalmente la vista.

LoLo buscó las palabras que el miedo —a lo que Tommy pensaría, a lo que Dios pensaría, si la vieran hacerlo— le había impedido pronunciar durante los últimos treinta y un años. De pie en la cocina, con el corazón de su hija abierto por completo, LoLo encontró el valor para abrir las compuertas.

—Papá no quería que te lo enseñara, pero... —LoLo se interrumpió.

—Mamá. ¿Qué es esto? —preguntó Rae de nuevo, con el corazón desbocado mientras frotaba el papel entre los dedos y miraba las letras.

Este bebé
Este bebé
Este bebé
una vida dulce, protegida y próspera

—Estaba dentro de la bolsa en la que te encontraron en el orfanato. —Las palabras de LoLo, que había engullido más de tres décadas antes, salieron a raudales de su boca—.

Creo que te lo dejó tu madre biológica. ¿Ves qué es esto? —dijo señalando el círculo de palabras sobre el papel—. Es un deseo, como una plegaria. Pero como las escribían hace mucho tiempo, en el Sur, cuando creían en aparecidos, raíces y cosas así. Es una rogativa.

—¿Una... qué?

—Una rogativa. Una plegaria, por ti, Rae. Creo que de tu madre, para pedir tu protección —dijo LoLo—. Creo que quería que lo tuvieras. Creo que eso es lo que deseaba darte. Protección.

»Papá era tu protector. También lo fue para mí —continuó LoLo. Frotaba los hombros de su hija mientras hablaba—. Solo le pedí eso y me lo dio. Nos protegió. Te encontró en ese sótano y él fue quien se aseguró de que estuvieras bien, incluso cuando era yo quien te hacía daño. No quería que te lo diera porque, en su opinión, nosotros éramos tu familia y naciste el día que llegaste a casa. Somos tus padres. Lo que hubiera ocurrido antes le daba igual. Pero este papel, esta rogativa... Tu padre hizo lo que le pedía. Su presencia aquí, ahora mismo, me dice que todavía lo hace.

Rae —abrumada por la idea de que su madre biológica hubiera deseado lo mejor para ella, que tuviera su sangre y su pelo en las manos, que su padre fallecido estuviera ocupando un espacio en la misma habitación en la que ella y su madre se encontraban, justo en el otro extremo del pasillo donde su hija estaba durmiendo— echó a correr, saliendo de la cocina, adentrándose en el pasillo, hasta llegar al cuarto de baño, sin que el olor de su padre se separase de ella ni un instante. Rae cerró de un portazo y se derrumbó sobre la alfombrilla, que todavía conservaba el agua en la que había bañado a su hija apenas una hora antes.

A lo largo de los años Rae se había servido de la imaginación para completar la historia de su nacimiento con color, luz y compasión: «Quizá mi madre biológica era muy joven y estaba asustada y no se veía capaz de criar a una hija sola», había sido su primer pensamiento. A veces, la historia tenía villanos: «Quizá su familia la obligó a abandonarme en esa escalera porque se negaron a ayudarla con el bebé» o «Quizá su hombre la maltrataba y temía que el bebé se viera atrapado en la violencia». Las historias eran tan variadas como los libros que escondía en la última repisa de su armario infantil. Pero en todas ellas la madre biológica de Rae era la heroína. A fin de cuentas, había tantas maneras de que su vida hubiera terminado mal, siendo como era entonces un bebé indefenso. Pero esa mujer se había ganado un lugar en el pedestal que Rae había escondido en su corazón, y siempre lo había ocupado, quieta, inamovible, inocente, como los diminutos ángeles de porcelana que LoLo tenía en su estantería de cristal.

Ahora, con la sangre de su madre entre los dedos, y con su hija al otro lado del pasillo, Rae vio a esa mujer como mucho más que un objeto inanimado o un cuento de hadas inventado que criase polvo en una repisa. Comprendió la humanidad de esa mujer. La decisión que había tomado —así lo veía ahora— había sido hermosa, desinteresada, abismada en el dolor, la pena y, sí, el amor, un amor que ahora podía entender porque también ella era una madre que había llevado a su hija en el vientre y no alcanzaba a vislumbrar la fuerza, el valor y la decisión que su madre biológica había demostrado al dejar a su hija, su sangre, el latido mismo de su corazón, en una escalera para que unos desconocidos —LoLo y Tommy, que la querían profundamente— se la quedaran. Para Rae, no había mayor sacrificio. Un milagro, no distinto del milagro de la concepción, todo lo que tenía que darse para que un espermatozoide se uniera a un óvulo, y el óvulo fecundado se adhiriese a la matriz, y la matriz mantuviera unas condiciones absolutamente perfectas para que esa nueva vida se desarrollara y encontrara su camino hasta unos brazos que la recogieran con amor. El zurrón era la prueba, para Rae, de que había terminado justo donde le correspondía.

Rae se llevó el papel al corazón e inspiró el olor de su padre.

—Papá, te echo de menos. Te quiero. Te quiero. Te quiero y te echo de menos y te quiero —dijo.

Y entonces, por su madre, por esa mujer cuya sangre corría por sus venas, lloró.

29

Rae avanzaba trabajosamente por el pasillo del tren con Skye colgada de la cadera. Cargaba además con el bolso y la pañalera, en los que llevaba bricks de zumo, dodotis, libros, juguetes y un montón de comida para picar que LoLo le había metido en los recovecos de las bolsas diciéndole: «Toda esta basura debe marcharse con el bebé porque si me la quedo en casa me voy a poner como una foca». Skye rezongaba; quería bajarse y caminar sola. Pero Rae no soportaba ir en tren y, sobre todo, detestaba la estación de Queens, ese repugnante bastión de gérmenes que viajaban desde cada rincón de Nueva York para depositarse en los tejidos, las paredes y el propio aire de ese sitio apestoso. No quería que la niña tocase nada.

—Skye, peque, deja que mamá te lleve en brazos, tesoro —dijo Rae colocándose mejor a la niña en la cadera. La pañalera, que llevaba colgada del hombro, se le deslizó hasta el codo, tirando de su brazo y del bolso hacia abajo. Llevaba más peso del necesario.

—¡Caminar, mamá! —gimoteó Skye retorciéndose, pataleando y dejando el cuerpo muerto para liberarse del brazo de su madre.

—Skye, niña. Ayuda a mamá, por favor.

Rae se detuvo de pronto para intentar serenarse, serenar a la niña, recoger sus cosas, una parada repentina que no sentó bien a algunos de los pasajeros, que no se tomaron a buenas tener que adaptarse a las necesidades de esa mujer, su equipaje y su niña llorosa, la cual, a tenor de lo exagerado de sus suspiros y miradas de resignación, consideraban que sobraba en el tren. El hombre blanco que había viajado sentado detrás de ellas —ese bruto gigantesco que era tan alto como ancho y que ni por un instante había contemplado la posibilidad de ayudar a Rae, tan pequeña, a subir su pesado equipaje a la bandeja que, literalmente, le quedaba por encima de la cabeza, antes de que el tren se pusiera en marcha, y la había observado con gesto impaciente mientras ella lo bajaba justo antes de llegar a Queens—, se había hartado y expresaba ahora de viva voz el enfado que le provocaban los contratiempos de esa mujer.

—¡Vamos, señora! —dijo parándose en seco, con las cejas apiñadas en el centro de su frente.

Rae, avergonzada, hecha polvo, intentó apartarse a un lado y reducir al máximo el espacio que ocupaban ella, la niña y sus enseres. Ser amable. No ser una carga. Ya había soportado dos horas de miradas: ese hombre blanco; la señora blanca que había viajado a su lado y se había encogido de miedo, volviendo todo el cuerpo hacia el pasillo, cuando Skye investigó el capitoné de los asientos y le rozó la mano al intentar tocar uno de los botoncitos; incluso la mujer negra, joven y elegante, que se sentaba al otro lado del pasillo, una fila por delante, y que no había parado de volverse para mirarla mientras Skye no hacía más que comportarse como cualquier niña de su edad, con un gesto de... ¿Asco? ¿Desdén? Toda esa gente, toda esa situación, hizo que la cabeza le palpitara y le dieron ganas de echarse al suelo. No era más que un pequeño anticipo, pensó, de lo que sería a fin de cuentas su vida si tenía que lidiar con el mundo como madre soltera, cargando con una niña y todo su equipaje, sufriendo por mantenerlo todo en orden mientras el mundo la miraba mal, le decía que no con la cabeza y rechistaba al pasar a su lado, cabreado con ella, empujándola, como si esa mujer negra con un bebé y sin un hombre a la vista fuera el problema. La lacra.

Estas ideas la tuvieron en vela todas las noches que estuvo en casa de sus padres, mientras sopesaba las palabras de su madre e incluso los motivos por los que una mujer podía decidir quedarse con un hombre aficionado a los líos de faldas, o con cualquier hombre, en realidad. No tenía dudas de que su madre había amado a su padre, a la familia que habían formado, pero ahora su madre le había confesado que había mantenido en pie su parte del matrimonio a cambio de una moneda que ella y otras mujeres de su misma condición consideraban más valiosa que el amor, un pacto que tenía más que ver con la estabilidad económica y la protección física que con cualquier cuento de hadas. Rae se preguntaba si las cosas habían cambiado tanto. Si el mismo motivo podía explicar por qué debería quedarse con un marido infiel que le había pedido amablemente que volviera a casa, se lo pedía por favor una y otra vez, y le reiteraba que era el padre de su hija y que las hijas necesitaban la presencia de sus padres en sus vidas, un extremo que, a ojos de Rae, era incuestionable y le hizo escuchar con atención a Roman cuando le suplicaba «Por favor, ven a casa, nena. Te echo de menos. Te necesito. Quiero recuperar a mi familia» y sopesarlo con el corazón, pero también con aquellas partes de sí misma que analizaban la lógica, las estadísticas, el capital social y otros factores parecidos. Cuando terminó de hacer los cálculos, Rae pensó que volver con la niña a Brooklyn y hacer las paces con su marido era preferible a moverse por el mundo siendo negra, mujer y madre, y estando sola. Y eso fue lo que hizo. Lo que estaba ocurriendo en el tren —ver a toda esa gente que las rodeaba, que en vez de compadecerse de sus dificultades mostraba abiertamente su indignación porque estorbaban— la reafirmó en su decisión.

—Disculpe, lo siento mucho —dijo Rae mientras se

apartaba enseguida a un lado—. ¡Skye! ¡Para! —gritó agarrando a su hija de la muñeca y zarandeándola un poco. Lo hizo en ese instante para que la niña le hiciera caso, naturalmente, aunque más tarde, cuando se sentó a solas y al final hizo recuento de la relación que tenía con su hija y de cómo la quería, de cómo la trataba, de cómo la sostenía y la miraba, entendería que haberle gritado a su niña en el pasillo del tren frente a toda esa gente no tenía nada que ver con la pequeña, y se sentiría como una Judas por haberse traicionado a sí misma y a su hija, por haber agachado la cabeza para que le pusieran una corona de espinas, a ella, pero también a su niña.

Al cabo de unos cuarenta minutos, después de haber recogido sus cosas y el cochecito con capazo y silla de Skye y haberlo apilado todo en la acera, Rae esperaba, inquieta y atenta, molesta porque Roman no hubiera pensado en llegar con tiempo suficiente para aparcar el coche y recibirla en el vestíbulo de la estación a fin de ayudarla con la niña y el equipaje. Roman no era ese tipo de tío, detallista y caballeroso. No le abría la puerta del coche, no era el primero en pasar por las puertas giratorias, ni siquiera insistía en caminar por el lado de la acera más próximo a la calzada para proteger a Rae de los coches. Solo se dignaba a ayudar a Rae con la compra cuando ella se lo pedía. Incluso se había acostumbrado a hacer solamente su lado de la cama por la mañana. O sea, que solo arreglaba su almohada y subía la colcha de su lado, pero no del otro, donde dormía ella. Era algo que Rae no tardó en advertir y un par de veces, al pensarlo, había torcido el gesto, sorprendida. Ahora esas cosas la cabreaban. «¿Por qué solo haces tu lado de la cama?», le había preguntado, en un tono que transmitía curiosidad, pero también un «¿Pero de qué vas?».

Roman se había encogido de hombros.

—Ni siquiera me había dado cuenta.

Señalárselo no había servido para que cambiara de actitud. A Rae, aquel comportamiento le resultaba curioso y tampoco le había dado demasiada importancia, hasta que se la dio.

Sin embargo, ese día en la estación, Rae se contentó con esperar a Roman en la acera, con la niña y las bolsas, observando a la gente que recogía a los suyos. Por supuesto, admitía que los neoyorquinos siempre llevaban una pátina peculiar encima, una brusquedad que los volvía grises, cansados y duros, con arrugas marcadas profundamente en su superficie. Los desconocidos no intercambiaban cumplidos; el tiempo, a fin de cuentas, escaseaba tanto como la paciencia, y las interacciones eran tan volátiles como las actitudes, por lo que la gente se abría paso entre los desconocidos a codazos, preocupada solo por llegar del punto a A al B sin reparar en casi nada más.

Recoger a alguien en la estación de tren tendría que ser otra cosa. Si estabas dispuesto a soportar el tráfico de las calles de Nueva York y viajar desde vete a saber dónde hasta la estación, no solo lo hacías por obligación, sino quizá también por amor a esa persona que se había subido a un gran tubo de metal que recorría a toda velocidad kilómetros de vías, y el objetivo era llegar a tiempo de recogerla. De estrecharla entre tus brazos. Sin embargo, lo que veía Rae en ese instante era una serie de actuaciones más curiosas: un puñado de gente dura, incapaz de toda maleabilidad. Los coches iban desfilando sin cesar junto a la acera, deteniéndose ruidosamente frente a las personas que iban a recoger, saludándolas con más o menos la misma emoción y consideración con la que un taxista recogería a un cliente. Las madres gruñían más que saludaban, con los brazos colgando inertes a lado y lado en lugar de estar estrechando a sus vástagos; las esposas pasaban sus maletines a los maridos y se sentaban en el asiento del copiloto, con los labios fruncidos, mientras estos cerraban de golpe los maleteros antes de volver a sentarse al volante, solemnes como en un cortejo fúnebre, pronunciando unos «hola» más rutinarios que cálidos, sinceros. Apenas se miraban entre sí: cuellos que parecían rígidos como barras de hierro, cabezas mirando al frente, cuerpos que solo se movían con las sacudidas del coche al reintegrarse en el tráfico, transportando su carga a sus rincones, a sus vidas.

Rae se preguntó si alguna de esas personas, aunque solo fuera una, era sencillamente... feliz. Si todas las familias eran así, hombres y mujeres que en algún momento de sus vidas habían sentido una atracción mutua y quizá incluso amor, pero luego habían permitido que todo quedara amortajado por la dura verdad de quiénes eran en lo más hondo de su ser, cuando el brillo acababa por apagarse y todo el mundo apartaba los ojos de lo que deseaba para centrarlos en lo demás. Los niños. La casa. El trabajo. Las necesidades. Ganarse la vida. Rae se preguntó si le esperaba esa misma suerte. Se preguntó si podría ser tan fuerte como su madre, si tenía el valor suficiente para sobrevivir a su matrimonio.

Finalmente vio el capó del Toyota Corolla de Roman acercándose despacio a la acera, entrando en el mismo instante en que se marchaba impertérrita una pareja en un Ford Escort. Roman anunció su llegada dando un toquecito al claxon. Skye, por fin tranquila debajo de la mantita con su perrito de peluche violeta, se movió un poco en el capazo pero siguió durmiendo, como si no hubiera una sola nube en el cielo. Rae puso una sonrisa forzada.

Roman salió del coche y se acercó rápidamente, con los brazos abiertos por completo, para estrechar a su esposa.

—¡Eeeh, mis chicas ya están aquí! —dijo.

Rae fue una barra de hierro entre sus brazos. No quería que la tocara con las mismas manos que con toda probabilidad habían desabrochado el sujetador que acabó encontrando en el hogar de la familia que formaban, y desde luego no quería transmitirle el mensaje de que su vuelta a casa significaba que no tenían problemas. Porque los tenían.

—Eh —dijo Rae secamente, moviéndose con la misma frialdad y urgencia que había visto en los viajeros que se habían subido a los coches antes que ella. Tal y como su madre solía saludar a su padre, a TJ, a ella misma, tantos años antes.

—Mira mi niña. Está roque, ¿eh? —dijo Roman bajando la manta del capazo para poder ver a su hija—. ¿Cómo se ha portado en el tren?

—Bien. Se ha portado bien —respondió Rae con aspereza.

—Vale. Voy a poner la sillita. ¿Quieres sacarla del cochecito?

Pasaron los instantes siguientes trabajando en silencio, moviéndose con fluidez. Roman ancló la silla con los cinturones y se volvió para recoger a Skye de los brazos de su madre. La niña, tan dormida que parecía un peso muerto, se acurrucó en la silla en cuanto su padre la sentó y le puso el cinturón por encima de los hombros y entre las piernas. Luego se apartó para que Rae pudiera taparla con su manta favorita, poniéndole encima su perrito violeta. Hecho esto, se sentó a toda prisa en el asiento delantero. Roman se puso al volante, arrancó y pisó el acelerador casi antes de cerrar la puerta. No hablaron. Rae no encontraba las palabras, por lo que dejaron que la radio les diera conversación. Ella, Billie, Sarah, Abbey, todas ellas contaban medias verdades y grandes mentiras en favor de Roman. Siempre recurría a esas mujeres —a esas canciones que elegía para esconderse— cuando le pesaba el corazón y estaba hundido. Rae lo sabía perfectamente. Era la lista de reproducción —un torrente interminable de álbumes de jazz que había apilado sobre su cadena de música— que no paraba de escuchar en la época en la que se conocieron, justo cuando estaba luchando por superar la ruptura con su primera esposa.

—¿Por qué escuchas siempre esta música de viejos? —le había preguntado Rae, al final, después de haber quedado con él lo suficiente, estar en su casa unas cuantas veces y tener una relación lo bastante íntima para hacerle la pregunta. Le gustaban muchas cosas de él, pero con otras necesitó algo de tiempo para acostumbrarse; en concreto, que fuera un poco mayor que ella, cuatro años, una diferencia que, a los veintiséis años que tenía Rae entonces, le hacía verlo casi como un señor mayor. Prácticamente viejo. Y con esas canciones de abuela no se hacía ningún favor.

—¿Qué? ¿No te gustan las más grandes del jazz? —le había replicado él—. Ella, Sarah, la gran Abbey Lincoln. Esta música es eterna.

—Pero es muy... melancólica. Las voces son preciosas, no digo que no. Pero nadie suena feliz.

—Hicieron música feliz. Solo que ahora escucho estas canciones. Están en sintonía con mis ánimos.

—¿Y qué ánimos son esos?

Roman se había quedado callado mientras buscaba las palabras adecuadas para expresarse.

—Pensaba que a estas alturas ya estaría casado y formando una familia. Eso es lo que busco, ¿sabes? Tener a una buena mujer a mi lado, tener hijos. Mi padre siempre dice que es un hombre mejor porque tuvo una buena mujer. Mi ex y yo lo dejamos hace tiempo. No me quejo. No encajábamos. Pero creo que todavía me siento raro por no tener lo que quería de verdad.

—¿Y qué es lo que querías? —había preguntado Rae.

—Un amor solo para mí.

Rae y Roman se habían quedado callados mientras Abbey Lincoln entonaba sus cantos a lo que podría haber sido. Él se movía con la música, haciendo chirriar el cuero de su sofá, y ella, con el cuerpo inmóvil pero el corazón volando, los ojos cerrados, escuchaba y se concentraba en la misión de darle a ese hombre lo que deseaba. Lo que ella también deseaba. No mucho después de esa noche, él le dijo «Te quiero» y, aunque fue rápido teniendo en cuenta que llevaban poco tiempo juntos, Rae pensó que lo decía de verdad. Ella le dijo lo mismo y, finalmente, también lo sintió.

Roman pisó el pedal del freno cuando varias luces traseras formaron un dibujo rojo que cubría los cuatro carriles de la autopista. A medida que el coche frenaba, fue menguando el susurro del viento sobre la carrocería, dando paso a un silencio que hizo que la música sonara más fuerte y nítida. Rae reconoció la canción: la melancolía de Ella Fitzgerald en *In a Sentimental Mood*. Roman se inclinó para bajar el volumen.

—Rae, nena. Lo siento muchísimo...

—No lo hagas —dijo ella levantando la mano—. No en el coche. No delante de la niña.

—Está dormida, nena. Y tenemos que hablarlo. Es evidente que tienes que desahogarte.

—¡No he sido yo la que se ha equivocado! —chilló Rae. Enseguida bajó la voz—. Me parece que lo que tengo que decir no será ninguna sorpresa y, de todas formas, no soy yo la que ha de tomar la iniciativa en esta conversación.

—Por eso me disculpo —indicó Roman—. Nena, escúchame. Sé que la he jodido.

—La niña —dijo Rae entre dientes—. No uses esas palabras con ella delante.

Roman respiró hondo.

—He metido la pata, ¿mejor así? Pero eso no tiene por qué acabar con nuestra familia. No significa que no te quiera, que no quiera que sigamos juntos —señaló él girando el dedo índice en el aire—. Los tres.

—Pues tienes una forma muy curiosa de demostrarlo.

—Que conste que no me acosté con ella.

Rae se volvió con todo el cuerpo hacia su marido y afiló la mirada.

—Con todo lo que ha pasado, aquí en medio de este atasco en Nueva York, ¿vas a tener el morro de llamarme «tonta del culo» a la cara?

—No he dicho que seas tonta.

—Encontré un sujetador que no era mío en... nuestro... cuarto de baño. ¡Nuestro cuarto de baño! —gritó Rae.

Su voz se elevó por encima de la de Ella y empezó a girar por el interior del coche, bailando sobre el sonido del tráfico y el viento que los envolvía, hasta llegar flotando a los oídos de la niña. Skye abrió los ojos y, como no sabía dónde se encontraba, dónde estaba su mamá y qué ocurría a su alrededor, ni por qué había un ambiente tan tenso y serio, se echó a llorar.

—Cielo, cielo, mamá está aquí —le dijo Rae volviéndose hacia el asiento trasero y rodeando el reposacabezas con la mano para tocar la pierna de su hija—. No pasa nada, cielo.

Skye no se dejó consolar. Gimoteó e inspiró hondo varias veces, con las comisuras de los labios apuntando hacia abajo, el anuncio de un llanto en toda regla.

—Eh, cielo, papá también está aquí, tesoro —añadió Roman llevando la mano derecha hacia atrás para tocar la pierna de su hija—. No pasa nada.

Skye bajó la mirada hacia la mano que tocaba su zapato y luego recorrió con los ojos los dedos, la muñeca y el brazo hasta llegar finalmente al lateral de la cabeza de su padre. Sonrió a pesar de que las lágrimas seguían trazando surcos en sus mejillas regordetas.

—Vamos a casa, peque —dijo Roman—. ¿Quieres volver a casa?

—Sí —respondió Skye llorosa. Se frotó los ojos.

—Vale, vamos a casa, tesoro. Papá te llevará a casa.

Rae echó una mirada a su marido y luego se volvió hacia su ventanilla, arrimando el cuerpo a la puerta todo lo que pudo sin terminar al otro lado, tan lejos de Roman como fue capaz sin saltar a la calzada de la autopista Van Wyck. Cuando ese día salió de la casa de sus padres, le pareció razonable volver con su marido. Ahora ya no estaba tan segura.

La sacaba de quicio. Cada vez que salía de casa —ya fuera para hacerse las uñas o para coger un avión—, tenía que dedicar el mismo tiempo a dejar instrucciones detalladas sobre el cuidado y la alimentación de la niña, sus horarios y lo que debía hacerse en casa que a prepararse para el viaje. Era agotador tener que planear lo que debía hacer cuando llegase adondequiera que fuese y planear, también, lo que debía hacerse en casa mientras ella no estuviera. Roman nunca se dignaba a hacerse responsable de lo que consideraba nimiedades, pero justo por eso ella tenía ganas de pelearse con él cuando se marchaba y cuando volvía: que a él no le importaran esos detalles y cómo estaban organizados no significaba que no fueran importantes, necesarios. Que fuera preciso llevarlos a cabo. Y por más que se hubiera esforzado en dejar limpia, ordenada y meticulosamente organizada la casa para minimizar los efectos del desastre que se abatiría sobre ella en su ausencia, al volver siempre se daba de bruces con un caos, como si Roman hubiera invitado a Axl Rose y a una alegre banda compuesta por sus más leales seguidores heavy metal para una fiesta después de un concierto que se hubiera desmadrado por completo.

Rae, con un buen cabreo encima tras la conversación en el coche, esperaba detrás de Roman con la niña en brazos mientras este metía la llave en la cerradura del apartamento, con gesto decidido. Estaba exhausta. Preparándose para lo peor. Cuando franqueó la puerta, se quedó sorprendida, agradablemente aliviada, como si se hubiera quitado un peso de encima.

—Ya sé que siempre te cabreas conmigo porque no ordeno —dijo él dejando las maletas en el recibidor—. Quería que te encontraras una casa limpia para que pudiéramos concentrarnos en nosotros —añadió, y tomó a la niña de los brazos de su madre. Luego cogió a Rae de la mano y la llevó al salón. Haciendo guardia en la mesa de centro, había un gran jarrón lleno de lirios de agua, la flor que había llevado en su ramo de novia cuatro años antes, cuando se dieron el sí y saltaron por encima de la escoba, que ahora colgaba sobre la puerta de la entrada como recordatorio de su amor.

»Te he comprado unas flores —prosiguió él, estirando el brazo hacia el ramo como si fuera un acomodador diciéndole dónde debía sentarse—. ¿Por qué no te sientas y te relajas un rato mientras le pongo el pijama a Skye? Seguro que estáis cansadas. He comprado ese vino que te gusta para que podamos tomarnos una copa mientras hablamos. Vuelvo enseguida.

Rae se sentó en el sofá y contempló la escena. No le entusiasmó. Se tomó a sorbitos media copa de pinot y decidió decirle exactamente eso a su marido cuando volvió al salón, sin la niña.

—¿Qué tal el vino? Lo compré en esa bodeguita que te gusta, cerca de DeKalb —dijo él mientras se servía una copa. Tomó un trago y luego otro—. Sé que te gusta el pinot, así que...

Rae asintió.

—Bueno, deja que te diga antes de nada que estoy feliz de que hayas vuelto, nena. Te he echado de menos. He echado de menos a mis chicas.

Rae asintió.

—Como te decía, sé que te he hecho daño, pero quiero arreglarlo. Quiero arreglar nuestra relación.

Rae asintió.

Roman giró la cabeza y miró a su mujer con el rabillo del ojo izquierdo.

—Bueno... Entonces ¿no tienes nada que..., um..., decir?

—¿Qué esperas que diga, Roman? —preguntó ella. Su respiración acelerada delataba su enfado.

—Solo quiero que reconozcas que por lo menos lo intento.

—¿Qué quieres? ¿Que te haga un desfile? —preguntó Rae inclinándose hacia delante.

—No hace falta que seas cabrona.

Rae movió la cabeza y sofocó una carcajada.

—¿Ahora resulta que encima soy una cabrona? ¿Porque no me entusiasma lo que veo?

—No pretendía eso. Lo he hecho porque te quiero.

—No quiero oírte esa mentira. No lo has hecho porque me quieres. Lo has hecho porque quieres cambiar de tema. Quieres que se me pase el cabreo contigo.

—A ver, preferiría que aceptaras mis disculpas, para poder seguir adelante.

—¿Y crees que es tan fácil? ¿Que basta con poner unas flores, una botellita de vino y una voz dulce cuando dices «Lo siento» para que me olvide por arte de magia de que trajiste a una zorra a nuestra casa?

—Escucha, no pasó nada en casa —dijo—. Te lo prometo, nena. Nunca me atrevería a faltarle al respeto a nuestra familia de esta forma.

—Así que estar con una tipa no es faltarle al respeto a tu esposa, siempre que hagas tus cositas en una casa donde tu mujer y tu hija no duermen, ¿no?

—¡Para de tergiversar lo que digo, Rae! —exclamó Roman. Esta vez fue él quien levantó la voz.

Rae cerro la boca. Lo miró impasible.

—Lo siento. Siento haber gritado —dijo Roman. Se acercó para poner la mano sobre la de Rae. Ella la apartó—. Lo que digo es que creo que deberíamos ir a ver a alguien. Un terapeuta de pareja. Alguien que pueda ayudarnos a superarlo.

Era típico de la familia de Roman, así que en realidad no le sorprendió que esa fuera la gran idea de su marido. La madre de Roman estaba estudiando psicología cuando se quedó embarazada de su hermana mayor y tuvo que dejar la carrera para trabajar y ahorrar para el bebé mientras su marido estaba fuera haciendo... En fin, Rae todavía no tenía claro a qué se había dedicado ese hombre en esos años, más allá de que había sido una figura bastante ausente para su familia. Finalmente, gracias a que la abuela materna de Roman echó una mano vigilando a sus nietos, su madre pudo volver a la universidad, aunque se especializó en enfermería, un objetivo más rápido y factible que psicoterapia. Pero a esa mujer no podía decírsele que no era terapeuta. Metía las narices en los asuntos de todo el mundo y a menudo la aleccionaba diciéndole que tener el número de un buen terapeuta en los atajos del móvil era «tan importante como tu ginecólogo, cariño». Y quizá Rae habría podido dejarse seducir por la idea más deprisa si la familia de Roman no hubiese sido un desastre, o si la suya no le hubiera inculcado otros valores —que airear los trapos sucios para que todo el mundo pudiera verlos era una vulgaridad y una señal de debilidad—, y que lo importante era arremangarse y arreglar las cosas sin temor a ensuciarse las manos.

—¿Un terapeuta? No necesito un puñetero terapeuta. Lo que necesito es que aprendas a no sacar la polla de los pantalones —dijo Rae.

—Escucha, tenemos problemas...

—No, tú tienes un problema —saltó ella.

—Y tú eres perfecta, ¿no? ¿Crees que eres la única que no es feliz?

—¿Y a santo de qué ibas a estar triste tú? —preguntó Rae.

—¿Me lo dices en serio? —preguntó él.

—Pues claro, Roman. Tienes un plato en la mesa todas

las noches, tu casa está limpia; toda la ropa, incluyendo tus calzoncillos, está limpia y recogida sin que tengas que molestarte en dedicarle ni un segundo a nada —dijo Rae elevando el tono con cada tarea que enumeraba—. Joder, no haces nada con el bebé que no sea darle un beso de buenos días y otro de buenas noches, a menos que te pida yo algo en concreto, e incluso así lo haces de mala gana. Y todo esto es curiosísimo, Roman, porque resulta que tampoco trabajas.

—¿Lo ves? Es eso. Este es el tema.

—¿Qué? ¿Acaso miento?

—Digo que no respetas mi trabajo, Rae. No me respetas.

—Claro que respeto tu trabajo. ¿Por qué habría accedido, si no, a ser yo la que trae el dinero a casa para que tú puedas escribir tu libro o lo que sea que haces?

—No puedes decir que respetas mi trabajo y luego despreciarlo como si no me esforzara —dijo Roman en voz baja—. Eso es lo que quiero decir. Siento que mi mujer no me apoya en mis sueños.

Rae abrió la boca para hablar pero la cerró enseguida sin pronunciar palabra. Las manos le hormigueaban, desde las yemas de los dedos hasta las muñecas. Se sentía mareada. Una ambulancia pasó a toda velocidad al otro lado del gran ventanal por el que el barrio, el sol y la luna entraban a diario en su casa, un sonido tan penetrante en medio de su silencio incómodo que debería haberlos conmovido a los dos. Pero es imposible conmover lo que es inmóvil.

Estaban congelados, contemplando el hilo por el que lentamente se iría deshaciendo su matrimonio.

30

Principios de otoño de 2004

Era justo encima del tobillo derecho, sin llegar a la pantorrilla. Cada vez que pisaba era como si alguien le apretara ese punto con unos alicates, atravesando la piel, las venas y el cartílago hasta llegar al hueso. La noche anterior solo era un leve tirón, un dolor sordo que se hizo cada vez más molesto mientras veía como Roman la observaba al llevar el pescado frito y la polenta a la mesa, luego fregar los platos, luego ponerle crema a Skye en el cuero cabelludo y taparle la cabeza con un gorrito, luego meterla en la bañera y sacarla de la bañera y leerle dos libros —no, tres—, luego mirar debajo de la cama y dentro del armario en busca de ese monstruo que solo se mantendría alejado si mamá le lanzaba una amenaza muy concreta, y por fin arropar a la niña en la cama tres o cuatro veces después de ir a por un vaso de agua para calmar su sed, y darle unas friegas en la espalda para ayudarla a serenarse, y aflojarle el gorrito porque le daba dolor de cabeza, y, finalmente, acostarse ella misma y revisar las notas del programa para la grabación del día siguiente. No estaba tensa porque doblara turnos en el trabajo; lo que la tenía en tensión era ver como Roman volvía a ir por el mismo camino que la terapia de pareja, al menos momentáneamente, le había ayudado a enderezar. «Nena», le susurró cuando Rae se acostó por fin, se dio la vuelta y se tapó con las sábanas hasta el hombro. Primero le rozó el brazo, luego se apretó contra su espalda, dejando sentir el latido de su erección contra la parte más carnosa del culo de Rae. El beso, que buscaba su mejilla, aterrizó en la oreja.

—Cariño, estoy agotada —dijo ella.

Beso, muac. Beso-muac.

—Roman, esta noche no, ¿vale? Es que estoy...

Beso, muac. Beso-muac. Tiró de su hombro con una fuerza suave pero suficiente para ponerla de espaldas.

—No tienes que hacer nada, nena. Tú échate y relájate.

Cuando él se derrumbó en su lado de la cama —sudado y satisfecho, ajeno a todo—, Rae fue despacio al cuarto de baño, se limpió y masajeó el punto de dolor en la pierna hasta que su mente se serenó por fin y el sueño la venció.

Pero ese punto en su pierna, que aún le dolía después del tirón que había tenido la noche anterior, le palpitaba con golpes sordos mientras se dirigía ahora a la guardería de Skye, un paseo que, tras unos primeros días movidos, se había vuelto más fácil, agradable, un resquicio de sol incluso en el día más nublado. Madre e hija habían empezado a disfrutar de esos minutos en los que la madre atiborraba a la hija de tópicos e ilusiones —«¡Hoy lo pasarás fenomenal!» y «Tú serás el sol y yo, el cielo azul, así que hoy será un día perfecto»— y los continuos descubrimientos de Skye hacían que cada día pareciera el primero. Ese día, sin embargo, solo había temblores de labios y lágrimas incipientes.

—No quiero ir, mamá —dijo Skye.

—¿Qué quieres decir, peque? ¿No quieres ir adónde?

—No quiero ir a la clase de la señorita Carey.

—Oh, Skye, ricura, ¡si te encanta la señorita Carey! Choca la mano contigo por la mañana y te enseña las letras y a escribir tu nombre. ¿No tienes ganas de escribirlo mejor? ¿Y de jugar con los lápices de colores y tus amigos?

Skye se quedó callada y se miró las merceditas de charol marrón.

—No tengo amigos —dijo finalmente.

—¿Qué significa que no tienes amigos? ¿Y todos los niños de tu clase? ¡Tienes dieciséis amigos a los que ves todos los días! —afirmó Rae, sin percatarse todavía del malestar de su hija.

—Ayer no me dejaron sentarme con ellos —explicó—. Hoy no quiero sentarme sola.

Saltó la alarma.

—¿Qué quieres decir con que no quieres sentarte sola? ¿Cuándo estuviste sentada sola, Skye? —preguntó Rae caminando más despacio, con pasos más medidos, para acompasarlos a los de su hija. Hasta ese instante no se había dado cuenta de que casi llevaba a su hija a rastras, mientras la niña avanzaba con pies de plomo a su zaga.

La pequeña agachó la cabeza y bajó el labio inferior, lentamente. Sin duda la había llevado más allá de su límite.

—Ayer —respondió.

Rae se paró en seco, le cogió las manos y se inclinó para mirarla cara a cara. Ese punto de dolor en su pierna volvía a palpitarle con aguda precisión.

—Dile a mamá qué pasó, tesoro.

Rae se mentalizó. Ella y Roman sabían perfectamente a qué se exponían los niños negros en el sistema educativo estadounidense y se habían esmerado en matricularla en la mejor escuela posible, con los mejores compañeros posibles. Limitarse a confiar a Skye a la escuela del barrio y esperar que los adultos trataran bien a su pequeña —a esa niña preciosa con la piel chocolate, unas mejillas de angelito y una mata de pelo afro recogida en un moño alto, que ya se sabía los números y las letras, y había empezado a leer las cajas de cereales y *Un día de nieve* y los nombres de algunos de los sabores más sencillos de la heladería del barrio—, en fin, eso quedaba descartado. Rae no quería actuar como sus padres, que habían abordado la escolarización de su hija sin intervenir prácticamente en nada. Para Tommy y

LoLo, con una educación mínima, hasta arriba de trabajo, amedrentados por las sillitas del aula, los maestros y sus portapapeles, confiando por completo en un sistema educativo que por lo menos no presentaba los mismos retos que la educación segregada que habían sufrido de niños, la escuela del barrio en su pedacito de utopía en el norte era más que suficiente. Sin embargo, para Rae, vivirla a diario había sido una tortura; su inteligencia era constantemente cuestionada, desafiada, por maestros y orientadores escolares que recordaban los tiempos en los que a los negritos no se les habían subido los humos y se contentaban con metas más razonables: la carpintería, trabajar en una fábrica, quizá un empleo en la oficina de correos. Ninguno de esos trabajos exigía sacar sobresalientes en la escuela, cursar asignaturas avanzadas, asumir cargos de responsabilidad en los clubes escolares y tantas otras cosas que hacían que las universidades más prestigiosas abrieran de par en par sus puertas y ofrecieran la plaza pensada para un alumno blanco que quisiera brillar en la vida a un alumno negro que, a ojos de los maestros y orientadores de Rae, jamás podría hacerlo. Solo recordaba una ocasión en la que su madre había acudido en su auxilio, el día en el que la orientadora de la escuela, la señorita McCarthy, se negó a entregar el expediente de Rae y conseguir la firma del director para una beca a la que Rae se había presentado. Esa beca, que cubría todos los gastos en una universidad local con un programa docente completo en producción televisiva que incluía cuatro años de prácticas en los estudios de la NBC, era la diferencia entre conseguir un título universitario y un buen empleo en su campo, o dedicarse a meter en bolsas la compra de los clientes del Pathmark del barrio. «Tus notas no son lo bastante altas para ganar esa beca, cariño», le había dicho la señorita McCarthy, mientras daba unos golpecitos con los dedos a la solicitud de Rae —trece páginas de trabajos escritos a mano y respuestas a preguntas sobre su trabajo en clase y sus actividades extraescolares—, que descansaba entre un montón de papeles en su mesa metálica.

—No me parece bien que ni tú ni yo le hagamos perder el tiempo al director con esta solicitud. ¿Por qué no intentas matricularte en la universidad pública de Suffolk, si tan decidida estás a hacer estudios superiores? Con tus notas, estoy segura de que te aceptarán.

—Pero no quiero estudiar allí —había dicho Rae—. Y de todos modos, mis padres tampoco podrían permitirse la matrícula. Les prometí que me esforzaría para pagarme los estudios.

—Bueno, eres una chica trabajadora, muy diligente. Estoy segura de que encontrarás la manera —le había dicho la señorita McCarthy como si no tuviera mayor importancia, mientras le devolvía la solicitud.

Rae había salido rota de ese despacho, con la sensación de que haber hincado los codos, como le había insistido LoLo, haber trabajado duro para llegar a la universidad, como le había insistido Tommy, no había servido para nada. Metió la mano en el fondo de su mochila, pescó una moneda de veinticinco centavos y la introdujo en la ranura de la cabina telefónica que había en el pasillo de la escuela, justo delante de las oficinas de la dirección. Entre la llamada llorosa de Rae a su madre, que ese día estaba de baja en casa, recuperándose de un brote grave de artritis reumatoide y un poco ida por culpa de los analgésicos que tomaba, y la irrupción furiosa de LoLo en el despacho del director no pasaron ni quince minutos. «Siéntate aquí y no te muevas», le dijo a Rae. Aún hoy, no sabe qué dijo su madre o a quién le cantó las cuarenta para dejar las cosas claras. Lo único que sabe es que LoLo salió de ese despacho con la solicitud firmada y el expediente académico bien metido en un sobre prefranqueado de FedEx. «Vuelve a clase —dijo mientras abrazaba a su hija—. Voy a echar esto al buzón y luego me vuelvo a la cama.»

Que recordase Rae, era la única vez que su madre se había presentado en la escuela, cuadrando los hombros para hablar con quienquiera que estuviera al mando. LoLo no entendía ni le interesaba saber cómo manipular el sistema en beneficio propio, pero sí entendía de dinero. Sí entendía de justicia. Entendía que su hija merecía ambas cosas. En cuanto a lo demás, Rae tendría que apañarse sola.

Rae no iba a permitir que su hija se marchitara bajo el mismo peso. De ninguna manera.

—La señorita Carey nos cambió de sitio para hacer nuevos amigos y nadie me eligió para sentarme a su lado, así que me quedé sola en la mesa —dijo Skye.

Rae engulló un gran trago de saliva y parpadeó, haciendo el esfuerzo de serenarse. De no empezar a soltar tacos en medio de la calle, delante de su hija.

—Vamos a la escuela, peque —indicó—. Yo hablaré con la señorita Carey, ¿vale? Nunca más volverás a sentarte sola, ¿entendido?

Rae movió el pie derecho en círculos, intentando soltar el músculo, que volvía a tensársele lentamente en torno a ese punto problemático que se había tranquilizado pero ahora volvía a desperezarse. Diez minutos después estaba plantada frente a la señorita Carey en el pasillo. Rae no veía a los niños. No veía a las maestras que pasaban a su lado. No veía los alegres colores, letras, monigotes y dibujos de flores que decoraban las paredes del pasillo. Lo único que veía era la cara de Lorraine Carey —en concreto, sus labios— mientras los movía para tratar de explicarle por qué Skye, la única niña negra de su clase, se había sentado sola cuando el ejercicio consistía en que todos los alumnos hicieran nuevos amigos.

—Escúcheme bien —dijo Rae interrumpiendo las explicaciones balbuceadas de la señorita Carey, que en realidad no lo parecían en absoluto—. No quiero que mi hija vuelva a sentarse sola en su clase nunca más. Francamente, me inquieta mucho que el único adulto de la clase no reparase en la imagen que daba permitiendo que una niña negra se sentara sola y que no entendiera lo doloroso que podía ser vivir algo así a los cinco años.

—Señora Lister, no pasó eso. No había más sitio en las mesas y Skye terminó sentándose sola porque no había más sillas libres —explicó—. No... no puedo creer que esté convirtiendo esta anécdota en un tema racial —remachó la señorita Carey a toda prisa y alzando la voz.

—Yo no lo he convertido en un tema racial. Eso lo hizo usted al permitir que mi hija se sentara sola. Me da igual qué instrucciones dio para que se sentaran los niños. Tendría que haberle buscado un sitio a mi hija. Veo dos soluciones: puedo elevar una queja, trasladar el tema a la dirección a la que pago la matrícula y comprobar si lo ocurrido está en línea con esos «valores centrados en el niño» que me cuestan veinte mil dólares al año, o puede usted pedirle disculpas a mi hija y sentarla en medio de esos amigos nuevos que se supone que debería estar haciendo en vez de permitir que sus compañeros de clase la ignoren. No creo que esta segunda solución sea mucho pedir, pero ha de saber que no me temblará el pulso si debo optar por la primera.

—Yo... entiendo —dijo ella—. No volverá a ocurrir.

—Así lo espero —contestó Rae. Y, sin dejar de mirar a la maestra, gritó el nombre de Skye. La niña, que había estado espiando la conversación junto a la puerta, corrió hacia su madre.

—¿Sí, mamá?

—¡La señorita Carey te acompañará ahora a tu silla nueva al lado de tus nuevos amigos! Qué ilusión, ¿no?

Skye se rio y, emocionada, levantó los brazos.

Rae se miró el reloj y se puso en marcha. Si salía de la escuela en ese mismo instante y corría a la estación, todavía podría pillar el tren rápido que, si hacía honor a su nombre, la llevaría a la línea de metro que atravesaba la ciudad y la dejaría a cinco manzanas de la productora. Y, luego, si renunciaba a su desayuno diario de café y madalena de limón con semillas de amapola, podría sentarse discretamente en su silla sin que su jefe se diera cuenta de que había llegado tarde.

—Dame un besito —dijo agachándose para arrimar los labios a los de su hija—. Mamá te quiere. ¿Cómo lo vas a pasar hoy?

—¡Fenomenal! —exclamó Skye.

—¿Y por qué lo pasarás fenomenal?

—¿Porque quién soy yo para no merecerlo? —dijo la niña, repitiendo a sus cinco años su interpretación del texto de Marianne Williamson del que su madre le recitaba algún fragmento todas las mañanas.

—Eso es, tesoro. Ahora entra, pásalo de maravilla y esta noche me lo cuentas, ¿vale?

—¡Vale, mamá!

Y dicho esto, Skye se fue corriendo por un lado y Rae se marchó cojeando por el otro.

No había conseguido todavía entibiar el tejido rojo y rasposo de la silla de su mesa cuando Jeremy apareció a su lado y agitó el texto que Rae había escrito para la grabación de la semana siguiente como si fuera una tarjeta roja.

—Eeeeeh, Rae —dijo lentamente, con la voz ronca y cantarina que empleaba para desgranar sus palabras, algo que hacía cuando se sentía incómodo, lo que, por alguna razón, le ocurría a menudo cuando tenía que hablar con Rae. Ella no tenía el menor interés en provocarle ningún tipo de reacción en un sentido u otro; en realidad, solo quería hacer su trabajo, hacerlo bien, cobrar por ese trabajo y, con un poco de suerte, obtener algún reconocimiento cuando lo hiciera especialmente bien. Quizá incluso la posibilidad de un ascenso. Tampoco pensaba que fuera pedir demasiado. Pero allí estaba, sentada en la silla de su escritorio, mientras la pierna le latía como si tuviera su propio pulso, teniendo que responder a ese chico blanco al que habían contratado sin tenerla a ella en cuenta para un puesto de dirección vacante, pese a ser cinco años menor que ella y tener tan solo un par de meses de experiencia comparados con los nueve años de Rae. El chico siempre decía que se limitaba a hacer su trabajo, editando guiones, cerciorándose de que las palabras, las noticias, la estructura salieran bailando de los labios de los presentadores, atravesaran rítmicamente las pantallas y engancharan a los espectadores. Pero Rae sabía que no era así. Ese desprecio, esas suposiciones, la convicción de que esa mujer negra ocupaba el lugar de alguien más valioso, más hombre, más blanco, apestaban en su boca cada vez que le dirigía la palabra. Si ese hombre notaba algo, era la reacción de Rae a todo ello.

Rae inspiró hondo, pero soltó el aire sin hacer ruido.

—Eh, Jeremy, ¿qué pasa? —preguntó poniendo una sonrisa forzada con los labios cerrados.

—Solo quería repasar tu guion sobre Jay-Z —dijo él—. ¿Te importa acompañarme a mi mesa?

Esa vez Rae sí le mostró la dentadura al sonreír.

—Claro, encantada —contestó ella, aunque por supuesto no lo estaba. Fue cojeando a su mesa mientras el calambre le atenazaba la pierna como un puño cerrado, a punto de golpear. Jeremy tocó el respaldo de una silla tambaleante que arrimó a la suya y la hizo sentar en ella, como si Rae fuera un cachorrito y fuese a darle en el hocico con un periódico antes de enseñarle un truco nuevo.

—Buen trabajo con el guion. Hay muuuucha iiiinfo bueeeena. Pero creo que necesita algún retoooque —dijo arrastrando las palabras—. Jay-Z es un tío fascinante y has captado parte de su maaaagia, pero hay unos cuantos datos irrelevantes que lo empantanan. Bueeeeno, quiero que vayas al grano con las ideas que quieres dar y que consigas que esas ideas sean universales.

—Yo, esto... No lo entiendo —repuso Rae en voz baja, con dulzura. Lo último que quería era otra nota en su expediente en la que se dijera que no se tomaba bien las críticas. El calambre, como un boxeador, la golpeó con una combinación de uno-dos.

—Bueno, aquí por ejemplo —indicó él hojeando el guion, que había subrayado con un marcador rojo—. Dejas caer el nombre de un cantante del que nadie ha oído hablar.

Rae se arrimó y centró la mirada en las palabras que ocupaban el centro del gran círculo rojo que Jeremy le señalaba.

—Pero si es Donny Hathaway.

—Yaaaa, pero no es nada conociiiido.

Rae inclinó la cabeza a un lado y afiló la mirada.

—Todo el mundo sabe quién es Donny Hathaway —dijo despacio.

—No, no todo el mundo. Yo no.

—*¿A Song for You? ¿Little Ghetto Boy? ¿To Be Young, Gifted and Black?*

Jeremy dijo que no con la cabeza y se encogió de hombros.

—*¡This Christmas!* ¡Seguro que has oído *This Christmas*! —exclamó ella chasqueando los dedos. Él no reaccionó. Rae volvió a fruncir el ceño—. Vamos, seguro que la has oído, J. «*Hang all the mistle toe, da da da da da... thiissss Christmas...*» ¡Es la canción que suena en Navidad! La ponen en la radio todo el rato. ¡Más te vale poner al día tus listas de reproducción! —sugirió añadiendo una risita para relajar el ambiente.

—Yaaaa. Esa no la he oído —dijo él encogiéndose de hombros—. Pero eso es lo que le resta interés al texto. Estás mencionando a un cantante que el público no conoce. No ayuda para contar la historia ni a que los espectadores se familiaricen con el tema.

—Bueno, Jeremy. Es un programa de música. Conocer las influencias musicales de Jay-Z es importante para el reportaje.

—Recibido. Pero deberíamos ceñirnos a las influencias que sabemos que importan.

—¿Estás diciendo que Donny Hathaway no importa? —preguntó Rae.

Jeremy se rio.

—Bueno, tampoco es que sea un Jimmy Buffet o un Elvis.

—¿Quién es Jimmy Buffet? —preguntó Rae. Ya lo sabía, naturalmente, pero si ese tipo iba a faltarle al respeto al artista cuya voz planeaba en la casa de sus padres cuando eran jóvenes, se querían y tenían ganas de que la música los conquistara a pesar de que sus hijos no los perdieran de vista mientras bailaban pegados, ella tampoco iba a cortarse y le pagaría con la misma falta de respeto.

—Rae. ¿Jimmy Buffet? ¿En serio?

—En serio.

—Es uno de los artistas más grandes que haya pisado un escenario.

—Pues yo diría lo mismo de Stevie Wonder, quien fue una influencia directa de Donny Hathaway y viceversa, y sin duda era muy valorado en casas como la de Jay-Z y la mía, y, ya puestos, me atrevería a decir que en la de cualquiera que se conecte al programa este jueves para ver nuestro perfil sobre su artista favorito.

—Mira, no quiero discutir —dijo Jeremy—. Tienes tus opiniones. Es evidente. Pero mi trabajo es tomar las mejores decisiones para el programa. Donny Hathaway sale del guion. He apuntado algunas cosas más. Estaría muy bien que las leyeras e incorporases los cambios. Lo quiero en una hora.

Jeremy impulsó la silla giratoria sin contemplaciones para volver a concentrarse en su ordenador, dándole la espalda. Rae se imaginó que agarraba hábilmente las tijeras del montón de cosas que tenía tiradas sobre la mesa y se las clavaba en la oreja, para arreglar los evidentes problemas de oído que padecía su compañero de trabajo a juzgar por su desconocimiento total en materia de buena música, pese a que ocupaba el cargo de productor sénior de un programa musical. En cambio, en la vida real se contentó con levantarse de la silla y arrastrarse de vuelta, con la pierna renqueante, a su mesa, suprimir a toda prisa hasta la última nota de color de su guion y devolvérselo a Jeremy a través del sistema informático de la oficina: una lista insípida de temas de conversación para un insípido productor sénior obcecado en mercantilizar la cultura negra y convertirla en un plato de comida rápida tan falto de salsa, grasa, pimienta y jengibre como él mismo.

Rae iba cojeando por el pasillo, de camino al cuarto de baño para tomarse las dos aspirinas que había sacado del fondo de su bolso, cuando Nimma apareció corriendo desde su lado de la sala de producción. Frenó y se detuvo para mirar la pierna de Rae mientras esta cojeaba con un pie y arrastraba el otro detrás.

—Eo... ¿Qué te pasa? —dijo Nimma señalando con la barbilla la pierna acalambrada de Rae.

—Ah, hola —saludó esta. Siguió cojeando—. Tengo un tirón. No es nada.

—Pues no lo parece —dijo Nimma apresurándose a abrirle la puerta del cuarto de baño.

—Estoy bien. Voy a tomarme una pastilla. Con un poco de suerte, se me irá la contractura.

«¡No me sigas. No me sigas. No me sigas!», quiso gritar Rae. Necesitaba un minuto para serenarse, quitarse de encima el peso del día, pasar el mal trago de lo ocurrido en la escuela y con Jeremy, y conseguir que su cuerpo dejara de darle la lata para poder llegar entera al final de la jornada.

Nimma entró detrás de ella.

—Pero ese dolor que tienes en la pierna, ¿cómo es exactamente? —preguntó mirando los pantalones de Rae.

Rae se señaló el sitio y puso una mueca cuando apoyó el cuerpo contra la hilera de lavabos.

—¿Te importa si echo un vistazo?

—¿Ahora resulta que eres médica?

Nimma sonrió con desdén y levantó ambas manos en señal de derrota.

—Es asunto tuyo, hermana. Solo lo decía porque tenía una prima que se murió de un trombo. Al principio le dolía la pierna, no hizo caso y, de pronto, va y se muere. Así de repente.

Rae se quedó boquiabierta.

—Oh, oh... No digo que vaya a pasarte eso —dijo Nimma—. Joder. Lo siento. Solo digo que yo iría con mucho cuidado si me doliera la pierna. Tienes que ir a que le echen un vistazo. De verdad.

—No tengo tiempo —replicó Rae sacando las pastillas del blíster y echándoselas sobre una mano. Abrió el grifo y cogió agua con la otra mano.

—Hay un médico aquí al lado, la doctora Wei. Su madre practica la medicina china tradicional en la planta baja. Arriba está la hija, que se dedica a la medicina occidental. Es buena. Una vez fui por una urgencia cuando mi médico de cabecera no tenía huecos en la agenda y necesitaba que alguien me viera enseguida y por aquí cerca. Me trató tan bien que me cambié a ella. Puedo llamarla de tu parte.

—No vas a parar de darme la tabarra con esto, ¿no? —preguntó Rae.

—No mientras sigas paseándote por estos pasillos como si necesitaras una amputación. Ni hablar —repuso Nimma—. Soy la encargada de seguridad y salud laboral del sindicato y me corresponde asegurarme de que el entorno de trabajo sea seguro para todos los empleados. Pero, aparte de eso, personalmente, me gustaría que fueras y averiguases por qué te duele. Ve a que le echen un vistazo.

—Vale —dijo Rae.

Solo fueron tres manzanas de paseo hasta la consulta de la doctora —pan comido para un neoyorquino corriente—, pero para Rae y su pierna agarrotada fue una caminata dolorosa que le llevó el doble de tiempo de lo habitual. Se pasó todo el camino poniendo muecas de dolor y preguntándose cómo sería realmente de buena esa doctora si podía recibir a un paciente nuevo media hora después de recibir una llamada imprevista para concertar visita, y su gesto reflejó una inquietud silenciosa pero grande cuando entró por la puerta de la consulta y se adentró en una explosión de pintura roja e incienso. Un gran letrero, con una flecha y palabras escritas en inglés y chino, dirigía a las pacientes de la doctora Wei al piso de arriba. Rae se quedó plantada ante la escalera y le pidió al niño Jesús en el pesebre que le diera la fuerza y la voluntad necesarias para ascender los dieciocho peldaños, sobre todo teniendo en cuenta que no estaba convencida de que en lo alto de la escalera la esperase una solución efectiva más allá de una doctora que le daría un par de paracetamoles y le diría que dejara en reposo la pierna.

Arriba, el espacio se abría a una consulta más al estilo estadounidense: paredes blancas de aspecto estéril, una batería de asientos tapizados con una tela azul áspera y llena de bultos, y carteles que advertían a los pacientes de la necesidad de tomarse la tensión periódicamente, comer sano y ser previsores con las facturas antes de ir a la consulta de un médico. Rae apenas llevaba un momento sentada después de que le tomaran los datos cuando la enfermera dijo su nombre. La voz resonó en la sala de espera desierta.

Acababa de subirse a la camilla cuando un golpe seco

en la puerta la sobresaltó y una joven diminuta vestida con una bata de doctor entró en el despacho.

—Hola, soy la doctora Wei —dijo la médica mientras echaba un vistazo al portapapeles con las constantes vitales y la historia clínica de Rae—. Bueno, ¿qué la trae por aquí?

—No es nada importante. Nada que no se cure con un paracetamol, supongo. Solo es un tirón tremendo que tengo en la pierna —aseguró Rae bajando la mano por el lateral de la camilla para tocarse el sitio donde le dolía—. Una compañera de trabajo se ha preocupado y ha insistido en que me lo vieran.

—Mmm... ¿Cuándo empezó el dolor?

—Eh... Pues hace un par de días que la cosa empezó y ahora es como una contractura. ¿El sábado? Pero ayer comenzó a dolerme mucho más y esta mañana incluso me afectaba a la capacidad de caminar.

—Pero su compañera ha tenido que convencerla de que viniera.

Rae no dijo nada.

—Hábleme de su historia clínica —continuó la doctora—. No ha contestado a ninguna de las preguntas de los impresos para hacerle la ficha.

—Soy adoptada, así que en realidad tampoco puedo contestar a esas preguntas —dijo Rae secamente.

—Ah, entiendo. En fin, me gustaría hacerle un análisis de sangre para comprobar un par de cosas mientras está aquí.

—Yo, eh... Estoy bien. Solo me duele la pierna —balbuceó Rae. Odiaba las agujas, más o menos tanto como odiaba tener que confesar su ignorancia con respecto a lo que se ocultaba en su sangre, todos los caminos por los que unos parientes que le eran desconocidos habían enroscado sus problemas médicos en su ADN, todo el tiempo que se pasaba preocupada sobre lo que podía aguardarla, sin saber en absoluto qué enfermedades podían atacar su cuerpo de la noche a la mañana y llevársela por delante. La rabia que le provocaba esa falta de información resultaba particularmente enojosa cuando estaba en la consulta del pediatra, repitiendo una y otra vez que su hija solo dispondría de la mitad de sus antecedentes médicos familiares, la de su padre. Nacer sin esa información le daba vergüenza. La hacía sentirse incompleta.

—Sí, lo sé, pero aprovechando que está aquí podríamos hacerle un chequeo completo para asegurarnos de que no es nada grave. Le irá bien tener unos datos de referencia.

Durante un rato que se le hizo eterno, pero que tan solo duró un par de minutos, la doctora Wei estrujó, apretó, palpó y examinó la pierna dolorida de Rae. La experiencia, sumada a la vergüenza que sentía, hizo que se le saltaran las lágrimas. Una sonrisa cálida se extendió sobre los labios de la doctora cuando se inclinó sobre su paciente y le cogió la mano.

—Mi madre trabaja abajo. En China, es una médica respetada. Crecí pegada a ella, observándola, aprendiendo tradiciones medicinales transmitidas de generación en generación, las prácticas de nuestros ancestros. Son tradiciones orientales, pero muchas se han hecho un hueco en la medicina occidental, aunque pocas veces se reconoce su procedencia. Estoy segura de que lo mismo puede decirse de las prácticas de salud de su cultura. El sur de Estados Unidos estaba repleto de sabiduría transmitida desde las culturas africanas antiguas —dijo mientras le daba unas palmaditas en la mano—. Las abuelas parteras eran unas sanadoras extraordinarias para su época, pero sus prácticas han sido arrasadas por el sistema médico.

Rae tuvo un escalofrío que la sacudió casi con violencia.

—En fin —continuó la doctora—, no voy a recetarle ningún tratamiento. Además, voy a pedirle que se mantenga alejada de los analgésicos sin receta. Voy a enseñarle algunos ejercicios que le servirán para calmar el dolor y relajar el músculo. Sospecho que este dolor es una reacción muscular al estrés.

—¿Estrés? —preguntó Rae. Tenía una gotita de agua adherida al rabillo del ojo derecho. Se la secó—. ¿El estrés puede provocar que te duela algo de esta manera?

—Oh, por supuesto. Mi madre trata estas cosas en su consulta de acupuntura. Y yo también he visto casos. Dígame cómo le van las cosas en la vida. Ha comentado que trabaja cerca de aquí. ¿Jornada completa? —preguntó la doctora al tiempo que empujaba suavemente a Rae para que se tendiera en la camilla y así poder darle un masaje en la pierna.

—Sí. Soy productora en un programa de música para televisión —dijo Rae, entre mueca y mueca de dolor.

—¿Estresante?

Rae resopló.

—Puede serlo, pero no deja de ser un trabajo. Ni más ni menos. —Volvió a hacer un gesto de dolor.

—¿Y cómo van las cosas en casa? ¿Tiene hijos?

Rae sonrió.

—Una niña, Skye. Tiene cinco años.

—Ah, bueno. A esas edades a veces son revoltosos. ¿Está casada?

Rae apretó los labios.

—Sí.

La doctora cerró el puño y le dio un golpe en la pierna.

—Es bonito el esmalte que lleva en los pies —dijo—. ¿Se hace las uñas sola?

Rae soltó un aullido y volvió a poner una mueca.

—No. Voy a un salón de uñas que queda bastante cerca de aquí.

—Pues debería evitar esos sitios. Están llenos de gérmenes, sobre todo esos recipientes en los que se ponen los pies. Están infestados de bacterias.

—Doctora, acaba de decirme que este tirón tiene que ver con el estrés, ¿no?

—Sí, es por estrés.

—Ir a hacerme las uñas es casi la única cosa que hago para quitarme el estrés. ¿Y ahora me dice que es malo?

—Los salones son peligrosos. La actividad en sí, no.

Rae torció el gesto. El dolor disminuyó. La contractura prácticamente había desaparecido.

—Lo que le digo es que usted es joven, pero siendo una mujer afroamericana también es vulnerable a un gran abanico de enfermedades desencadenadas, en parte, por el estrés. El estrés lo llevamos sobre la piel, pero también afecta a lo que ocurre dentro del cuerpo. Por eso vamos a tomarle hoy una muestra de sangre. Pero, de momento, mi prescripción facultativa consistirá en que haga cosas que le permitan aliviar en parte ese estrés y que haga los ejercicios que le indicaré a continuación para evitar nuevas contracturas musculares.

—¿Nada más? ¿Hacer ejercicio y cosas agradables? ¿Con eso evitaré que la pierna se me convierta en una pelota de músculos contracturados?

—Desestresarse puede salvarle la vida. No exagero.

31

Rae se llevaría a la tumba el recuerdo de la primera vez que le lavó el pelo a su hija, cómo la había envuelto bien en la mantita rosa y blanca y la había dejado sobre las enormes manos de Roman mientras esperaba a que el agua saliera caliente del grifo. La caldera del edificio era caprichosa, de modo que el agua siempre estaba demasiado fría cuando empezaba a salir y luego, al cabo de un instante, quemaba, por lo que había que tener paciencia, meter el dedo varias veces en el chorro y esperar a que no estuviera demasiado caliente ni demasiado fría, y que tuviera la temperatura perfecta para la tarea que les tocara hacer en ese momento: fregar los platos, lavarse las manos, el pelo, lo que fuera. Cuando sus dedos notaron que el agua estaba templada, Rae agarró el bote de champú y le hizo un gesto a Roman. Con sumo cuidado, él tendió los brazos, colocando la cresta de rizos suaves que coronaban la cabeza de la niña directamente bajo el chorro. Rae había imaginado que la niña berrearía cuando el agua rozara su cuero cabelludo. A fin de cuentas, le había dado un berrinche de mil demonios cuando la enfermera le pasó la esponja poco después de que se deslizara por el canal del parto. Y tampoco parecía tomarse muy bien los baños que le daban desde que se la llevaron a casa. Se quejaba, agitaba los brazos y pataleaba en la bañera del cambiador, que en realidad no era más que un cubo alargado de plástico y no un sitio en el que un bebé pudiera sentirse a gusto. Pero Skye reaccionó de una forma completamente distinta cuando el chorro suave empezó a mojarle la cabeza. Miró a su madre a los ojos mientras ella le masajeaba el pelo, sonreía y vertía palabras de amor a los oídos de su pequeña. «Mira qué bonita eres. Eres tan perfecta... ¿Te gusta, cielo? Sí, claro que sí. Sé que te gusta, sí. ¡Lo sé! ¡Sí, lo sé!», la arrullaba. Rae disfrutaba viendo lo feliz que parecía Skye, su milagro en miniatura. La niña estaba tan tranquila que su cuerpo se relajó entre las grandes manos de su padre y, sin apartar ni una sola vez la mirada de los ojos de su madre, combatió, esquivó e hilvanó el sueño hasta que, por fin, no pudo contener por más tiempo el peso de sus párpados. Como si estuviera en un elegante salón de belleza. Como si los dedos fueran mágicos. Como si estuviera enamorada de su mamá. Así empezó su historia con Skye. Así sería siempre. La niña permanecía quieta y feliz mientras Rae se ocupaba de su pelo. Le encantaba que su madre se lo frotara, lavara, enroscara, cuidara. Y a Rae le encantaba hacerlo. La prueba estaba justo allí, en el cuero cabelludo de la niña, testimonio de la atención y la adoración de su madre, reflejadas en la complejidad del peinado y el tiempo que dedicaba a cuidar de aquel jardín rizado y crespo que coronaba su cabecita.

Rae no podía decir que hubiera tenido esa experiencia infantil con su madre. Había pasado muchísimas noches de sábado sentada sobre una pila de gruesos listines telefónicos y páginas amarillas, retorcida en un ángulo imposible entre las rodillas de su madre, tratando por todos los medios de no moverse mientras ella le aplicaba el peine de hierro ardiente en las puntas de su espesa mata de pelo. El frescor del aliento de LoLo cuando le soplaba la nuca era un triste consuelo comparado con el miedo a que su madre la quemara o que, incluso, le rozara la piel con ese peine afro gigantesco, de púas muy separadas, si Rae no se quedaba completamente inmóvil o gritaba de dolor mientras LoLo intentaba alisarle la «escarola», que era como solía referirse a su pelo. A Rae le encantaba llevar el pelo planchado y con rizos, pero todo el proceso necesario para conseguirlo nunca le pareció un acto de amor entre ella y su madre. Era una losa, algo que dolía, algo que no se hacía para reforzar o mejorar su belleza, sino más bien por cuestiones prácticas. El pelo se ensuciaba. Había que lavarlo. Y punto. LoLo no permitía que su hija le diera la lata con su aspecto físico, así que Rae no lo hacía, aunque, en secreto, naturalmente, quería ser la guapa por una vez, quería que los chicos se fijaran en ella y cuchicheasen con sus amigos cuando la vieran, pero más si cabe quería que su madre se volviera hacia ella después de una de esas penosas sesiones de peinado los sábados por la noche y le dijera: «¡Mírate! Estos rizos te quedan estupendos. ¡Estás preciosa!». El silencio de LoLo no hacía más que poner de relieve el mensaje que el mundo se había empeñado en deslizar a las niñas negras, que había algo malo en su pelo crespo, sus labios jugosos, su piel oscura, sus penetrantes ojos marrones, sus culos respingones, sus muslos generosos y su guapura negra. Sencillamente, Rae no era lo bastante fuerte, espabilada y madura para protegerse del tsunami de revistas, programas de televisión y de radio, películas y todo el resto de la cultura pop que fustigaba a las mujeres y niñas negras por no ser blancas. LoLo había permitido que ocurriera. Rae conservaba las cicatrices. Incluso teniendo un marido, una niña y unas amigas que le ponían un espejo frente a la cara y le exigían que viera la belleza que ellos veían en sus ojos, en sus pómulos, en la espesa mata de rizos que envolvía una cara redonda de cutis perfecto y liso como el ébano pulido, Rae seguía llevando esas cicatrices.

Pero Rae lanzó una mirada a los ojos de su hija en ese primer día en el que le lavó el pelo, así como en los numerosos días que siguieron, y lo que vio fue... a ella misma. Vio su propia cara mirándola. Una versión con la piel más clara, pero con los mismos pómulos altos, la misma naricilla fina, sus ojos almendrados... Una maravilla. Había días en los que Skye le hablaba de cualquier cosa y, cuando Rae levantaba la vista, vislumbraba un destello de la belleza de su niña que la dejaba sin palabras. Le llevó un tiempo, pero, lentamente, Rae dejó de arrancarse las costras y empezó a pensar en cómo dejar que esas heridas se cerrasen por fin. Sin embargo, a Roman le pareció que el proceso de curación era demasiado rápido para su gusto.

—¿Vuelves a salir? —preguntó apoyándose en el marco de la puerta del cuarto de baño, mientras observaba como Rae se acercaba al espejo y se aplicaba un carmín marrón rosado, color carne, en los labios y las mejillas. En realidad, era el único pintalabios de color que tenía.

—Es la fiesta de presentación de un álbum, ¿te acuerdas? —dijo ella. Cogió sus pendientes y se miró en el espejo mientras los pasaba por los agujeros.

—Vale. ¿Y vas a ir vestida... así? —preguntó él.

—¿Así cómo? —quiso saber ella, apartándose del espejo para poder verse de cuerpo entero.

Mal le había prestado un vestido, un trapito corto y negro, algo ceñido, que resaltaba un poco sus curvas. Se salía ligeramente de su estilo. «Esta noche salimos —le había dicho Mal cuando se presentó sin avisar en la oficina y le puso el vestido en las manos—. Me niego a ir contigo a la fiesta si vas vestida como si fueras la cuarta integrante que nunca tuvo TLC.»

—El vestido es... Mmm... —empezó a decir Roman.

—Estás muy guapa, mamá —aseguró Skye.

—Oooh, gracias, cielo —contestó Rae extendiendo las manos para acercar a la niña—. Me siento muy guapa. ¡Casi tanto como tú! —dijo dándole un toquecito con el dedo en la nariz.

—¿A qué hora volverás a casa? —preguntó Roman echando un vistazo a su reloj.

—Todavía no lo sé, pero seguro que Skye ya estará dormida. —Luego, volviéndose hacia su hija, dijo—: ¡Esta noche te quedas con papá, Skye! Lo pasaréis genial. ¡Hoy toca noche papá-hija!

—¡Bien! —exclamó Skye saltando de un pie a otro. Roman puso una media sonrisa.

—Vale, tengo que irme. Treva me ha dicho que me recogería en coche a las seis y media en punto. No quiero hacerla esperar. Habrá un tráfico infernal de camino a Manhattan.

Le dio un pico a Roman. Abrazó a la niña. Y pasó entre ellos.

—¡No me creo que hayamos sacado a esta tipa de casa! —exclamó Mal mirando al camarero con tres dedos levantados y señalando después una botella de champán.

—¿Verdad? Casi ha tenido que morirse para salir de casa —comentó Treva levantando la mano para chocarla con Mal.

—Si tú lo dices... —respondió Rae—. De todos modos, ¿quién dice que me estoy muriendo?

—Oye, con todo el trabajo que tienes, un marido y una niña, ¿qué esperas?

—Dos niños, me parece a mí —murmuró Mal torciendo el gesto.

—¡Eh! —protestó Rae—. Lo he oído.

—Lo que quiere decir es que estás hasta arriba y te conviene un descanso —dijo Treva. Cogió dos copas y se las pasó a las chicas. Luego levantó la suya y brindó—: ¡Por desestresarse!

—¡Y por quitarse el mono de encima! —añadió Mal.

Rae resopló. «¿Mono?», dijo moviendo los labios. Sacudió la cabeza riéndose y tomó un sorbo de champán. Dejó que sus ojos recorrieran el restaurante en la parte baja de Manhattan que la discográfica había reservado para presentar a su cantante a los medios y los creadores de tendencias de la industria. Rae odiaba esas fiestas, las había evitado durante toda su carrera, diciéndose a ella misma y a sus jefes que podía ser la mejor en su trabajo sin acudir a esos paripés que solo servían para hacer contactos y en los que todo el mundo fingía tener más capital cultural, y más influencia, de los que tenía en realidad. Sus superpoderes los guardaba en su fichero giratorio, que contenía los teléfonos de algunos de los relaciones públicas y productores más poderosos de la industria musical. Eran ellos los que tenían capacidad de influencia en las celebridades, los que podían conseguir una entrevista con el tiempo justo o convencer a un cantante famoso de que participara en un programa en vez de en otro. Emborracharse en una de esas fiestas y luego volver a un estudio destartalado que casi no podías permitirte en Chelsea no era la manera de llegar a la cima, según lo veía ella. Pero allí estaban las tres, con sus vestidos demasiado ceñidos, sus carísimas Air Jordan, hablando demasiado alto, riéndose demasiado deprisa de las bromas que se lanzaban, intentando con todas sus fuerzas dejarse ver, vendiendo algo que ni de lejos valía lo que ellas pensaban. Lo cierto era que Rae no estaba convencida de que salir esa noche, asistir a esa fiesta, ver como un futuro cantante de un solo éxito intentaba darle bombo a su álbum de debut como si fuera el próximo *Ready to Die*, pudiera hacerla sentir un poco menos estresada. Un poco más libre. Pero allí estaba.

—¡Eh! ¡Mira quién ha venido! —dijo Nimma llegando por su espalda y frotándole el brazo para llamarle la atención.

—¡Oh! ¡Hola, Nimma!

—Creía que no te gustaban las fiestas de la industria. ¿Te has vuelto una fan de Moore Payne así de pronto?

Rae se rio.

—Qué va. He venido porque la doctora a la que me mandaste cree que necesito «desestresarme» —explicó haciendo comillas con las manos—, y estas dos cabezas huecas que tengo por amigas piensan que beber champán en una fiesta como esta me ayudará. ¿Nimma? Te presento a mis amigas Mal y Treva. Esta es Nimma. Es jefa de producción en Work Room Studios.

—Encantada —dijo Mal levantando la copa al mismo tiempo que Treva.

—¡Oh, esa es mi canción! —exclamó Treva cuando empezó a sonar el ritmo de una canción conocida de Method Man—. ¡Vamos a bailar! —añadió desapareciendo entre el gentío, tan eufórico como ella, que atestaba la pista de baile, con Mal a la zaga.

—Tiene razón, ¿sabes? —dijo Nimma.

—¿Quién tiene razón? ¿Qué quieres decir? —preguntó Rae.

—Si dejas que la gente siga estresándote, no vivirás para contarlo.

Rae suspiró.

—Bueno, eso es muy fácil decirlo, ¿no crees? Tengo que trabajar, y responder ante Jeremy. Tengo que lidiar con mi marido, con mi hija, llevar una casa, todas esas cosas que nos dejan agotadas. ¿Crees que puedo elegir? ¿Crees que alguna de nosotras puede elegir? ¿Pretendes decirme que una puede sentarse tan tranquila a contemplar como todo su mundo se va a la mierda y decirle a la gente que no piensa hacer nada para remediarlo porque no quiere perder la pierna en el intento?

Nimma se rio.

—Lo pillo. Lo pillo. Te lo prometo. Pero ¿cuándo te permites un momento de alegría?

—¿Qué quieres decir con «permitirse un momento de alegría»?

—Bueno, ¿qué cosas te dan alegría?

—Mi niña. Skye me da alegría —respondió Rae sin dudarlo. Una ligera sonrisa se apoderó de sus labios.

—Quería decir al margen de lo que todo el mundo te dice que debería hacerte feliz. Descarta el marido, tu carrera profesional, los niños. Esas son las cosas que la sociedad nos dice a las mujeres que deberían darnos la máxima felicidad. Como si tuviéramos que dar las gracias por una polla dura cuando no estamos de humor, o cuando nos dan un manotazo en la cara a las dos de la madrugada porque el crío se ha hecho pipí en la cama por tercera noche consecutiva, y tu trabajo te obliga a hacer dos o tres horas extra un par de veces a la semana para adelantar cosas que no te pagan porque estás en nómina y nunca dejas en la estacada a tus compañeros. ¡Uf! Qué alegría, qué felicidad, ¿no? Pero quitemos eso. ¿Qué es lo que te hace feliz de verdad?

Rae la miró pasmada. A su alrededor la gente bebía, se carcajeaba, se mecía al ritmo de una música que sonaba tan fuerte que casi ahogaba cualquier intento de conversación. ¿Era tan falsa como los demás? ¿Fingía ser feliz, que lo que hacía tenía algún sentido, algún valor?

—Vale, vale. A ver qué te parece esto. ¿Sabes lo que me hace feliz a mí? Salir a la escalera de incendios y mirar las estrellas de noche —dijo Nimma.

—¿Qué? ¿Sales a la escalera y te quedas mirando el espacio? —preguntó Rae frunciendo el ceño—. ¿Qué eres? ¿Una aprendiza de astronauta? ¿Tienes tiempo para quedarte mirando las estrellas?

Nimma sonrió con suficiencia.

—Si no lo tengo, me lo invento —señaló—. Porque me da felicidad. No me paso toda la noche allí. Pillo la puesta de sol. O, si ya es tarde y el sol ya se ha ido, me conformo con la luna. Es preciosa. Te calma. Deberías probar.

—¿Mirar la luna?

—Sí —dijo Nimma secamente.

—Solo... mirar la luna.

—Y hago algo mejor todavía. Esta semana habrá luna

llena. Coge un papel y escribe las cosas de las que quieres librarte. Lo que sea. Problemas de dinero, la rabia con tu marido, las ganas de acostarte con Jeremy...

—De eso nada, monada. No quiero saber nada de ese inútil barrigón con la cara como una zanahoria descolorida.

—Era broma —aseguró riéndose—. Ahora en serio. Podrías escribir «No voy a permitir que Jeremy siga haciéndome dudar de mi valía». Escríbelo todo en un papel, ponlo en un cenicero y quémalo bajo la luz de la luna.

—¿Ahora tendré que ser pirómana también?

Nimma se quedó mirándola. Las comisuras de sus labios ya no apuntaban hacia arriba. Echó un vistazo a Treva y Mal, que habían vuelto de la pista de baile y habían empezado a escuchar la conversación.

—Hablo en serio. Inténtalo. La luna también es una estrella y no está mal pedir deseos a las estrellas de vez en cuando. La luna tiene el poder de mover los océanos, le da ritmo al mundo. Seguro que también podrá ayudarnos un poquito, ¿no? Haz la prueba. La alegría es un derecho. Deberías buscar un poco para ti.

»Bueno, voy a darme un garbeo por aquí y me largo —continuó Nimma—. Que quede claro: este sitio no me da ninguna alegría.

Rae vio como Nimma desaparecía entre la multitud. La siguió con la mirada hasta que ya no pudo verla más. En el silencio que su compañera había dejado tras de sí, Rae se dio cuenta de que el cuerpo le vibraba entero: la cabeza, las manos, el corazón, las entrañas. No se encontraba bien.

—Mmm... —dijo Mal. Tomó un sorbo de champán—. Por lo visto, estas idólatras tenían montada una buena.

—Como buena pagana que eres lo sabrás mejor que nadie —declaró Treva riéndose.

Mal levantó la copa.

—Brindo por ello. No tiene nada de malo comportarse como una pagana de vez en cuando.

—Sois unas bobas —replicó Rae riéndose nerviosa. Dejó la copa de champán y se pasó la mano por el escote.

—¿Lo ves? La buena de Rae ni siquiera puede terminarse una copa de champán —señaló Mal—. Siempre tiene que mantener el control.

—¿Qué quieres decir? Yo... claro que puedo terminarme una copa de champán. Lo que pasa es que tengo calor aquí dentro. ¿Vosotras no? —dijo abanicándose con la mano—. Y mirar la luna, pedirle un deseo a una estrella y disfrutar de una bonita puesta de sol no tiene nada que ver con ser una pagana —añadió—. Ya sabéis que no soy una fanática de Cristo, pero, si Dios hizo el cielo y la tierra, supongo que no le sabrá mal que admiremos su obra, ¿no?

Mal se inclinó a la derecha y miró por encima del hombro de Rae.

—Pues el dios que creó ese monumento merece toda nuestra gratitud por su generosidad. Madre mía.

Sin pensarlo, Rae se volvió para ver qué tenía Mal en su campo visual. Justo en ese instante, el hombre —alto, de facciones marcadas, negro como la madera de roble, e igual de recio— miró en su dirección. Sus ojos se encontraron. Nada en sus treinta y cinco años de vida, de aliento, la había preparado para la vitalidad, la revolución, que ese hombre traería a su vida, el arrebato que su mera existencia pondría en movimiento. Iría acompañado de una corona de espinas, de una cruz que cargar. Pero ese hombre iba a ser su salvador.

—¿Lo estás pasando bien?

Rae esbozó una media sonrisa y dudó.

—Oh, sí. Sí.

—No pareces demasiado convencida —dijo él.

—No, no, es una fiesta muy chula. El problema es que..., bueno, hace un poco de calor aquí dentro.

Rae vio como la recorría de arriba abajo con la mirada antes de volver a centrarse en sus ojos.

—Tienes calor, ¿eh? —señaló asintiendo con la cabeza—. Deja que te pida un vaso de agua. —Levantó la mano para llamar al camarero.

—No, no... no pasa nada. No me pasa nada.

El camarero se inclinó hacia el hombre.

—Sí, ¿puede traerle un vaso de agua a la señorita? Tiene... calor.

—Por supuesto —respondió el camarero.

—Claro que está acalorada —dijo Mal. Rodeó a Rae y le tendió la mano al hombre—. Soy Malorie. Y ella es mi amiga Treva —añadió señalando a su espalda—. Y esta es Rae.

—Rae. Como un rayo de sol. Un placer, Rae —afirmó. Estrechó la mano de Mal y luego se la ofreció a la única para la que tenía ojos—. Me llamo Diego.

—Un placer —contestó Rae. Observó como él cogía el vaso de agua y se lo ofrecía.

—Deberías bebértelo rápido para venirte a bailar conmigo —sugirió él.

—Oh, no. Mmm... Yo no... Esto...

—¿Qué? ¿No te gusta Mary J. Blige? —dijo él marcando el ritmo con la cabeza. *Be Happy* había empezado a sonar a todo volumen en los altavoces mientras la multitud que había acudido a la fiesta bailaba en la pista que el restaurante había improvisado guardando estratégicamente todas las mesas y sillas.

—Le encanta Mary J. Blige —afirmó Mal inclinando la cabeza a un lado y mirándola con ojos de lechuza.

Rae echó una mirada a Mal, frunció el ceño y luego se volvió de nuevo hacia Diego con una sonrisa impostada que le iba de mejilla a mejilla. Tomó un sorbo de agua.

—Me gusta Mary. Sí —declaró.

—Pues qué bien. Vamos —respondió él agarrándola de la mano.

Rae se volvió hacia sus amigas mientras él la conducía entre la multitud y negó con la cabeza al ver que ambas se reían y cuchicheaban sin dejar de observarlos y azuzarlos. «Solo es un baile», se dijo para sus adentros. Esta vez fueron sus ojos los que repasaron el cuerpo de Diego de arriba abajo, ese ejemplar magnífico que debía de medir metro noventa por lo menos y que, a juzgar por cómo le quedaba la camisa que llevaba por dentro de los pantalones, era musculoso, fuerte. Parecía una copia de Tyson en alto.

Cuando llegaron a la pista de baile, se volvió y le cogió las manos para arrimarla a él. Rae, nerviosa, vibrando, se dejó llevar. Olía a vetiver y citronela. A tierra. Le gustó. Siempre le habían seducido los hombres que olían bien.

Él se acercó.

—¿Eres de Nueva York?

—Nacida y criada aquí —dijo Rae—. Crecí en Long Island.

—¿Long Island es Nueva York?

Rae le dio un puñetazo juguetón en la barriga. Era dura. Él se rio.

—Es broma. Es broma. Yo soy del Bronx.

—¡Y has vivido para contarlo! —exclamó ella.

—¡Ah! ¡La señora es aficionada a los chistes!

Se rieron con naturalidad, pero entonces Rae perdió la sonrisa.

—La señora también está casada —dijo. Levantó la mano para mostrarle el anillo.

—Me lo he imaginado. En la barra.

—¿Y aun así le pides un baile a una mujer casada?

—Le he pedido a una mujer preciosa que baile conmigo una canción —respondió él—. No tiene nada de malo disfrutar de una canción juntos, ¿no?

Rae bajó la mirada y se quedó en silencio. No sabía qué decir. Nunca sabía qué decir a los hombres, nunca era capaz de hacerse fuerte frente al coqueteo y los piropos.

—Quizá podríamos quedar algún día para comer —dijo él.

—Las mujeres casadas no suelen quedar para comer con un hombre que no sea su marido —contestó ella rápidamente.

—No hace falta estar saliendo con alguien para disfrutar de su compañía —dijo él—. Quizá está bien relacionarse un poco y darse alguna alegría de vez en cuando. No sé, por ejemplo, ir a comer a un buen sitio.

Rae se puso de espaldas a él y dejó que el ritmo invadiera su cuerpo mientras Mary cantaba desde lo más profundo de su corazón destrozado que un amor de la peor especie le había hecho un daño irreparable, sumiéndola de lleno en una crisis existencial que haría necesario, imprescindible, un recalibrado de su vida. Algún tipo de cambio que le permitiera sobrevivir. *Be Happy* era la triste plegaria de Mary, la petición de algo de cariño en su vida. Diego apretó su cuerpo contra Rae y ella no se resistió mientras la plegaria de Mary se hacía cada vez más urgente. Diego le puso las manos sobre las caderas al mismo tiempo que ella se movía y se rozaba contra él, sin apartarle los dedos. Mary gimió. Diego entrelazó las manos de Rae con las suyas y ella sintió que su pecho se elevaba. Mary elevó su ruego al dulce Señor y Rae cantó con ella desde las entrañas, cantó a la libertad con Mary. Y pidió un poco de esa libertad para ella también.

32

A fin de cuentas, la pista de baile es el espacio más perfecto para las medias verdades y las mentiras descaradas, sobre todo si permites que el alcohol hable por ti. Historias fantasiosas saltan de boca en boca siguiendo el ritmo de las bases que retumban en las paredes mientras caderas y labios incitan y traman. Diego le dijo a Rae que era preciosa. Rae fingió que le creía. Diego dijo que era fascinante. Rae siguió contándole sus historias, siguió actuando como si decirle a un hombre lo que quería fuera algo normal y rutinario, como si conseguirlo fuese natural. Él se excitó al oírlo. Ella se excitó mirándolo. Y esa noche, en su búsqueda de la alegría, Rae sería lo bastante audaz, y valiente, para ser la persona que debía ser si quería conseguir lo que quería. Alcanzar la alegría. Gritó su número de teléfono al oído del desconocido y le dijo que, si era capaz de recordarlo y se atrevía a usarlo antes de que terminara la semana, estaba dispuesta a quedar con él. Recapacitó en el coche de vuelta a casa. Cuando entró por la puerta se encontró a Roman masturbándose con una revista en la mesa del comedor mientras su hija dormía a pierna suelta en el sofá. Volvió a discutir con él. Se cabreó consigo misma por haber esperado más de su marido, aun sabiendo que era una locura. Se acostó deseando que Diego se acordara. Le hizo ilusión que lo hiciera. Comió con él. Y luego volvieron a comer juntos. Y luego otra vez. Hasta que quedaron para cenar.

—A ver si lo he entendido bien. ¿Nunca has hablado con tu hermana o con tu hermano?

Diego había dicho que le apetecía comerse una buena hamburguesa. Las mejores, según él, las hacían en una hamburguesería escondida en los bajos de un hotel boutique en Chelsea. A Rae le preocupaba que algún conocido los viera juntos, bebiendo de la misma botella de cerveza, rozando sus hombros mientras se contaban historias, aunque esa noche había en ellas más verdad que mentira. Historias que tenían el mismo efecto que un hechizo. Que hacían pensar en esa energía que inunda de esperanzas el cerebro. Las entrañas. Que alimenta el deseo.

—No son mis hermanos —dijo Rae mientras pasaba una patata en forma de cuña por una isla de kétchup casero que se había servido en el plato. Había respondido a su pregunta con acritud.

—Pero son los hijos de tu padre, ¿no? Y tú también lo eres, ¿no? Eso te convierte en su hermana.

—Eso los convierte en sus hijos, y no es mi problema —replicó Rae—. No quiero tener nada que ver con ellos.

Diego asintió y guardó silencio.

—Con todo el respeto —dijo poco después—, me parece que los haces responsables de algo que pasó sin que ellos tuvieran ninguna culpa.

—Con todo el respeto, esa cría le rompió el corazón a mi madre y le faltó al respeto a mi padre contando historias que más le valdría haberse ahorrado el día que lo enterramos, en casa de mi madre —señaló Rae, y su voz se elevó una octava.

—Tienes razón. Tienes razón. No tenía derecho a hacer eso. Pero sí tiene derecho a ser reconocida, ¿no? ¿A ocupar un lugar en la familia?

—No es familia mía —repuso Rae. Estaba enfadándose. No veía la necesidad de reprimirse, de hacerse la simpática, de ser la típica Rae que se movía al ritmo de los demás.

Esta Rae había decidido en la pista de baile que diría lo que sentía sin preocuparse por lo que pudiera pensar Diego. Porque él solo la conocía así y la única obligación que sentía era la de vivir libremente a sus ojos—. ¿Sabes? ¿Por qué te interesa tanto que me lleve bien con esa gente?

—No lo sé. Quizá porque yo soy esa gente —dijo Diego. Cogió la botella de cerveza y tomó un trago largo.

—No te entiendo.

Diego suspiró y se pasó la mano por la frente.

—Mi padre también tiene dos familias. Está la familia de la que cuidó y la familia que abandonó en la República Dominicana. —Levantó la mano—. Mi madre y yo fuimos los abandonados. Ellos recibieron amor y atención. A nosotros nos tocó pasarlo mal, en la República Dominicana y también luego, cuando vinimos a vivir al Bronx, pero nunca quise su dinero. Lo que necesitaba realmente era... No lo sé. Necesitaba a mi padre. Necesitaba que nosotros también fuéramos su familia. Lo único que digo es que tu hermana...

—No es mi hermana —le interrumpió Rae.

—La hija de tu padre probablemente solo quiere su familia —dijo—. No sé. Quizá no está tan mal pensar qué supondría ser la más sensata en esta historia.

—¿La más sensata? —saltó Rae, mientras se limpiaba los dedos con la servilleta—. He sido la más sensata toda la vida. —Soltó un profundo suspiro. Diego apoyó la espalda en la silla y estiró las piernas. No dijo nada, cosa que Rae agradeció. Le estaba agradecida por prestarle oídos en vez de ser un bocazas—. Los sentimientos que te provoque tu padre son cosa tuya, ¿no? Y lo mismo puede decirse de la hija de mi padre, aunque no me pareciera bien la manera que eligió de expresarlos. Pero nadie puede esperar de mí que me quede de brazos cruzados viendo como todo el mundo pisotea mis sentimientos al respecto. A ver, ¿a santo de qué iba a ser responsabilidad mía que esa chica se sienta cómoda y acogida en mi mundo? Soy adoptada, Diego. He estado pendiente de los sentimientos de los demás toda mi vida. Siempre me ha parecido que vivía en la precariedad en el mundo.

—No... no te sigo —dijo Diego. Ahora se incorporó en la silla, concentrándose en las palabras de Rae.

—Mis padres no me contaron que era adoptada. Supongo que fue porque no querían verse en la situación de que un día su hija les dijera que quería conocer a sus padres *reales* —aclaró Rae, haciendo comillas con los dedos—. Guardé su secreto. Soy su peor mentira. Perpetuar una mentira exige poner en suspenso la incredulidad, ¿no? Todos tuvimos que convencernos de que éramos una familia, aunque, en sentido estricto, biológico, no lo fuéramos. El precio que me toca pagar por ello, todos los días de mi vida, es la gratitud. Es lo primero que piensa la gente cuando dices: «Soy adoptada». Qué suerte la nuestra, qué agradecidos les hemos de estar a nuestros padres adoptivos porque nos encontraron e hicieron el sacrificio de criarnos y dedicarse a nosotros, ¿no? Lo único que digo es que yo también hice sacrificios. He vivido toda mi vida en su mentira, para protegerlos, para no hacerles daño, incluso cuando solo me daban ganas de... —La voz de Rae se apagó a media frase. Le era difícil decir en voz alta tantas cosas que siempre había engullido, aun sabiendo, cada vez que lo hacía, que iba a tener la sensación de que se ahogaba. Como si dar otro gran mordisco fuera a costarle la vida. Se volvió bruscamente en la silla para buscar más servilletas y se puso de pie para agarrar una. Se dio la vuelta para que Diego no la viera secándose las lágrimas, pero él lo supo. Lo supo.

—¿Piensas en tu madre biológica? —preguntó él por último, después de que Rae se sentase, más serena.

—Todos los días —afirmó ella sin dudarlo—. A veces me pregunto qué aspecto tendrá. Hay días en los que me pregunto dónde estará. Si tengo un hermano o quizá una hermana. Si tengo los mismos ojos que mis hermanos, las mismas mejillas regordetas. La misma sonrisa. Mi hija ha sacado mi cara. Me pregunto si mi madre biológica fue quien nos la dejó herencia. Si sigue viva. Si alguna vez piensa en mí. Pero no me está permitido decirlo en voz alta, ¿sabes? Si me hubiera hecho esas preguntas, mis padres podrían haber pensado que podría quererla más a ella.

—¿Podrías? —preguntó Diego cuando Rae se quedó callada.

—El amor es infinito. Hay sitio de sobra en mi corazón para quererlos a todos por igual. Pero siempre seré leal a mis padres. Nunca desearía hacerles daño. La prueba es que me he guardado todas estas preguntas y los sentimientos que me provocaban para no hacerles daño.

—Aunque te lo hagas a ti misma.

—Eso es. Lo has pillado. Así que tendrás que disculparme si no me importa una mierda cómo se sienta *ella*.

—¿Crees que algún día, no sé, darás preferencia a tus sentimientos e intentarás averiguar quién es tu madre real?

—Mi madre es mi madre real.

—Ya me entiendes.

—No, eres tú el que debe entenderlo. Mi mamá es mi madre real. Esa otra señora es mi madre biológica. Le agradezco que me abandonara porque así tuve la oportunidad de criarme como una Lawrence. Aunque no me importaría saber algo sobre mi madre biológica. Conocerla sería conocerme a mí misma. Ahora mi hija es la única persona en el mundo que sé con seguridad que tiene mi sangre. De momento tendré que conformarme con eso, porque no quiero hacer daño a mis padres o, bueno, a mi madre.

—Lo entiendo.

—¿Estás seguro?

Diego se acercó y le cogió las manos. Tenía unas manos suaves, pero fuertes, grandes.

—Sí.

—Pues entonces no quiero más preguntas sobre la otra hija. No es asunto mío. No me preocupa. Pero, si se me acerca, me la cargo. *Ipso facto.*

—¿A quién vas a pegar tú? —dijo él dándole un golpe juguetón en el hombro—. Eres un peso pluma.

—Tengo manos —declaró ella. Le dio un puñetazo en el hombro. Él se hizo el dolorido y se arrimó a ella en afán de venganza, pero, en vez de golpearla, abrió los dedos y empezó a hurgar en sus puntos débiles: la barriga, las axilas, el cuello, la oreja. Riéndose sonoramente, Rae le pidió que parase con un grito susurrado mientras él seguía haciéndole cosquillas, agarrándola a veces de las muñecas para defenderse de sus contrataques. Entonces, como una centella, sin previo aviso ni pedir permiso, Rae le cogió la cara y le besó. Fue un beso suave, ligero, pero decidido, en sus gruesos labios. Él no se apartó. Se acercó más. El ambiente estaba cargado; preñado de los ruidos de los empleados del restaurante mientras daban la vuelta a las hamburguesas y tomaban pedidos, de los otros clientes masticando la comida, conversando, ajenos a la historia de amor que se desarrollaba en tecnicolor en la mesa cuarenta y dos. Pero Rae quería que la vieran. Quería sentir.

—Es una noche de jueves, ¿no? Me pregunto si tendrán alguna habitación libre arriba —dijo ella señalando el techo con la barbilla, antes de obligarse a mirarlo a los ojos. «No parpadees, Rae. No dejes que se te escape.»

Rae nunca era la que elegía. Siempre la elegían a ella, y justo ahora estaba empezando a entender las consecuencias y el coste personal de algo así, y que renunciar a la libertad de elegir se parecía bastante a quedarse sin respirar. Roman no tuvo ningún inconveniente en arrogarse el derecho a taparle la nariz en esos primeros días en los que, supuestamente, debían tomarse las cosas con calma antes de convertir un «me gustas» en un «te quiero». Había precipitado las cosas porque quería ser el negro más macho.

En efecto, Roman le dijo que en principio, esa noche, no había tenido la intención de pedirle que se fuera a vivir con él, pero cuando Rae fue a abrirle la puerta de su apartamento en un tercer piso sin ascensor, llevando solo una camiseta y unas bragas arrebujadas entre las gruesas y protuberantes nalgas de su culo, borracha después de una noche de fiesta con otro hombre, la propuesta se deslizó raudamente de los labios de Roman. Ella tampoco había tenido esa intención. Irse a vivir con Roman mataría el pacto que tenían de una relación relajada, abierta, repleta de posibilidades, y no estaba convencida de querer cambiar las cosas, no después de haber disfrutado de una noche de fiesta con Marques, un amigo de TJ del que estaba pillada desde que era una adolescente cursi y flaca que no sabía lo que era un beso.

Rae había pasado muchas noches de viernes en el sótano de la casa de sus padres, con los dedos arrugados después de limpiar, dándoles a los botones de «play» y «grabar» de la cadena de música de la familia mientras Mr. Magic y DJ Red Alert ponían esos éxitos cuyas letras se sabían todos los niños del instituto mejor que las lecciones. Rae era malísima bailando, pero allí estaba cada semana, fingiendo que estaba en alguna de las múltiples fiestas en las casas de sus compañeros a las que sus padres le tenían prohibido ir, bailando desmelenada y libre, quizá incluso con un chico que se le acercaría y le insistiría en lo que ella era incapaz de ver por sí misma: «Eres guapa, ¿lo sabes?».

En realidad nadie le había dicho nunca nada parecido, y LoLo... En fin, su madre le insistía en que esas cosas no tenían ninguna importancia. «¡Ser guapa no tiene ni punto de comparación con ganarse el respeto de los demás!», le había gritado LoLo un día que la descubrió escondiendo un pintalabios en la mochila del instituto. Que Rae se lo hubiera birlado de los productos de maquillaje del trabajo que guardaba para regalárselos a sus amigas en cumpleaños y otras ocasiones especiales ya era malo de por sí, pero cuando su madre giró la rosca y vio que el color que había elegido era un rojo «para pecadoras» arremetió contra ella sin piedad. «Pintarte con este rojo solo te servirá para que la gente te vea como una chica fácil. ¿Es eso lo que quieres?»

—No —había contestado Rae con la cabeza gacha.

—¿Qué dices? No te oigo —fue la respuesta de LoLo, que se inclinó hacia su hija llevándose la mano a la oreja.

—No, señora —dijo entonces Rae irguiéndose y alzando algo la voz.

—No te rebajes a eso, Rae. Quítate a esos chicos de la cabeza y no intentes imitar a esas busconas de la escuela. Céntrate en ser la mejor de la clase. Me lo agradecerás cuando crezcas.

A Rae le daba igual lo que pudiera ocurrir cuando fuera adulta. Lo que quería saber era qué se sentía siendo deseada, conseguir que un chico la mirase como Jose miraba a Desiree, o Larry a Stacey. Esta última alardeaba de que Larry la había llevado en su pequeño Dodge destartalado al callejón que había detrás del Pathmark y se habían sentado en el asiento de atrás para besarse y tocarse hasta que ella le dijo que parase. Rae se escabullía al sótano cada viernes por la noche e imaginaba que hacía lo mismo, imaginaba que un chico, que ni siquiera tenía por qué ser guapo, la invitaba al asiento de atrás de su coche. O que le metía mano en el culo mientras bailaban en un rincón oscuro de las casas donde la gente enrollada celebraba sus fiestas. O que un chico especial, daba igual cuál, la *oía* mientras ella hacía playback con *How Will I Know* de Whitney Houston sonando de fondo, fingiendo que la perilla que su madre empleaba para bañar el pavo en su jugo era el micrófono, y que al oírla salía de entre las sombras para declararle que era suyo.

Marques no había sido su primer flechazo, pero sí había sido el primer chico que le había prestado algo de atención. Allí estaba ella, en su primer año de instituto, pareciendo una fracasada en el sótano de su madre, en medio de la estancia como si en realidad estuviera en el escenario de un concierto, cantando en playback esa nota de veintiocho segundos que Teena Marie aguanta en *Casanova Brown* durante el interludio de violines, con los ojos cerrados, la espalda encorvada, levantando una mano, la otra agarrada a la perilla del pavo. Y allí estaba Marques, pegado a la ventana, espiando el espectáculo. Cuando cantó con Teena *Didn't Mean to Make You Cry*, Rae levantó la vista y descubrió dos ojos que la miraban. Marques sonrió señalando la puerta. Muerta de vergüenza, Rae se quedó quieta como una estúpida, petrificada pero con ganas de huir corriendo.

—¡¿Tu hermano está en casa?! —le gritó él a través de la ventana, haciendo bocina con las manos.

Rae asintió.

—¡¿Puedo pasar?! —volvió a gritar.

Rae volvió a asentir y caminó lentamente hacia la puerta, procurando no tropezar por el camino, porque eso ya habría sido la guinda del pastel, que la descubrieran cantando en playback y luego terminar de hacer el ridículo tropezando con sus Converse talla 38 para acabar delante del chico al que le «cantaba» esa canción en sus fantasías de adolescente con las hormonas disparadas.

Rae abrió la puerta y dio un paso atrás para que Marques pasara. No era capaz de mirar esos grandes ojos marrones, primorosamente puestos en su rostro ovalado, a lado y lado de su fina nariz, que anclaba unos pómulos marcados y una mandíbula cuadrada, lo que le hacía parecer una versión en carne y hueso, viviente, del maniquí masculino que utilizaban en la asignatura de dibujo. Casi todas las noches se imaginaba contando las pecas caoba que salpicaban su tez marrón claro y se dormía imaginando cómo sería el tacto de sus labios sobre los suyos. Si podría sobrevivir a ese beso. Si podría respirar.

—Tía, el playback te ha salido mejor que a Teena Marie en *Soul Train* —dijo Marques riéndose.

Rae agachó la cabeza.

—Es una de mis canciones favoritas —continuó él.

Rae esbozó una sonrisa de suficiencia.

—¿Qué? —dijo él cruzándose de brazos.

—Es Teena Marie. Pensaba que a los chicos os iba más el rollo Rakim o LL.

—También me gustan —afirmó Marques—. Pero Teena Marie, Luther, Stevie Wonder, Shalimar... También es buena música. Cuando quieres tomártelo con calma y no sé..., relajarte. No me decido entre *Cassanova Brown* y *Portuguese Love*. Esas dos me encantan. Pero, seguramente, la que más me gusta de todas es *Ribbon in the Sky*.

—¿Qué? ¡Esa es mi canción favorita de todos los tiempos! —exclamó Rae. Se arrepintió enseguida de haberlo dicho con tanta emoción. Pero Marques pareció entusiasmado y contestó como correspondía.

—Todo el álbum es... ¡guau! Pero la letra... Sí, Stevie se pasó con esa canción.

TJ bajó a toda prisa por la escalera, interrumpiendo la conversación con sus fuertes pisadas, un sonoro «¿Qué pasa, Marq? ¿Estás listo?» y una mirada de perplejidad cuando se percató de que su hermana pequeña estaba pegada a la cara de su amigo.

Marques tosió y se apartó un paso de Rae.

—Sí, vamos tirando —dijo. Carraspeó—. Nos vemos, Rae. Podemos comparar nuestras colecciones de discos un día de estos. Tienes buen gusto.

De vez en cuando, Marques se dejaba caer por su casa para ponerse al día con TJ y hablaba un rato con Rae. Lo suficiente para dar color a sus fantasías. Lo suficiente para que Rae pensara que también le gustaba a él. Una vez, incluso le insinuó que tenía algo que hacer con TJ, pero que quizá podrían hacer esa visita que tenían pendiente a Tower Records desde hacía tiempo. Rae le tomó la palabra y se pasó una semana y media pensando qué iba a ponerse y cómo se peinaría. De qué hablarían. Cómo evitar parecer una boba. Cuando finalmente llegó el día, Marques se pasó por la casa y Rae estaba lista para marcharse con él, pero no salieron. Marques se lo dijo con dulzura.

—Quizá en otra ocasión. Tengo algo importante que hacer y hoy no puedo.

Esa mismo día, cuando LoLo quiso saber por qué se paseaba como alma en pena por la casa con «el morro colgando», TJ intervino, brindando un contexto que quedaría grabado a fuego en el recuerdo de Rae durante los años que siguieron.

—Está cabreada porque Marq ha encontrado otra cosa que hacer. Rae pensaba que iba a salir con ella —dijo TJ—. Los amigos de verdad no salen con las hermanitas. —Apretó los labios y le echó una mirada asesina a Rae. Y ahí terminó todo.

Esa noche TJ salió con sus amigos. Tommy se marchó al trabajo. LoLo se dio un baño como siempre y apagó la luz del dormitorio. Y Rae bajó al sótano, le quitó el polvo a su ejemplar de *Original Musiquarium I* y con mimo puso la aguja del tocadiscos a la altura de *Ribbon in the Sky*. Agarró con fuerza la perilla del pavo mientras las palabras de Stevie Wonder volaban cada vez más alto. Cuando su voz deslizó por última vez «*for our love*», Rae estrujó la perilla con la mano. La bola de goma le quedó en la izquierda, el recipiente para el jugo en la derecha. Los tiró al suelo con todas sus fuerzas. Nadie oyó el golpe. Nadie oyó su llanto.

Años después, cuando ella y Roman estaban saliendo, Marques tuvo la osadía de pasarse por la casa de los Lawrence para ponerse al día y aprovechó para preguntar por Rae, cómo estaba, qué era de su vida, y LoLo le dio el número de teléfono de Rae a aquel genio de los ordenadores que trabajaba como ejecutivo junior en una empresa de tecnología importante y dejó caer, no del todo sutilmente, que su hija seguía soltera, pero omitió decirle que había un chico en su vida y que la relación parecía seria, por lo menos a ella, y que lo mejor que podía hacer era darse prisa, mucha prisa, y conquistarla antes de que fuera demasiado tarde.

Marques se dio prisa. También Roman. Rae dejó la decisión en manos de este último porque pensaba que eso era lo que se esperaba de ella y, además, Roman llevaba más tiempo en su vida. Le pareció racional, a Rae, respirar con menos aire.

Diego propuso pedir que les subieran una botella de vino a la habitación. Rae rechazó con educación la propuesta; quería estar plenamente presente. Quería sentir. Miró cómo se sentaba al pie de la cama, un armatoste *king size* engalanado con blancos impolutos y estampados de cachemira plateados y grises, y vio que él también la miraba, mientras se desabrochaba poco a poco botones y corchetes, con el labio inferior entre sus dientes afilados, y el pecho marcando un ritmo impaciente. Un pie salió del pozo de tela en los tobillos; el segundo lo imitó. Un brazo salió del pozo de tela en sus hombros; el segundo lo imitó. Dejó caer el jersey melocotón claro en el suelo de madera. Se quedó de pie, vistiendo solo un corsé de encaje color frambuesa y unas braguitas con abertura, como si fuera una estatua, un premio. Había practicado la pose en el probador de Frederick's of Hollywood esa misma tarde, durante la pausa para comer, y allí las había comprado. Allí había hecho sus cálculos. Allí había tramado su propia felicidad. Los espejos reflejaban sus muslos, sus pechos firmes, sus hombros rectos como una percha y su culo redondo y alto. En equilibrio sobre sus tacones negros de punta peligrosamente afilada, había tirado de su cuerpo a un lado y a otro, atándolo, sometiéndolo y encogiéndolo hasta que se vio perfecta y satisfecha. Hasta que se convenció de que Diego, al mirarla, no vería madre, ni hija, ni esposa, sino mujer. *Mujer*.

—Vaya —dijo Diego. Sus ojos repasaron cada centímetro del cuerpo de Rae mientras ella aguantaba de pie, quieta, reprimiendo el impulso de taparse, de acabar rápido, de esconderse de su mirada. Caer en lo habitual, un par de picos rápidos, dejarse chupar los pechos, la vagina, un poco de misionero en medio de la cama, gemidos sabiamente programados para activar el interruptor del abandono. Terminar rápido. Esa sensación de estar frente a un hombre hermoso y ser devorada, sí, pero también sentirse segura con su cuerpo y verbalizar sus deseos, pedir justo lo que quería y obtenerlo, todo eso quería que durase.

—Ven aquí —le dijo ella tan bajo que él casi no la oyó.

La indicación visual que le hizo —una mirada que decía «ven aquí», el dedo índice para llamarlo— le hizo ponerse a la tarea. Se plantó delante de Rae, mirándola hacia abajo, mientras ella lo miraba a él hacia arriba. Las puntas de sus zapatos se tocaban, sus alientos se rozaban. «No dejes que se te escape, Rae.» Una mano en la nuca de Diego, la otra sobre su mejilla. Lo miró a los ojos, dejó caer lentamente la mirada a sus labios, luego volvió a sus ojos. Se acercó un poco más, todavía más. Lamió su labio inferior. Luego el superior. Cabezas inclinadas y lenguas entrelazadas, torso agitado contra pechos agitados, la mano de él en sus trenzas, tirando de ella, exponiéndole el cuello, al que acudió con su lengua ávida, para luego subir a su oreja.

—Mmm... Es mi punto débil —gimió ella, y era verdad, pero a Roman ya no le dejaba hacérselo porque el asco que le daba el rastro de babas que dejaba cada vez que la lamía era más fuerte que el placer que le procuraba, de modo que se negaba ese pequeño placer, como tantos otros, centrándose en el rendimiento. En terminar cuanto antes. No quería que Diego parase.

—¿Te gusta?

—Sí —susurró ella sin aliento.

—¿Qué más te gusta? —preguntó él moviendo suavemente la lengua, encendiéndose al ver como el cuerpo de Rae se retorcía siguiendo el ritmo que él marcaba.

La pregunta la dejó de piedra. Conocía lo que no le gustaba, como conocía también la fuerza del engaño en el sexo: fingir mientras un hombre la tocaba le garantizaba que disfrutaría acostándose con ella, lo que, de una forma extraña y perversa, la hacía sentirse deseada. Pero todos sus desvelos en realidad solo le habían servido para conseguir eso durante el sexo: ser deseable, como podía serlo, por ejemplo, una muñeca hinchable o un poco de loción en la palma de la mano. No conseguir más que el mínimo indispensable. Nunca había tenido un compañero de cama que expresara interés por lo que ella necesitaba, quería.

Rae respondió despacio, con decisión.

—Fóllame de verdad.

Diego se apartó de la oreja de Rae. La miró intensamente a la cara y sonrió. Tiró de su pelo para abrirse paso hasta sus labios, su cuello, sus ojos. Los pezones se le estremecieron con su mirada. El ansia la hacía respirar con dificultad. Él le dio la vuelta tan deprisa que tuvo que agarrarse a la pared para no perder el equilibrio. La quería así. Le cogió los pechos y se puso de rodillas. Luego usó las manos y los codos para separarle las piernas y acercar el culo de Rae a su boca.

Le dio exactamente lo que deseaba.

33

—¿Dónde estás ahora mismo?

Era Mal, llamando al teléfono de Rae, haciéndole preguntas estúpidas, pues sabía que un sábado a las seis y media de la tarde casi siempre la encontraría a los fogones, preparando una cena caliente para Roman y Skye. Mal solía ser la primera en mofarse de Rae por ese motivo. «Eres la negra más ama de casa que conozco aparte de mi abuela —le decía, burlándose de ese ritual con el que Rae concluía sus sábados—. Las noches de sábado son para pedir comida a domicilio. O, mejor todavía, para salir en pareja.»

—Los sábados por la noche —rezongaba Rae— son para pasar un rato con mi hija, que merece algo más que nuggets de pollo y yogur cuando su madre tiene la oportunidad de cenar con ella en la mesa. Y sabes que solo puedo hacerlo los fines de semana.

Ese sábado por la noche no fue distinto. Rae intentaba que no se le quemara el arroz mientras lavaba la lechuga y bañaba en su jugo los muslos de pollo que tenía en el horno. Skye estaba sentada a la mesa, de morros y tirada encima del montón de deberes que su maestra le había puesto para el fin de semana. No le daba la gana escribir «yo», «él» y «nosotros» diez veces sobre esas gruesas líneas cuando *La Cenicienta* la esperaba en el DVD del salón. Su abuela le había enviado la película, protagonizada por una niña negra de cara redonda, tez marrón y largas trenzas como las suyas, y era una verdadera pena ir con el vestido y los zapatitos de Cenicienta en la cocina cuando había tanto espacio en el salón para hacer piruetas, bailar y «perder» el zapato para que el príncipe pudiera encontrarla luego.

—Estoy preparando la cena, Mal —dijo Rae. Sostuvo el teléfono en el hueco del hombro mientras golpeaba los deberes de Skye con el dedo índice y le echaba una mirada a su hija. Luego volvió al horno para añadir unas rodajas de limón al asado—. No te prives. Termina de burlarte para que pueda colgar de una vez.

—¿Dónde está Roman? —se apresuró a preguntar Mal, casi sin dejar que su amiga terminara la frase.

—No lo sé. Ha salido pitando hace un rato para jugar a squash y, como de costumbre, aparecerá cuando le dé la gana. Algo te voy a decir. Esta menda tiene hambre esta noche. Además, Skye y yo tenemos una cita con *La Cenicienta*, así que el muy cabrito puede cenar solo...

—Escucha un momento, Rae —dijo Mal.

Sus palabras, entrecortadas, urgentes, hicieron que Rae se quedara callada. Cerró despacio la puerta del horno.

—Mal, ¿estás bien? ¿Qué pasa?

—¡¿Dónde tienes el móvil?! —chilló ella—. ¿Dónde está?

Rae saltó al oír la voz aguda, frenética, de su amiga. Solo entonces se percató de que algo iba mal. Echó un vistazo a Skye, que estaba inquieta y hacía rodar el lápiz sobre la mesa con sus manitas, y después le dio la espalda.

—Malorie Victoria Height, ¿qué está pasando? —fue el grito susurrado que dirigió al teléfono inalámbrico.

—Escúchame bien —dijo ella—. He recibido un email de Roman hace una hora. Desbarraba contra ti, te llamaba «puta barata» y mil cosas más. Dice que le has puesto los cuernos y que te has cargado su familia. El mensaje venía con un documento adjunto. Rae, ha accedido a tus mensajes de texto con Diego, se los ha descargado de alguna forma y los ha adjuntado al email. Se lo ha enviado a todo el mundo.

La nariz empezó a arderle, como si le hubiera bajado

toda la sangre de la cabeza y se le hubiera concentrado en la fosa nasal izquierda. Se sintió un poco grogui, lo suficiente para tambalearse mientras caminaba de vuelta a la mesa de la cocina. No se sentía dueña de su cuerpo; estaba vacío, flotaba..., flotaba..., flotaba por encima de las trenzas que se había apilado en la cabeza para que no le estorbaran mientras vertía, mezclaba y calentaba ingredientes en cazuelas; por encima de la mesa de la cocina, donde Skye había escrito «yo», «él» y «nosotros» en una lista interminable, perfecta, sobre la hoja pautada; por encima de su casa, de Brooklyn, hasta la luna, que contemplaba ahora casi todas las noches desde la escalera de incendios, pensando en Diego, en la alegría. En el sabor que dejaba la libertad a una mujer negra con una niña pequeña colgada de la cadera y un marido que no conseguía estar a la altura.

—¿Qué significa que se lo ha enviado a todo el mundo? —susurró. Entonces, en voz baja, le dijo a Skye—: Tesoro, guarda los deberes en la mochila. Lo has hecho muy bien. Ve a jugar al salón hasta que la cena esté lista, ¿vale?

—Mamá, me habías...

—Skye, haz lo que te dice mamá, ¿vale? Tu mochila está en el banco del recibidor.

—Pero, mamá...

—¡Skye! ¡¿Qué te he dicho?!

Skye se incorporó de repente como si le hubieran puesto una vara de metal en la columna. Agarró los deberes y se marchó corriendo al recibidor. Rae la vio desaparecer por la esquina y luego volvió a concentrarse en la llamada.

—Dime todo lo que sabes —le rogó a Mal.

—Escucha. Te lo digo de entrada. Se ha enterado de tu lío y el muy cabrito ha cogido los mensajes que has intercambiado con Diego y se los ha enviado a todas las personas importantes de tu vida. En un solo email masivo.

—¿Cuándo?

—Acabo de conectarme a mi correo, así que lo he visto

ahora mismo, pero parece que lo ha enviado hace una hora más o menos.

Rae oyó el aviso de una segunda llamada en el teléfono.

—Un momento, Mal —dijo, cambiando de línea.

—¡Dios mío, Rae! —Era Treva—. ¿Estás bien?

—Lo sé, ya me he enterado. Tengo a Mal en espera —explicó Rae. Se quitó el delantal y se sacó la camiseta de los pantalones de chándal, intentando encontrar algo de aire fresco en medio de esa ola de calor emocional que la estaba dejando mareada y con sudores fríos.

—Escúchame. Se le ha ido la olla —dijo Treva.

El corazón de Rae se marcó un baile.

—Jermaine le ha llamado y no estaba bien, Rae. Tienes que salir pitando de casa.

—¡No pienso irme de mi puñetera casa! —saltó Rae—. ¿Por qué iba a hacerlo?

—Porque le ha dicho a Jermaine que te iba a pegar un puñetazo en los putos morros. Tal cual.

Rae tragó saliva y parpadeó para contener las lágrimas. Oyó los pasitos de Skye detrás de ella y lo engulló todo: el agua que se acumulaba en sus ojos, los mocos en la nariz. El grito que retumbaba en su pecho, intentando llegar a su esófago, pasar por la laringe, mezclarse con la bilis que se notaba en la lengua. No iba a permitir que su hija la viera perder el control.

—¿Jermaine sabe dónde está ahora? —preguntó Rae.

—No —dijo Treva—. Quiero que te vayas de casa, Rae. Allí no estás segura.

—¡Que no me voy a ir de mi puñetera casa! —le espetó Rae—. ¿Qué imagen voy a dar si huyo de una casa en la que pago cada factura? ¿Por qué iba a llevarme a mi hija de su casa? ¿Por qué tengo que irme yo? ¡A él no lo vi hacer las maletas cuando se trajo a esa furcia a nuestra casa!

—Rae, cariño, hazme caso. Esto no va de dejar tu casa. Va de estar a salvo. Me da miedo que pueda pasarte algo.

—No, no. Que no me voy. Me quedo en mi puñetera casa. ¿Puedes venir a recoger a la niña?

—Voy ahora mismo.

Rae cambió de línea para hablar con Mal.

—Era Treva. Está viniendo a recoger a la niña.

—¿Qué te parece si voy a hacerte compañía un rato? —dijo Mal.

—No, no. No pasa nada. No me pasa nada. Voy a esperar a que vuelva, y punto. No me pasará nada. Estoy bien.

Rae no lo creía, ni por asomo. Pero iba a mantenerse firme.

Llamó a su madre, pero no le cogió el teléfono ni respondió a sus mensajes desesperados, así que salió a la escalera de incendios para bañarse en la luz de la luna y luego lloró en el sofá hasta quedarse dormida. Soñó con Nueva Jersey y una chica, joven, una adolescente en realidad, alguien a quien no conocía pero a quien conocía de todos modos. Estaban en un arroyo, una acequia que se parecía muchísimo a la que corría detrás de la casa en Nueva Jersey donde Rae había pasado su infancia, aquel curso de agua en el que LoLo se había echado, buscando descanso. Rae había perdido la cuenta de las pesadillas que había tenido de su madre, tirada ahí abajo, en ese arroyo sucio y pedregoso, retorciéndose y forcejeando con su padre y la señora Daley, mientras les suplicaba que la dejaran ser libre. A veces esos sueños terminaban con Rae de pie frente a su madre, escudriñando su cara sin vida que miraba a la nada, mientras los rayos de sol iluminaban e irisaban el agua que cubría sus ojos. Otras veces no había sol, ni arcoíris. Solo un cielo gris y el crepúsculo; luciérnagas que titilaban como una sirena compuesta de cien linternas diminutas, haciendo que la cara, el pelo y los ojos de LoLo brillaran con sus destellos. Había belleza y había muerte, y Rae estaba allí, de pie junto al cadáver de su madre, desconsolada y confundida. Aterrorizada. Pero hacía mucho tiempo que no tenía esa pesadilla.

Esa noche le agradó tener el sueño. Necesitaba la presencia de esa joven, y la joven acudió a la llamada, se puso de pie en el agua y le ofreció la mano. «Ven, no tengas miedo», dijo, indicándole que se deslizara por el talud hasta la orilla para acompañarla. Rae, reacia, se había quitado los zapatos y los calcetines, antes de arremangarse con cuidado los pantalones. «No pasa nada», dijo la chica. «No voy a dejar que te caigas. Nunca dejaré que te caigas», añadió, tendiéndole la mano con una gran sonrisa.

«Sí, señora», Rae dijo a la chica, mucho más joven que ella, pero que se movía, hablaba y daba órdenes irradiando una autoridad de alma antigua. Rae se agarró de la mano de la chica y saltó al agua. Le sorprendió que fuese cálida, casi acogedora. Pero las plantas de sus pies no esperaban encontrar rocas en el lecho del arroyo; eran irregulares y ásperas, algunas afiladas, otras abrasadoras. La chica se desplazó rápidamente sobre las rocas sin que sus pies parecieran inmutarse al pisar aquel terreno pedregoso. Rae la observaba en todo momento, mientras cambiaba el peso de un pie a otro, intentando encontrar una piedra lisa en la que equilibrarse, en la que hallar cierto alivio, por pequeño que fuera.

—Hay libertad en el agua —le indicó la chica mientras miraba los pies de Rae—. Pero no puedes quedarte quieta. Debes seguir avanzando. No te quedes ahí, hija. Baila. Mueve los pies hacia delante y baila.

—Me duele, mamá —contestó Rae. Se derrumbó. Las lágrimas le empañaron los ojos, impidiéndole buscar esas rocas lisas en las que poner los pies.

—Para de llorar y muéstrate más gentil contigo misma. Entonces podrás encontrar las rocas lisas. Están aquí abajo. Tienes que buscarlas con los ojos limpios.

Rae se soltó de la mano de la chica a fin de poder secarse las lágrimas con ambos puños, para poder ver las rocas lisas. En efecto, allí estaban, sin formar un orden concreto o un sendero, pero visibles al fin y al cabo. Alcanzables. Rae saltó a la primera, luego a otra, lisa, como en un vals, deslizándose hacia delante con la corriente del arroyo. Echó atrás la mano para agarrarse nuevamente de la mano de la chica, pero solo sintió aire. Recobró el equilibrio y se volvió poco a poco. La chica se había vuelto a acostar en el agua y sus ojos brillaban mirando a un sol envuelto en un arcoíris.

Unos golpes fuertes y rápidos en la puerta la arrancaron del sueño. Se incorporó de inmediato, conteniendo la respiración, sorprendida por el ruido. Sus ojos miraron en todas direcciones buscando a Skye, temiendo que la niña se hubiera caído o estuviera haciendo algo peligroso o que pudiera causarle daño. Luego, lentamente, lo recordó todo: por qué estaba en el sofá, lo rápido que había preparado la maleta de la niña y había negociado con ella que podía marcharse con el vestido de la Cenicienta a cambio de que no hubiera lágrimas ni remoloneara cuando llegase la tía Treva para llevársela, cómo había estado allí toda la noche, hasta bien entrada la mañana, preparándose para la ira de su marido.

Más golpes en la puerta.

Roman, imaginó, no llamaría a la puerta. Tenía llave y habría descargado la tormenta sobre ella sin perder un segundo. Aun así, pensó, ¿qué le impedía enviar a otra persona para que hiciera el trabajo sucio por él? A fin de cuentas, ya le había hecho la putada de pintarle una letra escarlata en el pecho. Podía estar tramando más destrucción en otra parte. El infierno no conoce furia como la de un marido traicionado. Rae se preparó.

—Rae, tesoro, ¿estás en casa? ¡Abre la puerta! —Más golpes, más fuertes.

Era LoLo. Rae saltó del sofá y fue a la puerta casi esprintando. La abrió de golpe y encontró a su madre, con el puño en alto, lista para seguir aporreando la madera, con una bolsa de viaje al hombro.

Rae casi saltó a sus brazos.

—Eh, eh, eh... ¿Estás bien? Deja que te mire —dijo LoLo apartando a Rae de su pecho para echarle un vistazo, como si fuera una niña pequeña que se hubiera caído de un columpio. Tras comprobar satisfecha que su hija estaba físicamente intacta, la abrazó de nuevo mientras escudriñaba el recibidor de la casa—. ¿Dónde está?

Rae suspiró y trató de contener las lágrimas, en vano.

—No lo sé. Se marchó ayer por la tarde y no ha vuelto.

—¿Estás bien? —preguntó LoLo dejando descansar la mirada en el rostro de su hija.

—No, mamá —respondió Rae—. No lo estoy.

—Vale, vale —contestó LoLo arropando el llanto de su hija en el pecho—. Vamos. Tu madre está aquí contigo.

—¿Cómo has sabido que tenías que venir? ¿Cómo has llegado? ¿Por qué...? —Las preguntas de Rae salían atropelladas de su boca mientras se aferraba a su madre.

—El muy tonto ha tenido la desfachatez de llamar a mi teléfono. Que si le habías puesto los cuernos, que si tenía pruebas, que si eras una inútil —le explicó LoLo—. Yo le he dicho: «Chico, tienes que estar mal de la cabeza si crees que voy a permitir que digas estas burradas de mi hija. Me importa un bledo lo que haya hecho. Estás hablando de mi hija». Se lo he dicho tal cual. Vaya si se lo he dicho.

—¿También te envió el email?

—No abrí esa porquería —replicó LoLo apartándose de su hija y acompañándola al sofá—. Por teléfono, me ha parecido que estaba perdiendo la cabeza. Le he dicho que, si se le ocurría ni que fuera mirarte mal, se acordara de que conservo las armas de Tommy y que sé utilizarlas. Creo que ha captado el mensaje, pero, por si acaso, he pensado que lo mejor era venir aquí lo antes posible.

—Gracias, mamá.

—Mmm... ¿Dónde está mi niña?

—Está con Treva —dijo Rae frotándose los ojos. Dejó que el aire que tenía acumulado en el vientre le llenara el pecho. Las lágrimas volvieron a correr—. He soñado con alguien hace un momento, una chica.

LoLo tiró de su hija. Le puso la cabeza en el hueco del cuello y le cogió las manos.

—¿Qué pasaba en el sueño? —preguntó.

Rae dudó un momento antes de responder.

—La chica estaba en el arroyo detrás de nuestra casa —contestó despacio—. Hace tiempo tenía pesadillas con ese riachuelo, pero esta vez estaba con esta chica y no he tenido miedo. —Rae notó que LoLo se revolvía incómoda bajo su cuerpo. Le había hablado varias veces a su padre sobre aquella pesadilla recurrente, su recuerdo de lo que había ocurrido un día, pero él nunca había permitido que la conversación se extendiera más allá de unos pocos detalles y, normalmente, Rae no insistía. Tenía poco más de diez años cuando su madre se metió en ese arroyo, así que en su momento no entendió del todo lo que pasaba. Ahora, como madre, esposa y mujer adulta, tampoco estaba segura de entenderlo. Pero aun así sintió la necesidad de hablarle a su madre del sueño—. Me dijo que caminara sobre las rocas, pero luego volvió a echarse en... —Rae sollozó, sorbió por la nariz—. Volvió a echarse dentro del agua.

—Calla —pidió LoLo frotando el hombro de su hija, sujetándola con más fuerza.

—¿Por qué te echaste dentro del agua, mamá?

—No quiero... hablar... —balbuceó LoLo.

—Quiero saberlo, mamá. Por favor —suplicó ella—. Teníamos una buena vida, ¿no? La casa era preciosa. Con ese gran jardín. Comíamos en la brasería Ponderosa, ¿te acuerdas? Me encantaban las patatas fritas que hacían. Esas tan gordas. Y las hamburguesas. Esas que eran tan grandes y jugosas. Me parecía que eran grandes como mi cara. Era maravilloso veros a ti y a papá mientras os comíais vuestros filetes. ¿Por qué estabas tan triste, mamá? ¿Por qué te metiste en el agua?

LoLo la acunó como si fuera una niña pequeña, hacia delante y hacia atrás. Una ambulancia pasó a toda velocidad por delante de la casa, su sirena fue una cuchillada que despertó el domingo. Frente a la ventana del salón, en el arce de Noruega que se estiraba hasta la cuarta planta del edificio, con las ramas abiertas para darle la bienvenida a la primavera, una mamá petirrojo revoloteaba en torno al nido que había construido concienzudamente con ramitas y hojas secas, corteza y plumas, inquieta, girando el cuello, mientras masticaba una enorme lombriz que había encontrado en un charco de lluvia y aceite de motor al pie del árbol. Regurgitó los restos del gusano repartiéndolos en las boquitas de sus polluelos, que estiraban el cuello hacia el cielo abriendo de par en par sus picos y llamando a su madre. Ella los oyó y los alimentó. Confiaba en que el padre, que saltaba por una rama cercana, entonando sus canciones de nana, no para arrullarlos sino para prevenirlos, les cubría las espaldas. Esa pareja de pequeñas golondrinas bailaría ese baile una y otra vez, hasta que sus polluelos tuvieran suficiente comida en sus barrigas, suficiente energía en sus patas y en sus alas, y suficiente tiempo a sus espaldas para echar plumas. Para batir las alas y saltar a una rama más baja, un arbusto, hasta que fueran lo bastante fuertes para abrir las alas y volar de verdad, luchar por su supervivencia, quizá construir sus propios nidos y llenarlos de hijos que también los necesitarían.

LoLo contuvo la respiración hasta que la sirena de la ambulancia desapareció tras una esquina y los polluelos volvieron a esconder sus picos saltarines en el nido. Cuando volvió a respirar, el aire la estremeció.

—Ya sabes que papá creía que nos estaba dando una buena vida. Lo único que quería era que fuésemos una familia. No tuvo esa experiencia de niño. Ninguno de los dos la tuvo. Cuando empezamos a salir, todo el mundo decía que la máxima aspiración en la vida era tener dos o tres hijos, y un terrenito vallado detrás de la casa. Y allí estaba tu padre, cumpliendo por partida doble. Creo que papá pensaba que hacía algo importante, manteniendo a dos familias, escondiéndolo. Como si no lo fuéramos a notar.

»Pero yo lo noté. Claro que sí. Papá siempre estaba fuera. Siempre, siempre tenía cosas que hacer en algún lado... —añadió LoLo, antes de interrumpirse un momento—. Y entonces, de pronto, liamos los bártulos y nos marchamos a Nueva Jersey. —Rae percibió en la cabeza el latido del corazón de su madre. Saltó, percutiendo dos veces seguidas en su oído—. Fue más o menos cuando esa mujer te pegó.

Rae se incorporó y se volvió lentamente hacia su madre, mirándola a los ojos.

—No... no lo entiendo. ¿Qué es eso de que me pegaron? ¿Quién era esa señora?

—En la guardería, cuando eras muy pequeña. Justo antes de marcharnos. Betina era una de las maestras y te pegó por algo. No recuerdo qué. Lo que sí recuerdo es bajar corriendo a la guardería para darle una paliza por haberse atrevido a tocarte. Hoy por hoy todavía no entiendo por qué no me lo dijo en ese mismo momento...

—¿Decirte qué? —preguntó Rae—. No lo entiendo.

—Lo único que tenía que hacer era enseñarme la barriga y decirlo.

—¿Decir qué, mamá? ¿De qué hablas?

—Betina es la madre de Tasheera, Rae. TJ me dijo cómo se llamaba y até cabos. Al final entendí que era una de las maestras de tu guardería. La misma a la que amenacé cuando te pegó. Estaba embarazada. Fue un milagro que esa mujer no me dijera quién era en ese mismo momento. Supongo que tu padre pensó que no iba a permitir que esa mujer destruyera nuestra familia. Así que... nos trasladó a Nueva Jersey. Fue entonces cuando nos apartó, me apartó a mí, de toda la gente que conocía y de todo lo que amaba en mi vida, para que nadie lo descubriera. Me cambió toda la vida. Toda mi existencia.

LoLo volvió la cabeza para ocultar las lágrimas, pero su barriga se agitaba al intentar contener los sollozos. Rae abrazó el cuerpo de su madre, la estrechó con fuerza. Pero no dijo nada. Quería saber.

—Durante toda mi vida he visto como la gente me arrebataba la posibilidad de elegir por mí misma. Las personas que supuestamente debían protegerme en realidad me encerraron y me ataron las manos, ¿lo entiendes? Mi padre, mi hermano, esas hijas de perra del orfanato. Mi primo. Su mujer. Todos me encadenaron como si fuera un animal —dijo LoLo, antes de guardar silencio un momento. Luego añadió—: Tommy había prometido protegerme. ¿Y qué hizo? Me engañó y tuvo dos hijos con otra mientras yo estaba enjaulada como un animal en una cueva perdida en Nueva Jersey. Aquello parecía Siberia. Me arrebató la posibilidad de elegir. Meterme debajo del agua... fue mi manera de tomar las riendas. Fue mi manera de liberarme.

Rae estrechó a su madre todavía con más fuerza.

—Lo siento, mamá. Lo siento muchísimo.

LoLo puso las manos bajo el pecho de Rae e hizo que se incorporase para poder mirarla cara a cara.

—No tienes que pedirme perdón, hija. Eso guárdatelo para tu marido.

Rae se quedó perpleja y se soltó de los brazos de su madre.

—¿Pedir perdón? ¿Quieres que pida perdón? ¿Por qué?

—Has engañado a ese hombre, Rae.

Rae se puso de pie tan deprisa que tropezó con la mesilla de centro, haciendo que se moviera lo suficiente para volcar el marco que contenía una foto de ella y Roman cuando eran felices, inexpertos y se abrían paso hacia la eternidad.

—¡Tenía motivos de sobra, mamá! ¡Se lo pediré el día que se congele el infierno!

—No hace falta que blasfemes con tu madre, ni que grites. Tengo razón —dijo LoLo, en voz baja, tratando de enfriar el ambiente—. Lo que hiciste no está bien, Rae. No hay peor dolor para alguien a quien dices amar que engañarlo con otra persona. Lo he vivido en carne propia.

Rae siguió caminando de un lado a otro, pero bajó el tono.

—Lo que hice lo hice por mí. No tenía nada que ver con él. Deja que te pregunte algo: ¿Por qué creen los hombres que nos gusta pasearnos como almas en pena por la casa, persiguiendo a los críos, cocinando, limpiando, lavando calzoncillos sucios y qué sé yo? ¡Como si eso fuera la gran vida! Renunciamos a todo lo que somos, a todo lo que podríamos ser, y nos tragamos esa fantasía que han creado los hombres. Yo decidí recuperar el poder en mi vida. Y no voy a disculparme, ni con él ni con nadie.

—A eso nos comprometimos —esgrimió LoLo—. Ese era el intercambio.

—Pero ¿tú querías convertirte en una esclava de ese intercambio? ¿Sabías a qué renunciabas para tener esta familia? Mientras me hacía mayor, siempre pensé que la idea era esa, renunciar a todo, porque eso era lo que hacías por papá, por mi héroe. Siempre actuabas como si fuera tu héroe, pero en realidad los héroes ayudan a los demás. No les ponen grilletes, los ayudan a liberarse. Mamá, cargar con esas cadenas casi te hizo perder el juicio. ¿No lo ves? Por eso estoy tan harta. Estoy harta, mamá. ¡Harta, harta, harta! —se desgañitó Rae, hasta que la garganta empezó a palpitarle y se notó que la cara le ardía. Volvió a sentarse en el sofá y tomó las manos de su madre. Se dio un respiro.

—Sé que estás harta, pero no me compares a Tommy con el inútil de tu marido —dijo LoLo—. Sé que Tommy no era perfecto, pero era un buen hombre. Un hombre buenísimo.

—Quizá la chica de mi sueño trataba de decirme que

papá y Roman son las dos caras de la misma moneda —dijo Rae más tranquila—. Quizá me decía que debo caminar sobre el agua, en vez de echarme bajo el agua y ahogarme.

Roman volvió a casa el miércoles, a primera hora, justo después de que LoLo hubiese terminado de limpiar los restos de avena de los labios de su nieta, cepillarle los dientes con esa pasta de fresa que le gustaba mucho más que la de menta, porque esta última, decía, le picaba en la lengua. Roman entró como una furia y cerró de un portazo, decidido a armar un escándalo. Rae estaba junto a la encimera de la cocina, guardando, como si se tratara de un rompecabezas, el sándwich de pavo, las rodajas de manzana, la bolsita de pretzels y la botella de agua en la fiambrera de la niña, con el propósito de continuar con la rutina matinal que había diseñado con mimo para trastocar en la menor medida posible la rutina escolar de Skye, pese a que sentía que el hielo había invadido todos sus huesos, todas sus células. Estaba helada de miedo. En los momentos de calma que pasaba en el metro de camino al trabajo, o preparando la cena en los fogones, o gritando con la almohada en la boca a la una de la madrugada, cuando todas las personas que formaban su mundo buscaban el descanso, Rae sopesaba qué iba a decir cuando finalmente viera a Roman, cuando finalmente él reapareciera presentándose como víctima. A fin de cuentas, casi todas sus cosas —ropa, zapatos, cepillo de dientes y demás— seguían en casa y, casi con toda seguridad, ya se habrían cansado de él dondequiera que lo hubieran acogido. No estaba en un hotel, hasta ahí sabía. Y no tenía dinero. No había usado sus tarjetas de crédito ni las de débito para pagarse un hotel. Y necesitaría a alguien que alimentara su ego frágil. Ese ego que ya se había anunciado a todos sus conocidos mediante emails, llamadas y encuentros en bares con sus amigos. En cuestión de días, su relación con Roman se había convertido en un espectáculo, una casa de cristal en la que la luz revelaba manchas veteadas. Roman era un carnero que embestía contra las paredes, a toda velocidad. Rae sabía que no tardaría en romper el vidrio, en desencadenar una lluvia de cristales rotos sobre ambos. «Pronto vendrá», pensaba. «Prepárate», se advertía a sí misma. Para la rabia. Para las acusaciones. Las amenazas. Quizá la violencia.

Oyó que Roman se acercaba a la cocina y con cada paso que daba, a Rae le pesaba más el pecho, la respiración. Sus ojos, instintivamente, buscaron un arma, algo con lo que defenderse. Pensarlo le partió el corazón. Hasta ese punto habían llegado.

—¡¿Cuál fue?! —gritó Roman. Con un dramatismo lo bastante intenso para una obra de teatro de Broadway, estampó sobre la mesa, una detrás de otra, tres piezas de lencería; entre ellas, el corsé frambuesa que Rae se había puesto en la noche en que sedujo a Diego—. ¿El rojo? ¿Este negro de aquí? ¿Este blanco que te pusiste en nuestra luna de miel?

El corsé en cuestión no se parecía en nada a las otras piezas de lencería, que formaban parte de una pequeña provisión de lencería bonita y comedida que Rae tenía apelotonada al final del cajón de las bragas, debajo de una bolsita gastada de lavanda y vainilla que había birlado hacía años de una caja de ropa de rebajas en Macy's seguramente no muy lejos de donde su madre y sus amigas de la iglesia encontraron las camisolas de seda y picardías de encaje que le regalaron en su despedida de soltera. El recuerdo, como un destello, la situó de nuevo en la fiesta, sosteniendo esas prendas para que las portadoras de los regalos y las demás asistentes a la fiesta pudieran admirarlas y envidiarlas entre risitas nerviosas que acompañaban frases de ánimo titubeante: «Son para que puedas cuidar de tu hombre», le habían dicho, y «¡LoLo seguro que tendrá los nietos que espera con esa de ahí!», le habían dicho también. Rae se había puesto esa lencería durante el viaje de novios y, en los primeros tiempos de casados, los fines de semana después de una noche de fiesta o cuando se quedaban en casa y se entonaban con unas cervezas o unos vodkas con zumo de naranja. No le duraban demasiado encima del cuerpo; a Roman le gustaba ir al grano. Llegar al final. Al poco tiempo, Rae solo se ponía esas prendas recatadas en ocasiones especiales: cumpleaños, aniversarios, un par de Nochebuenas. Al poco tiempo, dejó de ponérselas. A Roman le dio igual. A Rae le dio igual su indiferencia. Eran tantas las cosas que ya les daban igual. Hacía tanto que les daba igual casi todo.

—¿Cuál de estos es el trapito alucinante que te dijo ese negro en vuestros mensajes que solo podías ponerte para él a partir de ahora? —exigió saber Roman.

—Pero ¿de qué me estás...?

—¡Contesta, joder! —dijo él dando un puñetazo sobre la mesa de la cocina.

LoLo apareció precipitadamente, sobresaltando a Roman.

—Tu hija está en la habitación de al lado. ¿O es que no te importa? —le soltó con desdén—. Baja la voz. —Luego, volviéndose hacia su hija, añadió—: Tesoro, ¿estás bien? Acompáñame.

—Yo... yo solo quiero hablar, señora Lawrence —dijo Roman, más bajo, levantando las manos en señal de rendición. Todo su cuerpo pareció hundirse en señal de rendición.

—Pues no es lo que parecía —repuso LoLo.

—No pasa nada, mamá —explicó Rae—. ¿Puedes llevar a Skye a la escuela? No me apetece que esté aquí mientras hablamos. Solo... solo quiero que la saques de aquí. —Le dio el almuerzo de Skye; LoLo le echó una mirada asesina a Roman y, por último, aceptó la fiambrera.

—Escúchame bien. Un pelo de la cabeza. Uno solo —dijo LoLo levantando el dedo índice—, y tendrán que extraerte perdigones del culo hasta año nuevo, ¿entendido?

Con las manos todavía en alto, Roman asintió.

—Vuelvo enseguida, tesoro. No te preocupes.

Rae dijo que sí con la cabeza. Nada se movió entre Roman y ella hasta mucho después de que LoLo cerrase la puerta de la casa tras de sí.

—¿Quieres un café? —preguntó ella finalmente.

—Lo que quiero es saber cómo has podido hacerme algo así.

—¿Cómo he podido hacerte qué, Roman? —indicó Rae, con el rostro surcado de arrugas de incredulidad.

—¡Te has follado a otro negro!

—Tú hiciste lo mismo. ¿Y...?

—¿De esto va la historia? ¿De venganza? —preguntó Roman—. ¿Sigues cabreada porque crees que te puse los cuernos? ¿Te estás cargando a nuestra familia por algo que ni siquiera pasó?

—¿De verdad pretendes plantarte aquí y decirme que nuestra familia ya no funciona por culpa de una infidelidad? ¿Es eso lo que te dices a ti mismo cuando pagas nuestras facturas con mi dinero?

—Ah, así que ahora resulta que es tu dinero. ¡Vaya! «No te preocupes, Roman. Vamos a construir esto juntos. Puedo cuidar de nosotros mientras tú persigues tus sueños, Roman. Estamos juntos en este barco, Roman.» ¿No fue eso lo que me dijiste cuando acordamos que tú trabajarías mientras yo escribía?

—Ah, ¿ahora resulta que la decisión la tomamos de mutuo acuerdo pensando en el bienestar de nuestra familia? ¿De eso se trataba cuando dejaste un buen trabajo con tu mujer embarazada? ¿Y sin consultármelo? ¿Qué querías que dijera?

—Pero ¿de qué coño estás hablando? —le soltó Roman—. ¡Nunca dijiste que te pareciera mal que persiguiera mi sueño!

—¡Y mal que hice!

Rae se tapó la cara con las manos y se frotó la piel.

—Escucha, solo quiero... Siéntate —dijo. Apartó la lencería a un lado de la mesa y la observó un rato antes de colocar su silla de manera que las rodillas le quedaran junto a las de su marido. Él dudó un momento, antes de seguir su ejemplo.

—¿Dónde estabas? —preguntó ella.

—¿Ahora te importa?

—Me importa que te fueras de casa con mi móvil y abandonaras a tu hija como si fuera una especie de daño colateral en tu pataleta.

—¿Pataleta? Creo que estaba en mi perfecto derecho de cabrearme con mi mujer por intentar destrozar a nuestra familia.

—Pero contarle a todo el mundo nuestros asuntos personales y desaparecer cinco días sin dar señales de vida, ¿crees que eso ha sido racional?

—Quería que vieras lo que es ser madre soltera en esta ciudad —dijo él—. Es evidente que te hacía falta ver lo importante que soy para esta familia.

Rae soltó una carcajada.

—¿Sabes? No sé qué es más demente: que pensaras que decirle a todo el mundo que te había engañado te haría quedar bien o que no podría cuidar de mi hija sin ti. No tienes ni idea de lo que has hecho ni de lo que tienes, ¿no?

—Tengo una mujer que me ha puesto los cuernos.

—No, tienes una mujer que está tan estresada que incluso su cuerpo le está fallando.

—¿Y eso me lo echas en cara? ¿Tu estrés es culpa mía?

Rae guardó silencio mientras buscaba las palabras precisas para que Roman lo entendiera, pero, como si se tratara de una dificilísima partida de ajedrez con mucho en juego, respondía a cada idea y frase que le venía a la cabeza con la réplica que Roman emplearía para refutarla. Entonces, ese dolor —sordo, al principio; luego, ya no— volvió a atenazarle el gemelo. Dejó que ardiera, dejó que el dolor, entero, se extendiera hasta provocarle las lágrimas. Sentada, sollozando, finalmente lo entendió: era Roman el nudo que ceñía su pantorrilla, atroz, ardiente e insoportable.

—Lo que está claro es que no hiciste nada para ayudarme con el estrés, Roman —dijo Rae en voz baja.

—¿Qué? ¿Porque no limpiaba el cuarto de baño a tu gusto, Rae? ¿Es eso? ¿Demasiado polvo en el salón? ¿Querías que pasara la fregona e hiciera la cena? ¿Como una putilla?

—¡Quería que me protegieras, Roman!

—¿Protegerte? Proteger... Pero ¿de qué hablas, Rae?

—Hablo de tener un marido que cumple con su parte del trato —aclaró ella—. Todo lo que has hecho es tomar, tomar, tomar y tomar. No has dado nada a cambio. Permití que todo el mundo me dijera cómo debíamos organizar nuestro acuerdo y ahora ni siquiera estoy segura de que quiera esto de nuestro matrimonio.

—¿Trato? ¿Acuerdo? Te aseguro que no sé... ¿De qué coño estás hablando, Rae? —preguntó él recostándose en la silla.

—De esto. Este acuerdo entre marido y mujer —dijo ella dándose una palmada en el pecho, y luego en el suyo, en un ir y venir—. Pensé que quería esto contigo. Pero nunca supe qué quería en realidad, Roman. La verdad es que nunca me lo planteé seriamente.

—Oh, espera; ¿conque te has acostado con otro y te ha dejado tan trastocada que ahora ya no sabes por qué estamos juntos? Qué mal rollo, ¿no? —soltó Roman, concluyendo su invectiva con una carcajada falsa.

—Ah, ¿te ríes? ¿Te parece gracioso, Roman?

—Lo gracioso es que me pongas los cuernos y ahora estés aquí sentada como si yo fuera el culpable. Ni siquiera te has disculpado por la putada que me has hecho.

Soltó otra risa forzada, y el sonido de esa risa fue una señal de alarma, atronadora. Condujo a Rae a su epifanía.

—¿Sabes lo que es divertido? Tú eres el chiste, Roman —dijo ella bajando la voz hasta casi convertirla en un susurro—. Pero resulta que sigues sin encontrarle la gracia. Esto ha terminado.

—Bah. Querías hablar. Pues hablemos, Rae.

—No me refería a la conversación. Hablaba de nosotros. Hemos terminado.

Roman se levantó bruscamente de la silla. Rae endureció el cuerpo al sentir su movimiento, se preparó para el impacto. Pero Roman no la golpeó. Empezó a dar vueltas, frotándose el pelo, negando con la cabeza.

—Rae —preguntó él en voz baja—. ¿Alguna vez me has querido?

Hablaban sin llegar a ningún sitio, y la voz de Rae no conseguía penetrar en la rabia, la actitud defensiva y el ego de Roman, en su violenta necesidad de imponer su relato. Durante ocho años Rae había sido un andamio humano con el trabajo tambaleante, peligroso y agotador de sostener a Roman mientras él, obcecado en alcanzar la gloria, buscaba el cielo, ese objeto inanimado, pero por el camino cubría de sombras todo lo que lo envolvía. Incluida ella. Rae ya no podía más. Finalmente había llegado a la conclusión de que no estaba obligada a hacerlo. Así fue como Roman perdió a Rae para siempre. Así fue como Rae se encontró a sí misma. Ese fue el día en que ella aprendió a caminar sobre el agua.

Epílogo

Habían estado los cuatro con ella todo el tiempo: organizando las cosas, dando instrucciones, allanando caminos. Uno le enviaba pequeñas plumas blancas para hacerle saber que estaba a su lado, se las dejaba sobre una almohada o en los puntos más oscuros del diseño de la alfombra. Una vez que se sintió rara al pensar que su hija iba a despertarse en Navidad con Roman y su familia y decidió ahogar sus emociones en el fondo de un vaso de vodka con gaseosa, abrió la nevera y allí estaba la pluma blanca, justo al lado de un tarro grande de helado Häagen-Dazs de pecanas y mantequilla. Le hizo pensar en su padre. Algo dulce. Los otros tres, que eran mujeres, le enviaban mariquitas. De las naranjas. A veces solo una. Otras, un enjambre entero. Cuando aparecen juntas, las llaman «nube», y eso eran para Rae, una nube preciosa, como ese día en el que estaba preocupada por las facturas y se puso a limpiar la casa como hacía siempre que estaba de los nervios, y de pronto empezó a sonar *Ribbon in the Sky* en los altavoces, y allí estaban, docenas de mariquitas naranjas trepando por las mosquiteras de las ventanas, las paredes del edificio, la escalera de incendios desde la que contemplaba la luna. Cincuenta y dos en total, según contó. Y todo el estrés se le fue por los hombros. Sin dejar rastro, como siempre. Era ver la pluma o las mariquitas y olvidarse de todos los agobios, para concentrarse en lo que decía la vidente: «Jamás en toda tu vida han permitido que los problemas te den caza.

Cuando caes, son una nube debajo de tu trasero. Tus pies nunca tocarán el suelo. Las plumas y las mariquitas son una promesa. Estás protegida». Y Rae lo creía. Lo creía con cada gramo de su ser.

Aunque a veces la asustaba. Solo a veces. La misma vidente decía que quien le enviaba plumas, el hombre, tenía la costumbre de sentarse en los grandes sillones de cuero cerca de la ventana, sobre todo en el de la derecha. «Dice que le gusta cómo le da la luz que entra por la ventana, y que es el mejor ángulo para ver los partidos de los Mets cuando te acuerdas de ponerlos en la tele.» La vidente no conocía a Rae de nada y, sin duda, no había visto nunca el interior de su casa, y por ello, cuando le describió la escena, cómo veía esos partidos para acordarse de su padre, para sentirse cerca de él, se puso a llorar. Lo mismo le ocurría cuando olía las flores, gardenias, a veces jazmín o lavanda. La vidente dijo que eran dos mujeres mayores, ambas muy aficionadas a las flores, que llenaban el espacio con un dulce aroma para hacerse presentes. «Tu padre, tu bisabuela. Tu abuela. Siempre están contigo —dijo la vidente—. Estás protegida.» El espíritu más joven, dijo la vidente, era la madre de Rae; le gustaba revolotear alrededor de su hija en un remolino de luz, repitiendo sin cesar lo mucho que quería a su pequeña. Que no quería abandonarla. Que no lo haría nunca más. «Su amor por ti es inmenso, intenso —dijo la vidente—. No tengas miedo. Estás protegida.» Rae siguió el consejo, primero indecisa, luego de forma ritual, como dar el diezmo, dejar plegarias en el altar, rezar antes de comer. Ponía flores y hacía libaciones, de bourbon, de café. Tarta, a veces galletas. Algo dulce. Imaginaba que eran ellos, los cuatro, los que hacían titilar la llama de la vela, los que hacían que la luz subiera bailando por esas paredes nuevas que había pintado sola, en su nuevo apartamento que había pagado sola, lleno de muebles nuevos que había elegido sola. A veces dormía con las luces encendidas, esperando oír algún crujido. A veces, se las ingeniaba para que Skye pensara que la idea de dormir en la cama de su madre había sido suya. Muy pronto Rae dejó de tener miedo. No tenía miedo. Estaba dándolo todo. Era libre.

Agradecimientos

Tenía doce años cuando descubrí mi certificado de adopción mientras husmeaba en los papeles privados de mis padres. El descubrimiento me dejó perpleja, pero también me asustó tanto que no me atreví a decirle nada a mi familia ni a hacerles preguntas porque..., en fin, nadie me había dado permiso para abrir esa caja metálica; además, decir en voz alta «Soy adoptada» habría hecho que mi lugar en la familia Millner se hubiera convertido en una realidad alternativa que no me veía en condiciones de analizar o asimilar. Guardar el secreto de mi adopción tenía sentido para mis padres, así que hice que también lo tuviera para mí. Durante mucho tiempo tuve más que suficiente con eso.

La cosa cambió, sin embargo, cuando me quedé embarazada de mis hijas y debí enfrentarme a preguntas sobre mi historial médico: «¿Algún familiar suyo ha sufrido cáncer o diabetes?; «¿Hay antecedentes de embarazos de riesgo en su familia?»; «¿Qué tiene en la sangre?». Los médicos querían detalles, y yo no podía dárselos. De pronto, ciertos datos a los que nunca había dado importancia empezaron a tenerla. «¿Qué tienes en la sangre?» Mientras mis hijas daban pataditas, se estiraban y se hacían un hogar en mi vientre y luego sobre mis pechos, esa pregunta se transformó en: «¿A quién llevas en la sangre?».

Es posible que nunca conozca realmente la respuesta. La noche en que enterramos a mi madre, mi padre me contó un trocito de mi historia, el único fragmento que conoce: alguien me abandonó siendo un bebé en la puerta de un orfanato y, cuatro días después, él y mi madre se presentaron buscando a una niña y me vieron en una cuna en un rincón del sótano, con los brazos tendidos, lista para marcharme. Ese es el principio y el final de la historia de mi «nacimiento».

A lo largo de los años he usado la imaginación para imprimir color, luz y belleza a esa historia: quizá mi madre biológica era una chica joven y asustada que no se veía capaz de criar sola a un bebé. Quizá su familia la obligó a abandonarme ante esa puerta porque no quiso ayudarnos ni a ella ni a mí. Quizá su pareja era un maltratador y ella temió que el bebé terminara engullido por la violencia de la relación. Eran tantas las probabilidades de que todo hubiera terminado mal para ese bebé indefenso que era yo... Pero esa mujer, ese ángel, me había dado la vida, y luego volvió a dármela cuando me dejó. Fue un sacrificio inimaginable. Y fue un milagro que terminara en los brazos de mis padres.

Meditar sobre los milagros, sobre la adopción, sobre ser madre, sobre ser una persona negra en este país, sobre ser una mujer negra en este país, sobre las decisiones tomadas en la vida, fue lo que me llevó a escribir *Una misma sangre*. Escribí esta historia porque tengo muchísimas preguntas y ninguna respuesta sobre mi pasado, porque me despierta la curiosidad, aunque también me asuste lo que pueda descubrir; me asusta hacerle daño a alguien. Escribí esta historia porque mi madre biológica y muchas mujeres como ella merecen un contexto explicativo, merecen un poco de color en el riguroso juicio, en el que todo es blanco o negro, que dispensamos a las mujeres que abandonan a sus hijos. Escribí esta historia para mi madre y las mujeres negras de su generación, a las que se convenció de que su misma supervivencia dependía por completo de que se convirtieran en madres y esposas, y de que ahí debía residir toda su ambición, aun a pesar de que el racismo en Estados Unidos se hubiese conjurado para que las mujeres negras como mi madre no pudieran acceder a esos papeles que se les habían reservado ni interpretarlos bien.

Contar mi historia de esta forma me permite sacar a la luz lo que había quedado sumido en la oscuridad a lo largo de toda mi vida, con la intención de rendir homenaje a esas historias —a las vidas y los reveses— de las mujeres negras que han poblado mi vida y representan, en no pequeña medida, las experiencias vitales de tantísimas mujeres negras que no pudieron disfrutar del éxito que merecían. Que mis dos madres —y tantas madres negras como ellas— transitaran por este calvario dominado por la angustia, la muerte de seres queridos, el disimulo, el patriarcado y el dolor, y pudieran vivir para contarlo es un milagro. Un milagro que merece un análisis.

Has de saber que esta historia, aunque contenga una pequeña parte del anecdotario de mi familia, nació de mi imaginación y la alimenté en mis sueños, literalmente. Estoy segura, en lo más profundo de mi corazón, de que las dos madres que tuve transmitieron a mi inconsciente sus canciones más queridas, me hablaron con claridad cuando dormía y cuando estaba despierta, inclinándose para ver qué escribía en el ordenador o en mi libreta. En la quietud, lo único que tenía que hacer era escucharlas; prestar atención; dejar que ellas tomaran el mando. Les agradezco el don de ver y que me permitieran verlas, sentir su presencia y saber de su amor. Fueron el hilo que me sirvió para bordar y cosechar estas palabras. Os doy las gracias. Os quiero.

Mi padre, James Millner, y mi madre, Bettye Millner, me encontraron, me dieron un hogar, alimento y ropa; me educaron; me disciplinaron; me defendieron; me alentaron; me llenaron, me aplaudieron y rezaron por mí. Me quisieron. Fuisteis los arquitectos de mi humanidad y trazasteis el plano de lo que he llegado a ser. Siempre os estaré agradecida porque me tendisteis la mano para guiarme y, con los brazos abiertos por completo, me convencisteis de que podía volar. Os doy las gracias. Os quiero.

Mis hijas, Mari y Lila, son la fuente de mi alegría. Mi corazón ha aprendido a cantar gracias a ellas. Solo un necio diría que la crianza de los hijos va en una sola dirección; mis niñas —preciosas, inteligentes, divertidas, seguras de sí mismas, pragmáticas y apasionadas— sin duda hicieron crecer a la mujer adulta que soy, repararon mis piezas rotas y me impulsaron para hacer de mí una mujer más fuerte, mejor. Sin miedo a nada. ¡Qué afortunada soy por que me eligieran! Todo lo que hago, ya sea extraordinario, diminuto o se encuentre entre ambos extremos, lo hago por vosotras: sois el latido de mi corazón. El aliento que respira en mí. Os doy las gracias. Os quiero.

Mi editora, Monique Patterson, es una estratega brillante, aguda y atenta que trata con respeto la narración y a quien la escribe. Allí donde hay debilidad, ella presta su fuerza; allí donde hay miedo, ella infunde confianza; allí donde el terreno es escabroso, ella encuentra la mejor manera de alisarlo, de hacerlo transitable. Me hizo pensar, me ayudó a superar los obstáculos con sus palabras, me tendió la mano, me persuadió y me dio su amor a lo largo de todo el proceso de escritura. Por todo ello le estoy profundamente agradecida. Monique, creíste en mí y en esta historia; incluso, y especialmente, en aquellos días en los que me asaltaron las dudas. Me cambiaste la vida cuando dijiste «sí». Siempre te estaré agradecida. Te doy las gracias. Te quiero.

Mi agente literaria, Victoria Sanders, es la luz que ilumina mis recovecos oscuros. No pasa un día sin que me transmita su aliento, me tienda la mano para ayudarme, escuche mis ideas absurdas y las ponga en movimiento. Victoria nunca duda de mí; nunca duda de lo que puedo hacer. Debes entender, querido lector, lo que significa para una escritora contar con alguien que cree en tus capacidades y te dice que tus palabras tienen magia, que tú también la tienes. Esto no es una alabanza a alguien que te alimenta el ego. Es una declaración de amor a una mujer que se preocupa por mi carrera, pero también, más si cabe, por mí, escrita por otra mujer que intenta cuidar de los demás en la misma medida. Victoria, Diane y tú sois una fuerza imparable en mi vida que trasciende las páginas escritas, los contratos, las estrategias, estos veinte años de relación laboral que se ha convertido en una amistad. Di y tú sois mis hermanas. Os doy las gracias. Os quiero.

Benee Knauer ha sido la doula de este libro. Me enseñó a insuflar vida en Grace, LoLo y Rae, sometiéndome a pruebas de escritura que me dieron suficiente agilidad y soltura para expresar todo lo que había reprimido; Karen Good Marable, mi escritora favorita, me inculcó lecciones sobre el arte de pintar con palabras, me llenó el teléfono de pódcast, libros y artículos sobre la buena escritura del mismo modo que una madre que acude a misa llena de caramelos las manos de los niños los domingos por la mañana, y me recordó una y otra vez que «¡Esto es sagrado!»; Ida Harris me dijo que podía hacerlo; comprobaba cómo estaba de ánimos cada vez que las palabras, la historia, los sueños y la verdad de todo lo que quería contar me pesaban; me reiteró que estas palabras, «no te rindas», importaban, y me recordó que, como Wu-Tang, *Una misma sangre* es para nuestros niños.

Mi familia: Troy, el tío Berkley, Barbara, Raymond, Chere, Vincent, Treva, Will, Amber, Pam, Melanie, Kenny, Belinda, Mel, y TeeTee; con todos vosotros me siento a salvo, protegida, feliz, querida. Estar con vosotros es como tener todos los comodines, el dos de rombos, todos los ases, un par de reyes y, en fin, un trébol. Es una mano ganadora. Juntos podemos con todo. Os doy las gracias. Os quiero.

El talento infinito Burt Murray, su mirada lúcida, su humor mordaz y su gran corazón son las alas que me hacen volar; Marion Rossi-Kunney, que está como unas maracas, me hace reír todos los días mientras me inspira con su insistencia en que no perdamos la fe, ni siquiera cuando las cosas se ponen difíciles o lo más cómodo es perderla, y que honremos a Dios, nuestros cuerpos y nuestras personas porque eso es lo que merecemos. Os doy las gracias a ambos. Os quiero tanto que me dan ganas de espachurraros.

Mi tribu: Adriene Craft, Jenny Gee, Joyce Davis, Selassie Dugbarty, Tina Fynn, Mike Fynn, Semaj Johnson, Akilah Richards, Kris Richards, Mitzi Miller, Sili Recio, Cliff *Hollywood* Boyce, Siddiq Bello, Erskine Isaac, Kamau Bobb, James Harris, Stacey Patton, Michael Arceneaux, Bernadette Baker-Baughman, Miles Ezeilo, Cole Ezeilo, Esete Guta y Mazi Chiles. Cada uno de vosotros sois un hilo de la gran colcha comunitaria que me arropa, me abriga y me anima, ya sea escribiendo, editando, haciendo de madre o buscando con todo mi ahínco la alegría, la luz del sol y la paz; cuando, sencillamente, soy yo misma. Os doy las gracias a todos. Os quiero.

Tarana Burke, Demetria L. Lucas, Kirsten West Savali, Karen Waldrond, Aliya King Neil, Luvvie Ajayi Jones, Erika Nicole Kendall, Patrice Grell Yursik, Tayari Jones, Britni Danielle, Shay Stewart-Bouley, Marie Leggette, Heather Barmore, Samantha Irby, Kelly Hurst y Bassey Ikpi: en mis días más oscuros, cuando atravesaba el fuego, escuchasteis mis llamadas de auxilio, encendisteis una luz y me ayudasteis a encontrar mi camino. Nunca, nunca lo olvidaré. Jamás. Seréis mis *gansta* favoritos de por vida. Sois excepcionales. Os doy las gracias a todos. Os quiero.

St. Martin's Press es la editorial que dijo sí a *Una misma sangre,* y el *dream team* de la casa ha trabajado sin descanso para que el parto haya sido un éxito. Mara Delgado Sanchez, Katie Bassel, Tracey Guest, Brant Janeway, Erica

Martirano, Lisa Senz, Kejana Ayala, Tom Thompson, Alexandra Hoopes, Michael Storrings, y tantos otros que pusieron sus fuerzas al servicio del éxito de este libro, así como la excelente artista Tawny Chatmon, que tuvo la gentileza de crear la ilustración de la cubierta de la edición estadounidense a partir de una obra de su preciosa serie de cuadros *Deeply Embedded*: a todos vosotros os doy las gracias. Estoy en deuda.

Echo de menos a Teddy, mi fiel goldendoodle, mi perro cariñoso, que se sentó a mis pies durante casi dieciséis años mientras escribía diecinueve libros, incluidos los dos años que dediqué a *Una misma sangre*. Me obsequió con un amor incondicional y me dio tranquilidad en los días de caos doble: la pandemia del Covid y el despertar racial que se produjo como consecuencia del asesinato de George Floyd. Con Teddy a mi lado me sentí siempre a salvo. Lo echo de menos. Y ahora Franklin, nuestro goldendoodle pequeño, ruidoso, vivaz y adorable, ha entrado en escena para darme una nueva compañía en mi viaje literario. Bienvenido a casa, Frankie. Te doy las gracias. Te quiero.

A todos nos gusta la alegría de un día radiante.

Denene